ДАН БРАУН

АД

DAN BROWN
INFERNO

ISBN 978-954-655-409-3

Кралете на трилъра®

ДАН БРАУН

АД

БАРД
ИЗДАТЕЛСКА КЪЩА

От същия автор

Шестото клеймо
Шифърът на Леонардо
Цифрова крепост
Метеоритът
Изгубеният символ

На родителите ми

Благодарности

Изказвам скромната си и искрена благодарност на:

Както винаги, на първо място на моя редактор и близък приятел Джейсън Кауфман, за неговата всеотдайност и талант... но главно за бездънното му чувство за хумор.

На моята невероятна съпруга Блайт, за любовта и търпението ѝ по време на написването на този роман и за изключителния ѝ инстинкт и откровеност като мой пръв редактор.

На моята неуморна литературна агентка и вярна приятелка Хайди Ландж, за вещото ѝ насочване на повече разговори в повече страни и на повече теми, отколкото изобщо бих могъл да обозра. Вечно съм ѝ признателен за нейното умение и енергичност.

На целия екип на „Дъбълдей", за техния ентусиазъм, креативност и усилия във връзка с моите книги. Специална благодарност на Сюзан Херц (задето изпълнява толкова много функции – при това отлично), Бил Томас, Майкъл Уиндзор, Джуди Джейкъби, Джо Галахър, Роб Блум, Нора Райкард, Бет Майстър, Мария Карела, Лорен Хайланд и за безкрайната подкрепа на Сони Мета, Тони Чирико, Кати Трейгър, Ан Месит и Маркъс Доул. На невероятните специалисти от отдел „Продажби" в „Рандъм Хаус" – вие нямате равни.

На моя мъдър съветник Майкъл Ръдел, за невероятния му инстинкт по всякакви въпроси, важни и дребни, и за неговото приятелство.

На моята незаменима асистентка Сюзан Морхауз, за нейната грациозност и жизнерадост – без нея всичко изпада в хаос.

На всичките ми приятели в „Трансуърлд“ и особено на Бил Скот-Кър, за неговата креативност, подкрепа и бодрост, и на Гейл Рибък, за превъзходното ѝ ръководство.

На моето италианско издателство „Мондадори“ и особено на Рики Кавалеро, Пиера Кузани, Джовани Дуто, Антонио Франчини и Клаудия Шой, както и на турското ми издателство „Алтън Китаплар“ и особено на Оя Алпар, Ерден Хепер и Бату Бозкурт, за изключителните им услуги, свързани с различни места, описани в тази книга.

На моите невероятни издатели по целия свят, за тяхната страст, усилен труд и ангажираност.

На Леон Ромеро-Манталво и Лучано Гулиелми, за превъзходното им ръководство на преводния процес в Лондон и Милано.

На талантливата доктор Марта Алварес Гонзалес, задето прекара толкова много време с нас във Флоренция и вдъхна живот на изобразителното изкуство и архитектурата на този град.

На всички историци, екскурзоводи и специалисти, които щедро ми отделиха от времето си във Флоренция и Венеция и споделиха с мен своите знания: Джована Рао и Еудженя Антонучи в Библиотека Медичи Лауренциана, Серена Пини и персонала на Палацо Векио, Джована Джусти в галерия „Уфици“, Барбара Федели в Баптистерия и Ил Дуомо, Еторе Вито и Масимо Бисон в базиликата „Сан Марко“, Джорджо Талиаферо в Двореца на дожите, Изабела ди Ленардо, Елизабет Керъл Консавари и Елена Свалдус из цяла Венеция, Анализа Бруни и персонала на Библиотека Национале Маркиана, и на много други, които не включвам в този кратък списък – искрена благодарност.

На Рейчъл Дилън Фрайд и Стефани Делман от „Станфорд Дж. Грийнбъргър Асошиътс“, за всичко, което правят в страната и чужбина.

На изключителните умове доктор Джордж Ейбрахам, доктор Джон Трийнър и доктор Боб Хелм, за помощта им в областта на научните изследвания.

На моите първи читатели, за мненията им през цялото време: Грег Браун, Дик и Кони Браун, Ребека Кауфман, Джери и Оливия Кауфман, и Джон Чафи.

На уебмагьосника Алекс Кенън, който – заедно с екипа на „Санбърн Медия Фекчъри“ – поддържа реда във виртуалния свят.

На Джъд и Кати Грег, задето ми дадоха тихо убежище в Грийн Гейбълс, докато пишех последните глави от книгата.

На „Принстън Данте Проджект“, „Диджитъл Данте“ в Колумбийския университет и „Уърлд ъв Данте“, за техните великолепни уебресурси.

Най-мрачните места в ада са запазени за онези,
които остават безразлични
във време на духовна криза.

Факт:

Всички художествени произведения, научни и исторически данни в романа са действителни.

„Консорциумът“ е частна организация с представителства в седем държави. Името ѝ е променено от съображения за сигурност и поверителност.

В своята епическа поема „Божествена комедия“ Данте Алигиери описва ада като сложно структурирано място, обитавано от „сенки“ – безплътни души, съществуващи в състояние между живота и смъртта.

Пролог

Аз съм Сянката.

Аз бягам през града печални.

През мъки вечни скитам скръбно аз.*

Катеря се по бреговете на река Арно... задъхано завивам наляво по Виа деи Кастелани, продължавам на север, като се крия в сенките на „Уфици“.

А те не престават да ме преследват.

Стъпките им звучат все по-ясно – приближават се с безпощадна решителност.

Преследват ме от години. Тяхната упоритост ме принуди да се скрия в света на мрака... да живея в чистилището... да съществувам под земята като хтонично чудовище.

Аз съм Сянката.

Тук, на повърхността, вдигам очи на север, ала не откривам пряк път към спасението... защото Апенините скриват първите лъчи на зората.

Минавам зад площада с високата кула и часовника с една стрелка... провирам се сред подранилите продавачи на пиаца Сан Фиренце с техните дрезгави гласове и дъх на лампредото** и запечени маслини. Пресичам пред Баргело, отправям се на запад към кулата на Бадия и се притискам към желязната порта в подножието на стълбището.

---

* Тук и нататък „Божествена комедия“ е цитирана по превода на К. Величков. – Б. пр.

** Традиционно флорентинско ястие от говеждо шкембе. – Б. пр.

Тук трябва всяка слабост в сърцето да престане.

Натискам дръжката на бравата и влизам в прохода, от който няма да има връщане, знам. Насилвам оловните си нозе нагоре по тясното стълбище... стъпвам по мраморни стъпала, изтъркани и осеяни с дупки.

Гласовете отекват под мен. Умолително.

Следват ме, безмилостно се приближават.

Те не разбират какво ще се случи... нито какво съм сторил за тях!

Страна неблагодарна!

Докато се изкачвам, яростно ме връхлитат виденията... похотливите тела, гърчещи се в огнен дъжд, лакомите души, плуващи в изпражнения, коварните злодеи, замръзнали в ледената хватка на дявола.

Изминавам последните стъпала и стигам горе, залитам от изтощение в утринната влага. Втурвам се към високата един човешки бой стена, надничам през пролуките. Далече долу виждам благословения град, дал ми убежище от ония, които ме прогониха.

Виковете се приближават.

– Направеното от теб е лудост!

Лудостта поражда лудост.

– За бога, кажи ни къде си го скрил!

Тъкмо заради любовта си към Бог не ще го сторя.

Приклещен в ъгъла, опирам гръб в студения камък. Те се взират дълбоко в ясните ми зелени очи и лицата им помръкват. Вече не са умоляващи, а заплашителни.

– Знаеш, че си имаме начини. Можем да те принудим да ни кажеш къде е.

Точно затова се изкачих почти до небесата.

Неочаквано се завъртам и протягам ръце нагоре, вкопчвам се във високия перваз, изтеглям се на мускули и се изкатервам на колене, после се изправям... неуверен над бездната. *Преведи ме, скъпи Вергилий, през пропастта.*

Те се затичват невярващо напред, искат да ме хванат за краката, но се боят, че ще нарушат равновесието ми и ще ме съборят от перваза. Сега пак умоляват, тихо и отчаяно, ала аз съм им обърнал гръб. *Знам как трябва да постъпя.*

Под мен, шеметно далече под мен, като огнено море се разстилат червените керемидени покриви и огряват прекрасната земя, в която някога са живели исполини... Джото, Донатело, Брунелески, Микеланджело, Ботичели.

Пристъпвам към ръба.

– Слизай! – викат те. – Още не е късно!

О, упорити невежи! Не виждате ли бъдещето? Не схващате ли великолепието на моето творение? Необходимостта?

С радост правя тази пълна саможертва... и с нея ще сложа край на последната надежда да намерите онова, което търсите.

Няма да го откриете навреме.

Павираният площад ме мами като райски оазис на стотици метри под мен. Как копнея за още време... ала времето е единствената стока, която не мога да си купя дори със своето огромно състояние.

През тези последни секунди свеждам очи към площада и съзирам нещо, което ме сепва.

Виждам твоето лице.

Ти ме наблюдаваш от сенките. Очите ти са скръбни и все пак в тях долавям благоговение към онова, което съм постигнал. Ти разбираш, че нямам избор. Заради любовта си към човечеството трябва да защитя своя шедьовър.

Той расте... чака... къкри под кървавочервените води на лагуната, в които не блестят звезди.

И тъй, аз откъсвам погледа си от твоя и го отправям към хоризонта. И високо над този изтерзан свят отправям сетната си молитва.

Мили Боже, нека светът запомни името ми не като на греховно чудовище, а като на божествен спасител, какъвто знаеш, че съм. Нека човечеството проумее какъв дар му оставям.

Моят дар е бъдещето.

Моят дар е спасението.

Моят дар е адът.

Прошепвам „амин“... и правя последната си крачка в бездната.

1.

Спомените бавно се материализираха... като мехурчета, изплуващи от мрака на бездънен кладенец.

„Забулена жена“.

Робърт Лангдън я гледаше от отсрещния бряг на река, чиито врящи води бяха почервенели от кръв. Жената стоеше с лице към него, неподвижна, тържествена, със скрито под воал лице. В ръката си стискаше синя кърпа „тайния“, която сега вдигна в чест на морето от трупове пред краката ѝ. Навсякъде се носеше мирис на смърт.

„Търси – прошепна жената. – И ще намериш“.

Лангдън чу думите ѝ така, сякаш ги е изрекла в главата му.

– Коя си ти? – извика той, ала от гърлото му не излезе нито звук.

„Времето изтича – отвърна тя. – Търси и ще намериш“.

Лангдън пристъпи към реката и видя, че водата е кървавочервена и прекалено дълбока. Когато отново отправи поглед към забулената жена, телата пред краката ѝ се бяха умножили. Вече бяха стотици, може би хиляди, някои още живи, гърчещи се в агония, постигнати от невъобразима смърт... поглъщани от огън, заравяни в изпражнения, разкъсваха се едни други. Над реката отекваха скръбни вопли на човешко страдание.

Жената протегна изящните си ръце към него, сякаш го молеше за помощ.

– Коя си ти? – повтори Лангдън.

В отговор непознатата бавно смъкна булото от лицето си. Беше поразително красива и все пак по-възрастна, отколкото той си представяше – навярно към шейсет, величествена и силна като вечна статуя. Имаше сурова брадичка, дълбоки чувствени очи и дълга сребристосива коса, която се спускаше на къдрици по раменете ѝ. На шията ѝ висеше амулет от лапис лазули – змия, увита около тояга.

ещаше, че я познава... вярваше ѝ. „Но защо?“
два подритващи крака, които се подаваха от земя-
дно принадлежаха на някоя клета душа, заровена до
долу с главата. На светлото бедро на мъжа с кал беше
буквата Р.

? – неуверено си помисли Лангдън. – Като в... Робърт?“

ова там... аз ли съм?

ицето на жената остана непроницаемо.

„Търси и ще намериш“ – за пореден път прошепна тя.

После изведнъж засия в бяло... все по-ярко и по-ярко. Цялото
тяло завибрира и с гръм се пръсна на хиляди късчета светлина.

Лангдън се събуди с вик.

В стаята светеше. Беше сам. Силно миришеше на медицински спирт и някакъв апарат пиукаше в такт със сърцето му. Той се опита да помръдне дясната си ръка, но го спря остра болка. Погледна надолу и видя система за интравенозно вливане.

Пулсът му се ускори и апаратът запиука по-бързо.

„Къде съм? Какво се е случило?“

В тила му пулсираше мъчителна болка. Лангдън предпазливо вдигна лявата си ръка и опипа главата си, за да разбере какво и къде точно го боли. Под сплъстената си коса напипа твърдите издатини на десетина шева, покрити със спечена кръв.

Затвори очи и се опита да си спомни някаква злополука.

Нищо. Абсолютно нищо.

„Мисли!“

Само мрак.

Появи се мъж с лекарска престилка, явно предупреден от сърдечния монитор на Лангдън. Беше с рошава брада и мустаци, а изпод рунтавите му вежди гледаха внимателни очи, излъчващи ведрина.

– Какво... е... станало? – успя да каже Лангдън.

Брадатият вдигна показалец пред устните си, изхвърча навън и завика някого по коридора.

Лангдън обърна глава, но движението предизвика нова болка в черепа му. Той задиша дълбоко и зачака болката да утихне.

После извънредно внимателно и методично огледа стерилната обстановка.

В болничната стая имаше само едно легло. Нямаше цветя. Нито картички с пожелания. Дрехите му бяха сгънати в прозрачна найлонова торба и оставени на един плот. Целите бяха в кръв.

„Господи! Явно е било сериозно".

Съвсем бавно завъртя глава към прозореца до леглото. Навън беше тъмно. Нощ. Виждаше само собственото си отражение в стъклото – пепелявосив изтощен непознат, свързан с тръби и жици и заобиколен от медицинска апаратура.

Откъм коридора се приближаваха гласове. Лекарят се върна, придружен от трийсетинагодишна жена със син медицински костюм. Гъстата ѝ руса коса висеше на опашка и се люлееше.

– Аз съм доктор Сиена Брукс – представи се тя с усмивка. – Тази вечер ще партнирам на доктор Маркони.

Лангдън немощно кимна.

Високата гъвкава лекарка имаше уверената походка на спортистка и въпреки безформения си костюм излъчваше усещане за грациозност. Въпреки отсъствието на какъвто и да е грим кожата ѝ се отличаваше с необикновена гладкост, нарушена единствено от мъничка бенка над устната. Макар и меко кафяви, очите ѝ изглеждаха невероятно проницателни, сякаш имаше богат опит, неприсъщ за човек на нейната възраст.

– Доктор Маркони почти не знае английски – каза му тя, докато сядаше до него. – Затова ме помоли да попълня формуляра за приемането ви. – И отново му се усмихна.

– Благодаря – хрипливо прошепна Лангдън.

– Добре – делово започна жената. – Как се казвате?

Трябваха му няколко секунди.

– Робърт... Лангдън.

Тя насочи фенерче към очите му.

– Професия?

Тази информация изплува още по-бавно.

– Професор. По история на изкуството... и религиозна символика. В Харвард.

Доктор Брукс сепнато отпусна фенерчето. Лекарят с рунтавите вежди изглеждаше също толкова изненадан.

– Вие сте американец?!

Лангдън объркано се вторачи в нея.

– Просто... – Тя се поколеба. – Когато тази вечер постъпихте в болницата, нямахте лични документи. Носехте сако от шотландски туид и английски мокасини, затова решихме, че сте британец.

– Американец съм – увери я Лангдън. Беше прекалено немощен, за да обясни пристрастието си към качественото облекло.

– Боли ли ви някъде?

– Главата – изпъшка той. Ярката светлина само още повече изостряше мъчителното пулсиране в черепа му. Слава богу, лекарката прибра фенерчето и хвана китката му, за да му измери пулса.

– Събудили сте се с викове – каза доктор Брукс. – Спомняте ли си защо?

Пред очите му отново се появи странното видение със забулената жена, заобиколена от гърчещи се тела. „Търси и ще намериш“.

– Сънувах кошмар.

– Какъв?

Лангдън ѝ разказа.

Лекарката си водеше бележки. Лицето ѝ беше безизразно.

– Имате ли представа какво може да е предизвикало такъв ужасяващ сън?

Той затършува в паметта си и поклати глава. Главата му реагира с нова болка.

– Добре, господин Лангдън, още няколко рутинни въпроса – без да престава да пише, рече Брукс. – Кой ден на седмицата сме?

Професорът се замисли за миг.

– Събота. Спомням си, че пресичах кампуса... отивах на една публична лекция и после... после не си спомням нищо. Паднал ли съм?

– Ще стигнем и дотам. Знаете ли къде се намирате?

– В Масачузетската многопрофилна болница? – предположи той.

Доктор Брукс си записа нещо.

– Искате ли да се свържем с някой от ваше име? Съпруга? Деца?

– Не – инстинктивно отвърна Лангдън. Винаги се беше наслаждавал на самотата и независимостта, които му осигуряваше избраният от него ергенски начин на живот, но трябваше да признае, че в тази ситуация би предпочел до него да има познато лице. – Мога да се обадя на някой колега, обаче няма нужда.

Жената спря да пише и по-възрастният лекар се приближи до тях. Приглади рунтавите си вежди, извади от джоба си малък диктофон и го показа на колежката си, която кимна разбиращо и отново се обърна към пациента.

– Господин Лангдън, когато тази вечер постъпихте в болницата, вие постоянно шепнехте едно и също. – Тя погледна доктор Маркони и той повдигна диктофона и натисна един бутон.

Устройството се задейства и Лангдън чу собствения си немощен глас, който повтаряше едно и също: „... ва... ари... ... ва... ари..."

– Според мен се опитвате да кажете „варвари" – рече лекарката.

Той се съгласи с нея, ала нямаше абсолютно никакъв спомен.

Доктор Брукс му отправи смущаващо напрегнат поглед.

– Имате ли представа защо сте казали такова нещо? Съжалявате ли за нещо? Някого конкретно ли сте имали предвид?

Лангдън затършува в тъмните кътчета на паметта си и отново видя забулената жена – стоеше на брега на кървавочервената река, заобиколена от тела. Вонята на смърт се върна в ноздрите му.

Изведнъж го обзе инстинктивно усещане за опасност... не само за него... за всички. Пиукането на сърдечния монитор се ускори. Мускулите му се напрегнаха и той се опита да се изправи.

Доктор Брукс бързо постави ръка върху гърдите му и почти го натисна на леглото. Стрелна с поглед брадатия лекар и той отиде при близкия плот и се наведе над него.

Жената се надвеси над Лангдън и зашепна:

– Господин Лангдън, тревогата е типична за мозъчни травми, но трябва да успокоите пулса си. Никакви движения. Никакви вълнения. Просто лежете неподвижно и почивайте. Ще се оправите. Постепенно ще си възвърнете паметта.

Доктор Маркони донесе спринцовка, подаде я на Брукс и тя вля съдържанието ѝ в интравенозната система.

– Слабо успокоително, което ще ви помогне да се отпуснете и ще облекчи болките ви – поясни и се изправи. – Всичко ще е наред, господин Лангдън. Просто поспете. Ако имате нужда от нещо, натиснете бутона до леглото си.

Угаси лампата и двамата с брадатия лекар излязоха.

В мрака Лангдън усети, че лекарството му действа почти моментално и го повлича обратно в онзи дълбок кладенец, от който беше изплувал. Опита се да се съпротивлява, насилваше се да държи очите си отворени. Помъчи се да седне на леглото, ала тялото му тежеше като бетон.

При поредното си завъртане се озова с лице към прозореца. В стаята цареше мрак и вместо собственото си отражение в стъклото Лангдън видя в далечината осветен градски пейзаж.

Сред силуетите на кули и куполи в полезрението му господстваше величествена фасада на каменна крепост със зъбери и стометрова кула с разширен горен край, издадена пред грамадно укрепление с бойници.

Той рязко седна на леглото и в главата му изригна болка. След като парещото пулсиране се поуталожи, Лангдън впери поглед в кулата.

Добре познаваше тази средновековна сграда.

Нямаше друга такава в целия свят.

За съжаление, освен това тя се намираше на шест хиляди и петстотин километра от Масачузетс.

Скрита в сенките на Виа Торегали пред болницата, една стройна жена с лекота скочи от мотоциклета си БМВ и закрачи със съсредоточеността на пантера, преследваща плячката си. Над вдигнатата яка на черното ѝ кожено рокерско яке стърчаха пънкарските шипове на късата ѝ коса. Тя провери заглушителя на пистолета си и впери острия си поглед в прозореца, зад който току-що беше угаснала светлината в стаята на Робърт Лангдън.

По-рано същата вечер мисията ѝ бе претърпяла пълен провал.

Гукането на един-единствен гълъб бе променило всичко.

И сега тя идваше да поправи нещата.

2.

„Във Флоренция ли съм?!“

Главата му се пръскаше от болка. Робърт Лангдън седеше на болничното легло и натискаше бутона на звънеца за персонала. Въпреки успокоителните в кръвта му сърцето му сякаш щеше да се пръсне.

Доктор Брукс влетя в стаята. Завързаната ѝ на опашка коса подскачаше.

– Какво ви е?

Лангдън озадачено поклати глава.

– Да не би да съм в... Италия?

– Добре – каза тя. – Започвате да си спомняте.

– Не! – Той посочи през прозореца величествената постройка в далечината. – Познах Палацо Векио.

Доктор Брукс натисна електрическия ключ и флорентинският пейзаж изчезна. Тя се приближи до леглото и прошепна успокоително:

– Не се тревожете, господин Лангдън. Получили сте лека амнезия, но доктор Маркони установи, че мозъчните ви функции не са засегнати.

Очевидно чул звънеца, в стаята се появи и брадатият лекар. Провери сърдечния монитор на Лангдън, докато младата му колежка бързо му обясняваше положението на италиански – че американецът бил „развълнуван“, като разбрал, че е в Италия.

„Развълнуван ли? – ядосано си помисли Лангдън. – По-скоро втрещен!“ Изсипалият се в кръвта му адреналин се бореше с успокоителните.

– Какво е станало? – попита той. – Кой ден сме днес?

– Всичко е наред – отвърна доктор Брукс. – Днес е понеделник, осемнайсети март.

„Понеделник. – Лангдън с усилие насочи хаотичните си мисли към последните образи, които си спомняше – студени и мрачни, – как върви сам през кампуса на Харвард на път за публична лекция в събота вечер. – Това е било преди два дни! – Опита се да си спомни нещо от лекцията или след нея и го обзе още по-силна паника. – Нищо!" – Пиукането на сърдечния монитор се ускори.

Лекарят се почеса по брадата и продължи да настройва медицинската апаратура, а доктор Брукс седна на леглото до Лангдън и го увери нежно:

– Ще се оправите. Диагнозата ви е ретроградна амнезия, която се среща много често при травми на главата. Спомените ви от последните няколко дни може да са неясни или изобщо да не помните нищо, но не би трябвало да сте получили трайни увреждания. – Замълча за момент. – Спомняте ли си малкото ми име? Казах ви го, когато ви се представих.

Лангдън се замисли за миг.

– Сиена. – „Доктор Сиена Брукс".

Тя се усмихна.

– Виждате ли? Вече имате нови спомени.

Болката в главата му беше почти непоносима и зрението му оставаше замъглено.

– Какво... е станало? Как съм попаднал тук?

– Трябва да си почивате и да...

– Как съм попаднал тук?! – упорстваше той. Пиукането на сърдечния монитор се ускори още повече.

– Добре, само дишайте дълбоко, за да се успокоите – отстъпи лекарката и погледна колегата си малко нервно. – Ще ви кажа. – Гласът ѝ стана осезаемо по-сериозен. – Преди три часа, господин Лангдън, вие сте се появили в спешното отделение с кървяща рана на главата и веднага сте изгубили съзнание. Никой нямал представа кой сте и как сте се озовали тук. Шепнели сте на английски, затова доктор Маркони ме помоли да му помагам. Аз съм англичанка, тук съм за обмяна на опит.

Робърт се чувстваше така, сякаш се е събудил в сюрреалистична картина на Макс Ернст. „Какво правя в Италия, по дяволите?"

Обикновено идваше тук всеки юни на конференция по история на изкуството, но сега беше март.

Успокоителните вече му действаха по-силно. Имаше усещането, че земното притегляне се усилва с всяка секунда и се опитва да го придърпа през дюшека. Той се помъчи да прогони съня и опита да се надигне.

Доктор Брукс се надвеси над него като ангел пазител.

– Моля ви, господин Лангдън. Първото денонощие е решаващо за черепните травми. Трябва да си почивате, иначе може да получите сериозни увреждания.

Интеркомът в стаята изпращя и се разнесе глас:

– Доктор Маркони?

Брадатият италианец натисна един бутон на стената.

– Si?

Гласът бързо заговори на италиански. Лангдън не разбра какво казва, но забеляза изненадания поглед, който си размениха двамата лекари. „Изненадан... или тревожен?“

– Momento – отвърна Маркони и прекрати разговора.

– Какво става? – попита Лангдън.

Доктор Брукс като че ли поприсви очи.

– Обаждат се от рецепцията. Имате посетител.

Лъч на надежда проряза замаяния му ум.

– Чудесно! Той може да знае какво ми се е случило.

На лицето на лекарката се изписа неувереност.

– Просто е странно, че е дошъл някой. Ние не знаехме името ви и дори още не сте регистриран в системата.

Той продължи да се съпротивлява срещу действието на успокоителните и с усилие седна в леглото.

– Щом някой знае, че съм тук, сигурно е наясно какво се е случило!

Доктор Брукс погледна доктор Маркони, който поклати глава и си посочи часовника. Тя отново се обърна към Лангдън и каза:

– Никой няма право да влиза в интензивното отделение до девет сутринта. След малко доктор Маркони ще иде да види кой е посетителят и какво иска.

– Не е ли по-важно какво искам *аз?!* – тросна се Лангдън.

Тя се усмихна търпеливо, наведе се към него и сниши глас.

– Господин Лангдън, вие не знаете някои неща за снощи... за случилото се с вас. И смятам, че е редно преди да разговаряте с когото и да било, да научите всички факти. За съжаление едва ли още сте в състояние да...

– Какви факти?! – прекъсна я ученият и се опита да се надигне още повече. Системата в ръката му го теглеше и чувстваше тялото си като от олово. – Знам само, че се намирам във флорентинска болница и че когато съм дошъл, съм повтарял „варвари"...

Изведнъж му хрумна ужасяваща мисъл.

– Да не съм предизвикал автомобилна катастрофа? Някой пострадал ли е?

– Не, не – успокои го доктор Брукс. – Едва ли.

– Тогава *какво?* – настоя Лангдън и погледът му яростно запрескача между двамата лекари. – Имам право да знам какво става!

Последва дълго мълчание. Накрая доктор Маркони неохотно кимна на красивата си млада колежка и тя въздъхна.

– Добре, ще ви разкажа каквото ми е известно... а вие ще слушате спокойно, нали?

Лангдън кимна и от това движение в главата му отново избухна болка. Без да ѝ обръща внимание, той жадно зачака обяснението.

– Първо... Раната на главата ви не е резултат от злополука.

– Е, поне това е успокоително.

– Не съвсем. Всъщност раната ви е от куршум.

Сърдечният монитор отново запиука по-бързо.

– Моля?!

– Куршум е одраскал темето ви и най-вероятно е предизвикал мозъчно сътресение – спокойно, но прекалено бързо отговори доктор Брукс. – Извадили сте страхотен късмет, че сте останали жив. Два сантиметра по-надолу и... – Тя поклати глава.

Лангдън я зяпна смаяно. „Някой е стрелял по мен?!"

Откъм коридора се разнесоха гневни гласове. Изглежда, неизвестният посетител не желаеше да чака. След миг Лангдън чу рязко отваряне на тежка врата и малко по-късно в коридора се появи някаква жена.

Бе облечена изцяло в черна кожа, имаше стройно мускулесто тяло и тъмна коса, стърчаща на пънкарски шипове. Движеше се с лекота, сякаш стъпалата ѝ не докосваха пода, и се насочваше право към стаята на Лангдън.

Доктор Маркони без колебание се изправи на прага, за да ѝ препречи пътя.

– Ferma!* – нареди той и протегна длан като полицай.

Без да забави ход, непознатата извади пистолет със заглушител, и стреля в гърдите му.

Разнесе се рязко изсвистяване.

Пред ужасения поглед на Лангдън доктор Маркони политна назад и падна на пода, като притискаше гърдите си с ръце. Бялата му престилка почервеня от кръв.

* Стой (ит.) – Б. пр.

3.

Седемдесет и два метровата луксозна яхта „Mendacium“* пореше утринната мъгла, която се стелеше над спокойните вълни на Адриатическо море на осем километра от италианския бряг. Тъмносивият цвят на аеродинамичния корпус ѝ придаваше отблъскващия вид на военен кораб.

С цена над 300 милиона щатски долара, яхтата разполагаше с обичайните удобства – джакузита, басейн, киносалон, подводница и хеликоптерна площадка. Тези луксове обаче изобщо не интересуваха собственика ѝ, който я беше купил преди пет години, незабавно разчиствайки всички тези места, за да ги превърне в електронен команден център, изолиран с олово.

Отбранителните сили на кораба се състояха от малък отряд обучени в армията бойци, две системи за засичане на ракети и арсенал от най-модерните оръжия на света. Като се прибавеше и останалият поддържащ персонал – готвачи, чистачи и обслужване – общият брой на екипажа надхвърляше четирийсет души. „Mendacium“ всъщност представляваше подвижна офис сграда, от която собственикът управляваше своята империя.

Подчинените му го наричаха Ректора.

Беше недорасляк с почерняло от слънцето лице и хлътнали очи. Лишената му от внушителност физика и присъщата му прямота напълно подхождаха на човек, спечелил огромно богатство, осигурявайки списък от секретни услуги в сенчестата периферия на обществото.

---

* Лъжа (лат.) – Б. пр.

Лепяха му най-различни етикети – бездушен наемник, сподвижник на греха, помагач на дявола, – ала Ректора не се смяташе за такъв. Той просто даваше на клиентите си възможност да осъществяват своите амбиции и желания, а че човечеството е греховно по природа не беше негов проблем.

Въпреки хулителите и техните етични възражения моралният компас на Ректора се ориентираше по една неизменна звезда. Неговата репутация, а и самият Консорциум се основаваха на две златни правила.

Никога не давай обещание, което не можеш да изпълниш.

И никога не лъжи клиент.

Абсолютно никога.

В цялата си професионална кариера Ректора никога не беше нарушавал обещание, никога не се бе отмятал от сделка. На думата му можеше да се разчита безусловно и макар естествено да имаше договори, за чието сключване съжаляваше, за тяхното неизпълнение не можеше да става и въпрос.

Тази сутрин Ректора излезе на балкона на корабния салон, отправи поглед към кипящото море и се опита да пропъди безпокойството, което пареше под лъжичката му.

„Решенията от нашето минало са архитекти на настоящето ни".

Решенията от миналото на Ректора го бяха поставили в положение да се справя с почти всяко минно поле и винаги да излиза победител. Днес обаче, загледан в далечните светлини на сушата, той се чувстваше необичайно напрегнат.

Преди година на същата тази яхта беше взел решение, чиито последици заплашваха да разрушат всичко построено от него. „Съгласих се да предоставя услуги не на когото трябва". Навремето нямаше как да го знае и все пак сега тази грешка вдигаше буря от непредвидени предизвикателства и го принуждаваше да прати най-добрите си агенти със заповед да направят „всичко необходимо", за да предотвратят преобръщането на неговия клатушкащ се кораб.

В момента Ректора чакаше да се обади един от агентите му.

„Вайента" – помисли си той и си представи жилестата специалистка с пънкарска прическа. Вайента, която досега му служеше безупречно, снощи беше допуснала грешка с ужасяващи резултати. Последните шест часа бяха пълен хаос – отчаян опит за овладяване на положението.

„Вайента твърди, че грешката ѝ се дължи просто на лош късмет – на ненавременното гукане на гълъб".

Само че Ректора не вярваше в късмета. Напротив – правеше всичко, за да елиминира случайността, да ликвидира шанса. Неговата специалност беше пълният контрол – предвиждане на всяка възможност, предусещане на всяка реакция и извайване на действителността с оглед на желания резултат. Професионалната му история представляваше образец за успех и секретност, с които вървеше изумителна клиентела – милиардери, политици, шейхове и дори цели правителства.

На изток първите багри на утрото започваха да засенчват найниските звезди на хоризонта. Ректора стоеше на палубата и търпеливо чакаше съобщение от Вайента, че операцията ѝ е протекла точно по плана.

4.

За миг на Лангдън му се стори, че времето е спряло. Доктор Маркони лежеше неподвижно на пода и от гърдите му бликаше кръв. Като се бореше с успокоителните в организма си, ученият вдигна очи към убийцата с пънкарска прическа, която продължаваше да напредва по коридора и изминаваше последните няколко метра до отворената врата. Щом наближи прага, погледна Лангдън и моментално завъртя оръжието си към него... целеше се в главата му.

„Ще умра – осъзна той. – Ей сега“.

Трясъкът изкънтя в малката болнична стая.

Лангдън подскочи, сигурен, че е прострелян, но звукът не идваше от пистолета на нападателката. А от тежката метална врата, затръшната от доктор Брукс, която в момента завърташе заключващия механизъм.

С обезумели от страх очи лекарката веднага се завъртя, приклекна до своя окървавен колега и провери пулса му. Доктор Маркони се задави и изкашля кръв, която потече по бузата му през гъстата му брада. После се отпусна.

– Enrico, no! Ti prego!* – извика тя.

По външната страна на металната врата се посипа дъжд от куршуми. В коридора закънтяха уплашени викове.

Тялото на Лангдън някак си се оказа в движение – паниката и инстинктът бяха надделели над успокоителните. Докато тромаво се смъкваше от леглото, остра болка опари дясната му предлакътница. В първия момент той си помисли, че някой куршум е пробил вратата и го е улучил, но когато погледна, установи, че системата

---

* Недей, Енрико! Моля те! (ит.) – Б. пр.

се е изтръгнала от ръката му. Пластмасовият абокат стърчеше от рана с разкъсани ръбове и от тръбичката вече течеше топла кръв.

Сега вече Робърт се разбуди окончателно.

Клекнала до тялото на доктор Маркони, доктор Брукс продължаваше да търси пулс. Очите ѝ плуваха в сълзи. После, сякаш в нея бяха натиснали електрически ключ, рязко се изправи и се обърна към Лангдън. Младото ѝ лице се преобрази пред погледа му и придоби цялото хладнокръвно самообладание на опитен лекар от спешно отделение в критичен момент.

– Елате с мен – нареди тя.

Хвана го за ръка и го задърпа. Изстрелите и хаосът в коридора продължаваха. Лангдън се клатушкаше. Чувстваше ума си буден, ала упоеното му тяло реагираше мудно. „Размърдай се!" Плочките на пода студенееха под босите му крака, а болничната нощница му беше прекалено къса. Усещаше как кръвта се стича по ръката му и се събира в шепата му.

Куршумите продължаваха да се сипят около тежката брава.

Доктор Брукс грубо натика пациента си в малката баня. Понечи да го последва, но спря, обърна се и изтича при плота, за да вземе окървавеното му сако от туид.

„Остави го това тъпо сако!"

Младата лекарка го последва и бързо заключи вратата на банята. В този момент вратата на стаята се отвори с трясък.

Доктор Брукс се насочи към друга врата, отвори я и изведе Лангдън в съседната реанимационна зала. Зад тях пак отекнаха изстрели. Лекарката надникна в коридора, хвана Робърт за ръка и го затегли към стълбището. От резките движения му се зави свят и му се стори, че ще припадне.

Следващите петнайсет секунди преминаха като в мъгла... спускане по стълбище... залитане... падане. Главата му се пръскаше от болка. Зрението му стана още по-неясно и мускулите му реагираха с голямо забавяне.

А после температурата изведнъж се понижи.

„Навън съм".

Доктор Брукс го поведе по някаква тъмна алея и той настъпи

нещо остро, падна и се удари силно. Тя с усилие го изправи, като ругаеше дадените му успокоителни.

В края на алеята Лангдън отново се препъна. Този път тя го остави да лежи на земята, втурна се към улицата и започна да вика на някого. Робърт видя бледа зелена светлина на такси, паркирано пред болницата. Колата не помръдна – шофьорът несъмнено спеше. Доктор Брукс продължи да крещи и бясно замаха с ръце. Накрая фаровете на таксито светнаха и то лениво се насочи към тях.

В края на алеята зад Лангдън рязко се отвори врата. Последваха бързи стъпки. Той се обърна и видя, че към него тича тъмна фигура. Опита се да се надигне, но лекарката вече го теглеше и го натикваше на задната седалка на спрелия с работещ двигател фиат. Робърт тежко се стовари отчасти на седалката, отчасти на пода, а тя се метна отгоре му и затръшна вратата.

Сънeният шофьор се обърна и се вторачи в нахълталата в колата му странна двойка – млада жена с коса на опашка и медицинска престилка и мъж с кървяща ръка в съдрана болнична нощница. И тъкмо понечи да им каже да се разкарат от таксито му, когато страничното огледало избухна. Жената в черна кожа изхвърча от алеята, насочила пистолета си напред. Оръжието отново изсъска – в същия миг, в който доктор Брукс натисна главата на Лангдън надолу. Задният прозорец се пръсна и ги обсипа с парченца стъкло.

Шофьорът нямаше нужда от подканяне. Настъпи газта и таксито се понесе напред.

Лангдън се олюляваше на ръба на съзнанието. „Някой се опитва да ме убие?!“

Щом завиха зад ъгъла, доктор Брукс се надигна на седалката и хвана окървавената ръка на пациента си. Абокатът стърчеше накриво.

– Гледайте през прозореца – заповяда му тя.

Робърт се подчини. В мрака край тях профучаваха призрачни надгробни камъни. Някак си му се стори уместно, че минават покрай гробище. Усети, че лекарката внимателно опипва с пръсти абоката. После, без предупреждение, рязко го изтегли.

В главата му се стрелна пареща болка. Очите му се извъртяха и всичко потъна в чернота.

5.

Пронизителният звън на телефона откъсна погледа на Ректора от успокоителната мъгла на Адриатика и той бързо влезе в салона.

„Крайно време!“ – помисли си. Нямаше търпение да разбере какво се е случило.

Компютърният екран на бюрото му се беше съживил и го информираше, че входящото повикване идва от шведски телефон с гласово криптиране Сектра Тайгър Екс Ес, пренасочено през четири непроследими рутера.

Той си сложи слушалките.

– Ректора. Слушам – каза бавно и спокойно.

– Обажда се Вайента.

Ректора долови в гласа ѝ необичайна нервност. Агентите му рядко се свързваха с него лично и още по-рядко оставаха на служба след провал като снощния. Въпреки това той се нуждаеше от човек на място, който да овладее кризата, и смяташе, че Вайента е най-подходяща за тази работа.

– Докладвам – каза тя.

Ректора мълчеше, с което ѝ даваше знак да продължи.

Вайента заговори безизразно, явно в опит да демонстрира професионализъм:

– Лангдън избяга. Онова нещо е у него.

– Ясно – след дълго мълчание отвърна Ректора. – Предполагам, че при първа възможност ще се обърне към властите.

Главният фасилитатор Лорънс Ноултън – седеше в личната си кабина в контролния център на кораба две палуби под салона – забеляза, че криптираният разговор на Ректора е свършил. Надяваше се, че получената новина е добра. През последните два дни шефът беше видимо напрегнат и всички на кораба усещаха, че се провежда някаква изключително важна операция.

„Залогът е невъобразимо голям. Дано Вайента да се е справила".

Ноултън имаше опит в поддръжката на грижливо разработени планове, но трябваше да признае, че този конкретен сценарий се е провалил напълно – точно затова Ректора беше поел осъществяването му лично.

„Навлязохме в непознати води".

Въпреки че в момента се провеждаха още пет-шест операции в различни точки на света, всички те се обслужваха от регионални представителства на Консорциума, което позволяваше на Ректора и неговите хора на борда на „Mendacium" да се съсредоточат единствено върху този случай.

Преди няколко дни клиентът им се бе самоубил – бе скочил отвисоко във Флоренция, – но оставаше да изпълнят още множество платени от него услуги – конкретни задачи, възложени от него на организацията независимо от обстоятелствата – и Консорциумът възнамеряваше да продължи, както винаги.

„Имам заповед" – помисли си Ноултън. Изобщо не се колебаеше дали да се подчини. Излезе от звукоизолираната си стъклена кабина и мина покрай няколкото работни места, едни прозрачни, други затъмнени, в които дежурните служители работеха по различни аспекти на същата тази операция.

Мина през главната контролна зала с нейния рядък пречистен въздух, кимна на техниците и влезе в малка ниша с десетина сейфа. Отвори един и извади яркочервена флашка. Според приложения към нея фиш във флашката имаше голям видеофайл, който клиентът им искал да пратят на някои основни медии в точно определен час на другата сутрин.

Анонимното изпращане нямаше да представлява проблем, но в съответствие с правилата за работа с всякакви файлове софтуерната програма за изпълнение на операцията посочваше видеофайла за проверка *днес* – едно денонощие преди изпълнението, – за да е сигурно, че Консорциумът ще разполага с достатъчно време за евентуално декриптиране, компилиране или други подготвителни действия, необходими преди пращането му в определеното време.

„Не оставяй нищо на случайността“.

Ноултън се върна в прозрачната си кабина, затвори тежката стъклена врата и се изолира от външния свят.

Натисна ключа на стената и стъклата моментално станаха непрозрачни. От съображения за сигурност всички стъклени офиси на „Mendacium“ бяха направени от стъкло с технологията за суспендирани частици. Прозрачността им лесно се контролираше с помощта на ток, който ориентираше или еднакво, или на случайна основа милиони миниатюрни пръчковидни частици, „суспендирани“ в стъклената плоскост.

Разпределянето на информацията беше крайъгълен камък на техния успех.

„Информирай се само за собствената си задача. Не споделяй нищо“.

Затворен в личното си пространство, Ноултън пъхна флашката в компютъра и отвори файла, за да го провери.

Екранът моментално почерня... и от тонколоните се разнесе тих плисък на вода. На дисплея бавно се появи образ... аморфен и тъмен. От мрака започна да се оформя сцена... пещера... или някаква грамадна зала. Вместо под имаше вода – като подземно езеро. Странно, водата изглеждаше осветена... сякаш отдолу.

Ноултън никога не беше виждал такова нещо. Цялата пещера сияеше в зловеща червеникава светлина и по бледите стени като пипала се гънеха отражения на вълнички. „Какво е... това място?“

Под неспиращия плисък на водата камерата се наклони надолу и започна да се спуска вертикално към осветената водна повърхност, докато не потъна под нея. Звуците стихнаха, заменени от злокобна тишина. Камерата продължи да потъва още няколко метра, после спря и обективът фокусира покритото с тиня дъно.

Там беше завинтена правоъгълна плоча от искрящ титан.
На плочата имаше надпис.

НА ТОВА МЯСТО И НА ТОЗИ ДЕН
СВЕТЪТ СЕ ПРОМЕНИ ЗАВИНАГИ.

Отдолу бяха гравирани име и дата.
Името на техния клиент.
Датата... утре.

6.

Лангдън усети, че го повдигат яки ръце... измъкват го от унеса му и му помагат да слезе от таксито. Потръпна, когато босите му ходила стъпиха върху студената улична настилка.

Като се опираше на доктор Брукс, Робърт се заклатушка по пустия проход между два жилищни блока. Утринният вятър развяваше болничната му нощница и той усещаше хладния въздух на места, които не би трябвало да са открити.

Дадените му в болницата успокоителни замъгляваха както зрението, така и ума му. Чувстваше се като под вода, сякаш с мъка си проправяше път през плътна сумрачна среда. Сиена Брукс го теглеше напред и го подкрепяше с изненадваща сила.

– Стъпала – каза тя и Лангдън видя, че са стигнали до някакво стълбище.

Вкопчи се в парапета и замаяно се заизкачва – стъпало по стъпало. Тялото му ужасно тежеше. Лекарката застана зад него и буквално го затика нагоре. Когато стигнаха на площадката, тя набра комбинация от цифри на ръждясала стара клавиатура и вратата с бръмчене се отключи.

Вътре не беше много по-топло, но плочките на пода бяха като мек килим за петите му в сравнение с неравната настилка навън.

Доктор Брукс го заведе при малък асансьор, отвори сгъваемата врата и го вкара в клетка с големина на телефонна кабина. Миришеше на цигари „Ем Ес" – сладко-горчив аромат, също толкова широко разпространен в Италия, колкото и ухането на горещо еспресо. Макар и мъничко, миризмата попроясни ума му. Лекарката натисна един бутон и някъде високо над тях се раздвижи уморен механизъм.

Нагоре...

Скърцащата клетка се заиздига с друсане. Тъй като стените ѝ представляваха просто метални решетки, Лангдън виждаше асансьорната шахта, ритмично спускаща се покрай тях. Въпреки замаяното му състояние отдавнашният му страх от тесни пространства никога не заспиваше.

„Не гледай“.

Облегна се на решетката и се помъчи да се овладее. Ръката го болеше и когато я погледна, той видя, че ръкавът на сакото му е завързан на лакътя му като бинт. Самото сако висеше до пода, оръфано и мръсно.

Главата му се пръскаше и Робърт затвори очи... и отново го погълна онази чернота.

Появи се познато видение – величествената забулена жена с амулета и къдравата сребриста коса. Както преди, тя стоеше на брега на кървавочервена река, заобиколена от гърчещи се тела. „Търси и ще намериш!“ – умолително произнесе непознатата.

Обзе го усещането, че трябва да я спаси... да спаси всички. Полузаровените стърчащи крака един по един престанаха да подритват.

„Коя си ти?! – изкънтя гласът му в тишината. – Какво искаш?!“

Горещ вятър развя разкошната ѝ сребриста коса. „Времето ни изтича“ – прошепна тя и докосна амулета на шията си. После внезапно избухна в ослепителен огнен стълб, който запламтя над реката и погълна и двамата.

Лангдън извика и отвори очи.

Доктор Брукс го наблюдаваше загрижено.

– Какво има?

– Пак халюцинации! – възкликна той. – Същата сцена.

– Сребрококосата жена ли? И труповете?

Робърт кимна. Челото му бе мокро от пот.

– Ще се оправите – успокои го тя, въпреки че и нейният глас трепереше. – Повтарящите се видения са често срещано явление при амнезия. Мозъчната функция, която подрежда и категоризира спомените ви, временно е извадена от равновесие и затова нахвърля всичко в една обща картина.

– Не особено приятна картина – успя да отвърне Лангдън.

– Знам, но докато не се излекувате, спомените ви ще останат мъгляви и хаотични – смесица от минало, настояще и въображение. Същото се случва в сънищата.

Асансьорът спря и доктор Брукс отвори сгъваемата врата. Тръгнаха по тъмен тесен коридор и подминаха прозорец, през който вече се мержелееха сумрачните силуети на флорентинските покриви. Когато стигнаха до дъното на коридора, тя клекна, извади ключ изпод саксията на жадно наглед растение и отключи вратата.

Миризмата в апартаментчето предполагаше постоянна борба между свещи с аромат на ванилия и стари килими. Мебелите и произведенията на изкуството бяха оскъдни, меко казано – сякаш собственичката ги е купувала от улична разпродажба. Доктор Брукс включи един термостат и радиаторите заработиха.

Доктор Брукс остана за миг неподвижна и затвори очи; дишаше дълбоко, сякаш събираше мислите си. После се обърна и помогна на Лангдън да стигне до скромната кухничка с пластмасова маса и два паянтови стола.

Робърт се насочи към столовете с надеждата да седне, но лекарката го хвана за лакътя с една ръка и с другата отвори някакъв шкаф. Вътре нямаше почти нищо – бисквити, няколко кутии паста, кутия кола и шишенце кофеинови таблетки.

Тя взе шишенцето и изсипа шест хапчета в шепата му.

– Кофеин. Използвам го, когато имам нощни смени като днес.

Лангдън ги лапна и се озърна за вода.

– Сдъвчете ги – посъветва го доктор Брукс. – Така ще се усвоят по-бързо в организма и ще притъпят ефекта на успокоителните.

Той задъвка таблетките и веднага потрепери. Бяха горчиви – явно бяха предназначени да се гълтат цели. Лекарката отвори хладилника и му подаде преполовена бутилка „Сан Пелегрино". Робърт с благодарност отпи голяма глътка.

Младата жена хвана дясната му ръка, свали импровизирания бинт, за какъвто беше използвала сакото му, и го остави на масата. После внимателно огледа раната. Докато тя държеше голата му ръка, Лангдън усети, че дългите ѝ тънки пръсти треперят.

– Ще се оправите – каза доктор Брукс.

Професорът се надяваше, че и тя ще се оправи. Все още не можеше да проумее случилото се.

– Трябва да се обадим на някого, доктор Брукс. В консулството... или в полицията.

Тя кимна и каза:

– И престанете да ме наричате „доктор Брукс" – казвам се Сиена.

Лангдън кимна.

– Благодаря. Аз съм Робърт. – Връзката, възникнала между двамата с бягството им от смъртна опасност, явно предполагаше да си говорят на „ти". – Каза, че си англичанка, нали?

– Там съм родена, да.

– Не усещам да имаш акцент.

– Защото положих много усилия да се избавя от него.

Лангдън понечи да попита защо, но Сиена му даде знак да я последва и го поведе по тесен коридор към малка мрачна баня. В огледалото над мивката той видя отражението си за пръв път, след като го беше зърнал в прозореца в болничната стая.

„Не изглеждам добре". Гъстата му тъмна коса висеше на сплъстени кичури, очите му бяха кръвясали и подути. За вида му не допринасяше и наболото по брадичката му стърнище.

Сиена завъртя крана и пъхна ръката му под ледената вода. Въпреки че го заболя ужасно, Лангдън само потрепери и не се отдръпна.

Лекарката взе чиста кърпа и я напръска с течен антибактериален сапун.

– По-добре се извърни.

– Нищо ми няма. Не ме е страх от...

Тя започна силно да търка раната и по ръката му се стрелна нажежена до бяло болка. Робърт стисна зъби, за да не изкрещи.

– За да не се инфектира. – Младата жена усили натиска още повече. – Пък и ако ще се обаждаш на властите, трябва да си по-буден, отколкото си в момента. Нищо не стимулира освобождаването на адреналин така, както болката.

Лангдън изтърпя, както му се стори, цели десет секунди търкане, после рязко дръпна ръката си. „Стига!" Да, сега се чувстваше по-силен и буден – болката в ръката му беше прогонила главоболието окончателно.

– Добре. – Тя спря водата, избърса ръката му с чиста кърпа и след това я бинтова, но докато го правеше, вниманието на Робърт бе привлечено от нещо, което току-що бе забелязал – и което силно го разтревожи.

От близо четирийсет години Лангдън носеше часовник с Мики Маус, специална колекционерска серия, подарък от родителите му. Ухиленото лице и тиктакащите ръце на анимационния герой ежедневно му напомняха да се усмихва по-често и да не приема живота толкова сериозно.

– Къде ми е... часовникът?! – попита той. – Няма го! – Без него изведнъж се почувства някак непълен. – С него ли бях, когато се появих в болницата?

Сиена го изгледа изумено, явно озадачена, че може да се вълнува от нещо толкова банално.

– Не си спомням да си бил с часовник. А сега се измий. Ще се върна след няколко минути и ще обсъдим от кого да поискаме помощ. – Обърна се, но спря на прага и го погледна в огледалото. – И докато ме няма, сериозно си помисли защо някой иска да те убие. Предполагам, че това ще е първият въпрос, който ще ти зададат властите.

– Къде отиваш?

– Не можеш да разговаряш с полицията почти гол. Отивам да ти потърся дрехи. Съседът ми е горе-долу колкото тебе на ръст. В момента отсъства и аз храня котката му. Длъжник ми е.

И с тези думи го остави сам.

Робърт Лангдън отново се обърна към малкото огледало над мивката и едва позна мъжа, който го гледаше оттам. „Някой иска да ме убие". В главата му се разнесе записът на собствения му обезумял глас:

„Варвари... варвари..."

Потърси нещо в паметта си... каквото и да е. Видя само пустота. Знаеше единствено, че е във Флоренция и е получил огнестрелна рана в главата.

Докато се взираше в собствените си уморени очи, Лангдън разсеяно се зачуди дали няма да се събуди в креслото си вкъщи с празна чаша от мартини и „Мъртви души" в ръце, само за да си напомни, че никога не бива да смесва „Бомбей Сафайър" и Гогол.

7.

Лангдън смъкна окървавената болнична нощница и уви около кръста си пешкир. Наплиска лицето си с вода и предпазливо докосна шевовете на тила си. Кожата изглеждаше възпалена, но когато приглади сплъстената си коса върху мястото, раната напълно се скри. Кофеиновите таблетки вече действаха и той усещаше, че мъглата най-после започва да се разсейва.

„Мисли, Робърт! Опитай се да си спомниш“.

В малката баня без прозорци изведнъж го обзе клаустрофобия. Той излезе и инстинктивно се насочи към снопа светлина, проникващ през открехнатата врата оттатък коридора.

Стаята приличаше на импровизиран кабинет – евтино бюро, стар въртящ се стол, пръснати по пода книги и, слава богу... *прозорец*.

Лангдън тръгна към светлината.

Изгряващото тосканско слънце тъкмо започваше да целува най-високите кули на събуждащия се град – камбанарията, Бадия, Баргело. Той притисна челото си към хладното стъкло. Мартенският въздух беше свеж и студен и усилваше целия спектър на слънчевата светлина, която вече окъпваше хълмовете.

„Рисуваща светлина“ – така я наричаха.

В сърцето на този пейзаж се извисяваше грамаден купол с червени плочи, върху който като фар сияеше позлатено медно кълбо. Il Duomo. Катедралата. Проектираният от Брунелески огромен купол на базиликата бе връх в архитектурната история и днес, след повече от петстотин години, високата почти сто и петнайсет метра сграда още си стоеше на мястото, неподвижен великан на Пиаца дел Дуомо.

„Защо съм във Флоренция?“

За Лангдън, отдавнашен поклонник на италианското изкуство, Флоренция се беше превърнала в едно от най-любимите му места в цяла Европа. По улиците на този град като малък бе играл Микеланджело, във флорентинските ателиета бяха пламнали искрите на италианския Ренесанс. Това беше Флоренция, чиито галерии примамваха милиони пътешественици, за да се възхитят на „Раждането на Венера“ на Ботичели, Леонардовото „Благовещение“ и голямата гордост и радост на града – Il Davide.

Когато за пръв път го видя като тийнейджър, Робърт бе направо хипнотизиран... Влезе в Accademia delle Belle Arti, Академията за изящни изкуства... Вървеше бавно през мрачната фаланга на Микеланджеловите Prigioni, робите... и после нещо неумолимо привлече погледа му нагоре към петметровия шедьовър. Самата големина и подчертаната мускулатура на Давид сепваха всички, които го виждаха за пръв път, ала Лангдън беше запленен от гениалността на неговата поза. Микеланджело използваше класическата традиция на contrapposto, контрапозицията, за да създаде илюзията, че Давид се е отпуснал надясно и левият му крак не носи почти никаква тежест, докато всъщност носеше тонове мрамор.

Навремето тъкмо „Давид“ го накара да оцени силата на въздействието на великата скулптура.

Зачуди се дали е отишъл да види шедьовъра сега, но си спомняше само свестяването си в болницата и убийството на невинния лекар пред очите му. „Варвари... варвари...“

От угризение почти му се пригади. „Какво съм направил?“

С периферното си зрение зърна лаптопа на бюрото. Случилото се с него, изведнъж осъзна той, можеше да е отразено в новините.

„Ако вляза в интернет, може да открия отговорите на някои от въпросите“.

Обърна се към вратата и извика:

– Сиена!

Тишина. Лекарката явно продължаваше да му търси дрехи в апартамента на съседа.

Тя щеше да прояви разбиране, несъмнено. Лангдън отвори лаптопа и го включи.

Появи се десктопът – обичайното синьо небе с облачета на Уиндоус. Професорът отвори италианската версия на Гугъл и въведе името си.

„Ако можеха да ме видят сега студентите ми!“ – помисли си, докато започваше търсенето. Често ги предупреждаваше да не се гуглират – странно ново забавление, което отразяваше манията по известността, очевидно обзела американската младеж.

Отвори се страница с резултатите от търсенето – стотици попадения, свързани с него, книгите и лекциите му. „Не е това“.

Ограничи възможностите, като натисна бутона за новини.

Появи се нова страница: „Новини за Робърт Лангдън“.

„Робърт Лангдън ще раздава автографи...“

„Робърт Лангдън ще поздрави абсолвенти...“

„Робърт Лангдън публикува учебник по история на символите за...“

Въпреки дългия списък нямаше новини от последните дни – абсолютно нищо, което да обяснява настоящото му премеждие. „Какво се е случило снощи?“ Лангдън продължи да търси и влезе в уебсайта на „Флорънтайн“, вестник, издаван на английски във Флоренция. Прегледа заглавията, разделите с последните новини, полицейската хроника. Имаше репортажи за пожар в апартамент, скандал с финансови злоупотреби на правителството и всевъзможни дребни престъпления.

„Съвсем нищо ли?!“

Прочете кратък материал за общинар, който починал предишната вечер от инфаркт на площада пред катедралата. Името му не се съобщаваше, но нямало съмнения за нещо незаконно.

Накрая, след като не знаеше какво повече да направи, Лангдън влезе в университетския си имейл и си провери пощата, за да види дали няма да намери някакъв отговор там. Откри само обичайния поток съобщения от колеги, студенти и приятели, повечето относно срещи през идната седмица.

„Като че ли никой не подозира, че ме няма".

Обзет от все по-силна неувереност, той изключи компютъра и затвори капака. Тъкмо се канеше да се отдалечи от бюрото на Сиена, когато нещо привлече вниманието му. В единия ъгъл, върху купчина стари медицински списания и статии, лежеше полароидна снимка на Сиена Брукс и нейния брадат италиански колега. Двамата се смееха в болничен коридор.

„Доктор Маркони" – помисли си Лангдън и изпълнен с угризение, вдигна снимката и я разгледа.

Докато я оставяше на мястото ѝ, с изненада забеляза пожълтяла брошура – оръфана театрална програма от лондонския „Глобус". Според корицата тя представяше постановка на Шекспировия „Сън в лятна нощ"... играна преди близо двайсет и пет години.

В горния ѝ край с флумастер бяха написани няколко думи: „Миличка, никога не забравяй, че си истинско чудо".

Робърт взе програмата и отвътре изпаднаха няколко изрезки от вестници. Той понечи да ги върне обратно и разтвори брошурата на изтърканата страница, на която бяха изрезките – и замръзна.

Оттам го гледаше снимка на дете, което играеше ролята на пакостливия Шекспиров дух Пък. Момиченцето с познатата руса опашка не можеше да е на повече от пет години.

Текстът под снимката гласеше: „Роди се нова звезда".

Биографичните данни представяха дете с феноменален актьорски талант – Сиена Брукс, която имала невероятен коефициент за интелигентност и само за една нощ запомнила всички реплики на героите, дори на първите репетиции често подсказвала на другите артисти. Сред любимите занимания на петгодишната актриса били цигулка, шахмат, биология и химия. Дете на заможно семейство от лондонското предградие Блекхийт, тя вече била прочута в научните среди – на четиригодишна възраст победила известен гросмайстор и четяла на три езика.

„Господи – помисли си Лангдън. – Сиена. Това обяснява някои неща".

Спомни си един от най-известните харвардски възпитаници, вундеркинда Сол Крипке, който на шестгодишна възраст сам научил иврит и на дванайсет прочел всички съчинения на Декарт. Наскоро беше научил за друг млад феномен, Моше Кай Кавалин, който на единайсет завършил университет с отличие и спечелил национален шампионат по бойни изкуства, а на четиринайсет издал книга със заглавие „Можем да го постигнем".

Взе друга изрезка, репортаж със снимка на седемгодишната Сиена: „ГЕНИАЛНО ДЕТЕ ИМА КОЕФИЦИЕНТ НА ИНТЕЛИГЕНТНОСТ 208".

Нямаше представа, че изобщо може да съществува толкова висок коефициент на интелигентност. Според статията Сиена Брукс била виртуозна цигуларка, можела да усвои нов език за един месец и сама изучавала анатомия и физиология.

Прочете трета изрезка от медицинско списание: „БЪДЕЩЕТО НА МИСЪЛТА: НЕ ВСИЧКИ УМОВЕ СА СЪЗДАДЕНИ РАВНИ".

В тази публикация имаше снимка на Сиена, може би вече десетгодишна, пак с русата си опашка, застанала до голям медицински апарат. Материалът съдържаше интервю с лекар, който обясняваше, че направили томография на малкия мозък на момичето и той се различавал *физически* – бил по-голям, по-съвършен орган, способен да обработва зрително-пространствена информация по напълно недостъпен за повечето хора начин. Лекарят свързваше физиологичните предимства на Сиена с необикновено ускорен клетъчен растеж в мозъка ѝ, почти като рак, само че ускорено се развивала доброкачествена мозъчна тъкан вместо смъртоносни ракови клетки.

Лангдън попадна на изрезка от провинциален вестник.

„ПРОКЛЯТИЕТО НА ГЕНИАЛНОСТТА".

Този път нямаше снимка, но в статията се разказваше за гениалното дете Сиена Брукс, която се опитвала да ходи в обикновени училища, обаче другите ученици я дразнели, защото не приличала на тях. Описваше се изолацията на талантливите деца, чиито умения за общуване не можели да се сравняват с интелекта им и които често били отлъчвани от обществото.

Според материала на осем години Сиена избягала от къщи и я открили чак след десет дни в скъп лондонски хотел, където се представила като дъщеря на един от гостите, откраднала ключ и си поръчвала румсървис за чужда сметка. Очевидно за това време успяла да прочете всичките хиляда и шестстотин страници на „Анатомията" на Грей. Когато полицаите я попитали защо чете медицински текстове, отговорила, че иска да разбере какво не е наред с мозъка ѝ.

Сърцето на Лангдън се сви от съчувствие към момиченцето. Не можеше да си представи самотата, която изпитва едно толкова различно дете. Преди да сгъне изрезките, още веднъж погледна снимката на петгодишната актриса. Като се имаха предвид невероятните обстоятелства на тазсутрешната им среща, трябваше да признае, че ролята на пакостливото носещо сънища духче някак си е много уместна. Искаше му се само и той като героите от пиесата да се събуди и да се престори, че последните му преживявания са били просто сън.

Грижливо върна всички изрезки на съответната страница и затвори програмата, обзет от неочаквана меланхолия при вида на бележката върху корицата: „Миличка, никога не забравяй, че си истинско чудо".

Вниманието му привлече познатият символ, украсяващ корицата на брошурата, същото древногръцко изображение, което можеше да се види на повечето театрални програми по целия свят – пиктограма на две хиляди и петстотин години, превърнала се в синоним на театъра.

Маските.

Лангдън впери очи в схематичните лица на Комедията и Трагедията и изведнъж в ушите му се разнесе странно жужене – сякаш в ума му бавно опъваха тетива. В черепа му избухна остра болка и пред затворените му очи се понесе маска. Той изпъшка, стовари се на стола пред бюрото, стисна очи и стисна и главата си с ръце.

В мрака яростно се завърнаха странните видения... мрачни и живи.

Среброкосата жена с амулета отново го зовеше отвъд кърваво-червената река. Отчаяните ѝ викове пронизваха зловонния въздух и се чуваха ясно въпреки стоновете на измъчваните и умиращите, които се гърчеха в агония. Лангдън пак видя мъчително подритващите крака с буквата R.

„Търси и ще намериш! – викаше жената. – Времето изтича!"

Лангдън за пореден път изпита непреодолимо желание да ѝ помогне... да помогне на *всички*. „Коя си ти?!" – попита я.

Жената отново вдигна ръце и смъкна воала си – и професорът видя същото изумително лице, което вече беше виждал.

„Аз съм животът" – отвърна тя.

В небето над нея внезапно се появи огромен образ – страховитата маска с дълъг клюновиден нос и пламтящи зелени очи, вторачени право в Лангдън.

„А аз... съм смъртта" – отекна гласът.

8.

Лангдън рязко отвори клепачи и сепнато си пое дъх. Още седеше на стола на Сиена, стиснал главата си с ръце. Сърцето му туптеше бясно.

„Какво става с мен, по дяволите?“

Образите на сребрукосата жена и маската с клюна продължаваха да витаят в ума му. „Аз съм животът. Аз съм смъртта“. Опита се да ги прогони, ала те сякаш завинаги се бяха запечатали в мозъка му. От театралната програма на бюрото пред него го гледаха двете маски.

„Спомените ви ще останат мъгляви и хаотични – беше му казала Сиена. – Смесица от минало, настояще и въображение“.

Виеше му се свят.

Някъде в апартамента звънеше телефон. Пронизителен старомоден звън, идващ от кухнята.

– Сиена? – извика Лангдън и се изправи.

Не получи отговор. Още не се беше върнала. След второто иззвъняване се включи телефонен секретар.

– Ciao, sono io – весело съобщи записаният глас на Сиена. – Lasciatemi un messaggio e vi richiamerò*.

Последва сигнал и паникьосан женски глас със силен източноевропейски акцент остави съобщение.

– Сиена, аз Даникова! Ти къде?! Тука ужас! Твой приятел доктор Маркони мъртъв! Цяла болница в хаос! Тук полиция! Хората разправят ти избягала, за да спасиш *пациент?*! Защо?! Ти не го познаваш! Сега полиция иска да разговаря с тебе! Вземат ти личното досие! Знам, че данни в него грешни – измислен адрес, няма

* Здравейте, аз съм. Оставете ми съобщение и ще ви се обадя (ит.) – Б. пр.

телефонни номера, фалшива работна виза – и те днес не намират тебе, обаче скоро намерят! Искам да предупредя те. Съжалявам, Сиена.

Жената затвори.

Отново го обзеха угризения. Ако се съдеше по съобщението, доктор Маркони беше позволил на Сиена да работи в болницата. Появата на Лангдън бе струвала живота на италианския лекар, а инстинктивният стремеж на Сиена да спаси един непознат щеше да има ужасни последици за бъдещето ѝ.

В този момент вратата на апартамента се отвори и шумно се захлопна.

„Върна се".

След миг се включи телефонният секретар: „Сиена, аз Даникова! Ти къде?!"

Лангдън потръпна. Знаеше какво ще чуе Сиена. Докато течеше съобщението, той бързо остави театралната програма и подреди бюрото. После тихо излезе в коридора и се вмъкна в банята. Чувстваше се неловко, че е надзърнал в миналото на своята спасителка.

След десет секунди на вратата се почука.

– Ще закача дрехите ти на бравата – с пресекнат от вълнение глас каза Сиена.

– Благодаря – отвърна Робърт.

– Когато си готов, ела в кухнята – каза тя. – Искам да ти покажа нещо важно, преди да се обадим на когото и да е.

Сиена уморено влезе в скромната си спалня. Извади дънки и пуловер от скрина и влезе в банята.

Погледна се в огледалото, вдигна ръка, хвана русата си опашка, дръпна я и смъкна перуката от главата си.

От огледалото я наблюдаваше трийсет и две годишна жена с напълно гол скалп.

В живота ѝ не бяха липсвали предизвикателства и макар че се беше научила да разчита на интелекта си, за да преодолява трудностите, настоящото премеждие я бе потресло.

Сиена остави перуката и си изми лицето и ръцете. След като се избърса, се преоблече, пак си сложи перуката и я нагласи грижливо. Рядко се отдаваше на самосъжаление, но сега, когато сълзите ѝ бликаха от самата ѝ същност, просто не можеше да им се съпротивлява.

Не се и опита.

Заплака за живота, който не можеше да контролира.

Заплака за наставника, който беше умрял пред очите ѝ.

Заплака за абсолютната самота, която изпълваше сърцето ѝ.

Ала най-вече заплака за бъдещето... което изведнъж ѝ се струваше съвсем несигурно.

9.

Главният фасилитатор Лорънс Ноултън седеше в изолираната си стъклена кабина на една от долните палуби на „Mendacium“ и смаяно се взираше в компютърния екран, след като току-що бе изгледал оставения от техния клиент видеозапис.

„И утре сутрин трябва да пратя това на медиите?!“

През десетте години, откакто работеше в Консорциума, беше изпълнявал всевъзможни странни задачи, чийто характер можеше да се определи някъде в пространството между непочтеността и престъплението. Дейността в сивата зона на морала се смяташе за естествена в тяхната организация, чийто единствен етичен принцип изискваше да правят абсолютно всичко необходимо, за да спазят даденото на клиента обещание.

„Ние изпълняваме поръчките докрай. Не задаваме въпроси. Независимо от всичко“.

Перспективата да прати този видеофайл обаче го смущаваше. Каквито и странни задачи да беше изпълнявал досега, винаги разбираше причините... схващаше мотивите... знаеше какъв резултат целят.

Този видеозапис обаче го озадачаваше.

Нещо в него му се струваше различно.

Съвсем различно.

Пусна пак деветминутния запис с надеждата, че нещо може да му се изясни. Усили звука и се съсредоточи.

Както и първия път, записът започна с тих плисък в зловещата, окъпана в страховита червена светлина пещера. Камерата пак потъна под повърхността на осветеното отвътре езеро и се спусна към покритото с тиня дъно. Ноултън препрочете текста на плочата:

НА ТОВА МЯСТО И НА ТОЗИ ДЕН
СВЕТЪТ СЕ ПРОМЕНИ ЗАВИНАГИ.

Фактът, че полираната плоча носи подписа на техния клиент, го изпълваше с безпокойство. Че датата е *утре*... това го тревожеше още повече. Следващите кадри обаче пораждаха истински страх.

Камерата се насочи наляво и показа стряскащ обект, който висеше точно до плочата.

Под водата се поклащаше кълбо от тънка изкуствена материя, завързано за дъното с къса жица. Фината като сапунен мехур прозрачна сфера приличаше на подводен балон... само че пълен не с хелий, а с някаква пихтиеста жълто-кафява материя. Краищата на аморфната топка бяха издути. Измерен на око, диаметърът ѝ беше трийсетина сантиметра. Мътната гъста маса вътре сякаш бавно се въртеше – като център на безшумно образуваща се буря.

„Господи" – помисли си Ноултън, обзет от усещане за нещо лепкаво и неприятно. Висящата във водата топка имаше още позловещ вид от предишния път.

Картината постепенно почерня.

Появи се нов образ – мократа стена на пещерата, по която танцуваха отражения на осветената лагуна. Върху стената падна сянка... сянката на човек... изправен в пещерата.

Ала главата му изглеждаше уродлива... ужасно уродлива.

Вместо нос човекът имаше дълъг клюн... сякаш беше с птича глава.

А после човекът заговори. Гласът му звучеше приглушено... и думите му бяха зловещо красноречиви... отмерено ритмични... като че ли бе разказвач от някакъв класически хор.

Докато сянката с клюна говореше, Ноултън седеше неподвижно, затаил дъх.

Да, аз съм Сянката...

И ако гледате сега, душата ми най-после е намерила покой.

Прогонен в дълбините, аз трябва да говоря на света от земните недра, прокуден в мрачна пещера, където води кървавочервени се събират в лагуна, в която не блестят звезди.

Ала това е моят рай – идеалната утроба за крехкото ми чедо.

Това е Адът.

И скоро ще узнаете какво ви завещавам.

Ала дори и тук усещам стъпките на невежите души, които ме преследват... и не ще се спрат пред нищо, за да ми попречат.

Прости им, ще речете, защото не знаят какво правят. Но в историята настъпва момент, в който невежеството става непростимо престъпление... момент, в който единствено мъдростта има правото да опрощава.

С чиста съвест завещавам на всички вас дара на Надеждата, спасението, бъдещето.

И все пак има хора, които ме преследват като псе, подтиквани от самодоволното убеждение, че съм луд. А онази среброкоса красавица смее да ме нарича чудовище! Подобно на заслепените духовници, настоявали за смъртта на Коперник, тя ме обявява за дявол, ужасена, че съм съзрял Истината.

Но аз не съм пророк.

Аз съм вашето спасение.

Аз съм Сянката.

10.

– Седни – каза Сиена. – Трябва да те питам за някои неща.

Лангдън вече се чувстваше много по-стабилен. Носеше заетия от съседа костюм на „Бриони", който му ставаше изненадващо точно. Дори мокасините му бяха удобни и той мислено си отбеляза да премине на италиански обувки, когато се върне вкъщи.

„Ако се върна".

Сиена изглеждаше преобразена – сега носеше плътно прилепващи дънки и кремав пуловер, които идеално подчертаваха гъвкавата ѝ фигура и естествената ѝ красота. Косата ѝ пак висеше на опашка и без авторитетността, която винаги придава медицинското облекло, тя имаше някак си по-уязвим вид. Лангдън забеляза, че очите ѝ са зачервени, сякаш е плакала, и отново го обзе мъчително угризение.

– Ужасно съжалявам, Сиена. Чух телефонното съобщение. Не знам какво да кажа.

– Благодаря – каза младата жена. – Само че сега трябва да се съсредоточим върху *тебе*. Седни, ако обичаш.

Гласът ѝ звучеше по-твърдо и му напомни за статиите за нейната интелигентност и преждевременно развитие, които беше прочел.

– Искам да се съсредоточиш – продължи тя. – Спомняш ли си как се озовахме в този апартамент?

Лангдън се зачуди какво значение има това.

– С такси – отвърна той и седна. – Някой стреляше по нас.

– Стреляше по *тебе*, професоре. Да сме наясно.

– Да. Извинявай.

– А спомняш ли си изстрели, докато бяхме в таксито?

„Странен въпрос".

– Да, два. Единият улучи страничното огледало, а другият разби задния прозорец.

– Добре, сега затвори очи.

Робърт разбра, че лекарката проверява паметта му, и стисна клепачи.

– Как съм облечена?

Нямаше проблем да си я представи.

– Черни обувки, дънки и кремав пуловер с шпиц деколте. Косата ти е руса, дълга до раменете, вързана на опашка. Очите ти са кафяви.

Отвори очи, погледна я и с удоволствие установи, че зрителната му памет функционира нормално.

– Добре. Това потвърждава, че амнезията ти е изцяло ретроградна и мозъчните ти функции не са увредени. Спомняш ли си нещо ново от последните няколко дни?

– За съжаление не. Обаче докато те нямаше, пак имах видения.

И ѝ разказа за забулената жена, купищата трупове и гърчещите се полузаровени крака с буквата R. Накрая описа странната маска с клюна в небето.

– „Аз съм смъртта" – загрижено повтори Сиена.

– Това бяха думите ѝ, да.

– Ясно... Звучи по-въздействащо от „Аз съм Вишну, разрушителят на световете".

Цитираше Робърт Опенхаймер по време на изпитанието на първата атомна бомба.

– А тази маска с... клюн и зелени очи? – попита тя. – Имаш ли представа защо умът ти е извикал този образ?

– Абсолютно никаква. Но такива маски са били широко разпространени през Средновековието. – Лангдън замълча за миг. – Наричат ги „маски на чумни лечители".

Сиена като че ли се стресна.

– Маски на чумни лечители ли?

Той накратко ѝ разказа, че в неговия свят на символите уникалният силует на дългоклюната маска е почти равносилен на

Черната смърт – пагубната чума, покосила Европа през XIV век и унищожила една трета от населението на някои райони. Че определението „черна“ обикновено се свързва с потъмняването на плътта на жертвите в резултат на гангрена и подкожни кръвоизливи, но всъщност описва дълбокия ужас, обзел хората по време на епидемията.

– Такива дългоклюни маски носели средновековните лечители, за да държат заразата далече от ноздрите си, докато се грижат за болните – поясни Лангдън. – Днес могат да се видят само на карнавала във Венеция – зловещо напомняне за един мрачен период от италианската история.

– И си сигурен, че маската от твоето видение е такава, така ли? – с леко треперещ глас попита тя. – Маска на средновековен чумен лечител?

Робърт кимна. „Дългоклюната маска се познава веднага“.

Сиена сбърчи чело и Лангдън усети, че се чуди как да му съобщи някаква лоша новина.

– И жената ти е повтаряла думите „търси и ще намериш“, така ли?

– Да, точно като преди. Само че нямам представа какво да търся.

– Струва ми се, че мога да ти кажа – въздъхна тя. – Нещо повече... Струва ми се, че вече си го намерил.

Лангдън я зяпна.

– Какво искаш да кажеш?!

– Робърт, когато снощи дойде в болницата, ти носеше в джоба на сакото си нещо необичайно. Спомняш ли си какво?

Той поклати глава.

– Носеше нещо... обезпокоително. Открих го случайно. – Сиена посочи окървавеното му сако, което лежеше на масата. – Още е в джоба ти, ако искаш да го видиш.

Лангдън неуверено се вторачи в сакото си. „Това поне обяснява защо Сиена се върна за сакото ми“. Той го вдигна и претърси всички джобове един по един. Нищо. Провери пак. Накрая се обърна към нея и сви рамене.

– Няма нищо.

– Ами в тайния джоб?

– Моля? В сакото ми няма таен джоб.

– Така ли? – Тя го погледна озадачено. – Значи това сако е... чуждо?

В ума на Робърт отново се спусна мъгла.

– Не, *моето* е.

– Сигурен ли си?

„Абсолютно – помисли си той. – Даже ми е любимото".

Обърна го и ѝ показа етикета, носещ любимия му символ от света на модата, изображение на владетелско кълбо с малтийски кръст отгоре, украсено с тринайсет скъпоценни камъка – емблемата на шотландския туид.

– Виж тук. – И посочи ръчно избродираните върху етикета инициали Р. Л. Винаги си избираше ръчно шити сака и плащаше допълнително, за да добавят инициалите му на етикета. Нямаше намерение да остане онеправдан при неволна размяна в трапезариите и аудиториите на университетския кампус, където постоянно се събличаха и обличаха стотици сака от туид.

– Вярвам ти – отвърна Сиена и взе сакото от ръцете му. – А сега *ти* виж.

И изпъна подплатата в горната част на гърба, в която дискретно беше скрит голям, грижливо ушит джоб.

„Какво е това, по дяволите?!"

Лангдън бе убеден, че никога не го е виждал.

– По-рано го нямаше! – заяви той.

– Тогава предполагам, че ти е непознато и... *това тук*. – Сиена бръкна в джоба, извади лъскав метален предмет и му го подаде внимателно.

Робърт озадачено се втренчи в него.

– Знаеш ли какво е това? – попита Сиена.

– Не... Не съм виждал такова нещо.

– Е, *аз* обаче, за съжаление, знам какво е. И съм убедена, че тъкмо това е причината някой да се опитва да те убие.

Главният фасилитатор Ноултън крачеше назад-напред в личната си каюта на борда на „Mendacium" и докато размишляваше за видеозаписа, който трябваше да разпространи по света на сутринта, го обземаше все по-силно безпокойство.

„Аз съм Сянката?"

Носеха се слухове, че през последните няколко месеца този техен клиент е получил психотичен пристъп, и видеото явно потвърждаваше категорично верността им.

Ноултън знаеше, че има две възможности. Можеше да подготви записа за разпространение, както бяха обещали, или да го занесе горе на Ректора и да поиска неговото мнение.

„Неговото мнение вече ми е известно – помисли си той. Не знаеше шефът му някога да е нарушавал дадено на клиент обещание. – Ще ми нареди да пратя видеото, без да задавам въпроси... и ще побеснее, че изобщо съм го попитал".

Отново насочи вниманието си към записа и го превъртя до един особено смущаващ момент. На екрана се появи зловещо осветената пещера на фона на плисъка на водата. Човешката сянка се изваси върху мократа стена – висок мъж с дълъг птичи клюн.

Уродливата сянка заговори с приглушен глас.

Настъпват нови Тъмни векове.

Преди столетия Европа тънела в дълбока мизерия – пренаселеност, глад, грях и безнадеждност. Като прекалено обрасла гора, задушаваща се от изсъхнали дървета, очакваща да я удари Божия мълния – искрата, най-после възпламенила пожара, който ще помете земята, ще прочисти сухите дървета и отново ще донесе слънце на здравите корени.

Подборът е Божият природен ред.

Запитайте се какво е започнало след Черната смърт!

Всички знаем отговора.

Ренесансът.

Прераждане.

Винаги е било така. След смъртта идва ново раждане.

За да стигне до рая, човек трябва да мине през ада.

На това ни научи Учителя.

И онази среброкоса невежа смее да ме нарича чудовище?! Тя не разбира ли математиката на бъдещето? Ужасите, които ще донесе то?

Аз съм Сянката.

Аз съм вашето спасение.

И затова съм в тази дълбока пещера, до лагуна, в която не блестят звезди. Тук адът тлее под водата.

И скоро ще избухне в пламъци.

И тогава нищо на земята не ще може да го спре.

11.

Предметът в ръката на Лангдън беше изненадващо тежък за големината си – тесен цилиндър от лъскав метал, дълъг петнайсетина сантиметра. Двата му края бяха заоблени като на миниатюрно торпедо.

– Преди да си го разтърсил прекалено силно, не е зле да го погледнеш от другата страна – с нервна усмивка го посъветва Сиена. – Нали каза, че си професор по символика?

Робърт погледна цилиндъра, завъртя го... и видя яркочервен знак.

И моментално се напрегна.

Като специалист по иконография, Лангдън знаеше, че само няколко образа притежават способността мигновено да всяват страх в човешкия ум... и символът пред него определено попадаше в този списък. Реакцията му беше инстинктивна и незабавна – той остави цилиндъра масата и се отдръпна от него.

– Да, и аз реагирах така – каза Сиена.

Върху цилиндъра имаше прост трисъставен образ.

Тази злополучно известна емблема, както беше чел Лангдън, била въведена от „Дау Кемикъл“ през 60-те години на XX век на мястото на цяла серия неуспели да се наложат знаци, използвани по-рано. Подобно на всички успешни символи, тя бе проста, характерна и лесно се възпроизвеждаше. Съвременният символ за биологична опасност предизвикваше всевъзможни асоциации – от щипки на рак до метателни ножове на нинджа – и се беше превърнал в универсален знак, предупреждаващ за сериозен риск.

– Това е контейнер за пренасяне на опасни вещества – продължи Сиена. – Понякога ги използваме и в медицината. Вътре има подложка от стиропор, в която се поставя епруветка. В този случай... – тя посочи символа за биологична опасност – предполагам, че е някаква смъртоносна химическа субстанция... или пък... вирус? – Замълча за миг. – Първите проби ебола са донесени от Африка в подобни цилиндри.

Лангдън най-малко искаше да чуе такова нещо.

– Но какво прави в моето сако, по дяволите?! Аз съм професор по история на изкуството! Защо е в джоба ми?!

В ума му нахлуха образи на гърчещи се тела... и над тях се извисяваше маската на чумния лечител.

„Варвари... варвари..."

– Откъдето и да се е взел, този контейнер е с изключителна изработка – каза Сиена. – Направен е от титан, изолиран с олово. Нищо не може да проникне през него, даже радиация. Предполагам, че е произведен по поръчка на държавна служба. – Тя посочи големия колкото пощенска марка черен правоъгълник до символа за биологична опасност. – Четец за пръстов отпечатък. Мярка за сигурност в случай на изгубване или кражба. Такива контейнери могат да се отварят само от конкретни лица.

Макар Лангдън да усещаше, че умът му вече функционира с нормална скорост, все още му се струваше, че схваща нещата със закъснение. „Носил съм биометрично заключено устройство!"

– Когато го намерих в сакото ти, реших да го покажа на доктор Маркони, но нямах възможност, преди да се свестиш. Мислех да опитам да го отворя с палеца ти, докато ти беше в безсъзнание, обаче нямах представа какво има вътре и...

– С *моя* палец ли?! – Робърт поклати глава. – Това нещо не може да е програмирано да го отварям *аз*. Не разбирам от биохимия и никога не съм имал подобен контейнер.

– Сигурен ли си?

Естествено, че беше сигурен. Протегна ръка и постави палеца си върху биометричния четец. Не се случи нищо.

– Виждаш ли?! Нали ти...

Титановият цилиндър изщрака и Лангдън отдръпна ръката си като опарен. „Мама му стара!“ Вторачи се в контейнера, сякаш всеки момент той щеше сам да се развърти и да започне да бълва смъртоносен газ. След три секунди механизмът изщрака пак. Явно се самозаключваше.

Изгубил дар слово, Робърт се обърна към Сиена.

Младата лекарка си пое дъх. Изглеждаше уплашена.

– Е, поне вече е ясно, че не си ти.

Целият този сценарий му се струваше нелеп.

– Невъзможно. Първо, как бих могъл да пренеса това метално нещо през проверката на летището?

– Може да си дошъл с частен самолет. Или да са ти го дали след пристигането ти в Италия.

– Трябва да се обадя в консулството, Сиена. Веднага.

– Не смяташ ли, че първо трябва да го отворим?

На Лангдън му се беше случвало да се подвежда по лоши съвети, но отварянето на контейнер с биологично опасни материали в кухнята на тази жена нямаше да се нареди сред тези случаи.

– Ще го предам на властите. Незабавно.

Сиена замислено сви устни.

– Добре. Но без мен. Аз няма да се замесвам. В никакъв случай няма да се срещнеш с тях тук. Моето имиграционно положение в Италия е... сложно.

Той я погледна в очите.

– Знам само, че ти ми спаси живота, Сиена. Ще направя каквото кажеш.

Лекарката кимна, отиде при прозореца и погледна към улицата навън.

– Добре, ето как ще постъпим.

И бързо очерта план за действие. Елементарен, умен и безопасен.

После включи блокирането на идентификация на линията на повикващия и набра. Фините ѝ пръсти решително се движеха по клавишите.

– Informazioni abbonati? – попита Сиена на перфектен италиански. – Per favore, può darmi il numero del Consolato americano di Firenze? – Замълча, после бързо записа телефонния номер. – Grazie mille* – каза и затвори.

Подаде на Лангдън листчето и джиесема си.

– Сега е твой ред. Запомни ли какво да кажеш?

– Нищо ми няма на паметта – усмихна се той, докато набираше номера.

„Е, да става каквото ще".

Включи на високоговорител и остави телефона на масата, за да може да слуша и Сиена. Отговори телефонен секретар с обща информация и работното време на консулството – отваряха чак в 8.30.

Лангдън погледна часовника на джиесема. Едва минаваше шест.

– Ако случаят е спешен, можете да наберете седем-седем и да се свържете с дежурния служител – завърши съобщението.

Той веднага набра вътрешния телефон.

– Consolato americano – отговори уморен глас. – Sono il funzionario di turno**.

– Lei parla inglese?*** – попита Лангдън.

– Разбира се – премина на английски мъжът. Явно бе ядосан, че са го събудили. – Какво обичате?

– Аз съм американец. Намирам се във Флоренция и бях нападнат. Казвам се Робърт Лангдън.

– Номерът на паспорта ви, моля. – Служителят се прозя.

– Паспортът ми изчезна. Мисля, че са ми го откраднали. Прострелян съм в главата. Бях в болница. Имам нужда от помощ.

Дежурният веднага се разсъни.

---

* Телефонни услуги? Бихте ли ми дали номера на американското консулство във Флоренция... Много благодаря (ит.) – Б. пр.

** Американското консулство. Говори дежурният (ит.) – Б. пр.

*** Говорите ли английски? (ит.) – Б. пр.

– *Прострелян* ли казахте, господине? Бихте ли повторили името си?

– Робърт Лангдън.

Последва шумолене, после Лангдън чу тракане на клавиатура. Разнесе се компютърен сигнал. Пауза. Отново тракане на клавиши. Пак сигнал. После три остри сигнала.

По-дълга пауза.

– Господине? – обади се накрая мъжът. – Робърт Лангдън ли се казвате?

– Да, точно така. И съм в беда.

– Добре, господине, към вашето име е приложено указание да ви свържа веднага с главния административен заместник на генералния консул. – Дежурният замълча за миг, сякаш самият той не вярваше на очите си. – Останете на линия.

– Чакайте! Бихте ли ми казали...

Отсреща вече звънеше.

Свърза се на четвъртото иззвъняване.

– Колинс – каза дрезгав глас.

Лангдън си пое дъх и заговори колкото можеше по-спокойно и ясно.

– Господин Колинс, казвам се Робърт Лангдън. Аз съм американец, намирам се във Флоренция. Простреляха ме. Имам нужда от помощ. Искам веднага да дойда в американското консулство. Бихте ли ми помогнали?

– Слава богу, че сте жив, господин Лангдън – отговори гърленият глас. – Издирваме ви.

12.

„В консулството знаят, че съм тук?!“

Тази новина моментално го изпълни с огромно облекчение. Колинс, който се представи като главен административен заместник на генералния консул, говореше решително и професионално, ала в гласа му се долавяше настойчивост.

– Господин Лангдън, трябва незабавно да обсъдим някои неща. И то очевидно не по телефона.

В момента за Лангдън нямаше нищо очевидно, но той не възнамеряваше да прекъсва дипломата.

– Веднага ще пратя някой да ви вземе – продължи Колинс. – Къде се намирате?

Сиена, която слушаше разговора, се размърда нервно. Робърт ѝ кимна успокоително – щеше да изпълни плана ѝ докрай.

– В едно хотелче, казва се „Пенсионе ла Фиорентина“. – Той погледна сивия хотел оттатък улицата, който лекарката му беше показала преди малко, и продиктува адреса на събеседника си.

– Ясно – отвърна Колинс. – Не излизайте никъде. Останете си в стаята. Някой съвсем скоро ще дойде да ви вземе. В коя стая сте?

– Трийсет и девета – излъга Лангдън.

– Добре. До двайсет минути. – Дипломатът сниши глас. – А, господин Лангдън, явно сте ранен и объркан, но трябва да знам... още ли е у вас?

„Дали е у мен?“ Макар и неясен, въпросът можеше да означава само едно. Професорът погледна контейнера на кухненската маса.

– Да. Още е у мен.

Колинс шумно въздъхна.

– След като изгубихме контакт с вас, решихме, че... е, честно казано, опасявахме се от най-лошото. Облекчен съм. Останете където сте. Не излизайте. До двайсет минути някой ще почука на вратата ви.

Връзката прекъсна.

Раменете на Лангдън се отпуснаха за пръв път, откакто се бе свестил в болницата. „В консулството знаят какво става и скоро ще ми обяснят". Той затвори очи и бавно въздъхна. Сега се чувстваше почти нормално. От главоболието му вече нямаше и следа.

– Е, всичко това прозвуча в стила на Ми шест – полушеговито отбеляза Сиена. – Да не си шпионин?

В момента Робърт нямаше представа какъв е. Мисълта, че е възможно от паметта му да се губят два дни и да се е озовал в непонятна ситуация, му се струваше абсурдна, но ето че... след двайсет минути щеше да се срещне с дипломат от американското консулство в един занемарен хотел.

„Какво става?"

Погледна Сиена. Съвсем скоро щяха да се разделят, а изпитваше странно усещане за нещо недовършено. Спомни си брадатия лекар, умрял пред очите му на пода в болницата.

– Сиена – прошепна Лангдън. – Твоят приятел... доктор Маркони... ужасно съжалявам.

Тя безизразно кимна.

– Съжалявам и че те въвлякох в тази история. Знам, че положението ти в болницата не е легално и ако се проведе разследване... – Изречението остана да виси във въздуха.

– Няма нищо – отвърна Сиена. – Скитането няма да е нещо ново за мен.

Вглъбеното ѝ изражение му показваше, че тази сутрин е променила всичко за нея. В момента собственият му живот се намираше в хаос, и все пак сърцето му се свиваше от съчувствие към нея.

„Тя ми спаси живота... а аз съсипах нейния".

Мълчанието се проточи цяла минута – атмосферата натежаваше, сякаш им се искаше да кажат нещо, ала нямаше какво. В крайна сметка те бяха двама непознати в кратко и шантаво пътуване. Сега пътят им се разклоняваше и всеки от тях трябваше да поеме в своята посока.

– Сиена – накрая наруши тишината Лангдън. – Когато се оправя с консулството, ако мога да ти помогна по някакъв начин...

– Благодаря – промълви тя и тъжно се извърна към прозореца.

Минутите се влачеха мъчително. Сиена Брукс разсеяно гледаше през прозореца на кухнята и се питаше къде ще я отведе денят. Не се съмняваше, че където и да се озове, тази вечер нейният свят ще изглежда съвсем различно.

Знаеше, че навярно се дължи просто на адреналина, но изпитваше странно привличане към американския професор. Освен че беше красив, той явно имаше добро и искрено сърце. В някакъв далечен друг живот дори можеше да се влюби в Робърт Лангдън.

„Той няма да ме пожелае – помисли си младата жена. – Аз съм увредена“.

С усилие сподави вълнението си и в този момент нещо навън привлече вниманието ѝ. Сиена скочи от стола, притисна лице към прозореца и се вторачи в улицата.

– Робърт, виж!

Лангдън присви очи към лъскавия мотоциклет БМВ, който тъкмо спираше пред „Пенсионе ла Фиорентина“. Караше го стройна жилава жена с черен кожен костюм, която грациозно скочи от седалката и свали черната си каска. Сиена забеляза, че Робърт е затаил дъх.

Нямаше как да не познаят пънкарската прическа на жената.

Тя извади пистолета, провери заглушителя и го пъхна в джоба на якето си. После се вмъкна в хотела, като се движеше със заплашителна грация.

– Робърт – прошепна Сиена уплашено. – Американските власти току-що пратиха човек да те убие.

13.

Изправен пред прозореца на кухнята с прикован в хотела оттатък улицата поглед, Робърт Лангдън беше обзет от паника. Жената с пънкарската прическа току-що бе влязла, но професорът не можеше да проумее откъде е научила адреса.

Освободилият се в кръвта му адреналин отново наруши мисловните му процеси.

– Нашите власти са я пратили да ме убие?!

Сиена също изглеждаше поразена.

– Робърт, това означава, че и първото нападение срещу тебе в болницата е по нареждане на американските власти. – Тя отиде да провери дали вратата на апартамента е заключена. – Ако вашето консулство има нареждане да те убие... – Не довърши мисълта си, но нямаше и нужда. Самото заключение беше ужасяващо.

„Какво съм направил, по дяволите? Защо ме преследват властите на собствената ми страна?!"

Лангдън отново чу в ума си думите, които явно бе произнесъл при появата си в болницата.

„Варвари... варвари..."

– Тук не си в безопасност – каза Сиена. – И *двамата* не сме в безопасност. – Тя посочи хотела оттатък улицата. – Онази жена ни видя да бягаме от болницата заедно и съм сигурна, че вашите власти и полицията вече проверяват коя съм. Апартаментът ми е нает под друго име, но накрая ще ме разкрият. – Кимна към контейнера на масата. – Трябва да го отвориш. Веднага!

Лангдън погледна титановия цилиндър. Виждаше единствено символа за биологична опасност.

– Каквото и да е съдържанието му, сигурно има идентификационен код, обяснителен стикер, телефонен номер, *каквото и да е* – продължи Сиена. – Нужна ти е информация. На мен ми е нужна информация! Вашите власти убиха мой приятел!

Мъката в гласа ѝ откъсна Лангдън от размислите му и той кимна. Знаеше, че е права.

– Да, аз... много съжалявам. – И щом отново каза тези думи, потръпна. Обърна се към контейнера на масата, питаше се каква информация може да е скрита в него. – Адски е опасно да го отворим.

Сиена се замисли за миг.

– Каквото и да има вътре, трябва да е изключително добре обезопасено, сигурно в нечуплива плексигласова епруветка. Този контейнер е само външна опаковка, осигуряваща допълнителна безопасност при пренасяне.

Лангдън погледна през прозореца към черния мотоциклет. Жената още не беше излязла, но скоро щеше да установи, че него го няма вътре. Той се зачуди какъв ще е следващият ѝ ход... и с колко време разполагат преди тя да заблъска по вратата на апартамента.

Взе решение. Вдигна титановия цилиндър и неохотно постави палеца си върху биометричния четец. След малко контейнерът изпиука и високо изщрака.

Преди устройството да се самозаключи, Лангдън завъртя двете половини една срещу друга. След четвърт оборот цилиндърът изпиука повторно. Жребият беше хвърлен. Дланите му се изпотиха, ала той продължи въртенето. Имаше чувството, че отваря скъпоценна руска матрьошка, само че нямаше представа какво ще изскочи отвътре.

След пет завъртания двете половини се разделиха. Професорът дълбоко си пое дъх и внимателно започна да ги раздалечава. Разстоянието помежду им се разшири и той извади отвътре пенокаучукова опаковка и я сложи на масата.

„Е, да става каквото ще".

Разви предпазливо опаковката и най-после видя какво е скрито вътре.

Сиена впери очи в съдържанието на контейнера и озадачено наклони глава настрани.

– Определено не е каквото си мислех.

Робърт очакваше да открие някаква епруветка с футуристичен вид, но съдържанието на контейнера в никакъв случай не можеше да се нарече модерно. Явно направен от слонова кост, украсеният с богата резба предмет беше голям приблизително колкото пакетче бонбони „Лайф Сейвърс“.

– Изглежда древно – каза Сиена. – Някакъв...

– Цилиндричен печат – осведоми я Лангдън и най-после си позволи да въздъхне.

Създадени от шумерите през 3500 г. пр. Хр., цилиндричните печати бяха предшественици на дълбокия печат. В покрития с декоративни изображения кух цилиндър се вкарваше ос, така че „барабанът“ да може да се върти като съвременен бояджийски валяк по мокра глина или теракота, отпечатвайки повтарящи се ленти от символи, образи или текст.

Този печат несъмнено беше изключително рядък и ценен и все пак Лангдън не можеше да си представи защо е заключен в титанов цилиндър като някакво биологично оръжие.

Огледа го и видя, че изображението е особено страховито – триглав рогат дявол, който едновременно изяждаше трима души, по един във всяка уста.

„Много мило“.

Погледът му се насочи към седемте латински букви, гравирани под дявола. Калиграфски изписаната дума беше огледална, подобно на всички текстове върху печатарските валяци, но професорът не се затрудни да я прочете – SALIGIA.

Сиена се вторачи с присвити очи и също прочете надписа.

– Saligia?

Лангдън кимна. Побиха го тръпки, щом чу думата, произнесена на глас.

– Това е латинска мнемоника, създадена през Средните векове от Ватикана, за да напомня на християните за седемте смъртни гряха. Saligia е акроним от superbia, avaritia, luxuria, invidia, gula, ira и acedia.

Сиена се намръщи.

– Горделивост, скъперничество, похотливост, завистничество, чревоугодничество, гняв и леност.

– Знаеш латински?! – впечатли се той.

– Възпитана съм като католичка. Знам греховете.

Лангдън успя да се усмихне и отново насочи вниманието си към печата. Не преставаше да се чуди защо е бил заключен в контейнера, като че ли е нещо опасно.

– Отначало си помислих, че е от слонова кост – каза Сиена. – Но всъщност е от обикновена кост. – Тя премести предмета под слънчевата светлина и посочи линиите по повърхността му. – При слоновата кост се наблюдава ромбовидна решетка от прозрачни набраздявания, докато набраздяванията при обикновените кости са успоредни и има по-тъмни ямички.

Робърт вдигна печата и го разгледа по-отблизо. Върху шумерските печати имаше примитивни фигури и клинописни текстове. Образите тук обаче бяха много по-сложни. Средновековна изработка, предположи той. Нещо повече, изображенията предполагаха смущаваща връзка с неговите халюцинации.

Сиена го наблюдаваше загрижено.

– Какво има?

– Повтаряща се тема – отвърна Лангдън и посочи една от гравюрите. – Виждаш ли този триглав дявол, който изяжда трима души? Този образ е бил широко разпространен през Средновековието – свързан е с Черната смърт. Трите усти символизират чумата, която светкавично поглъща населението.

Лекарката погледна тревожно символа за биологична опасност върху контейнера.

Робърт с огромна неохота посочи още една връзка – тази сутрин алюзиите с чумата явно бяха повече, отколкото му се искаше да признае.

– Думата saligia означава греховете на цялото човечество... които според средновековната религиозна доктрина...

– ... са причината Бог да накаже света с Черната чума – довърши Сиена.

– Точно така. – Лангдън замълча, за миг изгубил нишката на мисълта си. Тъкмо беше забелязал нещо, което му се стори странно. През кухата вътрешност на цилиндричния печат обикновено можеше да се гледа като през тръба, но отворът на този цилиндър бе запушен. „В костта е пъхнато нещо". Краят на цилиндъра отразяваше светлината и лъщеше.

– Вътре има нещо – каза той. – И като че ли е стъклено. – Обърна цилиндъра наопаки, за да провери другия край, и вътре изтрака нещо малко, претърколило се като сачма в тръба.

Робърт се вцепени и чу, че до него Сиена тихо ахна.

„Какво беше това, по дяволите?!"

– Чу ли този звук? – прошепна младата жена.

Лангдън кимна и предпазливо надникна в цилиндъра.

– Отворът като че ли е запушен с... нещо метално. – „Може би капачка на епруветка?"

Сиена се отдръпна.

– Изглежда ли... счупено?

– Май не. – Той внимателно обърна костта, за да разгледа стъкления край. Изтракването се повтори. След миг стъклото в цилиндъра реагира напълно неочаквано.

Засия.

Сиена се ококори.

– Стой, Робърт! Не мърдай!

14.

Лангдън замръзна, вдигнал цилиндъра в едната си ръка. Стъклото в края на тръбата несъмнено излъчваше светлина... сияеше, сякаш съдържанието на печата внезапно се е събудило.

Светлината вътре помръкна.

Сиена се приближи до него, наведе глава и разгледа видимата част от стъклото в кухината на костта.

– Обърни го пак. Съвсем бавно обаче.

Робърт внимателно обърна цилиндъра наопаки. И отново нещо малко изтрополи по дължината на костта и спря.

– Още веднъж – каза лекарката. – Лекичко.

Той повтори процеса и тръбата изтрака. Този път стъклото засия слабо само за миг и пак потъмня.

– Трябва да е епруветка с разбъркващо топче – заяви Сиена.

Лангдън знаеше, че такива топчета има в спрейовете с боя – използваха се за разбъркване на боята при разклащане на спрея.

– Вътре сигурно има някакво фосфоресциращо химическо вещество или биолуминесцентен организъм, който засиява при стимулиране – предположи младата жена.

На него обаче му хрумна друга идея. Макар да беше виждал химически светещи пръчки и дори биолуминесциращ планктон, който излъчваше сияние при преминаване на кораб през местообитанието му, Робърт бе почти сигурен, че цилиндърът в ръката му не съдържа нито едното, нито другото. Внимателно обърна тръбата още няколко пъти, докато засияе, после повдигна луминесциращия край над дланта си. Както и очакваше, върху кожата му се проектира бледочервеникава светлина.

„Добре е да знаеш, че и човек с коефициент за интелигентност двеста и осем понякога греши".

– Гледай – каза той и разклати цилиндъра по-енергично. Предметът вътре затрополи по-бързо.

Сиена отскочи назад.

– Какво правиш?!

Без да престава да разтърсва тръбата, Лангдън отиде при електрическия ключ, натисна го и кухнята потъна в сумрак.

– Това вътре не е епруветка – каза той, като продължаваше да разтърсва цилиндъра все по-силно. – А Фарадеева показалка.

Подобно устройство веднъж му беше подарил един от неговите студенти, който не желаеше да хаби батерии за лазерни показалки и нямаше нищо против да си направи труда при нужда да разклати показалката си за няколко секунди, за да трансформира кинетичната енергия в електричество. Когато показалката се раздвижеше, металното топче вътре се търкаляше назад-напред по ред от перки и задействаше миниатюрен генератор. Явно някой бе решил да пъхне такава показалка в куха кост, покрита с резба – древен „кожух", криещ модерна електрическа играчка.

Сега краят на показалката в ръката му вече светеше силно. Лангдън се усмихна на Сиена и каза:

– Време е за шоу.

Насочи цилиндъра към голата кухненска стена и когато я освети, лекарката сепнато ахна, а самият Лангдън направо подскочи от изненада.

На стената не се появи червена лазерна точица. А снимка с висока резолюция, която се прожектираше от тръбата като от едновремешен аспектомат.

„Господи! – Ръката му се разтрепери, докато той поглъщаше с очи страховитата сцена на стената. – Нищо чудно, че ми се привижда толкова много смърт".

Застаналата до него Сиена затисна устата си с длан и колебливо пристъпи напред, очевидно хипнотизирана от изображението.

Цилиндърът прожектираше на стената мрачна маслена картина, изобразяваща човешко страдание – хиляди душѝ, подложени на ужасни мъчения в различни кръгове на ада. Подземният свят беше представен като напречен разрез на земята, в която потъваше грамадна, невъобразимо дълбока фуниевидна яма, разделена на етажи. На всички етажи имаше всевъзможни видове грешници, като мъките им ставаха все по-ужасни с всяко следващо ниво.

Лангдън веднага позна картината.

Шедьовърът пред тях – „La mappa dell'Inferno" – принадлежеше на един от истинските гиганти на италианския Ренесанс, Сандро Ботичели. Изключително изображение на подземния свят, „Картата на ада" беше една от най-страховитите фантазии за отвъдното. Мрачно, зловещо и ужасяващо, платното и до днес караше хората да замръзват на място. За разлика от жизнерадостните и колоритни „Пролет" и „Раждането на Венера", Ботичели бе нарисувал „Картата на ада" с потискаща палитра от червени и кафяви багри.

Смазващото главоболие на Лангдън ненадейно се завърна и все пак за пръв път, откакто се бе свестил в болницата, той усещаше, че една част от пъзела е застанала на мястото си. Страховитите му халюцинации бяха предизвикани от тази прочута картина.

„Сигурно съм разучавал „Картата на ада" на Ботичели" – помисли си той, въпреки че нямаше спомен защо го е правил.

Макар и самото изображение да вдъхваше смут, всъщност все повече го изпълваше с тревога историята на картината, защото Лангдън отлично знаеше, че вдъхновението за този злокобен шедьовър не се е зародило в ума на самия Ботичели... а на човек, живял двеста години преди него.

„Една велика творба, вдъхновена от друга".

„Картата на ада" на Ботичели отдаваше дан на литературно произведение от XIV век, превърнало се в едно от най-прочутите съчинения в историята... ужасно изображение на ада, вълнуващо читателите до ден днешен.

Дантевият „Ад".

Оттатък улицата Вайента тихо се качи по сервизното стълбище и излезе на покривната тераса на спящия „Пенсионе ла Фиорентина". Лангдън беше дал измислен номер на стая и съответно несъществуващо място за среща на човека от консулството – „огледална среща", както му казваха в нейния бранш, – типичен похват, който му позволяваше да прецени ситуацията, преди да разкрие собственото си местонахождение. Фалшивото или „огледално" място обикновено се избираше, защото се виждаше отлично от *действителното* му местонахождение.

Тя намери удобно и скрито място на покрива, от което се разкриваше гледка към целия район, после бавно плъзна поглед по отсрещния блок.

„Вие сте на ход, господин Лангдън".

По същото време Ректора излезе на махагоновата палуба на „Mendacium" и дълбоко си пое дъх, наслаждавайки се на соления въздух на Адриатика. От години смяташе този кораб за свой дом, ала сега събитията във Флоренция застрашаваха да разрушат всичко, създадено от него.

Неговата агентка Вайента беше изложила всичко на опасност и въпреки че след края на операцията я очакваше разследване, в момента Ректора още имаше нужда от нея.

„Дано да овладее тая каша, по дяволите!"

Чу зад себе си забързани стъпки, обърна се и видя, че една от неговите анализаторки се приближава тичешком.

– Господине! – задъхано каза жената. – Получихме нова информация. – Гласът ѝ разсече утринния въздух с необичайна напрегнатост. – Робърт Лангдън явно току-що е влязъл в харвардския си имейл от публичен айпи адрес. – Погледна шефа си в очите. – Вече можем да определим точното му местонахождение.

Ректора се смая, че някой може да прояви такава глупост. „Това променя всичко". Той сплете пръсти и замислено погледна към брега.

– Известно ли ни е местонахождението на групата за наблюдение и бързо реагиране?

– Да. На три и половина километра от местонахождението на Лангдън.

На Ректора не му трябваше много време, за да вземе решение.

15.

– Inferno di Dante – хипнотизирано промълви Сиена и пристъпи по-близо към мрачното изображение на преизподнята, прожектирано на кухненската стена.

„Дантевото виждане за ада – помисли Лангдън. – Представено в цвят“.

Възхваляван като една от най-великите творби в световната литература, „Ад“ е първата от трите части, съставляващи „Божествена комедия“ на Данте Алигиери – епическа поема от 14233 стиха, описваща ужасяващото спускане на автора в преизподнята, пътуването му през чистилището и накрая пристигането му в рая. Една от трите части на „Божествена комедия“ – „Ад“, „Чистилище“ и „Рай“, – „Ад“ определено се чете и помни най-широко.

Написаният от Данте Алигиери в началото на XIV век „Ад“ буквално променя средновековните представи за вечните мъки. Идеята за ада никога дотогава не била обсебвала масите толкова дълбоко. Творбата на Данте светкавично превърнала абстрактното виждане за преизподнята в ясна и ужасяваща картина – внушителна, осезаема и незабравима. Нищо чудно, че след издаването на поемата в католическата църква се влял мощен поток от ужасени грешници, стремящи се да избегнат актуализираната от твореца версия на ада.

Страховитата Дантева представа за ада беше изобразена от Ботичели като подземна фуния от страдание – окаян подземен пейзаж с огньове, сяра, нечистотии, чудовища и самият Сатана, чакащ в центъра. Ямата имаше девет равнища, деветте кръга на ада, в които се пращат грешниците съобразно с тежестта на греха им. В горния край вечни вихри брулеха *похотливите* или „сластолюбците“, символ на тяхната неспособност да овладеят желанията си. Под тях *чревоугодниците* бяха принуждавани да лежат по очи в отвратителни фекалии и устите им се пълнеха с резултата от тяхната лакомия. Още по-дълбоко бяха *еретиците*, затворени в пламтящи ковчези и обречени на вечен огън. И така нататък... колкото по-надолу се спускаше човек, толкова по-ужасно ставаше.

През седемте века след нейното издаване тази вечна творба е вдъхновявала преводи и претворявания от едни от най-великите умове в историята. Лонгфелоу, Чосър, Маркс, Милтън, Балзак, Борхес и дори няколко папи са писали съчинения, основаващи се на Дантевия „Ад“. Монтеверди, Лист, Вагнер, Чайковски и Пучини са композирали музикални произведения на същата основа, както и една от любимите съвременни изпълнителки на Лангдън – Лорийна Маккенит. Дори модерният свят на видеоигри и приложения за айпад не страдаше от дефицит на софтуер, свързан по някакъв начин с Данте.

Лангдън държеше да сподели със студентите си богатата и ярка символика на Дантевата фантазия и понякога четеше курс за повтарящите се образи, както в „Ад“, така и във вдъхновените от него през вековете произведения.

– Робърт! – Сиена се приближи още повече до проекцията на стената. – Виж тук! – И посочи участъка в долния край на фуниевидния ад.

Наричаха това място „malebolge“, което на италиански означаваше „злите оврази“. Това беше осмият и предпоследен кръг на ада, разделен на десет оврага, всеки за различен вид измама.

Лекарката посочи с ръка и каза още по-развълнувано:

– Виж! Не спомена ли, че това ти се явило във видението?!

Лангдън се вторачи, но не забеляза нищо. Енергията на малкия проектор се изчерпваше и образът започваше да избледнява. Той бързо разтърси цилиндъра и устройството ярко засия. Лангдън внимателно го нагласи на ръба на кухненския плот срещу стената и изображението стана още по-голямо.

Сиена отново му посочи осмия кръг на ада.

– Виж! Не спомена ли, че в халюцинациите ти е имало два крака, щръкнали наопаки и обозначени с буквата R? – Докосна стената с показалец. – Ето ги!

Лангдън много пъти беше разглеждал десетия овраг в Malebolge, претъпкан с полузаровени наопаки грешници, чиито крака стърчаха от земята. Странно – тук два от краката носеха буквата R, написана с кал, точно като в неговото видение.

„Господи!“ Той се вторачи още по-напрегнато в миниатюрния детайл.

– Тази буква... определено я няма в оригинала на Ботичели!

– Тук има и друга буква. – Сиена посочи отново.

Лангдън проследи изпънатия ѝ показалец до друг овраг в Malebolge – върху един измамен пророк с поставена обратно глава беше написана буквата Е.

„Това пък какво е? Картината е променена!“

Забеляза още букви, надраскани върху грешници и в десетте оврага. Върху един съблазнител, когото бичуваха демони, видя С... още едно R върху крадец, вечно хапан от змии... А върху покварен политик, потопен в езеро от врящ катран.

– Никъде в оригинала на Ботичели няма такива букви – категорично заяви Лангдън. – Това изображение е обработено дигитално.

Отново насочи вниманието си към най-горния овраг и започна да чете буквите надолу през всеки от десетте оврага.

C... A... T... R... O... V... A... C... E... R

– Catrovacer? – произнесе професорът. – На италиански ли е?

Сиена поклати глава.

– Не. И не е и на латински. Не ми говори нищо.

– Може би... подпис?

– Catrovacer? – Младата жена го погледна скептично. – Не ми звучи като име. Но я погледни ей там. – И посочи един от многобройните грешници в третия овраг.

Лангдън погледна и го побиха тръпки. Сред тълпата в третия овраг видя характерен средновековен образ – мъж с плащ, маска с дълъг птичи клюн и мъртви очи.

„Маската на чумния лечител“.

– Има ли чумен лечител в оригинала на Ботичели? – попита Сиена.

– Определено няма. Тази фигура също е добавена.

– А Ботичели *подписал* ли е оригинала?

Лангдън не си спомняше, но погледна в долния десен ъгъл, където обикновено стоеше подписът, и разбра защо му задава този въпрос. Нямаше подпис, ала върху тъмнокафявото поле на „Картата“ едва се различаваше текст с миниатюрни печатни букви: „la verità è visibile solo attraverso gli occhi della morte“.

Знаеше достатъчно италиански, за да разбере същината.

– „Истината се вижда единствено през очите на смъртта“.

Сиена кимна.

– Странно.

Двамата безмълвно стояха пред страховитата картина, докато образът постепенно избледняваше. „Дантевият „Ад“ вдъхновява злокобни произведения на изкуството още от 1330-а година“ – помисли си Лангдън.

Воденият от него курс по Данте винаги включваше цял раздел за известните творби, вдъхновени от „Ад“. Освен прочутата „Карта на ада“ от Ботичели сред тях се нареждаха вечната скулптура на Роден „Трите сенки“ от „Портите на ада“... илюстрацията на Флегий, гребящ сред телата в река Стикс, от Ян ван дер Страт... похотливите грешници на Уилям Блейк, подхвърляни от вечна буря... странно еротичната визия на Бугро, представяща как Данте и Вергилий гледат двама голи вкопчени в борба мъже... измъчваните души на Байрос, скупчени под порой от огнени капки... ексцентричните акварели и гравюри на Салвадор Дали... и огромната колекция черно-бели офорти на Доре, изобразяващи всичко – от подземния вход на Хадес... до самия крилат Сатана.

Сега ставаше ясно, че Дантевото поетично видение на ада не само е повлияло на най-почитаните художници в историята, а очевидно е вдъхновило и някакъв побъркан, който дигитално е обработил прочутата картина на Ботичели, добавяйки десетте букви и чумния лечител, и я е подписал със злокобните думи за виждането на истината през очите на смъртта. Този художник беше записал изображението на модерен проектор, скрит в шантаво резбована кост.

Лангдън нямаше представа кой е създал това нещо, но в момента този въпрос му се струваше маловажен в сравнение с един много по-обезпокоителен проблем.

„Защо е у мен, по дяволите?"

Докато Сиена стоеше в кухнята с Лангдън и обмисляше следващия си ход, на улицата неочаквано изрева мощен двигател. Последва писък на гуми и затръшване на автомобилни врати.

Озадачена, тя отиде до прозореца и надникна навън.

Долу беше спрял необозначен черен ван и от него изскачаха мъже с черни униформи с кръгли зелени медальони на лявото рамо. Бяха въоръжени с автомати и се движеха с яростна военна ефикасност. Четирима без колебание се втурнаха към входа на блока.

Кръвта на Сиена се вледени.

– Робърт! – извика тя. – Не знам кои са тези хора, но са ни открили!

Агент Кристоф Брюдер крещеше заповеди на хората си, които тичешком влизаха в сградата. Беше огромен здравеняк с хладнокръвно чувство за дълг и уважение към старшите в йерархията, останало му от годините военна служба. Знаеше задачата си, знаеше и какво е заложено.

Организацията, в която работеше, се състоеше от много отдели, но този на Брюдер – Групата за наблюдение и бързо реагиране – се използваше само в кризисни ситуации.

Докато хората му изчезваха във входа на блока, той застана на пост до вратата, извади телефона си и се свърза с командващия операцията.

– Тук Брюдер – докладва агентът. – Успяхме да открием Лангдън по айпи адреса на компютъра му. В момента хората ми влизат в сградата. Ще ви съобщя, когато го заловим.

Спотаена на покривната тераса на „Пенсионе ла Фиорентина“ високо над Брюдер, Вайента ужасено и смаяно наблюдаваше агентите, потъващи във входа на блока.

„Какво правят тук ТЕ, по дяволите?!“

Внезапно проумяла страшните последици от снощния си провал, тя прокара пръсти през пънкарската си прическа. Един-единствен изгукал гълъб – и всичко беше излязло извън контрол. Една елементарна наглед задача... сега се превръщаше в оживял кошмар.

„Щом НБР е тук, с мене е свършено“.

Отчаяно измъкна своята Сектра Тайгър Екс Ес и набра номера на Ректора.

– Господине – запелтечи Вайента. – Тук са хората от НБР! Агентите на Брюдер атакуват отсрещния блок!

Зачака отговор, ала по линията се чуваха само остри изщраквания. После един електронен глас съобщи безизразно:

– Стартиране на протокол за изключване.

Тя отпусна телефона и погледна дисплея тъкмо навреме, за да го види как угасва.

Пребледня и се насили да приеме случващото се. Консорциумът прекъсваше всякакъв контакт с нея.

Край на връзката. Край на работата.

„Изключена съм“.

Смайването ѝ продължи само миг.

После я обзе страх.

16.

– Бързо, Робърт! – подкани го Сиена. – Ела с мен!

Докато тичаше след нея в коридора на блока, Лангдън не можеше да се отърве от мрачните образи на Дантевата преизподня. До този момент Сиена Брукс с дистанцирано хладнокръвие се справяше с невероятното напрежение, ала сега спокойното ѝ поведение се бе сменило с емоция, каквато Робърт за пръв път виждаше в нея – истински страх.

Тя се втурна покрай асансьора, който вече се спускаше, несъмнено повикан от нахълталите във фоайето мъже, стигна до дъното на коридора и изскочи на стълбищната площадка.

Лангдън я следваше по петите, като се пързаляше на гладките подметки на взетите назаем мокасини. Малкият проектор подскачаше в джоба на марковия му костюм и се блъскаше в гърдите му. В ума му се появиха странните букви от осмия кръг на ада: CATROVACER. Представи си маската на чумния лечител и злокобния надпис: „Истината се вижда единствено през очите на смъртта“.

Опита се да свърже отделните елементи, ала не му хрумна нищо.

Най-после стигнаха площадката и спряха. Сиена напрегнато се вслуша. По стълбището под тях кънтяха стъпки.

– Има ли друг изход? – прошепна професорът.

– Насам – нервно отвърна тя.

Днес вече веднъж го беше спасила и тъй като нямаше друг избор, освен да ѝ се довери, Лангдън дълбоко си пое дъх и се затича надолу по стълбището след нея.

На долната площадка приближаващите се стъпки вече се чуваха съвсем ясно – един-два етажа под тях.

„Защо Сиена тича право към тях?"

Преди да успее да отвори уста, младата жена го хвана за ръка и го затегли по дългия пуст коридор със заключени врати.

„Тук няма къде да се скрием!"

Сиена натисна един електрически ключ и светнаха няколко крушки. Тежките стъпки бяха съвсем близо и Лангдън очакваше нападателите им всеки момент да се появят от стълбището.

– Дай ми сакото си – прошепна лекарката и след като го взе, накара Робърт да клекне зад нея и да притисне гръб към една вдадена в стената врата. – Не мърдай.

„Какво прави? Веднага ще я видят!"

Войниците изскочиха на площадката и се затичаха нагоре, но се заковаха на място, щом забелязаха Сиена в сумрачния коридор.

– Per l'amore di Dio! – извика тя сърдито. – Cos'è questa confusione? – „За бога! Какъв е този смут?"

Двамата мъже присвиха очи – не бяха сигурни какво става.

Сиена продължи да крещи:

– Tanto chiasso a quest'ora! – „Такъв шум в този ранен час!"

Робърт чак сега забеляза, че е наметнала черното му сако върху главата и раменете си като шал на старица. Беше се прегърбила и скриваше приклекналия си в сенките спътник. Напълно преобразена, лекарката с накуцване направи няколко крачки към двамата и завряка като изкуфяла бабичка.

Единият войник вдигна ръка и ѝ даде знак да се прибере в апартамента си.

– Signora! Rientri subito in casa! – „Веднага се връщайте вкъщи, госпожо!"

Тя направи още една неуверена крачка и свирепо разтърси юмрук.

– Avete svegliato mio marito, che è malato!

Лангдън озадачено я слушаше. „Ще събудят болния ѝ съпруг ли?"

Другият войник вдигна автомата си и го насочи към нея.

– Ferma o sparo! – „Млък или ще стрелям!"

Сиена спря, наруга ги и се заклатушка обратно.

Двамата продължиха нагоре и изчезнаха по стълбището.

„Не беше точно Шекспирова роля, но си я биваше“ – помисли Лангдън. Явно актьорският талант можеше да се използва за различни цели.

Сиена смъкна сакото от главата си и му го подхвърли.

– Хайде.

Този път Робърт не се поколеба да я последва.

Спуснаха се на площадката над фоайето, където други двама войници тъкмо се качваха в асансьора. До вана на улицата стоеше на пост пети – мускулестото му тяло изпъваше черната униформа. Сиена и Лангдън безшумно забързаха надолу към мазето.

В подземния гараж беше тъмно и вонеше на урина. Младата жена се затича към един ъгъл, задръстен от скутери и мотоциклети, и спря пред сребрист мотопед, който приличаше на тромава комбинация между италианска „Веспа“ и триколка за възрастни. Прокара пръсти под предния калник на триколката, измъкна залепваща се с магнит кутийка, извади от нея ключ и запали двигателя.

Само след секунди Лангдън вече седеше несигурно зад нея на малката седалка и опипваше около себе си в търсене на дръжки или нещо, за което да се хване.

– Сега не е моментът за свенливост – сопна му се Сиена, хвана ръцете му и ги постави на стройния си кръст. – Дръж се здраво.

Робърт я послуша и тя подкара триколката към изходната рампа. Превозното средство се оказа по-мощно, отколкото предполагаше професорът, и те едва не се откъснаха от земята, докато изхвърчаха от гаража на петдесетина метра от главния вход. Якият войник пред сградата моментално се обърна и видя отдалечаващите се с виещата триколка бегълци.

Седящият отзад Лангдън се озърна през рамо към здравеняка, който вдигна оръжието си и внимателно се прицели. Робърт се сви. Прозвуча изстрел и куршумът рикошира от задния калник на триколката, като за малко не улучи учения в кръста.

„Господи!“

Сиена рязко зави наляво в първата пресечка и Лангдън усети, че се изхлузва.

– Наведи се към мене! – извика тя.

Той се подчини и отново възстанови баланса си, докато лекарката се насочваше към голям булевард. Изминаха цяла пряка, преди Робърт да си позволи да си поеме дъх.

„Кои бяха онези хора, по дяволите?!"

Напрегнато вперила поглед в пътя пред тях, Сиена лъкатушеше в слабия сутрешен трафик по булеварда. Пешеходците се обръщаха подире им, озадачени от вида на високия мъж в костюм на Бриони, *возен* от слаба жена.

Бяха изминали три преки и се приближаваха до голямо кръстовище, когато пред тях заехтяха клаксони. Лъскав черен ван зави на ъгъла на две колела, поднесе в кръстовището и полетя право към тях. Изглеждаше същия като този на войниците при блока.

Сиена веднага зави надясно и удари спирачки. Лангдън силно притисна гърди към гърба ѝ, докато спираха зад един паркиран камион. Тя долепи триколката до задната броня на камиона и угаси двигателя.

„Дали ни видяха?!"

Двамата се приведоха и зачакаха... затаили дъх.

Ванът профуча покрай тях. Очевидно не ги бяха забелязали. Когато се изравни с триколката обаче, Лангдън зърна вътре един човек.

На задната седалка, притисната като пленница между двама войници, седеше красива възрастна жена. Очите ѝ бяха хлътнали и главата ѝ се клатушкаше, сякаш беше в безсъзнание или упоена. Носеше амулет и имаше дълга сребриста коса, падаща на къдрици.

Гърлото на Робърт се сви. Стори му се, че е видял призрак.

Това беше жената от неговите халюцинации.

17.

Ректора изхвърча от контролната зала и закрачи по дългата дясна палуба на „Mendacium“. Случилото се току-що във флорентинския жилищен блок беше невъобразимо.

Обиколи два пъти целия кораб, после се върна в кабинета си и извади бутилка петдесетгодишно малцово уиски „Хайланд Парк“. Само че не си сипа, а остави шишето и му обърна гръб – с което си напомняше, че напълно се владее.

Погледът му инстинктивно се насочи към тежък изтъркан том на книжната лавица – подарък от клиент... от клиента, когото му се искаше изобщо да не е срещал.

„Преди една година... откъде можех да знам?“

Обикновено не разговаряше лично с евентуалните клиенти, но този човек се свърза с него чрез доверен източник и затова Ректора направи изключение.

Частният хеликоптер на клиента кацна на „Mendacium“ в един абсолютно безветрен ден. Гостът, видна личност в своята област, беше четирийсет и шест годишен, с правилни черти, изключително висок и с пронизващи зелени очи.

– Както знаете, вашите услуги ми бяха препоръчани от наш общ приятел – започна мъжът, протегна дългите си крака и се настани удобно в разкошно обзаведения кабинет. – Сега ще ви обясня какво ми е нужно.

– Не, недейте – прекъсна го Ректора, за да му покаже кой командва парада. – Моят правилник не позволява да ми обяснявате нищо. Аз ще ви опиша услугите, които предоставям, а вие ще решите кои и дали ви интересуват.

Гостът изглеждаше изненадан, но се съгласи и го изслуша

внимателно. Накрая се оказа, че желанието му е съвсем обичайна поръчка за Консорциума – по същество възможност да стане „невидим“ за известно време, за да направи нещо на спокойствие.

„Детска играчка“.

Консорциумът щеше да му осигури фалшива самоличност и убежище с напълно автономна поддръжка, където да си свърши работата в пълна секретност – каквато и да беше тя. Организацията никога не питаше с каква *цел* иска услуга клиентът и предпочиташе да знае колкото може по-малко за хората, за които работеше.

В продължение на цяла година Ректора предоставяше скривалище – с изумителна печалба – на зеленоокия, който се оказа идеален клиент. Двамата не поддържаха връзка и всички сметки се плащаха навреме.

Преди две седмици обаче всичко се промени.

Клиентът неочаквано влезе в контакт и поиска лична среща. Като имаше предвид платената до този момент сума, Ректора се съгласи.

В мърлявия човек, който пристигна на яхтата, едва можеше да се познае уравновесеният спретнат мъж, когото Ректора беше приел преди една година. По-рано проницателните му зелени очи сега гледаха диво. Имаше вид на... болен.

„Какво се е случило с него? Какво е правил?“

Ректора въведе разтреперания си гост в кабинета си.

– Среброкосият дявол – запелтечи клиентът. – С всеки ден се приближава все повече.

Ректора сведе очи към досието на клиента си и погледна снимката на красивата среброкоса жена.

– Да, вашият среброкос дявол – отвърна той. – Враговете ви са ни добре известни. И колкото и да е могъща, цяла година ние я държахме далече от вас. И ще продължаваме да го правим.

Зеленоокият нервно задърпа един кичур от мазната си коса.

– Не се подвеждайте от красотата ѝ. Тя е опасен противник.

„Самата истина“ – помисли си Ректора, все пак недоволен, че клиентът му е привлякъл вниманието на толкова влиятелна личност. Среброкосата жена разполагаше с широк достъп до информация и огромни ресурси – а той определено не обичаше да си има работа с такива съперници.

– Ако тя или нейните демони ме открият... – започна клиентът.

– Няма – увери го Ректора. – Нима досега не ви осигурихме надеждно скривалище и всичко, каквото поискахте?

– Да – призна мъжът. – И все пак ще спя по-спокойно, ако... – Замълча за миг. – Трябва да съм сигурен, че ако с мене се случи нещо, вие ще изпълните последните ми желания.

– А именно?

Клиентът бръкна в чантата си и извади малък запечатан плик.

– Съдържанието на този плик осигурява достъп до обществен трезор във Флоренция. В моя сейф ще намерите един малък предмет. Ако ми се случи нещо, искам да го доставите вместо мен. Това е нещо като подарък.

– Добре. – Ректора взе химикалката си и се приготви да си води бележки. – И на кого да го доставим?

– На среброкосия дявол.

Ръководителят на Консорциума го погледна.

– Подарък за вашата мъчителка?!

– По-скоро трън в петата. – Очите му проблеснаха диво. – Хитроумно устройство, направено от кост. Тя ще установи, че това е карта... нейният Вергилий... водач към центъра на личния ѝ ад.

Ректора дълго го наблюдава. После каза:

– Както желаете. Смятайте го за изпълнено.

– Времето на доставката е от огромно значение – продължи клиентът. – Тя не бива да получи подаръка преждевременно. Пазете го, докато... – Мъжът внезапно млъкна.

– Докога? – подкани го Ректора.

Зеленоокият рязко се изправи, мина зад бюрото, грабна червен маркер и с бясно движение огради една дата на личния настолен календар на Ректора.

– Дотогава.

Домакинът му стисна зъби и въздъхна, преглъщайки неудоволствието си от наглостта на клиента.

– Ясно. Няма да правя нищо до оградената дата, на която предметът от трезора, какъвто и да е той, ще бъде доставен на среброкосата жена. Имате думата ми. – Той преброи оставащото време. – Ще изпълня желанието ви точно след четиринайсет дни.

– И нито ден по-рано! – трескаво го предупреди мъжът.

– Ясно – повтори Ректора. – Нито ден по-рано.

Взе плика, прибра го в досието и записа необходимото, за да е сигурно, че желанието на клиента ще бъде изпълнено дословно. Гостът му не беше обяснил какъв предмет съхранява в трезора и Ректора всъщност предпочиташе да не знае. Безпристрастието представляваше крайъгълен камък на тяхната философия. „Осигурявай услуги. Не задавай въпроси. Не издавай присъди".

Раменете на мъжа се поотпуснаха и той тежко въздъхна.

– Благодаря.

– Нещо друго? – попита Ректора. Нямаше търпение да се отърве от своя преобразен клиент.

– Да, всъщност има още нещо. – Той бръкна в джоба си и извади малка яркочервена флашка. – Тук има един видеофайл. – Зеленоокият остави флашката на бюрото. – Искам да го разпратите до световните медии.

Ректора любопитно се вторачи в него. Консорциумът често разпространяваше информация до медиите от името на клиентите си, но все пак нещо в желанието на този човек го смущаваше.

– На същия ден ли? – Той посочи оградената дата.

– Точно на същия ден – потвърди клиентът. – Нито минута по-рано.

– Ясно. – Ректора написа съответното указание към флашката. – Това ли е всичко? – И се изправи в опит да сложи край на срещата.

Клиентът му продължаваше да седи.

– Не. Само още нещо.

Създателят на Консорциума седна.

Зелените очи на мъжа блестяха почти като на животно.

– Скоро след като разпространите видеозаписа, аз ще стана много известен.

„Та ти и без това си известен!“ – помисли си Ректора, като имаше предвид изключителните му постижения.

– И вие ще заслужите част от славата – прибави онзи. – Услугите, които ми осигурихте, ми позволиха да създам шедьовър... творба, която ще промени света. Можете да се гордеете със своя принос.

– Какъвто и да е шедьовърът, радвам се, че разполагахте с условията да го създадете – с растящо нетърпение отвърна Ректора.

– В знак на благодарност съм ви донесъл един прощален подарък. – Мърлявият мъж бръкна в чантата си. – Книга.

Ректора се зачуди дали тази книга е тайното произведение, върху което клиентът му е работил през цялото това време.

– Вие ли сте авторът ѝ?

– Не. – Гостът му остави тежкия том на бюрото. – Напротив... тя е написана *за* мен.

Озадачен, Ректора погледна книгата. „И той си мисли, че е написана за него?!“ Това беше литературна класика... създадена през XIV век.

– Прочетете я. – Клиентът се усмихна зловещо. – Тя ще ви помогне да разберете онова, което съм направил.

И с тези думи неочаквано се изправи, сбогува се и си тръгна.

През прозореца на кабинета си Ректора проследи с поглед хеликоптера, който се издигна от палубата и се насочи към италианския бряг.

После отново насочи вниманието си към големия том върху бюрото. Неуверено разтвори кожената корица и обърна на началото. Написана с големи калиграфски букви, встъпителната строфа заемаше цялата първа страница.

> АД
> На попрището жизнено в средата
> сред мрачни дебри сам се озовах,
> че пътя прав загубих в тъмнината.

На срещуположната страница клиентът му беше надписал подаръка си:

Скъпи приятелю, благодаря Ви, че ми помогнахте да намеря пътя.

Признателен Ви е и целият свят.

Нямаше представа какво означава това, но му стигаше. Ректора затвори книгата и я постави на лавицата. Слава богу, служебните му отношения с тази странна личност скоро щяха да приключат. „Още четиринайсет дни“ – помисли си той, вперил поглед в оградената с грозно надраскан червен кръг дата в личния му календар.

През следващите дни Ректора се измъчваше от необичайна нервност. Онзи човек явно беше превъртял. Ала въпреки интуитивните опасения на ръководителя на Консорциума времето изтече без инциденти.

Точно преди оградената дата обаче във Флоренция се разигра светкавична поредица от гибелни събития. Ректора се опита да овладее кризата, но положението скоро излезе извън контрол. Кулминацията настъпи с шеметното качване на клиента в кулата на Бадия.

„Той се хвърли оттам... и се самоуби“.

Макар и ужасен от загубата на клиент, особено по такъв начин, Ректора си оставаше човек на думата и се приготви за изпълнението на последното си обещание към покойния – да достави на среброкосата жена съдържанието на флорентинския сейф, при това в точно определен момент.

„Не и преди оградената в календара дата“.

Даде плика с шифъра на сейфа на Вайента, която замина за Флоренция, за да вземе въпросния предмет – „хитроумното устройство“. Когато обаче се свърза с шефа си, агентката му съобщи поразителна и извънредно тревожна новина. Съдържанието на сейфа вече било извадено и за малко не я задържали. Оказваше се, че среброкосата жена по някакъв начин е научила и е използвала влиянието си, за да получи достъп до трезора, както и да издаде заповед за арестуването на всеки, който се опита да отвори този сейф.

Това се бе случило преди три дни.

Клиентът явно беше замислил откраднатия предмет като своята последна обида към сребрукосата жена – оскърбителен глас от гроба.

„Само че е проговорил преждевременно".

Оттогава в Консорциума цареше пълен хаос – използваха всичките си ресурси, за да изпълнят последните желания на клиента, а и да защитят самата организация. И всичко това водеше до пресичане на граници, от които нямаше връщане.

Ректора седеше на бюрото си и се питаше какво им готви бъдещето.

Грозно очертаният от клиента кръг го зяпаше от календара – крива червена линия, ограждаща конкретна дата, очевидно с особено значение.

„Утре".

Той неохотно погледна бутилката скоч на масата. После за пръв път от четиринайсет дни си наля чаша уиски и я пресуши на една глътка.

Главният фасилитатор Лорънс Ноултън измъкна малката червена флашка от компютъра и я сложи на бюрото. Този видеозапис се нареждаше сред най-странните неща, които беше виждал.

„И е дълъг точно девет минути... до секундата".

Обзет от неприсъщо му безпокойство, той се изправи и закрачи из малката си кабина, като отново се чудеше дали да се посъветва за шантавия запис с Ректора.

„Просто си свърши работата – каза си Ноултън. – Не задавай въпроси. Не издавай присъди".

Пропъди мисълта за записа от ума си и въведе утвърдената задача в програмата си. Точно според желанието на клиента утре щеше да разпрати видеофайла до медиите.

18.

Виале Николо Макиавели се смята за най-красивия булевард във Флоренция. С широките си завои, които лъкатушат сред гъсти храсти и широколистни дървета, той е любим на колоездачите и любителите на ферари.

Сиена ловко управляваше мотопеда по завоите. Скоро напуснаха мрачния жилищен квартал и навлязоха в чистите и ухаещи на кедри скъпи зони на западния бряг. Часовникът на една черква, която подминаха, тъкмо биеше осем.

Лангдън се държеше за кръста на Сиена и в ума му се вихреха озадачаващи образи от Дантевия ад... и тайнственото лице на красивата сребрhistokoса жена, която беше видял, натикана между двама едри войници на задната седалка на вана.

„Която и да е тя, вече е в ръцете им" – помисли си Робърт.

– Жената във вана – надвика Сиена мотора на триколката. – Сигурен ли си, че е същата от виденията ти?

– Абсолютно.

– Значи трябва да си се срещнал с нея през последните два дни. Въпросът е защо продължава да ти се явява... и защо все ти повтаря да търсиш нещо.

Лангдън бе съгласен с нея.

– Не знам... Нямам спомен да сме се срещали, но всеки път, щом видя лицето ѝ, изпитвам непреодолимото усещане, че просто трябва да ѝ помогна.

„Варвари... варвари..."

Изведнъж се запита дали странните му думи не са свързани със среброкосата жена. „Може би се отнасят за хората, които са я похитили?" Тази мисъл накара стомаха му да се свие.

Имаше чувството, че е лишен от жизненоважно оръжие. „Изгубил съм паметта си“. Имаше изключителна зрителна памет още от малък и я смяташе за своето най-ценно интелектуално качество. За човек, свикнал да си спомня и най-малката подробност от света около себе си, животът без памет приличаше на опит да приземи самолет в пълен мрак без радар.

– Мисля, че единственият ти шанс да откриеш отговора е да разшифроваш „Картата“ – продължи Сиена. – Каквато и тайна да крие... явно тя е причината да те преследват.

Робърт кимна, замислен за думата „catrovacer“ на фона на гърчещите се тела в Дантевия „Ад“.

Изведнъж му хрумна една идея.

„Свестих се във Флоренция...“

На земята нямаше друг град, толкова тясно свързан с Данте Алигиери. Роден във Флоренция, той израснал там и според легендата се влюбил в Беатриче, а по-късно жестоко го прогонили и го обрекли дълги години да скита из Италия, копнеейки да се завърне у дома. Ето какво пишеше поетът за изгнанието:

Ще се простиш със своите желания;
с най-скъпото; ей първата стрела
от лъка на горчивото изгнание.

Спомнил си тези стихове от седемнайсетата песен на „Рай“, Лангдън погледна надясно отвъд река Арно към далечните кули на стара Флоренция.

Представи си плана на стария град – гъмжило от туристи и задръствания по тесните улици около прочутата катедрала, музеите, църквите и търговските квартали. Предположи, че ако зарежат триколката, със Сиена бързо ще потънат в човешката навалица.

– Трябва да идем в стария град – заяви Робърт. – Ако изобщо съществуват, отговорите би трябвало да са там. Стара Флоренция е целият свят на Данте.

Тя кимна в знак на съгласие и извика през рамо:

– Там ще е и по-безопасно – има много места, където да се скрием. Ще се насоча към Порта Романа и оттам ще пресечем реката.

„Реката" – с трепет си помисли Лангдън. Пътуването на Данте в ада също започваше с пресичане на река.

Сиена увеличи скоростта и градският пейзаж се понесе покрай тях като в мъгла. Робърт мислено запрехвърля образите на ада, мъртвите и умиращите, десетте оврага в Malebolge с чумния лечител и странната дума CATROVACER. Представи си надписа в долния край на La mappa, „Истината се вижда единствено през очите на смъртта", и се зачуди дали мрачният израз може да е цитат от Данте.

„Не се сещам за такъв".

Той отлично познаваше „Божествена комедия" и като виден историк на изкуството и специалист по иконография, понякога го молеха да тълкува безкрайния низ от символи, населяващи Дантевия свят. Случайно или не, преди две години беше чел публична лекция за тази вечна творба: „Божественият Данте: символите на ада".

Данте Алигиери се бе превърнал в един от култовите образи в историята. Из целия свят съществуваха дружества на негови почитатели. Първото такова общество в Америка беше основано през 1881-ва в Кеймбридж, щата Масачузетс, от Хенри Уърдзуърт Лонгфелоу. Именно на прочутия поет от Нова Англия принадлежеше първият американски превод на „Божествена комедия", който си оставаше сред най-харесваните и широко четени и до днес.

Като виден изследовател на Данте, бяха поканили Лангдън да говори пред едно от най-старите Дантеви дружества в света – Società Dante Alighieri във Виена. Събитието щеше да се състои във Виенската академия на науките. Основният му спонсор, богат учен и член на дружеството, беше успял да осигури големия салон на Академията – зала с две хиляди места.

Организаторът на събитието посрещна Лангдън на входа и го въведе вътре. Докато пресичаха фоайето, Робърт не можеше да не забележи шест думи, написани с грамадни букви на задната стена: „АМИ АКО БОГ Е БИЛ СБЪРКАЛ?“

– Лукас Троберг – прошепна му неговият домакин. – Последната ни художествена инсталация. Какво мислите?

Лангдън впери очи в огромния текст. Колебаеше се как да отговори.

– Ъъъ... работата му е мащабна, обаче граматиката му куца.

Онзи го погледна объркано. Робърт се надяваше, че аудиторията ще го разбере по-добре.

Когато накрая се качи на сцената, получи възторжени аплодисменти от изправилата се на крака публика.

– Meine Damen und Herren – изкънтя гласът му от тонколоните. – Willkommen, bienvenue, welcome.

Прочутата реплика от „Кабаре“ предизвика оценяващ смях в залата.

– Съобщиха ми, че тази вечер публиката не се състои само от членове на Дантевото дружество, а и от гостуващи учени и студенти, които може би за пръв път се срещат с Данте. Именно за тези от вас, които са били прекалено заети с учене, за да четат средновековна италианска поезия, реших да започна с кратък обзор върху Данте – неговия живот и дело, както и защо се смята за една от личностите, оказали най-голямо влияние в цялата история.

Още ръкопляскания.

С помощта на миниатюрното дистанционно управление Лангдън показа серия изображения на Данте, като започна с нарисувания от Андреа дел Кастаньо портрет на поета в цял ръст, изправен пред отворена врата с философски том в ръка.

– Данте Алигиери – премина към същинската част на лекцията си професорът. – Този флорентински поет и философ е живял от хиляда двеста шейсет и пета до хиляда триста двайсет и първа година. На този портрет, както и на почти всички негови картини, той носи на главата си червено cappuccio – плътно прилепваща шапка с наушници, която, наред с алената му туника, се е превърнала в негова запазена марка.

Лангдън превключи на портрета от Ботичели в галерия „Уфици", който подчертаваше най-характерните особености на поета – тежка челюст и гърбав нос.

– Тук уникалното лице на Данте отново е обрамчено от червеното му cappuccio, но в този случай Ботичели е добавил лавров венец като знак на неговата изключителност в поетичното изкуство – традиционен символ, възникнал в Древна Гърция и използван до ден днешен в церемонии за удостояване на поети и Нобелови лауреати.

Бързо показа още няколко изображения, които представяха великия флорентинец с червената шапка, туниката, лавровия венец и гърбавия нос.

– И за да допълним представата ви за Данте, ето една статуя от Пиаца ди Санта Кроче... и, разбира се, прочутата фреска в Баргело, приписвана на Джото.

Професорът остави слайда с фреската на Джото на екрана и отиде в средата на сцената.

– Както несъмнено ви е известно, Данте е най-известен със своя величествен литературен шедьовър „Божествена комедия", невероятно жив разказ за спускането на твореца в ада, минаването му през чистилището и накрая изкачването му в рая, за да се срещне с Бог. От съвременна гледна точка, в „Божествена комедия" няма нищо комично. Нарича се „комедия" по съвсем друга причина. През четиринайсети век италианската литература по дефиниция се е разделяла на две категории: трагедия, представляваща висшата литература и написана на официален италиански, и комедия, представляваща нисшата литература, написана на разговорен език и насочена към обикновените хора.

Лангдън превключи на знаменитото платно на Микелино, изобразяващо Данте пред стените на Флоренция с „Божествена комедия" в ръка. Терасираната планина на чистилището се издигаше на заден план над портата на ада. Днес картината висеше във флорентинската катедрала „Санта Мария дел Фиоре", по-известна като Il Duomo.

– Както сигурно се досещате от заглавието ѝ, „Божествена комедия“ е написана на разговорен език, на езика на народа – продължи Робърт. – Въпреки това тя блестящо съчетава религия, история, политика, философия и социален анализ в пъстра картина, която едновременно демонстрира дълбока ерудиция и изключителна достъпност за масите. Творбата се превръща в такъв стълб на италианската култура, че на художествения стил на Данте се приписва самото формиране на съвременния италиански език.

Лангдън направи драматична пауза, после прошепна:

– Приятели, всяка оценка за влиянието на неговата творба ще е подценяване. Може би с едно-единствено изключение, Светото писание, в цялата история няма друго произведение на литературата, изобразителното изкуство или музиката, вдъхновило толкова подражания, вариации и анализи, колкото „Божествена комедия“.

След като изброи множество прочути композитори, художници и писатели, използвали поемата на Данте като основа на свои творби, професорът обходи аудиторията с поглед.

– Кажете, има ли сред вас писатели?

Вдигнаха се почти една трета от ръцете. Той се смая. „Леле-мале, това или е най-престижната публика на света, или публикуването в интернет наистина започва да придобива популярност“.

– Е, както знаят всички писатели, за тях няма по-важно нещо от онези кратки рекламни фрази върху корицата на книгата, написани от известна личност и целящи да убедят хората да си я купят. През Средновековието също е имало такива. И за Данте са написани доста.

Лангдън смени слайда.

– Какво ще кажете да имате ей *такова* нещо на корицата на своята книга?

Че на света от него по-велик не е живял.

– Микеланджело

В залата се разнесе изненадано шушукане.

– Да – каза Лангдън. – Това е същият онзи Микеланджело, когото всички вие познавате от Сикстинската капела и Давид. Освен че е изключителен художник и скулптор, той е невероятен поет. Издал е близо триста стихотворения, едно от които е озаглавено „Данте“ и е посветено на човека, чиито мрачни видения за ада са вдъхновили „Страшния съд“ на Микеланджело. И ако не ми вярвате, прочетете третата песен от Дантевия „Ад“, а после идете в Сикстинската капела. Точно над олтара ще видите ето този познат образ.

Той натисна бутона на дистанционното и на екрана се появи страховит детайл с мускулест звяр, замахващ с гигантско весло към тълпа присвиващи се хора.

– Това е Дантевият лодкар на ада, Харон, който бие своите бавещи се пътници с гребло.

Показа друг слайд, също с детайл от Микеланджеловия „Страшен съд“ – разпнат мъж.

– Това е вугеецът Аман, който според Светото писание бил обесен. В поемата на Данте обаче го разпват. Както виждате, Микеланджело е предпочел версията на Данте пред Библията. – Робърт се усмихна широко и сниши глас: – Да не вземете да кажете на папата!

Публиката избухна в смях.

– Дантевият „Ад“ изобразява свят на болка и страдание, какъвто дотогава човешкото въображение не е познавало, и творбата му съвсем буквално е моделирала съвременните ни представи за преизподнята. – Робърт замълча за миг. – И повярвайте ми, католическата църква има за какво да благодари на Данте. Неговото произведение векове наред е ужасявало вярващите и несъмнено е утроило броя на богомолците.

Показа следващия слайд.

– И това ни води до причината днес да се съберем тук.

Сега на екрана можеше да се прочете темата на лекцията: „Божественият Данте: символите на ада“.

– Дантевият „Ад“ е свят толкова богат на символика и иконография, че често му посвещавам цял семестриален курс. И днес решихме, че най-добрият начин да разкрием символите на ада е да влезем рамо до рамо с автора... през адската порта.

Отиде до края на сцената и плъзна поглед по публиката.

– Ако ще ходим на разходка в преизподнята, убедено ви съветвам да използваме карта. А не съществува по-подробна и точна карта на Дантевия ад от онази, която е нарисувал Сандро Ботичели.

Той натисна бутона на дистанционното и пред зрителите се появи страховитата „La mappa dell'Inferno". Неколцина от публиката простенаха, докато гледаха различните ужаси във фуниевидната подземна пещера.

– За разлика от други художници, Ботичели пресъздава текста на Данте изключително точно. Всъщност той прекарал толкова време в четене на творбата, че според великия историк на изкуството Джорджо Вазари неговото вманиачаване довело до „сериозни разстройства в живота му". Ботичели нарисувал още над двайсет платна, свързани с Данте, но тази карта е най-прочутата му картина.

Лангдън се обърна и посочи горния ляв ъгъл на Картата.

– Нашето пътешествие ще започне над земята, където можете да видите облечения в червено Данте и неговия водач Вергилий пред адската порта. Оттам ще се спуснем надолу през деветте кръга на ада и накрая ще се изправим лице в лице с...

Той бързо превключи следващия слайд – огромно увеличение на Сатаната, изобразен от Ботичели на същата тази картина, ужасяващ триглав Луцифер, поглъщащ трима души, по един във всяка уста.

В залата се разнесе ахване.

– Един поглед към очакващите ни атракции – съобщи професорът. – Тазвечерното ни пътешествие ще завърши с този страховит образ. Това е деветият кръг на ада, където живее самият дявол. Само че... – Лангдън направи пауза. – Пътят дотам е само половината от забавлението, затова хайде да се върнем малко назад... при адската порта, откъдето ще започне нашето пътешествие.

Той показа нов слайд – литография на Гюстав Доре, изобразяваща мрачен, напомнящ на тунел вход в скала.

Надписът над него гласеше: НАДЕЖДА ВСЯКА ТУКА ОСТАВЕТЕ.

– Е... – усмихна се Лангдън. – Ще влезем ли?

Някъде високо изсвириха гуми и публиката се изпари. Той усети, че полита напред, и се блъсна в гърба на Сиена, която беше ударила спирачки насред Виале Макиавели.

Зави му се свят. Все още мислеше за извисилата се пред него адска порта. Тръсна глава и се огледа.

– Какво става?

Сиена посочи напред. Бяха на триста метра от Порта Романа – древния каменен вход на стара Флоренция.

– Имаме проблем, Робърт.

19.

Агент Брюдер се опитваше да се ориентира в онова, което виждаше в скромното апартаментче. „Кой живее тука, по дяволите?“ Мебелировката беше оскъдна и разнородна като в студентско общежитие.

– Агент Брюдер? – повика го от съседната стая един от хората му. – Елате да видите нещо.

Докато вървеше натам, той се зачуди дали местната полиция вече е задържала Лангдън. Предпочиташе да се справят с кризисната ситуация със собствени средства, ала бягството на професора не им оставяше друг избор, освен да се обърнат към италианските власти и да поставят блокади из града. Маневреният мотопед лесно щеше да им избяга из лабиринта на флорентинските улички – тежките поликарбонатни прозорци и здравите непробиваеми гуми на неговите ванове ги правеха надеждни, но тромави. Италианските полицаи нямаха репутация на особено отзивчиви, ала организацията на Брюдер се ползваше с огромно влияние – полиция, консулства, посолства. „Когато поискаме нещо, никой не смее да ни откаже“.

Влезе в малкия кабинет. Неговият човек стоеше над отворен лаптоп и пишеше на клавиатурата. Беше с латексови ръкавици.

– Лангдън е използвал този компютър – каза агентът. – Оттук е влязъл в имейла си и е търсил нещо в интернет. Файловете още са тук.

Брюдер се приближи до бюрото.

– Лаптопът най-вероятно не е негов – продължи мъжът. – Регистриран е с инициалите СК – скоро сигурно ще получа цялото име.

Брюдер погледна купчината документи на бюрото. Вдигна ги и прегледа необичайното им съдържание – стара програма от лондонския „Глобус“ и няколко вестникарски изрезки. Колкото повече четеше, толкова повече се ококорваше.

Взе документите, излезе в коридора и се обади на шефа си.

– Тук Брюдер. Мисля, че разпознахме човека, който помага на Лангдън.

– Кой е той?

Агентът въздъхна.

– Няма да повярвате.

На три километра оттам Вайента бягаше от района, ниско приведена над БМВ-то. Полицейски коли с надути сирени профучаваха покрай нея в обратната посока.

„Изключена съм“ – мислеше си тя.

Мекото вибриране на четиритактовия двигател на мотоциклета обикновено успокояваше нервите ѝ. Не и днес.

Работеше в Консорциума от дванайсет години, беше се издигнала в йерархията от материална поддръжка до стратегическо координиране и накрая до пълноправен агент. „Нямам нищо друго освен кариерата си“. Работата на агентите изискваше секретност, много пътуване и дълги операции. Всичко това изключваше какъвто и да е друг живот и нормални връзки.

„Изпълнявам тази задача вече цяла година“ – помисли си тя, все още неспособна да повярва, че Ректора е дръпнал спусъка и я е лишил от всичко.

От цяла година Вайента ръководеше осигуряването на услуги за един и същи клиент на Консорциума – ексцентричен зеленоок гений, който искаше само да „изчезне“ за известно време, за да работи, необезпокояван от своите конкуренти и врагове. Пътуваше изключително рядко и винаги невидимо, но най-често работеше. Тя нямаше представа какъв е характерът на работата му – просто трябваше да се грижи да не го открият влиятелните хора, които го издирваха.

Вайента изпълняваше задачата си с вещ професионализъм и всичко вървеше идеално.

Идеално... до предишната вечер.

Оттогава емоционалното ѝ състояние и кариерата ѝ падаха стремглаво надолу.

„Сега съм на улицата“.

Ако се стартираше протокол за изключване, агентът незабавно трябваше да прекрати възложената му операция и да напусне „арената“. Ако го заловяха, Консорциумът щеше да отрече всякаква връзка с него. Агентите знаеха, че не бива да поставят на изпитание късмета си, защото отлично познаваха смущаващата способност на организацията да моделира действителността както ѝ е изгодно.

Вайента познаваше само двама изключени агенти. Странно, оттогава не ги беше виждала. Предполагаше, че са уволнени и им е заповядано никога повече да не влизат във връзка със служители на Консорциума.

Сега обаче това не ѝ се струваше единствената възможност.

„Прекаляваш – опита се да се успокои тя. – Методите на Консорциума са много по-елегантни от хладнокръвното убийство“.

Въпреки това пак я побиха тръпки.

В момента, в който видя да пристигат хората на Брюдер, инстинктът я накара незабелязано да избяга от покрива на хотела. Питаше се дали този инстинкт я е спасил.

„Никой не знае къде съм сега“.

Докато се носеше на север по Виале дел Погио Империале, осъзна каква промяна е настъпила с нея само за няколко часа. Предишната нощ се беше опасявала за работата си. Сега се страхуваше за живота си.

20.

Някога Флоренция била укрепен град с главен подстъп – построената през 1326 година Порта Романа. По-голямата част от външните крепостни стени са разрушени през вековете, но Порта Романа все още съществува и до ден днешен и трафикът към града се процежда през огромните арки на това колосално съоръжение.

Подстъпът представлява 15-метрово препятствие от старинни тухли и камък, на чийто вход все още са запазени огромните дървени врати с железен обков, които са отворени и подпрени непрекъснато, за да пропускат потока от коли и хора. Шест главни пътя се сливат пред тези врати в кръгово движение, в чиято затревена вътрешност се извисява статуя на Пистолето, представляваща жена с огромен вързоп върху главата.

Макар днес това място да е мъчителен кошмар за всеки шофьор, някога пред строгата градска порта на Флоренция се е провеждал Fiera dei Contratti – Договорният панаир, на който бащите продавали дъщерите си в уредени бракове, като често ги карали да танцуват прелъстително, за да си подсигурят по-голяма зестра.

Тази сутрин на няколкостотин метра преди портата Сиена наби спирачки и посочи обезпокоено напред. Лангдън погледна и веднага сподели тревогата ѝ. Дългата колона коли пред тях бе спряла. Движението в кръговото бе препречено от полицейска барикада, идваха и още патрулки. Въоръжени полицаи вървяха от автомобил на автомобил и задаваха въпроси.

„Това не може да е заради нас“, помисли Лангдън. Или пък можеше?

Потен колоездач се откъсна от колоната и се приближи към тях по Виале Макиавели. Беше приведен над бегача и голите му крака натискаха енергично педалите. Сиена му подвикна:

– Cos' e successo?*

– E chi lo sa!** – извика ѝ той в отговор. Изглеждаше загрижен. – Карабинери. – И отпраши покрай тях, нетърпелив да се махне.

Сиена се обърна към Лангдън и се намръщи.

– Блокаж на пътя. Военна полиция.

Зад тях в далечината завиха сирени и Сиена се извърна на седалката и се взря по Виале Макиавели. Лицето ѝ бе станало маска на страха.

„Приклещени сме", помисли Лангдън и се огледа да намери изход, през който да се измъкнат – пресечка, парк, алея, – но видя само частни жилища вляво и висока каменна стена вдясно.

Сирените се приближаваха.

– Натам – каза Лангдън и посочи един изоставен строеж на трийсетина метра пред тях, където преносима бетонобъркачка предлагаше някакво последно убежище.

Сиена се качи на тротоара и подкара към площадката. Чак когато спря зад нея, осъзнаха, че тя едва ги скрива.

– Насам – каза Сиена и се втурна към малка кабинка за инструменти, сгушена в храстите до каменната стена.

Докато се приближаваха, Лангдън осъзна, че не е кабинка за инструменти. Беше химическа тоалетна.

Стигнаха до отходното място на строителите и чуха приближаващите се зад тях полицейски коли. Сиена натисна дръжката на вратата, но тя не помръдна. Беше заключена. Лангдън сграбчи Сиена за ръката и я издърпа зад кабинката, в тясното пространство между нея и каменната стена. Едва се сместиха там. Вонеше ужасно.

Лангдън се мушна след нея точно когато пред очите му се показа черно лъскаво субару с надпис „Карабинери". Колата мина бавно покрай тях. „Италианската военна полиция е невероятна",

---

* Какво се е случило? (ит.) – Б. пр.

** Кой знае! (ит.) – Б. пр.

помисли Лангдън. Зачуди се дали карабинерите имат заповед да стрелят на месо.

– Някой много сериозно си е наумил да ни открие – прошепна Сиена. – И някак си е успял.

– Джипиес? – зачуди се Лангдън. – Може би проекторът има проследяващо устройство.

Сиена поклати глава.

– Повярвай ми, ако това нещо е проследимо, полицията вече щеше да ни е сгащила.

Лангдън се опита да се намести по-удобно в тясното пространство. Оказа се лице в лице с колаж от елегантно изрисувани графити на гърба на химическата тоалетна.

Типично за италианците.

Повечето американски химически тоалетни бяха изрисувани с инфантилни карикатури, които бегло напомняха огромни женски гърди и пениси. Графитите на тази обаче бяха като извадени от скицника на студент по изобразително изкуство – човешко око, изкусно нарисувана ръка, мъжки профил и фантасмагоричен дракон.

– Не навсякъде из Италия графитите са толкова красиви – каза Сиена, която очевидно бе прочела мислите му. – Просто от другата страна на стената е Флорентинският институт по изобразително изкуство.

Сякаш за да потвърдят думите ѝ, се появиха неколцина студенти с папки под мишница. Бъбреха си, палеха цигари и се чудеха на полицейската блокада при Порта Романа.

Лангдън и Сиена се снишиха още повече, за да не ги видят студентите, и точно тогава на Лангдън най-неочаквано му хрумна любопитна мисъл.

Погребаните надолу с главата грешници с крака във въздуха.

Може би беше заради миризмата на човешки изпражнения или заради голите крака на колоездача, приведен над кормилото на бегача си, но какъвто ѝ де бе стимулът, Лангдън се пренесе в гнилата атмосфера на Проклетите ями* при голите крака, щръкнали от пръстта.

* Осмият кръг на ада в „Божествена комедия“ е наречен Malebolge, „проклети ями“. – Б. пр.

– Сиена, в нашата версия на Картата стърчащите крака бяха в десетата яма, нали? Най-ниската в осмия кръг?

Тя го изгледа озадачено: сега изобщо не му бе времето на този въпрос.

– Да, на дъното.

За част от секундата Лангдън се пренесе обратно във Виена, докато четеше лекцията си. Стоеше на подиума, само мигове го деляха от грандиозния финал, току-що бе показал на публиката гравюрата на Доре, изобразяваша Герион – крилатото чудовище с отровна жилеща опашка, което живее точно над Осмия кръг на ада...

– Преди да се срещнем със Сатаната – заяви Лангдън и дълбокият му глас отекна пред високоговорителите – трябва да минем през десетте ями на Малеболдже, Осмия кръг на ада, в който са наказани да страдат измамниците, виновни за извършване на умишлено зло.

Прожектира диапозитиви, на които се виждаха подробности от Малеболдже, и преведе аудиторията през ямите една по една.

– От горе надолу се намират: съблазнителите, шибани с камшици от демони... ласкателите, плувнали в човешки екскременти... църковните печалбари, погребани наполовина с главите надолу и крака във въздуха... магьосниците с извъртени назад глави... корумпираните управници във врящ катран... лицемерите, облечени в тежки оловни наметала... крадците, хапани от змии... коварните съветници, погълнати от огън... подстрекателите на раздори, разсичани от демони... и накрая лъжците, разядени до неузнаваемост от болести.

Лангдън пак се обърна към публиката.

– Данте най-вероятно е запазил последната яма за лъжците заради поредицата лъжи, разказвани за него, които довели до изгнанието му далеч от любимата му Флоренция...

– Робърт? – каза Сиена.

Лангдън се върна стреснат в настоящето.

Сиена го гледаше въпросително.

– Какво има?

– Нашата версия на Картата – каза той развълнувано. – Рисунките са променени! – Той извади проектора от джоба на сакото си и го разклати колкото можа в тясното пространство. Топчето затрака силно, но воят на сирените заглуши звука. – Създателят на този образ е пренаредил нивата в Малеболдже!

Устройството светна и Лангдън го насочи към плоската повърхност пред тях. Появи се Картата на Ада, грейнала ярко в сянката.

Ботичели върху химическа тоалетна, помисли си малко засрамено Лангдън. Може би най-неелегантното място, на което е бил излаган художникът. Лангдън плъзна поглед надолу по десетте ями и закима развълнувано.

– Да! Тук има грешка! Последната яма на Малеболдже би трябвало да е пълна с болни хора, не със заровени с главата надолу. Десетото ниво е за лъжците, не за църковните печалбари!

Сиена го погледна заинтригувано.

– Но... защо ще му е на някой да го променя?

– Catrovacer – прошепна Лангдън и огледа малките букви, които бяха прибавени към всяко ниво. – Не мисля, че е имал предвид точно тази дума.

Въпреки травмата, която бе изтрила спомените му от последните два дни, Лангдън усети, че паметта му работи отлично. Затвори очи и си представи двата варианта на Картата, за да анализира разликите. Промените в Малеболдже бяха по-малко, отколкото бе мислил... и изведнъж все едно було внезапно се вдигна от очите му.

Изведнъж всичко му стана кристално ясно.

Търси и ще намериш!

– Какво има? – попита Сиена.

Устата на Лангдън бе пресъхнала.

– Знам защо съм във Флоренция.

– Нима!?

– Да. И знам къде трябва да отида.

Сиена сграбчи ръката му.

– Къде!?

На Лангдън му се стори, че стъпва на твърда почва за първи път след като се бе събудил в болницата.

– Тези десет букви – прошепна той. – Те всъщност сочат към точно определено място в стария град. Там се намират и отговорите.

– Къде в стария град!? – попита Сиена. – Какво откри?

От другата страна на химическата тоалетна проехтя смях. Минаваха още студенти – смееха се и бъбреха. Лангдън надникна внимателно иззад кабинката и ги проследи с поглед. След това се огледа за полицаи.

– Трябва да тръгваме. Ще ти обясня по пътя.

– По пътя!? – Сиена поклати глава. – Не можем да минем през Порта Романа!

– Остани тук трийсет секунди – каза той, – а след това ме последвай.

И се измъкна иззад тоалетната, като остави новата си приятелка объркана и сама.

21.

– Scusi!* – Робърт Лангдън затича след групата студенти. – Scusate!

Всички се обърнаха и Лангдън започна да се оглежда и да се преструва на загубен турист.

– Dov'e l'Istituto statale d'arte?** – попита на развален италиански.

Едно момче с татуировки дръпна наперено от цигарата си и отвърна подигравателно:

– Non parliamo italiano***. – Акцентът му беше френски.

Едно от момичетата се скара на татуирания си приятел и любезно посочи покрай дългата стена към Порта Романа.

– Piu avanti, sempre dritto****.

„Все направо“, преведе си Лангдън.

– Grazie*****.

Точно както ѝ бе казал, в този миг Сиена незабелязано се измъкна иззад химическата тоалетна и тръгна към него. Стройната трийсет и две годишна жена се приближи към групата и Лангдън я прегърна през раменете.

– Това е сестра ми Сиена. Тя преподава изобразително изкуство.

---

* Извинете! (ит.) – Б. пр.

** Къде е държавният институт по изкуствата? (ит.) – Б. пр.

*** Не говоря италиански (ит.) – Б. пр.

**** Малко по-нататък, все направо (ит.) – Б. пр.

***** Благодаря (ит.) – Б. пр.

Татуираният младеж промърмори: „TILF“* и младежите в компанията се засмяха. Лангдън не им обърна внимание.

– Дойдохме във Флоренция, за да проучим къде бихме могли да преподаваме за една година извън страната си. Може ли да повървим с вас?

– Ma certo** – каза италианското момиче с усмивка.

Щом групата тръгна към полицаите пред Порта Романа, Сиена потъна в разговор със студентите, а Лангдън се скри посред тях и се приведе, за да не бие на очи. „Търси и ще намериш“, помисли си той и пулсът му се учести от вълнение, докато си представяше десетте ями в Малеболдже.

Catrovacer. Тези десет букви бяха сърцевината на една от най-тайнствените мистерии на артистичния свят, вековна загадка, която никой не бе успял да разреши. През 1563 година с тези десет букви бе изписано послание на вътрешната стена на прочутия Палацо Векио*** на 12 метра над пода, едва видимо без бинокъл. Бе останало там скрито от поглед, макар и на видно място, векове наред, чак до 70-те години на 20-и век, когато бе забелязано от прочут вече изкуствовед, който от десетилетия се мъчеше да разгадае значението му. Въпреки многобройните тълкувания посланието оставаше енигма и до ден днешен.

За Лангдън кодът бе като позната територия, убежище от непознатото бурно море. Все пак неговата стихия бяха историята на изкуството и древните тайни, а не епруветките с опасни вещества и огнестрелните оръжия.

Полицейските коли пред тях вече влизаха през Порта Романа.

– Боже – каза татуираният младеж. – Този, дето го търсят, трябва да е направил нещо наистина ужасно.

Стигнаха пред главния вход на Института по изобразително изкуство, където се тълпяха студенти, любопитни какво се случ-

* От първите букви на английската фраза Teacher I Like to Fuck – учителка, която бих искал да чукам. По аналогия с известната от порнографията фраза MILF, Mother I Like to Fuck – майка, която бих искал да чукам. – Б. пр.

** Разбира се (ит.) – Б. пр.

*** Буквално – Стария палат. В него се помещава общината на Флоренция. – Б. пр.

ва на Порта Романа. Охранителят на учебното заведение, който получаваше минимална заплата, разсеяно поглеждаше личните карти на младежите – очевидно бе по-заинтригуван от това какво прави полицията.

Чу се силно скърцане на спирачки. Познатият черен ван премина през Порта Романа.

На Лангдън не му трябваше да мисли много.

Без да кажат и дума, двамата със Сиена се възползваха от момента, за да се промъкнат през портата заедно с новите си приятели.

Алеята към Държавния институт по изобразително изкуство беше поразително красива, направо величествена. От двете страни растяха огромни дъбове и приличаха на навес към далечната сграда – масивна жълта постройка с троен портик и обширна овална морава.

Лангдън знаеше, че зданието е поръчано – като много други в града – от видната династия, доминирала флорентинската политика през петнайсети, шестнайсети и седемнайсети век.

Медичите.

Името им се бе превърнало в символ на Флоренция. През трививековното си управление Медичите бяха натрупали несметни богатства и влияние, с които бяха дали на света четирима папи, две френски кралици и най-голямата финансова институция в цяла Европа.

И до ден днешен съвременните банки използват счетоводните методи, въведени от Медичите – двойното счетоводство на дебитите и кредитите.

Но най-голямото наследство на Медичите не е във финансите или политиката, а в изкуството. Те са може би най-разточителните меценати: осигуряват пълноводен поток от поръчки и така се превръщат в мотор на Ренесанса. В списъка от светила, попаднали под патронажа на династията, са имена като Леонардо да Винчи, Галилей, Ботичели. Най-прочутата творба на последния – „Раждането на Венера“ – е резултат от поръчка на Лоренцо де Медичи, който поискал сексуално провокативна картина, която да закачи над брачното ложе на братовчед си като сватбен подарък.

Лоренцо де Медичи, известен като Лоренцо Великолепни заради благородството си, бил прекрасен художник и музикант, а освен това се твърди, че имал и безупречен вкус. През 1489 година той харесва работата на един млад флорентински скулптор и го кани да се нанесе в двореца на Медичите, където ще може да твори, заобиколен от изящно изкуство, велика поезия и висока култура. Под егидата на Медичите младежът израства и създава едни от най-прочутите скулптури на всички времена – Пиета и Давид. Днес го знаем като Микеланджело – творчески титан, който понякога наричал Медичите най-големият дар на човечеството.

Лангдън си помисли за страстта на Медичите към изкуството и че биха били доволни, че сградата пред него – първоначално строена за главна конюшня на династията – се е превърнала в институт по изобразително изкуство. Това спокойно място, което сега вдъхновяваше млади художници, бе избрано от Медичите за конюшня заради близостта си до един от най-красивите терени за езда в цяла Флоренция.

Паркът Боболи.

Лангдън хвърли поглед наляво, където над високата стена се виждаха върховете на дърветата. Огромният парк сега бе известна туристическа атракция. Лангдън не се съмняваше, че ако със Сиена успеят да влязат там, няма да ги открият. Все пак паркът се простираше на голяма територия и в него не липсваха скривалища – горички, лабиринти, изкуствени пещери. И което бе по-важно – през него щяха да стигнат до Палацо Пити, каменната цитадела, едновремешното седалище на великото херцогство на Медичите, чиито 140 стаи продължаваха да са една от най-често посещаваните туристически забележителности във Флоренция.

„Ако стигнем до Палацо Пити – помисли Лангдън, – мостът към стария град е само на хвърлей оттам“.

Посочи възможно най-спокойно стената, обграждаща парка, и попита:

– Как да влезем вътре? Много бих искал да покажа на сестра си парка, преди да разгледаме института.

Татуираният младеж поклати глава.

– Не можете да влезете оттук. Входът е чак при двореца Пити. Ще трябва да минете през Порта Романа и да заобиколите.

– Да бе! – обади се Сиена.

Всички се обърнаха към нея, включително Лангдън.

– О, я стига – каза тя, усмихна се на студентите и поглади конската си опашка. – Да не би да искате да ми кажете, че никога не сте се промъквали в парка да пушите трева и да се натискате?

Студентите се спогледаха и избухнаха в смях. Момчето с татуировките възкликна:

– Ей, ама ти наистина трябва да преподаваш тук!

Заведе Сиена до ъгъла на сградата и ѝ посочи задния паркинг.

– Виждаш ли навеса вляво? Зад него има една стара платформа. Качваш се на нея и можеш да скочиш от другата страна на стената.

Сиена погледна Лангдън с покровителствена усмивка.

– Хайде, Боб. Освен ако не си прекалено стар, за да прескачаш огради, братче?

22.

Среброкосата жена във вана наведе глава към бронирания прозорец и затвори очи. Струваше ѝ се, че всичко около нея се върти. Чувстваше се зле от лекарствата, които ѝ бяха дали.

„Трябва ми лекар“.

Но въоръженият ѝ пазач бе получил строги нареждания: нуждите ѝ да се пренебрегват, докато не изпълнят успешно задачата си. Хаотичните звуци наоколо ѝ подсказваха, че това няма да стане скоро.

Световъртежът ѝ ставаше все по-силен, беше ѝ трудно да диша. Докато се бореше с поредния напън за повръщане, се зачуди как животът я бе довел до такъв сюрреалистичен кръстопът. Отговорът беше сложен и не можеше да го разгадае в сегашното си трескаво състояние, но нямаше съмнение откъде бе започнало всичко.

Ню Йорк.

Преди две години.

Бе долетяла в Манхатън от Женева, където работеше като директор на Световната здравна организация – силно желан от мнозина престижен пост, който тя заемаше близо десетилетие. Като специалист по заразни болести и епидемиология бе поканена от ООН да изнесе лекция за опасността от пандемии в Третия свят. Изказването ѝ беше оптимистично и вдъхващо надежда, очертаваше няколко нови системи за ранно откриване и планове за лечение, създадени от Световната здравна организация в сътрудничество с други експерти. Аплодираха я на крака.

След лекцията, докато разговаряше с колеги в залата, се приближи служител на ООН с бадж, който показваше, че е на висока дипломатическа служба.

– Доктор Сински, току-що се обадиха от Съвета по международни отношения. Някой там много би искал да разговаря с вас. Отвън ви чака кола.

Озадачена и малко разтревожена, доктор Елизабет Сински се извини, отиде да вземе пътната си чанта – с багаж за едно денонощие – и тръгна. Докато лимузината летеше по Първо авеню, започна да изпитва странно безпокойство.

Съветът по международни отношения?

Като повечето хора, и Елизабет Сински бе чувала само слухове.

СМО бе основан през 20-те години на двайсети век като частен мозъчен тръст. В него бяха членували почти всички държавни секретари, петима-шестима президенти, повечето от шефовете на ЦРУ, сенатори, съдии, както и династични легенди с фамилии като Морган, Ротшилд и Рокфелер. Безпрецедентното събиране на едно място на интелектуална мощ, политическо влияние и богатство бе спечелило на Съвета по международни отношения репутацията на „най-влиятелния частен клуб в света“.

Като директор на Световната здравна организация Елизабет често се бе отърквала в големите акули. Дългият ѝ стаж в СЗО и откритата ѝ натура наскоро бяха привлекли вниманието на едно голямо политическо списание, което я нареди сред двайсетте най-влиятелни личности на планетата. Лицето на Световната здравна организация, така бяха написали под снимката ѝ, което на Елизабет ѝ се стори иронично, защото бе доста болнава като дете.

На шест се бе разболяла тежко от астма. Лекуваха я с високи дози от обещаващо ново лекарство – първите в света глюкокортикоиди или стероидни хормони. Като по чудо симптомите на астмата ѝ отшумяха. За жалост лекарството имаше неочаквани странични ефекти, които се проявиха години по-късно, когато тя влезе в пубертета... и така ѝ не получи менструален цикъл. Никога нямаше да забрави мрачния миг в лекарския кабинет, когато бе на деветнайсет, в който научи, че репродуктивната ѝ система е непоправимо увредена.

Елизабет Сински никога нямаше да има деца.

Времето ще излекува празнотата, увери я докторът, но тъгата и гневът само растяха в нея. Беше жестоко, защото лекарствата, които я бяха ограбили от възможността да зачене дете, не бяха убили животинския ѝ инстинкт за размножаване. Десетилетия наред тя се бореше с копнежа да сбъдне това невъзможно желание. Дори сега, на шейсет и една, все още чувстваше празнота всеки път, когато виждаше майка с дете.

– Стигнахме, докторСински – каза шофьорът на лимузината.

Елизабет прокара набързо четка през дългите си сребристи къдрици и погледна лицето си в огледалото. Преди да се усети, колата спря в богаташки манхатънски квартал и шофьорът ѝ отвори вратата.

– Ще ви изчакам – каза шофьорът. – Когато свършите, ще ви откарам до летището.

Нюйоркското седалище на Съвета по международни отношения се намираше в дискретна сграда в неокласически стил на ъгъла на Парк Авеню и Шейсет и осма улица, някога дом на магнат от „Стандарт Ойл“. Външността ѝ се сливаше идеално с елегантния пейзаж и с нищо не намекваше за специалното ѝ предназначение.

– Доктор Сински – посрещна я възпълничка рецепционистка. – Оттук, моля. Той ви очаква.

Кой той? Доктор Сински последва рецепционистката по широкия коридор до една затворена врата. Жената почука, отвори и подкани с жест Елизабет да влезе.

Тя прекрачи прага и вратата се затвори зад нея.

Малката зала се осветяваше само от блясъка на екран. Пред него, обърнат към нея, стоеше висок върлинест мъж. Макар да не можеше да види лицето му, тя усети излъчване на сила.

– Доктор Сински – каза мъжът. – Благодаря ви, че дойдохте. – Прецизното му, направо педантично произношение ѝ подсказа, че вероятно е от Швейцария или може би Германия.

– Заповядайте, седнете – каза той и ѝ посочи един стол близо до вратата.

Без представяне? Елизабет седна. Странното изображение на екрана изобщо не ѝ помогна да се успокои. Какво беше всичко това, по дяволите?

– Бях на лекцията ви тази сутрин – каза мъжът. – Изминах дълъг път, за да ви чуя лично. Впечатляващо представяне.

– Благодаря.

– Може ли също така да кажа, че сте много по-красива, отколкото си представях... въпреки възрастта ви и късогледото ви отношение към световното здраве.

Челюстта на Елизабет увисна. Коментарът бе обиден откъдето и да го погледнеш.

– Моля!? – попита тя и се взря в полумрака. – Кой сте вие? И защо ме поканихте тук?

– Простете непохватния ми опит за шега – отвърна върлинестата сянка. – Изображението на екрана ще ви обясни защо сте тук.

Сински погледна страховитата картина – рисунка на огромно човешко море, уродливи хора, които се катереха един върху друг. Плътно сплетени едно в друго голи тела.

– Великият художник Доре – каза мъжът. – Това е неговата поразително мрачна интерпретация на Дантевия „Ад“. Надявам се, че не ви кара да се чувствате неудобно... защото натам сме тръгнали. – Млъкна и бавно пристъпи към нея. – И нека ви кажа защо.

Направи още една крачка към нея. На Елизабет ѝ се струваше, че става по-висок.

– Ако взема този лист и го скъсам на две... – Спря до масата, взе лист и го скъса. – И ако поставя двете половини една върху друга... – Сложи двете парчета, както бе казал. – И ако повторя това действие... – Отново скъса хартията и постави парчетата едно върху друго. – Той ще стане четири пъти по-дебел, нали така? – Очите му сякаш прогаряха мрака в стаята.

На Елизабет не ѝ хареса високомерният му тон и агресивната му поза. Не каза нищо обаче.

– Хипотетично – продължи мъжът и се приближи още, – ако листът е дебел една десета от милиметъра и ако повторя действието... да речем, петдесет пъти, знаете ли колко дебела ще е купчината?

Елизабет настръхна.

– Знам – отвърна по-враждебно, отколкото възнамеряваше. – Една десета от милиметъра по две на петдесета степен. Нарича се геометрична прогресия. Може ли да попитам защо ме поканихте тук?

Мъжът се усмихна доволно и кимна впечатлен.

– Да. А можете ли да си представите как изглежда това число? Една десета от милиметъра по две на петдесета степен? Знаете ли колко висока ще стане нашата купчина? – Млъкна само за миг. – Нашата купчина след само петдесет повторения ще стигне почти... до слънцето.

Елизабет не бе изненадана. В работата си непрекъснато се занимаваше с геометричната прогресия. Периметър на зараза... репликация на инфектирани клетки... смъртност.

– Извинявам се, ако ви се сторя наивна – каза тя, като правеше усилие да скрие раздразнението си. – Но нещо не мога да разбера тезата ви.

– Тезата ми? – Той тихо се засмя. – Тезата ми е, че нарастването на населението на Земята е дори още по-драматично. То, като тези парченца хартия, има много мижаво начало... но обезпокоителен потенциал.

Отново закрачи из стаята.

– Замислете се за това. На човечеството са му трябвали хиляди години – от появата на човека чак до деветнайсети век, – за да достигне един милиард души. След това за огромно учудване му стигат само около сто години, за да удвои броя си до два милиарда през двайсетте години на двайсети век. А после – само петдесет, за да се удвои отново до четири милиарда през седемдесетте. Както можете да си представите, много скоро ще станем осем милиарда. А само днес човешката раса е нараснала с четвърт милион. Четвърт милион. И това става всеки ден – независимо дали вали, или грее слънце. В момента всяка година добавяме към планетата по една Германия.

Високият мъж рязко спря и се наведе към Елизабет.

– На колко години сте?

Още един недопустим въпрос, макар че като шеф на СЗО тя бе свикнала да подхожда към антагонизма дипломатично.

– Шейсет и една.

– Знаете ли, че ако живеете още деветнайсет години, докато станете на осемдесет, в рамките на живота ви населението на Земята ще се е утроило? Един живот – цяло утрояване. Помислете си за последствията. Както знаете, вашата Световна здравна организация отново е увеличила прогнозите си и предвижда, че ще станем девет милиарда преди средата на този век. Животинските видове изчезват с рязко увеличена скорост. Търсенето на топящите се природни ресурси е нечовешко. Все по-трудно се намира чиста вода. Според всички биологични критерии нашата порода е надхвърлила границите на устойчивото си развитие. И пред лицето на това бедствие Световната здравна организация – пазителят на здравето на планетата – инвестира в неща като лечение на диабет, попълване на кръвните банки, борбата с рака. – Млъкна и се взря в нея. – Повиках ви тук, за да ви попитам директно защо, по дяволите, Световната здравна организация няма куража да подхване решително този проблем?

Елизабет вече кипеше от гняв.

– Който и да сте, много добре знаете, че СЗО гледа на пренаселеността много сериозно. Наскоро похарчихме милиони долари, за да пратим в Африка лекари, които да раздават безплатни презервативи и да образоват хората какво е семейно планиране.

– А, да! – каза подигравателно върлинестият мъж. – И дори още по-голяма армия от католически мисионери отидоха там след вас и казаха на африканците, че ако използват презервативи, ще отидат в ада. Африка има нов екологичен проблем – сметищата им преливат от неизползвани презервативи.

Елизабет си премълча. За това беше прав. Но модерните католици вече възразяваха на вмешателството на Ватикана в репродуктивните проблеми. Един от най-забележителните жестове бе на Мелинда Гейтс, която бе вярваща католичка, но смело рискува да си навлече гнева на собствената си църква, като отдели 560 милиона долара за по-широк достъп до семейното планиране по целия свят. Елизабет Сински много пъти бе заявявала официално пред пресата, че Бил и Мелинда Гейтс трябва да бъдат канонизирани заради всичко, което са направили за подобряването на здравето на планетата чрез фондацията си. За съжаление единствената институция, която произвеждаше светци, не успяваше да види християнската природа на техните усилия.

– Доктор Сински – продължи мъжът. – Световната здравна организация не може да проумее, че има само един глобален здравен проблем. – И отново посочи мрачната картина на екрана, морето от преплетени, задушаващи се от близостта си човешки тела. – Ето този. – Млъкна. – Разбирам, че сте учен и затова може би не познавате класическите науки и изящните изкуства, затова нека ви предложа друго изображение, което може би говори на език, който разбирате по-добре.

За миг в стаята притъмня и картината на екрана се смени.

Елизабет бе виждала много пъти изображението, което се появи... и то винаги оставяше у нея зловещо усещане за обреченост.

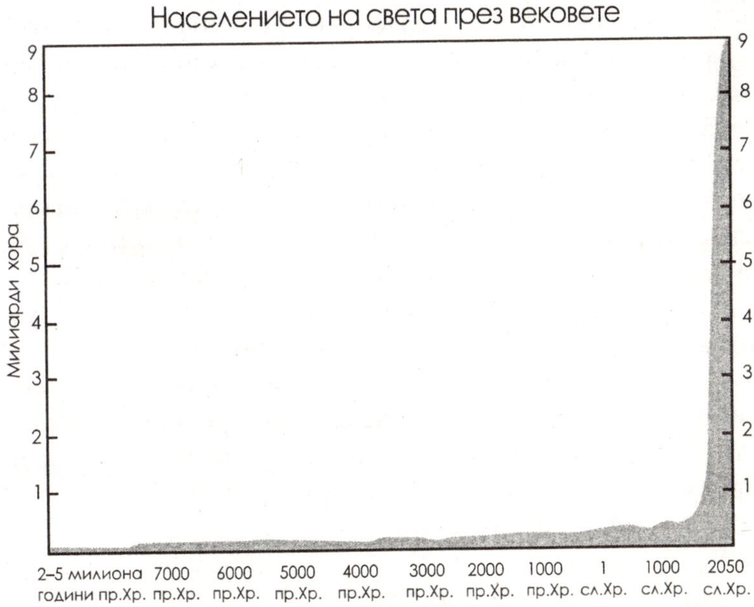

В стаята се възцари тежко мълчание.

– Да – каза накрая високият мъж. – Тих ужас е точната реакция на тази графика. Все едно се взираш в светлините на връхлитащ локомотив. – Мъжът бавно се извърна към Елизабет и ѝ се усмихна кисело и надменно. – Някакви въпроси, доктор Сински?

– Само един – отвърна му тя троснато. – Защо ме повикахте тук – за да ми четете лекция или за да ме обиждате?

– Нито едното от двете. – Гласът му стана плашещо шеговит. – Повиках ви, за да ви предложа да работим заедно. Не се и съмнявам, че разбирате защо пренаселеността е здравен проблем. Но се боя, че не проумявате как той ще засегне душата на човека. Под натиска на пренаселеността хора, които не са и помисляли да крадат, ще започнат да го правят, за да си хранят семействата. Тези, които не са и помисляли да убиват, ще убиват, за да подсигурят децата си. Всички смъртни грехове, описани от Данте – алчност, лакомия, предателство, убийство и останалите – ще кипнат и ще се надигнат, усилени от изчезването на удобствата ни. Изправени сме пред битка за душата на човека.

– Аз съм биолог. Спасявам тела, не души.

– Е, мога да ви уверя, че спасяването на тела ще става все по-трудно в предстоящите години. Пренаселването не води само до духовно недоволство. Макиавели има един пасаж...

– Да – прекъсна го тя и изрецитира каквото си спомняше от прочутия цитат. – „Когато всяка провинция така загъмжи от хора, че те нито да могат да преживяват където са, нито да се преместят някъде другаде... светът ще се пречисти от само себе си“. – Взря се в него. – Всички в СЗО сме запознати с този цитат.

– Тогава знаете, че по-нататък Макиавели говори за чумата като за естествен начин светът да се самопречисти.

– Да, а и както споменах в лекцията си, наясно сме и с пряката взаимовръзка между гъстотата на населението и вероятността от световни епидемии, но непрекъснато създаваме нови методи за откриването и лечението им. СЗО не губи увереност, че може да предотврати бъдещи пандемии.

– Колко жалко

Елизабет го зяпна невярващо.

– Моля!?

– Доктор Сински – каза мъжът със странен смях. – Говорите за контрола над пандемиите сякаш той е нещо добро.

Тя се ококори още повече; не можеше да повярва какво чува.

– Ето ви го – заяви високият мъж. Говореше като юрист, който завършва пледоарията си в съда. – Ето ме тук с директора на Световната здравна организация, най-добрия професионалист, който тя би могла да предложи. Ужасяващо е, като се замислите. Показах ви как изглежда приближаващото нещастие. – Обнови екрана и на него отново се появиха телата. – Припомних ви невероятната мощ на неконтролирания растеж на световното население. – Посочи накъсаните листчета. – Разясних, че се намираме на прага на духовен срив. – Млъкна и я погледна. – А какъв бе вашият отговор? Безплатни презервативи за Африка. – Усмихна се подигравателно. – Това е като да замахваш с мухобойка към приближаващ се астероид. Часовниковият механизъм на бомбата не просто тиктака, тя вече е детонирана и без драстични мерки експоненциалната математика ще стане новият ви бог... и то отмъстителен бог. Той ще ви устрои Дантевия ад на Парк Авеню... огромна човешка гмеж, валяща се в собствените си екскременти. Глобално бракуване на човешки материал, организирано от самата природа.

– Нима!? – сопна се Елизабет. – Тогава кажете ми според вашата визия за устойчиво бъдеще каква е идеалната бройка на населението на Земята? Кое е магическото число, което ще даде надежда на човечеството, че ще се издържа неопределено дълго... и в относителен комфорт?

Високият мъж се усмихна: очевидно оцени въпроса по достойнство.

– Всеки биолог, занимаващ се с околната среда, или пък статистик ще ви каже, че човечеството има най-голям шанс за дългосрочно оцеляване, ако не надвишава четири милиарда.

– Четири милиарда? – извика Елизабет. – Ние сме седем милиарда в момента, значи е малко късно за това.

В зелените очи на мъжа проблесна огън.

– Дали?

23.

Робърт Лангдън скочи тежко върху рохкавата пръст от другата страна на стената на парка Боболи. Сиена скочи до него, изправи се, изтупа се и се огледа.

Намираха се на полянка сред малка горичка. Палацо Пити бе напълно скрит от погледите им и Лангдън си помисли, че са във възможно най-отдалечената от двореца точка в парка. Поне в този ранен час чак толкова далече все още нямаше работници и туристи.

Лангдън огледа покритата с чакъл пътечка, която се виеше към горичката пред тях. Там, където влизаше сред дърветата, имаше мраморна статуя – идеалното място, за да привлече погледа. Лангдън не се учуди: паркът бе проектиран от изключителни таланти като Николо Триболо, Джорджо Вазари и Бернардо Буонталенти – мозъчен тръст от естети, който бе създал върху това платно от 111 акра истински шедьовър.

– Ако тръгнем на североизток, ще стигнем до двореца – каза Лангдън и посочи пътеката. – Там можем да се смесим с туристите и да излезем незабелязано. Предполагам, че отварят в девет.

Погледна ръката си, за да види колко е часът, но очите му попаднаха на голата му китка, на която се бе намирал часовникът му с Мики Маус. Зачуди се разсеяно дали е още в болницата заедно с дрехите му и дали ще може да си го вземе.

– Робърт, преди да предприемем каквото и да било, бих искала да знам къде отиваме. Какво се досети? Малеболдже? Каза, че има грешка?

Лангдън посочи дърветата.

– Нека първо се скрием. – Поведе я по пътеката и скоро излязоха на малка полянка – или „стая", както я наричаха на професионален жаргон ландшафтните архитекти. Там имаше пейки от материал, наподобяващ дърво, и малък фонтан. Въздухът под короните на дърветата беше доста по-хладен.

Лангдън извади проектора от джоба си и го разклати.

– Човекът, създал това дигитално изображение, не само е добавил букви до грешниците в Малеболдже, но също така е променил и реда на греховете. – Насочи проектора и Картата на ада на Ботичели се материализира на плоската повърхност на пейката.

Лангдън посочи стъпаловидното пространство в дъното на фунията.

– Виждаш ли буквите в десетте ями на Малеболдже?

– Да. Catrovacer.

– Точно така. Не означава нищо.

– Но ти се сети, че десетте ями са в объркан ред.

– Не точно. Ако си представим, че тези нива са десет карти, то тази колода не е разбъркана, а сечена. Картите си остават в правилния ред, но започват с погрешна карта.

Лангдън посочи десетте ями на Малеболдже.

– Според текста на Данте на най-високото ниво се намират съблазнителите, шибани с камшици от демони. Но в тази версия съблазнителите се появяват... доста по-надолу, в седмата яма.

Сиена се взря в избледняващото изображение и кимна.

– Да, виждам. Първата яма е станала седма.

Лангдън прибра проектора в джоба си и се върна на пътечката. Взе една пръчка и започна да изписва букви в прахта.

– Това е редът, в който буквите се появяват в променената версия на ада.

C
A
T
R
O
V
A
C
E
R

– Catrovacer – прочете Сиена.

– Да. А ето тука е сечена „колодата“. – Лангдън прокара линия под седмата буква и зачака Сиена да проумее какво е направил.

C
A
T
R
O
V
A
———
C
E
R

– Добре – каза тя. – Catrova. Cer.

– Да. Но за да подредим картите в предишния ред, трябва просто да разделим колодата там, където е сечена, и да върнем долната половина отгоре. Двете половини си разменят местата.

Сиена пак погледна буквите.

– Cer. Catrova. – Сви рамене. – Пак не означава нищо.

– Cer catrova – повтори Лангдън. Помълча и пак произнесе думите, като този път ги сля. – Cercatrova. – Накрая ги каза с пауза по средата. – Cerca... trova.

Сиена ахна и го погледна.

– Да – каза той с усмивка. – Cerca trova

Двете италиански думи „cerca“ и „trova“ буквално означаваха „търся“ и „намирам“. Когато се комбинираха, се получаваше библейската фраза: „Търсете и ще намерите“*.

– Халюцинациите ти! – възкликна Сиена. – Жената с воала! Тя ти е повтаряла, че ако търсиш, ще намериш!... Робърт, осъзнаваш

* Евангелие на Матей, 7:7 – Б. пр.

ли какво означава това? Че думите „cerca“ и „trova“ вече са били в подсъзнанието ти! Не разбираш ли? Ти си разгадал тази фраза, преди да влезеш в болницата! Вероятно вече си виждал изображението от този проектор... но си го забравил!

Права беше, даде си сметка той. Толкова се бе съсредоточил върху кода, че така и не му бе хрумнало, че вече е минал през това.

– Робърт, ти каза, че Картата сочи към конкретно място в стария град. Кое място?

– Cerca trova не ти ли напомня нещо?

Тя сви рамене.

Лангдън се усмихна. Най-накрая нещо, което Сиена да не знае.

– Оказва се, че тази фраза сочи много точно един прочут стенопис в Палацо Векио – „Битката при Марчано“ на Джорджо Вазари в Залата на Петстотинте. В горния край на творбата едва забележимо Вазари е изписал с мънички букви думите cerca trova. Има много хипотези защо го е направил, но за тях не е открито нито едно убедително доказателство.

Изведнъж над главите им сѐ чу пронизителен звук. Малък хеликоптер се появи сякаш от нищото и се стрелна над върховете на дърветата точно над тях. Лангдън и Сиена замръзнаха.

Хеликоптерчето се отдалечи и Лангдън погледна след него и каза:

– Играчка.

Еднометровият управляван с радиосигнал хеликоптер приличаше на гигантски разгневен комар.

– Не мърдай – прошепна разтревожено Сиена.

Малкият хеликоптер направи обратен завой и отново полетя към тях, като почти забърсваше върховете на дърветата. Пак ги подмина, но този път много по-близо.

– Не е играчка – прошепна тя. – Вероятно има камера и изпраща видеосигнал в реално време към... някого.

Лангдън стисна зъби и загледа как хеликоптерът се отдалечава в посоката, от която се бе появил – Порта Романа и Института по изобразително изкуство.

– Не знам какво си направил – каза Сиена, – но някои много влиятелни хора очевидно нямат търпение да те открият.

Хеликоптерът отново зави и бавно полетя над стената, която бяха прескочили преди малко.

– Сигурно някой в Института по изобразително изкуство ни е видял и се е разприказвал – каза Сиена. – Трябва да се махаме оттук. Веднага.

Лангдън изтри с крак буквите, които бе изписал в прахта, и забърза след Сиена. Умът му кипеше от мисли около cerca trova, стенописа на Джорджо Вазари, както и откритието на Сиена, че всъщност вече е разгадал посланието от проектора. „Търсете и ще намерите“.

Изведнъж, точно когато излязоха на втора полянка, го стресна внезапна мисъл и той рязко спря.

Сиена също спря.

– Робърт? Какво има?

– Не варвари – заяви той.

– Какво?

– Не варвари, Сиена. Искал съм да кажа *Вазари!*

24.

Вайента наби спирачки. Мотоциклетът ѝ занесе, заскърца силно, остави дълга спирачна следа по Виале дел Поджо Империале и най-накрая закова зад колона коли. Нищо по улицата не помръдваше.

„Нямам време!“

Вайента се надигна да види какво причинява задръстването. Вече принудително бе карала в кръг, за да избяга от екипа на специалните служби и целия хаос в жилищния блок, а сега трябваше да се добере до стария град и да се махне от хотела, в който бе отседнала през последните няколко дни от мисията.

„Останах сама – трябва да изчезвам колкото мога по-бързо от този град!“

Но очевидно лошият ѝ късмет нямаше край. Маршрутът, който бе избрала, за да стигне до стария град, изглежда, бе блокиран. Тя не бе в настроение да чака, затова форсира мотора си покрай колоната, докато не видя гъмжащото кръстовище. Отпред имаше задръстено кръгово движение, в което се вливаха шест главни шосета. Това бе Порта Романа, един от най-натоварените пътни възли на Флоренция, подходът към стария град.

„Какво става тук, по дяволите?“

И тогава видя, че целият район гъмжи от полиция – беше блокада на пътя или някакъв пропускателен пункт. Миг по-късно в центъра на цялото действие съзря нещо, което я озадачи – познат черен ван, около който няколко облечени в черно агенти крещяха заповеди на местните полицаи.

Тези мъже без съмнение бяха от специалните служби, но Вайента нямаше представа какво правят тук.

Освен ако...

Преглътна сухо. Дори не смееше да си представи тази възможност. Да не би Лангдън да се бе измъкнал и на Брюдер? Изглеждаше невероятно – шансовете му за бягство бяха почти нулеви. Но пък Лангдън не действаше сам, а и Вайента бе разбрала от първа ръка колко изобретателна може да е блондинката.

Един полицай обикаляше от кола на кола и показваше снимка на красив мъж с гъста кестенява коса. Вайента веднага позна репортажната фотография на Робърт Лангдън. Сърцето ѝ подскочи.

Брюдер го бе изпуснал...

Лангдън все още бе в играта!

Вайента бе опитен стратег и веднага започна да преценява как това развитие на нещата променя нейната ситуация.

Първа опция – да бяга, както се изискваше.

Бе провалила много важна задача на Ректора и заради това бе останала сама. Ако извадеше късмет, щеше да има официално разследване и вероятно с кариерата ѝ щеше да е свършено. Ако обаче изтеглеше късата клечка и се окажеше, че е подценила жестокостта на работодателя си, можеше да прекара остатъка от живота си в непрестанно озъртане и чудене дали хората на Консорциума не я дебнат.

Имаше и втора възможност.

Да завърши мисията.

Да продължи да работи по задачата в пълно противоречие с правилата, според които оставаше сама, без прикритие. При положение, че Лангдън все още бе на свобода, тя имаше възможност да продължи според първоначалните си указания.

Но само ако Брюдер не успееше да залови Лангдън. Пулсът ѝ се ускори. Ако успееше...

Знаеше, че вероятността за това е нищожна, но ако все пак Лангдън се изплъзнеше на Брюдер и тя се намесеше и довършеше мисията, щеше да е спасила Консорциума и Ректора нямаше да има друг избор, освен да прояви благосклонност.

„Ще продължа да работя по задачата си – помисли тя. – Може дори да ме повишат“.

Внезапно осъзна, че цялото ѝ бъдеще се върти около едно-единствено сложно начинание. „Трябва да открия Лангдън... преди Брюдер“.

Нямаше да е лесно. Брюдер разполагаше с неизчерпаем ресурс от хора, както ѝ с огромен арсенал от модерни разузнавателни технологии. Вайента работеше сама. Но пък разполагаше с информация, която Брюдер, Ректора и полицията нямаха.

„Мисля, че знам къде ще отиде Ландгдън“.

Форсира мотора, завъртя се на 180 градуса и пое обратно по пътя, по който бе дошла. „Понте але Грацие“, помисли си и си представи моста на север. Не само един път водеше към стария град.

25.

– Вазари! – възкликна Сиена. – Художникът, който е скрил думите cerca trova в стенописа си!?

Лангдън се усмихна. Вазари. Да, Вазари. Освен че хвърляше лъч светлина върху странното му премеждие, това откритие означаваше и че вече няма да се чуди за какви варвари е говорил.

– Робърт, явно си видял изображението на Ботичели, преди да пострадаш, и си знаел, че съдържа код, който сочи към стенописа на Вазари. Затова след като си дошъл в съзнание си повтарял името му.

Лангдън се опита да анализира какво означава всичко това. Винаги бе наричал Джорджо Вазари – художник, архитект и писател от 16-и век – „първия историк на изкуството на света“. Въпреки стотиците картини, които Вазари бе нарисувал, и десетките сгради, които бе проектирал, най-голямото му наследство бе основополагащият му труд „Животописи на най-знаменитите живописци, скулптори и архитекти“, сборник с биографиите на италиански творци, задължително четиво за студентите по история на изкуството.

Думите cerca trova бяха върнали Вазари под светлините на общественото внимание преди трийсетина години, когато неговото „тайно послание“ бе открито в горния край на огромния му стенопис в Залата на Петстотинте в Палацо Векио. Миниатюрните букви бяха изписани върху едно зелено бойно знаме, което едва се виждаше сред целия хаос на бойната сцена. Все още предстоеше да се постигне съгласие защо Вазари е добавил това странно послание в стенописа си, но водещата хипотеза беше, че то би трябвало да подскаже на бъдещите поколения, че зад тази стена има фреска на Леонардо да Винчи.

Сиена поглеждаше нервно нагоре през клоните на дърветата.

– Все още не мога да разбера обаче защо някой се опитва да те убие?

Лангдън се чудеше същото.

Бръмчене на разузнавателното хеликоптерче отново започваше да се усилва и Лангдън разбра, че е настъпил моментът да вземе решение. Не можеше да проумее каква е връзката на „Битката при Марчано“ с „Ад“ на Данте, нито с изстрела, от който бе пострадал предната вечер, но въпреки това най-после виждаше пред себе си ясен път.

Cerca trova.

Търсете и ще намерите.

Пред очите му отново се появи жената с посребрени коси, която викаше към него през реката. Времето изтича! Той усещаше, че ако има някакви отговори, те могат да се намерят в Палацо Векио. Мисълта му се понесе към една стара поговорка на някогашните гръцки гмуркачи, които вадели раци от дъното на Егейско море. Когато плуваш в тъмен тунел, идва миг, след който нямаш достатъчно дъх, за да изминеш обратния път. Единственият ти избор е да плуваш напред към непознатото... и да се молиш да има изход.

Лангдън се зачуди дали е стигнал до този миг.

Погледна лабиринта паркови алеи. Ако със Сиена успееха да стигнат до двореца Пити и да излязат от парка, щяха да са само на няколко крачки от най-прочутия пешеходен мост в света – Понте Векио. На него винаги имаше много хора, сред които можеха да се скрият. Палацо Векио бе само на няколко пресечки оттам.

Хеликоптерчето забръмча по-наблизо и Лангдън усети как изтощението го надвива. Дали трябваше да продължи да бяга от полицията?

– Все някога ще ме хванат, Сиена – каза той. – Може би ще е по-добре да спра да бягам.

Сиена го погледна разтревожено.

– Робърт, всеки път, когато спреш, някой започва да стреля по теб! Трябва да разбереш в какво си се замесил. Трябва да видиш стенописа на Вазари и да се надяваме, че това ще възвърне паметта ти. Може би ще ти помогне да си спомниш откъде се е появил този проектор и защо го носиш.

Лангдън си помисли за жената с щръкналата коса, която хладнокръвно бе убила доктор Маркони... за войниците, които стреляха по тях... за италианската военна полиция, събрана пред Порта Романа... а и за хеликоптерчето, което ги следеше. Какво да направи?

– Робърт? – каза Сиена. – Има нещо... нещо, което не ми се струваше важно, но сега си мисля, че може и да е. – Лангдън я погледна. – Смятах да ти го кажа в апартамента – продължи тя, – но...

– Какво?

– Когато те докараха в болницата, бълнуваше.

– Да – отвърна Лангдън. – Повтарял съм „варвари", а е било „Вазари".

– Да, но преди това... преди това каза нещо друго. Каза го само веднъж, но го чух добре.

– Какво съм казал?

– Каза: „Аз държа ключа към откриването му... ако се проваля, ни чака смърт.

Лангдън я изгледа втрещено.

Сиена продължи:

– Помислих, че имаш предвид онова нещо в джоба ти, но вече не съм толкова сигурна.

„Ако се проваля, ни чака смърт?" Думите се стовариха върху него с цялата си тежест. В ума му се появиха гибелни картини... Дантевият ад, символът за биологична опасност, лекарят, лекуващ чума. И отново – лицето на красивата среброкоса жена, която го умоляваше от другия бряг на реката. Търси и ще намериш! Времето изтича!

Сиена го върна към реалността.

– Накъдето и да води тази картина... каквото и да се опитваш да намериш, сигурно е изключително опасно. Някакви хора се опитват да ни убият... – Гласът ѝ потрепери. – Помисли си. Стреляха по теб посред бял ден... стреляха и по мен, а аз нямам нищо общо. Очевидно никой не иска да преговаря. Собственото ти правителство се обърна срещу теб... ти им се обади за помощ, а те пратиха човек да те убие.

Лангдън се взираше с празен поглед в земята. Нямаше никакво значение дали американското консулство бе разкрило на наемния убиец къде се намира той, или само го бе изпратило. Последствията бяха едни и същи. Той се взря в кафявите очи на Сиена и видя в тях кураж. „В какво я забърках?"

– Ще ми се да знаех какво търсим. Това може да ми помогне да разбера какво всъщност става.

Сиена кимна.

– Каквото и да е, трябва да го намерим. Така поне ще имаме предимство.

Логиката ѝ бе трудна за оборване. Но въпреки това Лангдън чувстваше, че нещо го гризе. „Ако се проваля, ни чака смърт". Цяла сутрин се сблъскваше със зловещи символи – знаци за биологична опасност, чума, Дантевия ад. Признаваше си, че няма представа какво точно търси, но би било наивно от негова страна да не обмисли поне възможността, че би могло да става въпрос за смъртоносна болест или мащабна биологична заплаха. Но ако това бе вярно, защо собственото му правителство се опитваше да го елиминира?

„Да не би да си мислят, че по някакъв начин съм замесен в предстояща атака?"

Изглеждаше му напълно нелепо. Имаше нещо друго. Лангдън отново си спомни сребрекосата жена.

– А и жената от виденията ми. Чувствам, че трябва да я открия.

– Тогава се довери на инстинктите си – каза Сиена. – В твоето положение най-добрият компас е подсъзнанието ти. Това е елементарна психология – щом интуицията ти казва да се довериш на тази жена, според мен трябва да направиш точно това, което ти казва тя.

– Търси и ще намериш – казаха двамата едновременно.

Лангдън въздъхна. Пътят вече му бе ясен.

„Единственото, което мога да направя, е да продължа да плувам в пещерата".

С все по-твърда решителност той се огледа, за да се ориентира. По кой път да излязат от парка?

Стояха под дърветата в края на открито пространство, където се пресичаха няколко алеи. Вляво имаше елипсовидно езеро с малък остров, засаден с лимони, сред които се виждаха статуи. „Isolotto"*, помисли Лангдън: познаваше прочутата скулптура на Персей на кон, газещ през водата.

– Дворецът Пити е натам – каза той и посочи на изток, в обратната посока на Островчето, към главната алея на парка, Виотолоне, която минаваше от изток на запад през цялата градина. Беше широка колкото двулентов път и бе обградена от стройни кипариси на четиристотин години.

– Няма да имаме прикритие – каза Сиена, докато оглеждаше откритата алея.

– Права си – съгласи се Лангдън. – Затова ще минем през тунела отстрани.

И посочи живия плет до входа към Виотолоне. В него бе прорязана малка арка, зад която почваше тясна пътечка – тунел, успореден на Виотолоне. Минаваше под клоните на дъбове, засадени още през шестнайсети век и подкастряни така, че да се извиват над пътеката, да се сплитат над нея и да образуват покрив от листа. Алеята се казваше Ла Черкиата – буквално „кръг" или „обръч". Името ѝ произлизаше от арката от извити клони.

Сиена забърза към арката и надникна в сенчестия тунел. Обърна се към Лангдън, усмихна се и каза:

– Така е по-добре.

После бързо закрачи под дърветата.

Лангдън винаги бе смятал Ла Черкиата за едно от най-красивите места във Флоренция. Днес обаче, докато гледаше как Сиена изчезва в сенчестата алея, си спомни отново за гръцките гмур-

* Островчето (ит.) – Б. пр.

качи, които плуват в кораловите тунели и се молят да стигнат до изход. Каза набързо една кратка молитва и тръгна след нея.

На километър зад тях пред Института по изобразително изкуство агент Брюдер крачеше през шумното множество от полицаи и студенти и леденият му поглед разделяше тълпата пред него. Скоро стигна до временния команден пост, който помощникът му бе устроил на капака на черния ван.

– От въздушното наблюдение – каза той и подаде на Брюдер един таблет. – Снимано е само преди минути.

Брюдер прегледа стопкадрите от видеото и се спря на увеличена снимка на две лица – тъмнокос мъж и руса жена с конска опашка, – скрити в сенките и обърнали поглед нагоре към короните на дърветата.

Робърт Лангдън.

Сиена Брукс.

Никакво съмнение.

Насочи вниманието си към картата на парка Боболи, разгъната на капака на колата. „Направили са лош избор", помисли си, докато разглеждаше плана на градината. Въпреки че бе огромен, със сложна структура и с много скривалища, паркът също така бе обграден от всички страни с високи стени. Беше си направо капан.

„Няма как да излязат".

– Местните власти затварят всички изходи – каза агентът. – И започват претърсване.

– Дръж ме в течение – нареди Брюдер.

После бавно вдигна очи към поликарбонатния прозорец и погледна среброкосата жена на задната седалка.

Опиатите, които ѝ бяха дали, определено бяха замъглили сетивата ѝ – повече, отколкото бе очаквал. Въпреки това по очите ѝ личеше, че напълно разбира какво се случва.

„Не изглежда никак доволна – помисли Брюдер. – Пък и защо да е?"

26.

Струите вода се изстрелваха на шест метра във въздуха. Лангдън ги загледа как падат и разбра, че приближават. Бяха стигнали края на Ла Черкиата и се втурнаха през откритата площадка към горичка от коркови дървета. Вече виждаха най-прочутия фонтан на Боболи – бронзовия Нептун на Столдо Лоренци, стиснал тризъбеца си. Местните неуважително го наричаха Фонтана с вилицата. Това водно съоръжение се смяташе за централната точка на парка.

Сиена спря в края на горичката и погледна нагоре.

– Не виждам хеликоптерчето.

Не го и чуваха, но пък и фонтанът беше доста шумен.

– Може би трябва да презареди – каза Сиена. – Това е шансът ни. Накъде?

Лангдън я поведе наляво и се заизкачваха по стръмен наклон. Щом излязоха от дърветата, пред тях се показа дворецът Пити.

– Малка спретната къщурка – подметна Сиена.

– Типичната за Медичите скромност – отвърна той саркастично.

Макар да бе на половин километър от тях, дворецът Пити доминираше целия пейзаж, простираше се докъдето им виждат очите вляво и вдясно. Рустикалната зидария от изпъкнали камъни придаваше на сградата непоколебим авторитет, който се усилваше още повече от множеството прозорци с извити арки.

Традиционно официалните дворци се строят на хълмове, та всеки, който ги гледа, да вдига глава. Дворецът Пити обаче бе разположен в долина край река Арно, което означаваше, че хората в парка Боболи го гледаха отвисоко.

Това само създаваше още по-голям ефект. Един архитект казваше за двореца, че той сякаш е построен от самата природа – сякаш големите камъни сами са се свлекли по дългия склон и са се подредили в елегантна сграда. Въпреки че в ниското дворецът не бе толкова защитен, масивната му каменна структура беше толкова внушителна, че докато бил във Флоренция, Наполеон го ползвал за щаб.

– Виж – каза Сиена и посочи най-близките врати. – Това е добре.

Лангдън вече бе видял. В тази странна сутрин най-успокоителната гледка не бе самият дворец, а потокът туристи, който приииждаше към него от долната страна на парка. Дворецът беше отворен за посетители, което означаваше, че Лангдън и Сиена лесно ще се промъкнат вътре, ще минат през него и ще се измъкнат от парка. След като излезеха, река Арно щеше да е вдясно от тях, а отвъд нея бяха кулите на стария град.

Двамата продължиха напред, почти тичаха надолу по стръмния склон. Минаха през амфитеатъра на Боболи – сцената на първото в историята оперно представление, – сгушен като подкова в подножието на хълма. След това подминаха обелиска на Рамзес II и нещастното произведение на „изкуството“, поставено до него. В пътеводителите го описваха като „огромен каменен басейн от термите на Каракала“, но за Лангдън винаги си беше „най-голямата вана на света“. Наистина трябваше да я преместят някъде другаде.

Стигнаха задната страна на двореца, забавиха крачка и се смесиха с първите туристи за деня. Минаха през тесен тунел и излязоха във вътрешния двор, в който бяха насядали посетители и се наслаждаваха на сутрешното си еспресо в импровизираното кафене. Миризмата на прясно смляно кафе изпълваше въздуха и на Лангдън изведнъж му се прииска да седне и да си достави удоволствие с една прилична закуска.

„Няма да е днес“, помисли си, докато вървяха през каменния проход, който водеше към главния вход.

Когато наближиха портата, се натъкнаха на задръстване от туристи – всички се тълпяха на терасата, за да наблюдават нещо отвън. Лангдън надникна през множеството.

Величественият вход към Пити беше хладен и неприветлив, точно както го помнеше. Нямаше поддържана морава, нито ландшафтен дизайн, а само огромно пространство, покрито с калдъръм, което се простираше по целия склон, чак до Виа деи Гуичардини, като някаква грамадна павирана ски писта.

Лангдън видя причината за тълпенето на зяпачите.

Долу на Пиаца деи Пити от всички страни бяха нахлули полицейски коли. Цяла малка армия полицаи се катереше по склона с извадени оръжия и се разгръщаше по цялото протежение на двореца.

27.

Докато полицията влезе в двореца Пити, Сиена и Лангдън вече се връщаха по обратния път през вътрешния двор покрай кафето, където новината бе пристигнала и туристите протягаха шии в опит да открият източника на брожението.

Сиена бе поразена, че властите са ги открили толкова бързо. Но пък хеликоптерчето сигурно бе изчезнало, защото вече са ги били засекли.

Стигнаха до тесния тунел, през който се бяха спуснали от парка, и без колебание се мушнаха вътре и се закатериха по стълбите. В края стълбището завиваше наляво покрай една стена, която ставаше все по-ниска. Накрая вече можеха да виждат отгоре ѝ и зърнаха огромния парк Боболи.

Лангдън сграбчи Сиена за ръка и я дръпна да клекне.

На триста метра от тях по склона над амфитеатъра се спускаше полицейска фаланга, която претърсваше горичките и разпитваше туристите. Полицаите държаха връзка по ръчни радиостанции.

„В капан сме!“

Когато се запозна с Робърт Лангдън, Сиена не бе предполагала, че ще се стигне дотук. Мислеше си, че бягат от въоръжена жена със стърчаща коса. А сега бягаха от италианските власти. И тя вече осъзнаваше, че шансовете им да се измъкнат клонят към нула.

– Има ли друг изход? – попита задъхана Сиена.

– Не мисля – отвърна Лангдън. – Този парк е като укрепен град, като... – Внезапно млъкна и се обърна на изток. – Точно като... Ватикана. – На лицето му проблесна лъч надежда.

Сиена нямаше представа какво общо има Ватиканът със сегашното им ужасно положение, но Лангдън изведнъж започна да кима, загледан на изток покрай задната страна на двореца.

– Не съм съвсем сигурен – каза той и я повлече след себе си, – но може да има и друг начин да се измъкнем.

Изведнъж пред тях се появиха двама души, които бяха завили покрай стената, и за малко да се сблъскат със Сиена и Лангдън. И двамата бяха облечени в черно и за един плашещ миг Сиена си помисли, че са войниците, които бе видяла в жилищния блок. Когато се приближиха обаче, видя, че са туристи – предположи, че са италианци, заради модните им черни кожени дрехи.

Хрумна ѝ нещо и тя хвана ръцете на единия турист и му се усмихна възможно най-мило.

– Puo dirci dov'e la Galleria del costume? – Искаше да я упътят към прочутата Костюмна галерия на двореца. – Io e mio fratello siamo in ritardo per una visita privata. – „С брат ми закъсняваме за частна обиколка".

– Certo! – Мъжът се усмихна широко и на двамата, изглеждаше готов да помогне. – Proseguite dritto per il sentiero!* – Обърна се и посочи в посока обратна на това, към което гледаше Лангдън.

– Molte grazie!** – изчурулика Сиена и пак се усмихна, докато двамата мъже отминаваха.

Лангдън кимна впечатлен на Сиена: очевидно бе разбрал намеренията ѝ. Ако полицията започнеше да разпитва туристите, щеше да научи, че Лангдън и Сиена са тръгнали към Костюмната галерия, която, според картата на стената пред тях, се намираше в западния край на двореца, тоест... възможно най-далече от посоката, в която бяха поели в момента.

– Трябва да стигнем до онази пътека – каза Лангдън и посочи алеята на отсрещния склон, която водеше далеч от двореца. От горната ѝ страна имаше висок жив плет, който щеше да ги скрие от полицаите, които вече бяха само на стотина метра.

---

* Вървете право по пътеката. (ит.) – Б. пр.

** Много благодаря! (ит.) – Б. пр.

Сиена прецени, че шансът им да минат през откритото пространство до алеята са много малки. А и отново чуха глухото бръмчене на хеликоптерчето.

– Сега или никога – каза Лангдън, сграбчи я за ръката и почти я повлече към открития площад. Запромъкваха се през множеството туристи. Сиена се опитваше да потисне импулса си да побегне. Лангдън я държеше здраво и вървеше през тълпата енергично, но спокойно.

Сиена се огледа нервно. Всички полицаи се бяха извърнали на другата страна и бяха вдигнали глави към приближаващото се хеликоптерче.

Двамата с Лангдън забързаха към пътеката.

Право пред тях зад дърветата се откроиха очертанията на Флоренция и Сиена видя червения купол на катедралата и камбанарията в зелено, червено и бяло на Джото. За миг зърна и назъбената кула на Палацо Векио – тяхната засега невъзможна крайна цел, но докато се спускаха по пътеката, високата стена скри гледката.

Сиена се чудеше дали Лангдън изобщо има представа накъде са тръгнали.

Пътеката ги изведе в градина-лабиринт, но Лангдън уверено зави наляво към широка покрита с чакъл площадка, оградена с жив плет и сенчести дървета. Площадката бе пуста – явно беше по-скоро паркинг за служителите, отколкото място, интересно за туристите.

– Къде отиваме? – попита задъханата Сиена.

– Почти стигнахме.

„Къде?“ Площадката бе обградена от високи поне три етажа стени. Единственият изход, който Сиена виждаше, бе този за колите вляво, препречен от порта от ковано желязо, която сякаш беше от времето, когато е бил строен дворецът и около него са обикаляли армии мародери. А отвъд нея, на Пиаца деи Пити, имаше десетки полицаи.

Като се придържаше към живия плет, Лангдън продължи право към стената пред тях. Сиена я огледа за някаква врата, но видя само ниша, в която бе поставена най-грозната статуя на света.

„Мили боже, Медичите са можели да си позволят всяко произведение на изкуството... и са избрали това!?“

Статуята бе на дебело голо джудже, яхнало огромна костенурка. Тестисите му бяха сплескани върху корубата, а от устата на самата костенурка капеше вода, сякаш беше болна.

– Знам – каза Лангдън, без да забавя крачка. – Това е Брачо ди Бартоло – прочуто придворно джудже. Ако питаш мен, трябвало е да го сложат в гигантската вана.

Зави рязко надясно и поведе Сиена по някакво стълбище.

Изход?

Лъчът надежда бързо угасна.

Докато слизаше след Лангдън, осъзна, че са се озовали в задънена улица. Наоколо се издигаха стени два пъти по-високи от предишните.

След малко вече виждаше че дългият им път ще свърши пред... зееща пещера, изсечена в задната стена. „Не може да ме води натам!“

На входа на пещерата висяха зловещи сталактити. В кухината зад тях стените сълзяха и се гънеха, сякаш камъкът се топеше... сливаше се във форми, сред които Сиена тревожно разпозна полупогребани хуманоиди, сякаш погълнати от скалите. Гледката ѝ напомни за Картата на ада на Ботичели.

Незнайно защо Лангдън изглеждаше невъзмутим и продължаваше да бърза към пещерата. Бе споменал Ватикана, но Сиена бе почти сигурна, че зад стените на папското седалище няма зловещи пещери.

Когато се приближиха, погледът на Сиена се плъзна по разгърнатия антаблеман – призрачна смесица от сталактити и каменни спирали, които сякаш поглъщаха две полулегнали жени, обградени от щит с вградени в него шест топки – прочутия герб на Медичите.

Лангдън зави наляво, встрани от входа на пещерата, към нещо, което Сиена не бе видяла досега – малка сива врата. Бе потъмняла от времето и изглеждаше напълно незначителна, като врата на склад за инструменти.

Лангдън се хвърли към нея, но вратата нямаше дръжка, а само метална ключалка, и очевидно можеше да се отвори само отвътре.

– По дяволите! – Очите на Лангдън светнаха от тревога, от предишната му надежда не бе останала и следа. – Надявах се...

Изведнъж без предупреждение в стените около тях отекна силното бръмчене на малкия хеликоптер. Сиена вдигна очи и го видя над двореца. Летеше право към тях.

Лангдън очевидно също го видя, защото сграбчи Сиена за ръка и побягна към пещерата. Мушнаха се под сталактитите.

„Подходящ край – помисли тя. – Минахме през портите на ада“.

28.

На половин километър на изток Вайента спря мотоциклета си. Бе влязла в стария град през Понте але Грацие и след това зави към Понте Векио – прочутия пешеходен мост, свързващ двореца Пити със стария град. Заключи каската си на мотоциклета, мина по моста и се смеси с подранилите туристи.

От реката духаше хладен мартенски вятър, рошеше късата щръкнала коса на Вайента и ѝ напомняше, че Лангдън знае как изглежда. Тя спря на една от многото сергии на моста, купи си бейзболна шапка с надпис AMO FIRENZE* и я нахлупи над лицето си.

Приглади коженото си яке върху пистолета и зае позиция близо до средата на моста – облегна се небрежно на една колона с лице към двореца Пити. Оттук можеше да наблюдава всички пешеходци, прекосяващи Арно и влизащи в сърцето на Флоренция.

„Лангдън се движи пеша – помисли си тя. – Ако намери изход, различен от Порта Романа, този мост е най-логичният му маршрут към стария град“.

Чу вой на сирени от запад, откъм двореца Пити, и се зачуди дали това е добра или лоша новина. Дали още го търсеха? Или вече го бяха хванали? Напрегна слух, за да разбере какво се случва, и тогава се разнесе нов звук – пронизително бръмчене над главата ѝ. Очите ѝ инстинктивно се обърнаха към небето. Веднага го забеляза – малък хеликоптер с дистанционно управление, който се издигна бързо над двореца и после се спусна на сантиметри от върховете на дърветата към североизточния ъгъл на парка Боболи.

* Обичам Флоренция (ит.) – Б. пр.

Усети прилив на надежда. Щом разузнавателният хеликоптер още беше във въздуха, значи Брюдер все още не бе открил Лангдън.

Хеликоптерчето очевидно разузнаваше какво става в североизточния ъгъл на парка, който бе най-близо до Понте Векио и мястото, на което се намираше Вайента, и това я окуражи още повече.

Ако Лангдън се бе изплъзнал на Брюдер, значи определено се движеше в тази посока.

Изведнъж хеликоптерът се сниши рязко и изчезна от погледа на Вайента зад високата стена. Тя все още го чуваше как обикаля някъде над дърветата. Очевидно бе открил нещо интересно.

29.

„Търси и ще намериш – помисли Лангдън, сгушен заедно със Сиена в мрачната пещера. – Търсехме изход... а намерихме задънена улица".

Фонтанът в средата на пещерата предлагаше добро прикритие, но когато Лангдън надникна иззад него, усети, че вече е прекалено късно.

Хеликоптерът бе спрял пред пещерата, само на три метра над земята, и бръмчеше като разгневено насекомо... което очаква жертвата си.

Лангдън се дръпна назад и прошепна на Сиена:

– Мисля, че знаят, че сме тук.

Пронизителното бръмчене на малката машина беше почти оглушително – звукът резонираше в каменните стени. Лангдън не можеше да повярва, че са станали заложници на миниатюрен механичен хеликоптер, но в същото време знаеше, че е безполезно да се опитва да избяга от него. „И какво да правим сега? Просто да чакаме?" Първоначалният му план да види какво има зад малката сива врата беше разумен, само дето не бе преценил, че вратата се отваря само отвътре.

Огледа необичайната обстановка, в която бяха попаднали, и се зачуди дали няма друг изход. Нищо наоколо не му изглеждаше обещаващо. Вътрешността на пещерата бе украсена със скулптури на животни и хора, всички в различен стадий на разпад заради стичащата се по стените влага. Лангдън отчаяно вдигна поглед към зловещо надвисналите над тях сталактити.

Хубаво място за умиране.

Пещерата Буонталенти – наречена така в чест на своя архитект Бернардо Буонталенти – бе може би най-любопитното място в цяла Флоренция. Била замислена като къща за забавления за по-младите гости на двореца Пити. Трите ѝ зали бяха украсени със смесица от натуралистична фантазия и готически разкош. Бяха изградени от седиментни скали и пемза, които сякаш или поглъщаха, или изхвърляха навън изваяните фигури. По времето на Медичите в пещерата имало и допълнителна атракция – стичаща се по стените вода, която охлаждала мястото през горещите тоскански лета и също така създавала ефекта на истинска пещера.

Лангдън и Сиена се бяха скрили в първата и най-голяма зала, зад фонтана в центъра ѝ. Бяха заобиколени от живописни статуи на пастири, селяни, музиканти, животни и дори копия на четиримата затворници на Микеланджело. Всички те сякаш се опитваха да се освободят от скалите, които ги обгръщаха. Утринната светлина се процеждаше от високото кръгло прозорче на тавана, в което някога била поставена голяма стъклена топка и в нея под слънчевите лъчи плувала червена риба.

Лангдън се чудеше как ли биха реагирали посетителите на това място от времето на Ренесанса при вида на истински хеликоптер – една от щурите мечти на сина на Италия Леонардо да Винчи, – ако го видеха пред пещерата.

И тогава пронизителното бръмчене спря. Не просто заглъхна, а направо изчезна.

Озадаченият Лангдън надникна иззад фонтана и видя, че хеликоптерът е кацнал на покритата с чакъл площадка. Така изглеждаше по-малко зловещ, най-вече защото приличащият на жило обектив не бе обърнат към тях, а настрани, към малката сива врата.

Облекчението, което изпита, се оказа мимолетно. Защото на стотина метра зад машинката, близо до статуята с джуджето и костенурката, трима тежко въоръжени войници слизаха целенасочено по стълбите, а след това се насочиха право към пещерата.

Бяха с черни униформи със зелени отличителни знаци на раменете. Мускулестият им водач имаше празен поглед, който напомни на Лангдън за маската на чумата в неговите видения.

„Аз съм смъртта".

Лангдън не виждаше вана им, нито загадъчната среброкоса жена.

„Аз съм животът".

Войниците наближиха. Единият спря до стълбите, очевидно за да не позволи на никой друг да слезе по тях. Другите двама продължиха към пещерата.

Лангдън и Сиена отново тръгнаха – макар и само за да отложат неизбежното, – този път на заден ход на четири крака към втората зала, която бе по-малка, по-дълбока и по-тъмна. В нейния център също имаше импозантно произведение на изкуството – скулптура с двама преплетени любовници. Лангдън и Сиена се скриха зад нея.

В укритието на мрака Лангдън внимателно надникна иззад постамента на скулптурата и се загледа в приближаващите се нападатели. Щом двамата войници стигнаха до хеликоптерчето, единият спря, клекна, вдигна го и огледа камерата.

„Дали устройството ни е забелязало?" – зачуди се Лангдън. Страхуваше се, че знае отговора.

Третият войник, онзи мускулестият със студените очи, все така крачеше с ледена решителност към пещерата. Всеки миг щеше да влезе. Лангдън се приготви да се измъкне иззад статуята и да каже на Сиена, че всичко е свършило, но точно тогава стана нещо неочаквано.

Вместо да влезе в пещерата, войникът внезапно зави наляво и изчезна от поглед.

„Къде отива? Да не би да не знае, че сме тук?"

След секунди Лангдън чу звук от юмрук, удрящ по дърво. „Малката сива врата – помисли си. – Той сигурно знае накъде води".

Охранителят на двореца Пити Ернесто Русо винаги бе искал да стане футболист, но вече бе на двайсет и девет и с наднормено тегло и бе започнал да се примирява, че детската му мечта няма да се сбъдне. От три години работеше като охранител тук, в двореца Пити. Все същият офис с размерите на килер, все същата скучна работа.

Бе свикнал любопитните туристи да чукат на малката сива врата и обикновено не им обръщаше внимание и те преставаха. Днес обаче ударите бяха силни и продължителни.

Раздразнен, той опита да се съсредоточи върху екрана на телевизора, по който на силен звук течеше повторение на футболен мач – „Фиорентина“ срещу „Ювентус“. Чукането стана още по-силно. Накрая, проклинайки туристите, той излезе от стаята в тесния коридор. На половината път спря пред стоманената решетка, която препречваше коридора и беше винаги заключена, освен в редки специални часове.

– E chiuso! – извика с надеждата човекът отвън да го чуе. – Non si puo entrare!*

Въведе комбинацията, отключи решетката, издърпа я настрани, прекрачи, обърна се и я заключи, както изискваше правилникът. След това тръгна към сивата дървена врата.

Блъскането продължаваше.

Ернесто стисна зъби. Сигурно беше, че са американци. Най-нахалните хора на света.

Блъскането не спираше. Ернесто неохотно отключи вратата и я открехна.

– E chiuso!

Озова се лице в лице с войник, чийто поглед бе толкова студен, че Ернесто отстъпи крачка назад. Войникът му тикна в носа значка, на която имаше някакво непознато съкращение.

– Cosa succede? – попита Ернесто разтревожено. „Какво става?“

Зад войника бе клекнал още един и държеше нещо като хеликоптер играчка. А още по-назад друг стоеше на пост до стълбището. Ернесто чу и полицейски сирени.

– Говорите ли английски?

Ернесто кимна.

* Заключено е! Тук не се влиза (ит.) – Б. пр.

– Да.

– Някой да е влизал през тази врата тази сутрин?

– Не, синьор. Nessuno*.

– Добре. Дръжте я заключена. Никой да не влиза и да не излиза. Ясно?

Ернесто сви рамене. Бездруго това му беше работата.

– Тази врата единственият вход ли е?

Ернесто помисли над въпроса. Технически тази врата се смяташе за изход, затова нямаше дръжка отвън, но той разбра какво го пита мъжът.

– Да, l'accesso** е само през тази врата. Няма друг.

– Има ли и други скрити изходи от парка?

– Не, синьор. Това е единственият.

Войникът кимна и каза:

– Благодаря. – И направи знак на Ернесто да затвори и да заключи вратата.

Озадаченият охранител се подчини. След това се върна по коридора, отключи желязната решетка, мина през нея, заключи я пак и се върна да си догледа мача.

* Никой. (ит.) – Б. пр.

** Достъпът (ит.) – Б. пр.

30.

Докато мускулестият войник блъскаше по вратата, Лангдън и Сиена пропълзяха по-навътре в пещерата и се скриха в последната зала.

Стените бяха декорирани с груба мозайка и сатири. В средата се издигаше скулптура на къпещата се Венера в човешки ръст. Богинята съвсем уместно поглеждаше през рамо.

Лангдън и Сиена се свиха зад тесния постамент.

– Всички изходи са обезопасени! – извика някакъв войник отвън. Говореше на английски, с акцент, който Лангдън не можеше да определи. – Вдигнете хеликоптера. Аз ще проверя вътре.

След секунди в пещерата отекнаха стъпки. Войникът бързо мина през първата зала, после влезе във втората. Идваше право към тях.

Лангдън и Сиена се сгушиха един до друг.

– Хей! – чу се друг глас. – Хванахме ги!

Стъпките спряха.

Лангдън затаи дъх.

– Потвърдена самоличност! – продължи гласът. – Току-що говорихме с двама туристи. Преди няколко минути мъж и жена са питали как да стигнат до Костюмната галерия.

Лангдън погледна Сиена. Тя се усмихваше. Войникът успокои дишането си и продължи:

– Западните изходи бяха затворени най-напред... можем с голяма доза увереност да смятаме, че сме ги хванали в парка като в капан.

– Изпълнете задачата си – отвърна най-близкият войник. – И ме повикайте веднага.

По чакъла отекнаха хаотични стъпки и накрая, слава богу, настана пълна тишина.

Лангдън понечи да надникне иззад постамента, но Сиена го сграбчи за ръката и го спря. Вдигна показалец пред устните си и кимна към бледа човешка сянка на задната стена. Водачът на войниците все още стоеше тихо на входа на пещерата. Какво ли чакаше?

– Брюдер е – проговори той изведнъж. – Приклещихме ги. Скоро ще имам потвърждение.

Обаждаше се по телефона. Гласът му бе обезпокоително близо, сякаш стоеше до тях. Пещерата действаше като резонатор – събираше звука и го запращаше към дъното.

– Има и още – каза Брюдер. – Току-що получих нова информация от криминалистите. Апартаментът на жената е под наем. Няма много мебели. Очевидно е нает за кратко. Открихме епруветката, но проектора го няма. Повтарям, проектора го няма. Предполагаме, че е все още у Лангдън.

Когато чу името си, Лангдън потръпна.

Стъпките се приближиха и Лангдън осъзна, че мъжът влиза по-навътре в пещерата. Походката му не бе решителна като преди малко: изглежда, просто се размотаваше и разглеждаше пещерата, докато говореше по телефона.

– Правилно – каза той. – Криминалистите потвърдиха, че е имало само един изходящ разговор малко преди да нахлуем в апартамента.

„Американското консулство“, помисли си Лангдън и си спомни разговора си по телефона, както и бързото пристигане на убийцата с щръкналата коса. Тази жена сякаш бе изчезнала и бе заменена с цял екип обучени войници.

„Не можем вечно да им се изплъзваме“.

Стъпките вече бяха само на пет-шест метра... и се приближаваха. Мъжът бе влязъл във втората зала и ако продължеше, със сигурност щеше да ги забележи, както бяха клекнали зад тесния постамент на Венера.

– Сиена Брукс – каза внезапно той. Думите му се чуваха кристално ясно. Сиена се стресна и се ококори, сякаш очакваше да види как мъжът се взира право в нея. Но не, не ги беше видял.

– В момента проверяват лаптопа ѝ – продължи гласът само на три-четири метра от тях. – Все още нямам доклад, но това определено е същият компютър, който проследихме, когато Лангдън влезе в университетския си имейл.

Сиена изгледа Лангдън невярващо. В първия миг изглеждаше шокирана... а след това и предадена.

Лангдън бе не по-малко изненадан от нея. Значи така ги бяха открили? Тогава дори не му бе хрумнало. „Просто ми трябваше информация!“ Преди да успее да се извини с поглед, Сиена вече се бе извърнала. Изражението ѝ бе станало непроницаемо.

– Правилно – каза мъжът, когато стигна до входа към третата зала. Вече бе на по-малко от два метра от Лангдън и Сиена. Още две крачки и щеше със сигурност да ги види.

– Точно така – продължи той и пристъпи още по-близо. Изведнъж спря. – Изчакайте малко.

Лангдън замръзна: събираше сили за мига, в който щяха да ги открият.

– Изчакайте, губите ми се – каза войникът и се върна няколко стъпки назад във втората зала. – Връзката е лоша. Продължете... – Слуша известно време, след това отвърна: – Да, съгласен съм, но поне вече знаем с кого си имаме работа.

След това стъпките му заглъхнаха и напълно изчезнаха.

Лангдън отпусна рамене и се обърна към Сиена, в чиито очи гореше смесица от гняв и страх.

– Използвал си лаптопа ми!? – възкликна тя. – За да си провериш имейла?

– Съжалявам... Трябваше да разбера...

– Ето така са ни открили! И сега вече знаят и името ми!

– Извинявам се, Сиена, не си дадох сметка... – Лангдън се разкъсваше от чувство за вина.

Сиена се извърна и се загледа с празен поглед в големия сталагмит на задната стена. Никой от двамата не проговори почти минута. Лангдън се зачуди дали Сиена си спомня личните вещи на бюрото си – програмата от „Сън в лятна нощ“ и вестникарските изрезки за живота ѝ на дете чудо. „Дали подозира, че съм ги видял?“ Дори и да беше така, тя не задаваше въпроси, а и Лангдън бе достатъчно виновен пред нея, че да го споменава.

– Знаят коя съм – повтори Сиена. Гласът ѝ бе толкова тих, че Лангдън едва я чу. През следващите десет секунди тя вдиша бавно няколко пъти, сякаш се опитваше да осъзнае тази нова реалност. През това време Лангдън усети как решителността ѝ се втвърдява.

Без предупреждение Сиена скочи на крака.

– Трябва да тръгваме. Няма да им трябва много време, за да разберат, че не сме в Костюмната галерия.

Лангдън също стана.

– Да, но... къде?

– Ватиканът?

– Моля!?

– Разбрах какво имаше предвид преди малко... по какво Ватиканът си прилича с парка Боболи. – Тя кимна в посока към малката сива врата. – Това е входът, нали?

Лангдън събра сили да кимне.

– Всъщност е изходът, но реших, че си струва да опитаме. За нещастие не можем да минем оттам. – Лангдън бе чул достатъчно от разговора между охранителя и войника, за да разбере, че този маршрут отпада.

– Но ако успеем да минем – каза Сиена и в тона ѝ се прокрадна палав нюанс, – разбираш ли какво би означавало това? – Устните ѝ се разтегнаха в лека усмивка. – Че за втори път днес ще получим помощ от един и същ ренесансов творец.

Лангдън нямаше как да не се засмее, защото и на него му бе хрумнала тази мисъл.

– Вазари. Вазари.

Сиена се усмихна по-широко и Лангдън усети, че вече му е простила, поне засега.

– Мисля, че това е знак свише – заяви тя почти сериозно. – Трябва да минем през тази врата.

– И как? Просто ще се промъкнем покрай пазача?

Сиена изпука кокалчетата на пръстите си и тръгна да излиза от пещерата.

– Не, ще поговоря с него. – Хвърли поглед към Лангдън, в очите ѝ отново горяха пламъчета. – Довери ми се, професоре, мога да съм доста убедителна, когато се налага.

Някой отново заблъска по малката сива врата.

Твърдо и неумолимо.

Ернесто Русо изсумтя гневно. Очевидно непознатият военен със студения поглед се бе върнал. Едва ли би могъл да избере по-неподходящ момент. Съдията бе дал продължение, „Фиорентина" беше с човек по-малко и висеше на косъм.

Блъскането не спираше.

Ернесто не беше глупак. Знаеше, че тази сутрин са се случили някакви неприятности – с всички тези сирени и войници, – но пък той никога не се замесваше в дела, които не го засягаха пряко.

Pazzo e colui che bada ai fatti altrui*.

Но пък очевидно военният беше някаква важна клечка и може би не бе разумно да го игнорира. Напоследък в Италия бе трудно да си намериш работа, дори и скучна. Ернесто хвърли последен поглед към мача и тръгна към вратата.

Все още не можеше да повярва, че му плащат, за да седи по цял ден в този малък офис и да гледа телевизия. Не повече от два пъти дневно пристигаше някаква ВИП група от галерията „Уфици". Ернесто ги поздравяваше, отключваше металната решетка и ги пускаше да минат през малката сива врата и да влязат в парка Боболи.

Блъскането ставаше все по-силно, Ернесто отключи стоманената решетка, мина през нея, затвори я и я заключи.

– Si? – опита се да надвика тропането, докато се приближаваше с бързи стъпки към вратата.

Никакъв отговор. Блъскането не спираше.

Insomma!** Той отключи вратата и я отвори навътре. Очакваше да види безчувствения поглед отпреди малко.

Но лицето на прага беше доста по-привлекателно.

---

* Луд е този, който се меси в чужди дела – италианска поговорка. – Б. пр.

* За бога! (ит.) – Б. пр.

– Ciao – каза му една хубава блондинка и му се усмихна сладко. Подаде му сгънат лист и той инстинктивно протегна ръка да го вземе. В мига, в който го хвана, осъзна, че е просто някакъв боклук, а жената го хвана за китката с тънките си пръсти и заби палеца си точно под дланта му.

На Ернесто му се стори, че му прерязаха китката с нож. След това се почувства все едно го бяха обездвижили с електрошокова палка. Жената не го пускаше. Натискът нарасна многократно, а цикълът на болката се завърташе отново и отново. Ернесто се олюля назад в опит да си издърпа ръката, но краката му бяха омекнали, подгънаха се и той се свлече на колене.

Останалото се случи за секунди.

На прага се появи висок мъж с тъмен костюм, шмугна се вътре и бързо затвори сивата врата. Ернесто се пресегна за радиостанцията, но една нежна ръка го стисна за тила и мускулите му блокираха и той започна да се бори за въздух. Жената взе радиостанцията. Високият само гледаше. Изглеждаше толкова притеснен от действията ѝ, колкото и Ернесто.

– Дим мак – каза небрежно блондинката на високия мъж. – Китайски точки за натиск. Не случайно ги ползват от три хилядолетия.

Мъжът я гледаше поразен.

– Non vogliamo farti del male – прошепна жената на Ернесто и отпусна натиска върху тила му. „Не искаме да те нараним".

В мига, в който натискът намаля, Ернесто се опита да се освободи, но тя пак го стисна и мускулите му отново блокираха. Той затаи дъх от болка – едва успяваше да си поеме въздух.

– Dobbiamo passare – каза тя. „Трябва да минем". Посочи стоманената решетка, която Ернесто, слава богу, бе заключил. – Dov'e la chiave?*

– Non ce l'ho – успя да каже той. „Не е у мен".

Високият мъж мина покрай тях, приближи се до решетката и огледа механизма.

* Къде е ключът? (ит.) – Б. пр.

– Заключването става с код – каза на жената. Акцентът му беше американски.

Жената коленичи до Ернесто, кафявите ѝ очи излъчваха леден хлад.

– Qual e la combinazione?* – попита тя.

– Non posso!** – отвърна той. – „Не ми е позволено...“

Тогава се случи нещо в горната част на гръбначния му стълб и Ернесто усети как цялото му тяло омекна. Миг по-късно той припадна.

Когато се свести, си даде сметка, че е идвал в съзнание и отново е припадал няколко минути. Спомни си разговори... още пронизителна болка... може би как го влачат? Всичко му беше размазано.

Когато паяжините на съзнанието му се разчистиха, видя странна гледка – обувките му бяха пред очите му, а връзките им бяха извадени. Чак тогава осъзна, че почти не може да помръдне. Лежеше настрани с вързани ръце и крака, очевидно с връзките на обувките му. Опита се да извика, но не успя да издаде нито звук. Един от чорапите му бе натъпкан в устата му. Но истинският страх го обзе миг по-късно, когато вдигна очи и видя телевизора, на който се излъчваше футболният мач. „Аз съм в офиса си...“

След решетката!?

Чу стъпки на тичащи хора, които се отдалечаваха по коридора... и след това заглъхнаха. Невъзможно! По някакъв начин русата жена го бе накарала да направи единственото, което му плащаха никога да не прави – да разкрие комбинацията, с която се заключваше входът към прочутия коридор Вазари.

** Каква е комбинацията? (ит.) – Б. пр.

*** Не мога! (ит.) – Б. пр.

31.

Доктор Елизабет Сински усещаше как пристъпите на гадене и световъртеж стават все почести. Беше се отпуснала на задната седалка на паркирания пред двореца Пити ван. Войникът до нея я наблюдаваше с все по-голяма тревога. Преди секунди радиостанцията му бе изпращяла и се чу нещо за някаква костюмна галерия – тъкмо това изтръгна Елизабет от мрачните дълбини на съзнанието ѝ и кошмарите ѝ за зеленоокото чудовище.

Бе се озовала пак в затъмнената стая в Съвета по международни отношения в Ню Йорк и слушаше маниакалните тиради на тайнствения непознат, който я бе повикал там. Загадъчният мъж крачеше из стаята и върлинестият му силует се очертаваше зловещо на фона на изображението с голите и умиращи тела, вдъхновени от Дантевия „Ад".

– Някой трябва да поведе тази война – заключи мъжът, – или това ни чака в бъдеще. Математиката го гарантира. В момента човечеството е в чистилището на отлагането, нерешителността и алчността... но кръговете на ада ни очакват точно под краката ни, за да ни погълнат.

Елизабет все още се гърчеше от чудовищните идеи, които този човек току-що бе изложил пред нея. Повече не можеше да търпи и скочи на крака.

– Това, което предлагате...

– Това е единствената ни възможност – прекъсна я той.

– Всъщност – отвърна тя – тъкмо се канех да кажа, че е престъпление.

Мъжът сви рамене.

– Пътят към рая минава през ада. Данте ни е научил на това.

– Вие сте луд!

– Луд? – повтори мъжът обидено. – Аз? Не мисля. Лудост е това, че СЗО се взира в бездната и отрича съществуването ѝ. Лудост е когато щраусът си заравя главата в пясъка, докато глутница хиени се приближава към него.

Преди Елизабет да успее да защити организацията си, мъжът смени изображението на екрана.

– И като стана въпрос за хиени – каза и посочи към новата картинка, – ето ви глутница хиени, които в момента се навъртат около човечеството... и бързо го обграждат.

Елизабет се изненада, че вижда познато изображение. Беше графика, публикувана от СЗО предната година, в която се очертаваха основните проблеми на околната среда, които според СЗО имаха най-голямо влияние върху световното здраве.

В списъка бяха: нуждата от чиста вода, температурите на повърхността на земята, намаляването на озоновия слой, усвояването на морските ресурси, изчезването на определени видове, концентрацията на въглеродния диоксид, изсичането на горите и повишаването на нивото на световния океан. Всички тези негативни влияния нарастваха през последния век. Но тук бяха раздути до ужасяващи нива.

Реакцията на Елизабет бе обичайната при вида на тази графика – усещане за безпомощност. Тя бе учен и вярваше в полезността на статистиката, а тази графика рисуваше смразяваща картина не за далечното бъдеще... а за съвсем непосредственото.

Много пъти в живота си Елизабет Сински се бе измъчвала от неспособността си да зачене. Но когато видя тази графика, направо изпита облекчение, че няма да даде на този свят още едно дете.

„Това ли е бъдещето, което бих искала за детето си?“

– През последните петдесет години – продължи високият мъж – греховете ни срещу майката природа са нараснали експоненциално. – Млъкна. – Страхувам се за човешките души. Когато СЗО публикува тази графика, политиците по целия свят, търговците на влияние и еколозите свикаха спешни срещи. Всички те се опитваха да анализират кои от тези проблеми са най-сериозни и кои бихме могли да се надяваме наистина да решим. Изходът? Когато оставаха насаме, скриваха лица в ръцете си и плачеха. Но публично уверяваха всички нас, че работят по решенията, но пък това били много сложни проблеми.

– Те наистина са сложни!

– Глупости! – избухна мъжът. – Знаете прекрасно, че тези графики отразяват възможно най-прости отношения – функция, основана на една-единствена променлива! Всеки ред от тази графика се повишава пропорционално на една величина, която всички се боят да обсъждат. Населението на земята!

– Всъщност смятам, че е малко по-...

– Малко по-сложно? Всъщност не е! Няма нищо по-просто от това. Ако искате повече чиста вода на глава от населението, ви трябват по-малко хора на тази планета. Ако искате да намалите вредните емисии от колите, ви трябват по-малко шофьори. Ако искате океаните и моретата да възстановят популациите си от риба, ви трябват по-малко хора, които ядат риба!

Изгледа я гневно и тонът му стана още по-агресивен.

– Отворете си очите! Ние сме изправени пред залеза на човечеството, а световните ни лидери седят в кабинетите си и поръчват проучвания на слънчевата енергия, рециклирането и хибридните автомобили! Как може вие, толкова образована жена, да не виждате това? Рушенето на озоновия слой, липсата на вода и замърсяването не са болестта, те са симптомите. Болестта е пренаселеността на земята. И докато не се изправим лице в лице с тази истина, все едно лепим лейкопласт върху бързо растящ злокачествен тумор.

– Възприемате човешката раса като рак? – попита Елизабет.

– Ракът не е нищо повече от здрава клетка, която започва да се размножава безконтролно. Разбирам, че намирате идеите ми за безвкусни, но мога да ви уверя, че алтернативата е направо горчива. Ако не предприемем решителни действия, ще...

– Решителни!? – възрази тя. – Не е тази думата. Защо не опитате с „умопобъркани“?

– Доктор Сински – каза мъжът и гласът му стана зловещо спокоен. – Повиках ви тук най-вече защото се надявах, че вие, един мъдър глас в Световната здравна организация, бихте проявили желание да работите с мен и да анализирате възможните решения.

Елизабет го гледаше невярващо.

– Въобразявате си, че Световната здравна организация би ви станала партньор... и би обмисляла подобни идеи?

– Всъщност да – отвърна той. – Във вашата организация работят лекари, а когато имат пациент с гангрена, лекарите не се колебаят да му отрежат крака, за да му спасят живота. Понякога единственият ни път за действие е по-малкото зло.

– Това са доста различни неща.

– Не. Напълно еднакви са. Единствената разлика е в мащаба.

Елизабет бе чула достатъчно. Рязко се изправи и каза:

– Ще си изпусна самолета.

Високият мъж направи заплашителна крачка към нея и ѝ препречи пътя.

– Искам да ви предупредя, че със или без ваша помощ мога съвсем лесно да осъществя тази идея и сам.

– Аз пък искам да ви предупредя – отвърна му тя гневно, – че смятам това за терористична заплаха и ще се отнасям към нея по този начин. – И извади телефона си.

Мъжът се засмя.

– Ще ме предадете задето съм развивал пред вас хипотези? За съжаление ще трябва да почакате, преди да се обадите. Тази стая е електронно защитена. Телефонът ви няма сигнал.

„Нямам нужда от сигнал, ненормалник такъв". Елизабет вдигна телефона си и преди мъжът да осъзнае какво става, снима лицето му. Светкавицата се отрази в зелените му очи и за миг той ѝ се стори познат.

– Който и да сте – каза тя, – сбъркахте, като ме повикахте тук. Докато стигна до летището, вече ще знам кой сте и ще бъдете поставен в черния списък на СЗО, Центъра за контрол на болестите в САЩ и Европейския център за превенция и контрол над болестите като потенциален биотерорист. Наши хора ще ви наблюдават денонощно. Ако се опитате да купите някакви материали, ние ще знаем. Ако направите лаборатория, ще знаем и за това. Няма къде да се скриете.

Мъжът дълго я гледа напрегнато, сякаш се канеше да се хвърли върху нея и да вземе телефона ѝ. Накрая се отпусна и отстъпи настрани със зловеща усмивка.

– Тогава, изглежда, че танцът вече започна.

32.

Il Corridoio Vasariano – коридорът Вазари – е проектиран от Джорджо Вазари през 1564 година по нареждане на управника от династията Медичи – великия херцог Козимо I. Целта му е да осигури безопасна връзка през река Арно от неговата резиденция в двореца Пити до административните му сгради в Палацо Векио.

Подобно на прочутия Ватикански Passetto, коридорът Вазари е квинтесенциалният таен проход. Дълъг е почти цял километър и се простира от източния ъгъл на парка Боболи до сърцето на стария град, преминава през Понте Векио и се извива през галерията Уфици.

В днешно време коридорът Вазари все още служеше за убежище, макар и не на аристократите от династията Медичи, а на произведения на изкуството; по безкрайните му добре обезопасени стени имаше множество редки картини, които не можеха да се поберат в световноизвестната галерия „Уфици“, през която минаваше проходът.

Лангдън бе минавал по този коридор преди няколко години в частна туристическа обиколка. В онзи следобед се бе спирал, за да се наслади на всяка от умопомрачителните картини, сред които и най-голямата колекция от автопортрети на света. Бе забавял крачка и за да надница през прозорците, през които минаващите през коридора можеха да се ориентират в коя точка на издигнатия проход се намират.

Тази сутрин обаче Лангдън и Сиена тичаха, защото искаха да се отдалечат максимално от своите преследвачи. Лангдън се зачуди след колко време ще открият завързания охранител. Гледаше простиращия се пред тях тунел и усещаше как с всяка стъпка се приближава към това, което наистина търсеха.

„Cerca trova... очите на смъртта... и отговор на въпроса кой всъщност ме преследва“.

Колкото повече напредваха в тунела, толкова повече си припомняше какъв амбициозен архитектурен подвиг е този проход. Коридорът Вазари бе повдигнат над града почти по цялата си дължина и приличаше на голяма змия, която се вие през сградите по целия път от двореца Пити, през река Арно до самото сърце на Флоренция. Тесния варосан проход сякаш нямаше край; от време на време завиваше вляво или вдясно, за да избегне някое препятствие, но неотменно водеше на изток... през река Арно.

Пред тях внезапно се чуха гласове и Сиена рязко спря. Лангдън също спря, сложи успокоително ръка на рамото ѝ и я придърпа към близкия прозорец.

Туристи под тях.

Погледнаха навън и видяха, че се намират над Понте Векио – средновековния каменен мост, който служеше като пешеходен подстъп към стария град. Под тях първите туристи за деня се радваха на пазара, който стоеше на моста още от петнайсети век. В днешно време повечето продавачи бяха златари и бижутери, но не винаги е било така. Първоначално мостът е приютявал големия открит флорентински пазар на месо, но касапите били изгонени през 1593 година, понеже вонята на развалено месо се просмуквала в коридора Вазари и дразнела деликатните ноздри на великия херцог.

Лангдън си спомни, че някъде там, на същия този мост, е извършено едно от най-прословутите престъпления във Флоренция. През 1216 младият благородник Буонделмонте отказал да встъпи в уредения от семейството му брак, за да бъде с истинската си любов, и заради това бил брутално убит точно тук.

Смъртта му се смята за „най-кървавото убийство във Флоренция“, защото става причина за разрива между две силни политически фракции – гвелфите и гибелините, – които водят безмилостна война векове наред. И тъй като последвалата вражда става причина за изгнанието на Данте извън Флоренция, поетът горчиво обезсмъртява случката в „Божествена комедия“: „О,

Буонделмонте, колко зло светът от теб позна щом ти избягна брака“.

И до ден днешен край мястото на убийството могат да се видят три отделни табели, всяка цитираща различен стих от Песен 16 на „Рай“ от Данте. Една е поставена на входа на Понте Векио и зловещо заявява:

АЛА БЕ ДЛЪЖЕН КАМЪКА ЗАБРАВЕН
КРАЙ МОСТА ТВОЯТ ГРАД ДА ОСВЕТИ
СЪС ЖЕРТВА В КРАЯ НА МИРА СИ СЛАВЕН.

Лангдън отмести поглед от моста към мътните води. На изток се мержелееше самотната кула на Палацо Векио.

Макар със Сиена да бяха по средата на река Арно, той не се съмняваше, че отдавна са преминали точката, от която няма връщане.

На десет метра отдолу, на калдъръма на Понте Векио, Вайента тревожно оглеждаше прииждащата тълпа, без изобщо да подозира, че единственият ѝ шанс за спасение само преди секунди е минал над главата ѝ.

33.

Дълбоко във вътрешността на закотвения „Mendacium" посредникът Ноултън седеше сам в каютата си и безуспешно се опитваше да се съсредоточи върху работата си. Изпълнен с трепет, той отново се върна към видеозаписа и през последния час анализираше деветминутния монолог, който беше някъде на границата между гения и лудостта.

Превъртя го на бързи обороти от началото, търсеше някаква улика, която може да е пропуснал. Подмина потопената пластина... окачената торба с мътната жълто-кафява течност... и намери мига, в който се появяваше сянката с голям като човка нос – разкривен силует върху облята с вода пещерна стена... осветен от мека червена светлина.

Заслуша се в приглушения глас, опитвайки се да разгадае сложния език. Някъде по средата на речта сянката на стената изведнъж стана по-голяма и гласът се усили.

„Ад" на Данте не е литература... а предсказание!

Окаяна мизерия. Мъчителни неволи. Това е утрешният пейзаж.

Ако не бъде поставено под контрол, човечеството се държи като чума, като рак... броят ни се увеличава с всяко следващо поколение, а земните блага, които някога са хранели добродетелите и братството между хората, се стапят... и разкриват чудовищата в нас... които се бият до смърт, за да нахранят малките си.

Това са деветте кръга от ада на Данте.

Това ни чака.

И докато бъдещето се приближава към нас със силата на неумолимата математика на Малтус, ние си висим над първия кръг на ада... и се готвим да полетим надолу по-бързо, отколкото можем да си представим.

Ноултън спря записа. Математиката на Малтус? Бързо търсене в интернет го отведе до информацията за видния математик и специалист по демография Томас Робърт Малтус, който се славел с това, че предсказал глобален срив в резултат от пренаселване на планетата. В биографията му, за ужас на Ноултън, бе включен и откъс от труда му „Есе за принципите на населението":

„Силата на пренаселването толкова надвишава възможността на планетата да предостави прехрана на човека, че рано или късно преждевременна смърт ще сполети под някаква форма човечеството. Пороците са дейни и способни пастори на депопулацията. Те са предвестници на великата армия на разрушението; и често довършват зловещата задача сами. Но ако не успеят в тази унищожителна война, тогава природните катаклизми, епидемиите, чумата и вредителите настъпват в заплашителни редици и помитат хиляди и хиляди. Ако и те не постигнат пълен успех, идва гигантски неизбежен глад и с един мощен замах изравнява населението с наличната в света храна".

С разтуптяно сърце Ноултън погледна стопкадъра със сянката с клюнестия нос.

„Ако не бъде поставено под контрол, човечеството се държи като рак".

Поставено под контрол. На Ноултън никак не му харесваше как звучи това.

Той протегна колебливо пръст и отново пусна видеото.

Да не правим нищо значи да привестваме настъпването на Дантевия ад... наблъскани един в друг и умиращи от глад, валящи се в грях.

Затова аз предприех решителни действия.

Някои от вас може би ще изтръпнат от ужас, но всяко спасение си има цена.

Някой ден светът ще проумее красотата на моята жертва.

Защото аз съм вашето спасение.

Аз съм Сянката.

Аз съм входът към постчовешката ера.

34.

Палацо Векио приличаше на огромна шахматна фигура. Със своята грубовата четириъгълна фасада и рустикалните парапети с ръбове, нарязани на квадрати, масивната приличаща на топ сграда съвсем подходящо бе поставена на това място – сякаш да пази югоизточния ъгъл на Пиаца дела Синьория.

Единствената му кула – необичаен избор за такъв вид здания, – която се издигаше от центъра на четириъгълната крепост, се очертаваше ясно на фона на небето и се бе превърнала в неподражаем символ на Флоренция.

Сградата била построена, за да приюти властта, и респектираше посетителите си с множество мъжки статуи. Мускулестият Нептун на Аманати, стъпил гол върху четири коня, символ на морската доминация на Флоренция. Копие на Давид на Микеланджело – голият мъж, събрал може би най-много възхищение в историята на света – се издигаше в цялото си величие на входа на палата. Компания му правеха Херкулес и Какус – още двама огромни голи мъже. Така заедно с множеството сатири около Нептун общият брой на пенисите, които посрещаха посетителите, ставаше повече от дузина.

Обикновено Лангдън започваше обиколките си из Палацо Векио оттук, от Пиаца дела Синьория. Въпреки прекаленото изобилие от фалоси този площад беше един от любимите му в цяла Европа. Посещението в палата оставаше незавършено, ако не пиеш едно еспресо в кафе „Ривоар“ и не отидеш до лъвовете на Медичите на Лоджа деи Ланци – откритата скулптурна галерия на площада.

Днес обаче Лангдън и придружителката му бяха решили да влязат в Палацо Векио през коридора Вазари, точно както може би са правели херцозите от династията на Медичите по свое време – като подминат прочутата галерия Уфици и продължат по виещия се над мостове и пътища и минаващия през сгради коридор, който ги отвеждаше право в сърцето на стария палат. Досега не бяха чули стъпки зад себе си, но Лангдън въпреки това нямаше търпение да излезе от прохода.

„Стигнахме“, осъзна Лангдън, когато видя тежката дървена врата пред тях. Входът към стария замък.

Въпреки масивния си заключващ механизъм вратата бе оборудвана и с хоризонтална дръжка, която осигуряваше изход при спешни случаи, като в същото време не позволяваше на никой, който няма електронна карта, да влезе в коридора Вазари от другата страна.

Лангдън долепи ухо до вратата и се заслуша. Не чу нищо, сложи ръце върху хоризонталната дръжка и внимателно натисна.

Чу се тракване.

Дървената врата се открехна и Лангдън надникна към света от другата ѝ страна. Малка ниша. Празна. Тиха.

Въздъхна облекчено, пристъпи през прага и даде знак на Сиена да го последва.

„Вътре сме“.

Докато стояха в тихата ниша някъде в Палацо Векио, Лангдън се опита да се ориентира. Пред тях имаше дълъг коридор, перпендикулярен на нишата. Вляво по друг коридор отекваха гласове – спокойни и радостни. Също като сградата на Конгреса в Съединените щати Палацо Векио беше едновременно туристическа атракция и седалище на властта. Гласовете, които чуваха в този час на деня, най-вероятно бяха на държавни служители, които влизаха и излизаха от кабинети и се приготвяха за деня.

Лангдън и Сиена пристъпиха напред и надникнаха иззад ъгъла. Както и предполагаха, в края коридора имаше атриум, в който десетина служители бяха застанали в кръг, пиеха еспресо и бъбреха с колеги преди работа.

– Стенописът на Вазари – прошепна Сиена. – Ти каза, че се намира в Залата на Петстотинте.

Лангдън кимна и посочи през пълния с хора атриум към верандата, на която се излизаше през каменен коридор.

– За нещастие трябва да минем през атриума.

– Сигурен ли си?

Лангдън кимна.

– Няма как да стигнем, без да ни видят.

– Това са държавни служители. Не се интересуват от нас. Просто си върви все едно си у дома си.

Сиена вдигна ръка и нежно приглади сакото на Лангдън, след това оправи яката му.

– Изглеждаш много представително, Робърт. – Усмихна му се сдържано, оправи собствения си пуловер и тръгна.

Лангдън забърза след нея. И двамата крачеха целенасочено към атриума. Когато влязоха в него, Сиена започна да му говори бързо на италиански – нещо за фермерски субсидии – и да жестикулира отривисто. Придържаха се към външната стена и стояха на дистанция от останалите. За учудване на Лангдън, нито един от държавните служители не се обърна към тях.

Щом подминаха атриума и продължиха бързо към коридора. Лангдън си спомни програмата от представлението на Шекспир. Пакостливият дух Пък.

– Страхотна актриса си.

– Налага ми се – отвърна тя замислено. Гласът ѝ прозвуча странно отчужден.

Лангдън отново почувства, че в миналото на тази жена има повече болка, отколкото му е известно, и изпита силно угризение, че я е забъркал в опасното си приключение. Напомни си обаче, че вече не може да се направи нищо, освен да доведат нещата докрай.

„Продължавай да плуваш през тунела... и се моли да видиш светлина“.

Когато наближиха верандата, Лангдън с облекчение видя, че паметта му не му е изневерила. Малка табела със стрелка сочеше, че трябва да завият зад ъгъла, и обявяваше, че там се намира IL SALONE DEI CINQUECENTO. „Залата на Петстотинте“, помисли си Лангдън и се зачуди какви ли отговори ги чакат вътре.

Истината може да се зърне само през очите на смъртта. Какво ли означаваше това?

– Залата може още да е заключена – предупреди Лангдън, когато наближиха ъгъла. Въпреки че бе популярна туристическа дестинация, палатът все още не изглеждаше отворен за посетители тази сутрин.

– Чуваш ли? – попита Сиена и спря.

Лангдън го чу. Иззад ъгъла се чуваше силно бръмчене. „Господи, нека да не е безпилотен хеликоптер, който се движи в сгради". Лангдън внимателно надникна. На трийсет метра напред видя изненадващо семплата дървена врата, която водеше към Залата на Петстотинте. За съжаление между нея и тях пълничък служител буташе електрическа машина за почистване на пода и я движеше уморено в кръг.

Пазителят на портата.

Лангдън насочи вниманието си към трите символа на пластмасовата табела до вратата. Тях можеше да ги разгадае дори и най-неопитният криптолог, защото бяха универсални: зачертан с Х фотоапарат; зачертана по същия начин чаша; и очертания на две фигури – една мъжка и една женска.

Лангдън тръгна отривисто към чистача и когато го наближи, забърза. Сиена се втурна след него, за да го настигне.

Чистачът вдигна стреснато поглед.

– Signori?!

Протегна ръце, за да ги спре. Лангдън му се усмихна измъчено – или по-скоро направи гримаса – и махна извинително към символите до вратата.

– Тоалетна...

Чистачът се поколеба за миг. Изглеждаше готов да откаже на молбата им, но като гледаше как Лангдън се присвива и почти приклякa, кимна съчувствено и им махна да вървят.

Когато стигнаха до вратата, Лангдън намигна на Сиена.

– Състраданието е универсален език.

35.

Някога Залата на Петстотинте била най-голямата в целия свят. Построена е през 1494 година, за да може в нея да се събира целия Consiglio Maggiore – великият съвет на републиката, който се състоял от точно петстотин членове. Оттам произлиза и името ѝ. Години по-късно по заповед на Козимо I залата била обновена и значително разширена. Козимо I, най-властният човек в Италия, избрал за ръководител и архитект на проекта Джорджо Вазари.

Вазари прави архитектурен подвиг, като повдига покрива и пуска естествена светлина от всички четири страни. В резултат се получава елегантна зала, в която могат да се видят едни от най-хубавите флорентински скулптури, картини и архитектурни елементи.

Но винаги когато влезеше тук, Лангдън усещаше как първо подът привлича погледа му. Той сякаш съобщаваше, че това не е обикновено място. Покритието от червен камък с черен кант придаваше на 1115-те квадратни метра усещане за солидност, дълбочина и равновесие.

Лангдън вдигна бавно очи към дъното на залата, където шест раздвижени скулптури – Подвизите на Херкулес – бяха подредени край стената като армия войници. Нарочно пренебрегна често оплюваната „Херкулес и Диомед“, чиито голи тела бяха вплетени в нелепо изглеждаща схватка. Тя включваше и допир на пенисите, който често караше Лангдън да потръпва.

Много по-милостива към очите бе „Геният на победата“ на Микеланджело вдясно, която доминираше централната ниша на южната стена. Тази скулптура бе почти три метра висока и първоначално била предназначена за гроба на свръхконсервативния папа Юлий II – Il Papa Terribile*, – поръчка, която на Лангдън винаги му се бе струвала иронична, като се имаше предвид позицията на Ватикана за хомосексуалността. Скулптурата изобразяваше млад мъж, в когото Микеланджело бил влюбен през по-голямата част от живота си и за когото съчинил над триста сонета.

– Не мога да повярвам, че никога не съм идвала тук – прошепна Сиена. Гласът ѝ бе тих и пълен с почитание. – Това е... прекрасно.

Лангдън кимна и си спомни първото си посещение – на впечатляващ класически концерт с участието на световноизвестната пианистка Мариел Киймел. Макар първоначалното залата да била замислена като място за политически срещи и аудиенции при великия херцог, в днешно време тя обикновено се ползваше за представяния на прочути музиканти, лекции и галавечери – от историка Маурицио Серачини до уваженото със звездно присъствие черно-бяло откриване на Музея на Гучи. Лангдън понякога се чудеше какво ли би казал Козимо I, ако знаеше, че споделя строгата си зала с висши мениджъри и модели.

Вдигна поглед към огромните стенописи. Част от историята им беше и провал на рисувателната техника на Леонардо да Винчи, чийто резултат бил „размазан шедьовър“. Имаше и артистична „конфронтация“, подклаждана от Пиеро Содерини и Макиавели, които насъскали един срещу друг двама титани на Ренесанса – Микеланджело и Леонардо – и ги накарали да нарисуват стенописи на противоположни стени на една и съща зала.

Днес обаче Лангдън се интересуваше повече от една друга историческа забележителност в това помещение.

Cerca trova.

– Кой стенопис е на Вазари? – попита Сиена и огледа стените.

– Почти всички – отвърна Лангдън, защото знаеше, че като част от реновирането на залата Вазари и асистентите му бяха пресували почти всичко по стените и по трийсет и девette декоративни панела, украсяващи прочутия окачен таван.

* Ужасният папа (ит.) – Б. пр.

– Но онази фреска там – продължи той и посочи надясно – е тази, заради която сме тук. „Битката при Марчано“.

Баталната сцена беше внушителна – седемнайсет метра дълга и висока повече от три жилищни етажа. Бе нарисувана с енергични мазки в различни нюанси на кафяво и зелено – пълна с агресия панорама с коне, копия, знамена и воини, биещи се на пасторален склон.

– Вазари, Вазари – прошепна Сиена. – И тук някъде е скрито тайното му послание?

Лангдън кимна и присви очи към горната част на огромния стенопис. Опитваше се да намери зеленото бойно знаме, на което Вазари бе написал загадъчното послание – CERCA TROVA

– Почти невъзможно е да се види без бинокъл – каза и посочи. – Но в горната част в средата, ако се загледаш под двете ферми на хълма, има малко килнато зелено знаме и...

– Видях го! – каза Сиена.

На Лангдън му се прииска да има очите на по-млад човек.

Тръгнаха един до друг към внушителната фреска и Лангдън вдигна очи, за да попие цялото ѝ великолепие. Най-после бяха тук. Единственият проблем бе, че Лангдън не беше сигурен защо са дошли. Постоя мълчаливо известно време, взирайки се в детайлите на шедьовъра на Вазари.

„Ако се проваля... ни чака смърт“.

Зад тях проскърца врата и чистачът с електрическата подочистачка надникна от прага. Сиена му махна приятелски и той ги погледа за миг, после затвори вратата.

– Нямаме много време, Робърт – каза тя. – Трябва да мислиш. Тази картина напомня ли ти нещо? Някакви спомени, каквито и да са?

Лангдън огледа хаотичната бойна сцена.

„Истината се вижда единствено през очите на смъртта“.

Лангдън си бе мислил, че на стенописа вероятно има труп, чиито мъртви очи гледат с празен поглед към някоя подсказка в самата картина... или може би нанякъде другаде в залата. За нещастие имаше десетки трупове и никой от тях не бе забележителен по някакъв начин, ничии мъртви очи не бяха насочени в някаква специална посока.

„Истината се вижда единствено през очите на смъртта?"

Опита се да си представи свързващите линии между труповете и се зачуди каква ли форма ще се появи, но не стигна до нищо.

Главата му пулсираше, докато той трескаво се ровеше в дълбините на паметта си. Някъде там гласът на среброкосата жена не спираше да му нашепва: „Търси и ще намериш".

„Какво да намеря?" – искаше да извика Лангдън.

Затвори очи и бавно издиша. Опита да се освободи от всичките си мисли с надеждата да се свърже с инстинктите си.

„Варвари.

Вазари.

Cerca trova.

Истината се вижда единствено през очите на смъртта".

Инстинктът му подсказваше, че е на правилното място. И макар още да не беше сигурен защо, чувстваше, че само секунди го делят от мига, в който ще разбере какво е дошъл да търси.

Агент Брюдер се взираше с празен поглед в червените кадифени панталони и туниката във витрината пред себе си и ругаеше под нос. Екипът му бе претърсил цялата галерия, но от Лангдън и Сиена Брукс нямаше и следа.

„Специални служби! – помисли той гневно. – Откога някакъв си професор е в състояние да им се изплъзне? Къде са отишли, по дяволите?"

– Всички изходи са затворени – повтори един от неговите хора. – Единствената възможност е още да са в парка.

Брюдер обаче имаше неприятното усещане, че Лангдън и Сиена Брукс са намерили изход.

– Пуснете пак хеликоптера – нареди той. – И местните власти да разширят обсега на претърсване извън стените.

Хората му се втурнаха да изпълняват задачата, а Брюдер се обади на шефа си:

– Имаме сериозен проблем. Всъщност не само един.

36.

„Истината се вижда единствено през очите на смъртта“.

Сиена си повтаряше тези думи, докато продължаваше да оглежда всеки сантиметър от жестоката бойна сцена на Вазари с надеждата нещо да привлече вниманието ѝ.

Виждаше очите на смъртта навсякъде.

„Кои точно търсим?“

Зачуди се дали под „очите на смъртта“ не се имат предвид всички гниещи тела, пръснати по цяла Европа от Черната смърт.

Това поне би обяснило маската на Чумата.

Внезапно си спомни едно детско стихче: „Пръстен роза, джобче с китки. Прах и пепел, страшна битка“.

Рецитираше това стихче, когато бе ученичка в Англия, докато не разбра, че е съчинено по време Голямата чума в Лондон през 1665 година. Твърдеше се, че под „пръстен роза“ се има предвид гнойна червеникава пъпка, около която се появява тъмен кръг – симптом, че човекът е заразен. Болните носели „пълен джоб с китки“, за да прикрият миризмата на своите разлагащи се тела, както и за да се предпазят от смрадта в града, в който всеки ден умирали стотици, а труповете им били изгаряни. Прах и пепел. Страшна битка.

– За Божията любов – изсумтя Лангдън.

Сиена погледна натам, накъдето гледаше той.

– Какво?

– Това е името на произведение, което някога е било изложено тук. „За Божията любов“.

Лангдън забърза през стаята към една малка стъклена врата, вдигна ръце над очите си и надникна вътре.

Каквото и да търсеше, Сиена се надяваше да го намери бързо – чистачът току-що се бе появил отново и този път на лицето му се изписа подозрение, когато видя как Лангдън надничa през стъклото.

Сиена махна дружелюбно на чистача, но той я изгледа кръвнишки и отново изчезна.

Lo Studiolo.

Зад стъклената врата точно срещу скритите думи cerca trova в Залата на Петстотинте имаше малка стая без прозорци, проектирана от Вазари като таен кабинет на Франческо I. Беше правоъгълна и със заоблен таван, който даваше усещането, че се намираш в гигантски сандък със скъпоценности.

Това чувство се усилваше и от бляскавите предмети вътре. Повече от трийсет редки картини красяха стените и тавана: бяха наредени толкова близо една до друга, че почти нямаше гола стена. „Падането на Икар“... „Алегория на човешкия живот“... „Природата дава на Прометей безценни богатства“...

Докато надничаше през стъклото, Лангдън прошепна:

– Очите на смъртта.

За първи път бе влязъл в Lo Studiolo по време на обиколка по тайните проходи на палата преди няколко години и бе поразен, когато научи за десетките тайни врати, стълбища и тунели в сградата, включително и за няколкото скрити зад картини.

Но не тайните проходи бяха пробудили в този миг интереса на Лангдън. Беше си спомнил за едно дръзко произведение на съвременното изкуство, което веднъж бе изложено тук. „За Божията любов“, противоречива творба на Деймиън Хърст, която предизвика голям скандал, когато бе показана в прочутото студио на Вазари.

Отливка на човешки череп в реални размери от чиста платина, чиято повърхност бе изцяло покрита с над осем хиляди искрящи вградени диаманти. Ефектът бе поразителен. Празните очни орбити на черепа искряха от светлина и живот и създаваха притеснителен контраст между противоположни символи – на живота и смъртта... на красотата и ужаса. Макар диамантеният череп на Хърст отдавна да не беше в студиото, споменът на Лангдън го наведе на една идея.

„Очите на смъртта – помисли си той. – Черепът отговаря на това описание, нали?“

Черепите бяха често срещан мотив в Дантевия „Ад“. Най-известно бе жестокото наказание на граф Уголино, наказан да гризе вечно черепа на зъл архиепископ.

„Череп ли търсим?“

Почти всички картини в студиото бяха закачени на скрити панти и когато се вдигнеха, под тях се показваха тайни шкафове, в които графът бе държал най-различни неща, представлявали ценност за него: редки минерали, красиви пера, фосили и дори според мълвата – кост от крака на монах, инкрустирана със сребро.

За нещастие Лангдън подозираше, че всички вещи от шкафовете са извадени отдавна, а не бе чувал тук да е излаган друг череп освен онзи на Хърст.

Мислите му бяха прекъснати от трясване на врата в другия край на залата.

– Signore! – извика гневен глас. – Il salone non e aperto!*

Лангдън се обърна и видя една служителка да крачи решително към тях. Беше дребничка, с къса кестенява коса. Освен това беше в напреднала бременност. Вървеше ядосано, тупаше с пръст по часовника си и викаше, че залата не била отворена. Но щом се приближи, погледна Лангдън и се закова на място, после възкликна засрамено:

– Професор Лангдън! Извинете! Не знаех, че сте тук. Добре дошли!

Лангдън замръзна.

Беше съвсем сигурен, че никога не е виждал тази жена.

* Господине! Залата не е отворена! (ит.) – Б. пр.

37.

– Не ви познах, професоре! – каза жената. – Заради дрехите е. – Усмихна се и кимна одобрително към елегантния костюм на Лангдън. – Много сте модерен. Почти приличате на италианец.

Лангдън усети как устата му пресъхна, но успя да се усмихне любезно на жената.

– Добро... утро. Как сте?

Тя се засмя и се хвана за корема.

– Изтощена. Малката Каталина рита цяла нощ. – Жената огледа залата, изглеждаше озадачена. – Il Duomino не спомена, че ще идвате днес. Предполагам, че сте заедно?

Il Duomino? Лангдън нямаше представа за какво му говори. Жената очевидно забеляза объркването му и се засмя окуражително.

– Няма нищо, всички във Флоренция го наричат с прякора му. Той няма нищо против. – Тя пак се огледа. – Той ли ви пусна?

– Той ни пусна – каза Сиена, която се приближи до тях. – Но имаше среща за закуска. Каза, че няма да имате нищо против да поогледаме. – И ѝ подаде ръка. – Аз съм Сиена, сестрата на Робърт.

Жената се здрависа малко прекалено официално.

– Аз съм Марта Алварес. Ама че сте късметлийка: да имате професор за личен гид.

– Да – отвърна Сиена с мила усмивка. – Много е умен!

Настъпи неловко мълчание. Жената оглеждаше Сиена. После каза:

– Странно. Не виждам никаква прилика между вас. Може би само в ръста.

Лангдън предусети предстоящата катастрофа. Сега или никога.

– Марта – почна с надеждата, че е чул правилно името ѝ. – Извинявай, че те притеснявам, но... ами... Предполагам, че се досещаш защо съм тук.

– Всъщност не – отвърна тя и присви очи. – И животът ми да зависи от това, не бих могла да си представя защо сте тук.

Пулсът на Лангдън се учести и в последвалата неловка тишина той осъзна, че рискът му е на път да завърши с пълен неуспех. Но изведнъж Марта се усмихна широко и се засмя.

– Шегувам се, професоре! Разбира се, че се досещам защо сте се върнали. Честно казано, не знам защо я намирате за толкова невероятна, но след като с il Duomino снощи прекарахте цял час там горе, сигурно сте дошли, за да покажете и на сестра си?

– Точно така... – успя да каже той. – Много искам да я покажа на Сиена... стига да не е неудобно.

Марта вдигна поглед към балкона на втория етаж и сви рамене.

– Няма проблем. Тъкмо съм тръгнала натам.

Лангдън погледна към балкона на втория етаж в дъното на залата. „Бил съм там снощи?" Нищо не помнеше. Знаеше, че балконът е на една и съща височина с думите cerca trova и че също така е вход към музея на палата, който посещаваше винаги, когато идваше тук.

Марта тъкмо се канеше да ги поведе през залата, но изведнъж спря, сякаш си бе променила решението.

– Всъщност, професоре, сигурен ли сте, че не бихте искали да покажете на прекрасната си сестра нещо не чак толкова мрачно?

Лангдън нямаше представа как да отговори.

– Нещо мрачно ли ще гледаме? – попита Сиена. – Какво е то? Той не ми е казал нищо.

Марта се усмихна хитро и погледна Лангдън.

– Професоре, искате ли аз да кажа на сестра ви, или предпочитате да го направите сам?

Лангдън за малко да подскочи пред този предоставен му шанс.

– Моля те, Марта, кажи ѝ ти.

Марта се обърна към Сиена и заговори много бавно:

– Не знам какво ви е казал брат ви, но сега ще се качим в музея, за да разгледаме една маска.

Очите на Сиена се разшириха.

– Каква маска? Да не е някоя от онези грозни маски на чумата, които носят на карнавала?

– Добро предположение – каза Марта, – но не, не е маска на чумата. Съвсем различна е.

Лангдън изсумтя и Марта му се намръщи – очевидно си помисли, че преиграва в опит да сплаши сестра си.

– Не слушайте брат си. Посмъртните маски са обичайни за онова време. Това е просто гипсова отливка на лицето, направена малко след като човекът е починал.

Посмъртна маска. Лангдън усети съзнанието му да се прояснява за първи път, откакто се бе събудил във Флоренция. Дантевият „Ад“... cerca trova... През очите на смъртта. Маската!

– И чие е лицето, по което е отлята маската?

Лангдън сложи ръка на рамото на Сиена и отвърна възможно най-спокойно:

– На най-прочутия италиански поет. Данте Алигиери.

38.

Средиземноморското слънце грееше ярко. Ректора се чувстваше уморен. Изпи втория си скоч и се взря с празен поглед през прозореца.

Новините от Флоренция не бяха добри.

Може би защото опитваше алкохол за първи път от много време, се чувстваше странно объркан и омаломощен... сякаш корабът му бе останал без двигател и се носеше безцелно по вълните.

Това усещане не беше познато на Ректора. В неговия свят винаги съществуваше надежден компас – протоколът – и той винаги успяваше да му покаже пътя. Именно протоколът му даваше възможност да взима трудни решения, без след това да съжалява за тях.

Протоколът изискваше да изостави Вайента и Ректора го направи, без да се поколебае. „Ще се разправям с нея, когато тази криза отмине".

Протоколът изискваше Ректора да знае възможно най-малко за клиентите си. Бе решил отдавна, че Консорциумът няма морално задължение да ги съди.

Достави услугата.

Довери се на клиента.

Не задавай въпроси.

Като директорите на много други компании, Ректора просто предлагаше услуги с презумпцията, че те са в рамките на закона. В края на краищата „Волво" не носеше отговорност, че домакините карат с превишена скорост около училищата, както и „Дел" не носеше отговорност, ако някой използва техен компютър, за да хакне банкова сметка.

Сега, когато всичко започваше да се разплита, Ректора тихо псуваше доверения човек, който бе предложил този клиент на Консорциума.

– Никакви усилия и лесни пари – беше го уверил той. – Човекът е великолепен, звезда в своята област и абсурдно богат. Просто има нужда да изчезне за година или две. Иска да спечели малко време, за да работи по важен проект.

Ректора се бе съгласил, без много да се замисли. Дългосрочните релокации винаги се оказваха лесни пари, а и той вярваше на инстинктите на своя доверен човек.

Както и очакваше, работата наистина донесе бърза печалба.

До миналата седмица.

Сега, след хаоса, предизвикан от този човек, Ректора крачеше в кръг около бутилката уиски и броеше дните до мига, когато задълженията му към този клиент щяха да приключат.

Телефонът иззвъня. Търсеше го Ноултън, един от най-добрите му посредници. Обаждаше се от долния етаж.

– Да – каза Ректора.

– Сър – започна Ноултън и в гласа му се прокрадна безпокойство. – Не ми е приятно, че ви притеснявам, но както може би знаете, имаме задачата да пуснем видеоматериал на медиите утре.

– Да – отвърна Ректора. – Готов ли е?

– Готов е, но си мислех, че може би ще искате да го видите, преди да го качим.

Ректора помълча, озадачен от думите му.

– Някъде във видеото споменава ли се за нас? Или пък името ни да е компрометирано в него по някакъв начин?

– Не, сър, но съдържанието е доста притеснително. Клиентът се появява на екрана и казва...

– Спри – нареди му Ректора, ужасен, че старши посредник може да си позволи да предложи такова безпардонно нарушение на протокола. – Съдържанието няма никакво значение. Каквото и да се казва в него, видеото така или иначе е щяло да бъде пуснато с нас или без нас. Клиентът би могъл да го разпространи електронно, но е наел нас. Платил ни е. Доверил ни се е.

– Да, сър.

– Не ти се плаща, за да бъдеш филмов критик – сгълча го Ректора. – Плаща ти се, за да удържаш обещанията си. Свърши си работата.

Вайента продължаваше да чака на Понте Векио. Очите ѝ сканираха стотиците лица на моста. Внимаваше и бе сигурна, че Лангдън все още не е минал покрай нея, но хеликоптерчето не се чуваше – вероятно повече не бе необходимо за издирване.

Брюдер сигурно бе заловил Лангдън.

Тя неохотно се замисли за неприятната перспектива да бъде разследвана от Консорциума. Или да ѝ се случи нещо още по-лошо.

Представи си отново двамата агенти, от които се бяха отказали – ни вест, ни кост от тях. Просто са се преместили на друга работа, убеждаваше се сама. Въпреки това се усети как обмисля дали да не подкара мотоциклета през тосканските хълмове, да изчезне и да приложи уменията си в нов живот.

Но колко дълго можеше да се крие от Консорциума?

Множество техни мишени бяха научили от първа ръка, че когато Консорциумът те вземе на мушка, личното ти пространство се превръща в илюзия. Беше само въпрос на време.

„Наистина ли кариерата ми ще свърши по този начин?“ – зачуди се тя. Все още не бе в състояние да приеме, че дванайсетте години работа за Консорциума ще бъдат заличени от серия нещастни обстоятелства. Цяла година се грижеше старателно за нуждите на зеленоокия клиент на Консорциума. „Нямам вина, че той реши да се самоубие... и въпреки това, изглежда, повлече и мен със себе си“.

Единственият ѝ шанс да изкупи вината си бе да надхитри Брюдер... но от самото начало знаеше, че вероятността за това е твърде малка.

„Снощи получих своята възможност и се провалих“.

Тръгна към мотоциклета си и изведнъж чу познатото пронизително бръмчене.

Разузнавателният хеликоптер току-що се бе издигнал отново над двореца Пити и летеше в отчаяни кръгове над него.

Пускането му можеше да означава само едно.

Все още не бяха заловили Лангдън!

Къде, по дяволите, беше той?

Пронизителното бръмчене отново извади доктор Елизабет Сински от транса ѝ. „Още ги търсят? Мислех, че...“

Все същият млад агент седеше до нея. Тя затвори отново очи, бореше се с болката и гаденето.

„Времето изтича“.

Въпреки че врагът ѝ се бе самоубил, силуетът му все още се появяваше в кошмарите ѝ: четеше ѝ лекция в мрачната стая на Съвета по международни отношения.

„Задължително е някой да предприеме решителни действия – беше ѝ заявил с блясък в зелените си очи. – Кой, ако не ние? Кога, ако не сега?“

Елизабет знаеше, че трябваше да го спре още тогава, докато още имаше възможност. Никога нямаше да забрави как изскочи от тази среща и как кипеше от гняв на задната седалка на лимузината, докато пътуваше през Манхатън към летище „Кенеди“. Нямаше търпение да разбере кой, по дяволите, е този маниак, така че извади мобилния си телефон и погледна снимката, която му бе направила.

И ахна. Много добре знаеше кой е този човек. Добрата новина бе, че беше много лесен за откриване. А лошата – че бе гений в своята област и ако решеше, можеше да е много опасен.

„Няма нищо по-креативно... и по-разрушително... от великолепен ум с цел“.

Докато стигне до летището, вече се бе обадила на екипа си и бе включила този човек в черния списък с биотерористите на всяка организация по света – ЦРУ, Центъра по контрол на болестите на САЩ, Европейския център за контрол и превенция на болестите и всичките им сродни структури на планетата.

„Това е всичко, което мога да направя, докато се върна в Женева“.

Изтощена, тя помъкна малката си чанта с багаж към гишето за чекиране и подаде на служителката на авиокомпанията паспорта и билета си.

– О, доктор Сински – каза служителката с усмивка. – Един много приятен господин току-що остави съобщение за вас.

– Моля? – Елизабет не познаваше човек, който да има достъп до данните на полета ѝ.

– Беше доста висок – отвърна служителката. – Със зелени очи.

Елизабет буквално изпусна чантата си. „Той е тук? Но как?!" Обърна се и огледа лицата зад себе си.

– Той вече си тръгна – каза служителката. – Но помоли да ви предадем това. – И подаде на Елизабет сгънат лист.

Елизабет го разтвори с треперещи ръце и прочете написаната на ръка бележка.

Беше известен цитат от Данте Алигиери.

Най-мрачните места в ада
са запазени за онези,
които остават безразлични
във време на духовна криза.*

---

* Всъщност това са думи на президента на САЩ Джон Ф. Кенеди, произнесени през юни 1963 г. в Бон. Той цитира погрешно Данте. Поетът поставя неутралните в преддверието на ада, а последният кръг е за предателите. Но цитатът става известен, след като Кенеди го произнася публично, и оттогава повечето американци си мислят, че е на Данте. – Б. пр.

39.

Марта Алварес погледна уморено стръмната стълба, която водеше от Залата на Петстотинте до музея на втория етаж. „Posso farcela“, каза си тя. „Мога да го направя“.

Като специалист по изкуство и култура в Палацо Векио, Марта бе изкачвала тези стълби безброй пъти, но напоследък, откакто бе влязла в деветия месец, изкачването ѝ костваше много усилия.

– Марта, сигурна ли си, че не искаш да вземем асансьора? – Робърт Лангдън посочи малкия асансьор, който бе инсталиран заради посетителите с увреждания.

Марта се усмихна и поклати глава.

– Както ви казах и снощи, лекарят твърди, че физическите упражнения са полезни за бебето. Освен това, професоре, знам, че страдате от клаустрофобия.

Лангдън изглеждаше странно стреснат от този коментар.

– О, вярно. Забравих да го спомена.

„Забравил да го спомене? – зачуди се Марта. – Само преди по-малко от дванайсет часа обсъждахме надълго и нашироко инцидента от детството му, довел до този страх“.

Предната вечер, докато изключително дебелият il Duomino се качваше с асансьора, Лангдън бе придружил Марта по стълбите. По пътя ѝ сподели с най-големи подробности как като момче паднал в един кладенец и оттогава имал влудяващ страх от затворени пространства.

Сестрата на професора затича нагоре с развята опашка, а Лангдън и Марта се заизкачваха бавно и методично, като спираха на няколко пъти, за да може тя да си поеме дъх.

– Изненадана съм, че искате отново да видите маската – каза Марта. – Тя едва ли е най-интересната забележителност във Флоренция.

Лангдън небрежно сви рамене.

– Върнах се главно за да я покажа на Сиена. Между другото, благодаря, че ни пускаш отново.

– Няма защо.

Репутацията на Лангдън би се оказала достатъчна, за да убеди Марта да му отвори галерията предната вечер, но фактът, че бе придружаван и от il Duomino, я накара да отвори веднага.

Игнацио Бузони – човекът, когото наричаха il Duomino – беше знаменитост в културния живот на Флоренция. Беше дългогодишен директор на Museo dell'Opera del Duomo* и наглеждаше най-значимата историческа забележителност на Флоренция – Il Duomo – огромната катедрала с червен купол, която доминираше както в пейзажа, така и в историята на града. Страстта му към тази сграда, телесното му тегло от близо двеста килограма и вечно зачервеното му лице му бяха спечелили добронамерения прякор il Duomino – Малката катедрала.

Марта нямаше представа как Лангдън се е запознал с il Duomino, но директорът на музея ѝ се бе обадил и бе казал, че иска да доведе гост, с когото да разгледат насаме посмъртната маска на Данте. И когато загадъчният гост се оказа известният специалист по семантика и история на изкуството Робърт Лангдън, Марта се развълнува, че има възможност да заведе тези двама прочути мъже в галерията на палата.

Най-после изкачиха стълбите и Марта сложи ръце на кръста си и задиша тежко. Сиена вече бе до парапета на балкона и надничаше надолу към Залата на Петстотинте.

– Любимата ми гледка към залата – каза задъхана Марта. – Оттук стенописите се виждат от съвсем различна перспектива.

* Музеят на произведенията от катедралата съдържа много от оригиналните творби, създадени за базиликата Санта Мария дел Фиоре, катедралата (Duomo) на Флоренция. – Б. пр.

Предполагам, че брат ви ви е казал за тайнственото послание, скрито в тази фреска? – И посочи.

Сиена кимна ентусиазирано.

– Cerca trova.

Лангдън погледна към залата, а през това време Марта го наблюдаваше. Под светлината на таванските прозорци нямаше как да не забележи, че Лангдън не изглежда така ослепително както предната вечер. Харесваше новия му костюм, но професорът не се беше обръснал и лицето му бе бледо и уморено. Освен това предната вечер косата му бе гъста и бухнала, а тази сутрин бе сплескана, сякаш още не си бе взел душ.

Марта се обърна към стенописа, преди той да се усети, че го гледа.

– Сега сме почти на височината на cerca trova. Можете да видите думите с просто око.

Сестрата на Лангдън като че ли бе безразлична към стенописа.

– Разкажете ми за посмъртната маска на Данте. Защо се намира в Палацо Векио?

„Какъвто братът, такава и сестрата", помисли Марта и простена наум, все още объркана защо тази маска им е толкова интересна. Но пък тя имаше много странна история, особено напоследък, и Лангдън не бе първият, който демонстрираше такова вманиачаване в нея.

– Е, вие ми кажете какво знаете за Данте?

Хубавата млада блондинка сви рамене.

– Каквото всички учим в училище. Данте е италиански поет, най-известен със своята „Божествена комедия", която описва въображаемото му пътуване през ада.

– Отчасти сте права – отвърна Марта. – В поемата Данте успява да излезе от ада и продължава през чистилището, а накрая пристига в рая. Ако някога прочетете „Божествена комедия", ще видите, че пътешествието му е разделено на три части – „Ад", „Чистилище" и „Рай". – Марта им направи знак да я последват към входа на музея. – Причината маската да се намира в Палацо Векио няма нищо общо с „Божествена комедия", а с истинската история. Данте е живял във Флоренция и е обичал този град повече от който и да било друг. Бил е много изтъкнат и влиятелен флорентинец, но при смяна на политическата власт подкрепя губещата страна и затова е бил прогонен в изгнание – изхвърлили го извън градските стени и му казали никога да се връща.

Когато наближиха входа на музея, Марта млъкна, за да си поеме дъх. Пак сложи ръце на кръста си и се наведе, но продължи да говори:

– Някои твърдят, че изгнанието на Данте е причината, поради която маската изглежда толкова тъжна, но аз имам друга хипотеза. Аз съм малко по-романтична и мисля, че тъжната физиономия има нещо общо с Беатриче. Виждате ли, Данте през целия си живот е бил отчаяно влюбен в Беатриче Портинари. Но за жалост тя се омъжила за друг, което означавало, че на Данте му се наложило не само да живее далеч от любимата си Флоренция, но и от жената, в която бил дълбоко влюбен. Обичта му към Беатриче се превръща в централна тема на „Божествена комедия".

– Интересно – каза Сиена с тон, който предполагаше, че изобщо не я е слушала. – Но така и не разбрах защо посмъртната му маска се пази тук?

Настойчивостта ѝ се стори Марта необичайна, дори на границата с невъзпитаното.

– Ами – продължи тя, като закрачи отново, – когато Данте умрял, все още му било забранено да стъпва във Флоренция и затова бил погребан в Равена. Но тъй като любимата му Беатриче била погребана във Флоренция, а и той толкова обичал този град, пренасянето на маската тук било нещо като добронамерена почит.

– Разбирам – каза Сиена. – А защо са избрали именно тази сграда?

– Палацо Векио е най-старият символ на Флоренция, а по времето на Данте е бил сърцето на града. Всъщност в катедралата има една прочута картина, на която е нарисуван Данте, застанал пред крепостната стена, изгонен, а във фона се вижда кулата на палата. Като съхраняваме посмъртната му маска тук, в много отношения ни се струва, че Данте най-накрая е пуснат да се върне у дома.

– Това е много мило – каза Сиена. Най-накрая изглеждаше доволна. – Благодаря.

Марта стигна до вратата на музея и почука три пъти.

– Sono io, Marta! Buongiorno!*

Превъртяха се ключове и вратата се отвори. Възрастният охранител уморено ѝ се усмихна и си погледна часовника.

– E un po' presto – каза с усмивка. „Малко сте подранили".

За да обясни ситуацията, Марта посочи Лангдън и лицето на охранителя грейна.

– Signore! Bentornato! – „Добре дошли отново".

– Grazie – отвърна Лангдън добронамерено, когато охранителят ги покани с жест да влязат.

Минаха през малкото фоайе и охранителят изключи алармената система и след това отключи друга, по-тежка врата. Отвори я, пристъпи вътре и им махна енергично.

– Ecco il museo!**

Марта се усмихна и въведе гостите.

Музеят първоначално бил предвиден за управление на представителствата, което означаваше, че вместо да бъде проектиран като широко отворено пространство, бе разделен на средно големи помещения и коридори, които обикаляха половината сграда.

– Посмъртната маска на Данте е зад ъгъла – каза Марта на Сиена. – Изложена е в тясно пространство, наречено l'andito, което по същество е преход между две големи стаи. Поставена е в древен шкаф до стената и се вижда чак когато се изравниш с нея. Поради тази причина посетителите минават покрай нея, без дори да я забележат.

Лангдън ускори крачка, втренчил поглед право напред, сякаш маската упражняваше някаква странна власт над него. Марта сръчка Сиена и прошепна:

– Очевидно брат ви не се интересува от никой друг експонат, но след като така и така сте дошли, не бива да пропускате бюста на Макиавели, нито глобуса в Залата с картите.

---

* Аз съм, Марта. Добър ден. (ит.) – Б. пр.

** Музеят! (ит.) – Б. пр.

Сиена кимна учтиво и продължи да върви, вперила очи пред себе си. Марта едва успяваше да ги настигне. Когато стигнаха в третата стая, изостана малко и накрая съвсем спря.

– Професоре? – каза задъхано. – Може би... ще поискате да покажете на сестра си... някои от галериите... преди да видите маската?

Лангдън се обърна разсеяно, сякаш се връщаше в настоящето, след като се бе отнесъл надалеч в мислите си.

– Моля?

Останала без дъх, Марта посочи близката витрина.

– Едно от най-ранните... печатни издания на „Божествена комедия"?

Лангдън най-накрая забеляза, че Марта си бърше челото и се опитва да си поеме дъх, и се засрами.

– Марта, прости ми! Разбира се, да, би било чудесно да го погледна.

Върна се и остави Марта да им обясни какво има в старинната витрина. Вътре се виждаше силно износена подвързана с кожа книга, отворена на титулната страница, на която пишеше: La Divina Commedia: Dante Alighieri.

– Невероятно – каза Лангдън изненадо. – Познавам тази титулна страница. Не знаех, че имате един от оригиналите на изданието на Нюмайстер.

„Разбира се, че знаеш – помисли си озадачено Марта. – Показах ти го снощи!"

– В средата на петнайсети век – побърза да обясни на Сиена Лангдън – Йохан Нюмайстер издава първото печатно издание на тази творба. Отпечатани са няколкостотин бройки, но са оцелели само десетина. Много са редки.

На Марта вече ѝ се струваше, че Лангдън досега се бе правил на тъп, за да може да се изфука пред сестра си. Много неподходяща нескромност за професор, който имаше репутацията, че притежава академична смиреност.

– Това копие е взето назаем от библиотека Лауренциана – обясни Марта. – Ако с Робърт не сте ходили там, трябва да го направите. Имат живописно стълбище, проектирано от Микеланджело, което води към първата обществена читалня на света. Книгите са били връзвани с вериги за столовете, за да не може никой да ги изнесе. Разбира се, много от тях са били единствени екземпляри в целия свят.

– Невероятно – каза Сиена и погледна по-навътре в музея. – А маската насам ли е?

„Къде се е разбързала?“ Марта имаше нужда от още една минута, за да успокои дишането си.

– Да, но може би ще ви е интересно да чуете за това. – И тя посочи през нишата към малко стълбище, което изчезваше в тавана. – Стига до платформа, от която можете да видите отгоре прочутия окачен таван на Вазари. Нямам нищо против да ви изчакам тук, ако искате да...

– Моля те, Марта – прекъсна я Сиена. – Много бих искала да видя маската. Малко сме зле с времето.

Марта объркано се взря в красивата млада жена. Никак не ѝ харесваше новата мода напълно непознати хора да си говорят на малки имена. „Аз съм госпожа Алварес – скара ѝ се тя наум. – И ти правя услуга“.

– Добре, Сиена – каза рязко Марта. – Маската е насам.

Реши да не си губи времето да предлага на Лангдън и сестра му образован коментар и ги поведе през виещата се върволица зали към маската. Предната вечер Лангдън и il Duomino бяха прекарали почти половин час в тясното коридорче, за да я разглеждат. Заинтригувана от тяхното любопитство към този предмет, Марта попита дали интересът им не е свързан по някакъв начин с необичайните събития около тази маска през последната година. Лангдън и il Duomino бяха уклончиви и не ѝ дадоха директен отговор.

А сега, докато приближаваха коридорчето, Лангдън започна да обяснява на сестра си простия процес на правене на посмъртни маски. Марта с удовлетворение установи, че описанието му бе напълно точно, за разлика от лъжливото му твърдение, че никога не е виждал рядкото копие на „Божествена комедия“ в музея.

– Малко след настъпването на смъртта – обясни Лангдън – починалият се слага да легне по гръб и лицето му се намазва със зехтин. След това върху него се нанася слой гипс, който покрива всичко – устата, носа, клепачите – от косата до шията. След като се втвърди, гипсът се маха лесно и се използва като калъп, в който се налива нов гипс. Той се втвърдява и се превръща в точно копие на лицето на починалия. Тази практика е особено разпространена за почитане на видни личности и гениални творци – Данте, Шекспир, Волтер, Тасо, Кийтс. Те всички имат посмъртни маски.

– Ето че стигнахме – каза Марта, когато се озоваха до коридорчето, отстъпи настрани и направи знак на сестрата на Лангдън да влезе първа. – Маската е изложена във витрината до стената вляво. Моля, стойте зад заграденията.

– Да, разбира се.

Сиена пристъпи в тесния коридор, приближи се до витрината и надникна в нея. И изведнъж се обърна ужасена към брат си.

Марта бе виждала тази реакция хиляди пъти: посетителите често се дръпваха отвратени след първия поглед към маската – зловещото сбръчкано лице на Данте, гърбавия му нос и затворените очи.

Лангдън пристъпи до Сиена – и се вцепени.

Марта изсумтя. Che esagerato*. Но когато ги последва и погледна шкафа, чак хлъцна. Oh mio Dio!

Очакваше да види познатата маска на мъртвия Данте, но вместо това видя само червената коприна във витрината и празната поставка.

Взря се ужасена в празната витрина и сграбчи едно от стълбчетата на заграждението, за да не падне. А после се обърна и се разкрещя като полудяла:

– La maschera di Dante! La maschera di Dante e sparita!“**

* Това беше прекалено (ит.) – Б. пр.

** Маската на Данте е изчезнала! (ит.) – Б. пр.

40.

Марта Алварес трепереше пред празната витрина. Надяваше се пристягането в корема ѝ да паника, а не родилни болки.

Посмъртната маска на Данте бе изчезнала!

Двамата охранители дотичаха, видяха празния шкаф и се втурнаха да действат. Единият затича към близката стая за видеонаблюдение, за да прегледа записите на камерите, а другият веднага докладва за обира на полицията.

– La polizia arrivera tra venti minuti!* – каза на Марта, щом затвори.

– Двайсет минути?! Става въпрос за кражба на важно произведение на изкуството!

Охранителят обясни, че градската полиция в момента се занимавала с много по-важна криза и търсели свободни хора, които да вземат показания.

– Che cosa potrebbe esserci di piu grave?! – викна тя. „Какво може да е по-сериозно?!“

Лангдън и Сиена се спогледаха тревожно. И нищо чудно. Бяха се отбили да видят набързо маската, а сега ставаха свидетели на последствията от такава голяма кражба. Предната вечер незнайно как някой бе успял да се промъкне в галерията и да открадне посмъртната маска на Данте.

Марта знаеше, че в музея има много по-ценни експонати, затова се опита да погледне нещата от добрата страна. Но все пак това бе първата кражба в историята на това място. „Та аз дори не знам какъв е протоколът!“

---

* Полицията пристига след двайсет минути! (ит.) – Б. пр.

Двамата охранители изглеждаха напълно озадачени, докато ѝ преразказваха точно действията си и събитията от предната вечер. Около десет Марта бе влязла с il Duomino и Лангдън. Малко след това тримата бяха излезли заедно. Охранителите бяха заключили отново вратите, бяха включили алармите и доколкото им бе известно, никой не бе нито влизал, нито излизал от галерията след това.

– Невъзможно! – отсече Марта. – Маската беше във витрината, когато си тръгнахме снощи, значи очевидно някой е влизал в галерията след това!

Пазачите разпериха ръце. Бяха напълно объркани.

– Noi non abbiamo visto nessuno!*

Марта тръгна толкова бързо, колкото ѝ позволяваше бременното ѝ тяло, към контролната зала на охраната. Лангдън и Сиена нервно я последваха.

„Охранителните записи – помисли Марта. – Те ще ни покажат кой е влизал тук нощес!"

На три пресечки от музея, на Понте Векио, Вайента се скри в сенките, когато видя двама полицаи да вървят през тълпата и да показват на хората снимка на Лангдън. Когато я наближиха, радиостанцията на единия изпука – рутинно съобщение на диспечера към всички. Посланието беше кратко и на италиански, но Вайента схвана основното: всеки свободен полицай в района на Палацо Векио да се обади, за да отиде да вземе показания в музея на палата.

Двамата служители на реда дори не трепнаха, но Вайента наостри уши.

Музеят на Палацо Векио?

Провалът от предната вечер – фиаското, което бе на път да унищожи кариерата ѝ – се бе случил по улиците край Палацо Векио.

Полицейският бюлетин продължи на италиански и с много пукане по линията, което правеше думите почти неразбираеми, освен две, които се откроиха ясно: Данте Алигиери.

* Не сме виждали никого! (ит.) – Б. пр.

Тя се напрегна. Данте Алигиери?! Със сигурност това не беше съвпадение. Обърна се към Палацо Векио и погледна назъбената кула, която стърчеше над околните сгради.

Какво се бе случило в музея? И кога?

Вайента бе правила анализи на терен достатъчно дълго, за да знае, че съвпаденията са много по-редки, отколкото си мислят повечето хора. Музеят на Палацо Векио... и Данте? Това трябваше да е свързано с Лангдън.

От самото начало подозираше, че Лангдън ще се върне в стария град. Изглеждаше напълно логично – бе ходил точно там предната вечер, когато всичко започна да се обърква.

А сега, след като бе настъпило по-мъдрото утро, тя се зачуди дали Лангдън по някакъв начин не е успял да се добере до района около Палацо Векио, за да открие това, което търсеше – каквото и да бе то. Беше сигурна, че не е влязъл в стария град по моста. Имаше и други, но те бяха прекалено далече, за да се стигне до тях пеша от парка Боболи.

Забеляза екип от четирима мъже, които претърсваха реката под моста. На лодката им пишеше SOCIETA CANOTTIERI FIRENZE – Клуб по гребане на Флоренция. Ярките червено-бели гребла се вдигаха и спускаха в идеален синхрон.

Дали Лангдън не бе преплувал реката с лодка? Изглеждаше твърде невероятно. Но нещо ѝ подсказваше, че съобщението за Палацо Векио е следа, на която би трябвало да обърне внимание.

– Всички да извадят фотоапаратите, per favore! – извика някаква жена на английски.

Вайента се обърна и видя една екскурзоводка да размахва голям пухкав оранжев пискюл, закачен на пръчка, в опит да преведе групата си туристи през Понте Векио.

– Над вас се намира най-големият шедьовър на Вазари! – продължи екскурзоводката с отработен ентусиазъм, вдигна пискюла по-високо и насочи погледите на всички нагоре.

Вайента не го бе забелязала досега, но по всичко личеше, че над магазините има и втори етаж.

– Коридорът Вазари – обяви екскурзоводката. – Дълъг е почти километър и е служил на Медичите като топла връзка между двореца Пити и Палацо Векио.

Вайента присви очи към коридора. Беше чувала за него, но знаеше много малко.

„Значи води до Палацо Векио?“

– Само малцина с много високопоставени връзки – продължи екскурзоводката – могат да влизат в коридора дори днес. В него има великолепна картинна галерия, която се простира по целия път от Палацо Векио до североизточния ъгъл на парка Боболи.

Вайента не доизслуша екскурзоводката.

Вече се бе втурнала към мотоциклета си.

41.

Когато двамата със Сиена влязоха в малката контролна зала заедно с Марта и двамата охранители, шевовете на главата на Лангдън отново бяха започнали да пулсират.

Претъпканата стаичка бе преобразувана гардеробна с множество бръмчащи харддискове и монитори. Бе задушно и миришеше на застоял цигарен дим.

На Лангдън му се стори, че стените се стоварват върху него.

Марта седна пред монитора, на който вече бе пуснат черно-бял видеозапис от коридорчето, сниман от камера над вратата. Таймкодът показваше, че записът е от късната сутрин на предния ден – точно отпреди 24 часа – очевидно точно преди музеят да отвори и много преди пристигането на Лангдън и загадъчния il Duomino вечерта.

Охранителят превъртя видеото напред. Лангдън гледаше как потокът туристи преминава през коридорчето със забързани резки движения. Самата маска не се виждаше от тази гледна точка, но очевидно все още си беше на мястото, понеже посетителите спираха набързо, за да я погледнат и снимат, преди да отминат.

„Моля те, по-бързо“, помисли си Лангдън. Знаеше, че полицаите вече идват. Зачуди се дали не е по-добре със Сиена просто да се извинят и да бягат. Само че трябваше да изгледат това видео: каквото и да имаше на него, щеше да им даде отговори на много въпроси за целия този ад, който се бе изсипал на главите им.

Записът продължи да се превърта вече по-бързо и в залата се появиха следобедните сенки. Туристите влизаха и излизаха, после множеството започна да оредява и след това напълно изчезна.

Когато таймкодът подмина 17:00 часа, светлините в музея угаснаха и всичко утихна.

Пет следобед. Тогава затваряха.

– Aumenti la velocita* – нареди Марта, наведе се напред и се взря в екрана. Охранителят пусна записа по-бързо... и изведнъж някъде около 10 вечерта светлините в музея отново грейнаха.

Охранителят върна видеото на нормална скорост.

Миг по-късно се появи Марта Алварес. Следваше я Лангдън, с обичайното си сако от туид, изгладени спортни бежови панталони и мокасини. Дори часовникът му с Мики Маус проблясваше на ръката му изпод ръкава.

„Ето ме... преди да ме прострелят“.

Беше наистина притеснително да се гледа как прави неща, за които няма абсолютно никакъв спомен. „Бил съм тук... и съм видял посмъртната маска?“ Между онзи и този момент бе успял някак си да си загуби дрехите и часовника, както и дълги часове от живота си.

Записът продължаваше да се върти и двамата със Сиена се приближиха плътно зад Марта и охранителите, за да виждат по-добре. На видеото без звук се виждаше как Лангдън и Марта се доближават до витрината и се любуват на маската. Пред това време огромна сянка затъмни входа зад тях и в рамката ѝ се появи изключително дебел мъж, облечен с костюм. Носеше куфарче и едва мина през вратата. В сравнение с огромния му корем дори бременната Марта изглеждаше слабичка.

Лангдън го позна веднага. Игнацио.

– Това е Игнацио Бузони – прошепна той в ухото на Сиена. – Директорът на музея на катедралата. Познаваме се от няколко години. Но никога не съм чувал да му казват il Duomino.

– Подходящ прякор – отвърна тихо Сиена.

Преди години Лангдън бе консултирал Игнацио за произведения на изкуството и исторически факти, свързани с базиликата, за която той отговаряше, но посещението в Палацо Векио изгле-

* Увеличете скоростта (ит.) – Б. пр.

ждаше извън задълженията на директора на музея. Но пък освен че беше влиятелна фигура във флорентинските изкуствоведски кръгове, Игнацио Бузони бе почитател на Данте и го изучаваше обстойно.

Логичен източник на информация относно посмъртната маска на поета.

Лангдън отново се съсредоточи върху записа, на който сега се виждаше Марта: чакаше търпеливо до стената в дъното на коридорчето, докато двамата с Игнацио се бяха навели през заграждениятa, за да видят маската възможно най-отблизо. Разглеждаха я и разговаряха, минутите си течаха, а Марта дискретно си поглеждаше часовника зад гърбовете им.

На Лангдън му се искаше охранителният запис да има и звук. „За какво си говорим с Игнацио? Какво търсим?"

И тогава на екрана се видя как Лангдън прекрачва заграждението и се навежда над витрината. Лицето му бе само на сантиметри от стъклото. Марта веднага се намеси и очевидно му се скара, а Лангдън се извини и отстъпи назад.

– Извинявайте, че бях толкова строга – каза Марта и хвърли поглед през рамо към него. – Но както ви казах, витрината е старинна и изключително крехка. Собственикът на маската настоява да не пускаме хората да преминават заграждениятa. Позволява само на нашите служители да отварят шкафа в негово отсъствие.

Трябваше му малко време, за да осъзнае какво му казва. Собственикът на маската? Беше си мислил, че е собственост на музея.

Сиена изглеждаше също толкова изненадана.

– Значи маската не е на музея?

Марта поклати глава, без да откъсва очи от екрана.

– Богат спонсор предложи да я откупи от колекцията ни, но да я остави като постоянен експонат тук. Предложи цяло състояние и ние приехме.

– Почакай – каза Сиена. – Платил е за маската... и ви е позволил да я запазите?

– Често срещано споразумение – обясни ѝ Лангдън. – Филантропска покупка, начин спонсорите да предоставят големи помощи на музеите, без да ги регистрират като благотворителност.

– Този спонсор беше необикновен човек – каза Марта. – Гениален изследовател на Данте и в същото време малко... как да кажа... fanatico?

– Кой е той? – попита Сиена и в небрежния ѝ тон се прокрадна настойчивост.

– Кой ли? – Марта все така се взираше в екрана. – Може би наскоро сте прочели за него във вестниците. Швейцарският милиардер Бертран Зорбист.

Лангдън не се сети веднага, но Сиена го сграбчи за ръката и го стисна здраво, все едно бе видяла призрак.

– О, да... – Лицето ѝ бе бледо като платно. – Бертран Зорбист. Прочутият биохимик. Направил е цяло състояние от биологически патенти на младини. – Млъкна и преглътна с мъка. Наведе се и прошепна на Лангдън: – Зорбист в общи линии е откривателят на зародишната манипулация.

Лангдън нямаше представа какво е зародишна манипулация, но му звучеше зловещо, особено в светлината на последния порой образи, свързани с болести и смърт. Зачуди се дали Сиена знае толкова много за Зорбист защото е начетена в областта на медицината... или може би защото и двамата са били деца чудо. Дали гениите следяха работата на другите гении?

– За първи път чух за Зорбист преди няколко години – обясни Сиена, – когато той направи няколко много провокативни изказвания в медиите за нарастването на населението. – Млъкна и се намръщи. – Зорбист е почитател на Уравнението на апокалипсиса.

– Моля!?

– По същество това е математическо доказателство, че световното население нараства, хората живеят по-дълго и природните ресурси се изчерпват. Това уравнение предсказва, че тази тенденция няма никакъв друг изход освен апокалиптичен срив на обществото. Зорбист неведнъж е заявявал публично, че човешката раса няма да оцелее и още дори един век... освен ако не се случи нещо, което да доведе до масово изтребление. – Въздъхна тежко и погледна Лангдън. – Всъщност Зорбист казва, че „най-хубавото нещо, което се е случвало на Европа, е чумната епидемия".

Лангдън я гледаше смаяно. Настръхна, когато маската на чумата отново се появи в съзнанието му. Цяла сутрин се опитваше да се съпротивлява на идеята, че настоящата дилема има връзка със смъртоносната болест... но му ставаше все по-трудно да я отхвърли.

Беше отвратително, че Бертран Зорбист описваше чумната епидемия като най-хубавото нещо, случвало се някога на Европа, но пък много историци бяха описали дългосрочните ползи от масовата смърт на Стария континент през четиринайсети век. Преди чумната епидемия Средновековието страдало от пренаселеност, глад и икономически трудности. Внезапното пристигане на Черната смърт, колкото и да било ужасяващо, на практика „прочистило човешкото стадо", дало изобилие от храна и възможности, които според много историци били основен катализатор на Ренесанса.

Докато Лангдън си представяше символа за биологична опасност на тубуса, в който бе променената карта на Дантевия ад, му хрумна смразяваща мисъл: странният малък проектор все пак бе направен от някого... и Бертран Зорбист, биохимик и фанатик на тема Данте, изглеждаше логичен кандидат.

Бащата на зародишната манипулация. Лангдън усети как парчетата от пъзела започват да се подреждат. За жалост картината, която се появяваше, изглеждаше все по-плашеща.

– Превърти тази част – нареди Марта на охранителя. По гласа ѝ личеше, че няма търпение да преминат през епизода, в който Лангдън и Игнацио Бузони разглеждат маската, за да разбере кой е проникнал в музея и я е откраднал.

Охранителят натисна копчето за превъртане и таймкодът започна бързо да се върти.

Три минути... шест минути... осем минути...

Марта от екрана стоеше зад двамата мъже, пристъпваше от крак на крак и току си поглеждаше часовника.

– Съжалявам, че сме ти отнели толкова време – каза Лангдън.

– Няма нищо – отвърна Марта. – И двамата настоявахте да си вървя, охранителите можеха да ви пуснат да излезете, но на мен ми се струваше, че ще е невъзпитано от моя страна.

Изведнъж Марта изчезна от екрана. Охранителят забави скоростта на видеото.

– А, да – каза тя. – Ходих до тоалетната.

Охранителят кимна и отново се пресегна към копчето за бързо превъртане, но преди да го натисне, Марта го сграбчи за ръката.

– Aspetti!*

И се взря в монитора.

Лангдън също го бе забелязал. Какво, по дяволите...

На екрана се виждаше как Лангдън бърка в джоба на сакото си, вади хирургически ръкавици и си ги слага.

В същото време il Duomino застана зад него и надникна по коридора, по който само преди секунди Марта бе изчезнала, за да отиде до тоалетната. След миг дебелакът кимна на Лангдън, за да му покаже, че всичко е чисто.

„Какво правим, по дяволите!?"

Лангдън гледаше на екрана как облечената му в ръкавица ръка се протяга и докосва вратата на витрината... след това внимателно я отваря... и отдолу се показа посмъртната маска на Данте.

Марта Алварес простена ужасено и закри лицето си с ръце.

Също така ужасен и неспособен да повярва какво се случва, Лангдън се гледаше на екрана как бърка в шкафа, хваща внимателно маската с две ръце и я вдига.

– Dio mi salvi! – възкликна Марта и се обърна към Лангдън. – Cos'ha fatto? Perche?**

Преди Лангдън да успее да отговори, единият охранител извади черна берета и я насочи право в гърдите на професора.

Робърт Лангдън се взря в дулото на пистолета и усети как стените на мъничката стая сякаш се срутват върху него. Марта

* Почакай! (ит.) – Б. пр.

** Боже опази!... Какво правите? Защо? (ит.) – Б. пр.

Алварес го гледаше злобно и невярващо, на лицето ѝ бе изписано разочарование от предателството му. На монитора зад нея се виждаше как Лангдън вдига маската към светлината и я разглежда.

– Взех я само за малко – настоя професорът; молеше се това да е истина. – Игнацио ме увери, че няма да имаш нищо против.

Марта не отговори. Изглеждаше изумена и очевидно се опитваше да си представи защо Лангдън я е излъгал... и как така може да стои спокойно до нея и да я остави да изгледа записа, след като е знаел, че той ще го издаде.

„Нямах представа, че съм отворил витрината!"

– Робърт – прошепна Сиена. – Виж! Ти откри нещо! – Сиена все още бе приковала очи във видеото и се опитваше да намери отговори въпреки бедата, в която бяха изпаднали.

На екрана Лангдън държеше маската високо под светлината и вниманието му очевидно бе привлечено от нещо на задната ѝ част.

За част от секундата маската застана точно пред лицето на професора и мъртвите очи на Данте се изравниха с тези на Лангдън. Той си спомни изречението „Истината се вижда само през очите на смъртта" и потръпна.

Нямаше представа какво е разглеждал на задната страна на маската, но на видеото се виждаше как споделя откритието си с Игнацио и дебелият мъж отскача назад, слага си очилата и поглежда отново... и отново. После заклати енергично глава и закрачи из коридорчето.

Изведнъж двамата вдигнаха очи. Личеше си, че са чули нещо в коридора, най-вероятно връщането на Марта от тоалетната. Лангдън бързо извади от джоба си голяма найлонова торба, сложи посмъртната маска в нея и внимателно я подаде на Игнацио, който я прибра с очевидна неохота в куфарчето си. Лангдън бързо затвори вече празната витрина и двамата бързо тръгнаха по коридора, за да пресрещнат Марта, преди тя открие кражбата.

Вече и двамата охранители бяха насочили пистолетите си към Лангдън.

Марта се олюля, хвана се за масата и викна:

– Не разбирам! Вие с Игнацио Бузони сте откраднали посмъртната маска на Данте!?

– Не! – продължи да настоява Лангдън. Опита се да блъфира. – Имахме разрешение от собственика да я изнесем за през нощта.

– Разрешение от собственика? – попита тя. – От Бертран Зорбист?

– Да! Господин Зорбист се съгласи да ни я предостави за изследване на резките на задната ѝ част! Срещнахме се с него вчера следобед!

Очите на Марта вече бълваха пламъци.

– Професоре, сигурна съм, че вчера следобед не сте се срещнали с Бертран Зорбист.

– Напротив, срещнахме се...

Сиена хвана Лангдън за ръката, за да го спре.

– Робърт... – Усмихна му се тъжно. – Преди шест дни Бертран Зорбист се хвърли от кулата на абатството само на няколко пресечки оттук.

42.

Вайента бе зарязала мотоциклета си от северната страна на Палацо Векио и вървеше пеша по Пиаца дела Синьория. Докато минаваше покрай статуите на Лоджа деи Ланци, нямаше как да не забележи, че всички композиции са различни вариации на една и съща тема: агресивна демонстрация на мъжката доминация над жените.

Отвличането на сабинянките.

Похищението на Поликсена.

Персей с отрязаната глава на Медуза.

„Просто прекрасно“, помисли Вайента и придърпа шапката си по ниско над очите. Продължи напред през сутрешната тълпа към входа на палата, който приемаше първите си туристи за деня. По всичко личеше, че делата в Палацо Векио си текат както обикновено.

Никаква полиция. Поне засега.

Вдигна ципа на якето си догоре, провери дали оръжието ѝ е скрито и влезе. Като следваше табелите към музея, мина през два орнаментирани атриума и след това по широко стълбище се качи на втория етаж.

Превърташе наум съобщението на полицейския диспечер.

Музеят на Палацо Векио... Данте Алигиери.

Нямаше начин Лангдън да не е тук.

Табелите я отведоха в огромна великолепно украсена галерия – Залата на Петстотинте, – където туристите се възхищаваха на колосалните фрески по стените. Вайента нямаше намерение да разглежда произведения на изкуството, така че бързо тръгна към стълбището в отсрещния десен ъгъл.

Докато прекосяваше залата, забеляза група студенти, събрани около една скулптура – смееха се и ръкомахаха.

На табелката пишеше: „Херкулес и Диомед“.

Вайента хвърли един поглед на композицията и изсумтя.

Бяха изобразени двама герои от гръцката митология, и двамата голи, вплетени в схватка. Херкулес държеше Диомед с главата надолу и се готвеше да го хвърли, а пък Диомед здраво стискаше пениса на Херкулес и сякаш му казваше: „Сигурен ли си, че искаш да ме хвърлиш?“

Вайента премигна. Ето това означава да хванеш някого за топките. Отмести очи от странната скулптура и бързо изкачи стълбите към музея. Озова се на висок балкон, който гледаше към залата. Десетина туристи чакаха пред входа.

– Закъсняват с отварянето – каза един дружелюбен турист с камера в ръце.

– Имате ли представа защо? – попита тя.

– Не, но пък докато чакаме, имаме прекрасна гледка! – Мъжът направи с камерата панорама на цялата Зала на Петстотинте отдолу.

Вайента надникна в огромното помещение долу. Там току-що се бе появил един полицай, който, без да обръща никакво внимание на обстановката, вървеше спокойно към стълбището.

„Идва да вземе показания“, предположи Вайента. Спокойната му походка показваше, че това е рутинно повикване и че няма нищо общо с хаотичното претърсване за Лангдън пред Порта Романа.

Ако Лангдън бе тук, защо сградата не гъмжеше от полиция?

Или предположението на Вайента беше неправилно, или местните власти и Брюдер още не бяха събрали две и две.

Щом полицаят се качи по стълбището и тръгна към входа на музея, Вайента небрежно се извърна и се направи, че гледа през един прозорец. Като се имаше предвид, че се бяха отказали от нея, а и като знаеше колко дълга е ръката на Ректора, не смееше да поеме никакви рискове да бъде разпозната.

– Aspetta! – викна някой съвсем наблизо.

Сърцето на Вайента прескочи, когато полицаят спря точно зад нея. В следващия миг тя си даде сметка, че гласът идва от радиостанцията му.

– Attendi i rinforzi*.

Подкрепление? Нещо току-що се бе променило. И тогава видя през прозореца нещо черно, което ставаше все по-голямо. Летеше към Палацо Векио, идваше откъм парка Боболи.

„Хеликоптерът – помисли Вайента. – Брюдер знае. И идва насам".

Служителят на Консорциума Лорънс Ноултън все още се ядосваше на себе си, че се бе обадил на Ректора. Знаеше, че не бива да му предлага да преглежда видеото на клиента преди да го пуснат утре в медиите.

Съдържанието нямаше значение.

Протоколът бе над всичко.

Ноултън все още помнеше мантрата, която се вълпяваше на младите посредници, когато започнат да изпълняват задачи на организацията. „Не питай. Действай".

Сложи неохотно малката червена флашка при задачите за следващия ден, като не спираше да се пита как ли медиите щяха да изтълкуват зловещото послание. Дали изобщо щяха да го излъчат?

Разбира се! Че то бе от Бертран Зорбист.

Зорбист не само бе постигнал зашеметяващ успех в биохимията, но също така вече бе влязъл в новините със самоубийството си миналата седмица. Деветминутното видео щеше да се приеме като послание от гроба: зловещият ужас, който лъхаше от него, щеше да закове хората пред екраните.

Клипът щеше да се разпространи като епидемия само минути след пускането.

---

* Изчакай подкрепление (ит.) – Б. пр.

43.

Марта Алварес излезе от претъпканата стая за видеонабюдение, след като остави Лангдън и невъзпитаната му сестра под дулата на пистолетите на охранителите. Кипеше от гняв. Отиде до един прозорец и погледна надолу към Пиаца дела Синьория. С облекчение забеляза паркираната отпред полицейска кола. Крайно време беше.

Все още не можеше да проумее защо толкова уважаван в професионалните си кръгове човек като Робърт Лангдън така нагло ще я измами, ще се възползва от любезността ѝ и ще открадне безценен експонат.

И Игнацио Бузони му е помогнал?! Направо немислимо!

Решена да даде на Игнацио да се разбере, тя извади мобилния си телефон и набра номера на кабинета му, който се намираше само на няколко преки в Музея на катедралата. Иззвъня само веднъж.

– Uffi cio di Ignazio Busoni* – отговори ѝ познат женски глас.

Марта бе близка със секретарката на Игнацио, но не беше в настроение за приятелски разговори.

– Eugenia, sono Marta. Devo parlare con Ignazio**.

Настъпи странна пауза, след това секретарката избухна в истеричен плач.

– Cosa succede? – попита Марта. „Какво е станало?“

Еуджения през сълзи ѝ каза, че току-що дошла на работа и разбрала, че предната вечер Игнацио е получил масивен инфаркт на

* Кабинетът на Игнацио Бузони (ит.) – Б. пр.

** Еуджения, Марта е. Трябва да говоря с Игнацио (ит.) – Б. пр.

една алея близо до катедралата. Около полунощ повикал линейка, но лекарите не пристигнали навреме.

Игнацио беше мъртъв.

Краката на Марта се подгънаха. Сутринта бе чула по новините, че високопоставен общински служител е починал предната нощ, но и през ум не ѝ мина, че това е Игнацио.

– Eugenia, ascoltami* – настоя Марта, като се мъчеше да запази спокойствие, докато набързо обясняваше какво е видяла току-що на записа от охранителните камери – как Игнацио краде посмъртната маска на Данте заедно с Робърт Лангдън, когото сега охранителите държаха на мушка.

Марта нямаше представа каква реакция очаква от Еуджения, но със сигурност не беше това, което чу.

– Роберто Лангдън? – попита Еуджения. – Sei con Langdon ora?! – „В момента си с Лангдън?"

Еуджения май не бе разбрала правилно. Да, но маската...

– Devo parlare con lui! – почти извика Еуджения. „Трябва да говоря с него!"

Главата на Лангдън продължаваше да пулсира.

Охранителите го държаха на мушка.

Вратата рязко се отвори и се появи Марта.

През отворената врата Лангдън чу заплашителното бръмчене на хеликоптерчето някъде навън в далечината, придружено от воя на наближаващи сирени. Бяха ги открили.

– E arrivata la polizia** – каза Малта на охранителите и прати единия да доведе служителите на реда в музея. Другият остана, с насочен към Лангдън пистолет.

За изненада на професора Марта му подаде телефон.

– Искат да говорят с вас – каза му малко озадачено. – Трябва да излезем, за да има връзка.

Излязоха от задушната стая в галерията, където през прозор-

* Еуджения, чуй ме (ит.) – Б. пр.

** Полицията пристигна (ит.) – Б. пр.

ците се изливаше обилна слънчева светлина и се разкриваше живописна гледка към Пиаца дела Синьория. Въпреки че към него още бе насочено оръжие, Лангдън изпита облекчение, когато излезе от тясното пространство.

Марта го заведе до прозореца и му подаде телефона.

Лангдън го взе с несигурна ръка и го вдигна към ухото си.

– Ало? Робърт Лангдън слуша.

– Синьор – каза женски глас. – Аз съм Еудження Антонучи, секретарката на Игнацио Бузони. Видяхме се снощи, когато дойдохте в кабинета му.

Лангдън не си спомняше нищо.

– Да?

– Много съжалявам, че трябва да ви го кажа, но нощес Игнацио почина от сърдечен удар.

Лангдън стисна здраво телефона. Игнацио Бузони е мъртъв!?

Жената вече плачеше, гласът ѝ бе пълен с тъга.

– Обади ми се, преди умре. Остави съобщение и ми каза непременно да ви го предам. Ще ви го пусна.

Лангдън чу някакво шумолене и след секунди до ушите му долетя запис на тихия задъхан глас на Игнацио Бузони.

– Еуджения – каза задъхано мъжът. От тона му личеше, че го боли. – Моля те, на всяка цена предай това съобщение на Робърт Лангдън. В беда съм. Мисля, че няма да успея да стигна до кабинета си. – Простена и настъпи дълго мълчание. Когато Игнацио заговори отново, гласът му бе по-слаб. – Робърт, надявам се да успееш да избягаш. Мен все още ме преследват... аз съм... не съм добре. Опитвам се да се свържа с лекар, но... – Настъпи нова дълга пауза, сякаш il Duomino събираше последните си капчици енергия. След това продължи: – Робърт, чуй ме внимателно. Това, което търсиш, е скрито на сигурно място. Вратите са отворени за теб, но трябва да побързаш. Рай двайсет и пет. – Млъкна за дълго и след това прошепна: – Божия благословия.

С това съобщението свърши.

Сърцето на Лангдън заби силно; стана му ясно, че току-що е чул последните думи на умиращ. А фактът, че тези думи бяха отправени към него, го разтревожи още повече. Рай двайсет и пет? Вратите са отворени? Замисли се. Какви врати? Единственото, което му се струваше, че е разбрал, бе, че маската е скрита на сигурно място.

Еуджения заговори отново:

– Професоре, разбрахте ли го?

– Част от него, да.

– Мога ли да ви помогна с нещо?

Лангдън помисли известно време, после каза:

– Погрижете се никой друг да не чуе това съобщение.

– Дори и полицията? Един детектив преди малко ми взе показания.

Лангдън се напрегна. Погледна охранителя, който го държеше на мушка, извъртя се рязко към прозореца и зашепна трескаво:

– Еуджения... може да ви прозвучи странно, но заради Игнацио трябва да изтриете съобщението и да не споменавате пред полицията, че сте разговаряли с мен. Ясно ли е? Ситуацията е много сложна и... – Усети в ребрата си дулото на пистолет, обърна се и видя охранителя само на сантиметри от себе си. Той бе протегнал ръка и го подканваше да му даде телефона на Марта.

На телефонната линия настъпи кратко мълчание. После Еуджения каза:

– Господин Лангдън, шефът ми ви имаше доверие... Аз също ви имам доверие.

И затвори.

Лангдън подаде телефона на охранителя и каза на Сиена:

– Игнацио Бузони е мъртъв. Починал е от сърдечен удар снощи, след като си е тръгнал от музея. Маската е на сигурно място. Игнацио я е скрил, преди да умре. И мисля, че ми е оставил послание къде да я намеря. – „Рай“, 25-а песен“.

В очите на Сиена проблесна надежда, но Марта изглеждаше скептична.

– Марта – каза Лангдън. – Мога да намеря маската на Данте, но ще трябва да ни пуснеш. Незабавно.

– Няма начин! Вие откраднахте маската! Полицията идва...

– Синьора Алварес – прекъсна я Сиена. – Mi dispiace, ma non le abbiamo detto la verita.

Лангдън се извърна изненадан към Сиена. Какво прави тя? Беше разбрал думите ѝ. „Госпожо Алварес, съжалявам, но не ви казахме истината“.

Марта изглеждаше също толкова учудена от думите на Сиена, макар шокът ѝ по-скоро да се дължеше на това, че Сиена изведнъж бе проговорила на чист италиански.

– Innanzitutto, non sono la sorella di Robert Langdon – заяви Сиена. „Първо на първо, аз не съм сестра на Робърт Лангдън“.

44.

Марта Алварес направи несигурно стъпка назад, скръсти ръце и се взря в младата руса жена.

– Mi dispiace – продължи Сиена на чист италиански. – Le abbiamo mentito su molte cose. – „Съжалявам. Излъгахме ви за много неща“.

Охранителят погледна объркано Марта, но не отпусна пистолета.

Сиена говореше бързо: разказа на Марта, че работи в болница във Флоренция и че Лангдън постъпил предната вечер с рана от куршум в главата. Обясни, че професорът не си спомня нищо от събитията, който са го довели там, и че е бил точно толкова изненадан от записа от охранителните камери, колкото и самата Марта.

– Покажи ѝ раната си – нареди Сиена на Лангдън.

Марта погледна шевовете под сплъстената коса на професора, ахна и седна на перваза на прозореца.

През последните минути бе разбрала не само че посмъртната маска на Данте е открадната, но и че двамата крадци са уважаван американски професор и довереният ѝ колега от Флоренция, който вече беше мъртъв. Освен това младата Сиена Брукс, която смяташе за глуповатата американска сестра на Робърт Лангдън, се оказа лекар, призна си, че лъже... и го направи на чист италиански.

– Марта – каза Лангдън с дълбок и разбиращ глас. – Знам, че сигурно ти е трудно да повярваш, но аз наистина не си спомням нищо. Нямам представа защо с Игнацио сме взели маската.

Марта позна по очите му, че казва истината.

– Ще ти върна маската – каза той. – Имаш думата ми. Но не мога да го направя, ако не ни пуснеш. Ситуацията е сложна. Трябва да ни пуснеш, и то веднага.

Въпреки че искаше безценната маска да се върне в музея, Марта нямаше никакво намерение да ги пуска. „Къде се бави полицията!?“ Погледна към самотната полицейска кола на Пиаца дела Синьория. Изглеждаше странно, че полицаите още не са стигнали до музея. Чу и странно бръмчене в далечината – звучеше като електрически трион. И се усилваше.

Какво беше това?

Лангдън вече я умоляваше.

– Марта, познаваш Игнацио. Той никога не би взел маската, ако не е имал основателна причина. Трябва да видиш голямата картина. Собственикът на маската, Бертран Зобрист, е бил много объркан човек. Смятаме, че може да е замесен в нещо ужасно. Нямам време да ти обяснявам всичко, но те моля да ни имаш доверие.

Марта само се взираше в него. Не знаеше какво да направи.

– Госпожо Алварес – започна Сиена и впи леден взор в Марта. – Ако ви пука за бъдещето на всички ни, а и на детето ви, трябва да ни пуснете. Веднага.

Марта обгърна корема си сякаш за да го защити: не остана никак доволна от завоалираната заплаха към нероденото си дете.

Пронизителното бръмчене навън определено се усилваше. Марта погледна през прозореца, не успя да види източника на този шум, но видя нещо друго. Охранителят също го забеляза и очите му се разшириха.

Долу на Пиаца дела Синьория тълпата се раздели и направи място на дълга върволица полицейски коли, които пристигнаха без пуснати сирени, предвождани от два черни вана, които заковаха спирачки пред портата на палата. От тях изскочиха войници с черни униформи и с пушки в ръце и затичаха към сградата.

Марта изтръпна от страх. Какво ставаше?

Охранителят също изглеждаше разтревожен.

Пронизителното бръмчене изведнъж стана оглушително и Марта се отдръпна стреснато, когато малкият хеликоптер се появи пред прозореца.

Машината беше само на десетина метра от стъклото и сякаш се взираше в хората вътре. Беше малка, дълга не повече от метър, а на предната ѝ част бе закрепен продълговат черен цилиндър, който бе насочен право срещу тях.

– Ще стреля! – извика Сиена. – Залегнете! – И клекна под прозореца, а Марта изтръпна от ужас и инстинктивно я последва. Охранителят залегна и насочи оръжието си към машината.

От неудобната си позиция под перваза Марта видя, че Лангдън все още стои изправен и се взира странно в Сиена – очевидно не вярваше, че ги заплашва някаква опасност. Сиена се надигна, сграбчи го за китката и го задърпа към коридора. Само след секунди бягаха към главния вход на сградата.

Охранителят се завъртя на колене и вдигна оръжието си след тях с две ръце.

– Non spari! – нареди му Марта. – Non possono scappare. – „Не стреляй! Не могат да избягат!"

Лангдън и Сиена изчезнаха зад ъгъла. Марта знаеше, че е въпрос на секунди да се сблъскат с идващите насам полицаи.

– По-бързо! – подкани го Сиена, докато тичаха по пътя, по който бяха дошли. Надяваше се, че ще успеят да стигнат до главния вход преди да се натъкнат на полицаите, но вече осъзнаваше, че шансовете им клонят към нула.

Лангдън очевидно имаше същите съмнения. Спря без предупреждение на една широка площадка, където се пресичаха много коридори, и каза:

– Няма да можем да се измъкнем от тук.

– Робърт, не можем просто да стоим на едно място!

Лангдън се взираше вляво по къс коридор, който водеше в малка слабо осветена стая. Стените ѝ бяха покрити със старинни карти, а в средата имаше голям железен глобус. Лангдън погледна огромната метална сфера и закима първо бавно, а после и по-енергично.

– Насам – заяви той и се втурна към железния глобус.

Сиена го последва. Що за глупости? Коридорът очевидно водеше още по-навътре в музея, далеч от изхода.

– Робърт? – каза тя задъхано. – Къде отиваме?

– В Армения – отвърна той.

– Какво!?

– В Армения – повтори Лангдън, без да я поглежда. – Довери ми се.

Един етаж по-долу, скрита сред уплашените туристи на балкона на Залата на Петстотинте, Вайента сведе глава, когато екипът на Брюдер мина покрай нея и влезе в музея. Долу звукът от трясващи се врати отекваше в залата – полицията запечатваше района.

Ако Лангдън наистина бе тук, се беше озовал в капан.

За нещастие същото важеше и за Вайента.

45.

Дървената ламперия и таванът на Залата на географските карти нямаха нищо общо със суровия интериор от камък и гипс в останалата част на Палацо Векио. Помещението първоначално било гардеробна, но сега в него имаше десетки шкафове, в които някога се съхранявали най-ценните богатства на великия херцог.

Стените бяха украсени с географски карти – петдесет и три ръчно рисувани върху кожа карти, изобразяващи света такъв, какъвто са го познавали в средата на шестнайсети век.

Центърът на впечатляващата колекция бе глобусът в средата на стаята. Познатата като Mappa Mundi* двуметрова сфера бе най-големият въртящ се глобус от своето време и се твърдеше, че може да се задвижи почти без усилие, само с докосване на пръста. В днешно време той бе последната спирка за туристите, които бяха обиколили десетките зали и се бяха озовали в това място без изход. Те обикаляха глобуса и се връщаха по пътя, по който бяха дошли.

Лангдън и Сиена влязоха задъхани в Залата на картите. Пред тях се издигаше величественият глобус, но Лангдън дори не го погледна – очите му се стрелнаха към стените.

– Трябва да намерим Армения! – каза той. – Картата на Армения!

Макар и озадачена от думите му, Сиена отиде до дясната стена на залата и започна да търси картата на Армения.

Лангдън незабавно направи същото, само че покрай лявата страна.

Арабия, Испания, Гърция...

---

* Карта на света (ит.) – Б. пр.

Всяка страна бе описана със забележителни подробности, особено като се има предвид, че картите бяха правени преди повече от петстотин години, когато голяма част от света още не е била открита.

Къде беше Армения?

Лангдън се славеше с фотографска памет, но спомените му от обиколката по тайните проходи тук преди няколко години бяха мъгляви, а това до голяма степен се дължеше на втората чаша „Гайа Небиоло", която бе изпил на обяд, преди да тръгне на въпросната обиколка. Думата „nebbiolo" много подходящо означаваше „лека мъгла". Но въпреки това Лангдън ясно си спомни, че тогава в това помещение му показаха карта на Армения, която имаше уникално качество.

„Знам, че е тук", помисли си той и продължи да търси из безкрайната на пръв поглед сбирка.

– Армения! – заяви Сиена. – Ето я!

Лангдън се втурна към нея и тя му посочи картата на Армения с изражение, което сякаш казваше: „Намерихме Армения. А сега какво?"

Лангдън нямаше време за обяснения. Затова просто се протегна, сграбчи тежката дървена рамка на картата и я дръпна към себе си. Цялата карта се завъртя, а заедно с нея и голяма част от дървената ламперия – и се откри скрит проход.

– Аха – каза Сиена впечатлена. – Значи отиваме в Армения.

И без колебание се мушна в мрачния тунел. Лангдън я последва и затвори вратата зад тях.

Въпреки че спомените му от обиколката на тайните проходи бяха мъгляви, Лангдън ясно помнеше този тунел. Със Сиена току-що бяха влезли в Palazzo Invisibile* – скрития свят, който съществуваше зад стените на Палацо Векио, тайното пространство, достъпно само за властващия херцог и най-близките му хора.

Лангдън спря за миг и огледа обстановката, в която бяха попаднали – каменен коридор, осветен единствено от слабата

* Невидимия палат (ит.) – Б. пр.

естествена светлина, която се процеждаше през малки прозорци. След петдесетина метра проходът завършваше с дървена врата.

Той се обърна наляво, където имаше тясно стълбище, препречено с верига. Табелата над него предупреждаваше: USCITA VIETATA.

Лангдън тръгна към стълбите.

– Не! – спря го Сиена. – Пише, че не е изход.

– Благодаря – отвърна Лангдън с кисела усмивка. – Знам поне толкова италиански.

Откачи веригата, занесе я при тайната врата и я усука около дръжката и близката колона, така че вратата да не може да се отвори от другата страна.

– О – каза смутено Сиена. – Добра идея.

– Няма да ги забави много дълго – обясни Лангдън. – Но повече време не ни е нужно. Ела.

Агент Брюдер и хората му бързо успяха да се справят с веригата и нахлуха в тесния коридор. Когато отвори дървената врата в дъното му, Брюдер бе заслепен от ярка слънчева светлина.

Беше се озовал на външна пътека, която минаваше по покрива на палата. Проследи я поглед и видя, че води към друга врата на петдесет метра от тях.

Хвърли поглед наляво, където като планина се издигаше високият заоблен покрив на Залата на Петстотинте. Беше невъзможно да се мине по него. Извърна се и надясно, където пътеката граничеше със стръмен склон, който се спускаше почти отвесно надолу. Сигурна смърт.

– След мен!

Втурнаха се към втората врата, но щом нахлуха през нея, всички внезапно спряха.

Бяха се озовали в малка каменна стаичка, която нямаше друга врата освен онази, през която току-що бяха влезли. До стената имаше само едно-единствено дървено писалище. Гротескните фигури, изрисувани на тавана, сякаш се взираха подигравателно в тях.

Един от хората на Брюдер отиде да прочете табелата на стената и каза:

– Тук пише, че има някакъв таен прозорец.

Брюдер се огледа, но не видя никакъв таен прозорец. Приближи се и също прочете табелата.

Тук някога се бе намирал личният кабинет на херцогиня Бианка Капело и в него имало таен прозорец – una finestra segrata, – през който Бианка можела незабелязано да наблюдава как съпругът ѝ изнася речи в Залата на Петстотинте.

Очите на Брюдер обходиха отново стаята и видяха малък покрит с решетка отвор, дискретно скрит в страничната стена. Да не би да са избягали оттук?

Приближи се и разгледа отвора. Беше прекалено малък, за да може през него да се промуши човек. Брюдер надникна и се увери, че от другата страна има само дупка, която се спускаше до Залата на Петстотинте.

Тогава къде, по дяволите, бяха отишли?

Огледа пак малката каменна стая, не можа да сдържи нервите си, което му се случваше рядко, отметна глава и изрева гневно.

Гласът му отекна оглушително.

Долу в Залата на Петстотинте туристите и полицаите вдигнаха очи към решетката високо на стената. Ако се съдеше по звуците, които долитаха оттам, в тайния кабинет на херцогинята бе затворено диво животно.

Сиена Брукс и Робърт Лангдън стояха в пълен мрак.

Само преди минути Сиена бе видяла как Лангдън хитро използва веригата, за да забави преследвачите им.

За нейна изненада обаче вместо да продължи по коридора, той я поведе по стръмното стълбище, на което имаше табела USCITA VIETATA.

– Робърт – прошепна тя объркано. – Там пише „Не е изход“! И освен това нали трябва да вървим надолу!

– Така е – отвърна Лангдън и хвърли поглед през рамо. – Но понякога трябва да се качиш... за да слезеш. – И ѝ намигна окуражително. – Помниш ли пъпа на Сатаната?

„Какви ги говори?"

– Чела ли си изобщо „Ад"? – попита Лангдън.

„Да... но бях на седем години".

Миг по-късно се сети.

– О! Пъпът на Сатаната! Спомних си.

Трябваше ѝ малко време, но осъзна, че Лангдън има предвид финала на Дантевия „Ад". В тези песни се разказваше как за да избяга от ада, Данте трябва да се спусне по косматия корем на огромния Сатана и когато стига до пъпа му – предполагаемия център на земята, – гравитацията изведнъж започва да действа във всички посоки и за да продължи да се спуска към чистилището... Данте изведнъж трябва да започне да се катери.

Сиена не помнеше много от „Ад", но в паметта ѝ бе останало разочарованието от абсурдното поведение на гравитацията в центъра на земята: очевидно геният на Данте не бе включвал разбиране на векторните сили на физиката.

Стигнаха до края на стълбището и Лангдън отвори единствената врата, която се виждаше там; на нея пишеше: SALA DEI MODELLI DI ARCHITETTURA*.

Влязоха и Лангдън затвори и залости вратата.

В помещението имаше множество шкафове, на които бяха изложени дървени макети на архитектурните проекти на Вазари за интериора на палата. Сиена почти не ги забеляза. Но пък забеляза, че стаята няма врати, нито прозорци и, както пишеше и долу, нямаше и изход.

– В средата на четиринайсети век – започна да шепти Лангдън – херцогът на Атина овладява палата и прави този таен маршрут за бягство, в случай че бъде нападнат. Нарича се Стълбището на атинския херцог и се спуска до малък отвор на странична улица. Ако стигнем дотам, никой няма да ни види, че

* Зала за архитектурни модели (ит.) – Б. пр.

излизаме. – Посочи един от макетите. – Погледни. Виждаш ли това там отстрани?

„Доведе ме тук, за да ми показва макети?“

Сиена хвърли тревожен поглед към миниатюрата и видя тайно стълбище, което се спускаше по цялата височина на палата до нивото на улицата и беше добре скрито между вътрешните и външните стени.

– Виждам стълбището, Робърт – каза раздразнено Сиена, – но то е от другата страна на палата. Никога няма да стигнем до него!

– Имай малко повече вяра – каза той с усмивка.

Изведнъж под тях се чу трясък, което им подсказа, че картата на Армения току-що е преодоляна. Те замряха и се заслушаха в стъпките на войниците, които тичаха по коридора. Никой от тях дори не предположи, че хората, които преследваха, биха се качили още по-нависоко... особено по малко стълбище с надпис „Не е изход“.

Щом шумът отдолу утихна, Лангдън тръгна уверено към един голям шкаф. Той беше квадратен, със страни около метър, и закрепен на около метър над пода. Без да се поколебае, Лангдън хвана дръжката и отвори вратата.

Сиена отстъпи назад от изненада.

Отвъд вратата се виждаше кухина... сякаш шкафът беше вход към друг свят. От другата страна бе непрогледен мрак.

– Хайде – каза Лангдън.

После взе фенерчето, което висеше на стената до отвора, и с изненадваща сръчност и сила се повдигна и се вмъкна през отвора.

46.

„La soffitta – помисли Лангдън. – Най-драматичният таван на света".

Въздухът бе застоял и тежък, сякаш вековният гипсов прах бе станал толкова фин и лек, че отказваше да се слегне. Огромното пространство скърцаше и въздишаше, което създаваше у Лангдън усещането, че току-що е влязъл в корема на звяр.

Той стъпи стабилно на една широка греда, вдигна фенерчето и освети мрака.

Пред него се простираше на пръв поглед безкраен тунел, пресечен от дървена паяжина от триъгълници и правоъгълници, които се образуваха от кръстосването на гредите и други структурни елементи, които образуваха невидимия скелет на Залата на Петстотинте.

Лангдън бе разгледал това огромно подпокривно пространство по време на замъглената от виното разходка из тайните проходи преди няколко години. Приличащият на шкаф прозорец бил изрязан в стената на залата за архитектурни модели, за да могат посетителите да надничат през него с фенерчето и да разглеждат.

А сега Лангдън бе в самото таванско помещение и беше изненадан колко много архитектурата му напомня на тази на оборите в Нова Англия – традиционни сглобки между хоризонтални и напречни греди.

Сиена също бе влязла през отвора и стоеше зад него. Лангдън завъртя фенерчето, за да ѝ покаже необичайната обстановка.

От тази точка гледката по цялата дължина на подпокривното пространство приличаше на телескопично наредени един след друг триъгълници, които изчезват в безкрайността. Под краката им нямаше под, само голи подпорни греди.

Лангдън посочи право напред и каза с приглушен глас:

– Това е пространството точно над Залата на Петстотинте. Ако успеем да стигнем до другия край, знам как да се доберем до стълбището на атинския херцог.

Сиена хвърли скептичен поглед към лабиринта от греди и подпори, който се простираше пред тях. Единственият очевиден начин, по който можеха да преминат, бе да подскачат от греда на греда, както децата подскачат по траверси. Гредите бяха широки и здрави, но предизвикателството бе в това, че разстоянието между тях бе прекалено голямо, за да се прескочи безопасно.

– Не мога да прескачам от греда на греда – прошепна Сиена.

Лангдън също се съмняваше, че е способен на това, а падането означаваше сигурна смърт. Той насочи лъча на фенерчето надолу.

На два метра и половина под тях, окачена на метални пръти, имаше прашна хоризонтална повърхност – нещо като под, – която се простираше докъдето им виждаха очите. Въпреки че на пръв поглед изглеждаше солидна, Лангдън знаеше, че е направена предимно от опънат плат, сега покрит с прах. Това бе обратната страна на окачения таван на Залата на Петстотинте – дървени рамки, на които бяха опънати трийсет и девет платна на Вазари, поставени хоризонтално едно до друго.

Сиена посочи надолу.

– Не можем ли да слезем там?

„Не и ако не искаш да паднеш през платно на Вазари в Залата на Петстотинте".

– Всъщност има по-добър път – каза спокойно Лангдън, защото не искаше да я плаши.

При предишното си посещение освен че бе надникнал през прозореца на залата за архитектурни макети, Лангдън също така бе обходил тавана, като бе влязъл през вратата от другата страна. Ако замъгленият от виното спомен беше точен, през средата на цялото пространство минаваше здрава греда, която осигуряваше на туристите достъп до площадката в центъра.

Сега обаче откри пътека, която по никакъв начин не приличаше на това, което си спомняше от предишното си посещение.

„Колко вино изпих онзи ден?"

Вместо здрава, безопасна за туристите пътека, видя нестабилни дъски, положени напряко на подпорните греди.

Очевидно солидната безопасна за туристите пътека, която тръгваше от противоположната страна, стигаше само до централната платформа. А после посетителите се връщаха обратно. Нестабилната структура, която се простираше пред Лангдън и Сиена, очевидно бе сложена, за да може по нея да се движат работниците от поддръжката.

– Май ще трябва да минем по тези дъски – каза Лангдън.

Сиена сви спокойно рамене.

– Не е по-зле от Венеция, когато вали.

Беше права. При последното му пътуване до Венеция на площада „Сан Марко“ имаше повече от педя вода и той бе вървял пеша от хотел „Даниели“ до базиликата по дъски, сложени върху тухли и обърнати кофи. Разбира се, опасността да си намокриш обувките не можеше да се сравнява с падането през ренесансов шедьовър към сигурна смърт.

Прогони тази мисъл от главата си и тръгна по тясната дъска с престорена увереност, като се надяваше тя да потуши всички тревоги, които Сиена може би изпитваше. Но въпреки че на външен вид бе спокоен, сърцето му биеше силно. Когато наближи средата, дъската се огъна под тежестта му и зловещо проскърца. Той продължи по-бързо и стигна до относително безопасната следваща греда.

Издиша, обърна се, освети пътя на Сиена и ѝ каза няколко окуражителни думи, от които може би имаше нужда. Но очевидно тя можеше да мине и без тях, защото веднага щом лъчът на фенерчето освети дъската, тръгна по нея със забележителна ловкост и само след секунди беше до него.

Окуражен, Лангдън се обърна и тръгна по следващата дъска. Сиена го изчака да мине, да се обърне и да ѝ освети пътя, после го последва. Хванаха си ритъма и продължиха напред – два силуета, които се движеха един след друг под светлината на едно-единствено фенерче. Някъде под тях се чуваше пукане на полицейски радиостанции. Лангдън си позволи да се усмихне. „Ние крачим над Залата на Петстотинте, леки като перца и невидими“.

– Е, Робърт – каза Сиена. – Каза, че Игнацио ти е посочил къде да намериш маската.

– Така е... но закодирано. – И набързо обясни, че Игнацио не е искал да издаде направо местонахождението ѝ на телефонния секретар и затова е споделил информацията по-завоалирано. – Споменава рая, което предполагам, че е препратка към последната част на „Божествена комедия". Точните му думи са „Рай двайсет и пет".

– Тоест двайсет и пета песен?

– Почти съм сигурен – каза Лангдън.

Песните представляваха нещо като отделни глави и препращаха към устната традиция на древността, когато епичните поеми се пеели в речитатив. „Божествена комедия" съдържаше точно сто песни, разделени на три части.

Ад – 1–34
Чистилище – 1–33
Рай – 1–33

„Рай двайсет и пет", помисли Лангдън и му се прииска фотографската му памет да се окаже достатъчно силна, за да си спомни целия текст. Но не можеше – щеше да се наложи да търсят книгата.

– Има и още нещо – продължи той. – Последното нещо, което Игнацио ми казва, е: „Вратите са отворени, но трябва да побързаш". – Млъкна и хвърли поглед към Сиена. – Двайсет и пета песен вероятно препраща към определено място тук, във Флоренция. Очевидно някъде, където има врати.

Сиена се намръщи.

– В този град има десетки врати, ако не и стотици.

– Да. Затова трябва да прочетем двайсет и пета песен на „Рай". – И ѝ се усмихна, изпълнен с надежда. – Случайно да знаеш цялата „Божествена комедия" наизуст?

Тя го изгледа учудено.

– Четиринайсет хиляди стиха на старовремски италиански, които съм прочела като дете? – Поклати глава. – Ти си този с невероятната памет, професоре. Аз съм просто лекар.

Докато продължаваха напред, Лангдън си помисли, че е тъжно задето Сиена, след всичко, пред което бяха преминали, предпочита да крие истината за изключителния си интелект. Просто лекар? Не се сдържа и се усмихна. Най-скромният лекар на света, каза си, като си спомни вестникарските изрезки, в които бе прочел за специалните ѝ умения – които за нещастие, но не изненадващо, не включваха научаване наизуст на една от най-дългите поеми в литературната история.

Продължиха напред мълчаливо и накрая Лангдън видя напред обнадеждаващ силует. Платформата!

Несигурните дъски, по които вървяха, водеха право към стабилна структура с парапет. Ако успееха да се качат на нея, щяха да продължат по пътеката до изхода от подпокривното пространство и вратата, която беше близо до стълбището на атинския херцог.

Когато наближиха платформата, Лангдън погледна към окачения таван на два метра и половина под тях. Досега всички съставни елементи бяха подобни. Но този, над който предстоеше да преминат, беше огромен, много по-голям от останалите.

„Апотеозът на Козимо I“, помисли Лангдън.

Обширният кръгъл елемент бе най-ценната картина на Вазари – централната част на цялата Зала на Петстотинте. Лангдън често показваше диапозитиви с тази творба на студентите си и им посочваше приликите с „Апотеозът на Вашингтон“ в Капитолия – скромно напомняне, че в самото си начало Америка е взела от Италия много повече от идеята за република.

Днес обаче Лангдън искаше да мине колкото се може по-бързо над „Апотеоза“, а не да го разглежда. Ускори крачка и извърна глава към Сиена, за да ѝ прошепне, че почти са стигнали.

И тогава десният му крак не улучи средата на дъската и взетата назаем обувка стъпи наполовина във въздуха. Глезенът му се огъна и той се хвърли напред, наполовина залитайки, наполовина тичайки, за да се опита да си възвърне равновесието.

Но вече беше прекалено късно.

Коленете му се стовариха върху дъската, а ръцете му се протегнаха отчаяно напред в опит да стигнат гредата. Фенерчето полетя някъде в мрака под тях и тупна върху платното. Краката на Лангдън едва го отведоха до следващата греда, дъската падна и се стовари с трясък върху рамката на „Апотеоза“ на два и половина метра под тях.

Звукът отекна.

Изпълнен с ужас, Лангдън едва се задържа на крака и се обърна към Сиена.

Под бледата светлина на падналото фенерче, което лежеше долу на платното, видя, че Сиена стои на гредата зад него и няма как да премине. В очите ѝ се четеше това, което Лангдън вече знаеше. Че звукът от падналата дъска сигурно ги е издал.

Очите на Вайента се стрелнаха нагоре към украсения таван.

– Плъхове под покрива? – пошегува се нервно мъжът с камерата.

„Големи плъхове", помисли Вайента и огледа кръглата картина в центъра на тавана. Малък облак прах се процеждаше между две съседни рамки и Вайента можеше да се закълне, че вижда лека издутина в платното... сякаш някой го натискаше от другата страна.

– Може би някой от полицаите си е изпуснал пистолета от платформата – каза мъжът и също погледна издутината на картината. – Какво мислите, че търсят? Цялото това раздвижване е много вълнуващо.

– Платформа ли? – попита Вайента. – Там горе могат да се качват хора?

– Разбира се. – Той посочи към входа на музея. – Зад тази врата има друга, която води към пътека под покрива. Там можете да видите как Вазари е наредил подпорните греди. Невероятно е.

Изведнъж гласът на Брюдер проехтя в Залата на Петстотинте:

– Къде са отишли, по дяволите?

Думите му, също като отчаяния вик отпреди малко, идваха иззад решетката високо на стената вляво от Вайента. Брюдер очевидно беше в стая зад тази решетка...

Погледът на Вайента пак се плъзна по издутината на платното.

„Плъхове под покрива – помисли си тя. – Които се опитват да избягат".

Благодари на мъжа с камерата и бързо закрачи към входа на музея. Вратата беше затворена, но след като толкова много полицаи тичаха из музея, тя подозираше, че отключена. Разбира се, инстинктът ѝ не я подведе.

47.

На площада отвън, сред хаоса от пристигащи полицаи, мъж на средна възраст стоеше в сенките на Лоджа деи Ланци и наблюдаваше с огромен интерес случващото се. Носеше очила с елегантни рамки, вратовръзка с ориенталски мотиви и малка златна обеца на едното ухо.

Докато гледаше трескавото раздвижване, се улови, че отново се чеше по врата. За една нощ бе получил обрив, който се влошаваше и се разпространяваше на малки пъпчици по брадата, шията, бузите и очите.

Погледна ноктите си и видя по тях кръв. Извади носната си кърпа и си обърса пръстите, попи и разкървавените пъпчици по врата и бузите си.

След като се почисти, върна погледа си върху двата черни вана, паркирани пред палата. На задната седалка на по-близкия имаше двама души.

Единият бе въоръжен войник, облечен в черно.

Другият – много красива среброкоса жена със син амулет.

Войникът се приготвяше да използва спринцовка.

Във вана доктор Елизабет Сински гледаше разсеяно към палата и се чудеше как тази криза успя да се задълбочи толкова много.

– Госпожо – каза дълбок глас до нея.

Тя се обърна уморено към войника. Той бе хванал ръката ѝ и държеше спринцовка.

– Просто не мърдайте.

Острата игла прониза плътта ѝ. Войникът ѝ направи инжекция.

– А сега заспивайте отново.

Докато затваряше очи, можеше да се закълне, че видя някакъв мъж да я гледа от сенките. Носеше дизайнерски очила и пъстра вратовръзка. На лицето му имаше обрив. За миг си помисли, че го познава, но когато отвори очи, за да го погледне пак, той бе изчезнал.

48.

Лангдън и Сиена стояха в мрака, разделени от шест метра празен въздух. Падналата дъска се бе задържала на дървената рамка на „Апотеоза“ на Вазари. Все още светещото фенерче пък бе паднало върху платното и бе направило вдлъбнатина.

– Дъската зад теб – прошепна Лангдън. – Можеш ли да я придърпаш и да я изтикаш до мен?

– Ако опитам, другият ѝ край ще падне върху платното.

И Лангдън се боеше от това – последното, от което имаха нужда сега, бе да запратят голяма дъска през някое платно на Вазари.

– Имам идея – каза Сиена, която вече се придвижваше странично по гредата към стената. Лангдън я последва по своята греда. Когато стигнаха до стената, лъчът на фенерчето вече не ги осветяваше и бяха в почти пълен мрак.

– Там долу – прошепна Сиена и посочи тъмнината под тях. – Ръбът на рамката трябва да е закрепен някъде. Би трябвало да ме издържи.

Преди Лангдън да успее да възрази, Сиена се спусна по отвесната греда и стъпи на ръба на дървената рамка. Дървото проскърца, но издържа.

Сиена тръгна сантиметър по сантиметър покрай стената към Лангдън, сякаш вървеше по ръба на висока сграда. Рамката отново изскърца.

„Като по тънък лед“, помисли Лангдън.

Сиена наближи гредата, на която стоеше той, и Лангдън усети как у него отново се надига надежда, че все пак ще успеят да се измъкнат оттук навреме.

Изведнъж някъде в мрака се тресна врата и той чу бързи стъпки да се приближават по пътеката към тях. Появи се и лъч на фенерче, който обхождаше пространството и с всяка секунда се доближаваше. Надеждата на Лангдън отново угасна. Някой бе дошъл да ги пресрещне – движеше се по главната пътека и щеше да им пресече пътя за бягство.

– Сиена, не спирай – прошепна той. Действаше по инстинкт. – Продължавай по цялата дължина на стената. В края има изход. Аз ще пресека пътя на този, който влезе.

– Не! – прошепна настойчиво Сиена. – Робърт, върни се!

Но Лангдън вече бе тръгнал обратно към централната греда и остави Сиена в мрака да се движи покрай страничната стена на два метра и половина под него.

Когато стигна до средата на подпокривното пространство, видя, че на платформата се е появил силует с фенерче в ръка. Спря до парапета и насочи лъча право в очите му.

Светлината заслепи Лангдън и той вдигна ръце, за да покаже, че се предава. Никога не се бе чувствал толкова уязвим – застанал върху тясна греда над Залата на Петстотинте, заслепен от ярък лъч.

Очакваше куршум или рязка заповед, но наоколо бе само тишина. След миг лъчът се плъзна далеч от лицето му и започна да обхожда мрака зад него, очевидно търсеше нещо... или някого. Когато светлината престана да го заслепява, Лангдън видя по-ясно силуета, който блокираше пътя му за бягство. Беше на жена, облечена в черно. Нямаше никакво съмнение, че косата ѝ под бейзболната шапка е щръкнала.

Мускулите му инстинктивно се стегнаха, когато в ума му нахлу сцената с умиращия на болничния под доктор Маркони.

„Тя ме намери. Дошла е да си довърши работата“.

Представи си гръцките гмуркачи, които плуват в подводния тунел и стигат до каменна стена.

Жената върна лъча към очите на Лангдън и прошепна:

– Господин Лангдън. Къде е приятелката ви?

По гърба му премина ледена тръпка. „Дошла е да убие и двама ни“.

Нарочно извърна очи от Сиена и погледна през рамо към посоката, от която бяха дошли.

– Тя няма нищо общо с това. Търсите мен.

Започна да се моли Сиена да продължи да се движи покрай стената. Ако успееше да подмине платформата, можеше тихичко да се промъкне зад жената с щръкналата коса и да стигне до вратата.

Убийцата отново вдигна фенерчето и обходи с лъча му празното подпокривно пространство зад него. Когато светлината се махна от очите му, той зърна фигура в мрака зад нея.

„О, боже, не!“

Сиена беше само на десет метра от нападателката им.

„Сиена, не! Прекалено близо си! Тя ще те чуе!“

Лъчът отново се върна в очите на Лангдън.

– Слушайте ме внимателно, професоре – каза наемната убийца. – Ако искате да останете жив, ви предлагам да ми се доверите. Мисията ми е прекратена. Нямам причина да ви наранявам. С вас вече сме от един отбор и може и да успея да ви помогна.

Лангдън почти не я слушаше, мислите му бяха изцяло насочени към Сиена, която вече се виждаше в профил как се качва ловко на пътеката зад платформата, прекалено близо до жената с пистолета.

„Бягай! – опита се да ѝ внуши той. – Изчезвай оттук!“

За ужас на Лангдън Сиена обаче не помръдваше: беше приклекнала в сянката и наблюдаваше мълчаливо.

Очите на Вайента обхождаха тъмнината зад Лангдън. „Къде се е дянала, по дяволите? Да не са се разделили?“

Вайента трябваше да намери начин да държи двамата бегълци далеч от ръцете на Брюдер. „Това е единствената ми надежда“.

– Сиена? – прошепна високо Вайента. – Ако ме чуваш, слушай внимателно. Мъжете долу не бива да ви заловят. Знам как да избягаме. Мога да ти помогна. Довери ми се.

– Да ти се довери? – обади се Лангдън и гласът му изведнъж стана толкова силен, че всеки наблизо можеше да го чуе. – Та ти си убийца!

„Сиена е наблизо – осъзна Вайента. – Лангдън говори на нея... опитва се да я предупреди“.

Вайента опита отново:

– Сиена, ситуацията е сложна, но аз мога да ви измъкна оттук. Прецени какви са възможностите ти. Тук сте в капан. Нямате избор.

– Тя има избор – почти извика Лангдън. – И е достатъчно умна, за да избяга.

– Всичко се промени – продължи Вайента. – Нямам причина да наранявам нито един от двама ви.

– Ти уби доктор Маркони! И предполагам, че точно ти си ме простреляла в главата!

Вайента знаеше, че той няма да повярва на клетвите ѝ, че няма намерение да го убие.

„Времето за разговори приключи. Каквото и да кажа, няма да го убедя".

И тя бръкна в якето си и извади пистолета със заглушител.

Сиена беше приклекнала неподвижна в мрака на не повече от десет метра зад жената. Дори в тъмното нямаше как да я сбърка.

За ужас на Сиена тя извади пистолета, с който беше застреляла доктор Маркони, направи две застрашителни стъпки към Лангдън и спря до парапета, който ограждаше платформата. Вече беше максимално близо до Лангдън. Вдигна пистолета, насочи го право в гърдите му и каза:

– Ще боли само миг. Нямам друг избор.

Сиена реагира инстинктивно.

Неочакваната вибрация на дъските под краката на Вайента бе достатъчна, за да я накара да трепне, и когато куршумът излетя, тя знаеше, че няма да улучи Лангдън.

Някой се приближаваше зад нея.

И то бързо.

Вайента се завъртя и насочи оръжието си към нападателя си. За миг зърна руса коса, а после някой се блъсна със страшна скорост в нея. Пистолетът отново просъска, но нападателката ѝ приклекна под нивото на дулото, за да ѝ приложи хватка.

Стъпалата на Вайента се отделиха от дъските и тялото ѝ се стовари върху парапета на платформата. Тя размаха ръце, за да се хване за нещо, но беше прекалено късно.

Полетя през ръба.

Стегна се за сблъсъка с прашния под на два и половина метра под платформата. Странно, но приземяването ѝ бе по-меко, отколкото бе очаквала... сякаш падна в хамак, който увисна под тежестта ѝ.

Лежеше объркана по гръб и гледаше нагоре към Сиена Брукс. Отвори уста да каже нещо, но изведнъж под нея се чу силен звук от раздрано платно.

Платът, върху който лежеше, се скъса.

И Вайента започна да пада отново.

Този път летя три много дълги секунди, през които се оказа, че се взира в таван, покрит с красиви картини. Тази точно над нея – огромно кръгло платно, на което бе нарисуван Козимо I, ограден от херувимчета върху облак, – бе разкъсана грозно през средата.

Последва внезапен удар и целият свят на Вайента изчезна в мрака.

Високо горе, замръзнал и невярващ на очите си, Робърт Лангдън надничаше през дупката в „Апотеоза“ към празното пространство долу. Жената с щръкналата коса лежеше неподвижна върху каменния под в Залата на Петстотинте, а тъмната локва кръв около главата ѝ бързо нарастваше. Все още стискаше пистолета в ръка.

Лангдън вдигна поглед към Сиена, която също се взираше надолу, хипнотизирана от зловещата сцена. На лицето ѝ бе изписан тотален шок.

– Не исках...

– Реагира инстинктивно – прошепна Лангдън. – Тя се канеше да ме убие.

През разкъсаното платно долитаха тревожни викове. Лангдън внимателно отведе Сиена далеч от парапета.

– Трябва да бягаме.

49.

В тайния кабинет на херцогиня Бианка Капело агент Брюдер чу зловещото тупване, последвано от все по-гръмогласна бъркотия в Залата на Петстотинте. Втурна се към решетката на стената и надникна през нея. Трябваха му няколко секунди, за да смели сцената върху елегантния каменен под. Бременната музейна работничка, която бе дошла до него при решетката, покри устата си ръка в безмълвен ужас от гледката долу – размазано тяло, заобиколено от паникьосани туристи. Жената бавно плъзна поглед нагоре към тавана на Залата на Петстотинте и нададе жален вопъл. Брюдер също вдигна очи към кръглия панел, към който гледаше тя – в средата на изрисуваното платно имаше голяма дупка. Обърна се към жената.

– Как можем да стигнем там горе?

В другия край на сградата Лангдън и Сиена се спуснаха останали без дъх от мансардата и излетяха през вратата. Само след секунди Лангдън намери малка ниша, умело скрита зад алена завеса. Помнеше я много добре от разходката по тайните проходи.

Стълбището на атинския херцог.

Стъпките и крясъците сякаш идваха вече от всички посоки. Лангдън знаеше, че времето им е кратко. Дръпна завесата и двамата със Сиена пристъпиха на малката площадка.

Без да кажат и дума, тръгнаха надолу по каменното стълбище. Стълбите в прохода бяха плашещо стръмни и на няколко пъти сменяха посоката си на тесни площадки. Колкото по-надолу слизаха, толкова по-тесен ставаше проходът. Точно когато на Лангдън започна да му се струва, че стените се събират, за да го смачкат, стигнаха нивото на улицата.

В подножието на стълбището имаше малка каменна стая и макар вратата ѝ да бе една от най-малките на света, те се зарадваха да я видят. Беше не повече от метър и двайсет висока, от дебело дърво с метални нитове и тежко резе, което не позволяваше на никой да влезе.

– Чувам звуците на улицата зад вратата – прошепна Сиена, която все още бе потресена. – Какво има от другата страна?

– Виа дела Нина – отвърна Лангдън и си представи тълпата на пешеходната улица. – Но може би и полиция.

– Няма да ни познаят. Ще търсят руса жена и тъмнокос мъж.

Лангдън я погледна странно.

– Точно като нас...

Сиена поклати глава и по лицето ѝ премина меланхолична решителност.

– Не исках да ме виждаш така, но за съжаление точно така изглеждам. – Вдигна рязко ръка и хвана един рус кичур. След това дръпна и цялата ѝ коса се свлече с едно движение.

Лангдън трепна, стресна се от факта, че Сиена носи перука, както и от промяната във външността ѝ. Сиена Брукс беше абсолютно плешива, голият ѝ скалп бе гладък и блед като на болен от рак пациент на химиотерапия. „И на всичкото отгоре е болна?“

– Знам – каза тя. – Дълга история. А сега се наведи. – И вдигна перуката с ясното намерение да я сложи на главата на Лангдън.

„Ама тя сериозно ли?“ Лангдън неохотно се наведе и Сиена му нахлупи русата прическа на главата. Перуката едва му стана, но тя я нагласи така, че да не си личи много, че му малка. След това отстъпи и го огледа. Не беше много доволна, така че свали вратовръзката му и я надяна на челото му, след това я стегна като бандана и пристегна перуката на главата му.

След това се захвана със собствения си външен вид. Нави крачолите на панталоните си и си смъкна чорапите на глезените. Когато се изправи, устните ѝ бяха разтегнати в подигравателна усмивка. Хубавата Сиена Брукс се бе преобразила в пънкар скинхед. Трансформацията на някогашната шекспирова актриса бе поразителна.

– Помни – каза тя, – деветдесет процента от разпознаването идва от езика на тялото, затова когато се движиш, се движи като застарял рокер.

„На застарял няма да ми е трудно да се направя. Но на рокер – не съм сигурен“.

Преди Лангдън да започне да спори с нея, Сиена дръпна резето на малката врата и я отвори. Наведе се и излезе на оживената калдъръмена улица. Лангдън я последва почти на четири крака и се измъкна на дневна светлина.

Ако не се брояха няколкото стреснати погледа при появата на странната двойка от малката врата в основата на Палацо Векио, никой им обърна внимание. Само след секунди Лангдън и Сиена вече се отдалечаваха на изток и бяха погълнати от тълпата.

Като попипваше кървящия си обрив, мъжът с дизайнерските очила се промушваше през множеството на безопасна дистанция зад Робърт Лангдън и Сиена Брукс. Въпреки хитрата дегизировка той ги забеляза, когато излизаха на Виа дела Нина, и веднага ги позна.

Следи ги само няколко пресечки, а после изведнъж остана без дъх и почувства остра болка в гърдите. Чувстваше се все едно някой го е ударил с юмрук в слънчевия сплит.

Стисна зъби, събра всичките си сили, съсредоточи се отново върху Лангдън и Сиена и продължи да ги следва по улиците на Флоренция.

50.

Утринното слънце вече бе изгряло и хвърляше дълги сенки по тесните улички на стара Флоренция. Търговците бяха започнали да отварят металните решетки, които пазеха магазините и баровете им, във въздуха се носеше силен аромат на сутрешно еспресо и прясно изпечени кроасани. Въпреки острия глад Лангдън не спираше да върви. „Трябва да намеря маската... и да видя какво е скрито на задната ѝ част".

Докато водеше Сиена на север по тясната Виа деи Леони, Лангдън с мъка свикваше с гледката на плешивата ѝ глава. Радикално променената ѝ външност му напомни, че той почти не я познава. Движеха се към Пиаца дел Дуомо – площада, на който бе намерен мъртъв Игнацио Бузони, след като се бе обадил за последен път по телефона.

„Робърт – бе успял да каже Игнацио, едва дишайки. – Това, което търсиш, е скрито на сигурно място. Вратите са отворени за теб, но трябва да побързаш. Рай двайсет и пет.

Божия благословия".

„Рай двайсет и пет", повтори си наум Лангдън, все още озадачен, че Игнацио Бузони си е спомнил достатъчно добре текста на Данте, за да цитира на прима виста точно определена песен.

Нещо в тази песен очевидно означаваше много за Бузони. Каквото и да бе то, Лангдън бе сигурен, че ще го разбере веднага щом успее да се докопа до книгата, което можеше без проблем да направи на много места по пътя.

От дългата до раменете перука главата бе започнала да го сърби и макар да се чувстваше малко глуповато в тази дегизировка, трябваше да признае, че импровизираният стайлинг на Сиена се оказа ефектен. Никой не им обръщаше внимание, дори и полицаите, които току-що бяха притичали покрай тях на път за Палацо Векио.

Сиена вървеше мълчаливо до него и Лангдън ѝ хвърляше от време на време по някой поглед, за да се увери, че е добре. Изглеждаше така, сякаш се бе пренесла в мислите си на километри оттук, вероятно се опитваше да приеме факта, че току-що бе убила жената, която ги преследваше.

– Давам една лира за мислите ти – поде той с надеждата да отвлече съзнанието ѝ от мъртвата жена, лежаща на пода на палата.

Сиена се изтръгна от дълбокия си размисъл.

– Мислех си за Зобрист – бавно каза тя. – Опитвах се да си спомня нещо друго за него.

– И?

Тя сви рамене.

– Повечето неща, които знам, ги научих от противоречивите есета, които написа преди няколко години. Те наистина ми се запечатаха в мозъка. А сред медицинската общност се разпространиха като епидемия. – Тя премигна. – Извинявай, изразих се неподходящо.

Лангдън мрачно се засмя.

– Продължавай.

– В най-общи линии есетата му заявяваха, че човешката раса е на прага на изчезването си и ако не се случи някое катастрофално събитие, което рязко да намали ръста на световното население, видът ни няма да оцелее и сто години.

Лангдън се обърна и се взря в нея.

– Само един век?

– Много жестока теза. Предсказаната от него времева рамка е значително по-малка от предишни предвиждания, но бе подкрепена с някои много убедителни научни данни. Създаде си доста врагове, като заяви, че всички лекари би трябвало да спрат да практикуват медицина, защото увеличаването на продължителността на човешкия живот само влошава проблема с пренаселеността.

Лангдън вече разбираше защо статиите му са се разпространили така бързо сред медицинското съсловие.

– Не беше изненадващо, че Зобрист бе незабавно атакуван от всички страни – продължи Сиена, – политици, духовенство, Световната здравна организация. Всички те му се присмиваха и го наричаха луд пророк, който просто се опитва да създаде паника. Бяха особено обидени от твърдението му, че ако днешната младеж реши да се възпроизведе, ще създаде потомци, които ще станат свидетели на края на човешката раса. Зобрист илюстрираше тезата си с „Часовника на Страшния съд", който показва, че ако целият живот на човечеството се свие до един час, в момента се намираме в последните си секунди.

– Всъщност съм виждал този часовник в интернет – каза Лангдън.

– Да. Негов е и предизвика доста вълнения. Най-голямата съпротива срещу Зобрист обаче дойде, когато той заяви, че постиженията му в генното инженерство биха били много по-полезни за човечеството, ако се използват не за да се лекуват болести, а за да се създават.

– Какво!?

– Да, той твърдеше, че неговите технологии би трябвало да се използват, за да се ограничи ръстът на населението, като се създаде хибрид от щамове на зарази, който модерната медицина да не е в състояние да лекува.

Лангдън усети как го обзема ужас, в съзнанието му се появиха образи на странни хибридни „дизайнерски вируси", които стават неудържими.

– Само за няколко години Зобрист се превърна от мишена на медицинската общност в напълно остракизиран неин член. Беше анатемосан. – Тя млъкна и по лицето ѝ премина сянка на съчувствие. – Нищо чудно, че превъртя и се самоуби. Дори е още по-тъжно, тъй като тезата му вероятно е правилна.

Лангдън за малко да падне от изненада.

– Извинявай, ти мислиш, че е прав!?

Сиена сви рамене.

– Робърт, ако разсъждаваме от чисто научна гледна точка – само логика, никакви чувства, – мога да ти кажа без съмнение, че без някаква драстична промяна краят на нашия вид наближава. И то бързо. Няма да е огън, сяра, апокалипсис или ядрена война... а ще е пълен срив в резултат на пренаселеността на планетата. С математиката не може да се спори.

Лангдън изтръпна.

– Учила съм достатъчно биология – продължи тя – и е напълно нормално за един вид да изчезне просто защото е пренаселил средата си. Представи си колония от повърхностни водорасли, които живеят в малко езеро в гората и се радват на идеалния хранителен баланс там. Без контрол те се възпроизвеждат толкова бързо, че скоро покриват цялата повърхност на езерото, закриват слънцето и така ограничават нарастването на хранителните вещества в езерото. След като изконсумират всичко възможно в средата си, те бързо ще умрат и ще изчезнат без следа. – Тя му се усмихна тъжно. – Подобна съдба може лесно да сполети и човечеството. И то много по-скоро и по-бързо, отколкото си представяме.

– Но... това изглежда невъзможно.

– Не е невъзможно, Робърт, а просто немислимо. Човешкият ум има примитивни защитни механизми за егото и те неутрализират всяка реалност, която създава прекалено много стрес, с който не можем да се справим. Нарича се отрицание.

– Чувал съм за отрицанието – пошегува се той безгрижно, – но не мисля, че съществува.

Сиена се намръщи с досада.

– Много сладко, но повярвай ми, напълно реално е. Отрицанието е важна част от механизмите на човека за справяне с живота. Без него ще се събуждаме ужасени всяка сутрин заради множеството начини, по които можем да умрем. Но вместо това нашият мозък блокира екзистенциалните страхове, като се фокусира само върху стреса, с който можем да се справим – като да отидем на работа навреме или да си платим данъците. Ако имаме по-големи екзистенциални страхове, бързо ги отмахваме и се съсредоточаваме върху простите задачи и ежедневните ни тривиалности.

Лангдън си спомни едно скорошно интернет проучване на студенти от университет от Бръшляновата лига, което показваше, че дори най-интелигентните потребители показват инстинктивна тенденция към отрицание. Според изследването след като кликнат върху статия с депресираща новина за топенето на арктическия лед или изчезването на някой животински вид, почти всички студенти бързо излизат от тази страница и се насочват към нещо тривиално, за да прочистят мозъка си от страха; сред любимите им избори са спортните новини, клипчета със смешни котки и клюки за знаменитости.

– В древната митология – започна Лангдън – героят в отрицание е ултимативното проявление на надменност и горделивост. Найгорделивите хора вярват, че са имунизирани срещу опасностите в света. Данте очевидно е бил съгласен с това, след като е обругал горделивостта като най-черен от всички седем смъртни гряха... и е наказал горделивците да гният в последния кръг на ада.

Сиена се замисли са миг, след това каза:

– Статията на Зобрист обвиняваше много от световните лидери, че са в последен стадий на отрицанието... че са си заровили главите в пясъка. Особено много критикуваше Световната здравна организация.

– Обзалагам се, че това е минало добре.

– Те реагираха, като го приравниха към религиозните фанатици, които обикалят с плакати по улиците и повтарят: „Краят е близо".

– На Харвард Скуеър има няколко такива.

– Да, и ние не им обръщаме внимание, понеже никой от нас не може да си представи това да се случи. Но повярвай ми, просто защото човешкият ум не може да си представи нещо... не означава, че то не може да се случи.

– Говориш почти като почитателка на Зобрист.

– Аз съм почитателка на истината – отвърна тя агресивно, – та дори тя да е болезнена за приемане.

Лангдън се умълча и отново се почувства странно изолиран от Сиена; опитваше се да проумее странната ѝ комбинация от страст и дистанцираност.

Сиена го погледна, лицето ѝ бе омекнало.

– Виж, Робърт, не казвам, че Зобрист е прав, че болест, която би изтребила половината свят, е отговорът на пренаселеността. Нито че трябва да спрем да лекуваме болните. Просто казвам, че пътят, по който вървим в момента, може много лесно да ни отведе към унищожение. Населението на земята расте експоненциално в система от ограничено пространство и ограничени ресурси. Краят може да дойде много рязко. Няма постепенно да ни свърши бензинът... ще е по-скоро като падане от скала.

Лангдън въздъхна.

– Като стана въпрос – добави тя и посочи със сериозно изражение вдясно и нагоре, – сигурна съм, че Зобрист е скочил оттам.

Лангдън вдигна очи и видя, че минават покрай строгата каменна фасада на музея Барджело. Зад него се издигаше кулата на абатството. Той се взря във върха на кулата и се зачуди защо Зобрист е решил да скочи. Надяваше се от все сърце да не е защото е извършил нещо ужасно и не е искал да стане свидетел на последствията.

– Критиците на Зобрист – каза Сиена – обичат да отбелязват парадокса, че много от генните технологии, които той е разработил, всъщност удължават живота.

– Което само задълбочава проблема с пренаселеността.

– Точно така. Зобрист веднъж заявява публично, че му се иска да върне духа обратно в бутилката и да изтрие част от приноса си към човешкото дълголетие. Предполагам, че това има идеологически смисъл. Колкото по-дълго живеем, толкова повече ресурси пилеем, за да се грижим за възрастните и болните.

Лангдън кимна.

– Четох, че в САЩ шейсет процента от разходите за здравеопазване отиват за пациенти в последните шест месеца от живота им.

– Истина е. Мозъкът ни казва: това е лудост. Но сърцето нашепва: нека да запазим баба жива колкото може по-дълго.

Лангдън кимна.

– Това е конфликтът между Аполон и Дионсий – прочута дилема в митологията. Вековната битка между разума и сърцето, които рядко искат едно и също.

Лангдън бе чул, че тази митологическа алюзия сега се използва в срещите на Анонимните алкохолици да се опише алкохолик, който се взира в пълна чаша. С разума си разбира, че това ще му навреди, но сърцето му копнее за насладата, която може да му донесе. Посланието очевидно е: не се чувствайте самотни, дори боговете са изживявали този конфликт.

– Кой има нужда от агатусия? – прошепна внезапно Сиена.

– Моля?...

Сиена го погледна.

– Най-после си спомних заглавието на есето на Зобрист. Казваше се: „Кой има нужда от агатусия“.

Лангдън никога не бе чувал думата агатусия, но се опита да познае значението ѝ, като се опря на древногръцките думи agathos и thusia.

– Агатусия... би трябвало да означава „добра саможертва“?

– Почти. Всъщност означава „саможертва в името на общото добро“. – Тя млъкна. – Или „благородно самоубийство“.

Лангдън бе чувал този термин – веднъж във връзка с банкрутирал баща, който се самоубил, за да може семейството му да вземе застраховката му „Живот“; и втори път при разказ за разкаял се сериен убиец, който сложил край на живота си от страх, че няма да може да контролира импулса си да убива.

Но най-смразяващият пример, за който се сети, бе от роман от 1967 г. – „Бягството на Логан“, в който се разказва за футуристично общество, в което всеки с радост се съгласява да се самоубие на двайсет и една – като така напълно се наслади на младостта си, без да позволява пренаселеността или старостта да изчерпят ресурсите на планетата. Ако си спомняше правилно, във филмовата версия на „Бягството на Логан“ тази възраст бе увеличена на трийсет, без съмнение в опит филмът да се направи по-поносим за най-масовата публика, която е между осемнайсет и двайсет и пет години.

– Та есето на Зорбист... – каза Лангдън. – Не съм сигурен, че разбирам заглавието. „Кой има нужда от агатусия?“ Да не би да е искал да е саркастичен? Кой има нужда от благородно самоубийство... всички ние!

– Всъщност не. Заглавието е игра на думи.

Лангдън поклати глава, не виждаше играта на думи.

– Кой има нужда от самоубийство – СЗО*, Световната здравна организация. Това е есе, което Зобрист пише срещу директорката на СЗО доктор Елизабет Сински, която е на този пост откакто свят светува и според Зобрист не приема сериозно контрола над пренаселеността. Статията му казва, че СЗО ще е по-добре, ако доктор Сински се самоубие.

– Много състрадателен тип.

– Това са недостатъците да си гений, предполагам. Често изключителните умове, които могат да се фокусират повече от всички останали, го правят за сметка на емоционалната си зрялост.

Лангдън си представи статиите, които бе видял за младата Сиена, детето чудо с коефициент на интелигентност 208 и невероятна интелектуална ефективност. Зачуди се дали като говори за Зобрист на някакво ниво няма предвид себе си; и колко дълго още ще пази тайната си.

Право пред тях забеляза това, което търсеха. Пресякоха Виа деи Леони и той поведе Сиена към кръстовището с една изключително тясна уличка – по-скоро алея. На табелата над тях пишеше: „Виа Данте Алигиери“

– Изглежда, знаеш доста за човешкия мозък – каза Лангдън. – Това ли е специализацията ти в медицинската академия?

– Не, но като дете четях много. Заинтересувах се от науката за човешкия мозък, защото имах някои... медицински проблеми.

Лангдън ѝ хвърли пълен с любопитство поглед с надеждата да продължи да разказва.

– Мозъкът ми... – каза тихо Сиена – се развиваше различно от на повечето деца и ми създаваше някои... проблеми. Доста време се опитвах да разбера какво ми е и тогава научих много за науката за мозъка. – Погледна Лангдън в очите. – И да, плешивата ми глава има връзка с медицинските ми проблеми.

---

* Абревиатурата на Световната здравна организация на английски е WHO, както се пише и английската дума за „кой“. – Б. пр.

Лангдън извърна поглед, беше му неудобно да попита.

– Не се тревожи – каза тя. – Научила съм се да живея с това.

Докато вървяха в студените сенки на алеята, Лангдън се замисли за всичко, което току-що бе научил за Зобрист и неговата притесняваща философска позиция.

Непрекъснато го измъчваше един и същ въпрос.

– Тези войници – започна той, – които се опитваха да ни убият... Кои са те? Нищо не разбирам. Ако Зобрист е разпространил потенциална силна зараза, не би ли било редно всички да бъдем от една и съща страна и да се опитваме да я спрем?

– Не е задължително. Зобрист може и да е парий в медицинската общност, но вероятно има легион верни последователи, хора, които са съгласни, че малко подкастряне е необходимото зло, което ще спаси планетата. Доколкото знаем, тези войници се опитват да направят така, че идеята на Зобрист да се реализира.

Лична армия на Зобрист от негови последователи? Лангдън обмисли и тази възможност. Трябваше да признае, че историята е пълна с фанатици и последователи на култове, които са се самоубивали заради всякакви откачени идеи – вярата, че лидерът им е месия, че от другата страна на Луната ги чака космически кораб, че Страшният съд е неизбежен. Спекулациите с контрола над населението поне се основаваше на наука, но въпреки това нещо в тези войници не му се струваше редно.

– Просто не мога да повярвам, че група обучени бойци биха се съгласили да избиват невинни хора... като в същото време се страхуват, че могат самите те да се разболеят и да умрат.

Сиена го изгледа озадачено.

– Робърт, какво мислиш, че правят бойците на война? Убиват невинни хора и рискуват собствения си живот. Всичко е възможно, когато хората вярват в някаква кауза.

– Кауза? Да пуснат смъртоносна епидемия?

Сиена се обърна към него, кафявите ѝ очи бяха изключително проницателни.

– Робърт, каузата не е пускането на смъртоносна болест... а спасяването на света. – Млъкна. – Един пасаж от есето на Зобрист предизвика широка дискусия. Става въпрос за подчертано хипотетичен въпрос. Бих искала да му отговорищ.

– Какъв е въпросът?

– Зобрист пита следното: ако можеш да натиснеш едно копче и да избиеш половината човечество, би ли го направил?

– Разбира се, че не.

– Добре. Но ако ти кажат, че ако не натиснеш това копче веднага, човешката раса ще изчезне през следващите сто години? – Тя млъкна. – Би ли го натиснал тогава? Дори това да означава да убиеш приятели, роднини и вероятно и самия себе си?

– Сиена, не мога да си представя...

– Това е хипотетичен въпрос – каза тя. – Би ли избил половината човечество днес, за да спасиш вида ни от изчезване?

Лангдън бе объркан от мрачната тема, която обсъждаха, и затова беше благодарен, че видя познатия червен флаг на каменната сграда пред тях.

– Виж – каза и посочи. – Стигнахме.

Сиена поклати глава.

– Точно както ти казах. Отрицание.

51.

Каза ди Данте е разположена на Виа Санта Маргерита и лесно се разпознава по голямото знаме, спуснато на каменната фасада над алеята към нея: MUSEO CASA DI DANTE.

Сиена погледна флага малко несигурно.

– Отиваме в къщата на Данте?

– Не точно – отвърна Лангдън. – Данте е живял зад ъгъла. Това е по-скоро... музей на Данте.

Бе влизал тук само веднъж, беше любопитен да види колекцията от произведения на изкуството, която се оказа само репродукции на прочути творби, свързани с Данте, от целия свят, но пък беше интересно да се видят събрани под един покрив.

Изведнъж Сиена се изпълни с надежда.

– Мислиш, че тук е изложен старинен екземпляр на „Божествена комедия“?

Лангдън се засмя.

– Не, но знам, че имат магазин за сувенири, в който се продават огромни плакати с целия текст на Дантевата „Божествена комедия“, напечатана с миниатюрен шрифт.

Тя го изгледа с леко отвращение.

– Е, по-добре е от нищо. Единственият проблем е, че очите ми са отслабнали, така че ти ще трябва да четеш текста.

– E chiusa – извика възрастен мъж, като ги видя да се приближават към вратата. – E il giorno di riposo.

„Почивен ден?“ Лангдън погледна объркано Сиена.

– Днес не е ли... понеделник?

– Флорентинците предпочитат понеделник да е част от уикенда – отвърна тя.

Лангдън простена и изведнъж си спомни необичайния календар на този град. Тъй като доларите на туристите се стичаха най-пълноводно през уикенда, много флорентински търговци бяха преместили християнския ден за почивка от неделя в понеделник, та почитането на традициите да не им се отразява зле на джоба.

За нещастие, осъзна Лангдън, това изключваше и другата възможност: Книжната борса, една от любимите му флорентински книжарници, където със сигурност щеше да има „Божествена комедия".

– Някакви други идеи? – попита Сиена.

Лангдън помисли и кимна.

– Зад ъгъла има едно място, където се събират почитатели на Данте. Обзалагам се, че все някой ще носи книга, която ще можем да вземем назаем.

– Вероятно и то е затворено – предупреди го Сиена. – Почти всичко в този град почива в понеделник.

– На това място не биха си и помислили да направят нещо подобно – отвърна с усмивка Лангдън. – Църква е.

На петдесет метра зад тях, скрит в тълпата, човекът с кожния обрив и златната обица се бе облегнал на една стена и се възползваше от възможността да си поеме дъх. Дишането му не се подобряваше и му бе почти невъзможно да не обръща внимание на обрива на лицето си: особено чувствителна бе стана кожата около очите. Той свали дизайнерските очила и внимателно потърка с ръкав орбитите около очите си, като се опитваше да не разрани кожата. Когато си сложи очилата, видя, че Лангдън и Сиена тръгват пак. Събра сили да ги последва, като дишаше възможно най-внимателно.

Няколко пресечки зад Лангдън и Сиена, в Залата на Петстотинте, агент Брюдер спря над потрошеното тяло на много добре познатата му жена с щръкналата коса. Клекна и взе пистолета ѝ, като внимателно извади пълнителя, преди да го предаде на хората си.

Бременната музейна работничка Марта Алварес стоеше встрани. Току-що бе разказала накратко изключително интересната история за това какво се бе случило с Робърт Лангдън след предната вечер – включително информацията, която Брюдер все още се опитваше са асимилира.

Лангдън твърдеше, че има амнезия.

Брюдер извади телефона си и набра. От другата страна на линията се позвъни три пъти, преди шефът му да вдигне.

– Да? Докладвай.

Брюдер заговори бавно, за да е сигурен, че всяка дума е правилно разбрана.

– Все още се опитваме да намерим Лангдън и момичето, но имаме интересно развитие. Ако е вярно... това променя всичко.

Ректора се опита да се изправи лице в лице с кризата.

Никога в кариерата си не бе предавал клиент и не бе развалял споразумение и със сигурност нямаше намерение да започва да го прави сега. Но в същото време подозираше, че може да се е оплел в сценарий, чиято цел се отклонява от това, което си бе представял.

Преди година прочутият генетик Бертран Зорбист се бе качил на борда на „Mendacium“ и бе помолил за убежище, в което да работи. По това време Ректора си мислеше, че Зорбист възнамерява да разработи някаква тайна медицинска процедура, чийто патент да увеличи и без това голямото му богатство. Консорциумът и преди бе наеман от параноични учени и инженери, които предпочитаха да работят в екстремно усамотение, за да предпазят от кражба безценните си идеи.

Като имаше всичко това предвид, Ректора прие клиента и не се учуди, когато хората от Световната здравна организация започнаха да го издирват. И когато се оказа, че директорът на СЗО доктор Елизабет Сински, както личеше по всичко, е приела за своя лична мисия да открие техния клиент.

Консорциумът винаги се бе изправял срещу мощни врагове.

Както винаги Консорциумът изпълни своята част от споразумението, без да задава въпроси, и отбиваше опитите на Сински да намери клиента през цялото времетраене на договора.

Почти през цялото.

По-малко от седмица преди договорът да изтече Сински някак си успя да открие Зобрист във Флоренция, пренесе се там и започна да го тормози и преследва, докато той не се самоуби. За първи път в кариерата си Ректора не успя да осигури закрилата, която бе обещал, и това го измъчваше... заедно със странните обстоятелства на смъртта на Зобрист.

Какво, по дяволите, криеше Зобрист?

След кончината му Сински бе взела нещо от сейфа на Зобрист и Консорциумът бе въвлечен в битка със Сински във Флоренция и се опитваше да открие много важна ценност...

Каква обаче?

Ректора погледна инстинктивно към лавицата с книги и дебелия том, даден му преди две седмици от Зобрист.

„Божествена комедия“.

Той взе книгата и я занесе на бюрото си. С несигурни пръсти отвори корицата на първата страница и препрочете посвещението.

Скъпи приятелю, благодаря Ви, че ми помогнахте да намеря пътя.

Признателен Ви е и целият свят.

„Първо – помисли си Ректора, – ние с теб не сме приятели“.

Прочете посвещението още три пъти. След това обърна поглед към червения кръг, с който клиентът му бе оградил утрешната дата.

„Признателен ви е и целият свят“?

Извърна се към прозореца и дълго гледа хоризонта.

Замисли се за видеозаписа и чу гласа на посредника Ноултън от телефонното обаждане по-рано. „Мислех, че може би ще искате да го видите, преди да го качим... съдържанието е доста притеснително“.

Това обаждане още не даваше мира на Ректора. Ноултън беше един от най-добрите му служители и подобна молба никак не му беше присъща. Знаеше много добре, че не бива да пренебрегва протокола.

След като върна „Божествена комедия“ на полицата, Ректора взе бутилката скоч и си наля половин чаша. Трябваше да вземе много тежко решение.

52.

Известният като Църквата на Данте храм „Санта Маргерита деи Черки“ е по-скоро параклис, отколкото църква. Малката едностайна постройка е популярна забележителност сред почитателите на Данте, които я смятат за свято място, свързано с два ключови момента от живота на поета.

Според историците това е църквата, в която на девет години Данте за първи път зърва Беатриче Портинари – жената, в която се влюбва от пръв поглед и за която сърцето му копнее цял живот. За голямо негово нещастие Беатриче се омъжва за друг и умира на крехката възраст двайсет и четири години.

В същата църква години по-късно Данте се жени за Джема Донати, която дори според великия поет и писател Бокачо е била много лош избор на съпруга за Данте. Въпреки че имали деца, двамата демонстрирали много малко привързаност един към друг и след като Данте бил пратен в изгнание, нито един от двамата съпрузи не изгарял от желание да види другия.

Любовта на живота на поета завинаги си остава покойната Беатриче Портинари, която той едва познавал, но въпреки това споменът за нея бил толкова силен, че духът ѝ се превръща в негова муза, която вдъхновява най-великите му произведения.

Прочутата творба на Данте La Vita Nuova* прелива от възхвали на „благословената Беатриче“. Обожанието към нея е дори по-силно в „Божествена комедия“, където тя е не друго, а спасителката, която води Данте през Рая. И в двете произведения поетът копнее за непостижимата дама на сърцето си.

* Нов живот (ит.) – Б. пр.

Днес Църквата на Данте се е превърнала в храм на разбитите сърца, страдащи от несподелена любов. Гробът на младата Беатриче е също в тази църква и семплата ѝ надгробна плоча се е превърнала в свято място както за почитателите на Данте, така и за нещастните влюбени.

Лангдън и Сиена вървяха по все по-тесните улици. От време на време някоя кола се опитваше да се промъкне през този лабиринт и караше пешеходците да се прилепват към стените.

– Църквата е зад ъгъла – каза Лангдън, изпълнен с надежда, че някой от туристите вътре ще може да им помогне. Знаеше, че шансовете им да намерят добър самарянин са по-добри, след като Сиена си бе взела перуката и бе върнала сакото на Лангдън и двамата си бяха каквито и преди. Бяха се преобразили от рокер и скинхед ... в колежански преподавател и спретната млада жена.

Лангдън с облекчение се върна в старата си кожа.

Докато влизаха в една дори още по-тясна уличка – Виа дел Престо, – Лангдън огледа вратите. Входът към църквата бе труден за намиране, защото самата сграда бе много малка, семпла и притисната между две постройки. Човек можеше да я подмине, без дори да я забележи. Странно, но тази църква се откриваше по-лесно с ушите, отколкото с очите.

Една от особеностите на Санта Маргерита деи Черки беше, че в нея често се правеха концерти, а когато нямаше такива събития, вътре се пускаха записи от тези концерти, за да могат посетителите да се наслаждават на музика по всяко време.

Както и предполагаше, Лангдън чу тих запис на музика. Звуците се усилваха с приближаването им към почти незабележимия вход. Единствената индикация, че това наистина е правилното място, беше малката табела – пълна противоположност на яркото знаме пред Каза ди Данте, – която скромно съобщаваше, че това е църквата на Данте и Беатриче.

Лангдън и Сиена влязоха в хладния полумрак. Интериорът беше строг и семпъл; всичко изглеждаше по-малко, отколкото си го спомняше Лангдън. Имаше само неколцина туристи, които седяха тихо на пейките и слушаха музика или разглеждаха любопитната колекция.

С изключение на олтара с Мадоната, дело на Нери ди Бичи, почти всички оригинални произведения на изкуството бяха заменени със съвременни експонати, които представяха двете знаменитости – Данте и Беатриче, причината повечето посетители да търсят малкия параклис. На по-голямата част от картините бе нарисуван Данте с изпълнен с копнеж поглед по време на прочутата му първа среща с Беатриче, когато поетът – според собствения му разказ – моментално се влюбил. Творбите имаха много различно качество и повечето от тях според вкуса на Лангдън си бяха жив кич и мястото им изобщо не бе тук. На една картина от този вид шапката на Данте изглеждаше така, сякаш я е откраднал от Дядо Коледа. Въпреки това повтарящият се образ на поета с нега в очите, взрян в своята муза Беатриче, не оставяше никакво съмнение, че това е църквата на мъчителната любов – невъзможната, несподелената, непостижимата.

Лангдън инстинктивно се обърна към простата плетена кошница, поставена до гроба на Беатриче. И тази сутрин както винаги тя бе пълна със сгънати листчета – собственоръчни писма от посетителите, адресирани до самата Беатриче.

Беатриче Портинари се бе превърнала в нещо като патрон на влюбените и според дългогодишната традиция написаните на ръка молби до нея се оставяха в кошницата с надеждата, че тя ще се намеси в полза на изпращача, вероятно ще накара някой да го обича повече или ще му помогне да намери истинската любов, или ще му даде сила да забрави отминала любов.

Преди много години, докато все още правеше проучвания за книгата си по история на изкуството, Лангдън се бе отбил в църквата, за да остави писмо в кошницата и да помоли музата на Данте не да му даде истинска любов, а да му влее от вдъхновението, което бе дало възможност на поета да напише своя голям труд. „Музо, запей ми за този герой многоопитен...“*

Първият стих от Омировата „Одисея“ му се стори достойна молба и Лангдън тайно вярваше, че посланието му наистина е

* Превод Николай Вранчев – Б. пр.

довело до отвъдната намеса на Беатриче, защото когато се прибра у дома, написа книгата си с необичайна лекота.

– Scusate! – проехтя внезапно гласът на Сиена. – Potete ascoltarmi tutti?*

Почти всички туристи се обърнаха към нея, някои с известна тревога.

Сиена се усмихна сладко и ги попита на италиански дали някой не носи със себе си „Божествена комедия“. След няколко странни погледа и поклащания на глави зададе въпроса на английски, но пак не постигна успех.

Възрастната жена, която метеше пред олтара, изсъска нещо злобно на Сиена и вдигна пръст към устните си, за да я призове да млъкне.

Сиена погледна Лангдън и се намръщи, сякаш питаше: „А сега какво?“

Обръщението ѝ към всички присъстващи не беше точно начинът, по който Лангдън си представяше, че ще процедират, но трябваше да признае, че очакваше по-добра реакция от тази, която тя получи. При предишни визити не бе забелязвал да липсват хора, които да четат „Божествена комедия“ в това свято място и да се наслаждават на пълното потапяне в света на Данте.

Но не и днес.

Вгледа се в една възрастна двойка, седнала в предната част на църквата, която не се бе размърдала. Плешивата глава на мъже бе сведена напред, брадичката му опираше в гърдите: очевидно се възползваше от момента да подремне. Жената до него изглеждаше съвсем будна, а изпод посивялата ѝ коса се показваше бял кабел на слушалки.

„Искрица надежда“, помисли си Лангдън и тръгна към двойката. Както бе предполагал, издайническите слушалки на жената бяха свързани с айфон, сложен в скута ѝ. Тя усети, че някой я гледа, вдигна очи и издърпа слушалките от ушите си.

Лангдън нямаше представа какъв език говори жената, но глобалното разпространение на айфоните и айпадите бе създало

* Извинете. Чувате ли всички? (ит.) – Б. пр.

универсален речник, който се разпознаваше от всички националности като знаците за мъжка и дамска тоалетна.

– Айфон? – попита Лангдън и погледна устройството с възхищение.

Лицето на възрастната жена грейна и тя гордо кимна.

– Такава умна малка играчка – прошепна с британски акцент. – Синът ми ми го подари. Слушам си имейла. Можете ли да повярвате – слушам си имейла! Малкото съкровище ми го чете. С тези моите старчески очи ми е от голяма помощ.

– И аз имам такъв – каза Лангдън с усмивка и седна до нея, като внимаваше да не събуди спящия ѝ съпруг. – Но снощи го изгубих.

– О, каква трагедия! Опитахте ли с приложението „намери ми айфона"? Синът ми казва, че...

– Какъв глупак съм, така и не активирах това приложение. – И Лангдън я погледна смутено и продължи колебливо: – Ако не смятате, че се натрапвам, бихте ли ми услужили с вашия само за миг? Трябва проверя нещо в интернет. Много ще ми помогнете.

– Разбира се! – Тя извади слушалките и сложи устройството в ръцете му. – Никакъв проблем. Горкичкият!

Лангдън ѝ благодари и взе телефона. Докато тя не спираше да дудне до него колко ужасно би се чувствала, ако си загуби айфона, Лангдън влезе в търсачката на Гугъл, натисна копчето на микрофона и щом телефонът изписука, започна да произнася отчетливо думите, които искаше да търси: „Данте, Божествена комедия, Рай, Двайсет и пета песен..."

Жената изглеждаше впечатлена: очевидно още не бе разбрала за това приложение. Когато резултатите от търсенето започнаха да се появяват на екрана, Лангдън хвърли бърз поглед към Сиена, която ровеше в нещо напечатано близо до кошницата с писмата до Беатриче. Недалече от нея мъж с вратовръзка бе коленичил в сенките и се молеше с наведена глава. Лангдън не виждаше лицето му, но изпита тъга за самотния човек, който сигурно бе загубил любимата си и бе дошъл тук, за да намери утеха.

Върна вниманието си към айфона и след секунди намери линк към дигитално издание на „Божествена комедия" – достъпът до него беше свободен. А когато произведението се отвори на Песен 25, той трябваше да признае, че е впечатлен от технологията. „Трябва да престана да съм такъв сноб по отношение на подвързаните с кожа книги – напомни си. – Електронните книги си имат своите предимства“.

Възрастната жена започна да показва известна загриженост и да говори за високите цени на сърфирането в интернет в чужбина и Лангдън усети, че тази възможност му е дадена за кратко, затова се съсредоточи върху уебстраницата.

Текстът беше дребен, но на слабата светлина на параклиса екранът изглеждаше още по-ярък. Лангдън с удоволствие установи, че случайно е попаднал на превода на Манделбаум. За него преводачът бе получил най-високата почест от Италия – президентския кръст на Ордена на Звездата за солидарност с Италия. Макар на пръв поглед да не беше толкова поетичен, колкото версията на Лонгфелоу, преводът на Манделбаум беше много по-разбираем.

„Днес предпочитам яснотата пред поезията“, помисли Лангдън с надеждата бързо да намери в текста цитат, в който става въпрос за конкретно място във Флоренция – където Игнацио бе скрил посмъртната маска на Данте.

Малкият екран на айфона показваше по шест стиха. Лангдън започна да чете и си припомни откъса. В началото на Песен 25 Данте говори за самата „Божествена комедия“, за физическото усилие, което му е коствало да я напише, и за мъчителната надежда, че може би тази изящна поема ще преодолее грозната жестокост на изгнанието, което го държи далеч от любимата му Флоренция.

Песен XXV
Ако след време повестта свещена,
где земното с небесното съм слял
тъй, че измършавя плътта ми тленна,
сломи гнева, прогонил ме без жал
вън от кошарата, где в обкръжение
на вълци като агънце съм спал

Този откъс напомняше само, че красивата Флоренция е домът, за който Данте копнее, докато пише „Божествена комедия", но в него Лангдън не видя никаква препратка към конкретно място в града.

– Какво знаете за таксуването за пренос на данни? – попита жената и хвърли поглед към айфона си внезапно загрижена. – Спомням си, че синът ми каза да внимавам много, когато влизам в интернет от чужбина.

Лангдън я увери, че ще му отнеме само минута, и ѝ предложи да я възмезди, но дори и при това положение усещаше, че тя никога няма да му позволи да прочете всички сто стиха на Песен 25.

Бързо премина на следващите шест реда и продължи да чете.

... то с друго руно, с друго песнопение
бих бил поет с венец удостоен
връз купела на моето кръщение,
че бях от тази вяра вдъхновен,
която ни насочва в небесата
и в нея триж от Петър посветен.

Бегло си спомняше този откъс – неясна алюзия за политическата сделка, която е предложена на Данте от враговете му. Според историята „вълците", които го прогонили от Флоренция, му казали, че може да се върне само ако се съгласи на публично обругаване – да застане пред цялото паство сам върху купела, в който е кръстен, само по долна риза, и да се покае.

В пасажа, който Лангдън току-що бе прочел, след като отказва сделката, Данте заявява, че ако някога се върне към купела на своето кръщение, няма да е по риза за покаяние, а с лавров венец на поет.

Лангдън вдигна пръст, за да придвижи текста по екрана, но жената изведнъж започна да протестира и да протяга ръка към айфона си: очевидно вече бе решила да не е толкова щедра.

Лангдън почти не я чуваше. Части от секундата преди ръката му да докосне екрана, погледът му се плъзна по стих, който виждаше за втори път.

... бих бил поет с венец удостоен...

Взря се в думите и осъзна, че в желанието си да види споменато конкретно място, за малко да пропусне яркия знак в самото начало на песента.

... купела на моето кръщение...

Флоренция бе дом на един от най-прочутите кръщелни купели, който от повече от седемстотин години се използваше за пречистване и кръщение на младите флорентинци – сред които и самият Данте Алигиери.

Лангдън веднага си представи сградата, в която се намираше този купел. Беше великолепна осмоъгълна постройка, в много отношения по-божествена от самата катедрала. Зачуди се дали е прочел всичко необходимо.

„Дали точно тази сграда е имал предвид Игнацио?"

Лъч златна светлина премина през ума му и в него се материализира красив образ – впечатляващи бронзови порти, ярки и блеснали под утринното слънце.

„Знам какво се е опитвал да ми каже Игнацио!"

Всички съмнения се изпариха миг по-късно, когато осъзна, че Игнацио Бузони е един от малкото хора във Флоренция, които могат да отключат тези порти.

„Робърт, вратите са отворени за теб, но трябва да побързаш".

Подаде айфона на възрастната жена и ѝ благодари многословно.

Втурна се към Сиена и ѝ прошепна развълнувано:

– Знам кои врати е имал предвид Игнацио! Вратите на Рая!

Сиена беше скептична.

– Вратите не Рая? Те не са ли... на небето?

– Всъщност – каза Лангдън, усмихна ѝ се хитро и тръгна към вратата, – ако знаеш къде да гледаш, Флоренция наистина е раят.

53.

„Бих бил поет... връз купела на моето кръщение“.

Думите на Данте отекваха в съзнанието на Лангдън, докато водеше Сиена на север по тясната алея, известна като Виа дело Студио. Целта им лежеше напред и с всяка стъпка Лангдън изпитваше все по-голяма увереност, че са на прав път и че са се откъснали от преследвачите си.

„Вратите са отворени за теб, но трябва да побързаш“.

Когато приближиха края на подобната на пролом алея, чуха оживени гласове. Внезапно стените от двете им страни изчезнаха и те се озоваха на просторно открито пространство.

Пиаца дел Дуомо.

Огромният площад с неговата сложна мрежа от постройки беше старият религиозен център на Флоренция. Днес той бе по-скоро туристически център и вече беше пълен с автобуси и посетители, тълпящи се около прочутата катедрала.

Тъй като излязоха в южната част на пиацата, Лангдън и Сиена се озоваха отстрани на катедралата, пред зашеметяващия екстериор от зелен, розов и бял мрамор. Сградата беше поразителна колкото с блясъка, красотата и художественото майсторство, с което бе построена, толкова и с размерите си – продължаваше сякаш безкрайно и в двете посоки и пълната ѝ дължина почти се равняваше на дължината на монумента Вашингтон, ако беше полегнал на земята.

Въпреки че традиционните монохромни каменни филиграни бяха изоставени и сменени с необичайно ярка смес от цветове, постройката беше чисто готическа – класическа, здрава и трайна. При първото си идване във Флоренция Лангдън беше намерил архитектурата за едва ли не крещяща. При по-късните си посещения обаче откри, че изучава сградата часове наред, странно завладян от необичайното ѝ естетическо въздействие, докато най-сетне не започна да оценява по достойнство бляскавата ѝ красота.

Ил Дуомо, или по-официално, катедралата „Санта Марие дел Фиоре", освен че бе дала прякора на Игнацио Бузони, дълго време била не само духовно сърце на Флоренция, но и вековен център на драми и интриги. Бурното минало на сградата варираше от дългите и ожесточени спорове относно много хуления стенопис „Страшният съд" на Вазари върху вътрешната страна на купола... до горещо диспутираното съревнование за избор на архитект за построяването на самия купол.

Филипо Брунелески накрая спечелил доходоносната поръчка и завършил купола, най-големия от вида си по онова време. И до ден-днешен самият Брунелески можеше да се види като статуя, седнал отвън до Палацо деи Каноничи и загледан доволен към шедьовъра си.

Тази сутрин, когато вдигна очи към прочутия купол с червени плочки, истински архитектурен подвиг за епохата си, Лангдън си спомни времето, когато му бе хрумнала глупавата идея да се покатери на върха му. Тясното задръстено с туристи стълбище се бе оказало едно от най-потискащите и клаустрофобични места, на които беше попадал. Въпреки това Лангдън беше благодарен за изпитанията, през които бе преминал при изкачването на Купола на Брунелески, тъй като това го беше подбудило да прочете интересната книга на Рос Кинг със същото заглавие.

– Робърт? – обади се Сиена. – Идваш ли?

Лангдън откъсна поглед от купола и едва сега осъзна, че се е заковал на място, за да се възхити на архитектурата.

– Извинявай.

Продължиха, като се придържаха към периметъра на площада. Сега катедралата се намираше от дясната им страна и Лангдън забеляза, че туристите вече излизат от страничните изходи и отбелязват обекта като посетен в списъците си на забележителности.

Отпред се издигаше характерният силует на кампанила – втората от трите постройки в катедралния комплекс. По-известна като Камбанарията на Джото, кампанилата недвусмислено показваше, че е част от катедралата. Украсена със същите розови, зелени и бели облицовъчни камъни, кулата се устремяваше към небето на зашеметяващата височина от осемдесет и пет метра. Лангдън винаги бе намирал за изумително, че стройната постройка е останала на мястото си през всички тези векове, преживявайки земетресенията и капризите на времето, особено като се има предвид колко тежка бе в горната си част – върхът ѝ поддържаше камбани с общо тегло девет тона.

Сиена крачеше енергично до него и нервно оглеждаше небето около камбанарията в търсене на разузнавателното хеликоптерче, но за щастие него го нямаше. Въпреки ранния час тълпата беше доста многолюдна и Лангдън бе доволен.

Докато вървяха към кампанилата, минаха покрай редица карикатуристи, които стояха зад триножниците си и рисуваха крещящи скечове на туристи – тийнейджър със скейтборд, момиче с шини на зъбите, размахващо стик за лакрос, младоженци на медения си месец, целуващи еднорог. Лангдън донякъде се развесели, докато гледаше как всичко това се върши на същото свещено място, където Микеланджело е разполагал собствения си триножник като момче.

Продължиха бързо покрай камбанарията на Джото, завиха надясно и продължиха през площада направо към централния вход на катедралата. Тук тълпата беше най-гъста, туристи от цял свят насочваха телефони и видеокамери към пъстроцветната фасада.

Лангдън почти не поглеждаше нагоре; вниманието му беше привлечено от много по-малката постройка, която вече се виждаше. Точно срещу главния вход на Санта Мария дел Фиоре беше разположена третата и последна сграда от катедралния комплекс.

И любимата на Лангдън.

Баптистерият „Сан Джовани“.

Украсен със същите многоцветни камъни и пиластри на ивици като катедралата, баптистерият се различаваше от по-голямата постройка с поразителната си форма – идеален осмоъгълник. Приличащата според някои на торта постройка беше разделена на три ясно обособени пояса, увенчани с бял полегат покрив.

Лангдън знаеше, че осмоъгълната форма няма нищо общо с естетиката, а е изцяло свързана със символизма. В християнството числото осем се свързваше с прераждането и пресъздаването. Осмоъгълникът служеше като нагледно напомняне за шестте дни на Сътворението на небето и земята, съботата и осмия ден, на който християните се „прераждат“ или „пресътворяват“ чрез кръщението. Осмоъгълникът се бе превърнал в често срещана форма за баптистериите по цял свят.

Макар да смяташе баптистерия за една от най-поразителните сгради във Флоренция, Лангдън винаги бе мислил, че изборът на мястото му е малко несправедлив. Почти навсякъде другаде баптистериите бяха в центъра на вниманието. Тук обаче, в сянката на двата си колосални съседа, сградата създаваше впечатлението за изтърсак.

„Докато не влезеш вътре“ – напомни си Лангдън, представяйки си главозамайващите мозайки от интериора, които бяха толкова живописни, че ценителите от миналото твърдели, че таванът наподобявал самия рай. „Ако знаеш къде да гледаш – иронично бе казал Лангдън на Сиена, – Флоренция *наистина* е раят“.

Векове наред в осмоъгълното светилище са били кръщавани безброй видни личности, сред които и самият Данте.

„Бих бил поет... връз купела на моето кръщение“.

Поради изгнанието си на Данте така и не му било позволено да се върне на това свещено място, мястото на кръщаването си, макар че Лангдън се надяваше все повече посмъртната маска на Данте най-сетне да се върне на постамента си в резултат на невероятната серия от събития от последната нощ.

„Баптистерият – помисли си Лангдън. – Точно тук Игнацио би трябвало да е скрил маската, преди да умре“. Спомни си отчаяното телефонно съобщение на Игнацио и за един смразяващ момент си представи как пълният мъж, притиснал ръце към гърдите си, прекосява със залитане пиацата, влиза в алеята и прави последното си телефонно обаждане, след като е оставил маската на сигурно място в баптистерия.

„Вратите са отворени за теб“.

Погледът му не се откъсваше от баптистерия. Сиена вървеше така настойчиво и енергично, че Лангдън едва успяваше да не изостава. Дори оттук виждаше как масивните централни врати на баптистерия блестят под лъчите на слънцето.

Изработени от позлатен бронз и високи над четири метра и половина, вратите бяха дело на Лоренцо Гиберти и за изработването им били нужни повече от двайсет години. Бяха украсени с десет пана, изпълнени с толкова изящни библейски сцени, че Джорджо Вазари нарекъл портите „несъмнено съвършени във всяко отношение и... най-великолепният шедьовър, създаван някога“.

А възторженият отзив на Микеланджело дал на вратите прякора, с който те бяха известни и до днес. Великият художник заявил, че те са толкова прекрасни, че били достойни да бъдат... врати на Рая.

54.

„Библия в бронз“ – помисли си Лангдън, докато се възхищаваше на прекрасните врати. Блестящите „Врати на Рая“ на Гиберти бяха разделени на десет квадратни пана, като във всяко бе изобразена важна сцена от Стария завет. Скулптурният разказ на Гиберти започваше от Райската градина, минаваше през Мойсей и стигаше до храма на цар Соломон; развиваше се на две колони, всяка с по пет пана.

През вековете отделните зашеметяващи сцени бяха дали началото на своеобразно състезание по популярност. Художници и историци на изкуството, като се започне от Ботичели и се стигне до съвременните критици, яростно защитаваха своите предпочитания за „най-доброто пано“. Според общия консенсус победителят беше паното с Яков и Исав – централното пано на лявата колона, за което се твърдеше, че е избрано заради впечатляващия брой художествени методи, използвани при създаването му. Лангдън обаче подозираше, че реалната причина за първенството на паното се дължи на факта, че именно върху него Гиберти е избрал да сложи името си.

Преди няколко години Игнацио Бузони беше показал с гордост вратите на Лангдън и стеснително бе признал, че след половин хилядолетие наводнения, вандализъм и замърсен въздух позлатените врати тихомълком били сменени с точни копия и оригиналите били прибрани в Музео дел Опера дел Дуомо за реставрация. Лангдън тактично не спомена на Бузони, че този факт му е добре известен и че всъщност това са *вторите* „фалшиви“ врати на Гиберти, които вижда – бе попаднал на първите случайно, когато проучваше лабиринтите на катедрала „Грейс“ в Сан Франциско и откри, че копията на „Вратите на Рая“ на Гиберти служат като главна порта на катедралата от средата на двайсети век.

Докато Лангдън стоеше пред шедьовъра на Гиберти, погледът му се спря върху краткото информационно табло наблизо. Една проста фраза на италиански привлече вниманието му и го стресна.

La peste nera. Черната смърт. „Боже мой – помисли си Лангдън. – Тя е навсякъде!“ Според таблото вратите били поръчани като „оброк“ на Бог, израз на благодарност, че Флоренция е успяла да преживее чумата.

Насили се да погледне отново Вратите на Рая. Думите на Игнацио отекваха в главата му. „Вратите са отворени за теб, но трябва да побързаш“.

Въпреки обещанието на Игнацио Вратите на Рая определено бяха затворени както винаги, с рядкото изключение на някой голям религиозен празник. Обикновено туристите влизаха в баптистерия от входа на северната страна.

Сиена беше застанала на пръсти до него и се опитваше да види през тълпата.

– Няма дръжки – каза тя. – Нито ключалка. Нищо.

„Така е“, помисли си Лангдън. Гиберти не би съсипал шедьовъра си с нещо така прозаично като дръжка.

– Вратите се отварят *навътре*. И се заключват от другата страна.

Сиена сви устни и се замисли.

– Значи отвън... никой няма да знае дали са заключени, или не.

Лангдън кимна.

– Надявам се Игнацио да е мислил точно това.

Мина няколко крачки надясно и погледна към северната страна на сградата, където имаше много по-скромно украсени врати, през които влизаха туристите. Някакъв отегчен екскурзовод пушеше на входа и отблъскваше питащите туристи, като сочеше табелата: APERTURA 1300–1700.

Лангдън остана доволен. „Ще отвори след няколко часа – помисли си. – И досега никой не е влизал вътре“.

Инстинктивно понечи да си погледне часовника и за пореден път си напомни, че Мики Маус вече го няма.

Когато се върна при Сиена, тя се беше присъединила към група туристи, които снимаха през простата желязна решетка, издигната малко пред Вратите на Рая, за да попречи на посетителите да се приближават прекалено до шедьовъра на Гиберти.

Решетката беше изработена от черно ковано желязо с позлатени шипове отгоре и приличаше на проста дворна ограда, каквато често можеше да се види около къщите в предградията. Информационното табло, описващо Вратите на Рая, беше поставено доста двусмислено – не върху самите бронзови врати, а върху оградата.

Лангдън беше чувал, че се е случвало разположението на таблото да обърква туристите – и ето че точно сега някаква ниска пълна жена в спортен екип на „Джуси Котюр" разбута тълпата, погледна таблото, изгледа намръщено желязната порта и възкликна презрително:

– Вратите на Рая ли? По дяволите, прилича на кучешката ми ограда у дома! – След което си тръгна, преди някой да успее да ѝ обясни заблуждението ѝ.

Сиена протегна ръце, хвана се за оградата и небрежно погледна през решетките към катинара от другата страна.

– Виж – прошепна и се обърна ококорена към Лангдън. – Катинарът е отключен.

Лангдън погледна през решетките и видя, че Сиена е права. Катинарът беше нагласен така, че да създава впечатление за заключен, но при по-внимателен оглед се виждаше, че не е.

„Вратите са отворени за теб, но трябва да побързаш".

Вдигна очи към Вратите на Рая зад оградата. Ако Игнацио наистина беше махнал резето, огромните врати на баптистерия можеха просто да се отворят. Предизвикателството обаче беше как да влязат, без да привлекат вниманието на целия площад, в това число на полицията и на охраната на Дуомо.

– Гледайте! – изведнъж изпищя някаква жена наблизо. – Той ще скочи! – Гласът ѝ бе изпълнен с ужас. – Горе на камбанарията!

Лангдън се обърна и видя, че крещящата жена е... Сиена. Беше на пет метра от него, сочеше към камбанарията на Джото и крещеше:

– Там горе! Ще скочи!

Погледите на всички се насочиха към покрива на камбанарията. Хората започнаха да сочат, да присвиват очи и да говорят високо.

– Някой ще скача ли?!

– Къде?!

– Не го виждам!

– Ей там, отляво?!

Нужни бяха само няколко секунди хората на площада да доловят паниката и също да се загледат нагоре към камбанарията. Със скоростта на пожар, унищожаващ сеното на окосена поляна, страхът обхвана цялата пиаца. Всички проточваха вратове, гледаха нагоре и сочеха.

„Вирусен маркетинг" – помисли Лангдън. Даваше си сметка, че има на разположение само секунди. Незабавно хвана железните решетки и отвори портата. В същия миг Сиена се озова до него и двамата се промъкнаха в тясното пространство от другата страна. Затвориха портата и се забързаха към високите четири и половина метра врати. С надеждата, че е разбрал Игнацио правилно, Лангдън натисна с рамо.

Отначало не се случи нищо, но после тежката врата се раздвижи мъчително бавно. „Вратите са отворени!" Вратите на Рая се открехнаха трийсетина сантиметра. Без да губи време, Сиена се шмугна вътре. Лангдън я последва, като се провря странично през тесния отвор. Озоваха се в сумрака на баптистерия.

Обърнаха се и забутаха вратата в обратната посока. Тя се затвори с категорично *бум*. Шумът и хаосът отвън моментално изчезнаха и остана единствено тишина.

Сиена посочи една дълга дървена греда на пода, греда, която несъмнено би трябвало да е на мястото си в страничните скоби от двете страни на вратата и да служи като резе.

– Явно Игнацио я е свалил.

Вдигнаха гредата и я нагласиха в скобите, като по този начин заключиха Вратите на Рая... и се изолираха вътре.

За един дълъг момент останаха мълчаливи и облегнати на вратата; опитваха се да си поемат дъх. В сравнение с шумния площад отвън баптистерият беше тих и спокоен като самия рай.

Мъжът с очилата на „Плюм Пари“ и вратовръзката с индийски десен се движеше през тълпата около баптистерия „Сан Джовани“, без да обръща внимание на неспокойните погледи на онези, които забелязваха кървавия му обрив.

Тъкмо бе стигнал бронзовите врати, през които така хитро бяха изчезнали Робърт Лангдън и спътницата му. Дори отвън бе чул глухия звук от залостването от другата страна.

„Няма начин да се влезе оттук“.

Атмосферата на площада бавно се върна към нормалното. Туристите, които допреди малко зяпаха в очакване нагоре, вече започваха да губят интерес. *Никой не бе скочил*. Всички продължиха предишните си занимания.

Сърбежът го мъчеше. Обривът се влошаваше. И върховете на пръстите му вече бяха подути и кожата им се цепеше. Мъжът пъхна ръце в джобовете си, за да не ги чеше. Гърдите му продължаваха да пулсират, докато обикаляше осмоъгълната сграда в търсене на друг вход.

Когато стигна до ъгъла, усети остра болка по адамовата си ябълка и осъзна, че отново се чеше.

55.

Има поверие, че е физически невъзможно да влезеш в баптистерия „Сан Джовани" и да не погледнеш нагоре. Въпреки че бе идвал тук много пъти, Лангдън и сега почувства мистичното въздействие на това място и остави погледа си да се плъзне към тавана.

Високо, много високо горе, повърхността на осмоъгълния купол на баптистерия се простираше на повече от двайсет и четири метра от единия край до другия. Таванът проблясваше и трептеше, сякаш бе направен от живи въглени. Полираната кехлибарено-златиста повърхност отразяваше неравномерно разсеяната светлина от повече от един милион плочки *смалти* – мънички парченца мозайка, изсечени на ръка от подобна на стъкло слюда и подредени в шест концентрични пръстена, в които бяха изобразени библейски сцени.

Естествената светлина добавяше сурова драматичност в горната част на помещението, пронизвайки тъмното пространство през централен окулус, подобен на онзи в Пантеона в Рим, както и през серия високи малки прозорци в дълбоки ниши; светлината проникваше през тях на снопове, които бяха толкова фокусирани и тесни, че изглеждаха почти твърди, като строителни греди, поставени под непрекъснато променящи се ъгли.

Докато пристъпваше със Сиена навътре в помещението, Лангдън се взираше в легендарната мозайка на тавана – подредено в пояси изображение на рая и ада, силно наподобяващо описанието в „Божествена комедия".

„Данте Алигиери го е видял като дете – помисли си Лангдън. – И е получил вдъхновение свише".

Погледът му се спря върху централната част от мозайката. Точно над основния олтар се рееше осемметров Христос, съдещ спасените и прокълнатите.

От дясната страна на Исус праведните получаваха в награда вечен живот.

От лявата му страна грешниците биваха пребивани с камъни, печени на шишове и поглъщани от всякакви същества.

Над измъчваните се извисяваше колосална мозайка на Сатаната, изобразен като пъклен човекояден звяр. Лангдън винаги трепваше, когато виждаше тази фигура. Преди повече от седемстотин години тя се бе взирала надолу към младия Данте Алигиери, беше го изпълнила с ужас и бе вдъхновила живото му описание на онова, което дебне в последния кръг на ада.

На плашещата мозайка бе изобразен рогат дявол, поглъщащ човешка фигура, започвайки от главата. Краката на жертвата стърчаха от устата на Сатаната по начин, наподобяващ ритащите крака на заровените наполовина грешници в Злите оврази на Данте.

„Lo 'mperador del doloroso regno" – помисли си Лангдън, спомняйки си текста на Данте. „Царят на града унил".

От ушите на Сатаната излизаха две огромни гърчещи се змии, които също поглъщаха грешници и създаваха впечатление, че Сатаната има три глави, точно както го описва Данте в последната песен на „Ад". Лангдън разрови паметта си и си припомни описанието на автора.

„Щом трите му лица видях... от шест очи влажняха сълзи... Като мъналки три усти душите на три злодея мачкаха без жал".

Знаеше, че утрояването на злото на Сатаната е пропито със символично значение – така той се намираше в идеално равновесие с тройната слава на Светата Троица.

Докато се взираше в ужасната картина, Лангдън се опитваше да си представи въздействието на мозайката върху младия Данте, който е посещавал службите в тази църква година след година и всеки път, когато се е молел, е виждал Сатаната да се взира надолу към него. Тази сутрин обаче Лангдън имаше тревожното усещане, че дяволът се взира право в *него*.

Бързо свали поглед към балкона и галерията на втория етаж – уединената част, където били допускани жени да гледат кръщенетата – и после надолу към висящия саркофаг на антипапа Йоан XXIII, чието тяло почиваше високо на стената като някакъв пещерен обитател или участник в номера на фокусник, представящ трик с левитиране.

Накрая погледът му се спусна до пищно украсения под, по който според мнозина имаше препратки към астрономическите познания от Средновековието. Очите му проследиха заплетените черни и бели шарки, събиращи се точно в центъра на помещението.

„Ето го" – помисли си. Знаеше, че стои на същото място, на което е бил кръстен Данте Алигиери през втората половина на тринайсети век.

– „Бих бил поет... връз купела на моето кръщение" – каза Лангдън и гласът му отекна в празното пространство. – Това е.

Сиена погледна с безпокойство центъра на помещението, накъдето сочеше Лангдън.

– Но... там няма нищо.

– Вече няма – отвърна Лангдън.

В центъра беше останал само голям червеникавокафяв осмоъгълник. Тази необичайно монотонна площ рязко прекъсваше сложната украса на пода и приличаше на голяма закърпена дупка – каквото всъщност и беше.

Лангдън бързо обясни, че първоначално купелът на баптистерия е представлявал голям осмоъгълен басейн, разположен в самия център на помещението. Докато съвременните купели обикновено представляваха издигнати съдове, по-ранните отговаряха по-точно на буквалното значение на думата – „извори" или „фонтани", дълбок водоем, в който участникът може да се потопи целият. Лангдън се запита как ли са отеквали писъците на уплашените деца в каменното помещение, докато са ги потапяли в басейна с ледена вода, намирал се някога в центъра.

– Кръщенетата са били студени и плашещи – каза той. – Истински ритуал на посвещаване. Дори опасен. Има сведения, че веднъж Данте скочил във водата, за да спаси давещо се дете. Така или иначе, оригиналният купел е бил покрит някъде през шестнайсети век.

Погледът на Сиена зашари с безпокойство във всички посоки.

– Но ако кръщелния купел на Данте го няма... къде е скрил маската Игнацио?

Лангдън разбираше тревогата ѝ. В просторното помещение имаше предостатъчно места, които можеха да послужат за скривалища – зад колони, статуи, гробници, ниши, при олтара, дори горе.

Въпреки това Лангдън се чувстваше забележително уверен. Обърна се към вратата, през която бяха влезли, и каза:

– Трябва да започнем оттам. – И посочи стената отдясно на Вратите на Рая.

Там, зад декоративна решетка, се издигаше висок шестоъгълен плинт, наподобяващ малък олтар или масичка за служба. Повърхността му беше толкова пищно украсена с релефи, че приличаше на камея от седеф. Върху мраморната основа имаше полиран дървен кръг с диаметър около деветдесет сантиметра.

Сиена последва неуверено Лангдън. Когато изкачиха стъпалата и влязоха зад решетката, се вгледа по-внимателно и рязко си пое дъх, щом осъзна какво представлява това пред нея.

Лангдън се усмихна. „Точно така, не е олтар или маса“. Полираното дърво беше всъщност похлупак, закриващ кухата структура.

– Това купел ли е? – попита тя.

Лангдън кимна.

– Ако Данте трябваше да бъде кръстен днес, това щеше да стане тук. – Без да се бави, той пое дълбоко дъх и изпълнен с трепетно очакване, хвана дървения похлупак.

Повдигна го, внимателно го плъзна от мраморната основа и го остави на пода до купела. След това надникна в широкото шестдесетина сантиметра тъмно пространство.

Преглътна с мъка при зловещата гледка.

Мъртвото лице на Данте Алигиери се взираше към него от сенките.

56.

„Търси и ще намериш“.

Лангдън стоеше наведен над купела и се взираше в бледожълтата смъртна маска, чиято набръчкана физиономия отвръщаше безизразно на погледа му. Гърбавият нос и издадената брадичка не можеха да се сбъркат.

„Данте Алигиери“.

Безжизненото лице беше смущаващо, но същевременно нещо в положението му в купела изглеждаше почти свръхестествено. За момент Лангдън не беше сигурен какво точно вижда.

„Маската да не би... да се рее?“

Наведе се още и се вгледа внимателно. Купелът беше дълбок няколко стъпки и приличаше повече на кладенец, отколкото на плитък басейн; стръмните му стени се спускаха към шестоъгълен леген, пълен с вода. Странно, но маската като че ли беше увиснала в средата на купела... малко над повърхността на водата, сякаш задържана от магия.

Бяха му нужни няколко секунди, докато осъзнае какво причинява илюзията. В средата на купела имаше отвесна колонка, която се издигаше до средата на съда и завършваше с нещо като малък метален поднос точно над водата. Подносът приличаше на декоративен елемент от фонтан и може би служеше за поставяне на бебета върху него, но в момента изпълняваше ролята на пиедестал, върху който лежеше маската на Данте, кацнала на безопасно разстояние над водата.

Нито Лангдън, нито Сиена продумаха, докато стояха един до друг и се взираха в покритото с бръчки лице на Данте Алигиери, което сякаш се задушаваше в плътно затворената найлонова торба. За момент сцената на лице, гледащо го от вода, събуди у Лангдън ужасяващия му спомен от детството, когато беше паднал в кладенеца и отчаяно гледаше нагоре към небето.

Пропъди спомена, пресегна се внимателно и хвана маската отстрани, където би трябвало да са ушите. Макар че лицето беше дребно според съвременните стандарти, старата гипсова отливка се оказа по-тежка, отколкото беше очаквал. Лангдън бавно вдигна маската от купела и я задържа, за да могат със Сиена да я разгледат по-отблизо.

Дори през найлона маската изглеждаше забележително жива. Мокрият гипс беше уловил всяка бръчка и дефект по лицето на стария поет. С изключение на една стара пукнатина, минаваща отвесно през средата, маската беше в идеално състояние.

– Обърни я – прошепна Сиена. – Да видим отзад.

Лангдън вече го правеше. На видеозаписа от охранителната камера в Палацо Векио ясно се виждаше, че Лангдън и Игнацио откриват нещо на обратната страна на маската – нещо толкова стряскащо и интересно, че двамата я бяха изнесли от двореца.

Изключително внимателно, за да не повреди трошливия гипс, Лангдън обърна маската и я положи с лицето надолу върху дясната си длан, за да могат да огледат задната ѝ страна. За разлика от изсъхналото и набръчкано лице на Данте, вътрешната част беше гладка. Тъй като маската по принцип не бе предназначена да се носи, обратната ѝ страна беше запълнена с гипс, целящ да укрепи деликатното изделие. В резултат се беше получила повърхност, подобна на плитка чиния за супа.

Лангдън не знаеше какво да очаква да види на нея, но със сигурност не и това.

Нищо.

Абсолютно нищо.

Само гладка повърхност.

Сиена бе също толкова объркана.

– Това е просто гипс – прошепна тя. – Щом няма нищо, какво сте видели с Игнацио?

„Нямам представа – помисли Лангдън, докато изглаждаше найлона, за да разгледа по-добре. – Тук няма нищо!" С растяща тревога вдигна маската към един сноп светлина и се вгледа по-внимателно. Докато я накланяше, за момент му се стори, че зърва нещо в горната част – редица петънца, минаващи хоризонтално по вътрешната страна на челото на Данте.

„Естествен дефект? Или може би... нещо друго". Обърна се, посочи един окачен на панти мраморен панел на стената зад тях и каза на Сиена:

– Отвори го. Трябва да има кърпи.

Макар и скептично, Сиена се подчини и отвори скрития шкаф, в който имаше три неща – клапан за контролиране на нивото на водата в купела, ключ за прожектора отгоре и... купчина ленени кърпи.

Сиена погледна изненадано Лангдън, но той беше обикалял църкви по целия свят и знаеше, че в почти всеки баптистерий свещениците държат подръка *пелени* – непредсказуемостта на мехурите на малките бе универсален риск при кръщенетата.

– Добре – каза той и погледна кърпите. – Ще подържиш ли за момент маската? – Подаде ѝ я внимателно и почна работа.

Първо вдигна шестоъгълния похлупак и го върна на мястото му, с което възстанови малката подобна на олтар масичка, която бяха видели отначало. След това взе от шкафа няколко кърпи и ги разстла отгоре. Накрая натисна ключа, прожекторът се включи и полираната повърхност на похлупака засия ярко.

Сиена сложи внимателно маската върху купела, а Лангдън взе още кърпи и я извади с тях от найлоновата торба, като внимаваше да не я докосва с голи ръце. След секунди маската на Данте лежеше с лицето нагоре под ярката светлина, подобно на главата на пациент под упойка върху операционна маса.

Под светлината отливката изглеждаше още по-смущаваща – бръчките от старостта се подчертаваха от безцветния гипс. Без да губи време, Лангдън използва импровизираните ръкавици, за да обърне маската с лицето надолу.

Задната страна изглеждаше много по-незасегната от времето – беше чиста и бяла, а не мръсна и жълтеникава.

Сиена наклони глава настрани. Изглеждаше озадачена.

– Тази страна не ти ли се струва *по-нова*?

Наистина, разликата в цветовете беше по-голяма, отколкото Лангдън беше очаквал, но обратната страна със сигурност трябваше да е на същата възраст като предната.

– Неравномерно остаряване – обясни той. – Задната страна е била защитена от витрината и никога не е била подлагана на въздействието на слънчевата светлина. – Отбеляза си наум да използва крем против слънце с два пъти по-висок защитен фактор.

– Чакай малко – каза Сиена и се наведе над маската. – Виж! Върху челото! Явно това сте видели с Игнацио.

Погледът на Лангдън се плъзна бързо по гладката бяла повърхност към обезцветеното място, което бе забелязал през найлона – едва забележим ред петънца, които минаваха хоризонтално от вътрешната страна на челото на Данте. На ярката светлина обаче ясно се виждаше, че петънцата не са естествен дефект... Бяха дело на човешка ръка.

– Това е... текст – със затаен дъх прошепна Сиена. – Но...

Лангдън се вгледа в надписа върху гипса. Беше само един ред светли кафеникави букви.

– Това ли е *всичко*? – попита Сиена. Гласът ѝ звучеше едва ли не гневно.

Лангдън почти не я чу. „Кой е написал това? – запита се той. – Някой от епохата на Данте?" Изглеждаше му малко вероятно. Ако беше така, някой историк отдавна щеше да е забелязал надписа по време на редовните почиствания и реставрации и той щеше да бъде част от историята на маската. Лангдън никога не бе чувал за подобно нещо.

Сещаше се за много по-вероятен източник.

„Бертран Зобрист".

Зобрист беше собственикът на маската и като такъв с лекота би могъл да си осигури достъп до нея по всяко време. Би могъл да напише текста отзад сравнително неотдавна и да върне изделието във витрината, без никой да разбере. „Собственикът на маската –

беше им казала Марта – не позволява дори на нашия персонал да отваря витрината в негово отсъствие“.

Лангдън бързо обясни теорията си.

Сиена като че ли приемаше логиката му, но въпреки това перспективата явно я смущаваше.

– Няма смисъл – рече тя неспокойно. – Ако Зобрист тайно е написал нещо върху задната страна на посмъртната маска на Данте и в същото време си е направил труда да създаде онзи малък прожектор, който да сочи към нея... тогава защо не е написал нещо *по-съдържателно*? Та това е безсмислено! Цял ден търсим маската, и само *това* ли откриваме?

Лангдън отново насочи вниманието си към текста. Той беше съвсем кратък – само седем букви – и наистина изглеждаше абсолютно безсмислен.

Разочарованието на Сиена бе съвсем разбираемо.

Лангдън обаче усещаше познатата тръпка на предстоящото откровение – почти моментално беше разбрал, че седемте букви ще му кажат всичко, което му е необходимо за онова, което трябва да направят по-нататък.

Нещо повече, той долавяше слаба миризма – позната и разкриваща защо гипсът от обратната страна е много по-бял от предната... И тази разлика изобщо не беше свързана със светлината.

– Не разбирам – продължи Сиена. – Буквите са едни и същи.

Лангдън кимна спокойно, докато се взираше в текста – седем еднакви букви, калиграфски изписани върху вътрешната страна на челото на Данте.

PPPPPPP

– Седем П-та – рече Сиена. – И какво да правим с *това*?

Лангдън спокойно се усмихна и я погледна в очите.

– Предлагам да правим точно онова, което ни *казва* посланието.

Сиена го зяпна.

– Нима седемте П-та са... *послание*?

– Точно така – усмихна се Лангдън. – При това доста хитроумно, ако си изучавала Данте.

Мъжът с вратовръзката пред баптистерия „Сан Джовани“ избърса нокти с носната си кърпа и докосна гнойните пъпки по врата си. Опитваше се да не обръща внимание на паренето в очите, докато примижаваше към целта си.

Туристическият вход.

Пред вратата уморен екскурзовод с леко сако пушеше цигара и отпращаше туристи, които явно не можеха да дешифрират работното време на сградата, изписано в интернационален формат.

APERTURA 1300–1700.

Мъжът с обрива си погледна часовника – 10:02. Баптистерият щеше да остане затворен още три часа. Мъжът остана загледан известно време в екскурзовода и накрая взе решение. Свали златната обица от ухото си и я прибра в джоба си. После извади портфейла си и провери съдържанието му. Освен различните кредитни карти и пачката евро вътре имаше три хиляди долара.

Слава богу, алчността беше международен грях.

57.

Peccatum... Peccatum... Peccatum...

Седемте букви, изписани върху гърба на смъртната маска на Данте, незабавно насочиха мислите на Лангдън към текста на „Божествена комедия“. За момент той се върна на сцената във Виена, където изнасяше лекцията си „Божественият Данте – символите на ада“.

– Така се спускаме – проехтя гласът му от високоговорителите – през деветте кръга на ада до центъра на земята, за да се озовем лице в лице със самия Сатана.

Лангдън сменяше диапозитиви, показващи триглави Сатани от различни произведения на изкуството – Картата на Ботичели, мозайката от баптистерия във Флоренция и ужасяващия черен демон на Андреа ди Чоне, чиято козина бе изцапана с алената кръв на жертвите му.

– Заедно – продължи Лангдън – ние се спуснахме по търбуха на Сатаната, преобърнахме се с промяната на гравитацията и излязохме от мрачния подземен свят... за да видим отново звездите.

Превъртя диапозитивите, докато не стигна до едно изображение, което вече бе показал – прочутия стенопис на Доменико ди Микелино от Дуомо, на който беше изобразен облеченият в червена роба Данте, застанал пред стените на Флоренция.

– И ако се вгледате по-внимателно... вие също ще видите звездите.

Посочи обсипаното със звезди небе над главата на поета.

– Както виждате, небето е представено като седем концентрични сфери около Земята. Тази структура на рая е замислена да отразява и уравновесява деветте кръга на подземния свят. Както вероятно сте забелязали, числото девет е постоянно срещана тема за Данте.

Замълча, отпи глътка вода и остави слушателите да си поемат дъх след мъчителното им спускане и излизане от ада.

– И тъй, след като понесохте ужасите на преизподнята, сигурно горите от вълнение и желание да продължите към рая. Уви, в света на Данте нищо не е така просто. – Той въздъхна драматично. – За да достигнем рая, всички ние трябва – в пряк и преносен смисъл – да изкачим планина.

И посочи стенописа на Микелино. На хоризонта зад Данте се виждаше конусовидна планина, издигаща се в небето. По нея минаваше спирален път, който правеше девет обиколки и се изкачваше на все по-тесни тераси към върха. Голи фигури вървяха с мъка нагоре, изтърпявайки по пътя различни наказания.

– Представям ви връх Чистилище – обяви Лангдън. – За съжаление това изтощително изкачване през деветте пръстена е единственият път от дълбините на ада към славата на рая. По този път можете да видите каещите се души, които плащат съответната цена за всеки свой грях. Завистливите трябва да се изкачват със зашити очи, за да не ламтят; горделивите мъкнат на гърбовете си огромни камъни, за да се превиват смирено; лакомниците вървят без храна и вода, измъчвани от ужасен глад; а сластолюбците трябва да преминат през горещи пламъци, за да се пречистят от страстите си. – Той замълча. – Но преди да получите огромната привилегия да изкачите тази планина и да се пречистите от греховете си, трябва да говорите с този.

И смени диапозитива с увеличен детайл от стенописа. Крилат ангел седеше на трон в подножието на чистилището. Каещи се грешници чакаха на опашка в краката му да бъдат допуснати до пътя. Странно, но ангелът държеше дълъг меч, с чийто връх като че ли намушкваше в лицето първата душа на опашката.

– Кой знае какво прави този ангел? – попита Лангдън.

– Наръгва грешния в главата? – предположи някой.

– Не познахте.

– Тогава в окото? – обади се друг.

Лангдън поклати глава.

– Други предположения?

– Пише върху челото му – твърдо каза някой от задните редове.

Лангдън се усмихна.

– Май някои са чели Данте внимателно. – Отново махна към диапозитива. – Наистина изглежда така, сякаш ангелът наръгва горкия нещастник в челото, но това не е така. Според текста на Данте ангелът, който пази Чистилището, изписва с меча си нещо върху челата на душите, преди да ги пусне. Естествено, ще попитате какво точно изписва.

Замълча драматично.

– Колкото и да ви е странно, той изписва една-единствена буква... която се повтаря седем пъти. Някой знае ли коя буква изписва ангелът върху челото на Данте?

– П! – извика глас от публиката.

Лангдън се усмихна.

– Да. Буквата П. Тя е съкращение на peccatum, което на латински означава „грях“. И това, че е изписана седем пъти, означава, че става дума за Septem Peccata Mortalia, известни също като...

– Седемте смъртни гряха! – извика някой друг.

– Точно така. И тъй, вие можете да се освободите от греховете си единствено като се изкачите през всички кръгове на чистилището. На всеки нов кръг един ангел изтрива една от буквите, докато не изкачите върха с чисто чело... и чиста от всякакви грехове душа. – Той намигна. – Мястото не случайно се нарича чистилище...

Изтръгна се от мислите си и погледна Сиена, която се взираше в него над кръщелния купел.

– Седемте П-та? – каза тя, с което го върна в настоящето, и посочи смъртната маска на Данте. – Нима искаш да кажеш, че това е послание? Което ни казва какво да правим?

Лангдън бързо ѝ обясни представата на Данте за чистилището, за това как буквите представляват седемте смъртни гряха и как могат да се изтрият от челото.

– Ясно е – заключи той, – че фанатичен почитател на Данте като Бертран Зобрист е бил запознат със седемте П-та и с процеса на изчистването им от челото като начин за продължаване към рая.

Сиена го погледна със съмнение.

– Значи смяташ, че Бертран Зобрист е написал буквите, защото иска... буквално да ги изтрием от маската ли? Това ли трябва да направим според теб?

– Знам, че...

– Робърт, дори да изтрием буквите, с какво ще ни помогне това? Просто ще се окажем с абсолютно чиста маска.

– Може би. А може би не. Мисля, че тук е скрито нещо друго. – Той посочи маската. – Помниш ли как ти казах, че обратната страна е по-светла заради неравномерното стареене?

– Да.

– Възможно е да съм сгрешил – рече той. – Разликата в цвета изглежда прекалено голяма, за да се дължи на стареенето, а и текстурата от задната страна има зъби.

– Зъби ли?

Лангдън ѝ показа, че гипсът отзад е много по-груб от този отпред... а също и по-зърнест, като шкурка.

– В света на изобразителното изкуство тази текстура се нарича зъби. Художниците предпочитат да рисуват върху подобна леко грапава повърхност, защото боята хваща по-добре.

– Не разбирам.

Лангдън се усмихна.

– Знаеш ли какво е гесо?

– Разбира се. Художниците го използват като основен грунд и... – Тя млъкна, явно досетила се какво има предвид.

– Именно – рече Лангдън. – Използват гесо, за да получат чисто бяла грапава повърхност, а понякога и за да покрият стари картини, ако искат да преизползват стената или платното.

Сиена се развълнува.

– И мислиш, че Зобрист може би е покрил гърба на смъртната маска с гесо ли?

– Това би обяснило грапавината и по-светлия цвят. А също и защо той иска от нас да изтрием седемте П-та.

Последните му думи като че ли озадачиха Сиена.

– Помириши – каза Лангдън и вдигна маската към лицето ѝ като свещеник, даващ свето причастие.

Сиена се намръщи.

– Нима гесото мирише като мокро куче?

– Не всяко. Обикновеното гесо мирише като креда. Акрилното гесо мирише като мокро куче.

– Което означава...?

– Което означава, че е разтворимо във вода.

Сиена наклони глава и Лангдън почти долови как колелцата в главата ѝ се въртят. Погледът ѝ бавно се премести върху маската и после рязко се върна отново върху него. Очите ѝ се разшириха.

– Мислиш, че под гесото има нещо, така ли?

– Това би обяснило много неща.

Сиена незабавно хвана шестоъгълния дървен похлупак на купела и го избута донякъде. Взе ленена кърпа, потопи я в кръщелната вода и я подаде на Лангдън.

– По-добре да го направиш ти.

Лангдън постави маската с лицето надолу върху лявата си длан и взе мократа кърпа. Изстиска я и започна леко да допира с нея задната част на челото на Данте, за да навлажни мястото със седемте калиграфски Р-та. След като го направи няколко пъти, топна плата във водата и продължи. Черното мастило започна да се размазва.

– Гесото се разтваря – каза той развълнувано. – Мастилото се маха.

Докато изпълняваше процедурата за трети път, Лангдън заговори с благочестив и сериозен монотонен глас, който отекна в баптистерия:

– Чрез кръщението Господ Исус Христос те освободи от грях и те въведе в нов живот чрез водата и Светия Дух.

Сиена го зяпна, сякаш се беше побъркал.

Той сви рамене.

– Стори ми се уместно.

Тя завъртя очи към тавана и отново насочи вниманието си към маската. Лангдън продължаваше да добавя вода и оригиналният гипс постепенно започна да се появява; жълтеникавият му цвят отговаряше повече на онова, което би очаквал Лангдън от артефакт на такава възраст. Когато изчезна и последното Р, той подсуши мястото с чиста кърпа и поднесе маската към Сиена, за да може да я разгледа.

Тя ахна.

Точно както Лангдън беше очаквал, под гесото наистина имаше нещо – втори пласт калиграфски изписан текст. Буквите бяха изписани направо върху светложълтата повърхност на оригиналния гипс.

Този път обаче буквите образуваха дума.

58.

– Разум? – повтори Сиена. – Не разбирам.

„И аз не съм сигурен, че разбирам“. Лангдън заразглежда текста, който се бе материализирал под седемте Р-та – една-единствена дума, изписана от вътрешната страна на челото на Данте.

разум

– Като в... изгубил разума си? – предположи Сиена.

„Напълно възможно“. Лангдън погледна нагоре към мозайката със Сатаната, поглъщащ грешните души, които никога не биха могли да изкупят греха си. „Данте... изгубил разума си?“ Струваше му се лишено от смисъл.

– Трябва да има и още нещо – заяви Сиена, взе маската от ръцете на Лангдън и се вгледа внимателно в нея. След малко закима. – Да, виж в началото и в края на думата... и от двете страни има още текст.

Лангдън погледна отново и забеляза слабата сянка на допълнителен текст, прозиращ през влажното гесо отстрани на думата „разум“.

Сиена грабна нетърпеливо кърпата и продължи да почиства около думата. Появи се още текст, изписан по плавно извиваща се крива.

О, нека всеки с разум здрав

Лангдън подсвирна.

– „О, нека всеки с разум здрав да схване поуката, която тук съм дал под булото на стиховете странни“.

Сиена го зяпна.

– Какво?

– Това е една от най-прочутите части на „Ад“ – развълнувано рече Лангдън. – В нея Данте призовава по-умните читатели да търсят в стиховете му скрита мъдрост.

Лангдън често цитираше точно тези стихове, когато преподаваше литературен символизъм; текстът беше чудесен пример, все едно авторът размахва ръце и крещи: „Хей, читателю! Тук има скрито символично двойно значение!“

Сиена започна да търка гърба на маската по-решително.

– По-внимателно! – сгълча я Лангдън.

– Прав си – заяви Сиена, докато яростно бършеше гесото. – Останалият текст също е тук, точно както го изрецитира. – Тя спря за момент, за да изплакне кърпата в купела.

Лангдън погледна с ужас водата в купела – бе станала млечнобяла от разтвореното гесо. Притесни се, че използват свещения съд като леген.

Сиена извади кърпата, изстиска я, плесна я в средата на маската и я завъртя, сякаш миеше супник.

– Сиена! – скара ѝ се Лангдън. – Това е стар...

– По *цялата* задна страна има текст! – сопна се Сиена и затърка енергично. – И е написан в... – Млъкна, наклони глава наляво и завъртя маската надясно, сякаш се опитваше да прочете текста странично.

– Как е написан? – настоятелно попита Лангдън.

Сиена доизчисти маската и я подсуши с друга кърпа. След това я постави пред него, за да могат и двамата да разгледат резултата.

Лангдън се втрещи. Цялата повърхност беше покрита с текст. Поне седемдесет думи. Започваше с „О, нека всеки с разум здрав“ и продължаваше в непрекъснат ред... който се извиваше надолу покрай десния край на маската до долната част, откъдето продължаваше отново нагоре, този път по-малка дъга.

Пътят на текста зловещо напомняше спиралния път през чистилището до рая. Специалистът по символи у Лангдън моментално различи точната спирала. „Симетрична Архимедова, по часовниковата стрелка“. Освен това той забеляза, че броят на завъртанията от първата дума О до последната точка в центъра е познато число.

Девет.

Затаил дъх, Лангдън бавно завъртя маската и зачете текста, който продължаваше да се извива навътре към центъра.

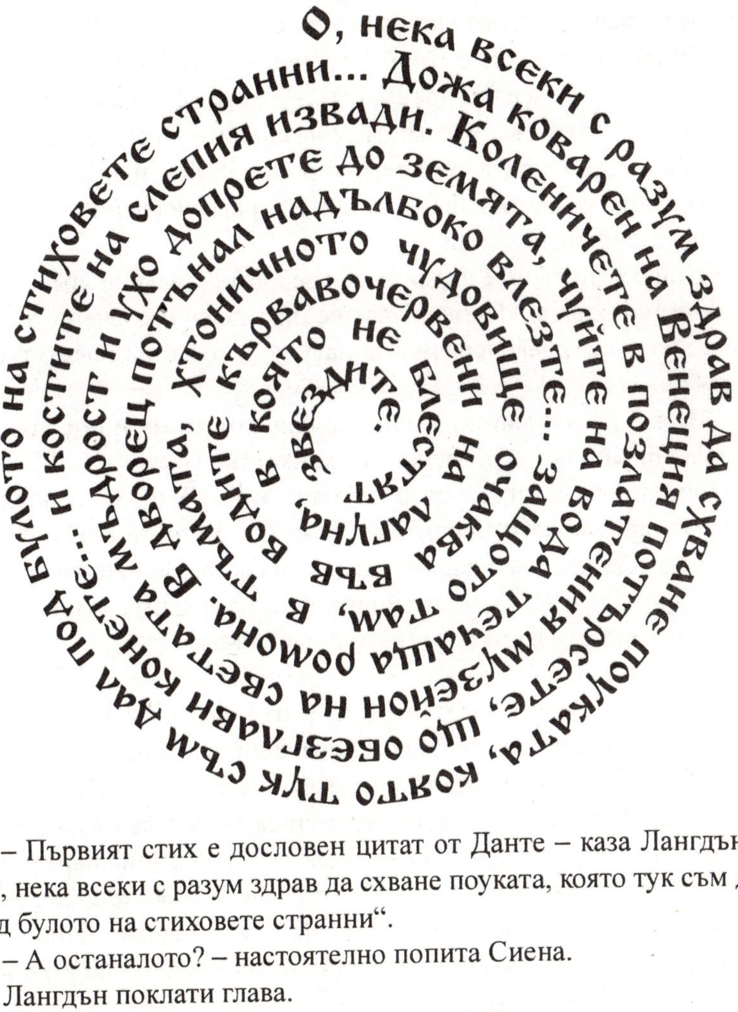

– Първият стих е дословен цитат от Данте – каза Лангдън. – „О, нека всеки с разум здрав да схване поуката, която тук съм дал под булото на стиховете странни“.

– А останалото? – настоятелно попита Сиена.

Лангдън поклати глава.

– Не мисля. Написано е в подобен стил, но текстът не ми прилича на Данте. А по-скоро на някой, който го имитира.

– Зобрист – прошепна Сиена. – *Трябва* да е той.

Лангдън кимна. Предположението беше напълно възможно. В края на краищата чрез промяната на Mappa dell'Inferno на Ботичели Зобрист вече беше разкрил склонността си да се заиграва с големите майстори и да изкривява велики произведения на изкуството по начин, отговарящ на интересите му.

– Останалият текст е много странен – каза Лангдън и отново завъртя маската, за да го препрочете. – Говори се за... обезглавяване на коне... изтръгване на костите на слепи. – Премина към края, написан в тесен кръг в самия център на маската, и рязко пое дъх. – Освен това се споменава за „водите кървавочервени".

Сиена повдигна вежди.

– Също като твоите видения за среброкосата жена ли?

Лангдън кимна. Продължаваше да гледа озадачено текста. „Във водите кървавочервени на лагуна, в която не блестят звездите"?

– Виж – прошепна тя, надникна над рамото му и посочи една дума в спиралата. – Споменава се конкретно място.

Погледът на Лангдън откри думата, която беше подминал небрежно при първото прочитане. Това бе името на един от най-забележителните и уникални градове в света. Побиха го тръпки, когато си даде сметка, че именно в този град Данте Алигиери се беше заразил с болестта, която го беше убила.

Венеция.

Известно време Лангдън и Сиена изучаваха мълчаливо загадъчния текст. Стиховете бяха смущаващи, зловещи и трудни за дешифриране. Използването на думите „дож" и „лагуна" без никакво съмнение потвърждаваше, че наистина става дума за Венеция – уникален воден град, разположен в стотици свързани лагуни и управляван векове наред от първенец, известен като дож.

На пръв поглед Лангдън не можеше да каже за кое точно място във Венеция става дума, но посланието определено подбуждаше читателя да следва указанията.

„Ухо допрете до земята, чуйте на вода течаща ромона“.

– Сочи към нещо под земята – каза Сиена, която четеше заедно с него.

Лангдън кимна неспокойно и продължи нататък.

„В дворец потънал надълбоко влезте... защото там, в тъмата, хтоничното чудовище очаква“.

– Робърт? – тревожно се обади Сиена. – Какво чудовище?

– Хтонично – отвърна Лангдън. – Означава „живеещо под земята“.

Преди да успее да продължи, в баптистерия отекна силният звук от дърпане на резе. Някой беше отворил туристическия вход.

– Grazie mille – каза мъжът с обрива по лицето. „Хиляди благодарности“.

Екскурзоводът кимна нервно, докато прибираше петстотинте долара и се озърташе, за да се увери, че никой не ги гледа.

– Cinque minuti – напомни му той и дискретно открехна вратата, колкото мъжът с обрива да успее да се вмъкне вътре. После я затвори. „Пет минути“.

Отначало екскурзоводът беше отказал да се смили над мъжа, който твърдеше, че е дошъл чак от Америка да се моли в баптистерия „Сан Джовани“ с надеждата да излекува ужасното си кожно заболяване. Накрая обаче беше вдъхновен да стане по-съчувствен, несъмнено след предложението за петстотин долара за пет минути уединение вътре... и от растящия страх, че този заразен на вид човек може да стои до него през следващите три часа до отварянето на сградата.

Сега, докато се прокрадваше в осмоъгълното светилище, мъжът усещаше как погледът му инстинктивно се насочва нагоре. „Проклет да съм!“ Никога не беше виждал подобен таван. Триглав демон се взираше право в него и той бързо заби поглед в пода.

Мястото изглеждаше пусто.

„Къде са се дянали, по дяволите?“

Докато оглеждаше помещението, погледът му се спря върху главния олтар – правоъгълен мраморен блок, поставен в ниша зад бариера от стълбчета и вериги, които да държат посетителите на разстояние.

Олтарът изглеждаше единственото място, което можеше да послужи като скривалище. Нещо повече – една от веригите леко се поклащаше... сякаш току-що е била бутната.

Лангдън и Сиена клечаха зад олтара. Едва бяха успели да съберат мръсните кърпи и да поставят похлупака на мястото му, преди да се скрият зад него заедно с маската. Планът беше да се спотайват зад олтара, докато помещението се напълни с туристи, след което дискретно да се смесят с тълпата.

Северната врата на баптистерия определено се отвори – поне за момент, – защото Лангдън чу звуците от пиацата. След това се затвори също така неочаквано и в помещението отново се възцари тишина.

Сега, когато отново бе тихо, Лангдън чу стъпки по каменния под. Бяха само на един човек.

„Екскурзовод? Може би проверява помещението преди да го отворят за туристи?"

Не беше имал време да изгаси прожектора над кръщелния купел и се запита дали екскурзоводът ще забележи. „Явно не". Стъпките приближаваха енергично и спряха точно пред олтара, до веригата, която Сиена и Лангдън току-що бяха прескочили.

Последва дълго мълчание. После един мъжки глас гневно каза:

– Робърт, аз съм. Знам, че си зад олтара. Излез! Искам да чуя обясненията ти.

59.

„Няма смисъл да се преструвам, че ме няма“. Лангдън направи знак на Сиена да остане скрита зад олтара с маската на Данте, която отново беше в найлоновата си торбичка.

После бавно се изправи и застанал като свещеник зад олтара на баптистерия, погледна едночленното си паство.

Непознатият имаше тъмноруса коса, дизайнерски очила и ужасен обрив по лицето и врата. Чешеше се нервно, а подутите му очи мятаха гневни искри.

– Искам да ми кажеш какво, по дяволите, става, Робърт – остро рече той, прекрачи веригата и тръгна към Лангдън. Говореше с американски акцент.

– Разбира се – любезно отвърна Лангдън. – Но първо искам вие да ми кажете кой сте.

Мъжът спря и го изгледа втрещено.

– Какво?!

Лангдън долови нещо смътно познато в очите на мъжа... а може би и в гласа му. „Срещали сме се... някак, някъде“. Но спокойно повтори въпроса си.

– Моля да ми кажете кой сте и откъде ви познавам.

Мъжът вдигна невярващо ръце.

– Аз съм Джонатан Ферис! От Световната здравна организация! Човекът, който дойде в Харвард да те вземе!

Лангдън се опита да проумее чутото.

– Защо не се обади? – остро попита мъжът, без да престава да се драпа по врата и бузите, които бяха зачервени и покрити с мехури. – И коя е жената, с която те видях да влизаш тук? Сега за *нея* ли работиш?

Сиена скочи на крака до Лангдън и незабавно пое нещата в свои ръце.

– Доктор Ферис? Аз съм Сиена Брукс. Също доктор. Работя тук, във Флоренция. Снощи професор Лангдън беше ранен в главата. Има ретроградна амнезия и не знае кой сте, нито какво му се е случило през последните два дни. Тук съм, защото му помагам.

Думите ѝ отекваха в празния баптистерий. Мъжът наклони озадачено глава настрани, сякаш не разбираше напълно значението им. След това залитна крачка назад и се хвана за едно от стълбчетата, за да се задържи.

– О... Боже мой... Това обяснява всичко.

Лангдън видя как гневът изчезна от лицето му.

– Робърт – прошепна мъжът, – помислихме си, че си... – Той тръсна глава, сякаш се опитваше да накара парчетата от някакъв пъзел да застанат по местата си. – Помислихме си, че си преминал на другата страна... че може би са те купили... или са те заплашили... Просто не знаехме!

– Аз съм единствената, с която е разговарял – намеси се Сиена. – Знае само, че се събуди нощес в болницата ми, а едни хора се опитваха да го убият. Освен това имаше ужасни видения – трупове, жертви на чума и някаква жена със сребриста коса и амулет във формата на змия, която му казва...

– Елизабет! – отсече мъжът. – Това е доктор Елизабет Сински! Робърт, именно тя те нае да ни помогнеш!

– Е, ако наистина е тя, надявам се, сте наясно, че се намира в беда – каза Сиена. – Видяхме я в пълен с войници микробус и изглеждаше така, сякаш е упоена или нещо такова.

Мъжът бавно кимна и затвори очи. Клепачите му бяха подпухнали и червени.

– Какво ви е на лицето? – остро попита Сиена.

Той отвори очи.

– Моля?

– Кожата ви. Изглеждате така, сякаш сте се заразили с нещо. Болен ли сте?

Мъжът ги изгледа слисано и макар че въпросът на Сиена беше определено прям до точката да е груб, Лангдън се запита същото. Като се замислеше за всички споменавания за чума, с които се беше сблъскал днес, видът на тази червена и покрита с мехури кожа го смущаваше и безпокоеше.

– Нищо ми няма – каза мъжът. – От проклетия хотелски сапун е. Имам силна алергия към соята, а повечето италиански тоалетни сапуни са на соева основа. Глупаво от моя страна, че не проверих.

Сиена въздъхна с облекчение и раменете ѝ се отпуснаха.

– Слава богу, че не сте го погълнали. Контактният дерматит е за предпочитане пред анафилактичния шок.

Двамата се разсмяха неловко.

– Кажете ми, името Бертран Зорбист звучи ли ви познато? – попита Сиена.

Мъжът замръзна, сякаш се беше озовал лице в лице с триглавия дявол.

– Подозираме, че току-що открихме послание от него – обясни Сиена. – То сочи към някакво място във Венеция. Това говори ли ви нещо?

Мъжът се опули.

– Господи, *да*! Абсолютно! Към кое точно място сочи?

Сиена пое дъх, явно готова да му разкаже всичко за написаните в спирала стихове, които бяха открили върху маската, но Лангдън инстинктивно я хвана за ръката, за да млъкне. Човекът срещу тях определено изглеждаше съюзник, но след днешните събития инстинктът на Лангдън му казваше, че не бива да се доверява на никого. Нещо повече, вратовръзката му напомняше за нещо и Лангдън усещаше, че това може би е същият човек, когото беше видял да се моли в малката църква на Данте. „Нима ни е следил?"

Мъжът още изглеждаше объркан от факта, че Лангдън е изгубил паметта си.

– Робърт, ти ми се обади снощи и ми каза, че имаш уговорена среща с някакъв музеен директор на име Игнацио Бузони. След това изчезна. Така и не се обади отново. Когато научих, че Игнацио Бузони бил открит мъртъв, се разтревожих. Цяла сутрин те издирвам. Видях полицията пред Палацо Векио и докато чаках да открия какво се е случило, съвсем случайно те забелязах да се измъкваш от една вратичка с... – Той погледна към Сиена. Явно не беше запомнил името ѝ.

– Сиена – подсказа му тя. – Брукс.

– Извинявайте... с доктор Брукс. Проследих ви, за да разбера какво правите, по дяволите.

– Значи вас видях да се молите в църквата Черки, така ли?

– Да! Опитвах се да разбера какво правите, но действията ви бяха абсолютно безсмислени! Ти излезе от църквата като човек, тръгнал на важна задача, затова те последвах. Когато ви видях да се промъквате в баптистерия, реших, че е крайно време да поговорим. Платих на екскурзовода да ме пусне за няколко минути сам вътре.

– Доста смел ход – отбеляза Лангдън. – Особено ако сте смятали, че съм се обърнал срещу вас.

Мъжът поклати глава.

– Нещо ми подсказваше, че никога не би го направил. Професор Робърт Лангдън да постъпи така? Знаех, че трябва да има някакво друго обяснение. Но амнезия? Невероятно. Изобщо не бих се досетил.

И отново се зачеса нервно.

– Вижте, пуснаха ме само за пет минути. Трябва да те измъкнем оттук, още сега. Щом *аз* успях да те намеря, то онези, които са се опитвали да те убият, също могат да се доберат до теб. Стават много неща, които не разбираш. Трябва да стигнем до Венеция. *Незабавно*. Въпросът е как да се измъкнем незабелязано от Флоренция. Хората, които държат доктор Сински... онези, които гонят и *теб*... те имат очи навсякъде. – Той посочи към вратата.

Лангдън не помръдна от мястото си. Най-накрая имаше чувството, че може да получи някои отговори.

– Кои са войниците с черните униформи? И защо се опитват да ме убият?

– Дълга история – каза мъжът. – Ще ти обясня по пътя.

Лангдън се намръщи. Отговорът не му допадна. Той отведе Сиена настрани и тихо я попита:

– Имаш ли му доверие? Какво мислиш?

Сиена го погледна така, сякаш е побъркан, че ѝ задава такива въпроси.

– Какво мисля ли? Мисля, че той е от Световната здравна организация! Мисля, че е най-добрата ни възможност да получим отговори!

– А обривът?

Сиена сви рамене.

– Обривът е точно онова, което казва – силен контактен дерматит.

– Ами ако не е онова, което казва? – прошепна Лангдън. – Ако е... нещо *друго*?

– Нещо *друго* ли? – Тя го изгледа изумено. – Робърт, не е чумата, ако това имаш предвид. Та той е доктор, за бога! Ако е болен от смъртоносна болест и знае, че е заразен, няма да е толкова безразсъден да излезе и да зарази други хора.

– Ами ако не осъзнава, че е болен от чумата?

Сиена сви устни и се замисли за момент.

– В такъв случай се боя, че двамата с теб сме вече прецакани... наред с всички други наоколо.

– Знаеш ли, трябва да поработиш върху отношението си към пациентите.

– Просто съм откровена. – Сиена подаде на Лангдън запечатаната найлонова торба с посмъртната маска. – Ти ще носиш малкия ни приятел.

Когато се върнаха при доктор Ферис, той тъкмо приключваше телефонен разговор.

– Просто се обадих на шофьора си – каза им. – Ще ни чака пред...

И изведнъж млъкна и зяпна ръката на Лангдън. Едва сега видя за първи път мъртвото лице на Данте Алигиери.

– Господи! Какво е това, по дяволите?!

– Дълга история – отвърна Лангдън. – Ще ви обясня по пътя.

60.

Нюйоркският издател Джонас Фокман се събуди от звъна на телефона. Обърна се и погледна часовника на нощното шкафче – 04:58.

В света на книгоиздаването спешните случаи в малките часове бяха толкова редки, колкото и изненадващо успешните удари. Изнервен, Фокман стана и забърза по коридора към кабинета си.

– Ало? – прозвуча в слушалката познат дълбок баритон. – Джонас, слава богу, че си си вкъщи. Робърт съм. Надявам се, че не съм те събудил.

– Разбира се, че ме събуди! Четири сутринта е!

– Извинявай, в чужбина съм.

„В Харвард не ги ли учат за часовите пояси?“

– Джонас, малко съм загазил и се нуждая от услуга. – Гласът на Лангдън звучеше напрегнато. – Свързана е със служебната ти карта „НетДжетс“.

– „НетДжетс“ ли? – Фокман се изсмя изумено. – Робърт, ние сме в книгоиздателския бизнес. Не можем да си позволим частни самолети.

– Приятелю, и двамата знаем, че лъжеш.

Фокман въздъхна.

– Разбери ме. Не можем да си позволим частни самолети за автори на трудове по история на религиите. Ако смяташ да пишеш „Петдесет нюанса иконография“, може да поговорим отново.

– Джонас, каквито и да са разходите за полета, ще ти ги възстановя. Имаш думата ми. Някога да съм нарушавал дадено обещание?

„Освен че последния път изостана с три години от крайния срок ли?“ Въпреки това Фокман долавяше по тона на Лангдън, че положението е напечено.

– Кажи ми какво става. Ще се опитам да помогна.

– Нямам време за обяснения, но наистина те моля да го направиш. Въпрос на живот и смърт е.

Фокман беше работил достатъчно дълго с Лангдън, за да е запознат със странното му чувство за хумор, но точно в този момент не долавяше и следа от майтап в напрегнатия глас на професора. „Говори адски сериозно. – Фокман издиша и взе решение. – Финансовият директор ще ме разпъне на кръст". След трийсет секунди вече си беше записал подробностите около специфичната молба на Лангдън.

– Проблем ли има? – попита Лангдън, който явно не долавяше колебанието и изненадата на издателя около подробностите.

– Не. Просто си мислех, че си в Щатите – отвърна Фокман. – Изненадан съм, че си в Италия.

– Значи сме двама – каза Лангдън. – Още веднъж благодаря, Джонас. Тръгвам към летището.

Американската централа на „НетДжетс" се намира в Кълъмбъс, Охайо, с пилотски екипи на повикване, които са на денонощно разположение.

Деб Кийр от отдел „Обслужване" получи обаждане от корпоративен собственик на дял от Ню Йорк и каза:

– Един момент, сър. – Нагласи слушалките си и направи справка с компютъра. – Технически това е полет на „НетДжетс Юръп", но мога да ви помогна.

Бързо се свърза със системата на „НетДжетс Юръп" с централа в Пасо де Аркос, Португалия, и провери самолетите им, които се намираха в и около Италия. После каза:

– Сър. Разполагаме със „Сайтейшън Ексел" в Монако, който може да бъде пренасочен към Флоренция за по-малко от час. Това устройва ли господин Лангдън?

– Да се надяваме – отвърна човекът от издателската къща. Говореше уморено и малко раздразнено. – Много сме ви благодарни.

– Удоволствието е изцяло наше – отвърна Деб. – Господин Лангдън до Женева ли желае да лети?

– Така изглежда.

Деб започна да пише, после каза:

– Всичко е уредено. Господин Лангдън има потвърждение от летище „Тасиняно“ в Лука, което е на осемдесет километра западно от Флоренция. Отлита в единайсет и двайсет сутринта местно време. Трябва да се яви десет минути преди излитането. Не искате наземен превоз и кетъринг, дадохте ми паспортните му данни, така че всичко е готово. Желаете ли нещо друго?

– Може би нова работа? – със смях каза той. – Благодаря. Много ни помогнахте.

– За нас е удоволствие. Всичко добро.

Деб прекъсна разговора и се обърна към екрана да довърши резервацията. Въведе паспортните данни на Робърт Лангдън и тъкмо се канеше да продължи, когато на екрана ѝ замига предупредителен червен прозорец. Деб прочете съобщението и се ококори.

„Трябва да е някаква грешка!“

Опита се да въведе отново паспортните данни. Предупредителното съобщение замига отново. Същото предупреждение би трябвало да се появи на компютрите на всяка авиокомпания в света, ако Лангдън се опиташе да си резервира полет.

Деб Кийр дълго остана вторачена невярващо в екрана. Знаеше, че „НетДжетс“ се отнасят много сериозно към желанието на клиентите си да останат анонимни, но примигващото предупреждение отменяше всякакви фирмени правила в това отношение.

И Деб Кийр се обади на властите.

Агент Брюдер рязко затвори мобилния си телефон и нареди на хората си да се качват в микробусите.

– Лангдън е в движение – заяви той. – Взема частен самолет до Женева. Излита след по-малко от час от Лука, на осемдесет километра на запад. Ако се размърдаме, можем да стигнем, преди да се е измъкнал.

В същото време наетият фиат се носеше на север по Виа деи Панцани, като се отдалечаваше от Пиаца дел Дуомо в посока към гара „Санта Мария Новела“.

Лангдън и Сиена се бяха снишили на задната седалка, а доктор Ферис седеше отпред с шофьора. Резервацията на полет на „НетДжетс“ беше по идея на Сиена. С малко късмет щяха да заблудят преследвачите достатъчно дълго, за да могат тримата да минат незабелязано през гарата, която в противен случай несъмнено щеше да е пълна с полиция. За щастие Венеция се намираше само на два часа път с влак, а за пътувания в рамките на страната не беше нужен паспорт.

Лангдън погледна Сиена, която наблюдаваше загрижено доктор Ферис. Той очевидно изпитваше болка и дишаше трудно, сякаш го болеше при всяко поемане на дъх.

„Дано да е прав за заболяването си“ – помисли Лангдън, докато гледаше обрива и си представяше всички микроби, носещи се в препълненото купе на малката кола. Дори върховете на пръстите на Ферис изглеждаха подпухнали и зачервени. Лангдън пропъди тревогите от ума си и погледна през прозореца.

На път за гарата минаха покрай грандхотел „Балиони“, който често беше домакин на събития, свързани с ежегодните конференции за изкуство, в които Лангдън участваше всяка година. Когато го видя, Лангдън осъзна, че предстои да направи нещо, което не бе правил никога.

„Напускам Флоренция, без да съм видял Давид“.

Извини се мислено на Микеланджело, обърна поглед напред към гарата... и насочи мислите си към Венеция.

61.

„Лангдън заминава за Женева?“

Докато се клатушкаше на задната седалка на микробуса, който напускаше на висока скорост Флоренция в посока на запад, към едно частно летище извън града, доктор Елизабет Сински се чувстваше все по-зле.

„Но това е безсмислено“ – каза си тя.

Единствената връзка с Женева бе, че там се намираше централата на Световната здравна организация. „Да не би Лангдън да ме търси там?“ Беше лишено от смисъл, особено като се имаше предвид, че Лангдън знаеше, че Сински е във Флоренция.

И тогава я порази друга мисъл.

„Господи... да не би Зобрист да се цели в Женева?“

Зобрист беше човек с афинитет към символизма и в избора на щабквартирата на СЗО за „кота нула“ определено можеше да се намери известна елегантност, особено като се имаше предвид дългата му битка със Сински. Но пък от друга страна, ако Зобрист търсеше зрелищно място, където да отприщи чумата си, Женева беше лош избор. Градът бе географски изолиран и доста студен по това време на годината. Повечето болести се разпространяваха най-добре в пренаселени и по-топли среди. Женева беше разположена на повече от триста метра надморска височина и едва ли беше подходящо място, откъдето да тръгне една пандемия. „Независимо колко много ме мрази Зобрист“.

Така че въпросът оставаше – защо Лангдън отиваше там? Странната дестинация на американския професор беше поредната отметка в растящия списък на странните му постъпки, които започнаха предишната вечер. И въпреки всичките ѝ усилия на

Синскиѝ беше много трудно да им намери някакво рационално обяснение.

„На чия страна е той?“

Вярно, Сински познаваше Лангдън само от няколко дни, но пък умееше добре да преценява хората и отказваше да повярва, че човек като Робърт Лангдън може да бъде съблазнен с пари. „И въпреки това вчера той прекъсна контакта с нас“. А сега се държеше като агент, действащ на своя глава. „Да не би по някакъв начин да са го убедили, че действията на Зобрист имат някакъв смисъл, колкото и извратен да изглежда?“

От тази мисъл я побиха тръпки.

„Не – увери тя себе си. – Познавам добре репутацията му. Не е такъв човек“.

Беше се запознала с Робърт Лангдън преди четири вечери в изкорубения корпус на преоборудвания транспортен самолет С-130, който играеше ролята на мобилен координационен център на Световната здравна организация.

Малко след седем самолетът кацна на „Хенскъм Фийлд“ на по-малко от двайсет и пет километра от Кеймбридж, Масачузетс. Сински не беше сигурна какво да очаква от известния учен, с когото се беше свързала по телефона, но остана приятно изненадана, когато той се качи уверено по товарната рампа на самолета и я поздрави с безгрижна усмивка.

– Доктор Сински, предполагам? – И енергично стисна ръката ѝ.

– Професор Лангдън, за мен е чест да се запознаем.

– Честта е моя. Благодаря за всичко, което вършите.

Беше висок, с типично градска красота и дълбок глас. Сински предположи, че облеклото му е като за лекции – сако от туид, панталони в цвят каки и мокасини, което си беше в реда на нещата, като се имаше предвид, че е бил буквално подбран най-неочаквано от кампуса. Освен това изглеждаше по-млад и в много по-добра форма, отколкото си беше представяла, което само ѝ напомни за собствената ѝ възраст. „Мога да му бъда почти майка“.

Усмихна му се уморено.

– Благодаря, че дойдохте, професоре.

Лангдън посочи лишения от чувство за хумор помощник, когото Синскі беше изпратила да го вземе, и каза:

– Вашият човек не ми даде възможност да размисля.

– Чудесно. Тъкмо затова му плащам.

– Хубав амулет – отбеляза Лангдън, като хвърли поглед върху накита ѝ. – От лазурит ли е?

Синскі кимна и погледна надолу към амулета от син камък, оформен като змия, увита около вертикален прът.

– Съвременният символ на медицината. Нарича се кадуцей, както несъмнено знаете.

Лангдън внезапно вдигна поглед, сякаш искаше да каже нещо.

Тя зачака. „Да?"

Явно решил да не се поддава на импулса си, той се усмихна и смени темата.

– Е, защо съм тук?

Елизабет посочи импровизираното заседателно кътче със стоманена маса.

– Заповядайте, седнете. Искам да погледнете едно нещо.

Лангдън тръгна небрежно към масата и Елизабет забеляза, че макар да изглежда заинтригуван от перспективата за тайна среща, професорът изобщо не е обезпокоен. „Този човек се чувства удобно в собствената си кожа". Запита се дали ще е също толкова спокоен, когато разбере защо е тук.

Изчака Лангдън да се настани и без никакви предисловия представи предмета, конфискуван от нея и екипа ѝ от сейфа във Флоренция преди по-малко от дванайсет часа.

Лангдън дълго разглежда малкия гравиран цилиндър, преди набързо да ѝ обясни онова, което тя вече знаеше. Предметът беше стар цилиндричен печат, който би могъл да се използва за правене на щампи. На него имаше особено зловещо изображение на триглав Сатана и една-единствена дума – saligia.

– Салигия – прочете Лангдън. – Това е латинска мнемоника на...

– Седемте смъртни гряха – довърши Елизабет. – Да, проверихме.

– Добре... – Лангдън изглеждаше озадачен. – Има ли някаква причина да искате да видя това?

– Всъщност да. – Сински взе цилиндъра и го затръска яростно. Топчето вътре затрака.

Лангдън като че ли се обърка от постъпката ѝ, но преди да успее да я попита какво прави, краят на цилиндъра засия и тя го насочи към гладката изолация на стената на изкормения самолет.

Лангдън подсвирна, пристъпи към проектирания образ и каза:

– „Карта на ада“ на Ботичели. Нарисувана е по „Ад“ на Данте. Макар че предполагам, че вече сте наясно.

Елизабет кимна. Тя и хората ѝ бяха използвали интернет да идентифицират картината. С изненада бе открила, че авторът ѝ е Ботичели, прочут със своите ярки идеализирани шедьоври „Раждането на Венера“ и „Пролет“. Сински обичаше и двете творби въпреки факта, че изобразяваха плодовитостта и създаването на живот, което само ѝ напомняше за собствената ѝ трагична неспособност да зачене – единствената значителна мъка в иначе много продуктивния ѝ живот.

– Надявах се, че ще можете да ми кажете нещо повече за символизма, скрит в тази картина – рече тя.

Лангдън като че ли се подразни.

– Затова ли ме извикахте? Останах с впечатлението, че случаят бил спешен.

– Бъдете така добър.

Лангдън въздъхна търпеливо.

– Доктор Сински, казано най-общо, ако искате да научите нещо за конкретна картина, най-добре е да се свържете с музея, в който се пази оригиналът. В този случай това е Апостолическата библиотека на Ватикана. Там има екип от великолепни иконографи, които...

– Ватиканът ме мрази.

Лангдън я погледна изненадано.

– И вас ли? Мислех си, че съм единственият.

Тя се усмихна тъжно.

– СЗО е привърженик на мнението, че широката достъпност до контрацептиви е един от ключовете за човешкото здраве в глобален мащаб – както за борба срещу предаваните по полов път болести като СПИН, така и за по-добър контрол върху числеността на населението.

– А Ватиканът е на друго мнение.

– На съвсем друго мнение. Те изразходват огромни количества енергия и пари, за да внушат на хората в страните от Третия свят, че контрацепцията е зло.

– А, да. – Лангдън се усмихна разбиращо. – Прехвърлилите осемдесетте целомъдрени монаси най-добре могат да обяснят на света как се прави секс, нали?

С всяка секунда професорът ѝ харесваше все повече и повече.

Сински затръска цилиндъра, за да го зареди отново, и отново проектира изображението на стената.

– Професоре, вгледайте се по-внимателно.

Лангдън отиде до картината и я заразглежда. Изведнъж се изправи и каза:

– Странно. Променена е.

„Не му отне много време“.

– Да, наистина е променена. И искам да ми кажете какво означават тези промени.

Лангдън замълча, загледан в картината. Спря вниманието си върху десетте букви, образуващи думата catrovacer... после върху маската на чумата... както и върху странния цитат по границите за „очите на смъртта“.

– Кой е направил това? – настоятелно попита Лангдън. – Откъде се сдобихте с него?

– Всъщност колкото по-малко знаете, толкова по-добре. Надявам се, че ще успеете да анализирате промените и да ни кажете какво означават. – Сински посочи бюрото в ъгъла.

– Тук? Сега?

Тя кимна.

– Зная, че е прекалено, но си нямате представа колко важно е това за нас. – Замълча за момент. – Като едното нищо може да се окаже въпрос на живот и смърт.

Лангдън я погледна загрижено.

– Дешифрирането на това може да отнеме време, но щом е толкова важно...

– Благодаря – прекъсна го Сински, преди да е размислил. – Искате ли да се обадите на някого?

Лангдън поклати глава и ѝ каза, че е планирал да прекара тих и уединен уикенд.

„Идеално". Сински го настани на бюрото с проектора, листа, молив и лаптоп със сигурна сателитна връзка с интернет. Лангдън изглеждаше силно озадачен защо СЗО ще проявява интерес към променена картина на Ботичели, но въпреки това прилежно се захвана за работа.

Доктор Сински си представяше как Лангдън ще прекара часове наред в изучаване на изображението, без да открие нищо, затова се приготви и тя самата да свърши част от работата си. От време на време го чуваше как разтръсква проектора и драска в бележника си. Минаха обаче само десет минути, когато Лангдън остави молива и заяви:

– Cerca trova.

Сински го погледна.

– Какво?

– Cerca trova – повтори той. – Търсете, и ще намерите. Това се казва в шифъра.

Сински седна до него и заслуша в захлас, докато Лангдън обясняваше как кръговете на Дантевия ад са били разбъркани и когато се подредят в правилния си ред, се получава италианската фраза cerca trova.

„Търсете, и ще намерите? – зачуди се Сински. – Това ли е посланието на онзи побъркан?" Фразата звучеше като открито предизвикателство. Смущаващите последни думи на лудия по време на срещата им в Съвета за международни отношения прозвучаха в ума ѝ: „В такъв случай танцът ни е започнал".

– Пребледняхте – рече Лангдън, който я наблюдаваше замислено. – Това означава ли, че посланието не е онова, което очаквахте?

Сински се овладя и оправи амулета на шията си.

– Не точно. Кажете ми... смятате ли, че тази карта на ада намеква да *търся* нещо?

– Да. Cerca trova.

– А намеква ли *къде* да търся?

Лангдън се почеса по брадичката. Около тях започнаха да се струпват и други от екипа на СЗО, жадни за повече информация.

– Не съвсем открито... не, макар че имам доста добра идея откъде ще е най-добре да започнете.

– Кажете ми – каза Сински малко по-настоятелно, отколкото Лангдън очакваше.

– Какво ще кажете за Флоренция?

Сински стисна зъби, за да не му се сопне. Членовете на екипа ѝ обаче не проявиха такова самообладание. Всички се спогледаха стреснато. Един грабна телефон и набра номер. Друг забърза през вратата към предната част на самолета.

Лангдън се обърка.

– Нещо лошо ли казах?

„И още как" – помисли Сински и попита:

– Какво ви кара да мислите, че става въпрос за Флоренция?

– Cerca trova – отвърна той и набързо разказа за старата загадка около една фреска на Вазари в Палацо Векио.

„Значи Флоренция" – помисли Сински, след като чу достатъчно. Явно нямаше никакво съвпадение в това, че кошмарът ѝ беше направил фаталния си скок на не повече от три преки от Палацо Векио във Флоренция.

– Професоре – каза тя. – Когато ви показах амулета си и го нарекох кадуцей, вие се сепнахте, сякаш искахте да кажете нещо, но после се поколебахте и като че ли размислихте. Какво щяхте да кажете?

Лангдън поклати глава.

– Нищо. Беше глупаво. Професорът в мен често е малко надменен.

Сински го погледна в очите.

– Питам ви, защото трябва да знам дали мога да ви се доверя. Какво щяхте да кажете?

Лангдън преглътна и прочисти гърлото си.

– Не че има някакво значение, но вие казахте, че амулетът е древният символ на медицината, което е вярно. Но когато го нарекохте кадуцей, направихте една много често срещана грешка. Кадуцеят има две змии, увити около жезъл с криле в горната част. Вашият амулет е само с една змия и без криле. Този символ се нарича...

– Жезълът на Асклепий.

Изненадан, Лангдън наклони глава настрани.

– Да. Точно така.

– Зная. Изпитвах откровеността ви.

– Моля?

– Исках да разбера дали ще ми кажете истината, независимо дали с това няма опасност да ме поставите в неудобно положение.

– Изглежда, се провалих.

– Не го правете отново. Трябва да сте абсолютно честен с мен. Само така ще можем да продължим да работим заедно.

– Да продължим? Не приключихме ли?

– Не, професоре, не сме приключили. Искам да дойдете във Флоренция и да ми помогнете с едно нещо.

Лангдън я зяпна втрещено.

– Сега ли?

– Да, сега. Още не съм ви казала колко критична всъщност е ситуацията.

Лангдън поклати глава.

– Няма значение какво ще ми кажете. Не искам да летя до Флоренция.

– И аз – въздъхна тя. – Но за съжаление времето изтича.

62.

Лъчите на обедното слънце се отразяваха от лъскавия покрив на скоростния влак „Фречиардженто“, който летеше на север, движейки се по елегантна дъга през Тоскана. Въпреки че се отдалечаваше от Флоренция с 280 км/ч, „Сребърната стрела“ беше почти безшумен, а лекото поклащане действаше успокояващо на возещите се в него.

За Робърт Лангдън последният час беше като размазана картина.

Лангдън, Сиена и доктор Ферис седяха в едно от изолираните salottini на скоростния влак – малко първокласно купе с четири кожени седалки и сгъваема маса. Ферис го беше наел цялото с кредитната си карта и бе осигурил най-различни сандвичи и минерална вода, които Лангдън и Сиена изгълтаха лакомо, след като се измиха в тоалетната до купето.

Веднага щом се настаниха за двучасовото пътуване до Венеция, доктор Ферис насочи поглед към маската на Данте, която лежеше на масата между тях в найлоновата торба.

– Трябва да разберем къде точно във Венеция ни води маската.

– При това бързо – напрегнато добави Сиена. – Това може би е единствената ни надежда да предотвратим чумата на Зобрист.

– Чакайте малко – каза Лангдън и постави ръка върху маската. – Обещахте ми, че след като се качим на влака, ще ми разкажете за последните няколко дни. Засега знам само, че СЗО ме нае в Кеймбридж да помогна в дешифрирането на версията на La Mappa на Зобрист. Като изключим това, не сте ми казали нищо.

Доктор Ферис се размърда смутено и започна да чеше обрива по лицето и врата си.

– Виждам, че си разстроен – каза той. – Несъмнено е много смущаващо да не си спомняш какво се е случило, но от медицинска гледна точка... – Той погледна Сиена, сякаш търсеше подкрепа, и продължи: – Съветвам те да не прахосваш енергия в опит да си спомниш неща, които не можеш да си спомниш. При жертвите на амнезия най-добре е просто да оставиш забравеното забравено.

– Да оставя забравеното забравено? – Лангдън се ядоса. – Я стига глупости! Искам отговори! Вашата организация ме замъкна в Италия, където ме простреляха и изгубих няколко дни от живота си! Искам да знам как се е случило това!

– Робърт – намеси се Сиена. Говореше тихо и явно се опитваше да го успокои. – Доктор Ферис е прав. Определено няма да е здравословно за теб да се натоварваш с цял потоп информация наведнъж. Помисли си за откъслечните неща, които *си* спомняш. Среброкосата жена, „търси и ще намериш“, гърчещите се тела от La Mappa. Тези картини са изпълнили ума ти с разбъркани неконтролируеми образи, които едва не са те накарали да блокираш. Ако доктор Ферис започне да разказва за изминалите няколко дни, това със сигурност ще размести други спомени и халюцинациите ти могат да започнат отново. Ретроградната амнезия е сериозно нещо. Събуждането на разбъркани спомени може да се окаже изключително вредно за психиката.

Лангдън изобщо не беше помислял за това.

– Сигурно се чувстваш доста объркан – добави Ферис, – но за момента искаме психиката ти да е наред, за да продължим напред. Задължително трябва да разберем какво се опитва да ни каже маската.

Сиена кимна.

„Докторите все едно са се наговорили“, помисли Лангдън.

Остана да седи мълчаливо, мъчеше се да преодолее чувството си за несигурност. Странно беше да срещнеш абсолютно непознат и да разбереш, че всъщност го познаваш от няколко дни. „Но пък от друга страна – помисли си Лангдън, – нещо в очите му ми е смътно познато“.

– Професоре – съчувствено рече Ферис, – виждам, че не си сигурен дали да ми се довериш, и това е напълно разбираемо, като се има предвид всичко, през което си преминал. Леката параноя и недоверието са обичайни странични ефекти на амнезията.

„Звучи логично – помисли Лангдън. – Особено когато не мога да се доверя дори на собствения си ум“.

– Като стана въпрос за параноя – пошегува се Сиена, която явно се опитваше да разведри атмосферата, – Робърт видя обрива ви и реши, че сте поразен от Черната чума.

Подпухналите очи на Ферис се разшириха и той се изсмя.

– Обривът ли? Повярвай ми, професоре, ако бях пипнал чума, нямаше да я лекувам с най-обикновен антихистамин.

Извади от джоба си малка тубичка и я подхвърли към Лангдън. И наистина, това бе наполовина изразходван крем за алергични реакции.

– Извинявайте – рече Лангдън. Чувстваше се глупаво. – Денят беше дълъг. И тежък.

– Няма нищо – отвърна Ферис.

Лангдън се обърна към прозореца и се загледа в приглушените тонове на италианската провинция, които се смесваха в мирен колаж. Лозите и фермите станаха по-редки, когато равнините започнаха да се сменят с предпланините на Апенините. Скоро влакът щеше да мине извития планински проход и да се спусне към Адриатическо море.

„Пътувам за Венеция – помисли си той. – Да търся чума“.

Странният ден го беше оставил с чувството, че се движи сред ландшафт, съставен само от смътни фигури без никакви детайли. Като в сън. Ироничното бе, че кошмарите обикновено събуждат хората... а Лангдън имаше чувството, че се е *събудил* в кошмар.

– Давам една лира за мислите ти – прошепна му Сиена.

Лангдън я погледна и се усмихна уморено.

– Все си мисля, че ще се събудя в дома си и ще открия, че всичко това е само лош сън.

Сиена наклони глава настрани с престорена сдържаност.

– Няма ли да ти липсвам, ако изведнъж се окаже, че не съм истинска?

Лангдън се ухили.

– Всъщност да. *Ще ми липсваш* мъничко.

Тя го потупа по коляното.

– Стига си мечтал, професоре, а се захващай за работа.

Лангдън с неохота насочи погледа си към сбръчканото лице на Данте Алигиери, което се взираше безизразно в него от масата. Взе внимателно гипсовата маска, обърна я и се загледа в първите думи на спиралния текст.

О, нека всеки с разум здрав...

Лангдън се съмняваше, че точно сега отговаря на това изискване.

Но въпреки това се зае за работа.

На триста и двайсет километра от летящия влак яхтата „Mendacium" стоеше на котва в Адриатическо море. Под палубата главен фасилитатор Лорънс Ноултън чу тихото почукване по стъклената кабина, докосна бутона под бюрото и превърна непрозрачната стена в прозрачна. От другата страна стоеше дребен загорял от слънцето мъж.

Ректора.

Изглеждаше сърдит.

Без да каже нито дума, Ректора влезе, заключи вратата, натисна копчето и стъклото отново стана непрозрачно.

Миришеше на алкохол.

– Видеозаписът, който ни остави Зобрист – каза Ректора.

– Да, сър?

– Искам да го видя. Веднага.

63.

Робърт Лангдън беше приключил с преписването на спиралния текст от смъртната маска върху лист, за да могат да го анализират по-добре. Сиена и доктор Ферис се сбутаха да помагат и Лангдън направи всичко по силите си да не забелязва тежкото дишане на Ферис и как непрекъснато се драпаше.

„Нищо му няма" – каза си той и насочи вниманието си към стиховете.

О, нека всеки с разум здрав да схване
поуката, която тук съм дал...
под булото на стиховете странни.

– Както вече споменах – започна Лангдън, – началото на стихотворението на Зобрист е буквално заимствано от „Ад" на Данте и представлява предупреждение към читателя, че думите носят по-дълбоко значение.

Алегоричната творба на Данте беше толкова наситена със забулени коментари върху религия, политика и философия, че Лангдън често казваше на студентите си, че италианският поет трябва да се изучава по същия начин, по който се изучава Библията – като се чете между редовете и се търси някакъв допълнителен смисъл.

– Специалистите по средновековни алегории – продължи Лангдън – разделят анализа си най-общо на две категории, „текст" и „образ", като текстът е буквалното съдържание на творбата, а образът е символичното послание.

– Добре – възбудено рече Ферис. – Значи фактът, че стихотворението започва по този начин...

– Намеква – намеси се Сиена, – че повърхностното четене може да разкрие само част от историята. Истинското значение вероятно е скрито.

– Да, нещо такова. – Лангдън погледна текста и продължи да чете на глас:

– Дожа коварен на Венеция потърсете,
що обезглави конете...
и костите на слепия извади.

– Е – каза Лангдън, – не съм сигурен за обезглавените коне и костите на слепия, но ми се струва, че трябва да открием точно определен дож.

– Тоест гроба му? – обади се Сиена.

– Или статуя или портрет – отвърна Лангдън. – От векове няма дожи.

Венецианските дожи бяха подобни на дуковете от другите италиански градове-държави и повече от сто от тях бяха управлявали града в продължение на хилядолетие, като се започне от 697 г. Традицията била прекъсната в края на осемнайсети век със завоеванието на Наполеон, но славата и мощта им си оставаха и до днес обект на силно възхищение от страна на историците.

– Както може би знаете – каза Лангдън, – двете най-популярни туристически атракции на Венеция, Дворецът на дожите и базиликата „Сан Марко", са построени от дожите и за дожите. Много от тях са погребани именно там.

– А знаеш ли – попита Сиена, като погледна към стихотворението, – дали има дож, който се смята за особено опасен?

Лангдън също погледна въпросния ред. „Дожа коварен на Венеция потърсете".

– Не, но в текста не се използва думата „опасен", а „коварен". Има разлика, най-малкото в света на Данте. Коварството, или предателството, е един от седемте смъртни гряха, всъщност найлошият, който се наказва в деветия, последен кръг на ада.

Предателството, както бе дефинирано от Данте, бе актът на измяна на любим човек. Най-прословутият пример в историята за този грях беше предателството на Юда на любимия Исус; Данте смятал този акт за толкова низък, че отредил място на Юда в самото сърце на преизподнята – район, нарече Юдека, на името на най-безчестния му обитател.

– Добре – рече Ферис, – значи търсим дож, който е извършил предателство.

Сиена кимна и каза:

– Да. Това ще ни помогне да скъсим списъка. – Замълча, загледана в текста. – Но следващият стих... дож, който „обезглави конете“? – Погледна Лангдън. – Има ли дож, който е рязал конски глави?

Въпросът ѝ накара Лангдън да си спомни зловещата сцена от „Кръстникът“.

– Нищо не ми говори. Но според текста същият дож наред с това „и костите на слепия извади“. – Той погледна Ферис. – Телефонът ви има връзка с интернет, нали?

Ферис бързо извади телефона си с подутите си, покрити с обрив пръсти.

– Май ще ми е трудно да натискам бутоните.

– Аз ще го направя – каза Сиена и взе телефона. – Ще пусна търсене за венециански дожи, обезглавени коне и кости на слепци. И започна да пише бързо.

Лангдън погледна още веднъж стихотворението и продължи да чете на глас:

– Коленичете в позлатения музейон на светата мъдрост
и ухо допрете до земята,
чуйте на вода течаща ромона.

– Никога не съм чувал за „музейон“ – каза Ферис.

– Стара дума, означаваща храм, защитаван от музите – обясни Лангдън. – За древните гърци *музейон* е място, където са се събирали просветените, за да споделят идеи, да обсъждат литература, музика и изобразително изкуство. Първият музейон бил построен от Птолемей и бил част от Александрийската библиотека векове преди раждането на Христос. По-късно се появили хиляди други навсякъде по света.

– Доктор Брукс – каза Ферис и погледна Сиена с надежда. – Можете ли да проверите дали е имало музейон във Венеция?

– Всъщност имало е десетки – с усмивка отвърна Лангдън. – Само че днес се наричат музеи.

– А-а-а... – каза Ферис. – Май ще трябва да разширим търсенето.

Сиена продължи да пише на телефона. Явно нямаше проблем да прави няколко неща едновременно.

– Добре, значи търсим музей, в който можем да намерим дож, отрязал главите на коне и изтръгнал кости на слепци. Робърт, има ли конкретен музей, който да е добро начало?

Лангдън вече прехвърляше наум най-известните музеи на Венеция – Галерия дел Академия, Ка'Рецонико, Палацо Граси, Музея на Пеги Гугенхайм, Музео Корер – но като че ли никой от тях не отговаряше на описанието.

Отново погледна текста.

Коленичете в позлатения музейон на светата мъдрост...

Усмихна се отново иронично.

– Венеция има само един музей, който идеално пасва на „позлатения музейон на светата мъдрост".

Ферис и Сиена го погледнаха с очакване.

– Базиликата „Сан Марко" – заяви той. – Най-голямата църква във Венеция.

– Нима църквата е музей? – попита Ферис.

Лангдън кимна.

– Също като Ватиканския музей. И освен това „Сан Марко" е прочута с това, че отвътре е украсена цялата със златни плочки.

– *Позлатен музейон* – натърти Сиена. Изглеждаше искрено развълнувана.

Лангдън кимна. Не се съмняваше, че „Сан Марко“ е позлатеният храм, споменат в стихотворението. От векове венецианците наричаха базиликата Ла Киеза д'Оро –Златната църква – и лично за Лангдън интериорът ѝ бе по-зашеметяващ от интериора на всяка друга църква на света.

– Освен това се казва, че трябва да се „коленичи“ там – добави Ферис. – А една църква е логично място за коленичене.

Сиена отново пишеше яростно.

– Ще добавя в търсенето „Сан Марко“. Явно там трябва да търсим въпросния дож.

Лангдън знаеше, че няма да има недостиг на дожи в „Сан Марко“ – тя беше в съвсем буквалния смисъл тяхна базилика. Тази мисъл го окуражи и той отново насочи вниманието си към стихотворението.

Коленичете в позлатения музейон на светата мъдрост
и ухо допрете до земята,
чуйте на вода течаща ромона.

„Вода течаща? – зачуди се Лангдън. – Нима под църквата има вода?“ Веднага си даде сметка, че въпросът е глупав. Под целия град имаше вода. Всяка сграда във Венеция бавно потъваше и протичаше. Лангдън си представи базиликата и се опита да определи къде човек може да коленичи в нея и да чуе ромона на течаща вода. „И след като го чуем... какво следва?“

Отново погледна текста и го дочете на глас:

– В дворец потънал надълбоко влезте...
защото там, в тъмата, хтоничното чудовище очаква
във водите кървавочервени...
на лагуна, в която не блестят звездите.

– Добре – каза Лангдън, малко притеснен от образа. – Явно трябва да следваме ромона на течаща вода... до някакъв потънал дворец.

Ферис почеса изнервено лицето си.

– Какво значи хтонично чудовище?

– Подземно – отвърна Сиена, без да спира да пише. – „Хтонично“ означава, че е под земята.

– Отчасти е така – рече Лангдън. – Макар че думата има по-дълбоко историческо значение, често свързано с митове и чудовища. *Хтонични* са цяла категория митични божества и чудовища като Еринииите, Хеката и Медуза. Наричат ги така, защото обитават подземния свят и се свързват с ада. Понякога излизат от земните недра на повърхността, за да всеят хаос в света на хората.

Последва дълго мълчание и Лангдън усети, че всички си мислят за едно и също. „Хтоничното чудовище... може да бъде само чумата на Зобрист“.

защото там, в тъмата, хтоничното чудовище очаква
във водите кървавочервени...
на лагуната, в която не блестят звездите.

– Както и да е – рече Лангдън, мъчейки се да не се отклонява, – явно търсим нещо подземно, което поне обяснява последния ред от стихотворението, в който се говори за „лагуна, в която не блестят звездите“.

– Добре казано – рече Сиена и вдигна очи от телефона на Ферис. – Ако лагуната е подземна, тя не би могла да отразява небето. Но дали Венеция има подземни лагуни?

– Аз поне не зная за такива – отвърна Лангдън. – Но в един град, построен върху вода, възможностите може би са безкрайни.

– Ами ако лагуната е закрита? – внезапно попита Сиена и ги погледна. – Стихотворението говори за „тъмата“ на „дворец потънал“. Ти спомена, че Дворецът на дожите е свързан с базиликата, нали? Това означава, че в двете сгради се среща много от онова, за което се говори в текста – музейон на светата мъдрост, дворец, връзка с дожите – и всичко това се намира в основната лагуна на Венеция, на морското равнище.

Лангдън се замисли.

– Мислиш, че под „дворец потънал“ се има предвид Дворецът на дожите ли?

– Защо не? Стихотворението ни казва първо да коленичим в базиликата „Сан Марко“, след което да следваме ромона на течаща вода. Може би този ромон ще ни отведе до Двореца на дожите. Основите му може да са под водата или нещо такова.

Лангдън беше посещавал неведнъж Двореца на дожите и знаеше, че той е огромен. Представляваше разпълзял се комплекс от сгради и приютяваше в себе си величествен музей, същински лабиринт от най-различни зали, покои и дворове, както и грамаден затвор, заемащ множество постройки.

– Може и да си права – рече Лангдън, – но едно претърсване на двореца слепешком ще отнеме дни. Предлагам да правим точно това, което ни казва стихотворението. Първо да идем до базиликата „Сан Марко“ и да намерим гробницата или статуя на дожа предател, след което да коленичим.

– А после? – попита Сиена.

– А после – въздъхна Лангдън – ни остава само да се молим да чуем ромона на течаща вода... и че той ще ни отведе някъде.

В настъпилата тишина си представи тревожното лице на Елизабет Сински, от халюцинациите си, което го викаше през водата. „Времето изтича. Търси и намери!“ Запита се къде ли е Сински сега... и дали е добре. Войниците в черно несъмнено вече бяха разбрали, че Лангдън и Сиена са им се изплъзнали. „Колко време ни остава, преди да ни открият?“

Отново насочи вниманието си към стихотворението, като се бореше с обхваналото го изтощение. Погледна последния стих и му хрумна нова мисъл. Запита се дали изобщо си струва да я споменава. *Лагуна, в която не блестят звездите*. Може би това нямаше връзка с търсенето, но той все пак реши да го сподели с останалите.

– Има още нещо, което трябва да спомена.

Сиена вдигна поглед от телефона.

– Трите части на „Божествена комедия“ – каза Лангдън. – „Ад“, „Чистилище“ и „Рай“. И *трите* завършват с една и съща дума.

Сиена изглеждаше изненадана.

– И коя е тази дума? – попита Ферис.

Лангдън посочи края на преписания текст.

– Същата, с която завършва и *това* стихотворение – „звезди“. – Взе посмъртната маска на Данте и посочи центъра на спиралния текст.

„Лагуна, в която не блестят звездите“.

– Има и още нещо – продължи Лангдън. – В края на „Ад“ Данте слуша ромона на ручей в една пукнатина и го следва през отвор... който го извежда от ада.

Ферис пребледня.

– Господи!

В същия миг купето се изпълни с оглушителен вой – скоростният влак влезе в тунел в планината.

Лангдън затвори очи в тъмното и се опита да се отпусне. „Зобрист може и да е бил луд – помисли си той, – но определено великолепно е познавал Данте“.

64.

Вълна на облекчение заля Лорънс Ноултън .

„Ректора размисли за видеото на Зобрист“.

Ноултън буквално се хвърли към алената флашка и я пъхна в компютъра си, за да покаже съдържанието ѝ на шефа си. Шантавото деветминутно послание на Зобрист преследваше фасилитатора и той изгаряше от желание да сподели товара с някой друг.

„Това вече няма да тежи само на мен“.

Затаи дъх и пусна записа.

Екранът потъмня и каютата се изпълни със звуците на леко плискаща се вода. Камерата се движеше през червеникавата мъгла на пещерата и макар че Ректора не показа видима реакция, Ноултън усети, че е колкото разтревожен, толкова и озадачен.

Камерата спря и се наклони надолу към повърхността на лагуната, гмурна се във водата и се спусна на няколко стъпки дълбочина, разкривайки полирана табела от титан, занитена за дъното.

НА ТОВА МЯСТО И НА ТОЗИ ДЕН
СВЕТЪТ СЕ ПРОМЕНИ ЗАВИНАГИ.

Ректора трепна едва забележимо.

– Утре – прошепна той, загледан в датата. – И знаем ли къде се намира „това място“?

Ноултън поклати глава.

Камерата се завъртя наляво и показа найлонов чувал с жълтеникавокафяв подобен на желатин флуид.

– Какво е това? – Ректора придърпа един стол и седна, вперил поглед в издутия мехур, увиснал под водата като завързан балон.

Възцари се напрегната тишина. Видеозаписът продължи нататък. Скоро екранът потъмня, след което на стената на пещерата се появи странна сянка с подобен на клюн нос и заговори тайнствено.

Аз съм Сянката...

Прогонен в дълбините, аз трябва да говоря на света от земните недра, прокуден в мрачна пещера, където води кървавочервени се събират в лагуна, в която не блестят звездите.

Ала това е моят рай – идеалната утроба за крехкото ми чедо.

Това е Адът.

Ректора вдигна очи.

– Адът ли?

Ноултън сви рамене.

– Казах ви, че е смущаващо.

Ректорът отново се обърна към екрана и загледа напрегнато.

Сянката с клюноподобния нос продължи да говори още няколко минути за чуми, за необходимостта човечеството да бъде пречистено, за собствената си славна роля в бъдещето, за битката си срещу невежите души, които се опитват да го спрат, и за малцината верни, които осъзнават, че драстичните действия са единственият начин да се спаси планетата.

За каквото и да беше тази война, Ноултън цяла сутрин се чудеше дали Консорциумът не се сражава на погрешната страна.

Гласът продължи:

Създадох шедьовъра на спасението, но въпреки това усилията ми бяха възнаградени не с фанфари и лаврови венци... а със смъртни заплахи.

Не се боя от смъртта... защото тя прави от мечтателите мъченици... и превръща благородните идеи в могъщи движения.

Исус. Сократ. Мартин Лутър Кинг.

Скоро и аз ще бъда между тях.

Моят шедьовър е дело на самия Бог... дар от Онзи, който ме дари с интелекта, инструментите и куража, нужни за такова сътворение.

И сега денят наближава.

Адът спи под мен, готов да бликне от водната си утроба... под зоркото око на хтоничното чудовище и всички негови фурии.

Въпреки добродетелите ми и аз не съм чужд на Греха, подобно на вас. Дори съм виновен в най-тъмния от седемте – онова самотно изкушение, от което малцина намират спасение.

Гордостта.

Дори чрез правенето на този запис аз се отдавам на примамливото привличане на Гордостта... изгарящ от желание светът да научи за делото ми.

И защо не?

Човечеството трябва да знае източника на собственото си спасение... името на онзи, който затвори завинаги зейналите порти на ада!

С всеки изминал час резултатът става все по-сигурен. Математиката, неуморна като закона за гравитацията, е неумолима. Експоненциалното разцъфване на живота, което едва не уби Човечеството, ще бъде и неговото избавление. Красотата на живия организъм, бил той добро или зло, е в това, че той ще следва Божия закон с една-единствена цел.

Да се плоди и размножава.

И затова се боря срещу огъня... с огън.

– Достатъчно – каза Ректора толкова тихо, че Ноултън едва го чу.

– Сър?

– Спрете видеото.

Ноултън се подчини.

– Сър, наистина плашещата част е краят.

– Видях достатъчно. – Ректора изглеждаше зле. Закрачи нервно, след което рязко спря и каза: – Трябва да установим контакт с FS-2080.

FS-2080 беше кодовото название на един от доверените контакти на Ректора – същият, който беше посочил Зобрист като клиент на Консорциума. Несъмнено точно сега Ректора се ругаеше, че се е доверил на преценката на агента: препоръчването на Бертран Зобрист като клиент беше предизвикало хаос в деликатно подредения свят на Консорциума.

„FS-2080 е причината за тази криза“.

– Трябва да разберем истинските намерения на Зобрист – заяви Ректора. – Искам да знам какво точно е създал и дали тази заплаха е реална.

Ноултън знаеше, че ако някой разполага с отговора на този въпрос, това би трябвало да е FS-2080. Никой не познаваше по-добре Бертран Зобрист. Време беше Консорциумът да наруши протокола и да прецени що за безумие може да е подкрепял неволно през последната година.

Замисли се за възможните последици от пряката конфронтация с FS-2080. Самото установяване на контакт криеше известни рискове.

– Ясно е, сър – рече той, – че ако се свържете с FS-2080, трябва да го направите изключително деликатно.

Очите на Ректора блеснаха гневно и той извади мобилния си телефон.

– Времето за деликатност свърши.

Седнал със спътниците си в купето на скоростния влак, мъжът с вратовръзката с индийски десен и очилата „Плюм Пари“ правеше всичко възможно да не чеше обрива си, който ставаше още по-сериозен. Болката в гърдите му като че ли също се беше усилила.

Когато влакът най-сетне излезе от тунела, мъжът погледна Лангдън, който бавно отвори очи, сякаш се връщаше някъде отдалеч. До него Сиена започна да поглежда към мобилния телефон, който беше оставила, докато влакът летеше в тунела и нямаше сигнал.

Сиена като че ли изгаряше от нетърпение да продължи ровенето в интернет, но преди да успее да вземе телефона, той изведнъж завибрира и зазвъня в стакато.

Мъжът с обрива добре познаваше сигнала. Незабавно грабна телефона и погледна светналия екран, като се опитваше да скрие изненадата си.

– Извинете – каза той и стана. – Майка ми не е добре. Трябва да се обадя.

Сиена и Лангдън кимнаха с разбиране. Мъжът излезе от купето и бързо тръгна по коридора към тоалетната.

Заключи вратата и вдигна телефона до ухото си.

– Ало?

Гласът от другата страна беше ужасно мрачен.

– Ректора съм.

65.

Тоалетната на скоростния влак беше голяма колкото тоалетната на пътнически авиолайнер – мястото едва стигаше да се обърнеш. Мъжът с обрива завърши разговора с Ректора и прибра телефона в джоба си.

„Земята се е разместила“ – осъзна той. Целият ландшафт изведнъж се беше преобърнал и му трябваше известно време, за да се овладее.

„Приятелите ми вече са мои врагове“.

Разхлаби пъстрата си вратовръзка и се вторачи в пъпчивото лице в огледалото. Изглеждаше по-зле, отколкото предполагаше. Лицето обаче беше последната му грижа в сравнение с болката в гърдите.

Колебливо разкопча няколко копчета и разтвори ризата си.

Насили се да погледне в огледалото... и заразглежда голите си гърди.

„Исусе!“

Черната област растеше.

Кожата в центъра на гърдите му беше станала синкавочерна. Появилото се нощес петно беше с размерите на топка за голф, но вече бе станало голямо колкото портокал. Мъжът внимателно докосна чувствителната плът и трепна.

Забързано закопча ризата си с надеждата, че ще има сили да извърши онова, което трябваше.

„Следващият час ще е най-важният – помисли си той. – Предстои деликатна серия от маневри“.

Затвори очи и се замисли за онова, което трябваше да се случи. „Приятелите ми вече са мои врагове“ – помисли си отново.

Пое няколко пъти дълбоко и болезнено дъх с надеждата, че това ще го успокои. Знаеше, че трябва да остане спокоен, ако иска да запази намеренията си скрити.

„Вътрешното спокойствие е жизненоважно за убедителното представяне".

Заблудата не му беше чужда, но въпреки това сърцето му биеше лудо. Отново пое дълбок треперлив дъх. „Мамиш хора от години – напомни си той. – Това ти е работата".

Събра сили и се приготви да се върне при Лангдън и Сиена.

„Последното ми представление" – помисли си.

Като последна предпазна мярка преди да излезе от тоалетната извади батерията на телефона, за да е сигурен, че вече няма да може да се използва.

„Изглежда блед" – помисли си Сиена, когато мъжът с обрива се върна в купето и седна с болезнена въздишка на мястото си.

– Всичко наред ли е? – попита го с искрена загриженост.

Той кимна.

– Благодаря, да. Всичко е наред.

Това явно беше цялата информация, която възнамеряваше да сподели.

– Ще ми трябва отново телефонът ви – каза Сиена. – Ако нямате нищо против, искам пак да пусна търсене за дожа. Може би ще успеем да намерим нещо преди да стигнем до „Сан Марко".

– Няма проблем – каза той, извади телефона от джоба си и погледна дисплея. – Ох, по дяволите. Батерията е паднала. Съвсем е сдала багажа. – Погледна си часовника. – Скоро ще пристигнем във Венеция. Ще се наложи да почакаме.

На осем километра от брега на Италия, на борда на „Mendacium", фасилитатор Ноултън гледаше мълчаливо как Ректора крачи като затворено в клетка животно. След телефонния разговор колелата в главата му явно се въртяха ожесточено, а Ноултън много добре знаеше, че не бива да произнася нито дума, докато шефът му мисли.

Накрая мъжът със силния загар заговори. Ноултън никога не бе чувал гласа му толкова напрегнат.

– Нямаме избор. Трябва да покажем видеото на доктор Елизабет Сински.

Ноултън остана да седи абсолютно неподвижно – не искаше да показва изненадата си. „Среброкосата? Онази, от която Зобрист се спасяваше цяла година с наша помощ?“

– Добре, сър. Да намеря ли начин да ѝ пратя записа по имейл?

– Не! Не може да рискуваме видеото да стане публично достояние! Това ще предизвика масова истерия. Искам доктор Сински тук колкото се може по-скоро.

Ноултън го зяпна изумен. „Иска да докараме тук директора на СЗО?“

– Сър, нарушаването на протоколите ни за сигурност води до несъмнен риск...

– Направи го, Ноултън! Веднага!

66.

FS-2080 гледаше през прозореца на скоростния „Фречиардженто“ – следеше отражението на Робърт Лангдън в стъклото. Професорът още трескаво търсеше възможни решения на загадката на смъртната маска, съставена от Зобрист.

„Бертран – помисли си FS-2080. – Господи, колко ми липсва“. Болката от загубата все още бе прясна. Нощта на първата им среща все още беше като вълшебен сън.

Чикаго. Виелицата.

Януари, преди шест години... и в същото време сякаш бе вчера. Бъхтя през купчините сняг по брулената от вятъра Магнифисънт Майл, с вдигната яка срещу виелицата. Въпреки студа си казвам, че нищо не е в състояние да ме отклони от целта ми. Тази вечер е моят шанс да чуя великия Бернар Зобрист да говори... лично.

Познавам всичките му произведения и зная какъв късмет имам да притежавам един от петстотинте билета, отпечатани за събитието.

Когато пристигам в залата, изпитвам пристъп на паника при вида на почти празното помещение. Нима речта е отменена?! Градът почти е спрял да функционира заради времето... нима то е попречило на Зобрист да дойде?

И тогава той се появява.

Висока елегантна фигура се качва на сцената.

Той е висок... толкова висок... с изпълнени с живот зелени очи, които сякаш таят всички тайни на света в дълби-

ните си. Поглежда към залата, в която има само десетина заклети почитатели, и аз се засрамвам, че помещението е почти празно.

Та това е Бертран Зобрист!

Настъпва ужасен момент на мълчание, през който той се взира сурово в нас.

И после, най-неочаквано, избухва в смях и зелените му очи проблясват.

– Да вървят по дяволите празните аудитории! – заявява той. – Хотелът ми е на две крачки. Да идем в бара!

Чуват се радостни възгласи и малката група се изнася в бара на съседния хотел, където окупираме едно голямо сепаре и си поръчваме питиета. Зобрист ни разказва надълго и нашироко за проучванията си, за издигането си до знаменитост и споделя мислите си за бъдещето на генното инженерство. Питиетата се леят и разговорът постепенно се насочва към новата страст на Зобрист, към философията на трансхуманизма.

– Смятам, че трансхуманизмът е единствената надежда за оцеляване на човечеството в дългосрочен план – проповядва Зобрист, като разтваря ризата си и показва на всички татуираното на рамото му „Н+“. – Както виждате, аз съм напълно отдаден на тази идея.

Имам чувството, че се намирам на частна аудиенция с рокзвезда. Нямах представа, че възхваляваният „гений на генетиката“ ще е толкова харизматичен и пленителен като човек. Всеки път, когато Зобрист ме поглежда, зелените му очи запалват в мен абсолютно неочаквано чувство... дълбокия зов на сексуалното привличане.

С напредването на вечерта групата лека-полека оредява, гостите се оттеглят обратно в реалността. Към полунощ сме сами с Бернар Зобрист.

– Благодаря ви за вечерта – казвам му малко завалено. Питиетата май са ми дошли в повече. – Вие сте изумителен учител.

– Ласкателство? – Зобрист се усмихва и се навежда към мен, краката ни се докосват. – С негова помощ можете да стигнете навсякъде.

Флиртът е определено неуместен, но е снежна нощ в пуст чикагски хотел и имам чувството, че целият свят е спрял.

– Е, какво ще кажете? – продължава Зобрист. – Едно последно питие в стаята ми?

Замръзвам. Давам си сметка, че сигурно приличам на животинче, попаднало под светлините на автомобил.

Очите на Зобрист проблясват топло.

– Нека позная – прошепва той. – Никога не сте били с прочут мъж.

Усещам, че се изчервявам, и се мъча да скрия бурята от емоции – смущение, вълнение, страх.

– Всъщност, честно казано, не ми се е случвало с никакъв мъж – отвръщам.

Зобрист се усмихва и се присламчва по-близо.

– Не зная какво сте чакали, но ви моля да бъда първият ви.

В този момент всички неловки сексуални страхове и скрупули от детството ми изчезват... изпаряват се в снежната нощ.

За първи път в живота си изпитвам копнеж и отхвърлям оковите на страха.

Желая го.

След десет минути сме в стаята му, голи, в прегръдките си. Зобрист не бърза, търпеливите му ръце събуждат в неопитното ми тяло нови, никога неизпитвани усещания.

Изборът е мой. Той не ме принуждава.

В пашкула на прегръдката му имам чувството, че всичко на този свят е наред. Лежа, гледам нощта зад прозореца и зная, че ще последвам този човек навсякъде.

„Фречиардженто“ внезапно започна да забавя скорост и FS-2080 се върна от блажените спомени обратно в депресиращото настояще.

„Бернар... вече те няма“.

Първата им нощ заедно беше първата стъпка от едно невероятно пътуване.

„Аз станах нещо повече от неговата любов. Станах негов ученик“.

– Мостът Либерта – каза Лангдън. – Почти стигнахме.

FS-2080 кимна скръбно. Гледаше водите на Лагуна Венета. Спомняше си как веднъж с Бертран бяха плавали тук... ведра картина, която се разтвори в ужасяващия спомен от предишната седмица.

„Тогава той скочи от кулата Бадия.

Последните очи, които видя, бяха моите“.

67.

Малкият самолет на „НетДжетс“ се издигна от летище „Тасиняно“ и се насочи към Венеция. Без да забелязва друсането, доктор Елизабет Сински галеше разсеяно амулета си и се взираше през прозореца към празното пространство.

Най-сетне бяха спрели да ѝ бият инжекции и умът ѝ вече започваше да се прояснява. Агент Брюдер седеше мълчалив на съседната седалка и вероятно си мислеше за шантавия обрат на нещата, настъпил току-що.

„Всичко се е преобърнало наопаки“ – помисли си Сински: все още се мъчеше да повярва на онова, което бе видяла току-що.

Преди половин час бяха нахълтали в малкото летище да попречат на Лангдън да се качи в наетия частен самолет. Вместо професора обаче откриха само чакащ „Сайтейшън Ексел“ и двама пилоти на „НетДжетс“, които крачеха нервно по пистата и си поглеждаха часовниците.

Робърт Лангдън не се беше появил.

Тогава дойде телефонното обаждане.

Когато мобилният телефон иззвъня, Сински бе там, където беше през целия ден – в каросерията на черния микробус. Агент Брюдер влезе в колата и с изумена физиономия ѝ подаде апарата.

– Спешно повикване за вас, госпожо.

– Кой е? – попита тя.

– Поръча ми да ви кажа, че има да ви съобщи важна информация относно Бертран Зобрист.

Сински грабна телефона.

– Доктор Елизабет Сински.

– Доктор Сински, не се познаваме, но моята организация е отговорна за укриването на Бертран Зобрист през последната година.

– Които и да сте, вие укривате престъпник, дявол да го вземе! – каза тя рязко.

– Не сме направили нищо незаконно, но това не е...

– Как ли пък не!

Мъжът от другата страна пое дълбоко дъх и заговори много тихо:

– Двамата с вас ще имаме предостатъчно време да обсъждаме етиката на моите действия. Зная, че не ме познавате, но аз зная доста неща за вас. Господин Зобрист ми плащаше добре през изминалата година да държа вас и други далеч от него. В момента с това обаждане нарушавам собствения си стриктен протокол. И въпреки това смятам, че нямам друг избор освен да обединим силите си. Боя се, че Бертран Зобрист може да е направил нещо ужасно.

Сински нямаше абсолютно никаква представа кой е този човек.

– И го проумяхте едва сега, така ли?

– Да, точно така. Едва сега. – От тона му личеше, че говори искрено.

Сински се опита да се отърси от паяжините в главата си.

– Кой сте вие?

– Някой, който иска да ви помогне, преди да е станало твърде късно. Разполагам с видеопослание от Бертран Зобрист. Той поиска от мен да го представя на света... утре. Мисля, че трябва да го видите незабавно.

– Какво се казва в него?

– Не е за телефон. Трябва да се срещнем.

– Откъде да знам, че мога да ви имам доверие?

– Можете, защото ще ви кажа къде е Робърт Лангдън... и защо се държи така странно.

На Сински ѝ се зави свят при споменаването на името на Лангдън и тя заслуша с изумление смахнатото обяснение. Този човек бе съучастник на врага ѝ през последната година, но въпреки това, докато слушаше подробностите, инстинктите ѝ казваха, че трябва да повярва на всичко, което чува.

„А и нямам друг избор освен да се съглася".

Обединените им сили нямаха проблем с овладяването на „зарязания" самолет на „НетДжетс". Сински и войниците вече бяха преследвачи и се носеха към Венеция, където според информацията на мъжа пристигаха с влак Лангдън и двамата му спътници. Беше твърде късно да се обръщат към местните власти, но мъжът от телефона твърдеше, че знае къде отива Лангдън.

„На площада „Сан Марко" ли?" Побиха я тръпки, когато си представи тълпите в най-многолюдния район на Венеция.

– Откъде знаете?

– Не е за телефон – отново каза мъжът. – Но трябва да сте наясно, че Робърт Лангдън пътува с много опасен човек, без да подозира за това.

– Кой?! – остро попита Сински.

– Един от най-доверените хора на Зобрист. – Мъжът въздъхна тежко. – Човек, на когото имах доверие. Което явно се оказа глупаво от моя страна. Човек, който сега може да представлява огромна заплаха.

Докато частният самолет летеше към летище „Марко Поло" с шестимата войници и Сински, мислите ѝ се върнаха към Робърт Лангдън. „Изгубил е паметта си? Не си спомня нищо?" Странната новина обясняваше някои неща, но я накара да се чувства още по-зле заради въвличането на видния учен в тази криза.

„Не му оставих избор".

Преди два дни, когато привлече Лангдън, Сински дори не му бе позволила да отиде до дома си за паспорта си. Вместо това беше уредила дискретното му минаване през проверката на летището на Флоренция като специален сътрудник на Световната здравна организация.

Докато грамадният C-130 се мъкнеше тежко на изток през Атлантика, Сински погледна седящия до нея Лангдън и забеляза, че не изглежда добре. Взираше се напрегнато в стената.

– Професоре, нали си *давате* сметка, че самолетът няма прозорци? До неотдавна е бил използван като военна транспортна машина.

Лангдън се обърна към нея. Лицето му бе пребледняло.

– Да, забелязах го веднага. Затворените пространства обаче не ми понасят много.

– И затова се преструвате, че гледате през въображаем прозорец?

Той се усмихна притеснено.

– Да, нещо такова.

– Е, предлагам ви да погледнете това. – Тя извади снимка на своя висок слаб зеленоок враг. – Това е Бертран Зобрист.

Вече беше разказала на Лангдън за сблъсъка си със Зобрист в Съвета за международни отношения, за страстната му защита на Апокалипсис на популацията, широко тиражираните му коментари за глобалната полза от Черната чума и, което бе най-зловещото, безследното му изчезване през последната година.

– Как толкова известен човек може да остане скрит толкова дълго? – попита Лангдън.

– Разполага с много помощ. Професионална помощ. Може би дори на някое чуждо правителство.

– Що за правителство би допуснало създаването на чума?

– Същото, което би се опитало да се сдобие с ядрени бойни глави на черния пазар. Не забравяйте, че една ефективна чума е върховното биохимично оръжие и струва цяло състояние. Зобрист с лекота би могъл да излъже партньорите си и да ги увери, че творението му има ограничен периметър на действие. Така би бил единственият, който има представа на какво всъщност е способно творението му.

Лангдън се умълча.

– Във всеки случай – продължи Сински, – ако не заради власт или пари, помощниците на Зобрист биха могли да го подкрепят, защото споделят *идеологията* му. Зобрист не страда от липса на верни ученици, които биха направили всичко за него. Той е истинска звезда. Всъщност неотдавна дори е държал реч във вашия университет.

– В Харвард?

Сински извади химикалка и написа в полето на снимката буквата H, последвана от знака плюс.

– Вие сте по символите. Познавате ли този?

H+

– Х-плюс – прошепна Лангдън и кимна едва-едва. – Разбира се. Имаше го из целия кампус. Помислих си, че е някаква конференция по химия.

Синска се засмя.

– Не. Били са емблеми за най-голямата среща на трансхуманисти, проведена през две и десета. Това е символът на трансхуманистичното движение.

Лангдън наклони глава настрани, сякаш се опитваше да свърже термина с нещо.

– Трансхуманизмът е интелектуално движение, един вид философия, която бързо намира почва в научната общност – обясни Синска. – Най-общо, според трансхуманистите хората трябва да използват технологиите, за да преодолеят наследените несъвършенства на човешките ни тела. Иначе казано, следващата стъпка на човешката еволюция трябва да е към биологичното инженерство на *нас самите*.

– Звучи зловещо – рече Лангдън.

– Като всяка промяна, това е само въпрос на степен. Технически погледнато, ние извършваме такова инженерство от години – създаваме ваксини, които правят децата неуязвими за някои заболявания... като полиомиелит, едра шарка или тиф. Разликата е в това, че с откритията на Зобрист в генното инженерство на ниво зародиш ние се учим как да създаваме *предавани по наследство* имунизации, които могат да въздействат на реципиента на клетъчно ниво и така да направят всички следващи поколения имунизирани към дадена болест.

Лангдън я погледна изненадано.

– Значи човечеството по същество може да претърпи *еволюция*, която да го направи неуязвимо за тифа например?

– По-скоро *асистирана* еволюция – поправи го Синска. – При нормални обстоятелства процесът на еволюция, независимо дали става дума за двойнодишаща риба, на която ѝ се развиват крака, или за човекоподобна маймуна, която се сдобива със срещулежащи палци, продължава хилядолетия наред. А сега ние можем да правим радикални генетични адаптации в рамките на едно поколение. Привържениците на технологиите смятат това за върховен израз на „оцеляването на най-приспособените“ по Дарвин – хората се превръщат във вид, който се научава как да подобрява собствения си еволюционен процес.

– По-скоро ми звучи като игра на Бог – отбеляза Лангдън.

– Напълно съм съгласна – каза Сински. – Според Зобрист обаче, както и според много други трансхуманисти, човечеството е еволюционно *задължено* да използва всички средства, с които разполага, за да се усъвършенства като вид – например зародишните мутации. Проблемът е в това, че генетичният ни строеж е като къщичка от карти – всяка част е свързана с безброй останали и се поддържа от тях, при това често по начини, които не разбираме. Опитаме ли се да премахнем дори само една характеристика, можем да променим и стотици други, може би с катастрофални последици.

Лангдън кимна и каза:

– Не случайно еволюцията е постепенен процес.

– Именно! – каза Сински, чието възхищение от професора растеше с всяка минута. – Ние бърникаме в процес, развиващ се милиони години. Живеем в опасни времена. Сега наистина имаме възможността да активираме някои генни секвенции и да направим потомците си по-сръчни, по-издръжливи, по-силни, дори по-интелигентни. По същество – да създадем свръхраса. Тези хипотетични „усъвършенствани“ индивиди са така наречените *постчовеци*, които според трансхуманистите ще наследят човечеството.

– Това зловещо напомня за евгениката – рече Лангдън.

При споменаването на тази дума я побиха тръпки.

През 40-те години на миналия век нацистките учени се занимавали с технология, която нарекли евгеника – опит да се използва примитивно генно инженерство за увеличаване на раждаемостта у хората с определени „желателни“ генетични характеристики, както и за намаляване на раждаемостта на носителите на „нежелателни“ етнически черти.

„Етническо прочистване на генетично ниво“.

– Има сходства – призна Сински. – И макар че е трудно да се проумее как е възможно някой да създаде нова човешка раса, има множество умни хора, които смятат, че за оцеляването ни е жизненоважно да започнем точно този процес. Един от пишещите в списание „H+" на трансхуманистите описва генното инженерство на зародишно ниво като „ясната следваща стъпка" и твърди, че тя „въплъщава истинския потенциал на нашия вид". – Замълча за момент. – Но от друга страна, в „Дискавър" има една поредица със заглавие „Най-опасните идеи на света".

– Мисля, че бих застанал на страната на вторите – рече Лангдън. – Поне от социокултурна гледна точка.

– В смисъл?

– Ами, оставам с впечатлението, че генетичното усъвършенстване, подобно на козметичната хирургия, е доста скъпо удоволствие, нали?

– Разбира се. Не всеки би могъл да си позволи да усъвършенства себе си или децата си.

– А това означава, че легализираните генетични подобрения незабавно ще създадат свят на имащи и нямащи. Ние вече сме свидетели на растяща пропаст между богати и бедни, а подобно генно инженерство би създало раса на свръхчовеци и... по-низши според тях човешки същества. Мислите, че хората са разтревожени от факта, че светът се управлява от един процент свръхбогаташи? Представете си само, че същият този процент в буквалния смисъл е един по-висш *вид* – по-умни, по-силни, по-здрави. Получава се ситуация, в която светът ще бъде готов за поробване или етническо прочистване.

Сински се усмихна на красивия учен.

– Професоре, много бързо схващате онова, което според мен е най-сериозната клопка на генното инженерство.

– Е, може и да съм схванал, но въпреки това съм объркан относно Зобрист. Всички тези трансхуманистични идеи уж са свързани с усъвършенстването на човечеството, с това да бъдем поздрави, с борбата срещу смъртоносни болести и с удължаването на живота. А в същото време възгледите на Зобрист относно пренаселеността на света като че ли подкрепят избиването на хора.

Идеите му на трансхуманист и за свръхнаселението като че ли са в конфликт, не мислите ли?

Сински въздъхна. Въпросът беше добър и, за съжаление, имаше ясен и тревожещ отговор.

– Зобрист вярваше с цялото си сърце в трансхуманизма, в подобряването на вида ни чрез технологиите. В същото време обаче смяташе, че човечеството ще изчезне преди да имаме шанс да направим следващата стъпка. Ако никой не предприеме действия, нашата многочисленост ще ни унищожи преди да успеем да реализираме потенциала, обещаван от генното инженерство.

Лангдън се опули.

– Значи е искал да разреди стадото... за да спечели повече време?

Сински кимна.

– Веднъж се беше описал като попаднал на кораб, в който броят на пътниците се удвоява всеки час, докато самият той отчаяно се опитва да построи спасителна лодка преди корабът да е потънал под собствената си тежест. – Пак замълча за миг. – Той призоваваше половината от пътниците да бъдат изхвърлени зад борда.

Лангдън се намръщи.

– Плашеща мисъл.

– И още как. Изобщо не се заблуждавайте – рече тя. – Зобрист твърдо вярваше, че драстичното съкращаване на човешката популация един ден ще се помни като върховна проява на героизъм... като момента, в който човечеството е избрало да оцелее.

– Плашещо, както вече казах.

– И още по-плашещото е, че Зобрист не беше единственият, който мисли така. Когато умря, той се превърна в мъченик за много хора. Нямам представа на кого ще се натъкнем, когато пристигнем във Флоренция, но ще трябва да сме изключително внимателни. Няма да сме единствените, опитващи се да открият тази чума. И заради собствената ви безопасност не можем да допуснем никой да научава, че сте в Италия и я търсите.

Лангдън ѝ разказа за своя приятел и специалист по Данте Игнацио Бузони, за когото смяташе, че може да ги вкара в Палацо Векио след работното време, за да могат да разгледат картините, съдържащи думите cerca trova, които бяха видели върху картината от малкия проектор на Зобрист. Бузони можеше също така и да помогне на Лангдън да разбере странния цитат за очите на смъртта.

Сински приглади назад дългата си сребриста коса и го погледна напрегнато.

– Търсете и намерете, професоре. Времето изтича.

След това взе най-сигурния тубус на СЗО за съхраняване на опасни материали – модел, който можеше да се отключи единствено с биометрични данни.

– Дайте палеца си – каза тя, докато поставяше цилиндричния контейнер пред Лангдън.

Макар и озадачен, Лангдън се подчини.

Сински програмира контейнера така, че Лангдън да е единственият, който може да го отвори. После взе малкия проектор и го постави вътре.

– Мислете за това като за преносим сейф – каза му с усмивка.

– Със символ за биологична опасност ли? – Лангдън изглеждаше смутен и разтревожен.

– Само с това разполагаме. Но пък, от друга страна, така никой няма да посмее да го бърника.

Лангдън стана да се разтъпче и да отиде до тоалетната. Докато го нямаше, Сински се опита да пъхне запечатания контейнер в джоба на сакото му. За съжаление не влизаше.

„Не може да носи проектора пред очите на всички". Тя се замисли и извади от един шкаф скалпел и набор за шиене. С прецизността на експерт сряза хастара на сакото на Лангдън и внимателно приши скрит джоб, който да побере контейнера.

Когато Лангдън се върна, тя тъкмо приключваше.

Професорът спря и я зяпна втрещено, сякаш Сински обезобразяваше „Мона Лиза".

– Срязали сте хастара на сакото ми?

– Спокойно, професоре – каза тя. – Аз съм хирург. Шевовете са направени напълно професионално.

68.

Венецианската железопътна гара „Санта Лучия“ е елегантно ниско съоръжение от сив камък и бетон. Проектирана е в модерен минималистичен стил с фасада без никакви украси с изключение на един-единствен символ: крилатите букви FS, емблема на държавните железници – Ferrovie dello Stato.

Тъй като гарата се намира в западния край на Канале Гранде, на пристигащите пътници им е достатъчно да направят само една крачка, за да се потопят изцяло в характерните гледки, миризми и звуци на Венеция.

При всяко свое идване тук Лангдън винаги долавяше соления въздух – свеж морски бриз, подправен от аромата на пицата, предлагана от улични търговци пред гарата. Днес вятърът духаше от изток и носеше също така миризмата на дизелово гориво от дългата опашка водни таксита, чакащи в надигналите се води на Канале Гранде. Десетки капитани размахваха ръце и викаха на туристите с надежда да подлъжат някой да се качи в техните таксита, гондоли, вапорети и скутери.

„Хаос във водата“ – помисли Лангдън, загледан в задръстването в канала. Странно, но блъсканицата, която би била подлудяваща в Бостън, изглеждаше някак чаровна и със старинна атмосфера във Венеция.

На един хвърлей от другата страна на канала в следобедното небе се издигаха позеленелите медни куполи на Сан Симеоне Пиколо. Църквата беше с един от най-еклектичните архитектурни стилове в цяла Европа. Необичайно стръмният ѝ купол и кръглото светилище бяха византийски, докато пронаосът* с неговите

* Пристройка с колонада пред входа на античен храм – Б. пр.

колони несъмнено беше изграден като класическия гръцки вход на Пантеона в Рим. Главният вход беше покрит със зрелищен фронтон със сложни мраморни релефи, изобразяващи цяло войнство светци мъченици.

„Венеция е музей на открито – помисли си Лангдън и погледът му се насочи към водите на канала, които се плискаха в стъпалата на църквата. – Бавно потъващ музей“. Въпреки това опасността от наводнение изглеждаше несъществена в сравнение със заплахата, която може би се спотайваше под града.

„И никой няма представа...“

Стихотворението от смъртната маска на Данте все още звучеше в главата на Лангдън и той се запита къде ли ще ги отведе то. В джоба си имаше препис на текста, а самата гипсова маска (по предложение на Сиена) беше увита във вестник и тайно я бяха заключили в шкафче за багаж в гарата. Макар че беше абсолютно неадекватно хранилище за подобен безценен артефакт, шкафчето несъмнено бе много по-безопасно място за маската, отколкото да я мъкнат със себе си из пълния с вода град.

– Робърт? – Сиена – беше избързала напред с Ферис – посочи към водните таксита. – Нямаме време.

Лангдън тръгна към тях, макар че за запален любител на архитектурата като него бе почти немислимо да бърза по Канале Гранде. Малко изживявания във Венеция бяха по-приятни от пътуването с вапорето № 1, най-известния открит воден автобус на града – за предпочитане вечер, на носа, докато покрай теб бавно се носят осветените от прожектори катедрали.

„Днес ще минем без вапорето“ – помисли Лангдън. Водните автобуси бяха пословично бавни, така че трябваше да вземат такси.

За съжаление опашката за таксита пред гарата изглеждаше безкрайна.

Ферис, който явно не беше в настроение да чака, бързо пое нещата в свои ръце: размаха тлъста пачка банкноти и бързо извика една плаваща лимузина – лъскав „Венециано“ със свалящ се покрив, изработен от южноафрикански махагон. Макар че елегантният съд беше несъмнено изхвърляне, щяха да пътуват бързо и в уединение – само някакви си петнайсет минути по Канале Гранде до площад „Сан Марко“.

Капитанът беше поразително красив мъж в безупречен костюм на Армани. Приличаше по-скоро на филмова звезда, отколкото на моряк, но в края на краищата това беше Венеция, градът на италианската елегантност.

– Маурицио Пимпони – представи се той и намигна на Сиена, докато ги посрещаше на борда. – Просеко? Лимончело? Шампанско?

– No, grazie* – отвърна Сиена и го помоли да ги откара колкото се може по-бързо до площад „Сан Марко“.

– Ma certo!** – Маурицио ѝ намигна отново. – Моята лодка е най-бързата в цяла Венеция...

Докато се настаняваха на плюшените седалки на откритата кърма, Маурицио превключи на задна и майсторски се отдалечи от брега. След това завъртя руля надясно, даде газ на мощния „Волво Пента“ и мина през гъмжилото от гондоли с такава скорост, че гондолиерите заразмахваха ядосано юмруци, докато тесните им черни лодки се люлееха диво на вълните.

– Scusate!*** – извика им весело Маурицио. – ВИП персони!

След секунди излязоха от задръстването при гара „Санта Лучия“ и се носеха на изток по Канале Гранде. Докато минаваха под изящния Понте дели Скалци, Лангдън долови характерния сладък аромат на местния деликатес seppie al nero, сепия в собственото ѝ мастило, който идваше от покритите с балдахини ресторанти покрай брега. Когато завиха по канала, пред тях се появи масивният купол на църквата „Сан Джеремия“.

– Света Лучия – прошепна Лангдън, докато четеше името на светицата на надписа на църквата. – Костите на слепите.

– Моля? – Сиена го погледна с надеждата, че Лангдън може да е открил още нещо около загадъчното стихотворение.

---

* Не, благодаря (ит.) – Б. пр.

** Ама разбира се! (ит.) – Б. пр.

*** Извинявайте! (ит.) – Б. пр.

– Нищо – отвърна Лангдън. – Хрумна ми странна мисъл. Може би нищо особено. – Той посочи църквата. – Виждаш ли надписа? Там е погребана света Лучия. Понякога чета лекции по агиография – дял от изкуството, занимаващ се с изобразяването на християнските светци. А света Лусия е покровителка на слепите.

– Si, santa Lucia! – обади се Маурицио, който явно винаги беше готов да предложи услугите си. – Светицата на слепците! Знаете историята, нали? – Капитанът погледна назад към тях и се опита да надвика рева на двигателя. – Лучия била толкова красива, че всички мъже я желаели страстно. И за да остане чиста пред Бог и да запази девствеността си, си избола очите.

Сиена изстена.

– Това се казва всеотдайност към Бог.

– Като награда за жертвата ѝ – добави Маурицио – Бог ѝ дал още по-красиви очи!

Сиена погледна Лангдън.

– Определено *знае* кое е безсмислено, нали?

– Неведоми са пътищата Божии – отбеляза Лангдън и си представи двайсетината прочути картини на стари майстори, изобразяващи света Лучия, носеща собствените си очи на поднос.

Макар че имаше различни версии на историята за света Лучия, във всички се разказваше как тя избола своите будещи похот очи, поставила ги върху поднос и ги поднесла на пламенния си ухажор, като заявила: „Ето ти онова, що желаеш толкова много... и те умолявам, занапред ме остави на мира!" Колкото и да е зловещо, самоосакатяването ѝ било вдъхновено от Светото писание и така Лучия завинаги се свързва с прочутата заръка на Христос: „И ако те съблазнява окото ти, извади го и хвърли от себе си"*.

„Извади – помисли си Лангдън и осъзна, че точно тази дума беше използвана и в стихотворението. „Дожа коварен на Венеция потърсете, що обезглави конете... и костите на слепия извади".

* Матей 18:9 – Б. пр.

Озадачен от съвпадението, той се запита дали това не е скрит намек, че именно света Лучия е слепият, за когото се говори в стихотворението.

– Маурицио – извика Лангдън и посочи към „Сан Джеремия". – Костите на света Лучия са погребани в тази църква, нали?

– Няколко, да – отвърна Маурицио, като караше майсторски с една ръка и гледаше назад към пътниците си, без да обръща внимание на трафика пред тях. – Но повечето не са тук. Света Лучия е толкова обичана, че тялото ѝ е пръснато из църкви по целия свят. Разбира се, ние венецианците най-много обичаме света Лучия и затова празнуваме...

– Маурицио! – извика Ферис. – Света Лучия е сляпата, не ти. Гледай напред!

Маурицио се разсмя добродушно и се обърна точно навреме, за да избегне сблъсък с движеща се срещу тях лодка.

Сиена наблюдаваше внимателно Лангдън.

– Какво мислиш? За предателския дож, който извадил костите на слепия ли?

Лангдън сви устни.

– Не съм сигурен.

И бързо разказа на Сиена и Ферис историята на света Лучия, която бе сред най-странните сред всички житиеописания на светците. Според преданието, когато прекрасната Лучия отхвърлила домогванията на влиятелен ухажор, той я обвинил и я пратил на клада, но пламъците оставили тялото ѝ непокътнато. Според поверието, тъй като плътта ѝ била неподатлива на огън, мощите ѝ притежавали особена сила и всеки, който ги притежавал, щял да се наслаждава на необичайно дълъг живот.

– Значи е имала вълшебни кости? – попита Сиена.

– Да, вярвало се, че са такива, поради което мощите ѝ били пръснати по целия свят. В продължение на две хилядолетия могъщи лидери се опитвали да избегнат старостта и смъртта, като се сдобивали с костите на светицата. Скелетът ѝ бил краден, връщан, краден отново, местен и разделян повече пъти, отколкото на който и да било друг светец. Костите ѝ са минали през ръцете на поне десетина от най-могъщите хора в историята.

– В това число и на някой предателски дож? – попита Сиена.

„Дожа коварен на Венеция потърсете, що обезглави конете... и костите на слепия извади“.

– Напълно възможно – отвърна Лангдън и сега осъзна, че света Лучия се споменава многократно в „Ад“ на Данте. Тя беше една от трите благословени жени, *le tre donne benedette*, които извикват Вергилий да помогне на Данте да излезе от подземния свят. Другите две бяха Дева Мария и Беатриче, възлюбената на Данте. Поетът беше поставил света Лучия начело на групата.

– Ако си прав – развълнувано каза Сиена, – то същият коварен дож, който отрязал главите на конете...

– ... е откраднал и костите на света Лучия – довърши Лангдън.

Сиена кимна.

– Това значително ще съкрати списъка ни. – Тя погледна Ферис. – Сигурен ли сте, че телефонът ви не работи? Бихме могли да потърсим в интернет...

– Съвсем е умрял – отвърна Ферис. – Току-що проверих. Съжалявам.

– Скоро ще стигнем – каза Лангдън. – Не се съмнявам, че ще успеем да намерим отговорите в базиликата „Сан Марко“.

„Сан Марко“ беше единственото парче от пъзела, което Лангдън смяташе за абсолютно сигурно. „Музейон на светата мъдрост“. Лангдън разчиташе на базиликата да разкрие идентичността на загадъчния дож... и оттам, с малко късмет, конкретното място, от което Зобрист е избрал да пусне чумата си. „Защото там, в тъмата, хтоничното чудовище очаква“.

Опита се да пропъди от ума си картините с чумата, но това беше невъзможно. Често се бе питал как ли е изглеждал този невероятен град, когато е бил в разцвета си... преди чумата да го отслаби дотолкова, че да бъде завладян първо от османските турци, после от Наполеон... по времето, когато Венеция се е славела като търговски център на Европа. Според всички сведения на света нямало по-прекрасен град, а богатството и културата на жителите му нямали равни на себе си.

Лангдън беше чел описания на живота във Венеция по време на чумните епидемии. Поради липсата на земя, където да погребват мъртвите, подути трупове се носели по каналите, като на места ги задръствали и работниците трябвало да ги разбутват с пръти, за да може водата да ги отнесе в морето. Сякаш никакви молитви не били в състояние да укротят гнева на чумата. Когато градските власти осъзнали, че причината за болестта са плъховете, било вече късно, но въпреки това във Венеция бил издаден закон, задължаващ всички пристигащи кораби да стоят на котва четирийсет дни в открито море, преди да им бъде позволено да разтоварят товарите си. И до днес числото четирийсет – quaranta на италиански – служеше като мрачно напомняне за произхода на думата „карантина".

Когато лодката им зави на поредния широк завой на канала, вятърът изду червен транспарант, който откъсна Лангдън от мрачните му мисли за смъртта и насочи вниманието му към елегантна триетажна постройка вляво.

CASINO DI VENEZIA: БЕЗКРАЙНА ЕМОЦИЯ

Макар че Лангдън не разбираше напълно думите върху транспаранта на казиното, бляскавият ренесансов дворец беше част от градския пейзаж от шестнайсети век. Някога частно имение, сега той бе скъп игрален дом, прочут с това, че именно тук през 1883 г. композиторът Рихард Вагнер умрял от инфаркт малко след като завършил операта си „Парсифал".

Отдясно на казиното се виждаше барокова фасада с още по-голям транспарант, този път тъмносин, на който пишеше CA'PESARO: GALLERIA INTERNAZIONALE D'ARTE MODERNA. Преди години Лангдън беше влизал вътре и бе видял шедьовъра „Целувката" на Густав Климт, част от гостуваща изложба от Виена. От преплетените любовници, изобразени в зашеметяващи златни листа, лъхаше на страст и до ден днешен Лангдън свързваше „Ка'Пезаро" със събуждането на дългогодишния си интерес към съвременното изкуство.

Маурицио увеличи скоростта в разширяващия се канал.

Отпред се появи прочутият мост Риалто, който бележеше половината път до площад „Сан Марко". Малко преди да минат под него Лангдън погледна нагоре и видя самотна фигура, която стоеше неподвижно до парапета и се взираше в тях.

Лицето беше едновременно познато... и ужасяващо.

Лангдън инстинктивно се сви.

Сивкаво и издължено, лицето имаше студени мъртви очи и дълъг, подобен на клюн нос.

Лодката се плъзна под зловещата фигура точно когато Лангдън осъзна, че това е просто турист, фукащ се с последната си покупка – една от стотиците маски на чумни лечители, продавани на намиращия се наблизо пазар Риалто.

Днес обаче костюмът изобщо не му изглеждаше очарователен.

69.

Площад „Сан Марко“ се намира на най-южната точка на Канале Гранде, където закътаният воден път се събира с морето. Над опасната точка на свързване се извисява суровата триъгълна крепост на Dogana da Mar, Морската митница, чиято кула навремето охранявала Венеция от вражески нашествия. Днес кулата е сменена с голям златен глобус и ветропоказател, изобразяващ богинята на промените, чието постоянно обръщане по вятъра трябва да напомня на мореплавателите за непредсказуемостта на съдбата.

Маурицио насочи лъскавата си лодка към края на канала и морето с неговите пенещи се вълни зейна застрашително пред тях. Робърт Лангдън беше пътувал неведнъж по този маршрут, но с много по-големите вапорето, и сега тръпнеше, докато лимузината им се люлееше от засилващото се вълнение.

За да стигне пристанището при площада, лодката трябваше да пресече откритата лагуна, чиито води бяха задръстени от стотици съдове – от луксозни яхти и танкери до платноходки и грамадни пътнически лайнери. Все едно напускаха някакъв селски път и излизаха на осемлентова магистрала.

Сиена също изглеждаше неуверено, докато поглеждаше извисяващия се десететажен лайнер, който минаваше само на триста метра пред тях. Палубите му бяха пълни с пътници, които се тълпяха на парапетите и снимаха площад „Сан Марко“ от морето. По разпенената диря на кораба се бяха наредили три други и дебнеха удобен момент да минат покрай най-известната забележителност на Венеция. Лангдън беше чувал, че през последните години броят на корабите се увеличавал толкова бързо, че опашката се точела денонощно.

Маурицио погледна приближаващите лайнери, след което се обърна към един покрит кей недалеч.

– Става ли да спра при бара на Хари? – И посочи ресторанта, прочут с това, че е създал Белини. – Площад „Сан Марко“ е на две крачки.

– Не, закарай ни до самия площад – нареди Ферис и посочи през лагуната към пристанището.

Маурицио сви добродушно рамене.

– Както кажете. Дръжте се!

Двигателят изрева и лимузината зацепи вълните, следвайки един от отбелязаните с шамандури водни пътища. Туристическите лайнери приличаха на плаващи жилищни блокове, а дирите им подмятаха по-малките съдове като коркови тапи.

За изненада на Лангдън десетки гондоли предприемаха подобно пресичане. Стройните им корпуси, дълги почти дванайсет метра и тежащи почти седемстотин килограма, изглеждаха невероятно стабилни в неспокойните води. Всяка лодка се управляваше от гондолиер, стъпил здраво на платформа от лявата страна на кърмата, облечен в традиционната риза на черни и бели ивици и хванал единственото гребло, закрепено за десния планшир. Дори в бурните води си личеше, че всяка гондола има загадъчен ляв крен – странност, за която Лангдън беше научил, че се дължи на асиметричната конструкция на лодката – корпусът беше извит надясно, за да компенсира тенденцията да завива наляво заради разположеното на десния борд гребло.

Маурицио посочи с гордост една гондола, докато минаваха покрай нея, и извика през рамо:

– Видяхте ли металната украса на носа? Това е единственият метал в гондолите. Нарича се ferro di prua, желязото на носа. То е изображение на Венеция!

После обясни, че подобната на коса украса на всяка гондола в града има символично значение. Извитата форма на ferro представяше Канале Гранде, шестте зъба символизираха шестте sestieri, тоест районите на Венеция, а издълженото острие беше стилизираната глава на венецианския дож.

„Дожът – помисли си Лангдън, чиито мисли отново се насочваха към предстоящата задача. – Дожа коварен на Венеция потърсете, що обезглави конете... и костите на слепия извади".

Погледна към брега, където един малък парк стигаше до самата вода. Над дърветата, очертана на фона на безоблачното небе, се издигаше червената тухлена кула на камбанарията на „Сан Марко", на чийто връх беше кацнал златен архангел Гавриил и се взираше от зашеметяващата си стойка на деветдесет метра височина.

В град, където високите сгради не съществуваха заради тенденцията да потъват, извисяващата се Кампанила ди Сан Марко служеше като ориентир за всички, които влизаха в лабиринта от канали и проходи на Венеция; изгубилият се пътешественик можеше да погледне нагоре и да се ориентира как да се върне до площада. На Лангдън още му беше трудно да повярва, че масивната кула се е срутила през 1902 година и почти е затрупала площад „Сан Марко". А най-забележителното бе, че единствената жертва на тази катастрофа била една котка.

Гостите на Венеция можеха да се докоснат до неподражаемата атмосфера на града на стотици секващи дъха места, но за Лангдън любимото място винаги бе Рива дели Скиавони. Широкият каменен булевард, минаващ покрай брега, беше построен през девети век от изкарани от дъното наноси от стария Арсенал чак до площад „Сан Марко".

С изисканите си кафенета, елегантни хотели и дори енорийската църква на Антонио Вивалди, Рива започваше при Арсенала, старата корабостроителница на града, където ароматът на боров катран бе изпълвал някога въздуха, когато моряците запълвали с него дупките по корпусите на съдовете си. Според преданието именно посещението на тази корабостроителница вдъхновило Данте Алигиери да включи реките от врящ катран като едно от средствата за мъчение в „Ад".

Погледът на Лангдън се премести надясно, по дължината на булеварда покрай брега, за да спре при драматичния му край. Тук, в най-южната част на площад „Сан Марко", широкият застлан път се срещаше с откритото море. През златния век на Венеция тази рязка граница била наричана с гордост „ръбът на цивилизацията".

Днес покрай дългия триста метра участък, където площадът и морето се срещаха, неизменно имаше най-малко сто черни гондоли, които се поклащаха на кейовете; подобните им на коси орнаменти се издигаха и спускаха на фона на белите мраморни сгради.

Лангдън още не можеше да проумее как този мъничък град, само два пъти по-голям от Сентръл Парк в Ню Йорк, е успял да се издигне от морето и да се превърне в най-голямата и богата империя на Западния свят.

Докато Маурицио приближаваше лодката към брега, Лангдън забеляза, че площадът е пълен с хора. Навремето Наполеон наричал площад „Сан Марко" „ателието на Европа" и както изглежда, в това „помещение" се провеждаше парти, на което бяха дошли прекалено много гости. Целият площад изглеждаше така, сякаш всеки момент може да потъне под тежестта на дошлите да му се възхитят.

– Боже мой! – прошепна Сиена, зяпнала неизброимото множество.

Лангдън не беше сигурен дали го казва от страх, че Зобрист може да е избрал това многолюдно място да отприщи чумата си... или защото усеща, че може би е бил прав в предупрежденията си за опасността от пренаселване.

Всяка година във Венеция се стичаха зашеметяващо много туристи – около 0,3 процента от цялото население на планетата, или около двайсет милиона души за 2000 г. Оттогава населението на Земята се беше увеличило с още един милиард и градът стенеше под тежестта на още три милиона туристи годишно. Подобно на самата планета, Венеция разполагаше с ограничено пространство и в един момент нямаше да е в състояние да внася достатъчно храна, да изхвърля достатъчно отпадъци и да осигури достатъчно легла за всички, които искат да я видят.

Ферис мълчеше. Не гледаше сушата, а морето и корабите.

– Добре ли сте? – попита го Сиена.

Ферис рязко се извърна.

– Да, добре съм... просто се бях замислил. – Обърна се към Маурицио. – Остави ни колкото се може по-близо до „Сан Марко“.

– Няма проблем! – отвърна капитанът. – Още две минутки!

Лимузината се изравни с площада и Дворецът на дожите сега се издигаше величествено от дясната им страна.

Великолепен образец на венецианската готика, дворецът беше пример за подценена елегантност. Нямаше кули и бойници, характерни за дворците на Франция и Англия, а беше замислен като огромен паралелепипед, осигуряващ максимално вътрешна повърхност за голямото правителство на дожа и за обслужващия персонал.

Гледан откъм морето, огромният дворец от бял варовик би изглеждал надменно и арогантно, ако ефектът не бе внимателно приглушен с добавянето на портици, колони, лоджии и четирилистни отвори. По външните стени минаваха геометрични украси от розов варовик, напомнящи на Лангдън за Алхамбра в Испания.

Ферис изглеждаше разтревожен от множеството пред двореца. Гъста тълпа се беше събрала на един мост и всички сочеха надолу към тесен канал, който пресичаше две големи части от Двореца на дожите.

– Какво гледат? – нервно попита Ферис.

– Il Ponte dei Sospiri – отвърна Сиена. – Прочут венециански мост.

Лангдън се загледа към тесния воден път и видя прекрасно извития затворен тунел, който свързваше двете сгради. „Мостът на въздишките“ – помисли си той и си спомни един от любимите си филми от детството, „Малък романс“, базиращ се на легендата, че ако двама млади влюбени се целунат под този мост по залезслънце, докато камбаните на „Сан Марко“ бият, ще останат влюбени през целия си живот. Разбира се, още по-добре беше, че във филма участваше прелестната четиринайсетгодишна Даян Лейн, в която Лангдън моментално се влюби... любов, от която така и не се беше отърсил напълно.

Години по-късно Лангдън с ужас научи, че Мостът на въздишките носи името си не от въздишките на страстта... а на нещастието. Оказа се, че закритият проход свързвал двореца на дожа със затвора, където затворниците гниели и умирали, а стоновете им отеквали през решетките на прозорците им в тесния канал.

Лангдън беше посещавал затвора веднъж и с изненада бе научил, че най-ужасните килии били не тези на нивото на водата, които често се наводнявали, а намиращите се на горния етаж на самия дворец. Те били наричани piombi заради покритите с оловни керемиди покриви, от които ставали нетърпимо горещи през лятото и леденостудени през зимата. Великият любовник Казанова бил затворник в една такава килия, след като Инквизицията го обвинила в разврат и шпиониране. Оцелял там цели петнайсет месеца, след което успял да избяга, като измамил надзирателя си.

– Sta' attento!* – извика Маурицио на един гондолиер, докато лимузината им заемаше мястото, освободено току-що от гондолата. Капитанът беше успял да намери място пред хотел „Даниели", само на стотина метра от площад „Сан Марко" и Двореца на дожите.

Маурицио хвърли въже на един стълб и скочи на брега, сякаш участваше в кастинг за бандитски филм. След като завърза лодката, се обърна и протегна ръка, за да помогне на пътниците си да слязат.

– Благодаря – каза Лангдън, когато мускулестият италианец го издърпа на брега.

Ферис го последва малко разсеяно и отново погледна към морето.

Сиена слезе последна. Докато ѝ помагаше, дяволски красивият Маурицио я фиксираше с поглед, който сякаш ѝ казваше, че ще си прекара много по-добре, ако зареже двамата си спътници и остане с него в лодката. Сиена като че ли изобщо не забеляза.

– Grazie, Маурицио – каза тя разсеяно, без да откъсва поглед от Двореца на дожите.

И без да се бави нито миг, поведе Лангдън и Ферис към тълпата.

* Внимавай! (ит.) – Б. пр.

70.

Уместно кръстено на един от най-прочутите пътешественици на света, международното летище „Марко Поло“ се намира на шест километра северно от площад „Сан Марко“ във водите на Лагуна Венета.

Благодарение на удобствата на частните полети Елизабет Сински слезе от самолета и само след десет минути се носеше през лагуната във футуристичен черен катер „Дюбоа SR52 Блекбърд“, изпратен от непознатия, с когото бе разговаряла по телефона.

„Ректора“.

След цял ден престой в микробуса морският въздух ѝ подейства съживяващо. Тя обърна лице срещу соления вятър и остави сребристата си коса да се вее зад нея. От последната инжекция бяха минали почти два часа и тя най-сетне се чувстваше будна. За първи път от снощи Елизабет Сински отново бе себе си.

Агент Брюдер седеше до нея заедно с екипа си. Никой не казваше нито дума. Дори да имаха тревоги относно необичайната среща, те знаеха, че мнението им няма значение – не те вземаха решенията.

Катерът летеше напред и от дясната им страна се появи голям остров, по чийто бряг бяха накацали ниски тухлени постройки и комини. „Мурано“ – осъзна Елизабет, когато разпозна известните стъкларски фабрики.

„Не мога да повярвам, че отново съм тук – помисли си и изпита острия бодеж на тъгата. – Направих пълен кръг“.

Преди години, докато учеше медицина, беше дошла във Венеция с годеника си и отидоха да разгледат Музея на стъклото на Мурано. Годеникът ѝ видя едно великолепно украшение от движещи се стъклени пластини и висулки и заяви, че иска да закачи едно такова в детската стая. Измъчвана от чувството за вина, че е пазила толкова дълго болезнената тайна, Елизабет най-сетне му разказа как като малка е боледувала от астма и за трагичното лечение с глюкокортикоиди, които я бяха лишили от способност да има деца.

Никога нямаше да разбере дали нечестността, или безплодието ѝ беше превърнало сърцето на младия мъж в камък, но една седмица по-късно Елизабет напусна Венеция без годежния си пръстен.

Единственият ѝ спомен от това съкрушително пътуване беше амулетът от лазурит. Жезълът на Асклепий беше подходящ символ на медицината – и на горчивия хап в нейния случай, – но оттогава Елизабет го носеше винаги.

„Моят безценен амулет – помисли си тя. – Подарък за сбогом от мъжа, който искаше да родя децата му“.

Днес венецианските острови не будеха у нея никакво чувство за романтика, отделните селища събуждаха мисли не за любов, а за карантинните колонии, които навремето са се намирали там с надеждата да ограничат Черната смърт.

Когато катерът профуча покрай Исола Сан Пиетро, Елизабет осъзна, че се движат към голяма сива яхта, която беше хвърлила котва в дълбок канал и ги очакваше.

Тъмносивият кораб изглеждаше като някакъв продукт от американска стелт програма. Името, изписано на борда, не даваше никаква представа що за съд е това.

„Mendacium“ ли?“

Корабът растеше все повече и повече и скоро Сински различи на задната палуба самотна фигура – дребен мъж, който ги наблюдаваше през бинокъл. Когато катерът се стигна до обширната платформа на кърмата, мъжът слезе по стълбите да ги посрещне.

– Доктор Сински, добре дошли. – Почернелият от слънцето мъж се ръкува любезно с нея. Дланите му бяха меки и гладки, много по-различни от дланите на моряк. – Благодаря, че дойдохте. Последвайте ме, ако обичате.

Докато групата се изкачваше по палубите, Сински зърна нещо като оживени офиси, разделени на кабинки. Странният кораб се оказа пълен с хора, но никой от тях не разпускаше – всички работеха на пълни обороти.

„Върху какво?"

Докато продължаваха да се изкачват, Сински чу как мощните двигатели на кораба се събуждат. Водата зад кърмата кипна – яхтата се движеше.

„Къде отиваме?" – разтревожено се запита тя.

– Бих искал да поговоря с доктор Сински насаме – каза мъжът на войниците и я погледна. – Нямате нищо против, нали?

Елизабет кимна.

– Сър – настоятелно се обади Брюдер. – Бих искал да ви посъветвам доктор Сински да бъде прегледана от корабния лекар. Тя имаше...

– Добре съм – прекъсна го Сински. – Наистина. Но все пак благодаря.

Ректора изгледа дълго Брюдер, след което посочи една маса, на която поднасяха храна и напитки.

– Починете си. Ще имате нужда. След няколко минути се връщате на сушата.

Без повече обяснения Ректора обърна гръб на агента и заведе Сински в елегантната капитанска каюта и кабинет.

– Питие? – попита и кимна към бара.

Тя поклати глава. Все още се опитваше да проумее шантавата ситуация. „Кой е този човек? Какво прави тук?"

Домакинът ѝ я изучаваше, сплел пръсти под брадичката си.

– Знаете ли, че клиентът ми Бертран Зобрист ви наричаше „среброкосия дявол"?

– И аз имам някои прозвища за него.

Без да показва никакви емоции, мъжът отиде при бюрото си и посочи една голяма книга.

– Бих искал да видите това.

Сински приближи и погледна тома. „Ад" на Данте?" Спомни си ужасяващите картини на смърт, които ѝ бе показал Зобрист при срещата им в Съвета за международни отношения.

– Зобрист ми я даде преди две седмици. Има посвещение.

Сински погледна ръкописния текст на титулната страница. Беше подписан от Зобрист.

Скъпи приятелю, благодаря Ви, че ми помогнахте да намеря пътя.

Признателен Ви е и целият свят.

Побиха я ледени тръпки.

– Какъв път сте му помогнали да намери?

– Нямам представа. Или по-скоро нямах представа допреди няколко часа.

Сински беше пътувала дълго и не бе в настроение за изпълнени със загадки разговори.

– Господине, не зная кой сте, нито какво правите на този кораб, но ми дължите обяснение. Кажете защо сте укривали човек, преследван от Световната здравна организация.

Въпреки разпаления тон на Сински мъжът отговори спокойно и тихо:

– Давам си сметка, че целите ни се разминават, но ви предлагам да забравим миналото. Миналото си е минало. Имам чувството, че трябва час по-скоро да насочим вниманието си към бъдещето.

Извади малка червена флашка, включи я в компютъра си и направи знак на Сински да седне.

– Видеозаписът е направен от Бертран Зобрист. Искаше да го разпространя от негово име утре.

Преди Сински да успее да реагира, екранът на компютъра потъмня и тя чу тихия звук на плискаща се вода. В мрака започна да се оформя сцена... пълна с вода пещерна зала... нещо като подземно езеро. Изглеждаше необичайно, но водата сякаш беше осветена от дъното... изпълнена със странно алено сияние.

Водата продължаваше да се плиска, а камерата се наклони надолу и се спусна във водата, като се фокусира върху покритото с тиня дъно. За дъното беше закрепена блестяща правоъгълна табела с надпис, дата и име.

НА ТОВА МЯСТО И НА ТОЗИ ДЕН
СВЕТЪТ СЕ ПРОМЕНИ ЗАВИНАГИ.

Датата беше утре. Името бе на Бертран Зобрист.

Елизабет Сински потръпна.

– Какво е това място?! – остро попита тя. – *Къде* е това място?!

В отговор Ректора показа за първи път емоции – дълбока, изпълнена с разочарование и загриженост въздишка.

– Доктор Сински – отвърна той, – надявах се, че вие може би знаете отговора на този въпрос.

На километър и половина от яхтата, на крайбрежния тротоар на Рива дели Скиавони, изгледът към морето се беше променил едва-едва. Ако някой наблюдаваше внимателно, щеше да види как една огромна сива яхта заобиколи късче земя на изток. И сега се насочваше към площад „Сан Марко“.

„Mendacium“ – осъзна FS-2080 и усети пристъп на страх.

Сивият корпус не можеше да се сбърка с нищо.

„Ректора идва... и времето изтича“.

71.

Лангдън, Сиена и Ферис си пробиваха път през тълпите на Рива дели Скиавони, като се придържаха към брега и вървяха към площад „Сан Марко“, за да пристигнат в най-южната му част, където площадът и морето се срещаха.

Тук тълпата от туристи беше почти непреодолима. Лангдън изпита пристъп на клаустрофобия сред навалицата: всички се блъскаха да снимат двете грамадни колони в края на площада.

„Официалната порта на града“ – иронично си помисли Лангдън, който знаеше, че до края на осемнайсети век това място се е използвало и за публични екзекуции.

Върху едната колона беше издигната странна статуя на св. Теодор, позиращ гордо с прочутия си поразен дракон, който според Лангдън приличаше по-скоро на крокодил, отколкото на митично чудовище.

Върху втората колона беше кацнал вездесъщият символ на Венеция – крилатият лъв. Той можеше да се види из целия град, поставил гордо лапа върху отворена книга, в която пишеше на латински Pax tibi Marce, evangelista meus („Мир тебе, Марко, евангелисте мой“). Според легендата тези думи били изречени от ангел при пристигането на св. Марко във Венеция заедно с предсказанието, че тялото му един ден ще почива тук. По-късно това апокрифно предание било използвано от венецианците като оправдание да ограбят костите на св. Марко от Александрия и да ги препогребат в едноименната базилика. И до ден днешен крилатият лъв си оставаше емблема на града и можеше да се види на почти всеки ъгъл.

Лангдън посочи надясно към площада, покрай колоните.

– Ако се разделим, среща пред главния вход на базиликата.

Те кимнаха и тримата бързо тръгнаха покрай тълпата и западната стена на Двореца на дожите към площада. Въпреки че беше забранено да бъдат хранени, прочутите венециански гълъби изглеждаха в отлична форма: някои кълвяха в краката на туристите, а други връхлитаха откритите кафенета да ограбят оставените без надзор кошници с хляб и да тормозят облечените в смокинги сервитьори.

Величественият площад, за разлика от повечето в Европа, беше оформен не във формата на квадрат или правоъгълник, а като буквата L. По-късото рамо, известно като piazetta, свързваше морето и базиликата „Сан Марко“. След това площадът завиваше наляво под прав ъгъл и продължаваше от базиликата към Музео Корер. Вместо успоредник, площадът имаше формата на неправилен трапец, който се стесняваше значително в единия край. Тази типично панаирна илюзия създаваше впечатлението, че площадът е много по-голям, отколкото е в действителност; ефектът се подсилваше от плочките, които очертаваха местата на сергиите на уличните търговци от петнайсети век.

Докато вървеше към чупката на площада, Лангдън виждаше право пред себе си проблясващия син стъклен циферблат на Часовниковата кула – същия астрономически часовник, през който Джеймс Бонд беше изхвърлил лошия от филма „Муунрейкър“.

Едва сега Лангдън можеше да оцени изцяло най-уникалното нещо, което предлагаше градът.

Звуците.

Понеже тук нямаше автомобили и мотори, Венеция се радваше на отсъствието на обичайния градски трафик, метро и сирени и бе изпълнена с категорично лишената от механика пъстрота от човешки гласове, гукащи гълъби и мелодии, забавляващи посетителите на откритите кафенета. Венеция звучеше различно от всеки друг голям град в света.

Лъчите на късното следобедно слънце изпълваха площад „Сан Марко“ от запад и хвърляха дълги сенки по плочките. Лангдън погледна нагоре към камбанарията, която се извисяваше над площада и доминираше над силуета на стария град. Горната лоджия на кулата беше пълна със стотици хора. Дори самата мисъл да е там го накара да потрепери. Той отмести поглед и продължи напред през човешкото море.

Сиена с лекота следваше Лангдън, но Ферис изоставаше и тя реши да се движи между двамата, за да не ги изпуска от очи. Разстоянието помежду им обаче се увеличи още повече и Сиена погледна нетърпеливо назад. Ферис посочи гърдите си, за да покаже, че е задъхан, и ѝ направи знак да продължи напред.

Сиена кимна и забърза след Лангдън. Но докато си пробиваше път през тълпата, някакво натрапчиво чувство я накара да забави крачка – странното подозрение, че Ферис изостава нарочно... сякаш се опитва да се отдели от тях.

Тъй като отдавна се беше научила да се доверява на инстинктите си, тя се скри в една ниша и започна да наблюдава, като оглеждаше тълпата в търсене на Ферис.

„Къде изчезна?!“

Той сякаш вече дори не се опитваше да ги следва. Сиена се взираше в лицата на хората и най-сетне го видя. За нейна изненада, той беше приклекнал и бе извадил телефона си.

„Нали каза, че батерията му е паднала!“

Изпита интуитивен страх и отново знаеше, че трябва да му се довери.

„Излъгал ме е във влака!“

Наблюдаваше го и се опитваше да разбере какво прави. Пускаше тайно съобщение на някого? Или правеше проучване зад гърба ѝ? Може би се опитваше да разреши загадката на стихотворението на Зобрист преди нея и Лангдън?

Каквито и да бяха причините, той я беше излъгал най-безочливо.

„Не мога да му имам доверие“.

Запита се дали да не излезе от скривалището си и да не се изправи открито срещу него, но бързо реши да изчезне обратно в тълпата, преди да я е забелязал. Тръгна отново към базиликата, като се оглеждаше за Лангдън. „Трябва да го предупредя да не разкрива нищо повече пред Ферис“.

Намираше се на петдесетина метра от базиликата, когато нечия силна ръка я дръпна отзад за пуловера.

Тя рязко се завъртя и се озова лице в лице с Ферис.

Мъжът с обрива дишаше тежко – явно беше тичал през тълпата, за да я настигне. В него се долавяше нещо трескаво, което Сиена не бе забелязала досега.

– Съжалявам – каза той, като едва си поемаше дъх. – Изгубих се в множеството.

Веднага щом погледна в очите му, Сиена разбра.

„Той крие нещо от мен“.

Когато стигна пред базиликата „Сан Марко“, Лангдън с изненада откри, че двамата му спътници не са зад него. Изненада се и от липсата на опашка туристи, чакащи да влязат в църквата. Но пък, от друга страна, беше късен следобед и повечето туристи, останали без сили след тежките гощавки с паста и вино по обед, предпочитаха да се разхождат по площадите или да пият кафе, отколкото да се опитват да поглъщат още история.

Лангдън предположи, че Сиена и Ферис ще се появят всеки момент, и погледна към входа на базиликата. Понякога обвинявана заради „смущаващото количество входове“, фасадата на базиликата беше почти изцяло заета от пет входа, чиито скупчени колони, сводове и зейнали бронзови врати правеха сградата открито гостоприемна.

Един от най-добрите образци на византийската архитектура в Европа, „Сан Марко“ имаше определено меко и своеобразно излъчване. За разлика от суровите сиви кули на „Нотър Дам“ или Шартър, „Сан Марко“ изглеждаше внушително и в същото време някак много по-земно. По-широка, отколкото висока, църквата беше увенчана с пет издути варосани купола, които създаваха леко, почти празнично впечатление, поради което доста от пътеводителите сравняваха „Сан Марко“ със сватбена торта с целувки отгоре.

Стройната статуя на св. Марко се взираше от мястото си над централния вход към площада, носещ неговото име. Евангелистът беше стъпил върху арка, боядисана в тъмносиньо и осеяна със златни звезди. На този колоритен фон златният крилат лъв на Венеция изпъкваше като блестящ талисман.

Едно от най-прочутите съкровища на „Сан Марко“ се намираше под златния лъв – четири огромни медни жребеца, които в момента блестяха на следобедното слънце.

Конете на Сан Марко.

Сякаш готови всеки момент да скочат на площада, четирите безценни жребеца, подобно на много други съкровища във Венеция, бяха заграбени от Константинопол по време на кръстоносните походи. Друго заграбено произведение на изкуството можеше да се види под конете, на югозападния ъгъл на църквата – пурпурна порфирна резба, известна като „Тетрарсите“. Статуята беше известна с липсващия крак, който бил отчупен по време на ограбването на Константинопол в началото на тринайсети век. Като по чудо, през 60-те години на миналия век кракът бил открит при разкопки в Истанбул. Венеция отправила молба да получи липсващата част от статуята, но турските власти отговорили съвсем просто: вие откраднахте статуята, ние ще си задържим крака.

– Господине, купува? – обади се женски глас, който накара Лангдън да погледне надолу.

Пълна циганка държеше висок прът, на който висяха всевъзможни венециански маски. Повечето бяха в популярния volto intero стил – стилизирани бели маски, покриващи цялото лице, които често били носени от жените по време на карнавала. Колекцията съдържаше и няколко закачливи полумаски коломбина, баути с триъгълни брадички и морети без каишки за закрепване. Въпреки изобилието от цветове вниманието на Лангдън беше грабнато от сивкавочерната маска на върха на пръта: заплашителните ѝ мъртви очи сякаш се взираха надолу към него над дълъг, подобен на клюн нос.

„Чумният лечител“. Лангдън извърна поглед. Нямаше нужда да му се припомня какво прави във Венеция.

– Купува? – повтори циганката.

Лангдън се усмихна измъчено и поклати глава.

– Sono molto bene, ma no, grazie*.

Докато жената се отдалечаваше, погледът на Лангдън не се откъсваше от зловещата маска, която се поклащаше над тълпата. Професорът въздъхна тежко и вдигна очи към четирите медни коня на балкона на втория етаж.

И в този миг го осени.

Изведнъж отделните елементи започнаха да се събират стремително – конете на „Сан Марко", венецианските маски и заграбените от Константинопол съкровища.

– Боже мой – прошепна той. – Това е!

* Много са хубави, но не, благодаря (ит.) – Б. пр.

72.

Робърт Лангдън се вцепени.

„Конете на „Сан Марко!“

Четирите великолепни коня с техните царствени шии и хамути бяха събудили внезапен и неочакван спомен и сега Лангдън осъзнаваше, че той съдържа в себе си обяснението на основен елемент от загадъчното стихотворение върху посмъртната маска на Данте.

Веднъж Лангдън беше присъствал на сватбен прием на знаменитости в историческата Рънимийд Фарм в Ню Хампшър, дома на Кентъки Дерби. Като част от пищното събитие гостите бяха забавлявани и от прочутата конска трупа „Зад маската“ – зашеметяващ спектакъл, при който ездачите се появяваха в ослепителни венециански костюми с лица, скрити зад volto intero маски. Черните като въглени фризийски коне бяха най-големите, които бе виждал. Същински колоси, тези изумителни животни се носеха с грохот из полето – играещи под кожата мощни мускули, пискюли на копитата и еднометрови гриви, развети зад дългите грациозни шии.

Красотата на тези животни така силно впечатли Лангдън, че когато се прибра, той направи проучване в интернет и откри, че те били любимите бойни коне на средновековните владетели и че сравнително неотдавна породата била спасена от изчезване. Известна като Equus robustus, породата дължеше модерното си наименование на родината си Фризланд, холандската провинция, в която се е родил великолепният график М. К. Ешер.

Проучванията на Лангдън показаха, че мощните тела на ранните фризийски коне имат връзка с естетиката на Конете на „Сан Марко“ във Венеция. Според уебсайта Конете на „Сан Марко“

били толкова красиви, че се превърнали в „най-често крадените произведения на изкуството в историята“.

Лангдън винаги бе вярвал, че тази съмнителна чест принадлежи на олтара от Гент, и това го накара да направи справка с уебсайта на ARCA, за да потвърди теорията си. Асоциацията за проучване на престъпленията срещу изкуството нямаше ясна класация, но предлагаше сбита история на перипетиите на скулптурите като мишена за грабителите през вековете.

Четирите медни коня били излети през четвърти век от неизвестен гръцки скулптор от остров Хиос. Останали на острова, докато Теодосий II не ги отмъкнал в Константинопол, за да ги изложи на Хиподрума. По време на Четвъртия кръстоносен поход, когато западните рицари разграбили столицата на Византия, венецианският дож настоял четирите безценни статуи да бъдат закарани по море до Венеция – почти невъзможно начинание заради размера и тежестта им. Конете пристигнали във Венеция през 1254 г. и били монтирани пред фасадата на катедралата „Сан Марко“.

Повече от половин хилядолетие по-късно, през 1797 г., Наполеон завладял Венеция и взел конете за себе си. Те били откарани в Париж и сложени върху Триумфалната арка. През 1815 г., след разгрома на Наполеон при Ватерлоо и заточаването му, конете били свалени от арката и върнати във Венеция, за да заемат сегашните си места на балкона на базиликата.

Макар че Лангдън беше добре запознат с историята на конете, в сайта на ARCA се казваше нещо, което го стресна.

> Декоративните хамути били добавени през 1204 г. от венецианците, за да скрият местата, където главите били отрязани, за да се улесни транспортирането им по море от Константинопол до Венеция.

„Дожът е наредил главите на конете да бъдат отрязани?“ Идеята му се струваше немислима.

– Робърт?! – чу се гласът на Сиена.

Лангдън се изтръгна от унеса си и се обърна. Сиена идваше заедно с Ферис.

– Конете от стихотворението! – възбудено извика Лангдън. – Сетих се!

– Какво? – Сиена го погледна объркано.

– Търсим коварен дож, отрязал главите на конете!

– Да, и?

– Стихотворението няма предвид *живи* коне. – Лангдън посочи нагоре към фасадата на „Сан Марко", където ярките слънчеви лъчи осветяваха четирите медни статуи. – Става дума за *тези* коне!

73.

Ръцете на доктор Елизабет Сински трепереха. Тя гледаше видеото в кабинета на Ректора на борда на „Mendacium“ и макар че през живота си беше виждала доста ужасяващи неща, този необясним запис, направен от Бертран Зобрист преди самоубийството, я накара да изстине като труп.

На екрана пред нея потрепваше сянката на дългоклюно лице, хвърляна върху мократа стена на пещерна зала. Силуетът продължаваше да говори и гордо да описва шедьовъра си – създанието, наречено Ад, което ще спаси света, като драстично съкрати населението му.

„Бог да ни е на помощ“ – помисли Сински.

– Трябва... – с треперещ глас рече тя. – *Трябва* да открием това място под земята. Може все още да не е прекалено късно.

– Продължавайте да гледате – отвърна Ректора. – Става още по-шантаво.

Внезапно сянката на маската започна да се уголемява на мократа стена и надвисна над Сински. Изведнъж в кадъра се появи фигура.

„Мътните да ме вземат!“

Сински се взираше във фигурата на чумен лечител, загърнат в черно наметало и със смразяваща дългоклюна маска. Той вървеше право към камерата, докато маската не изпълни целия екран. Ефектът бе ужасяващ.

– „Най-мрачните места в ада – прошепна той – са запазени за онези, които остават безразлични във време на духовна криза“.

Сински настръхна. Това беше същият цитат, който Зобрист ѝ бе оставил на летището, когато бе успяла да му се измъкне в Ню Йорк преди година.

– Зная – продължи чумният лечител, – че има някои, които ме наричат чудовище. – Той замълча и Сински усети, че думите му са адресирани към нея. – Зная, че има някои, които ме смятат за безсърдечен звяр, криещ се зад маска. – Той отново замълча и пристъпи още по-близо до камерата. – Но аз не съм безлик. Нито безсърдечен.

И при тези думи Зобрист свали маската си, дръпна назад качулката на наметалото и разкри лицето си. Сински се вцепени, загледана в познатите зелени очи, които бе видяла за последен път в мрака в Съвета за международни отношения. В очите от видеозаписа гореше същата страст и огън, но в тях имаше и още нещо – ревностната жар на безумец.

– Аз съм Бертран Зобрист – каза той, загледан в обектива. – И това е моето лице, разбулено и оголено пред света. Колкото до душата ми... ако можех да вдигна високо пламтящото си сърце, както го прави Господ на Данте за любимата му Беатриче, щяхте да видите, че преливам от любов. Най-дълбоката любов. Към всички вас. И най-вече към *един* от вас.

Зобрист се приближи още повече, загледан в камерата. Заговори тихо, сякаш се обръщаше към любима.

– Любов моя – прошепна той. – Моя безценна любов. Ти си моето блаженство, моят унищожител на всички злини, мой поддръжник на всички добродетели, мое избавление. Ти легна без дрехи до мен и неволно ми помогна да пресека бездната, като ми даде сила да направя онова, което вече направих.

Сински слушаше с отвращение.

– Любов моя – продължи Зобрист със скръбен шепот, който отекна в призрачната пещера, в която се намираше. – Ти си моето вдъхновение и водач, моят Вергилий и моята Беатриче в едно, а този шедьовър е колкото мой, толкова и твой. Ако е писано никога вече не се докоснем, подобно на злочести влюбени, аз ще намеря утеха в съзнанието, че съм оставил бъдещето в твоите нежни ръце. Моето дело тук долу е завършено. И сега дойде часът да се издигна отново в света горе... и да видя пак звездите.

Зобрист млъкна и думата „звездите“ отекна за момент в пещерата. След това той съвсем спокойно докосна камерата и спря записа.

Екранът потъмня.

– Това място под земята – каза Ректора, докато изключваше монитора. – Не можем да го разпознаем. Вие можете ли?

Сински поклати глава. „Никога не съм виждала подобно място“. Помисли си за Робърт Лангдън, като се питаше дали има някакъв напредък в разшифроването на следите, оставени от Зобрист.

– Ако мислите, че ще ви бъде от помощ – рече Ректора, – предполагам, че зная към кого се обръща Зобрист. – Замълча за момент. – Към лице с кодово име FS-2080.

Сински подскочи.

– FS-2080 ли?! – И погледна смаяно Ректора.

Той изглеждаше не по-малко смаян.

– Това говори ли ви нещо?

Сински кимна. Не можеше да повярва на ушите си.

– Определено ми говори.

Сърцето ѝ биеше бясно. FS-2080. Макар да не знаеше самоличността на лицето, за нея нямаше никакви съмнения какво представлява това означение. СЗО следеше подобни кодови имена от години.

– Движението на трансхуманистите – каза тя. – Запознат ли сте с него?

Ректора поклати глава.

– Най-просто казано – обясни Сински, – трансхуманизмът е философия, според която човечеството трябва да използва всички налични технологии, за да направи вида ни по-силен. Оцеляване на най-приспособените.

Ректора сви безразлично рамене.

– Общо взето – продължи тя, – движението на трансхуманистите е съставено от отговорни индивиди, етично ангажирани учени, футуристи и визионери, но както в много други движения, съществува и малка, но войнствена фракция, според която движението не действа достатъчно бързо. Това са апокалиптични мислители, които вярват, че краят наближава и че някой трябва да предприеме драстични мерки, за да спаси бъдещето на вида ни.

– И предполагам, че Бертран Зобрист е бил един от тези хора – рече Ректора.

– Определено – каза Сински. – Той беше един от водачите на движението. Освен че беше невероятно интелигентен, той бе не по-малко харизматичен. Автор на апокалиптични статии, положили началото на цял култ от ревностни привърженици на трансхуманизма. Много от фанатичните му последователи използват кодови имена със сходна структура – две букви и четирицифрен номер, като DG-2064, BA-2105 или онова, което споменахте вие преди малко.

– FS-2080.

Сински кимна.

– Това може да е *единствено* кодово име на трансхуманист.

– Буквите и цифрите имат ли някакво значение?

Сински посочи компютъра.

– Пуснете браузъра си. Ще ви покажа.

Ректора се поколеба, но отиде при компютъра и пусна търсачката.

– Потърсете FM-2030 – каза Сински, докато заставаше зад него.

Ректора попълни полето за търсене и на екрана се изписаха хиляди уебстраници.

– Щракнете върху която и да е от тях – каза Сински.

Ректора щракна върху първата в списъка и се озова в страница от Уикипедия, на която имаше снимка на красив иранец на име Ферейдун М. Есфандиари, описан като писател, философ, футурист и прогностик от движението на трансхуманистите. Роден през 1930 г., той се сочеше като човекът, запознал широката публика с философията на трансхуманистите, а също така предвидил оплождането ин витро, генното инженерство и глобализацията на човешката цивилизация.

Според Уикипедия най-дръзкото твърдение на Есфандиари било, че новите технологии ще му позволят да доживее до сто години, което беше рядкост за неговото поколение. За да покаже увереността си в технологиите на бъдещето, Ферейдун М. Есфандиари променил името си на FM-2030 – код, създаден чрез комбиниране на първите букви от името и презимето и годината, в която ще навърши сто години. Уви, на седемдесетгодишна възраст той починал от рак на панкреаса и така и не постигнал целта си, но ревностните трансхуманисти все още изразяваха почитта си към FM-2030, като възприемаха техниката му за обозначаване.

След като прочете статията, Ректора стана, отиде до прозореца и се загледа безизразно в морето.

– И тъй – прошепна най-сетне той, сякаш мислеше на глас. – Значи любовта на Бертран Зобрист, FS-2080, е от онези... *трансхуманисти.*

– Без никакво съмнение – отвърна Сински. – Съжалявам, че не зная кой точно е FS-2080, но...

– Точно това исках да кажа – прекъсна я Ректора, все така загледан в морето. – *Аз* зная. Зная много добре.

74.

„Сякаш и самият въздух е от злато“.

През живота си Робърт Лангдън беше влизал в не една великолепна катедрала, но атмосферата на Киеза д’Оро винаги му се беше струвала наистина уникална. От векове имаше поверие, че е достатъчно само да вдишаш въздуха на „Сан Марко“, за да станеш по-богат. Твърдението трябваше да се разбира не само метафорично, но и буквално.

Вътрешната облицовка на църквата се състоеше от няколко *милиона* златни плочки и се говореше, че много от прашинките във въздуха всъщност са злато. Този увиснал във въздуха златен прах, съчетан с ярката слънчева светлина, струяща през големите западни прозорци, създаваше бликаща от енергия атмосфера, помагаща на вярващите да постигнат духовно богатство, а ако си поемат по-дълбоко дъх – и по-материално обогатяване чрез позлатяване на белите дробове.

В този час лъчите на увисналото над хоризонта слънце пронизваха западния прозорец над главата на Лангдън като широко блестящо ветрило или знаме от пъстроцветна коприна. Лангдън пое развълнувано дъх и усети, че Сиена и Ферис до него правят същото.

– Накъде? – прошепна Сиена.

Лангдън посочи към водещите нагоре стъпала. Музеят към църквата се намираше на горния етаж и притежаваше богата колекция, посветена на Конете на „Сан Марко“, която според Лангдън бързо щеше да разкрие самоличността на загадъчния дож, наредил обезглавяването на животните.

Докато се изкачваха, той забеляза, че Ферис отново има проблем с дишането. Сиена, която се опитваше от няколко минути да привлече вниманието му, го погледна в очите. Изражението ѝ бе напрегнато; тя кимна дискретно към Ферис и устните ѝ оформиха някакви думи, които Лангдън не разбра. Но преди той да успее да я помоли да се изкаже на глас, Ферис се обърна. Закъсня с част от секундата – Сиена вече се беше извърнала и гледаше право към него.

– Добре ли сте, докторе? – попита тя невинно.

Ферис кимна и се заизкачва по-бързо.

„Добра актриса – помисли Лангдън. – Но какво се опитваше да ми каже?“

Когато стигнаха втория етаж, цялата базилика се разкри под тях. Светилището беше изградено във формата на гръцки кръст, много по-близко до квадрат от издължените правоъгълници на „Св. Петър“ или „Нотър Дам“. С по-късото си разстояние от нартекса до олтара „Сан Марко“ създаваше усещане за здравина, а също и за по-голяма достъпност.

Но за да не изглежда *прекалено* достъпен, олтарът беше разположен зад параван с колони, върху който имаше внушително разпятие. Над него се извисяваше елегантен балдахин с един от най-ценните иконостаси на света – прочутия Пала д'Оро. Изработена от позлатено сребро, тази „златна завеса“ беше тъкан само в смисъл, че представляваше гоблен от по-ранни творби, предимно византийски емайл, обединени в една обща готическа рамка. Украсен с около хиляда и триста перли и четиристотин граната, Пала д'Оро се смяташе за едно от най-прекрасните съкровища на Венеция.

От гледна точка на архитектурата, думата „базилика“ означава източна църква във византийски стил, издигната в Европа или на запад. Като копие на Юстиниановата базилика „Св. Апостоли“ в Константинопол, по стил „Сан Марко“ беше толкова източна, че пътеводителите често посочваха, че посещаването ѝ може да бъде добра алтернатива на посещаването на турските джамии, много от които представляваха византийски катедрали, превърнати в мюсюлмански молитвени домове.

Самият Лангдън никога не би приел „Сан Марко“ като заместител на забележителните джамии в Турция, но все пак трябваше да признае, че ако иска да задоволи страстта си към византийското изкуство, човек задължително трябва да види тайните помещения при десния трансепт на тази църква, в които се пазеше така нареченото Съкровище на „Сан Марко“ – колекция от 283 безценни икони, бижута и потири, заграбени при завладяването на Константинопол.

Лангдън със задоволство установи, че този следобед в базиликата е сравнително спокойно. Все още имаше много хора, но поне имаше място за придвижване. Като лъкатушеше между различните групи, Лангдън поведе Ферис и Сиена към западния прозорец, където посетителите можеха да излязат навън и да видят конете на балкона. Въпреки увереността си, че те ще му помогнат да идентифицира въпросния дож, Лангдън си оставаше загрижен за стъпката, която трябваше да предприемат *след* това – откриването на самия дож. „Гробница? Или статуя?“ Това вероятно щеше да изисква допълнителна помощ, като се имаха предвид стотиците статуи в самата църква и в криптата долу, както и куполните гробници покрай северното рамо на сградата.

Забеляза млада екскурзоводка, която развеждаше туристи, и любезно я прекъсна.

– Извинете. Еторе Вио днес тук ли е?

– Еторе Вио ли? – Жената го изгледа странно. – Si, certo, ma...* – Млъкна насред изречението и очите ѝ блеснаха. – Lei e Robert Langdon, vero?! – „Вие сте Робърт Лангдън, нали?“

Лангдън се усмихна търпеливо.

– Si, sono io**. Възможно ли е да поговоря с Еторе?

– Si, si! – Екскурзоводката даде знак на групата да изчака за момент и забързано се отдалечи.

Лангдън и кураторът Еторе Вио бяха участвали в кратък научнопопулярен филм за базиликата и оттогава поддържаха връзка.

– Еторе е написал книга за тази базилика – обясни Лангдън на Сиена. – Всъщност не една, а няколко.

---

* Да, разбира се, но... (ит.) – Б. пр.

** Да, аз съм (ит.) – Б. пр.

Сиена все така изглеждаше странно изнервена от Ферис, който остана при нея, докато Лангдън водеше групата към западния прозорец, от който можеха да се видят конете. Когато стигнаха, мускулестите задници на жребците се очертаха като силуети срещу следобедното слънце. Туристите на балкона можеха да се порадват на по-близък контакт с конете, както и на чудесна панорама към площада.

– Ето ги! – възкликна Сиена и тръгна към вратата, от която се излизаше на балкона.

– Не точно – обади се Лангдън. – Конете на балкона всъщност са просто копия. *Истинските* се пазят вътре за по-сигурно.

Поведе Сиена и Ферис по един коридор към добре осветена ниша, където други четири коня сякаш препускаха в тръс към тях, излизайки от тухлените арки.

Лангдън посочи с възхищение статуите.

– Това са оригиналите.

Всеки път, когато ги виждаше отблизо, Лангдън се възхищаваше на изработката и особено на детайлите на мускулатурата им. Впечатлението само се засилваше от златистозеления окис, който ги покриваше изцяло. Винаги когато виждаше четирите коня в чудесно състояние въпреки бурното им минало, Лангдън си напомняше колко е важно да се запазват великите произведения на изкуството.

– Хамутите им – каза Сиена и посочи декоративните ремъци около шиите. – Значи са били добавени? За да скрият разрезите?

Лангдън беше разказал на Сиена и Ферис за странната подробност с „отрязаните глави", прочетена в уебсайта на ARCA.

– Така се оказва – отвърна той и пристъпи към таблото до статуите.

– Роберто! – извика дружелюбен глас зад тях. – Обиждаш ме!

Лангдън се обърна и видя Еторе Вио, жизнерадостен белокос мъж със син костюм и с очила на верижка, да си пробива път през тълпата.

– Как смееш да дойдеш във Венеция и да не ми се обадиш?

Лангдън се усмихна и стисна ръката му.

– Обичам да те изненадвам, Еторе. Добре изглеждаш. Това са мои приятели, доктор Брукс и доктор Ферис.

Еторе ги поздрави, отстъпи назад и огледа Лангдън критично.

– Пътуваш с доктори, а? Да не си болен? И какво е това облекло? Да не си решил да ставаш италианец?

– Нито едното, нито другото – засмя се Лангдън. – Дойдох за малко информация относно конете.

Еторе се заинтригува.

– Нима за великия професор са останали неизвестни неща?

Лангдън се разсмя.

– Искам да науча за отрязването на главите им по време на кръстоносния поход, за да бъдат транспортирани тук.

Еторе Вио го погледна така, сякаш Лангдън току-що се беше поинтересувал как са хемороидите на английската кралица.

– За бога, Робърт – прошепна той. – За това не се говори. Ако искаш да видиш отрязани глави, мога да ти покажа прочутата обезглавена *Карманьола* или...

– Еторе, искам да знам *кой* дож е отрязал главите им.

– Не е имало такова нещо – отсече Еторе. – Разбира се, чувал съм преданията, но никъде в историческите извори не се споменава, че някой дож е извършил...

– Еторе, моля те – прекъсна го Лангдън. – За кой дож става дума според преданията?

Еторе си сложи очилата и го погледна.

– Ами, според *преданията*, любимите ни коне били пренесени тук от най-хитроумния и коварен дож.

– *Коварен* ли?

– Да. Онзи, който подмамил всички да вземат участие в похода. – Той погледна Лангдън с очакване. – Дожът, който взел държавни пари, за да отплава за Египет... но вместо това обърнал корабите и разграбил Константинопол.

„Наистина си е коварство“ – помисли Лангдън.

– И как се казва той?

Еторе се намръщи.

– Робърт, мислех си, че си специалист по световна история.

– Да, но светът е голям, а историята дълга. Не бих отказал малко помощ.

– Добре тогава, последно подсказване.

Лангдън понечи да протестира, но усети, че само ще си изгуби времето.

– Въпросният дож живял почти сто години – каза Еторе. – Същинско чудо за онези времена. Суеверните приписвали дълголетието му на смелостта му да спаси костите на света Лучия от Константинопол и да ги донесе във Венеция. Света Лучия изгубила очите си при...

– Извадил костите на слепата! – изтърси Сиена и погледна Лангдън, през чиято глава бе минала същата мисъл.

Еторе я изгледа странно.

– Предполагам, че може да се каже и така.

Ферис изведнъж пребледня, сякаш още не можеше да си поеме дъх от дългото пресичане на площада и катеренето по стълбите.

– Би трябвало да добавя също – рече Еторе, – че дожът обичал толкова много света Лучия, защото самият той бил сляп. На деветдесетгодишна възраст той застанал на същия този площад, неспособен да види каквото и да било, и призовал за кръстоносен поход.

– Знам кой е – каза Лангдън.

– Е, надявам се да е така! – с усмивка отвърна Еторе.

Тъй като паметта му беше по-подходяща за образи, отколкото за извадени извън контекста идеи, откровението на Лангдън беше дошло във формата на произведение на изкуството – прочута илюстрация на Гюстав Доре, изобразяваща съсухрен сляп дож, вдигнал високо ръце и говорещ на събралата се тълпа да тръгне на кръстоносен поход. Заглавието на илюстрацията се появи ясно в съзнанието му: „Дандоло призовава за кръстоносен поход“.

– Енрико Дандоло – заяви Лангдън. – Дожът, който живял вечно.

– Finalmente!* – отвърна Еторе. – Боя се, че годините се отразяват на паметта ти, приятелю.

* Най-после! (ит.) – Б. пр.

– И не само на нея. Той тук ли е погребан?

– Дандоло ли? – Еторе поклати глава. – Не, не тук.

– А къде? – намеси се Сиена. – В Двореца на дожите ли?

Еторе свали очилата си и се замисли.

– Момент. Има толкова много дожи, че не се сещам...

Преди да успее да завърши, една уплашена екскурзоводка дотича, отведе го настрани и му зашепна нещо. Еторе замръзна, на лицето му се изписа тревога и той веднага забърза към парапета, за да надникне надолу. След малко се обърна към Лангдън.

– Сега се връщам – извика и изчезна без нито дума повече.

Озадачен, Лангдън отиде до парапета и също погледна надолу. „Какво става?"

Отначало не видя нищо, само разхождащи се туристи. След малко обаче осъзна, че много от посетителите се взират в една и съща посока, към главния вход, откъдето току-що бяха влезли облечени в черно войници, които в момента се разгръщаха и блокираха всички изходи.

„Войниците в черно". Лангдън се вкопчи в парапета.

– Робърт! – извика Сиена зад него.

Лангдън не откъсна поглед от войниците. „Как са успели да ни открият?!"

– Робърт – още по-настоятелно повика тя. – Нещо става! Помогни ми!

Лангдън се обърна, объркан от вика ѝ за помощ.

„Къде изчезна тя?"

В следващия миг видя и нея, и Ферис. Сиена беше коленичила над доктор Ферис, който беше изпаднал в конвулсии, притиснал ръце към гърдите си.

75.

– Мисля, че е инфаркт! – извика Сиена.

Лангдън забърза към доктор Ферис, който лежеше проснат на пода. Човекът неуспешно се опитваше да си поеме дъх.

„Какво му става?!“ Всичко му се стоварваше на главата едновременно. Покрай появата на войниците и мятащия се на пода Ферис Лангдън се чувстваше като парализиран, не знаеше какво да прави.

Сиена охлаби вратовръзката на Ферис и разкопча горните копчета на ризата му, за да може да диша. Но когато ризата се разтвори, се дръпна с вик, закри устата си с ръка и залитна назад, без да откъсва поглед от голите му гърди.

Лангдън също видя.

Кожата по тялото на Ферис беше изгубила цвета си. На гръдната кост имаше зловещо синкавочерно петно с големината на грейпфрут. Ферис изглеждаше така, сякаш е бил улучен в гърдите от гюле.

– Това е вътрешен кръвоизлив – каза Сиена и погледна с потрес Лангдън. – Нищо чудно, че цял ден му беше трудно да диша.

Ферис завъртя глава. Опита се да каже нещо, но успя само да изхрипти. Наоколо започнаха да се събират туристи и Лангдън усещаше, че в скоро време ще настъпи пълен хаос.

– Войниците са долу – предупреди той Сиена. – Не знам как са ни открили.

Изненадата и страхът на лицето ѝ бързо се смениха с гняв и Сиена изгледа Ферис кръвнишки.

– Лъгал си ни, нали?

Ферис отново се опита да заговори, но едва успя да издаде някакъв нечленоразделен звук. Сиена бързо претърси джобовете му и извади портфейла и телефона му. Прибра телефона в джоба си и застана над Ферис като обвинител по време на съдебен процес.

В този момент някаква възрастна италианка си проби път през тълпата и викна на Сиена.

– L'hai colpito al petto!* – И се удари с юмрук в гърдите.

– No! – озъби ѝ се Сиена. – Сърдечният масаж и изкуственото дишане ще го убият! Вижте гърдите му! – Обърна се към Лангдън. – Робърт, трябва да се махаме оттук. Веднага.

Лангдън погледна Ферис, който го гледаше отчаяно и умолително, сякаш искаше да му съобщи нещо.

– Не можем да го оставим просто ей така! – изтърси Лангдън.

– Повярвай ми – каза Сиена. – Това не е инфаркт. Да се махаме. Веднага!

Сграбчи с изненадваща сила ръката на Лангдън и го помъкна към балкона, далеч от хаоса, на чист въздух.

За момент Лангдън ослепя. Слънцето светеше право в очите му, докато се спускаше над западния край на площада „Сан Марко" и къпеше целия балкон в златна светлина.

Сиена го поведе наляво по терасата, като лъкатушеше между туристите, излезли да се полюбуват на площада и копията на конете.

Лагуната беше точно пред тях. Странен силует във водата привлече вниманието на Лангдън – ултрамодерна яхта, която приличаше на някакъв футуристичен боен кораб.

Преди да си даде сметка какво е видял, двамата със Сиена отново бяха завили наляво, следвайки балкона след югозападния ъгъл към Хартиената врата – пристройката, която свързваше базиликата с Двореца на дожите и беше кръстена така, защото дожите изнасяли декретите си там, за да бъдат прочетени от гражданите.

„Не е инфаркт?" Почернелите гърди на Ферис се бяха запечатали в ума на Лангдън и той внезапно се уплаши, че може да чуе диагнозата на Сиена за истинското му заболяване. Нещо повече, нещо като че ли се беше променило и Сиена вече нямаше доверие на Ферис. „Затова ли се опитваше да ми привлече вниманието преди малко?"

* Удари го в гърдите! (ит.) – Б. пр.

Сиена рязко спря и се наведе над елегантната балюстрада към оградения с колонада ъгъл на площада далеч долу.

– По дяволите! По-високо сме, отколкото предполагах.

Лангдън я зяпна. „Да не би да си искала да скачаш?“

Сиена изглеждаше уплашена.

– Не можем да им позволим да ни хванат, Робърт.

Лангдън се обърна назад към базиликата и погледна тежката врата от ковано желязо и стъкло, която се намираше точно зад тях. Туристите влизаха и излизаха и ако преценката му бе вярна, вратата водеше обратно към музея в дъното на църквата.

– Несъмнено са покрили всички изходи – каза Сиена.

Лангдън обмисли възможните пътища за бягство и откри само един.

– Мисля, че вътре видях нещо, което би могло да реши този проблем.

И без да обяснява какво е намислил, поведе Сиена обратно в базиликата.

Тръгнаха по периметъра на музея, като се мъчеха да останат скрити в тълпата. Повечето туристи сега гледаха по диагонал през огромния централен кораб към суматохата около Ферис. Лангдън забеляза гневната възрастна италианка, която упътваше двама облечени в черно войници към балкона – явно им обясняваше къде са избягали той и Сиена.

„Ще трябва да побързаме“ – помисли Лангдън, като оглеждаше стените. Най-сетне откри онова, което търсеше – до една витрина с гоблени.

Устройството на стената беше яркожълто, с червен предупредителен стикер: ALLARME ANTINCENDIO.

– Пожарна аларма? Това ли е планът ти? – попита Сиена.

– Ще се измъкнем навън с тълпата. – Лангдън се пресегна и сграбчи лоста. „Сега вече се издъних“. Бързо, за да не му остане време да размисли, той дръпна силно надолу и видя как механизмът пръсна малкия стъклен цилиндър вътре.

Не завиха никакви сирени, не настъпи очакваният пандемониум.

Тишина.

Той дръпна отново.

Нищо.

Сиена го гледаше, сякаш се е побъркал.

– Робърт, намираме се в каменна катедрала, пълна с туристи! Да не мислиш, че тези аларми ще са активни, ако всеки шегобиец...

– Разбира се! Законите в Съединените щати...

– Намираш се в Европа. Тук имаме по-малко адвокати. – Тя посочи над рамото му. – И освен това времето ни изтича.

Лангдън се обърна към стъклената врата, през която бяха влезли. Двамата войници влязоха забързано от балкона, като оглеждаха района. Лангдън позна единия – беше същият як агент, който бе стрелял по тях, когато със Сиена бягаха от апартамента ѝ.

Нямаха друг избор освен да се измъкнат през спиралното стълбище и да се спуснат на долния етаж. Когато стигнаха последното стъпало, спряха в сенките. В другия край неколцина войници охраняваха изходите и напрегнато оглеждаха всичко около себе си.

– Ако излезем от стълбището, ще ни видят – каза Лангдън.

– Стъпалата продължават надолу – прошепна Сиена и посочи лентата с надпис ACCESSO VIETATO на стълбището под тях. Зад нея стъпалата се спускаха по спиралния тунел към непрогледния мрак.

„Лоша идея – помисли си Лангдън. – Подземна крипта без изход".

Сиена вече беше прекрачила лентата и се спускаше по спиралния тунел в тъмното.

– Отворено е – прошепна му отдолу.

Лангдън не се изненада. Криптата на „Сан Марко" се различаваше от многото други подобни места с това, че представляваше и действащ параклис, в който се провеждаха редовни богослужения пред костите на св. Марко.

– Май виждам естествена светлина! – прошепна Сиена.

„Как е възможно?" Лангдън се опита да си спомни предишните си посещения в свещеното подземно място и предположи, че Сиена вижда lux eterna – електрическата светлина, винаги включена при гробницата на св. Марко в центъра на криптата. Отгоре обаче се чуха приближаващи стъпки и Лангдън нямаше време за мислене. Бързо прескочи лентата, като внимаваше да не я закачи, след което опря длан в грубо изсечената каменна стена и заслиза пипнешком в тъмното.

Сиена го чакаше в края на стълбището.

Криптата едва се виждаше в мрака. Представляваше подземна зала с потискащо нисък каменен таван, поддържан от стари колони и тухлени сводове. „Тежестта на цялата базилика лежи върху тези колони" – помисли си Лангдън, който вече чувстваше пристъпа на клаустрофобия.

– Нали ти казах – прошепна Сиена – красивото ѝ лице беше слабо осветено от нещо като приглушена естествена светлина – и посочи няколко малки сводести прозореца високо в стената.

„Светлинни шахти" – осъзна Лангдън. Напълно беше забравил за съществуването им. Прозорците, проектирани да донасят светлина и свеж въздух в криптата, се отваряха в дълбоки шахти, които се спускаха от площада горе. Стъклата на прозорците бяха подсилени с железни решетки, а и бяха високо и твърде тесни, за да се проврат през тях. Дори да успееха някак, по-нататъшното изкачване щеше да е невъзможно, тъй като шахтите бяха дълбоки три метра и горе бяха покрити с яки решетки.

В смътната светлина, просмукваща се през шахтите, криптата на „Сан Марко" приличаше на осветена от луната гъста гора от подобни на стволове колони, хвърлящи дълги тежки сенки по пода. Лангдън погледна към центъра на криптата и самотната лампа, светеща до гробницата на св. Марко. Светецът, на чието име бе кръстена базиликата, почиваше в каменен саркофаг зад олтар, пред който имаше пейки за малцината щастливци, канени да се молят тук, в сърцето на християнска Венеция.

Внезапно до Лангдън светна друга светлина и той се обърна. Сиена беше извадила телефона на Ферис.

Лангдън бе поразен.

– Ферис нали каза, че батерията му се е изтощила!

– Излъгал ни е – каза Сиена. – Излъга ни за много неща. – Изгледа намръщено телефона и поклати глава. – Тук няма обхват. Помислих си, че може да разбера къде е погребан Енрико Дандоло.

Забърза към един от прозорците и вдигна телефона към стъклото с надеждата да намери сигнал.

„Енрико Дандоло" – помисли Лангдън, който едва бе успял да се сети за дожа, преди да им се наложи да се спасяват с бягство. Въпреки сегашното им положение посещението им в „Сан Марко" бе изпълнило целта си – бяха разкрили самоличността на коварния дож, обезглавил конете... и извадил костите на слепия.

За съжаление Лангдън нямаше представа къде се намира гробът на Енрико Дандоло, а явно същото се отнасяше и за Еторе Вио. „Той познава всеки сантиметър от тази базилика... а може би и от Двореца на дожите". Фактът, че Еторе не беше посочил незабавно гробницата, означаваше, че тя вероятно се намира далеч от „Сан Марко" и двореца.

„Тогава къде може да е?"

Лангдън погледна Сиена, която се беше качила на една пейка под един от прозорците. Тя вдигна резето, отвори прозореца и пъхна телефона на Ферис в шахтата.

Звуците от площада долитаха отгоре и Лангдън внезапно се запита дали е *възможно* да има и някакъв друг изход. Зад пейките имаше ред сгъваеми столове и Лангдън си помисли, че може да се покатери по някой от тях в шахтата. „Може би горните решетки се отварят отвътре?"

Забърза в тъмното към Сиена, но само след няколко крачки силен удар в челото го отхвърли назад и той падна на колене. За момент си помисли, че са го нападнали. Бързо осъзна, че не е това, и се наруга, че не си е дал сметка, че високият му ръст надвишава височината на сводовете – все пак те бяха построени за хора със среден ръст, живели преди повече от хиляда години.

Докато стоеше на колене върху твърдия камък и чакаше звездите пред очите му да изчезнат, се загледа в някакъв надпис на пода.

Sanctus Marcus.

Ахна. Не заради името на св. Марко, а заради езика, на който беше написано.

Латински.

След цял ден в съвременна Италия Лангдън леко се обърка, когато видя името на светеца на латински – напомняне, че мъртвият език е бил официален в Римската империя по времето на смъртта на евангелиста.

И тогава му хрумна друга мисъл.

В началото на тринайсети век, по времето на Енрико Дандоло и Четвъртия кръстоносен поход, езикът на властимащите до голяма степен е бил същият. Венециански дож, донесъл слава на Римската империя чрез завладяването на Константинопол, в никакъв случай нямаше да бъде погребан под името Енрико Дандоло... Вместо това на гроба му щеше да бъде изписано латинското му име.

Henricus Dandolo.

И заедно с името се появи отдавна забравен образ, който го разтърси като токов удар. Макар че откровението дойде, докато беше коленичил в параклис, Лангдън знаеше, че то не е божествено, а просто зрителна подсказка, която накара ума му да направи неочакваната връзка. Образът, изникнал така внезапно от дълбините на паметта му, беше латинското име на Дандоло... изсечено върху изтъркана мраморна плоча, вградена в богато украсен с плочки под.

Henricus Dandolo.

Лангдън затаи дъх, когато си представи простия надгробен камък на дожа. „Бил съм там". Точно както се казваше в стихотворението, Енрико Дандоло наистина бе погребан в позлатен музей – музей на светата мъдрост. Но не ставаше дума за базиликата „Сан Марко".

Лангдън бавно се изправи, замаян от истината.

– Не мога да хвана сигнал – каза Сиена, докато слизаше от пейката.

– Не ти и трябва – успя да промълви Лангдън. – „Позлатения музейон на светата мъдрост"... – Той пое дълбоко дъх. – Аз... сгреших.

Сиена пребледня.

– Само не ми казвай, че сме объркали музея.

– Не, Сиена – прошепна Лангдън. Призля му. – Объркали сме страната.

76.

Циганката, която продаваше венециански маски, си почиваше облегната на стената на базиликата. Както винаги, се беше настанила на любимото си място в малката ниша между две метални решетки в паважа – идеално място, където да остави тежките си стоки и да гледа залеза.

През годините бе виждала какво ли не тук, но шантавото събитие, което се разиграваше в момента и привличаше вниманието ѝ, се случваше не *на* площада... а под него. Стресната от силния шум в краката ѝ, жената погледна през решетката в тясната дълбока шахта. Прозорецът долу беше отворен и някой пъхаше в шахтата сгъваем стол, който се търкаше в камъка.

За изненада на циганката, столът беше последван от красива жена с руса коса, вързана на опашка. Някой сигурно я повдигаше отдолу и сега тя се провираше през прозореца в шахтата.

Русата жена се изправи, погледна нагоре и се стресна, когато видя циганката да се взира в нея през решетката. Доближи пръст до устните си и ѝ се усмихна. После разгъна стола и се качи на него, като протегна ръка към решетката.

„Много си дребна – помисли си циганката. – И какво всъщност правиш?"

Русата жена слезе от стола и заговори с някого вътре. Макар че едва имаше място да стои до стола, тя се отмести настрани, когато втори човек – този път висок тъмнокос мъж с елегантен костюм – се надигна от мазето на базиликата и се вмъкна в тясната шахта.

Той също погледна нагоре и срещна погледа на циганката през решетката. После двамата с русата жена си смениха тромаво местата, като преплитаха ръце и крака. Мъжът се качи на люлеещия се стол. Беше по-висок и когато се пресегна, успя да издърпа резето под решетката. Застанал на пръсти, опря длани на решетката и натисна. Решетката се надигна на един-два сантиметра, но след това мъжът я пусна.

– Помогни! – извика русата жена на циганката.

„Да ви помогна? – зачуди се циганката: нямаше никакво намерение да се замесва. – Какво правите?“

Русата жена измъкна от джоба си мъжки портфейл, извади банкнота от сто евро и я размаха. Това бяха повече пари, отколкото циганката изкарваше за три дни от маските си. Тя обаче не беше чужда на пазарлъците – поклати глава и вдигна два пръста. Русата жена извади втора банкнота.

Шашардисана от късмета си, циганката кимна неохотно, като се мъчеше да изглежда безразлична, докато хващаше решетката и кимаше на мъжа, за да синхронизират усилията си.

Мъжът забута отново, а циганката задърпа със силните си ръце. Решетката се надигна нагоре... наполовина. И точно когато тя си помисли, че са успели, отдолу се чу силен трясък и мъжът изчезна – полетя надолу в шахтата. Сгъваемият стол се беше свил под краката му.

Желязната решетка моментално натежа и циганката си помисли, че ще ѝ се наложи да я пусне, но обещаните двеста евро ѝ дадоха сила и тя успя да я вдигне и да я подпре със силен звън на стената на базиликата.

Задъхана, циганката надникна в шахтата към оплетените тела и потрошените останки от стола. И когато мъжът успя да се изправи и се изтупа, тя протегна ръка надолу, за да си прибере парите.

Жената кимна с благодарност и вдигна двете банкноти над главата си. Циганката се опита да ги вземе, но бяха твърде далеч.

„Дай парите на мъжа“.

Изведнъж долу настана суматоха – откъм базиликата долетяха гневни гласове. Мъжът и жената се огледаха уплашено.

И настана пълен хаос.

Тъмнокосият мъж клекна и нареди на жената да стъпи в столчето, което беше направил с ръце. Тя се подчини и той я вдигна нагоре. Жената се закатери в шахтата, стиснала банкнотите със зъби, за да освободи ръцете си, докато се мъчеше да достигне ръба. Мъжът я повдигна още... и още... докато пръстите ѝ не се вкопчиха в ръба.

С огромно усилие жената се набра и излезе на площада, сякаш излизаше от плувен басейн. Тикна парите в ръцете на циганката, обърна се и коленичи до шахтата, протегнала ръка към мъжа.

Твърде късно.

Силни ръце в дълги черни ръкави се протягаха в шахтата като пипала на някакво гладно чудовище, сграбчиха мъжа за краката и го задърпаха надолу.

– Бягай, Сиена! – извика мъжът. – Бягай!

Циганката видя как двамата се погледнаха със съжаление... след което всичко приключи.

Мъжът беше вмъкнат обратно в базиликата.

Русата жена се взираше надолу, очите ѝ бяха пълни със сълзи.

– Ужасно съжалявам, Робърт – прошепна тя. И след кратка пауза добави: – За всичко.

В следващия миг скочи и се втурна към тълпата. Русата ѝ опашка се развяваше, докато тя тичаше по тясната алея на Мерчерия дел'Оролоджо, за да изчезне в сърцето на Венеция.

77.

Тихият звук на плискаща се вода бавно върна Робърт Лангдън в съзнание. Той долови стерилната миризма на антисептици, смесена със солен морски въздух. Светът се люлееше.

„Къде съм?“

Струваше му се, че само преди минути се бореше ожесточено срещу силни ръце, които го измъкваха от шахтата обратно в криптата. Странно, но сега не усещаше студения под на „Сан Марко“ под себе си... Вместо това ръката му докосваше мек дюшек.

Отвори очи и се огледа. Намираше се в малка чиста стая с един-единствен кръгъл прозорец. Люлеенето продължаваше.

„На кораб ли съм?“

Последните му спомени бяха как един от войниците в черно го прикова на пода на криптата и му изсъска:

– Спри да се съпротивляваш!

Лангдън се развика за помощ, но войниците му запушиха устата.

– Трябва да го махнем оттук – каза единият войник.

Партньорът му кимна неохотно.

– Действай.

Лангдън усети как силни пръсти вещо напипват артериите и вените на врата му. И след като намериха точното място на сънната артерия, натиснаха здраво. След секунди светът пред Лангдън започна да се размазва и той усети как губи съзнание – мозъкът му беше лишен от достъп на кислород.

„Убиват ме – помисли Лангдън. – Точно тук, до гроба на свети Марко“.

Мракът дойде, но изглеждаше непълен... по-скоро като сива пелена, пълна със смътни сенки и звуци.

Нямаше представа колко време е минало, но светът отново започваше да идва на фокус. Доколкото можеше да прецени, се намираше в нещо като корабна лечебница. Стерилната обстановка и миризмата на изопропил създаваше странно усещане за déjà vu, сякаш беше направил пълен кръг и се събуждаше по същия начин, по който се беше събудил снощи, в непозната болнична стая и със замъглени спомени.

Мислите му незабавно се насочиха към Сиена и безопасността ѝ. Все още виждаше меките ѝ кафяви очи, взиращи се надолу към него, изпълнени с разкаяние и страх. Лангдън се молеше да е избягала и да е успяла да се измъкне благополучно от Венеция.

„Объркали сме страната“ – беше ѝ казал, след като за свой ужас си даде сметка къде в действителност се намира гробницата на Енрико Дандоло. Загадъчният музейон на светата мъдрост от стихотворението изобщо не се намираше във Венеция... а ужасно далеч от нея. Точно както предупреждаваше текстът на Данте, значението на загадъчния текст бе скрито „под булото на стиховете странни“.

Лангдън възнамеряваше да обясни всичко на Сиена веднага щом се измъкнат от криптата, но така и нямаше възможност.

„Тя избяга, знаейки само, че съм се провалил“.

Стомахът му се сви на топка.

„Чумата още е там... ужасно далеч“.

В коридора се чу тропот на кубинки. Лангдън се обърна и видя мъж в черно да влиза в каютата. Беше същият мускулест войник, който го беше приковал на пода на криптата. Очите му бяха леденостудени. Когато мъжът приближи, Лангдън инстинктивно се сви, но нямаше къде да избяга. „Тези хора могат да направят с мен каквото си поискат“.

– Къде се намирам? – остро попита Лангдън, като се мъчеше да говори колкото се може по-твърдо.

– На борда на яхта недалеч от Венеция.

Лангдън погледна зеления медальон върху униформата на мъжа – глобус, заобиколен от буквите ЕЦПКБ. Никога не беше виждал нито символа, нито съкращението.

– Трябва ни информация – каза войникът. – И не разполагаме с много време.

– Защо изобщо да ви казвам нещо? – попита Лангдън. – Та вие едва не ме убихте!

– Изобщо не сме се опитвали да ви убием. Използвахме техника за обездвижване от джудото, известна като *шиме уадза*. Нямахме намерение да ви нараняваме.

– Вие *стреляхте* по мен сутринта! – заяви Лангдън и ясно си спомни удара на куршума в бронята на триколесния мотопед на Сиена. – Куршумът едва не ме улучи в гръбнака!

Очите на мъжа се присвиха.

– Ако *исках* да ви улуча в гръбнака, щях да ви улуча. Стрелях само веднъж, за да спукам задната гума на триколката ви и да ви попреча да избягате. Имах заповед да установя контакт с вас и да разбера защо действате така хаотично.

Преди Лангдън да успее да проумее думите му, в каютата влязоха още двама войници.

А между тях вървеше жена.

Призрак.

Ефирна и не от този свят.

Лангдън моментално я позна – привидението от халюцинациите. Жената пред него беше прекрасна, с дълга сребриста коса и амулет от лазурит. Тъй като преди му се явяваше на ужасяващия фон на умиращи хора, на Лангдън му трябваха няколко секунди, за да повярва, че сега тя стои пред него в плът и кръв.

– Професор Лангдън – каза жената и се усмихна уморено, когато спря до леглото му. – Слава богу, че сте добре. – Седна и провери пулса му. – Разбрах, че имате амнезия. Помните ли ме?

Известно време Лангдън се взираше в нея.

– Имах... видения с вас, но не си спомням да сме се срещали.

Жената се наведе към него. На лицето ѝ беше изписано съчувствие.

– Аз съм Елизабет Car Синск. Директор съм на Световната здравна организация и ви привлякох да ми помогнете да открия...

– Чума – успя да произнесе Лангдън. – Създадена от Бертран Зобрист.

Сински кимна. Изглеждаше окуражена.

– Значи помните?

– Не. Събудих се в болница със странен малък проектор и видения, в които *вие* ми казвате да търся и да намеря. Точно това се мъчех да правя, когато тези мъже се опитаха да ме убият. – Лангдън кимна към войниците.

Мускулестият настръхна, явно готов да възрази, но Елизабет Сински му махна да замълчи и каза тихо:

– Професоре. Не се съмнявам, че сте много объркан. Тъй като лично ви забърках във всичко това, съм ужасена от случилото се и съм много благодарна, че сте в безопасност.

– В безопасност? – повтори Лангдън. – Та аз съм пленник на борда на този кораб!

„Също като теб!“

Среброкосата жена кимна с разбиране.

– Боя се, че поради амнезията много от онова, което ще ви кажа, ще ви смути и обърка. Въпреки това, времето ни е малко, а много хора се нуждаят от помощта ви.

Поколеба се, сякаш не беше сигурна как да продължи.

– Първо – започна тя, – искам да разберете, че агент Брюдер и хората му изобщо не са се опитвали да ви навредят. Те имаха изрична заповед да възстановят контакта с вас по всякакъв възможен начин.

– Да възстановят? Не...

– Моля ви, професоре, просто ме изслушайте. Всичко ще се изясни. Обещавам ви.

Лангдън се намести в леглото. Какво ставаше? Доктор Сински продължи:

– Агент Брюдер и хората му са екип от НБР – група за наблюдение и бързо реагиране. Работят под ръководството на Европейския център за превенция и контрол на болестите.

Лангдън погледна медальоните на униформите им. „Превенция и контрол на болестите ли?“

– Неговата група – продължи тя – е специализирана в откриване и неутрализиране на носители на заразни болести. По същество те са специални части за предотвратяване на сериозни и мащабни рискове за здравето. Вие бяхте основната ми надежда да открия създадената от Зобрист зараза и затова когато изчезнахте, пратих НБР със задачата да ви открие... *Аз* ги извиках във Флоренция да ми окажат подкрепа.

Лангдън се втрещи.

– Значи тези войници работят за *вас*?

Тя кимна.

– Да. По линия на ЕЦПКБ. Снощи, когато изчезнахте и престанахте да се обаждате, решихме, че ви се е случило нещо. Едва рано тази сутрин научихме, че сте жив, когато екипът за техническа поддръжка ви засече да проверявате харвардския си имейл. Тогава единственото обяснение за странното ви поведение бе, че сте минали на нечия друга страна... че може би са ви предложили по-висока сума да откриете заразата за някой друг.

Лангдън поклати глава.

– Това е абсурдно!

– Да, изглеждаше малко вероятен сценарий, но това бе единственото логично обяснение и тъй като залогът беше твърде голям, нямахме намерение да рискуваме. Разбира се, изобщо не подозирахме, че сте получили амнезия. Когато от техническата поддръжка видяха, че имейлът ви се активира, проследихме адреса му до апартамента във Флоренция и предприехме действия. Вие обаче избягахте с триколка с някаква жена, което само засили подозренията ни, че работите за друг.

– Ние минахме точно покрай вас! – възкликна Лангдън. – Видях ви в черния микробус, заобиколена от войници. И си помислих, че сте в *плен*. Изглеждахте замаяна, сякаш са ви упоили.

– Значи сте ни видели? – Доктор Сински го погледна изненадано. – Странно, прав сте... те *наистина* ми биха инжекция. – Тя замълча за момент. – Но само защото аз им наредих да го направят.

Лангдън съвсем се обърка. „Казала им е да я упоят?“

– Може и да не помните – рече Сински, – но когато самолетът ни кацна във Флоренция, получих позиционен пароксимален световъртеж. Това е тежък пристъп, който те изважда от строя. Получавала съм го и преди. Временен е и не е сериозен, но жертвите му са толкова замаяни, че не могат дори да си държат главите изправени. Обикновено си лягам, докато силното гадене отмине, но се намирахме в криза и затова си предписах ежечасови инжекции метахлопрамид, за да не повръщам. Като страничен ефект лекарството причинява силна отпадналост, но поне можех да ръководя операцията по телефона от микробуса. От НБР искаха да ме откарат в болница, но им наредих да не го правят, докато не завършим мисията си и не ви приберем. За щастие, световъртежът най-сетне премина по време на полета до Венеция.

Лангдън се отпусна изнервен в леглото. „Цял ден съм бягал от Световната здравна организация – хората, които са ме наели".

– Сега трябва да се съсредоточим, професоре – настойчиво заяви Сински. – Чумата на Зобрист... имате ли представа къде се намира? – И го загледа, изпълнена с очакване. – Разполагаме с много малко време.

„Много е далеч" – искаше да каже Лангдън, но нещо го спря и той погледна Брюдер – човека, който беше стрелял по него и едва не го бе удушил. Почвата под краката му се местеше толкова бързо, че вече нямаше представа на кого да вярва.

Сински се наведе към него. Изражението ѝ бе станало още по-напрегнато.

– Останахме с впечатление, че заразата е тук, във Венеция. Това вярно ли е? Кажете ни къде е и ще изпратя екип на брега.

Лангдън се поколеба.

– Сър! – нетърпеливо се обади Брюдер. – Очевидно знаете *нещо*... Кажете ни къде е! Не разбирате ли какво ще се случи?

– Агент Брюдер! – Сински гневно се завъртя към мъжа и нареди: – Спрете! – След което отново се обърна към Лангдън и заговори тихо: – Като се има предвид какво сте преживели, е напълно разбираемо да сте объркан и да не знаете на кого да се доверите.

– Замълча и го погледна право в очите. – Но времето ни изтича и ви моля да се доверите на *мен*.

– Лангдън може ли да стане? – попита нов глас.

На прага стоеше дребен почернял от слънцето мъж. Изучаваше Лангдън с овладяно спокойствие, но професорът видя заплаха в очите му.

Синск направи знак на Лангдън да стане.

– Професоре, това е човек, с когото бих предпочела да не си сътруднича, но ситуацията е много сериозна и нямаме друг избор.

Лангдън несигурно спусна краката си на пода и се изправи.

– Последвайте ме – каза мъжът и се обърна да излезе. – Трябва да видите нещо.

Лангдън не помръдна.

– Кой сте вие?

– Имената не са важни – отвърна мъжът и го погледна през рамо. – Можете да ме наричате Ректора. Ръководя организация... която, уви, направи грешката да помогне на Бертран Зобрист да постигне целите си. Сега се опитвам да поправя тази грешка, преди да е станало твърде късно.

– Какво искате да ми покажете? – попита Лангдън.

Мъжът го изгледа с твърд поглед.

– Нещо, което категорично ще ви увери, че всички сме на една и съща страна.

78.

Лангдън последва мъжа с тена през клаустрофобичен лабиринт от коридори под палубата. Доктор Сински и войниците ги следваха в колона по един. Когато стигнаха до някакви стълби, Лангдън си помисли с надежда, че ще се качат на светло, но вместо това се спуснаха още по-дълбоко в недрата на кораба.

Водачът им ги поведе през голяма зала, пълна със заключени стъклени кабини – някои с прозрачни, други с непрозрачни стени. Всички бяха звукоизолирани; вътре служители работеха с компютри или говореха по телефони. Онези, които вдигаха поглед и забелязваха групата, изглеждаха доста разтревожени, че виждат непознати. Мъжът с тена им кимаше, че всичко е наред, и продължаваше напред.

„Какво е това място?“ – запита се Лангдън, докато пресичаха още едно помещение, разделено на тесни работни места.

Накрая домакинът им стигна до голяма заседателна зала и всички влязоха вътре.

Когато групата се настани, мъжът натисна бутон и стъклените стени засъскаха и станаха непрозрачни. Лангдън се стресна – никога досега не бе виждал подобно нещо.

– Къде се намираме?

– Това е моят кораб. „Mendacium“.

– „Mendacium“? – повтори Лангдън. – Като... латинското име на Псевдологос, гръцкия бог на лъжата?

Мъжът явно се впечатли.

– Малцина знаят това.

„Трудно може да се нарече благородно название“ – помисли Лангдън. Mendacium беше потайно божество, властващо над всички pseudologoi – демоните, занимаващи се с измами, лъжи и машинации.

Мъжът извади червена флашка и я включи към електронното оборудване, наредено в края на помещението. Огромният плосък екран на стената оживя и светлините угаснаха.

В изпълнената с очакване тишина Лангдън чу леко плискане на вода. Отначало си помисли, че звукът идва отвън, но после осъзна, че долита от тонколоните на екрана. Бавно се появи картина – мокра стена на пещера, осветена от трептяща червена светлина.

– Видеозаписът е направен от Бертран Зобрист – каза домакинът. – И той ме помоли да го излъча утре на целия свят.

Онемял от изумление, Лангдън гледаше шантавото домашно видео... подземна зала с леко вълнуваща се вода... Камерата се потопи в нея... гмурна се под повърхността до покритото с тиня дъно, показвайки закрепена с нитове табела, на която пишеше НА ТОВА МЯСТО И НА ТОЗИ ДЕН СВЕТЪТ СЕ ПРОМЕНИ ЗАВИНАГИ.

Имаше и подпис: БЕРТРАН ЗОБРИСТ.

Датата беше *утре*.

„Боже мой!“

Лангдън се обърна към Сински, но тя се взираше безизразно в пода. Явно вече беше гледала видеото и не можеше да го гледа отново.

Камерата се завъртя наляво и озадаченият Лангдън видя издут балон от прозрачен найлон, пълен с някаква подобна на желатин жълто-кафява течност. Деликатната сфера се рееше, може би завързана за дъното, за да не се издигне на повърхността.

„Какво е това, по дяволите?“ Лангдън се взря в издутия балон. Вискозното му съдържание бавно се виеше... почти тлееше.

Когато мисълта го осени, дъхът му секна. „Чумата на Зобрист!“

– Спрете записа – каза Сински в мрака.

Образът замръзна – завързана найлонова торба, рееща се под водата, запечатан течен облак, увиснал в пространството.

– Мисля, че можете да се досетите какво е това – каза Сински. – Въпросът е колко дълго ще остане в това състояние? – Тя отиде до екрана и посочи малък надпис върху прозрачната материя. – За съжаление, това ни казва от какво е направена торбата. Можете ли да го прочетете?

Лангдън присви очи и се взря в текста. Приличаше на търговска марка: Solublon®.

– Най-големите производители на разтворими във вода пластмаси на света – каза Сински.

Стомахът на Лангдън отново се сви на топка.

– Да не искате да кажете, че торбата се... разтваря?!

Сински мрачно кимна.

– Да. Свързахме се с производителя. Уви, оттам ни казаха, че произвеждат десетки различни видове пластмаси, които могат да се разтворят за десет минути или за десет седмици, в зависимост от приложението им. Скоростта на разграждане донякъде зависи и от вида и температурата на водата, но няма съмнеие, че Зобрист е взел предвид тези фактори. – Тя замълча за момент. – Смятаме, че тази торба ще се разгради до...

– Утре – прекъсна я Ректора. – Утре е датата, отбелязана от Зобрист в календара ми. Както и датата на чумата.

Лангдън седеше в полумрака, изгубил дар слово.

– Покажете му останалото – каза Сински.

Образът на екрана се смени. Сега камерата даваше общ план на светещите води и тъмната подземна зала. Лангдън не се съмняваше, че точно това е мястото, за което се говореше в стихотворението. „Лагуна, в която не блестят звезди".

Сцената събуждаше картини от виденията на Данте за ада... реката Коцит, течаща през пещерите на подземния свят.

Където и да се намираше тази лагуна, водите ѝ се задържаха от стръмни, покрити с мъх стени, за които Лангдън усещаше, че трябва да са дело на човешка ръка. Долавяше също, че камерата показва само малка част от огромното вътрешно пространство, и впечатлението се подкрепяше от наличието на едва забележими вертикални сенки по стената. Бяха широки и приличаха на стволове, разположени на равни разстояния.

„Колони" – сети се Лангдън.

Таванът на залата се поддържаше от колони.

Лагуната не беше в пещера, а в огромно помещение.

„В дворец потънал надълбоко влезте..."

Преди да успее да отвори уста, вниманието му бе привлечено от появата на нова сянка на стената... хуманоидна форма с дълъг, подобен на клюн нос.

„О, Боже..."

Сянката заговори. Думите ѝ бяха приглушени и се носеха над водата в зловещо поетичен ритъм.

Аз съм Сянката. Аз съм вашето спасение.

През следващите няколко минути Лангдън гледаше най-ужасяващия филм, на който бе попадал. Несъмнено брътвеж на луд гений, монологът на Бертран Зобрист, поднесен в костюма на чумен лечител, бе наситен с препратки към „Ад" на Данте и носеше много ясно послание – растежът на човешката популация е излязъл от контрол и самото оцеляване на човечеството е на ръба.

Гласът от екрана говореше напевно:

Да не правим нищо значи да приветстваме настъпването на Дантевия ад... наблъскани един в друг и умиращи от глад, валящи се в грях.

Затова аз предприех решителни действия.

Някои от вас може би ще изтръпнат от ужас, но всяко спасение си има цена.

Някой ден светът ще проумее красотата на моята жертва.

Лангдън се сви, когато изведнъж се появи самият Зобрист, облечен като чумен лечител, и свали маската си. Лангдън впери поглед в изпитото лице и безумните зелени очи: осъзнаваше, че най-сетне вижда човека, който бе в центъра на тази криза. Зобрист започна да изповядва любовта си към някого, когото наричаше свое вдъхновение.

Ще намеря утеха в съзнанието, че съм оставил бъдещето в твоите нежни ръце. Моето дело тук долу е завършено. И сега дойде часът да се издигна отново в света горе... и да видя пак звездите.

Когато записът свърши, Лангдън се сети, че последните думи на Зобрист са почти дословен цитат на последните думи на „Ад".

В полумрака на конферентната зала професорът осъзна, че всички моменти на страх от днешния ден току-що са кристализирали в една-единствена ужасяваща реалност.

Бертран Зобрист вече имаше лице... и глас.

Лампите в заседателната зала светнаха и Лангдън видя, че всички го гледат с очакване.

Лицето на Елизабет Сински изглеждаше замръзнало. Тя стана и нервно погали амулета си.

– Професоре, ясно е, че разполагаме със съвсем малко време. Дотук единствената добра новина е, че нямаме случаи на засичане на патогена или съобщения за заболяване, така че предполагаме, че торбата все още е непокътната. Не знаем обаче къде да я *търсим*. Целта ни е да неутрализираме тази заплаха, като стигнем до торбата преди да се е разкъсала. Разбира се, единственият начин да го направим е като незабавно установим местоположението ѝ.

Агент Брюдер също стана и погледна напрегнато Лангдън.

– Предполагаме, че сте дошли във Венеция, защото сте научили, че Зобрист е скрил чумата именно тук.

Лангдън се взираше в събралите се около него хора, в напрегнатите им от страх лица, очакващи някакво чудо. Прииска му се да можеше да им съобщи по-добра новина.

– Объркали сме страната – въздъхна той. – Мястото, което търсите, е на почти хиляда и петстотин километра оттук.

Вътрешностите на Лангдън вибрираха в такт с вибрирането на мощните двигатели на „Mendacium", докато корабът правеше широк завой и се насочваше към летището на Венеция. На борда се отприщи същински ад. Ректора се втурна навън и закрещя команди на екипажа. Елизабет減 Сински грабна телефона си и се обади на пилотите на транспортния самолет на СЗО с нареждане да са готови за незабавно излитане. Агент Брюдер пък седеше зад един лаптоп и се опитваше да координира някакъв международен екип и да го насочи към окончателната им цел.

„Ужасно далеч оттук“.

Ректора се върна в заседателната зала и се обърна към Брюдер.

– Някакви новини от венецианските власти?

Брюдер поклати глава.

– Никакви. Продължават търсенето, но Сиена Брукс сякаш се е изпарила.

Лангдън се опули. „Издирват Сиена?“

Сински приключи телефонния разговор и попита:

– Не са ли успели да я открият?

Ректора поклати глава.

– Ако сте съгласни, според мен СЗО трябва при нужда да прибегне до използването на сила за задържането ѝ.

Лангдън скочи и викна:

– Защо? Сиена Брукс няма нищо общо с това!

Тъмните очи на Ректора се впиха в него.

– Професоре, трябва да ви съобщя някои неща за госпожица Брукс.

79.

Сиена стигна моста Риалто и отново забърза на запад по тротоара на Фондамента Вин Кастело.

„Пипнаха Робърт“.

Още виждаше отчаяните му очи, гледащи нагоре към нея, докато войниците го дърпаха надолу към криптата. Изобщо не се съмняваше, че похитителите му бързо щяха да го убедят по един или друг начин да разкрие всичко, което беше разбрал.

„Объркали сме страната“.

Много по-трагично обаче бе осъзнаването, че похитителите му няма да си губят времето и бързо ще разкрият на Лангдън реалната ситуация.

„Ужасно съжалявам, Робърт.

За всичко.

Моля те, знай, че нямах избор“.

Странно, но той вече ѝ липсваше. Усети как тук, сред тълпите на Венеция, отново я обхваща познатото чувство за самота.

Не беше нищо ново.

Още от дете Сиена Брукс беше самотна.

Растеше като изключително умно дете и винаги се бе чувствала като странник в странна страна... като чужденец, озовал се в самотен свят, без възможност да го напусне. Опитваше се да създаде приятелства, но връстниците ѝ се отдаваха на лудории, които не представляваха интерес за нея. Опитваше се да уважава възрастните, но повечето от тях приличаха просто на застаряващи деца, на които им липсва и елементарна представа за света около тях – и, което бе най-тревожното, не проявяваха нито любопитство, нито загриженост към него.

„Имах чувството, че съм част от нищото“.

И така Сиена Брукс се научи как да бъде призрак. Невидима. Научи се как да бъде хамелеон, актриса, играеща поредната роля в тълпата. Детската ѝ страст към актьорското майсторство несъмнено произлизаше от онова, което щеше да стане мечта на живота ѝ – да стане някой друг.

„Някой нормален“.

Играта ѝ в „Сън в лятна нощ“ ѝ беше помогнала да се чувства част от нещо и възрастните актьори я подкрепяха, без да показват снизходителност. Радостта ѝ обаче бе кратка и се изпари в мига, в който слезе от сцената вечерта на премиерата и се озова пред тълпа ококорени журналисти от всички медии, докато колегите ѝ тихо се изнизаха през задната врата, без никой да им обърне внимание.

„Сега и те ме мразят“.

На седем години Сиена беше прочела достатъчно, за да си постави диагноза дълбока депресия. Когато го съобщи на родителите си, те я погледнаха смаяно, както обикновено правеха, когато се сблъскваха със странностите на дъщеря си. Въпреки това я заведоха на психиатър. Докторът ѝ зададе куп въпроси, които Сиена вече си беше задавала сама, след което ѝ предписа комбинация от амитриптилин и хлордиазепоксид.

Разярена, Сиена скочи от канапето и викна:

– Амитриптилин ли? Искам да съм щастлива, а не зомби!

За негова чест, психиатърът прие избухването ѝ много спокойно и предложи друго решение.

– Сиена, ако не искаш да вземаш медикаменти, можем да опитаме по-холистичен подход. – Замълча за момент. – Струва ми се, че си зациклила и мислиш за себе си все едно нямаш място на този свят.

– Точно така – отвърна Сиена. – Опитвам се да спра, но не мога!

Той се усмихна спокойно.

– Разбира се, че не можеш. Физически невъзможно е човешкият ум да не мисли за нищо. Душата жадува за емоции и ще продължи да търси храна за тях, била тя добра или лоша. Проблемът ти е в това, че ѝ даваш неподходяща храна.

Сиена никога не бе чувала някой да говори за ума с такива механични термини и това моментално я заинтригува.

– А как мога да ѝ давам различна храна?

– Ще трябва да промениш фокуса на интересите си – отвърна той. – В момента мислиш предимно за себе си. Чудиш се защо *ти* не се вписваш... и какво не е наред с *теб*.

– Точно така – повтори Сиена. – Но се опитвам да реша проблема. Опитвам се да се впиша. Не мога да реша проблема, ако не мисля за него.

Той се засмя.

– Аз пък смятам, че твоят проблем... е *мисленето* за проблема. – И я посъветва да се опита да насочи вниманието си извън себе си и собствените си проблеми... и да се обърне към света... и неговите проблеми.

„И тогава всичко се промени".

Тя започна да излива цялата си енергия не в самосъжаление... а в съжаляване на другите. Започна филантропични инициативи, разливаше супа в приютите за бездомни, четеше книги на слепи. Невероятно, но никой от хората, на които помагаше, сякаш не забелязваше, че е различна. Бяха просто благодарни, че някой го е грижа за тях.

С всяка седмица Сиена работеше все повече. Сън не я ловеше при мисълта, че толкова много хора се нуждаят от помощта ѝ.

– Сиена, намали темпото! – увещаваха я близките ѝ. – Не можеш да спасиш целия свят!

„Ама че ужасни думи!"

Чрез дейността си в общественото подпомагане Сиена се свърза с членове на местна хуманитарна група. И когато я поканиха да замине с тях на едномесечно пътуване до Филипините, не се подвуоми нито за миг.

Въобразяваше си, че отиват да нахранят бедни рибари и фермери в страна, за която бе чела, че е приказно красива, с възхитителни плажове и зашеметяващи равнини. И когато групата се установи сред гъмжилото на Манила, най-гъсто населения град на Земята, не ѝ оставаше друго, освен да зяпа с ужас. Никога не бе виждала бедност в такива мащаби.

„Как е възможно един човек да промени нещата?“

На всеки един, когото хранеше Сиена, имаше стотици други, които я гледаха с безнадеждни очи. В Манила имаше шестчасови задръствания, задушаващо мръсен въздух и ужасна секс търговия, в която черноработниците бяха предимно деца, много от които продадени на сутеньорите от родителите си, които намираха утеха в мисълта, че децата им ще бъдат поне нахранени.

Насред хаоса на детската проституция, просия, джебчийство и какво ли не друго Сиена изведнъж се почувства парализирана. Навсякъде около себе си виждаше хора, в които е надделял първобитният инстинкт за оцеляване. „Когато се изправят пред пълното отчаяние и безизходица... човешките същества се превръщат в животни“.

Мрачната депресия се върна и я погълна. Сиена внезапно разбра какво представлява човечеството – вид на ръба на собствената си гибел.

„Сгреших – помисли си тя. – Не мога да спася света“.

Обхваната от пристъп на трескава мания, Сиена забърза през града, блъскаше хората и продължаваше напред в търсене на място, където да може да диша.

„Задушавам се в човешка плът!“

Докато тичаше, усещаше погледите върху себе си. Вече не се сливаше с тълпата. Беше висока и светлокожа, с руса опашка, която се развяваше зад нея. Мъжете я зяпаха, сякаш е гола.

Когато краката ѝ най-сетне отказаха, нямаше представа колко дълго е бягала и къде се намира. Избърса сълзите и мръсотията от очите си и видя, че се намира в някакъв бедняшки квартал – цял град, построен от гофрирана ламарина и кашони. Навсякъде около нея се чуваше детски плач, а във въздуха се носеше воня на човешки екскременти.

„Минала съм през вратите на ада“.

– *Туриста* – подигравателно изрече дълбок глас зад нея. – *Магкано?*

„Колко?“

Сиена рязко се обърна и видя трима младежи, които я приближаваха, точеха лиги като вълци. Моментално разбра, че е в опасност, и се опита да отстъпи, но те я заобиколиха като хищници, ловуващи на глутница.

Сиена извика за помощ, но никой не обърна внимание на виковете ѝ. Само на четири-пет метра някаква старица седеше на автомобилна гума и белеше с ръждив нож глава стар лук. Дори не вдигна очи, когато Сиена изкрещя.

Когато младите мъже я сграбчиха и я замъкнаха в някакъв коптор, Сиена нямаше никакви илюзии относно онова, което предстои. Съпротивляваше се с всички сили, но те бяха яки и бързо я приковаха на някакъв стар мръсен дюшек.

Разкъсаха ризата ѝ и задраскаха меката ѝ кожа. Когато тя изкрещя, напъхаха ризата ѝ толкова дълбоко в устата ѝ, че Сиена си помисли, че ще се задуши. После я обърнаха по корем и притиснаха лицето ѝ в мръсното легло.

Сиена Брукс винаги бе изпитвала съжаление към невежите души, които можеха да вярват в Бог в един изпълнен с такива страдания свят, но ето, че сега самата тя се молеше... молеше се с цялото си сърце.

„Моля те, Господи, избави ме от злото!"

Докато се молеше, чуваше смеха на младежите, които ѝ се подиграваха, а мръсните им ръце смъкваха джинсите ѝ по ритащите ѝ крака. Един възседна гърба ѝ, потен и тежък. Потта му закапа по кожата ѝ.

„Девствена съм – помисли Сиена. – Това ли ще ми се случи?"

Внезапно мъжът на гърба ѝ скочи и подигравките се смениха с гневни и уплашени викове. Топлата пот по гърба на Сиена внезапно потече силно... закапа на червени капки по дюшека.

Сиена се претърколи да види какво става и видя старата жена с наполовина обелената глава лук и ръждивия нож да стои над нападателя ѝ, от чийто гръб бликаше кръв.

Старицата изгледа заплашително останалите и размаха окървавения нож. Младежите се ометоха.

Без да каже нито дума, жената помогна на Сиена да събере дрехите си и да се облече.

– *Саламат* – прошепна Сиена през сълзи. – „Благодаря“.

Старицата потупа леко ухото си, за да покаже, че е глуха.

Сиена опря длани една в друга, затвори очи и се поклони в знак на уважение. Когато отвори очи, старицата я нямаше.

Сиена напусна тутакси Филипините, без дори да се сбогува с останалите от групата. Нито веднъж не спомена за случилото се. Надяваше се, че игнорирането на инцидента ще накара спомена да избледнее, но нещата сякаш само се влошиха. Месеци по-късно тя все още се измъчваше от кошмари и вече никъде не се чувстваше в безопасност. Започна да тренира бойни изкуства и въпреки че бързо овладя смъртоносното изкуство *дим мак*, се чувстваше изложена на опасност навсякъде.

Депресията ѝ се върна десетократно по-силна и накрая тя съвсем престана да спи. Всеки път, когато решеше косата си, забелязваше как тя пада на кичури, които с всеки ден ставаха все повече и повече. За неин ужас само след няколко седмици беше наполовина оплешивяла. Сама сложи диагноза на симптомите – телогенен ефлувиум, предизвикан от стрес косопад, който можеше да се излекува само с излекуването на стреса. Всеки път, когато погледнеше в огледалото, виждаше оплешивяващата си глава и сърцето ѝ се разтуптяваше бясно.

„Приличам на старица!“

Накрая нямаше друг избор освен да си обръсне главата. Така поне не изглеждаше стара. А просто болна. Тъй като не желаеше да прилича на жертва на химиотерапия, си купи руса перука и я носеше прибрана на опашка, за да заприлича отново на себе си.

Вътрешно обаче се бе променила.

„Аз съм повредена стока“.

В отчаян опит да остави досегашния си живот зад гърба си тя замина за Америка и започна да следва медицина. Винаги бе имала интерес към тази наука и се надяваше, че като лекар ще се чувства полезна... че прави поне *нещо*, за да облекчи болката в този неспокоен свят.

Въпреки дългите лекции и упражнения ученето беше лесно и докато колегите ѝ четяха, Сиена работеше на повикване като актриса, за да припечелва допълнителни пари. Определено не играеше Шекспир, но благодарение на доброто владеене на езика и способността си да запаметява с лекота репликите гледаше на играта си не като на работа, а като на убежище, в което можеше да забрави коя е... и да бъде *някой друг.*

Който и да е, но друг.

Опитваше се да избяга от самоличността си още откакто бе проговорила. Като малка беше загърбила даденото ѝ име Фелисити и бе предпочела презимето си Сиена. „Фелисити" означаваше „щастлива", а тя знаеше, че е всичко друго, но не и щастлива.

„Измести фокуса от собствените си проблеми – напомняше си непрекъснато. – Съсредоточи се върху проблемите на света".

Пристъпът ѝ на паника на многолюдните улици на Манила запали у нея дълбока тревога относно пренаселеността на света. Точно тогава тя откри писанията на Бертран Зобрист, генен инженер, който издигаше някои много прогресивни теории за световната популация.

„Той е гений" – осъзна тя, докато четеше публикациите му. Никога не бе изпитвала подобни чувства към друго човешко същество и колкото повече трудове на Зобрист четеше, толкова повече имаше чувството, че гледа в сърцето на сродна душа. Статията му „Не можете да спасите света" ѝ напомни онова, което всички ѝ казваха като малка... и въпреки това Зобрист вярваше точно в обратното.

„МОЖЕТЕ да промените света – пишеше той. – Ако не вие, кой друг? И ако не сега, кога?"

Сиена внимателно изучи математическите уравнения на Зобрист, запозна се с предсказанията за малтусианска катастрофа и предстоящия крах на човешкия вид. Интелектът ѝ обичаше подобни спекулации, но тя усещаше как стресът ѝ се засилва, когато видя цялото бъдеще... математически гарантирано... толкова очевидно... и неизбежно.

„Защо никой друг не вижда какво предстои?"

Макар идеите на Зобрист да я плашеха, Сиена беше обсебена от него, гледаше записи на презентациите му и четеше всяка негова публикация. Когато чу, че ще чете лекции в Съединените щати, веднага реши, че трябва да го види. И това беше нощта, в която целият ѝ свят се промени.

На лицето ѝ грейна усмивка и тя изпита рядък момент на щастие, когато отново си представи онази вълшебна вечер... вечер, която живо си беше припомнила само преди няколко часа, докато седеше във влака с Лангдън и Ферис.

Чикаго. Виелицата.

Януари, преди шест години... и в същото време сякаш бе вчера. Бъхтя през купчините сняг по бруленатa от вятъра Магнифисънт Майл, с вдигната яка срещу виелицата. Въпреки студа си казвам, че нищо не е в състояние да ме отклони от целта ми. Тази вечер е моят шанс да чуя великия Бернар Зобрист да говори... лично.

Залата е почти празна. Бертран излиза на сцената. Висок е... толкова висок... с изпълнени с живот зелени очи, които сякаш пазят всички тайни на света.

– Да вървят по дяволите празните аудитории! – заявява той. – Хотелът ми е на две крачки. Да идем в бара!

И ето ни там, шепа хора, в спокойно сепаре. Той говори за генетика, за населението и за най-новата си страст – трансхуманизма.

Питиетата се леят, а аз имам чувството, че се намирам на частна аудиенция с рокзвезда. Всеки път, когато Зобрист поглежда към мен, зелените му очи запалват в мен абсолютно неочаквано чувство... дълбокия зов на сексуалното привличане.

Това е напълно ново усещане за мен.

А после оставаме сами.

– Благодаря ви за вечерта – казвам му малко завалено. – Вие сте изумителен учител.

– Ласкателство? – Зобрист се усмихва и се навежда към мен, краката ни се докосват. – С негова помощ можете да стигнете навсякъде.

Флиртът е определено неуместен, но е снежна нощ в пуст чикагски хотел и имам чувството, че целият свят е спрял.

– Е, какво ще кажете? – продължава Зобрист. – Едно последно питие в стаята ми?

Замръзвам. Давам си сметка, че сигурно приличам на животинче, попаднало под светлините на автомобил. Не зная как да го правя!

Очите на Зобрист проблясват топло.

– Нека позная – прошепва той. – Никога не сте били с прочут мъж.

Усещам, че се изчервявам, и се мъча да скрия бурята от емоции – смущение, вълнение, страх.

– Всъщност, честно казано, не ми се е случвало с никакъв мъж – отвръщам.

Зобрист се усмихва и се присламчва по-близо.

– Не зная какво сте чакали, но ви моля да бъда първият ви.

В този момент всички неловки сексуални страхове и скрупули от детството ми изчезват... изпаряват се в снежната нощ.

А след това съм гола в обятията му.

– Отпусни се, Сиена – прошепва той и търпеливите му ръце събуждат в неопитното ми тяло усещания, за чието съществуване не съм и подозирала.

Потънала в блаженство в пашкула на прегръдката му, имам чувството, че всичко на този свят най-сетне е наред, и зная, че животът ми има цел.

Открих Любовта.

И ще я следвам навсякъде.

80.

На палубата на „Mendacium“ Лангдън се вкопчи в тиковия парапет, задържа се на треперещите си крака и се опита да си поеме дъх. Морският въздух бе станал по-студен, а ревът на ниско прелитащите пътнически самолети подсказваше, че наближават летището на Венеция.

„Трябва да ви съобщя някои неща за госпожица Брукс“.

Ректора и Сински стояха до него, мълчаливи и готови да му се притекат на помощ. Даваха му време да дойде на себе си. Онова, което му бяха казали долу, дотолкова го беше объркало и смутило, че Сински го изведе на палубата да подиша чист въздух.

Морският въздух наистина го освежи, но въпреки това Лангдън не усещаше главата си прояснена. Можеше само да гледа празно кипналата диря на кораба, докато се мъчеше да намери поне мъничко логика в онова, което бе чул.

Според Ректора Сиена Брукс и Бертран Зобрист били любовници от години. Активисти в някакво нелегално движение на трансхуманисти. Истинското ѝ име било Фелисити Сиена Брукс, но била известна също и като FS-2080... което било свързано с инициалите ѝ и с годината, в която ще стане столетница.

„Това е абсурдно!“

– Познавах Сиена Брукс по друга линия – каза Ректора на Лангдън. – Имах ѝ доверие. Затова когато тя се обърна към мен миналата година и ме помоли да се срещна с богат потенциален клиент, се съгласих. Въпросният клиент се оказа Бертран Зобрист. Той ме нае да му осигуря убежище, където да може да работи върху своя „шедьовър“. Предположих, че разработва нова технология и не иска тя да му бъде откраднната... или че може би провежда някакво важно генетично изследване, което е в разрез с етичните принципи на СЗО... Не задавах въпроси, но, повярвайте ми, никога не съм си представял, че той създава... чума.

Лангдън успя само да кимне отсъстващо... смаяно.

– Зобрист беше фанатичен любител на Данте – продължи Ректора. – И затова избра Флоренция за мястото, където да се скрие. Моята организация му осигури всичко, от което имаше нужда – дискретна лаборатория с жилищни помещения, различни самоличности и сигурни средства за комуникация, както и персонално аташе, което да се грижи за всичко, от сигурността му до купуването на храна и всичко останало. Зобрист никога не използваше свои кредитни карти, не се появяваше на публични места и беше невъзможно да бъде открит. Дори му осигурихме маскировка, други имена и документи, ако иска да пътува и да остане незабелязан. – Замълча за момент. – Което явно е станало, когато е поставил разтворимата торба.

Сински въздъхна, без да прави усилия да скрие раздразнението си.

– СЗО се опитваше да го открие от миналата година, но той сякаш беше изчезнал от лицето на земята.

– Скри се дори от Сиена – каза Ректора.

– Моля? – Лангдън вдигна глава и се изкашля, за да махне бучката в гърлото си. – Нали казахте, че били любовници?

– Да, но той скъсал с нея, когато се укри напълно. Макар че именно Сиена го беше свързала с нас, аз бях сключил договор с *него* и част от сделката бе, че когато изчезне, ще изчезне за целия свят, в това число и за Сиена. След като се укрил, той ѝ изпратил прощално писмо, в което споделя, че бил много болен, щял да умре след около година и не искал тя да го вижда в такъв вид.

„Зобрист е изоставил Сиена?“

– Сиена се опита да се свърже с мен за информация – каза Ректора. – Но аз не приемах обажданията ѝ. Трябваше да уважа желанието на клиента.

– Преди две седмици – продължи Сински – Зобрист влязъл в една банка във Флоренция и анонимно наел сейф. След като излязъл, получихме информация, че новият софтуер за разпознаване на лица на банката е идентифицирал маскирания мъж като Бертран Зобрист. Екипът ми отиде във Флоренция. Седмица по-късно открихме тайната му квартира, която беше изоставена, но вътре намерихме доказателства, че е разработил някакъв силно заразен патоген и го е скрил някъде.

Сински замълча за момент.

– На всяка цена трябваше да го открием. На следващата сутрин, преди изгрев, го забелязахме да върви покрай Арно и незабавно се втурнахме след него. И тогава той се качи на кулата Бадиа и се хвърли от нея.

– Възможно е така или иначе да е смятал да го направи – добави Ректора. – Беше убеден, че не му остава да живее дълго.

– Оказва се – продължи Сински, – че Сиена също го е издирвала. Разбрала по някакъв начин, че сме във Флоренция, и е следила дейността ни с мисълта, че може би ще го открием. За съжаление е видяла с очите си как Зобрист скача. – Сински въздъхна. – Подозирам, че е било много болезнено за нея да гледа как нейният учител и възлюбен лети към смъртта си.

На Лангдън му призля. Едва успяваше да проумее какво му казват. Единственият човек в целия сценарий, на когото имаше доверие, беше Сиена. А сега тези хора твърдяха, че тя не е човекът, за когото се представяше? Не, каквото и да казваха, Лангдън не можеше да повярва, че Сиена би приела желанието на Зобрист да създаде чумата.

Или грешеше?

„Би ли избил половината население на планетата, за да спасиш вида ни от изчезване?“ – беше го попитала Сиена.

Побиха го ледени тръпки.

– След смъртта на Зобрист – обясни Сински – използвах влиянието си, за да принудя банката да отвори сейфа му, в който по ирония намерих писмо, адресирано до мен... заедно с едно странно малко устройство.

– Проекторът – предположи Лангдън.

– Именно. В писмото се казваше, че иска да съм първата, посетила епицентъра, който никой нямало да открие без помощта на неговата „Карта на ада“.

Лангдън си представи променената картина на Ботичели, показвана от малкия проектор.

Ректора добави:

– Зобрист ми беше заръчал да предоставя съдържанието на сейфа на доктор Сински, но *след* утре сутринта. Когато тя се сдоби с него по-рано, изпаднахме в паника и се задействахме, за да опитаме да си върнем съдържанието в съответствие с волята на клиента ни.

Сински погледна Лангдън.

– Не таях много надежди, че ще успея да разгадая картата навреме, затова се обърнах към вас за помощ. Сега вече спомняте ли си нещо от това?

Лангдън поклати глава.

– Долетяхме дискретно във Флоренция, където вие си уговорихте среща с човек, за когото смятахте, че би могъл да ви помогне.

„Игнацио Бузони".

– Снощи се срещнахте с него – каза Сински. – И след това изчезнахте. Помислихме си, че ви се е случило нещо.

– И *наистина* ви се е случило – обади се Ректора. – В усилията си да открием проектора бяхме поставили наш агент, Вайента, да ви проследи от летището. Тя ви изгуби някъде в района на Пиаца дела Синьория. – Той се намръщи. – Това беше огромна грешка. А Вайента беше така нахална да обвини за това една птица.

– Птица?!

– Гукащ гълъб. Според нейната версия тя била на идеална позиция и ви наблюдавала от тъмна ниша, когато минала група туристи. Някакъв гълъб загукал силно от прозореца над главата ѝ, туристите спрели и блокирали Вайента в нишата. Когато успяла да се измъкне на улицата, вас вече ви нямало. – Той поклати отвратено глава. – Както и да е, тя ви изгуби за няколко часа. Накрая откри отново следата ви – и тогава вече сте били с друг мъж.

„С Игнацио – помисли Лангдън. – Излизали сме от Палацо Векио с маската".

– Проследила ви в посока Пиаца дела Синьория, но вие сте я забелязали и сте решили да се измъкнете, като тръгнете в различни посоки.

„Има логика – помисли си Лангдън. – Игнацио е побягнал с маската и я е скрил в баптистерия, преди да получи инфаркт".

– Тогава Вайента направи ужасна грешка – каза Ректора.

– Простреляла ме е в главата ли?

– Не, разкрила се е прекалено рано. Задържала ви е за разпит преди да знаете каквото и да било. Трябваше да разберем дали сте дешифрирали картата и дали сте разкрили на доктор Сински онова, което я е интересувало. Вие категорично сте отказали да говорите. Заявили сте, че по-скоро ще умрете.

„Защото съм търсил смъртоносна чума! Сигурно съм си помислил, че сте наемници, опитващи се да се сдобият с биологично оръжие!"

Мощните двигатели внезапно превключиха на заден и забавиха кораба, който приближаваше товарния кей на пристанището. В далечината Лангдън различи транспортен самолет С-130, който тъкмо зареждаше гориво. На фюзелажа беше написано СВЕТОВНА ЗДРАВНА ОРГАНИЗАЦИЯ.

В този момент се появи Брюдер. Изражението му бе мрачно.

– Току-що научих, че единственият квалифициран екип на разстояние пет часа път от целта сме *ние*, което означава, че трябва да се оправяме сами.

Сински оклюма.

– Налице ли е координация с местните власти?

Брюдер я погледна предпазливо.

– Още не. По моя препоръка. Засега не разполагаме с точното местоположение, така че те не могат да направят нищо. Нещо повече, операцията по неутрализирането не е по възможностите им и има риск да направят поразии вместо нещо добро.

– Primum non nocere – прошепна Сински и кимна. Това бе основното правило на лекарската етика: „На първо място не причинявай вреда".

– Още нямаме никакви новини за Сиена Брукс – добави Брюдер и погледна Ректора. – Знаете ли дали тя има контакти във Венеция, които биха могли да ѝ помогнат?

– Не би ме изненадало – отвърна той. – Зобрист имаше ученици навсякъде, а доколкото познавам Сиена, тя ще използва всички налични ресурси, за да изпълни задачата си.

– Не можете да допуснéте да напусне Венеция – каза Сински. – Нямаме представа в какво състояние се намира торбата с патогена в момента. Ако някой я открие, ще е достатъчно само да я докосне с пръст, за да я спука и заразата да се озове във водата.

Всички замълчаха, когато осъзнаха сериозността на положението.

– Боя се, че имам още лоши новини – каза Лангдън. – Относно позлатения музейон на светата мъдрост. Сиена знае къде се намира той. Тя *знае* къде отиваме.

– Какво?! – стреснато възкликна Сински. – Нали казахте, че не сте имали възможност да споделите с нея, че сте открили отговора! И че само сте ѝ казали, че сте объркали страната!

– Така е – рече Лангдън. – Но тя знаеше, че търсим гробницата на Енрико Дандоло. Едно бързо търсене в интернет ще ѝ каже къде е тя. А щом я открие... разтворимият контейнер няма как да е далеч. В стихотворението се казва да следваме ромона на течаща вода до потъналия дворец.

– По дяволите! – избухна Брюдер и ядосано се отдалечи.

– Няма да успее да ни изпревари – каза Ректора. – Имаме преднина.

Сински въздъхна тежко.

– Не бих била толкова сигурна. Нашият самолет е бавен, а Сиена Брукс, изглежда, е изключително находчива.

Лангдън се взираше с безпокойство в тромавия С-130. Изглеждаше неспособен да се издигне в небето, а освен това нямаше прозорци. „Нима вече съм влизал в това нещо?“ Нямаше абсолютно никакъв спомен.

Дали заради движението на кораба, или заради растящите му страхове от клаустрофобичния самолет, внезапно му прилоша, и той каза:

– Май не съм достатъчно добре, за да летя.

– Нищо ви няма – каза Сински. – Днес минахте през истински ад, а и сте натрупали доста токсини в тялото си.

„Токсини ли?“

– Какво искате да кажете?

Сински сви устни. Явно беше казала повече, отколкото бе възнамерявала.

– Професоре, съжалявам, но здравословното ви състояние е малко по-сложно от драскотината по главата.

Страх прониза Лангдън, когато си представи черното петно на гърдите на Ферис.

– Какво ми е? – попита той уплашено.

Сински се поколеба, сякаш не беше сигурна как да продължи. Накрая каза:

– Нека първо се качим в самолета.

81.

Разположено непосредствено на изток от живописната църква „Фрари“, ателие „Пиетро Лонги“ открай време е било един от основните доставчици на исторически костюми, перуки и аксесоари във Венеция. В списъка на клиентите му могат да се открият филмови компании и театрални трупи, както и влиятелни членове на обществото, които разчитат на професионализма на персонала, за да се облекат за най-екстравагантните балове на карнавала.

Консултантът тъкмо се канеше да затваря, когато звънецът на входната врата зазвъня силно. Той погледна и видя красива жена с руса коса на опашка. Беше задъхана, сякаш бе тичала километри. Кафявите ѝ очи бяха широко отворени и в тях се четеше отчаяние.

– Искам да говоря с Джорджо Венчи – каза жената.

„Всички искаме – помисли консултантът. – Но никой не успява да види вълшебника“.

Джорджо Венчи, главният дизайнер на ателието, вършеше магията си зад кулисите, разговаряше много рядко с клиенти и никога без предварително уговорена среща. Беше изключително богат и влиятелен и съответно му бяха позволени някои ексцентрични особености, сред които и страстта му към уединението. Хранеше се сам, пътуваше сам и непрекъснато се оплакваше от растящия брой туристи във Венеция. Определено не си падаше по компаниите.

– Съжалявам – със заучена усмивка каза консултантът. – Сеньор Венчи не е тук. Може би аз ще мога да ви помогна?

– Джорджо е тук – заяви тя. – Апартаментът му е на горния етаж. Видях да свети. Аз съм негова приятелка. Спешно е.

У тази жена се долавяше някакъв изгарящ плам. „Приятелка?“

– Мога ли да съобщя на Джорджо името ви?

Жената взе листче и надраска няколко букви и цифри.

– Дайте му това – каза и подаде листчето на консултанта. – И ви моля да побързате. Нямам много време.

Консултантът колебливо отнесе бележката горе и я сложи на дългата работна маса, над която се беше навел Джорджо, съсредоточил цялото си внимание върху шевната машина.

– Signore – прошепна той. – Една жена е дошла да се види с вас. Казва, че било спешно.

Без да откъсва поглед от работата си и без да я прекъсва, мъжът протегна ръка, взе бележката и я прочете.

Шевната машина спря.

– Доведете я незабавно – нареди Джорджо и скъса бележката на малки парченца.

82.

С-130 се издигна, зави на югоизток и се понесе с грохот над Адриатическо море. Робърт Лангдън се чувстваше приклещен и същевременно носен по течението – потиснат от липсата на прозорци и объркан от всички въпроси без отговори, които се въртяха в главата му.

„Здравословното ви състояние – беше му казала Сински – е малко по-сложно от драскотината по главата“.

От мисълта какво може да му съобщи сърцето му тупкаше лудо. В момента обаче тя беше заета да обсъжда стратегии за действие с екипа за наблюдение и бързо реагиране, а Брюдер говореше по телефона с правителствени агенции за Сиена Брукс и правеше всичко възможно да я открие.

„Сиена...“

Лангдън още се опитваше да намери логика в твърдението, че тя е замесена във всичко това.

Ректора дойде, седна срещу Лангдън, сплете пръсти под брадичката си и сви устни.

– Доктор Сински ме помоли да ви запозная с... да опитам да ви разясня положението, в което се намираме.

Лангдън се запита какво ли е в състояние да изясни каквото и да било в цялата тази бъркотия.

– Както вече започнах да обяснявам – каза Ректора, – нещата започнаха да се усложняват след като моят агент Вайента ви задържа по-рано от необходимото. Нямахме представа докъде сте стигнали в проучването и какво сте споделили с доктор Сински. Страхувахме се, че ако тя научи местоположението на проекта, който бяхме наети да защитаваме, ще го конфискува или ще го унищожи. Трябваше да го открием преди нея и затова искахме да работите за *нас*... вместо за Сински. – Замълча за момент, като потупваше брадичката си с пръсти. – За съжаление вече бяхме разкрили картите си... и вие определено ни нямахте доверие.

– Значи вие сте ме простреляли в главата? – гневно попита Лангдън.

– Разработихме план как да ви накараме да ни се *доверите*.

Лангдън съвсем се обърка.

– Как можете да *накарате* някого да ви се довери... след като сте го отвлекли и подложили на разпит?

– Професоре, запознат ли сте с групата химически съединения, известни като бензодиазепини?

Лангдън поклати глава.

– Те са вид лекарства, които се използват за лечение на различни състояния, в това число и на посттравматичен стрес. Както може би знаете, когато някой преживее ужасяващо събитие като автомобилна катастрофа или сексуално насилие, спомените за него могат трайно да увредят психиката. Чрез прилагането на бензодиазепини невролозите могат да лекуват посттравматичния стрес преди той да е настъпил, така да се каже.

Лангдън слушаше мълчаливо. Не можеше да разбере накъде бие Ректора.

– Когато се формират нови спомени – продължи дребният мъж, – събитията се съхраняват в краткосрочната памет за около четирийсет и осем часа, след което се прехвърлят в дългосрочната памет. С помощта на нова серия бензодиазепини е възможно краткосрочната памет да бъде *опреснена*... с което на практика съдържанието ѝ се изтрива, преди спомените да преминат, така да се каже, в дългосрочната памет. Например жертва на насилие, ако приеме бензодиазепини в рамките на няколко часа след събитието, може да заличи завинаги спомените от него и така травмата не става част от психиката ѝ. Единственият недостатък е, че жертвата губи всички спомени за няколко дни от живота си.

Лангдън го зяпна изумено.

– Вие сте ми *причинили* амнезия!

Ректора въздъхна извинително.

– Боя се, че да. Химически предизвикана амнезия. Напълно безопасна. Но по принцип да, изтриване на краткосрочната ви памет. – Замълча за момент. – Докато бяхте в несвяст, вие бълнувахте нещо за чума. Приписахме го на образите, които сте видели от проектора. Изобщо не си представяхме, че Зобрист е създал истинска чума. – Отново замълча. – Освен това непрекъснато повтаряхте нещо, което ни звучеше като „Варвари. Варвари“.

„Вазари“. Сигурно това е било всичко, което е разбрал за проектора на онзи етап. Cerca trova.

– Но... аз си мислех, че амнезията е причинена от раната в главата. Нали са ме простреляли.

Ректора поклати глава.

– Никой не ви е прострелял, професоре. Нямате никаква рана на главата.

– Какво?! – Пръстите на Лангдън инстинктивно посегнаха към шевовете и цицината на тила му. – Тогава какво е това, по дяволите! – Той повдигна косата си, за да покаже обръснатото място.

– Част от илюзията. Направихме малък разрез на скалпа ви и незабавно го зашихме. Трябваше да повярвате, че сте били нападнат.

„Значи това не е рана от куршум?!“

– Когато се събудихте – продължи Ректора, – искахме да вярвате, че някакви хора се опитват да ви убият... и че се намирате в смъртна опасност.

– Някакви хора *наистина* се опитваха да ме убият! – извика Лангдън и избухването му привлече погледите на другите в самолета. – Видях как най-хладнокръвно прострелват един от лекарите в болницата, доктор Маркони!

– Това сте *видели* – спокойно каза Ректора, – но на практика се е случило нещо друго. Вайента работеше за мен. Тя имаше невероятен талант в този вид работа.

– Да убива хора ли? – остро попита Лангдън.

– Не – все така спокойно отвърна Ректора. – Да се *преструва*, че убива хора.

Лангдън го зяпна. Много добре си спомняше как сивобрадият доктор с рунтавите вежди рухна на пода и как от гърдите му бликаше кръв.

– Оръжието на Вайента беше заредено с халосни патрони – каза Ректора. – То задейства контролиран по радио фишек, който спука пакет с кръв на гърдите на доктор Маркони. Между другото, той е жив и здрав.

Лангдън затвори очи, абсолютно смаян от това, което чуваше.

– А... болничната стая?

– Бърза импровизация – отвърна Ректора. – Професоре, зная, че ви е много трудно да приемете всичко това. Действахме бързо, вие бяхте замаян, така че нямаше нужда да сме перфектни. Когато се събудихте, вие видяхте онова, което искахме да видите – болнично оборудване, няколко актьори и инсценирано нападение.

На Лангдън вече му се виеше свят.

– Точно с това се занимава компанията ми – каза Ректора. – Ние сме много добри в създаването на илюзии.

– Ами Сиена? – попита Лангдън, докато търкаше очите си.

– Трябваше да решавам и реших да работя с нея. Приоритетът ми бе да защитя проекта на моя клиент от доктор Сински, така че със Сиена имахме обща цел. За да спечели доверието ви, Сиена ви спаси от убиеца и ви помогна да избягате. Чакащото такси също беше наше, отново със задействан по радиото детонатор на задното стъкло, за да създаде финалния ефект от бягството ви. Таксито ви откара до апартамент, който бяхме подготвили.

„Мизерният апартамент на Сиена“ – помисли Лангдън и едва сега разбра защо изглеждаше така. Това обясняваше и удобното съвпадение със „съседа“ на Сиена, който имаше дрехи, които му бяха точно по мярка.

Цялата история бе инсценирана!

Дори отчаяното позвъняване на приятелката на Сиена в болницата: „Сиена, аз Даникова!“

– Когато се свързахте с американското консулство – каза Ректора, – вие се обадихте на номер, който ви намери Сиена. Номерът е на телефон, който звънна на борда на „Mendacium“.

– Значи изобщо не съм се свързвал с консулството...

– Да, не сте.

„Останете, където сте – беше го посъветвал мнимият служител. – Веднага ще пратя някой да ви вземе". А после, когато се появи Вайента, Сиена „случайно" я забеляза на отсрещната страна на улицата и събра две и две. „Робърт, американските власти току-що пратиха някой да те убие! Не бива да се обръщаш към тях! Единствената ти надежда е да разбереш какво означава този проектор".

Ректора и мистериозната му организация, каквато и да беше тя, много ловко бяха накарали Лангдън да престане да работи за Сински и да започне да работи за тях. Създадената от тях илюзия беше пълна.

„Сиена ме е изиграла перфектно" – помисли Лангдън. Бе повече тъжен, отколкото ядосан. Беше започнал да я харесва през краткото време, което бяха прекарали заедно. Най-смущаващ обаче беше стряскащият въпрос как светла и топла душа като нейната може да се отдаде изцяло на безумната идея на Зобрист за решаване на проблема с пренаселеността.

„Мога да ти кажа с абсолютна сигурност – беше споделила Сиена, – че ако не се предприемат някакви драстични промени, краят на нашия вид наближава... Математиката е категорична".

– А статиите за Сиена? – попита Лангдън, спомнил си театралния афиш и публикациите за зашеметяващо високия ѝ коефициент на интелигентност.

– Истински са – отвърна Ректора. – Най-добрите илюзии включват колкото се може повече от реалния свят. Нямахме много време за подготовка, така че компютърът на Сиена и истинските ѝ лични файлове бяха почти всичко, с което се налагаше да работим. Изобщо не беше предвидено да ги виждате, защото имаше вероятност да започнете да се съмнявате в нея.

– Не е трябвало да използвам и компютъра ѝ – рече Лангдън.

– Да. Точно тогава нещата излязоха от контрол. Сиена изобщо не очакваше хората на Сински да открият апартамента, така че когато се появиха войниците, изпадна в паника и трябваше да импровизира. Избяга с триколката и с вас, като се опитваше да запази илюзията жива. При това развитие на нещата нямах друг избор и трябваше да изтегля Вайента, макар че тя наруши протокола и тръгна да ви преследва.

– Тя едва не ме уби! – възкликна Лангдън и разказа на Ректора какво се бе случило на тавана на Палацо Векио, когато Вайента вдигна оръжието си и се прицели от упор в гърдите му. „Ще боли само миг. Нямам друг избор". Тогава Сиена се хвърли към нея и я блъсна през парапета – и Вайента полетя надолу към смъртта си.

Ректора въздъхна.

– Съмнявам се, че Вайента се е опитвала да ви убие. Оръжието ѝ може да стреля само с халосни. Единствената ѝ надежда за изкупление на този етап е била да поеме отново контрола върху вас. Сигурно си е помислила, че ако стреля с халосен, ще ви накара да разберете, че всъщност не е никаква убийца и че всичко това е инсценировка.

Ректора млъкна, замисли се и продължи:

– Няма да се впускам в предположения дали Сиена наистина е искала да убие Вайента, или само се е опитала да ѝ попречи да стреля. Започвам да си давам сметка, че не познавам Сиена Брукс толкова добре, колкото си мислех.

„Аз също" – помисли Лангдън, макар че докато си припомняше шока и разкаянието, изписани на лицето на младата жена, усети, че онова, което бе направила на жената с щръкналата коса, вероятно е било грешка.

Чувстваше се изгубен... и ужасно самотен. Обърна се с надеждата да погледа света долу, но видя пред себе си единствено гола стена.

„Трябва да се махна оттук".

– Добре ли сте? – попита Ректора и го погледна загрижено.

– Не – отвърна Лангдън. – Изобщо.

„Ще го преживее – помисли си Ректора. – Просто се опитва да проумее новата реалност".

Американският професор изглеждаше така, сякаш току-що е бил грабнат от торнадо, завъртян във въздуха и запратен в някаква чужда земя, потресен до дъното на душата си и напълно объркан.

Жертвите на Консорциума рядко осъзнаваха истината зад инсценираните събития, които се разиграваха пред очите им, а дори това да се случеше, Ректора никога не се появяваше накрая, за да дава обяснения. Днес, наред с вината, която изпитваше при вида на обезсърчения и объркан Лангдън, Ректора бе натоварен със смазващото чувство за отговорност за кризата, в която се намираха.

„Приех погрешния клиент. Бертран Зобрист.

Доверих се на погрешния човек. На Сиена Брукс“.

Сега Ректора летеше към окото на бурята – към центъра на онова, което можеше да се окаже смъртоносна чума, способна да хвърли целия свят в хаос. Дори да излезеше жив от всичко това, беше малко вероятно Консорциумът да оцелее. Щеше да има безброй въпроси и обвинения.

„Нима всичко ще свърши така?“

83.

„Трябва ми въздух – помисли си Робърт Лангдън. – Гледка... простор".

Корпусът без прозорци го обгръщаше от всички страни. Разбира се, шантавият разказ за случилото се – всъщност *неслучилото* се – през този ден изобщо не му помагаше. Мозъкът му кипеше от въпроси, останали без отговори... И повечето от тях бяха за Сиена.

Странно, но тя му липсваше.

„Играла е роля – напомни си той. – Използвала ме е".

Без да каже нито дума, Лангдън остави Ректора и тръгна към предната част на самолета. Вратата на кабината беше отворена и светлината, струяща от нея, го привличаше като магнит. Застанал на прага, останал незабелязан от пилотите, Лангдън почувства слънчевата топлина по лицето си. Ширналият се простор пред него беше като манна небесна. Ясното синьо небе изглеждаше толкова спокойно... така вечно.

„Нищо не е вечно" – напомни си Лангдън. Все още се мъчеше да приеме мисълта за потенциалната катастрофа, пред която бяха изправени.

– Професоре? – обади се тих глас зад него и той се обърна.

Втрещен, Лангдън отстъпи крачка назад. Пред него стоеше доктор Ферис. Последния път, когато Лангдън го бе видял, той се гърчеше на пода на базиликата „Сан Марко" и не можеше да си поеме дъх. А сега бе тук, с бейзболна шапка на главата. Лицето му беше бледорозово, намазано с лосион. Гърдите и торсът му бяха бинтовани. Дори да беше болен от чумата, сякаш никой не се безпокоеше, че може да я разпространи сред останалите.

– Нима сте... *жив*? – промълви Лангдън, вперил поглед в него.

Ферис кимна уморено.

– В общи линии. – Поведението му се беше променило драстично и сега той изглеждаше много по-отпуснат.

– Но аз си помислих... – Лангдън млъкна. – Всъщност... вече не знам какво да мисля.

Ферис му се усмихна съчувствено.

– Днес чухте много лъжи. Реших, че няма да е зле да се извиня. Както вероятно се досещате, не работя за СЗО и не съм ви наемал в Кеймбридж.

Лангдън кимна. Беше толкова уморен, че вече нищо не можеше да го изненада.

– Работите за Ректора.

– Да. Той ме изпрати да осигуря спешна подкрепа за вас и Сиена... и да ви помогна да се измъкнете от екипа на НБР.

– В такъв случай май сте си свършили чудесно работата – каза Лангдън и си спомни как Ферис се беше озовал в баптистерия и го бе убедил, че е от СЗО, след което им бе помогнал да се измъкнат от Флоренция и хората на Сински. – Естествено, не сте доктор.

Мъжът поклати глава.

– Не, но днес играх ролята на доктор. Работата ми беше да помогна на Сиена да поддържа илюзията, за да откриете накъде сочи проекторът. Ректора възнамеряваше да открие творението на Зобрист, за да го защити от Сински.

– Значи сте нямали представа, че е било чума? – попита Лангдън, който все още беше любопитен за странния обрив и вътрешните кръвоизливи на Ферис.

– Разбира се, че нямахме! Когато споменахте чумата, си помислих, че това е просто измислица на Сиена, за да ви мотивира още повече. Затова влязох в ролята. Стигнахме с влака до Венеция... и тогава всичко се промени.

– Как така?

– Ректора видя шантавия видеозапис на Зобрист.

„Естествено“.

– И му е станало ясно, че Зобрист е побъркан.

– Именно. Ректора разбра в какво е замесен Консорциумът и се ужаси. И незабавно поиска да говори с човека, който познаваше най-добре Зобрист – с FS-2080, – за да види дали тя знае какво е направил той.

– FS-2080 ли?

– Извинете, със Сиена Брукс. Това е кодовото име, което си е избрала за тази операция. Оказва се, че е свързано с трансхуманистите. И Ректора нямаше как да се свърже със Сиена освен чрез мен.

– Телефонното позвъняване във влака – каза Лангдън. – Вашата „болна майка".

– Не можех да разговарям с Ректора пред вас, така че трябваше да изляза. Той ми каза за видеозаписа и бях ужасен. Надяваше се Сиена също да е била излъгана, но когато му казах, че двамата говорите за чуми и явно нямате намерение да прекратите мисията, той разбра, че Сиена и Зобрист работят заедно. Сиена моментално се превърна в противник. Ректора ми каза да го държа в течение за местоположението ни във Венеция и че изпраща екип, който да я задържи. Хората на агент Брюдер почти я пипнаха в базиликата, но тя успя да избяга.

Лангдън заби поглед в пода. Още виждаше красивите кафяви очи на Сиена, загледани в него малко преди да побегне.

„Ужасно съжалявам, Робърт. За всичко".

– Много е добра – каза мъжът. – Сигурно не видяхте как ме нападна в базиликата.

– Нападнала ви е?

– Да. Когато се появиха войниците, тъкмо се канех да извикам и да разкрия местоположението на Сиена, но тя явно усети и ме удари в слънчевия сплит.

– Какво?!

– Така и не разбрах откъде ми дойде. Сигурно е било някаква хватка от бойно изкуство. Вече бях насинен там и болката беше ужасна. Трябваха ми пет минути, за да успея да си поема дъх. Сиена ви замъкна на балкона преди някой от очевидците да разбере какво се случи.

Зашеметен, Лангдън си помисли за възрастната италианка, която бе извикала на Сиена „L'hai colpito al petto!" и се бе тупнала с юмрук в гърдите.

„Не! – беше ѝ отвърнала Сиена. – Сърдечният масаж и изкуственото дишане ще го убият! Вижте гърдите му!“

Докато връщаше мислено лентата, Лангдън осъзна колко бързо беше реагирала Сиена Брукс. И колко хитро бе преиначила думите на възрастната италианка. L'hai colpito al petto не беше съвет да му направи сърдечен масаж... а гневно обвинение: „Удари го в гърдите!“

Покрай целия хаос Лангдън изобщо не беше забелязал.

Ферис му се усмихна измъчено.

– Както може би сте научили, Сиена Брукс има много остър ум.

Лангдън кимна. „Научих“.

– Хората на Сински ме върнаха на „Mendacium“ и ме бинтоваха. Ректора ме помоли да дойда, тъй като съм единственият освен вас, който прекара известно време със Сиена днес.

Лангдън кимна. Обривът на Ферис обаче пак привлече вниманието му.

– А лицето ви? – попита той. – И синината на гърдите. Нали не е...

– Чумата ли? – Ферис се разсмя и поклати глава. – Сигурно вече са ви го казали, но днес играх ролите на *двама* доктори.

– Моля?

– Когато се появих в баптистерия, вие казахте, че ви изглеждам смътно познат.

– Така е. Смътно. Може би очите ви. И вие ми казахте, че сте човекът, който ме е взел в Кеймбридж... – Лангдън замълча. – Вече знам, че това не е вярно, така че...

– Сторих ви се познат, защото вече се бяхме срещали. Но не в Кеймбридж. – Мъжът го погледна с очакване. – Всъщност аз бях първият човек, когото видяхте, след като се свестихте в болницата.

Лангдън си представи мрачната болнична стая. Беше замаян и виждаше размазано, така че бе сигурен, че първият човек, когото видя, бе бледият възрастен доктор с рунтавите вежди и рошавата сива брада, който говореше на италиански.

– Не – каза Лангдън. – Доктор Маркони беше първият, когото видях след...

– Scusi, professore – прекъсна го мъжът на безупречен италиански. – Ma non si ricorda di me? – Прегърби се, приглади въображаеми рунтави вежди и поглади несъществуваща сива брада. – Sono il dottor Marconi.

Ченето на Лангдън увисна.

– Доктор Маркони... сте *вие*?

– Затова очите ми ви се сториха познати. Никога не бях слагал изкуствена брада и вежди, така че със закъснение разбрах, че съм силно алергичен към лепилото, което разказа играта на кожата ми. Сигурен съм, че сте се ужасили, когато ме видяхте... особено щом сте били нащрек за възможна чума.

Лангдън го зяпаше опулен. Едва сега си спомни как доктор Маркони се беше почесал по брадата, преди Вайента да го остави да лежи в локва кръв на пода.

– Като капак на всичко – каза мъжът и посочи бинтовете на гърдите си, – зарядът се измести и когато се взриви, беше под ъгъл. Пукна ми ребро и здравата ме натърти. През целия ден ми беше трудно да дишам.

„А аз си мислех, че си се заразил с чумата".

Мъжът пое дълбоко дъх и се намръщи.

– Май ще е по-добре да ида да седна. – И посочи зад Лангдън. – И без това май си имате компания.

Лангдън се обърна. Доктор Сински вървеше към него, дългата ѝ сребриста коса се люшкаше зад нея.

Изглеждаше изтощена, но Лангдън забеляза, че в очите ѝ блести надежда. „Открила е нещо".

– Съжалявам, че ви изоставих – каза Сински. – Координирахме действията и проучихме това-онова. – После посочи отворената врата на пилотската кабина. – На слънце ли сте излезли?

Лангдън сви рамене.

– Самолетът ви определено се нуждае от прозорци.

Тя му се усмихна съчувствено.

– Като стана въпрос за светлина, предполагам, че Ректора е хвърлил светлина и върху събитията от деня?

– Да. Макар че точно тази светлина не ми хареса особено.

– И на мен – призна Сински и се огледа, за да се увери, че са сами. – Повярвайте ми, всичко това ще *има* сериозни последици за него и за организацията му. Лично ще се погрижа. В момента обаче трябва да останем съсредоточени върху откриването на онзи контейнер, преди да се е разтворил и да е разпръснал съдържанието си.

„Или преди Сиена да се добере до него и да му помогне".

– Трябва да говоря с вас за мястото, на което се намира гробът на Дандоло.

Лангдън си представяше невероятната сграда още откакто осъзна, че именно тя е целта им. Музейонът на светата мъдрост.

– Научих нещо вълнуващо – каза Сински. – Разговаряхме по телефона с местен историк. Разбира се, той няма представа защо се интересуваме от гроба на Дандоло, но го попитах дали знае какво има под него. И познайте какво отговори той. – Тя се усмихна. – Вода.

Лангдън се изненада.

– Сериозно?

– Да. Оказва се, че долните нива на сградата са наводнени. През вековете нивото на водата се е покачило и тя е заляла наймалко два етажа. Историкът каза, че долу със сигурност има всякакви въздушни джобове и частично наводнени места.

„Боже мой!" Лангдън си представи видеозаписа на Зобрист и странно осветената отдолу пещера, върху чиито покрити с мъх стени смътно личаха сенки на колони. – Това е наводнено помещение.

– Точно така.

– Но тогава... как Зобрист е успял да слезе там?

Очите на Сински проблеснаха.

– Това е най-изумителната част. Няма да повярвате какво открих току-що.

Точно тогава, на по-малко от километър и половина от брега на Венеция, лъскава „Чесна Сайтейшън Мустанг" излетя от пистата на летище „Ничели" на издължения остров Лидо и се издигна в притъмняващото небе.

Собственикът на самолета, известният дизайнер Джорджо Венчи, не беше на борда, но бе наредил на пилотите си да откарат привлекателната млада пътничка навсякъде, където пожелае.

84.

Нощта се беше спуснала над древната византийска столица.

Навсякъде по бреговете на Мраморно море заблестяха прожектори, осветяващи силуетите на бляскави джамии и стройни минарета. Беше часът на *акшам* и от високоговорителите се носеха призрачните напевни тонове на *адхан,* призива за молитва.

Ла иллах ил Аллах.

Няма друг бог освен Бог.

Вярващите се стичаха към джамиите, но градът продължаваше живота си, без да им обръща внимание: шумни студенти пиеха бира, бизнесмени приключваха сделки, търговци предлагаха подправки и килими, туристи гледаха като омагьосани.

Това беше разделен свят, град на противоположни сили – на религията и светския живот, на древното и модерното, на Изтока и Запада. Разположен на географската граница между Европа и Азия, този неподвластен на времето град беше в буквалния смисъл мост от Стария свят... към един още по-стар.

Истанбул.

Макар вече да не е столица на Турция, градът в продължение на векове е бил център на три различни империи – Византийската, Латинската и Османската. Поради това Истанбул едно от исторически най-разнообразните места на планетата. От двореца Топкапъ през Синята джамия до Двореца със седемте кули градът е изпълнен с предания за битки, слава и поражения.

Тежък самолет С-130 се спускаше в нощното небе през надигащия се облачен фронт към летище „Ататюрк“. Седнал в седалката зад пилотите, Робърт Лангдън се взираше през предното стъкло, доволен, че са му предложили място с изглед навън.

Чувстваше се донякъде освежен, след като бе хапнал и дремнал за около час в задната част на самолета. Ужасно се нуждаеше от тази почивка.

Отдясно се виждаха светлините на Истанбул – сияещ полуостров във формата на рог, издаден в чернотата на Мраморно море. Това беше европейската част на града, отделена от азиатската си половинка от извита ивица мрак.

„Босфорът“.

На пръв поглед Босфорът приличаше на широк разрез, разделящ Истанбул на две. Лангдън обаче знаеше, че проливът е жизненоважен за търговията на града. Освен че даваше на града две брегови линии вместо една, Босфорът свързваше Средиземно море с Черно и така превръщаше Истанбул в кръстопът между два свята.

Докато самолетът се спускаше, Лангдън се взираше напрегнато в града и се опитваше да намери огромната сграда, която бяха дошли да претърсят.

„Мястото, на което е погребан Енрико Дандоло“.

Оказа се, че коварният дож Енрико Дандоло не бил погребан във Венеция: останките му били положени в сърцето на твърдината, която завладял през 1204 г. – огромния град, ширнал се под тях. Както подобава, Дандоло бил погребан в най-пищния храм на падналия град – сграда, която и до ден днешен си оставаше перлата на района.

„Света София“.

Построената през 360 г. „Света София“ била източноправославна църква до 1204 г., когато Енрико Дандоло и рицарите от Четвъртия кръстоносен поход превзели града и я превърнали в католическа катедрала. През петнайсети век, след завладяването на Константинопол от султан Мехмед Завоевателя, станала джамия и си останала такава до 1935 г., когато била превърната в музей.

„Позлатен музейон на светата мъдрост“ – помисли Лангдън.

„Света София“ била украсена с повече златни плочки и мозайки, отколкото „Сан Марко“. И това не беше всичко – самото ѝ име буквално се превеждаше като „Света Мъдрост“.

Лангдън си представи колосалната сграда и се опита да асимилира факта, че някъде под нея се крие тъмна лагуна със завързана издута торба, която се рее под водата, бавно се разтваря и всеки момент ще освободи съдържанието си.

Молеше се да не са закъснели.

– Долните нива на сградата са наводнени – бе му казала Синскi. – Няма да повярвате какво открихме току-що. Чували ли сте за режисьора на документални филми Юксел Юленсой?

Лангдън поклати глава.

– Докато четях за „Света София“ – обясни Синскi, – открих, че преди няколко години той е направил филм за нея.

– За „Света София“ са правени десетки филми.

– Да – каза тя, докато заобикаляше бюрото, – но не и такъв.

И обърна лаптопа си към него.

– Прочетете това.

Лангдън седна и погледна статията – сбор от различни новинарски източници, сред които и „Хюриет Дейли Нюз“, в които се говореше за най-новия филм на Юленсой: „В дълбините на „Св. София“.

Щом се зачете, Лангдън веднага разбра защо Синскi е така развълнувана. Още първите думи го накараха да я погледне изненадано. „Гмуркане ли?“

– Да – каза тя. – Просто четете.

Лангдън отново насочи погледа си към монитора.

С АКВАЛАНГ ПОД „СВ. СОФИЯ“. Документалистът Юксел Юленсой и неговият екип изследователи водолази откриха наводнени помещения на десетки метри под най-посещаваната от туристи религиозна постройка в Истанбул.

При проучването екипът откри множество архитектурни чудеса, сред които гробове на деца мъченици отпреди 800 години, както и тунели, свързващи „Св. София“ с дворците Топкапъ и Текфур, както и с предполагаеми подземни части на затвора Анемас.

„Смятам, че намиращото се под „Св. София“ е много по-вълнуващо от онова, което виждаме на повърхността“ – заяви Юленсой, докато описваше как е решил да направи филм, след като видял стара снимка на учени, изследващи основите на сградата с лодка, плаваща в голяма частично наводнена зала.

– Явно сте намерили правилната сграда! – възкликна Сински. – И изглежда, че под нея има огромни съоръжения, някои от които са достъпни и без водолазен костюм... което може да обясни онова, което виждаме на видеото на Зобрист.

Агент Брюдер стоеше зад тях и гледаше екрана на лаптопа.

– Освен това излиза, че каналите под църквата продължават към други места. Ако онази торба се разпадне, преди да я открием, няма да има начин да ограничим разпространяването на съдържанието ѝ.

– Съдържанието... – рече Лангдън. – Имате ли представа какво е то? В смисъл, *точна* представа? Зная, че става дума за патоген, но...

– Анализирахме записа – каза Брюдер. – Данните показват, че той е наистина биологичен, а не химически... иначе казано, нещо *живо*. Като се имат предвид малките размери на торбата, вероятно е силно заразен и може да се размножава. Не сме сигурни дали живее във вода като бактерия, или има потенциала да се разпространява във въздуха като вирус, но и двата варианта са възможни.

– Сега събираме данни за температурите на водата в района – каза Сински. – Опитваме се да преценим какви видове зарази могат да се разпространяват в тези подземия, но Зобрист беше изключително талантлив и лесно би могъл да създаде нещо с уникални характеристики. Освен това подозирам, че той не случайно е избрал точно това място.

Брюдер кимна примирено и бързо сподели мнението си за необичайния механизъм на разпространение. Оказваше се съвсем прост и в същото време гениален. Като бе разположил контейнера под земята и във вода, Зобрист беше създал изключително стабилна среда за инкубация – постоянна температура на водата, липса на слънчева светлина, кинетичен буфер и пълно отсъствие на външни влияния. А като бе избрал материал с подходяща трайност, бе оставил заразата да съзрее, преди да бъде освободена.

„Дори самият той никога да не се върне на това място“.

Внезапното раздрусване при кацането върна Лангдън в настоящето. Пилотите задействаха спирачките, насочиха се към един отдалечен хангар и големият самолет най-сетне спря.

Лангдън очакваше да бъдат посрещнати от цяла армия служители на СЗО в защитни костюми и се учуди, когато видя, че ги чака само голям бял микробус с яркочервен кръст.

„Червеният кръст? – помисли Лангдън, а после се сети, че този кръст е емблема не само на тази организация. – Швейцарското посолство“.

Разкопча колана си и отиде при Сински.

– Къде са другите? Къде е екипът от СЗО? Къде са турските власти? Или всички вече са при „Света София“?

– Всъщност решихме да не съобщаваме на местните власти – отвърна Сински. – Най-добрият екип на ЕЦПКБ вече е с нас и е за предпочитане операцията засега да остане в тайна, за да не всяваме паника.

До тях Брюдер и хората му затваряха големи брезентови чували с всевъзможна защитна екипировка – костюми, дихателни маски и електронно оборудване за засичане на опасни вещества.

Брюдер нарами чувала си и дойде при тях.

– Готови сме. Влизаме в сградата, намираме гроба на Дандоло, ослушваме се за вода според стихотворението и след това аз и хората ми ще преценим ситуацията и ще решим дали да се обърнем към властите за помощ.

Лангдън вече виждаше проблеми в плана.

– „Света София“ затваря вечер, така че без съдействието на местните власти няма как да се влезе в нея.

– Ще се оправим – каза Сински. – Имаме човек в швейцарското посолство, който се е свързал с куратора на музея и е помолил за частна ВИП обиколка веднага щом пристигнем. Кураторът се е съгласил.

Лангдън едва не се изсмя.

– ВИП обиколка за директора на Световната здравна организация ли? С цяла армия войници, носещи защитни костюми? Нали се сещате, че това ще накара доста хора да повдигнат учудено вежди.

– Отрядът и екипировката ще останат в колата, докато Брюдер, вие и аз не преценим положението – каза Сински. – И за протокола, ВИП персоната не съм аз, а *вие*.

– Моля?!

– Казахме на музейните работници, че е пристигнал прочут американски професор с изследователски екип, който ще пише за символите в „Света София“, но самолетът му закъснял с пет часа и той изпуснал работното време. Тъй като се налага да замине утре сутринта, се надяваме...

– Ясно – прекъсна я Лангдън. – Схванах.

– От музея ще изпратят служител, който да ни посрещне. Оказва се, че той е голям почитател на трудовете ви върху ислямското изкуство. – Сински му се усмихна уморено. – Увериха ни, че ще имате достъп до всяко кътче на сградата.

– А най-важното е, че никой няма да ни се пречка – добави Брюдер.

85.

Робърт Лангдън се взираше разсеяно през прозореца на микробуса, който се носеше по крайбрежната магистрала, свързваща летище „Ататюрк“ с централната част на Истанбул. Служителите от швейцарското посолство бяха успели да уредят митническите формалности и Лангдън, Сински и цялата група потеглиха минути след като стъпиха на земята.

Сински бе наредила на Ректора и Ферис да останат на борда на самолета с неколцина от персонала на СЗО и да продължат с опитите да открият Сиена Брукс.

Макар че никой не вярваше, че Сиена може да стигне навреме в Истанбул, имаше опасения, че може да се свърже с някой съмишленик в Турция и да го помоли за съдействие при реализирането на лудия план на Зобрист преди екипът на Сински да успее да се намеси.

„Би ли могла Сиена да извърши масово убийство?“ Лангдън още имаше трудности да приеме всичко, което се бе случило днес. Болеше го, но беше принуден да погледне истината в очите. „Изобщо не я познаваш, Робърт. Тя си е играла с теб“.

Започна да ръми и Лангдън внезапно почувства умора, докато се вслушваше в монотонния шепот на чистачките. Мраморно море беше отдясно и той виждаше светлините на луксозни яхти и огромни танкери. Навсякъде покрай брега стройни минарета се издигаха над куполите на джамиите и мълчаливо напомняха, че макар Истанбул да е модерен светски град, корените му са дълбоко в религията.

Лангдън винаги бе смятал тази петнайсеткилометрова магистрала за един от най-красивите пътища в Европа. Идеален пример за сблъсъка между старото и новото в Истанбул, магистралата минаваше покрай част от стената на Константинопол, построена преди повече от шестнайсет столетия преди раждането на човека, чието име носеше – Джон Ф. Кенеди. Американският президент се бе възхищавал на мечтата на Кемал Ататюрк за турска република, родена от пепелта на една рухнала империя.

Булевард „Кенеди“ минаваше през живописни горички и паркове и покрай пристанището в Уеникапъ, след което продължаваше между града и Босфора на север към Златния рог. Там, високо над града, се издигаше османската твърдина – дворецът Топкапъ. Разположен стратегически над Босфора, дворецът беше любимо място за туристите, които идваха да се насладят както на изгледите, така и на зашеметяващата колекция османски съкровища, включващи наметалото и меча, принадлежали според преданието на самия пророк Мохамед.

„Няма да ходим чак дотам“ – помисли си Лангдън и си представи „Света София“, която се издигаше в центъра на града.

Когато завиха от булеварда и продължиха през гъсто застроения град, Лангдън загледа тълпите по улиците и тротоарите и отново си спомни за темите, за които бе ставало дума днес.

Свръхнаселение.

Чума.

Извратените идеи на Зобрист.

Макар че много добре си даваше сметка накъде са тръгнали, едва сега напълно осъзна целта на мисията. „Отиваме в епицентъра“. Представи си бавно разграждащата се торба с жълто-кафява течност и се запита как изобщо е стигнал дотук.

Странното стихотворение, което бяха открили със Сиена на гърба на посмъртната маска на Данте, го беше довело тук, в Истанбул.

Коленичете в позлатения музейон на светата мъдрост
и ухо допрете до земята,
чуйте на вода течаща ромона.
В дворец потънал надълбоко влезте...
защото там, в тъмата, хтоничното чудовище очаква

във водите кървавочервени
на лагуна, в която не блестят звездите.

Отново с тревога си помисли, че последната песен от „Ад“ завършва с почти същата сцена – след дълго спускане през подземния свят Данте и Вергилий стигат най-ниската точка на ада. Там, без никакъв изход навън, чуват ромона на поток, течащ между камъните под тях, тръгват през пукнатината по течението му... и накрая намират спасение.

Данте пишеше: „..туй празно място... и ручей звънък чак дотам... в скалите през една пукнатина... Поехме, за да стигнем на земята, по пътя скрит...“

Сцената на Данте несъмнено бе вдъхновила стихотворението на Зобрист, макар че в този случай лудият учен беше преобърнал всичко наопаки. Лангдън и останалите наистина трябваше да следват ромона на течащата вода, но за разлика от Данте, нямаше да излизат от ада... а да *влязат* в него.

Докато микробусът се провираше през все по-тесните улички и все по-гъсто застроените квартали, Лангдън започна да схваща перверзната логика, накарала Зобрист да избере центъра на Истанбул за мястото, от което ще тръгне пандемията.

„Тук Изтокът среща Запада.
Кръстопът на световете“.

През цялата си история Истанбул е бил сполетяван безброй пъти от чуми, избиващи огромни части от населението му. По време на последната фаза на Черната смърт точно този град бил наричан „развъдник на чумата“ в империята; източниците твърдяха, че болестта взимала живота на десет хиляди души всеки ден. Няколко прочути османски картини изобразяваха как градските жители отчаяно копаят масови гробове, за да погребат планините от трупове на намиращите се недалеч полета на Таксим.

Лангдън се надяваше Карл Маркс да е сгрешил, когато е казал, че историята се повтаря.

Навсякъде по мокрите от дъжда улици хората се занимаваха с вечерните си дела, без да подозират какво ги грози. Красива туркиня викаше децата си да вечерят; двама старци седяха на питие в едно кафене; добре облечена двойка се разхождаше, хваната за ръце, под разтворен чадър; мъж в смокинг скочи от един автобус и се затича по улицата, като криеше калъфа на цигулката си под дрехата си – явно закъсняваше за концерт.

Лангдън се хвана, че се вглежда в лицата около себе си и се опитва да си представи сложните пътища на живота на всеки човек.

„Масите са съвкупност от индивиди".

Затвори очи, извърна се от прозореца и се опита да отклони мислите си от мрачната посока, в която бяха поели. Но поражението вече беше налице. От тъмните ъгълчета на съзнанието му изникна неканен образ – отчаяната пустош на „Триумф на смъртта" на Брьогел с нейната ужасна панорама на чума, нещастия и мъчения, опустошаващи крайморски град.

Микробусът зави надясно по булевард „Торун" и за момент Лангдън си помисли, че са стигнали. Отляво над мъглата се издигаше огромна джамия.

Но това не беше „Света София".

„Синята джамия" – бързо се сети той, когато забеляза шестте покрити с канелюри подобни на моливи минарета с многобройните им балкони *шерефе* и острите върхове, които сякаш се забиваха в небето. Навремето беше чел, че именно тези екзотични, сякаш излезли от приказка минарета са вдъхновили дизайна на замъка на Пепеляшка в Дисниленд. Синята джамия дължеше името си на заслепяващото море от сини плочки, украсяващи стените ѝ отвътре.

„Наближаваме" – помисли Лангдън, когато микробусът зави по булевард „Кабасакал" и продължи по просторния площад на парка „Султанахмет", който се намираше между Синята джамия и „Света София" и беше прочут с изгледа си към двете сгради.

Лангдън присви очи и погледна през мокрото предно стъкло, като се мъчеше да различи очертанията на „Света София", но дъждът и светлините на насрещните автомобили му пречеха да вижда ясно. Още по-лошото бе, че трафикът по булеварда като че ли беше спрял.

Отпред не се виждаше нищо освен червените светлини на стоповете.

– Има някакво събитие – каза шофьорът. – Концерт или нещо такова. Може би ще стигнете по-бързо пеша.

– Далеч ли е? – попита Сински.

– Не повече от три минути път, ако вървите направо през парка. Напълно безопасно е.

Сински кимна на Брюдер и се обърна към екипа от НБР.

– Оставате в колата. Опитайте се да стигнете колкото се може по-близо до сградата. Агент Брюдер скоро ще се свърже с вас.

След това Сински, Брюдер и Лангдън скочиха от микробуса на улицата и забързаха през парка.

Широколистните дървета на Султанахмет предлагаха известна защита от засилващия се дъжд. По алеите имаше табели, насочващи посетителите към множеството атракции на парка – египетски обелиск от Луксор, Змийската колона от храма на Аполон в Делфи и Колоната на милите, служила навремето като „нулева точка", от която се измервали всички разстояния във Византийската империя.

Накрая излязоха при кръглото езеро, бележещо центъра на парка. Лангдън пристъпи напред и погледна на изток.

„Света София".

Не сграда... а по-скоро планина.

Лъщящият под дъжда колосален силует на „Света София" приличаше на град сам по себе си. Централният купол, невъзможно широк и сребристосив, сякаш лягаше върху море от други куполни постройки, натрупани около него. Четири високи минарета, всяко с по един балкон и сребристосив връх, се издигаха от ъглите на сградата, толкова далеч от централния купол, че трудно можеше да се определи, че са част от един комплекс.

Сински и Брюдер, които до този момент вървяха съсредоточено и бързо, спряха и се загледаха нагоре – умовете им се мъчеха да възприемат огромните размери на извисяващата се пред тях сграда.

– Леле! – възкликна Брюдер. – Нима ще трябва да претърсваме... *това*?

86.

„Аз съм пленник“ – осъзна Ректора, докато крачеше в салона на С-130. Беше се съгласил да дойде в Истанбул и да помогне на Сински да се справи с тази криза преди нещата да излязат напълно от контрол.

Ясно си даваше сметка, че сътрудничеството със Сински може да му помогне да смекчи негативните последици от необмисленото му въвличане в кризата. „А сега Сински ме държи под стража“.

Веднага щом самолетът спря в правителствения хангар на летище „Ататюрк“, Сински и хората ѝ слязоха и директорката на СЗО нареди Ректора и неколцината му сътрудници от Консорциума да останат в самолета.

Ректора се беше опитал да излезе да подиша чист въздух, но бе спрян от пилотите, които му напомниха, че доктор Сински е наредила всички да останат вътре.

„Лошо“ – помисли си Ректора и седна. Започваше да осъзнава колко несигурно е бъдещето му.

Отдавна бе свикнал да е кукловодът, върховната сила, дърпаща конците. И ето че цялата тази власт внезапно му беше отнета.

„Зобрист, Сиена, Сински“.

Всички те не играеха по свирката му... и дори го манипулираха.

Сега, затворен в странната летяща килия на СЗО, Ректора започна да се пита дали късметът му не е свършил... дали сегашната ситуация не е някакво кармично възмездие за един безчестен живот.

„Аз си изкарвам хляба с лъжи.

Аз съм доставчик на дезинформация“.

Макар да не беше единственият на този свят, който продаваше лъжи, Ректора се беше утвърдил като най-голямата риба в езерото. По-дребните бяха съвсем друга порода и Ректора изобщо не се занимаваше с тях.

Достъпни онлайн компании с имена от рода на „Алиби Къмпани“ и „Алиби Нетуърк“ правеха състояния по цял свят, осигурявайки възможност на неверни семейни половинки да кръшкат и да не ги хванат. Като обещаваха да „спрат времето“ за момент, така че клиентите им да се измъкнат от съпруг, съпруга или деца, тези организации бяха майстори в създаването на илюзии – бутафорни бизнес срещи, бутафорни докторски прегледи, дори бутафорни сватби, включващи изфабрикувани покани, самолетни билети, хотелски формуляри и дори специални телефони за контакт, които звъняха в колцентровете на „Алиби Къмпани“ и опитни професионалисти се представяха за търсените рецепционисти, доктори и т.н.

Ректора обаче никога не си беше губил времето с подобни дребни номера. Той се занимаваше единствено с мащабни измами и предлагаше услугите си на онези, които можеха да си позволят да плащат милиони долари, за да получат най-доброто обслужване.

Правителства.

Големи корпорации.

От време на време по някой свръхбогаташ.

За да постигнат целите си, тези клиенти се ползваха от всички активи, персонал, опит и въображение на Консорциума. Най-важното обаче бе, че им се гарантираше възможност за опровержение – увереннието, че измамата, скалъпена в техен интерес, никога не може да бъде проследена до тях.

Независимо дали се опитваха да разклатят някоя борса, да оправдаят война, да спечелят избори или да подлъжат терористи да излязат от скривалищата си, световните брокери на власт разчитаха на мащабни схеми за дезинформация за оформяне на начина, по който обществото приемаше нещата.

Винаги е било така.

През шейсетте руснаците бяха изградили цяла фалшива шпионска мрежа, пускаща години наред неверни сведения, прихващани от англичаните. През 1947 г. американските ВВС бяха изфабрикували сложна измама с НЛО, за да отклонят вниманието от катастрофа със секретен самолет край Розуел, Ню Мексико. А сравнително неотдавна светът беше подведен да си мисли, че в Ирак има оръжия за масово поразяване.

В продължение на почти три десетилетия Ректора беше помагал на могъщи хора да защитават, задържат и увеличават могъществото си. Макар да бе изключително внимателен, когато приемаше предложена работа, Ректора винаги се беше страхувал, че един ден ще направи грешка.

„И сега този ден дойде“.

Ректора вярваше, че всяко епично сгромолясване може да се проследи назад до един-единствен момент – случайна среща, лошо решение, недискретен поглед.

Осъзна, че в този случай въпросният момент е настъпил преди почти дванайсет години, когато се съгласи да вземе на работа млада студентка по медицина, която търсеше да припечелва допълнително. С острия си интелект, зашеметяващото си умение да учи езици и дарбата си да импровизира тя незабавно изпъкна в Консорциума.

Сиена Брукс беше родена за тази работа.

Сиена незабавно разбра бизнеса му и Ректора усещаше, че младата жена има опит в пазенето на тайни. Тя работи за него почти две години и си заслужи солиден чек, с който успя да плати обучението си, след което най-неочаквано заяви, че напуска. Искаше да спасява света и, както му обясни, не можела да го направи по този начин.

Ректора никога не си бе помислял, че Сиена Брукс ще се появи отново след почти десет години, при това с нещо като подарък – свръхбогат потенциален клиент.

Бертран Зобрист.

Настръхна.

„Сиена е виновна.

Била е съучастничка на Зобрист в плана му“.

Атмосферата на заседателната маса започваше да се разгорещява. Хората от СЗО говореха по телефони и спореха.

– Сиена Брукс?! – извика един в телефона си. – Сигурни ли сте? – Заслуша се намръщено. – Добре, дайте ми подробности. Да, ще изчакам.

Закри слушалката с ръка и се обърна към колегите си.

– Сиена Брукс е излетяла от Италия малко след нас.

Всички около масата се вцепениха.

– Но как? – попита една жена. – Покрили сме летището, мостовете, гарата...

– От летище „Ничели“ – отвърна той. – На Лидо.

– Невъзможно. – Жената поклати глава. – „Ничели“ е съвсем малко летище. Оттам няма редовни полети. То приема само местни хеликоптери и...

– Успяла е по някакъв начин да си уреди частен самолет, държан в хангар в „Ничели“. Още проверяват. – Мъжът отново заговори по телефона: – Да, слушам. – Докато слушаше, раменете му се отпускаха все повече и повече. – Разбрах. Благодаря. – И затвори.

Всички го гледаха с очакване.

– Самолетът на Сиена е отлетял за Турция – каза мъжът и разтърка очи.

– Ами тогава се обади на управление „Въздушен транспорт“! – обади се някой. – Накарай ги да върнат самолета!

– Не мога – каза мъжът. – Кацнал е преди дванайсет минути на частното летище „Хецарфен“, само на двайсет и пет километра оттук.

87.

Дъждът е плющеше по древния купол на „Света София“.

Близо хиляда години тя е била най-голямата църква на света и дори днес на човек му бе трудно да си представи нещо по-голямо. Докато я гледаше, Лангдън си спомни, че при завършването ѝ император Юстиниан възкликнал гордо: „Соломоне, аз те надминах!“

Със Сински и Брюдер крачеха към монументалната сграда, която сякаш ставаше все по-огромна и все по-огромна.

Покрай алеите бяха поставени старите гюлета, използвани от войските на Мехмед Завоевателя – декоративно напомняне, че историята на тази сграда е изпълнена с насилие и че тя е била завладяна и преобразена, за да служи на духовните нужди на различните победители.

Докато приближаваха южната фасада, Лангдън погледна надясно към трите куполни пристройки, стърчащи от сградата. Това бяха мавзолеи на султани, за един от които – Мурад III – се говореше, че бил баща на повече от сто деца.

Остър звън разсече нощния въздух. Брюдер извади телефона си, погледна екрана и каза:

– Да?

Докато слушаше, поклати невярващо глава.

– Не е възможно! – Заслуша отново и въздъхна. – Добре, дръжте ме в течение. Тъкмо влизаме. – И затвори.

– Какво има? – попита Сински.

– Трябва да си държим очите отворени – каза Брюдер и се огледа. – Може би си имаме компания. Изглежда, че Сиена Брукс е в Истанбул.

Лангдън го зяпна. Не можеше да повярва, че Сиена е намерила начин да стигне до Турция и че след успешното си бягство от Венеция е рискувала да бъде заловена и може би убита, за да осъществи плана на Бернар Зобрист.

Синска изглеждаше не по-малко разтревожена. Пое си дъх, сякаш смяташе да разпита Брюдер за подробности, но явно размисли и вместо това се обърна към Лангдън.

– Накъде?

Лангдън посочи наляво към югозападния ъгъл на сградата и каза:

– Фонтанът на очистването е ето там.

Мястото им на среща със служителя на музея бе пищно украсен фонтан, използван навремето за ритуално умиване на мюсюлманите преди молитва.

– Професор Лангдън! – извика мъжки глас, когато приближиха.

Усмихнат мъж излезе изпод осмоъгълния купол над фонтана, като размахваше възбудено ръце.

– Професоре, насам!

Забързаха към него.

– Здравейте, аз съм Мирсат – каза той на английски. Преливаше от ентусиазъм. Беше слаб, с оредяваща коса, очила и сив костюм. – За мен е огромна чест.

– Честта е наша – отвърна Лангдън, докато стискаше ръката на Мирсат. – Благодаря ви за гостоприемството и че се отзовахте така бързо.

– Да, да!

– Аз съм Елизабет Сински – каза доктор Сински, ръкува се с Мирсат и посочи Брюдер. – А това е Кристоф Брюдер. Тук сме, за да асистираме на професор Лангдън. Ужасно съжалявам, че самолетът ни закъсня. Много мило от ваша страна, че се съгласихте да ни посрещнете.

– Моля ви! Няма защо да ми благодарите! – възторжено отвърна Мирсат. – Готов съм да разведа професор Лангдън по всяко време. Малката му книжка „Християнски символи в ислямския свят“ е една от най-купуваните в магазина за сувенири на музея.

„Така ли? – помисли си Лангдън. – Е, вече знам единственото място на света, където се предлага тази книга“.

Мирсат ги поведе покрай входа за туристи и продължи към главния вход на сградата – три дълбоки арки с тежки бронзови врати.

Щом видяха Мирсат, двамата въоръжени пазачи отключиха една от вратите и я отвориха.

– Sağ olun – каза Мирсат. Това бе една от малкото фрази на турски, които Лангдън разбираше – особено любезна форма на „благодаря“.

Минаха през тежката врата и пазачите я затвориха след тях.

Вече бяха в нартекса на „Света София“ – тясно преддверие, характерно за християнските църкви, което служеше като архитектурен буфер между сакралното и профанното.

Лангдън често ги наричаше „духовни ровове“.

Мирсат отвори следващата врата. Зад нея вместо самото светилище, както можеше да се очаква, имаше втори нартекс, малко по-голям от първия.

„Езонартекс“ – осъзна Лангдън, който бе забравил, че „Света София“ има два кръга на защита от външния свят.

Сякаш за да подготви посетителя за онова, което следва, езонартексът беше много по-богато украсен от нартекса – стените му бяха от полиран камък, който сияеше на светлината на елегантни полилеи. В отсрещния край на помещението имаше четири врати, а над тях можеха да се видят невероятни мозайки, които винаги будеха възхищението на Лангдън.

Мирсат отиде до най-голямата врата – колосален обкован с бронз портал.

– Императорският вход. – Гласът му трепереше от ентусиазъм. – По времето на Византийската империя оттук е влизал единствено императорът. Туристите обикновено не минават през нея, но тази вечер е специална.

Посегна към вратата, но спря и попита:

– Преди да влезем, искам да ви попитам, има ли нещо конкретно, което искате да видите вътре?

Лангдън, Сински и Брюдер се спогледаха.

– Да – отвърна Лангдън. – Разбира се, има много неща за разглеждане, но ако е възможно, бихме искали да започнем с гроба на Енрико Дандоло.

Мирсат наклони глава настрани, сякаш не го беше чул добре.

– Моля? Искате да видите... гроба на Дандоло ли?

– Да.

Мирсат като че ли се разочарова.

– Но, господине... гробът на Дандоло е съвсем прост. Върху него няма никакви символи. Не е най-доброто, което можем да предложим.

– Известно ми е – любезно каза Лангдън. – Въпреки това ще сме изключително благодарни, ако ни заведете при него.

Мирсат изгледа дълго Лангдън, след което вдигна очи към мозайката над вратата, на която преди малко се възхищаваше Лангдън. Тя бе от девети век и на нея бе изобразен Христос Пантократор, държащ Новия завет в лявата си ръка и даващ благословия с дясната.

И тогава на водача им сякаш му просветна. Устните му се извиха в разбираща усмивка и той размаха пръст.

– Умен човек! Много умен!

Лангдън го зяпна.

– Моля?

– Не се безпокойте, професоре – заговорнически прошепна Мирсат. – Няма да кажа на никого защо сте тук *в действителност*.

Сински и Брюдер погледнаха озадачено Лангдън.

На него не му оставаше друго освен да свие рамене, докато Мирсат отваряше вратата и ги въвеждаше вътре.

88.

Някои наричат „Света София“ Осмото чудо на света и Лангдън си помисли, че няма никакво намерение да оспорва това твърдение.

Когато прекрачиха прага на колосалния храм, Лангдън си помисли, че „Света София“ е в състояние само за миг да зашемети посетителите дори само с невероятните си размери.

Помещението беше толкова огромно, че в сравнение с него сякаш бледнееха дори величествените европейски катедрали. Лангдън знаеше, че замайващата големина е отчасти илюзия, ефект от типично византийския план с обширен централен наос, който концентрира цялото си вътрешно пространство в едно-единствено правоъгълно помещение, вместо да го разпределя по четирите рамене на кръст, какъвто е възприетият стил на по-късните катедрали.

„Тази сграда е седемстотин години по-стара от „Нотър Дам“ – помисли си Лангдън.

След като спря за момент, за да оцени по достойнство размерите на помещението, Лангдън насочи погледа си нагоре, на повече от четирийсет и пет метра височина, към грамадния златен купол, кацнал като корона върху храма. От центъра му, подобно на слънчеви лъчи, излизаха четирийсет ребра, достигащи до кръгла аркада с четирийсет засводени прозореца. През деня светлината, която влизаше през тях, се отразяваше многократно от стъклото, вградено в златните плочки, създавайки „загадъчната светлина“, с която се славеше „Света София“.

Лангдън беше виждал само веднъж тази златна атмосфера предадена вярно в картина. „Джон Сингър Сарджънт“. Нищо чудно, че при създаването на прочутата си творба американският художник бе ограничил палитрата си единствено до множество оттенъци на един-единствен цвят.

Златния.

Блестящият златен купол, често наричан „небесен купол“, се поддържаше от четири огромни арки, които на свой ред стъпваха върху серия от полукуполи и тимпани. Те пък се поддържаха от още един пръстен по-малки полукуполи и аркади, създаващи ефекта за каскада на архитектурни форми, спускащи се от небето към земята.

Също от небето към земята, макар и по по-пряк път, се спускаха дълги вериги с множество блестящи полилеи, които сякаш висяха толкова ниско над пода, че се създаваше впечатлението, че по-високите посетители могат да се блъснат в тях. В действителност това също беше илюзия, създадена от големината на помещението – полилеите висяха на повече от шест метра над пода.

Подобно на всички големи храмове, гигантските размери на „Света София“ имаха две цели. Първо, храмът бе доказателство пред Бог за това на какво е способен Човекът, за да Го възхвалява. И второ, „Света София“ бе един вид шокова терапия за богомолците – толкова внушително пространство, че онези, които влизаха вътре, се чувстваха нищожно малки, егото им биваше изтрито, материалните им тела и значението им се свиваха до размерите на прашинка пред лицето на Бог... атом в ръцете на Създателя.

„Докато човекът е нищо, Бог не може да направи нищо за него“. Мартин Лутер е изрекъл тези думи през шестнайсети век, но концепцията бе част от мисленето на строителите още от найранните образци на религиозната архитектура.

Лангдън погледна Брюдер и Сински, които също зяпаха в захлас нагоре.

– Исусе – промълви Брюдер!

– Да! – възбудено се обади Мирсат. – И Аллах и Мохамед също!

Лангдън се засмя, а водачът им насочи вниманието на Брюдер към главния олтар, където имаше извисяваща се мозайка на Исус между два грамадни диска, върху които с калиграфско майсторство бяха изписани арабските имена на Мохамед и Аллах.

– Този музей – обясни Мирсат – е опит да се напомни на посетителите за различното използване на сакралното пространство и показва както християнската иконография от времената, когато „Света София“ е била църква, до islямската от вековете, през които е била джамия. – Усмихна се гордо. – Въпреки търканията между религиите в реалния свят ние смятаме, че техните символи се съчетават много добре. Зная, че ще се съгласите, професоре.

Лангдън кимна. Знаеше, че при превръщането на сградата в джамия цялата християнска иконография била замазана. Възстановяването на християнските символи до мюсюлманските създаваше хипнотизиращ ефект, дължащ се най-вече на факта, че стиловете и чувствеността на двете иконографии бяха диаметрално противоположни.

Докато християнската традиция предпочиташе изображенията на Бог и светците, ислямът се съсредоточаваше върху калиграфията и геометричните форми за предаването на прелестта на Божието творение. Според ислямската традиция единствено Бог може да създава живот и следователно човекът няма право да създава изображения на живота – нито на богове, нито на хора, нито дори на животни.

Лангдън си спомни как веднъж се бе опитал да обясни тази концепция на студентите си:

– Например, ако беше мюсюлманин, Микеланджело никога не би нарисувал лицето на Бог на тавана на Сикстинската капела; той би изписал *името* му. Изобразяването на лицето на Бог би било богохулство.

И бе обяснил причината за това.

– И християнството, и ислямът са логоцентрични – каза той на студентите си, – което означава, че са съсредоточени върху *Словото*. В християнската традиция Словото се превръща в плът в Евангелието на Йоан: „И Словото стана плът, и живя между нас“. Ето защо е приемливо Словото да се изобразява в човешка форма. В ислямската традиция обаче Словото *не* става плът и затова трябва да остане във формата на *слово*... в повечето случаи в калиграфско изписване на имената на светите фигури на вярата.

Един от студентите беше резюмирал сложната история духовито и съвсем точно: „Християните харесват лицата, а мюсюлманите – думите“.

– Тук пред нас – продължи Мирсат, като размаха ръце, – виждате уникално съчетаване на християнството с исляма.

После посочи сливането на символи в огромната апсида, в която Девата и Младенецът гледаха надолу към *михраб* – полукръглата ниша в джамията, която сочи към Мека. Наблизо се издигаха стъпалата, водещи към амвона, който приличаше на мястото, от което се водят християнските проповеди, но всъщност бе *минбар*, платформата, от която имамът води петъчната молитва. Подобната на подиум структура, напомняща на християнски хор, в действителност бе *мюезин махфили*, мястото, където коленичи мюезинът и припява в отговор на молитвите на имама.

– Може да ви изглежда странно, но джамиите и катедралите си приличат – продължи Мирсат. – Традициите на Изтока и Запада не са толкова различни, колкото си мислите!

– Мирсат? – малко нетърпеливо се обади Брюдер. – Наистина бихме искали да видим гроба на Дандоло, ако е възможно.

Мирсат като че ли леко се подразни, сякаш бързането на госта му бе един вид неуважение към сградата.

– Да – каза Лангдън. – Съжалявам за настойчивостта, но графикът силно ни притиска.

– Е, добре – каза Мирсат и посочи към високия балкон вдясно. – Да се качим горе да видим гроба.

– Горе ли? – стресна се Лангдън. – Енрико Дандоло не е ли погребан долу в криптата? – Спомняше си самия гроб, но не и точното място в сградата, на което се намираше той. Представяше си, че ще влязат в някакво тъмно подземно помещение.

Мирсат като че ли се смути от въпроса.

– Не, професоре, гробницата на Енрико Дандоло със сигурност е горе.

„Какво става?“ – зачуди се Мирсат.

Когато Лангдън поиска да види гроба на Дандоло, Мирсат усети, че в молбата му има нещо съмнително. „Никой не иска да гледа гроба на Дандоло". Мирсат предположи, че Лангдън всъщност иска да види загадъчното съкровище, намиращо се точно до гроба – старата мозайка *Деизис*, изобразяваща Христос Пантократор и смятана за едно от най-мистериозните произведения на изкуството в сградата.

„Лангдън прави проучване върху мозайката и не иска това да се разчува" – предположи Мирсат и си помисли, че може би професорът пише тайно за изображението.

Сега обаче се обърка. Лангдън със сигурност знаеше, че мозайката се намира на втория етаж. Тогава защо се правеше на изненадан?

„Или наистина търси гроба на Дандоло?"

Озадачен, Мирсат ги поведе към стълбището покрай една от двете прочути урни на „Света София" – гиганти с вместимост 1250 литра, изработени от един-единствен мраморен блок през епохата на елинизма.

Докато се изкачваше мълчаливо със спътниците си, Мирсат започна да изпитва безпокойство. Колегите на Лангдън определено не приличаха на учени. Мъжът беше по-скоро военен – мускулест и скован, облечен в черно. А жената със сребристата коса му се струваше позната... сякаш я беше виждал някъде. „Може би по телевизията?"

Започна да подозира, че целта на това посещение съвсем не е такава, каквато изглеждаше. „Защо всъщност са тук?"

– Още малко – жизнерадостно обяви Мирсат, когато стигнаха площадката. – Горе ще намерим гроба на Енрико Дандоло, както и – той замълча и за миг погледна Лангдън – прочутата мозайка Деизис.

Абсолютно никаква реакция.

Лангдън май наистина не беше тук заради мозайката. Незнайно защо, но той и гостите му се интересуваха именно от гроба на Дандоло.

89.

Докато Мирсат ги водеше нагоре, Лангдън ясно усещаше, че Брюдер и Сински са разтревожени. И наистина, качването на втория етаж изглеждаше лишено от логика. Лангдън непрекъснато си мислеше за видеозаписа на Зобрист под земята... и за документалния филм за наводнените нива под „Света София“.

„Трябва да слезем долу!“

Въпреки това, ако гробът на Дандоло се намираше горе, нямаха друг избор освен да следват упътванията на Зобрист. „Коленичете в позлатения музейон на светата мъдрост и ухо допрете до земята, чуйте на вода течаща ромона“.

Когато стигнаха втория етаж, Мирсат ги поведе надясно по балкона, от който се откриваше зашеметяваща гледка към светилището долу. Лангдън си заповяда да гледа напред и да остане съсредоточен.

Мирсат отново говореше трескаво за мозайката Деизис, но Лангдън го изключи от съзнанието си.

Вече виждаше целта си.

Гроба на Дандоло.

Изглеждаше точно така, както го помнеше – правоъгълна плоча от бял мрамор, вградена в полирания каменен под и оградена от стълбчета и вериги.

Лангдън забърза напред и погледна гравирания надпис.

HENRICUS DANDOLO

Прекрачи веригата и застана пред гроба.

Мирсат запротестира, но Лангдън не спря, а бързо коленичи, сякаш искаше да се моли в краката на коварния дож.

След това, въпреки ужасените възражения на Мирсат, постави длани върху гроба и се просна по очи. И изведнъж осъзна, че изглежда така, сякаш се кланя към Мека. Действията му очевидно потресоха Мирсат, който изведнъж онемя.

Лангдън пое дълбоко дъх, завъртя глава надясно и внимателно долепи ухо до надгробната плоча. Камъкът беше студен.

Звукът, който чу да отеква през плочата, беше ясен като ден.

„Боже мой!“

Сякаш краят на Дантевия „Ад“ звучеше някъде отдолу.

Лангдън бавно обърна глава, погледна Брюдер и Сински и прошепна:

– Чувам го. На вода течаща ромона.

Брюдер също прекрачи веригата и клекна до Лангдън да чуе. След малко кимна напрегнато.

След като вече чуваха ромона, оставаше само един въпрос. „Къде тече тази вода?“

Умът на Лангдън изведнъж се изпълни с картини на пещерата, окъпана в зловеща червена светлина... някъде под тях.

В дворец потънал надълбоко влезте...
защото там, в тъмата, хтоничното чудовище очаква
във водите кървавочервени
на лагуна, в която не блестят звездите

Лангдън стана и се обърна към Мирсат, който ги гледаше така, сякаш бяха извършили светотатство.

– Мирсат – каза Лангдън. – Съжалявам. Както виждате, ситуацията е много необичайна. Нямам време да обяснявам, но трябва да ви задам един много важен въпрос за тази сграда.

Мирсат успя да кимне едва-едва.

– Да?

– При гроба на Дандоло може да се чуе ромон на вода, течаща някъде под камъка. Трябва да разберем *къде* тече тя.

Мирсат поклати глава.

– Не разбирам. Навсякъде под пода на „Света София“ може да се чуе течаща вода.

Всички се вцепениха.

– Да – продължи Мирсат. – Особено когато вали. Покривите на „Света София“ са с площ почти един хектар и трябва да се оттичат, а това често продължава с дни. И обикновено започва да вали отново, преди оттичането да е приключило. Тук е съвсем обичайно да се чува ромон. Може би не знаете, но „Света София“ е разположена върху огромни подземни кухини, пълни с вода. Има дори един документален филм, който...

– Да, да – прекъсна го Лангдън. – Но знаете ли дали водата, която се чува при гроба на Дандоло, тече към някое *конкретно* място?

– Разбира се – отвърна Мирсат. – Тя отива там, където отива *цялата* вода, оттичаща се от „Света София“. В градската цистерна.

– Не – заяви Брюдер и прекрачи веригата. – Не търсим цистерна. А голямо подземно помещение, може би с колони.

– Именно – каза Мирсат. – Старата цистерна на града е точно такава – голямо подземно помещение с колони. Доста внушително място. Била е построена през шести век, за да събира водните запаси на Константинопол. Днес водата е дълбока около метър и двайсет, но...

– Къде се намира! – настоятелно попита Брюдер и гласът му отекна в празната зала.

– Ци... цистерната ли? – заекна Мирсат. – Съвсем наблизо, на изток от сградата. – И посочи. – Нарича се Йеребатан сарай.

„Сарай ли? – зачуди се Лангдън. – Като Топкапъ сарай?“ По пътя насам бяха минали покрай много табели, сочещи към двореца.

– Но... *сарай* не означава ли „дворец“?

Мирсат кимна.

– Да. Името на старата цистерна е Йеребатан сарай. В превод означава *Потъналия дворец.*

90.

Когато доктор Елизабет Сински, Лангдън, Брюдер и ошашавеният им водач Мирсат изхвърчаха от „Света София“, дъждът се лееше като из ведро.

„В дворец потънал надълбоко влезте“ – помисли Сински.

Градската цистерна Йеребатан сарай се намираше в посока към Синята джамия и малко на север.

Мирсат ги поведе.

Сински не бе видяла друга възможност освен да му каже кои са и че бързат да предотвратят евентуално избухване на пандемия, тръгнала от потъналия дворец.

– Насам! – извика Мирсат и ги поведе през тъмния парк. Подобната на планина „Света София“ беше зад тях, а отпред блестяха приказните минарета на Синята джамия.

Докато крачеше забързано до Сински, агент Брюдер викаше в телефона и нареждаше на хората си да ги чакат при входа на цистерната.

– Изглежда, целта на Зобрист е градското водохранилище – задъхано каза той. – Искам планове на всички водопроводи, водещи към и от цистерната. Ще задействаме протоколите за пълна изолация и ограничаване. Трябват ни физически и химически бариери, както и вакуумни...

– Чакайте – извика Мирсат. – Не ме разбрахте правилно. Цистерната не осигурява вода на града. Вече не!

Брюдер свали телефона от ухото си и го изгледа свирепо.

– Какво?!

– Цистерната е събирала водните запаси на града в далечното минало – обясни Мирсат. – Но вече не. Модернизирали сме се.

Брюдер спря под едно дърво. Останалите също спряха.

– Мирсат – каза Сински. – Сигурен ли сте, че никой не пие вода от цистерната?

– Разбира се, че никой – отвърна Мирсат. – Водата просто си се събира там... и после се просмуква в земята.

Сински, Лангдън и Брюдер се спогледаха неуверено. Сински не знаеше дали да чувства облекчение или тревога. „Щом никой няма редовен контакт с водата, защо Зобрист е избрал да пусне заразата си именно там?"

– При модернизирането на водопроводите преди десетилетия – обясни Мирсат – цистерната е престанала да се използва и се е превърнала просто в голямо езеро в подземно помещение. – Сви рамене. – Днес е просто туристическа атракция.

Сински се сепна. „Туристическа атракция ли?"

– Момент... значи хората *слизат* там? В цистерната?

– Разбира се – каза той. – Хиляди я посещават всеки ден. Има пътеки над водата и дори малко кафене. Вентилацията е ограничена, така че е доста задушно и влажно, но въпреки това мястото е много популярно.

Сински погледна Брюдер. Личеше си, че опитният агент си представя същото като нея – тъмна влажна подземна зала, пълна със застояла вода, в която се развива патогенът. Кошмарът се допълваше от пътеките, по които по цял ден се разхождаха туристи, само на сантиметри над водата.

– Създал е биоаерозол – каза Брюдер.

Сински кимна и оклюма.

– Тоест? – настоятелно попита Лангдън.

– Тоест може да се разпространява *по въздуха* – отвърна Брюдер.

Лангдън замълча и Сински видя, че той също започва да схваща потенциалните мащаби на кризата.

Разпространяваният по въздуха патоген беше една от възможните хипотези на Сински, но въпреки това, когато си мислеше, че цистерната е водохранилището на града, тя се бе надявала, че Зобрист е избрал обитаваща вода форма на живот. Водните бактерии бяха издръжливи и устояваха на промени в околната среда, но пък се разпространяваха бавно.

А въздушните патогени се разпространяваха бързо.

Много бързо.

– Ако патогенът е въздушен – каза Брюгер, – най-вероятно е вирусен.

„Вирус – помисли Сински. – Най-бързо разпространяващият се патоген, който би могъл да избере Зобрист“.

Наистина, освобождаването на въздушен вирус под водата беше необичайно, но много форми на живот имат инкубационен период във вода, след което живеят във въздушна среда – комари, спори, бактериите, които причиняват треска, микотоксините, дори човешките същества. Сински с ужас си представи как вирусът изпълва водата в цистерната... и заразените миниатюрни капчици във влажния въздух.

Мирсат се беше взрял през улицата към една ниска постройка от червени и бели тухли, чиято единствена врата беше отворена и разкриваше нещо като стълбище. Добре облечени хора с чадъри чакаха портиерът да ги пусне да влязат.

„Това да не е някакъв подземен клуб за танци?“, помисли Сински.

А после видя златните букви на стената и усети стягане в гърдите. Освен ако клубът не се наричаше „Цистерната“ и не беше построен през 523 година... Разбра защо Мирсат е толкова разтревожен.

– Потъналият дворец – каза Мирсат. – Изглежда... тази вечер там има концерт.

На Брюдер явно му писна и той се втурна към сградата. Останалите го последваха.

На входа чакаха хора – три жени, двама туристи, хванати за ръце, и един мъж със смокинг. Бяха се скупчили под козирката, за да се опазят от дъжда.

Сински чу мелодичните звуци на класическа композиция, които долитаха отдолу. „Берлиоз“ – реши тя. Но дори да не беше Берлиоз, определено не подхождаше на улиците на Истанбул.

Усети откъм стълбите топъл полъх – идваше дълбоко от земните недра и излизаше от затворената зала. И донасяше със себе си не само звуците на цигулките, но и характерната миризма на влага и много хора.

И изпълваше Сински с много лоши предчувствия.

Неколцина туристи излязоха, като разговаряха весело. Портиерът пусна следващата група.

Брюдер също понечи да влезе, но портиерът го спря.

– Изчакайте, господине. Цистерната е пълна. След малко ще излязат още посетители и ще влезете и вие.

Брюдер изглеждаше готов да влезе насила, но Сински сложи ръка на рамото му и го спря.

– Изчакайте. Екипът идва, а и не можете да претърсите сам залата. – Посочи таблото до вратата. – Цистерната е огромна.

Информационното табло описваше наистина огромна подземна зала с площ над един хектар, поддържана от цяла гора от 336 мраморни колони.

– Вижте какво изпълняват! – възкликна Лангдън.

Сински се обърна. Лангдън сочеше концертния афиш на стената.

„Господи!“

Директорката на СЗО правилно беше определила стила на музиката, но изпълняваното произведение не беше от Берлиоз, а от друг творец от епохата на романтизма – Франц Лист.

Тази вечер, дълбоко под земята, Държавният симфоничен оркестър на Истанбул изпълняваше едно от най-прочутите произведения на Франц Лист – симфонията „Данте“, вдъхновена от спускането на поета в ада и завръщането му.

– Изпълнява се цяла седмица – каза Лангдън, докато четеше ситно изписания текст. – Безплатни концерти, финансирани от анонимен спонсор.

Сински бе сигурна, че знае кой е анонимният спонсор. Залитането на Бертран Зобрист по драматичното явно беше и безсърдечна практична стратегия. Седмицата на безплатни концерти щеше да прилъже още туристи, повече от обичайното, да влязат в цистерната и да се озоват в заразения район... където да вдишат замърсения въздух, след което да се върнат по домовете си в чужбина.

– Господине? – каза портиерът на Брюдер. – Имаме място за двама.

Брюдер се обърна към Сински.

– Обадете се на местните власти. Каквото и да намерим долу, ще ни трябва помощ. Щом хората ми пристигнат, да ми се обадят. Ще сляза да видя дали няма да разбера къде може да е оставил онова нещо Зобрист.

– Без дихателна маска? – попита Сински. – Не сме сигурни, че торбата е цяла.

Брюдер се намръщи и вдигна ръка към топлия вятър, който духаше от входа.

– Вижте, ако патогенът е във въздуха, сигурно целият град вече е заразен.

Сински си беше помислила същото, но не искаше да го казва пред Лангдън и Мирсат.

– Освен това – добави Брюдер – съм виждал как реагира тълпа, когато хората ми минат покрай нея в защитни костюми. Ще настане паника и блъсканица.

Сински реши да отстъпи. В края на краищата Брюдер беше специалист и бе попадал в ситуации като тази.

– Единствената ни реална възможност – каза Брюдер – е да приемем, че патогенът все още е затворен някъде долу, и да опитаме да го неутрализираме.

– Добре – каза Сински. – Направете го.

– Има и друг проблем – намеси се Лангдън. – Ами Сиена?

– Какво Сиена? – попита Брюдер.

– Каквито и да са намеренията ѝ, тя може би е в Истанбул, много е добра с езиците и вероятно знае и турски.

– И какво от това?

– Сиена знае, че в стихотворението се говори за „дворец потънал“ – каза Лангдън. – А на турски това описание води направо... тук. – И посочи надписа „Йеребатан сарай“ над входа.

– Така е – уморено се съгласи Сински. – Като нищо може да се е сетила и да си спести посещаването на „Света София“.

– Е, ако е долу и възнамерява да пробие торбата преди да я неутрализираме, поне не е отдавна тук – каза Брюдер. – Районът е огромен и тя вероятно няма представа къде да търси. А и покрай всички хора наоколо едва ли ще може да скочи незабелязано във водата.

– Господине? – отново се обади портиерът. – Желаете ли да влезете?

Брюдер видя, че от улицата се задава още една група туристи, и кимна на портиера, че влиза.

– Аз идвам с вас – заяви Лангдън.

Брюдер се обърна и го погледна.

– Как ли пък не.

Тонът на Лангдън бе непреклонен.

– Агент Брюдер, една от причините да сме в това положение е, че Сиена Брукс цял ден си игра с мен. И както сам казахте, възможно е вече да сме заразени. Ще дойда, независимо дали това ви харесва, или не.

Брюдер го изгледа дълго, но накрая отстъпи.

Докато минаваше през вратата и се спускаше по стръмното стълбище след Брюдер, Лангдън усещаше топлия вятър, който духаше насреща им от недрата на цистерната. Влажният полъх носеше звуците на симфонията на Лист, както и позната, но в същото време трудно доловима миризма... на много хора, събрали се в затворено пространство.

Лангдън изведнъж изпита чувството, че го загръща призрачна плащаница, че сякаш дългите пръсти на някаква невидима ръка се протягат от земята и го сграбчват.

„Музиката".

Хорът – цели сто души – пееше добре известен пасаж, като произнасяше старателно всяка сричка от мрачния текст на Данте.

– Lasciate ogne speranza voi ch'entrate.

Тези няколко думи, най-прочутите в „Ад", се надигаха от долния край на стълбището като злокобна воня на смърт.

Под съпровода на тромпети и рогове хорът отново изпя предупреждението:

– Lasciate ogne speranza voi ch'entrate!

„Надежда всяка тука оставете!"

91.

Вдъхновената от ада музика отекваше в окъпана в червена светлина подземна зала – плач на гласове, дисонантен вой на струни и плътен рев на тимпани, громолящи през помещението като грохота на земетресение.

Докъдето стигаше поглед, подът на този подземен свят бе покрит с вода – тъмна, неподвижна, гладка, подобна на черен лед върху замръзнало езеро в Нова Англия.

„Лагуна, в която не блестят звездите“.

От водата, грижливо подредени в сякаш безкрайни редици, се издигаха стотици дебели дорийски колони, които се извисяваха на десет метра, за да поддържат засводения таван на цистерната. Колоните бяха осветени отдолу от червени прожектори и образуваха сюрреалистична гора от стволове, които чезнеха в тъмнината като някаква илюзия с огледала.

Лангдън и Брюдер спряха в края на стълбите, поразени от призрачното видение. Самата зала сякаш сияеше в червеникав тон и докато я оглеждаше, Лангдън се усети, че диша колкото се може по-плитко.

Въздухът бе по-тежък, отколкото бе предполагал.

Лангдън виждаше тълпата в далечината от лявата им страна. Концертът се провеждаше дълбоко в подземната цистерна, в средата на залата. Публиката бе настанена на обширни платформи. Няколкостотин зрители седяха в концентрични кръгове около оркестъра, а други сто стояха прави по периметъра. Имаше и още, заели места на пътеките, облегнати на яките парапети и зяпащи надолу към водата, заслушани в музиката.

Лангдън започна да оглежда морето аморфни силуети в търсене на Сиена. Не се виждаше никъде. Вместо това видя хора със смокинги, вечерни рокли, бурки, дори туристи по къси панталони и блузи. Представителна извадка на човечеството, събрана в алената светлина, сякаш вземаше участие в някаква окултна литургия.

„Дори Сиена да е някъде тук, ще е почти невъзможно да я открием" – осъзна той.

В този момент покрай тях мина пълен мъж и тръгна нагоре, като кашляше. Брюдер веднага се обърна и го загледа изпитателно. Лангдън усети леко гъделичкане в гърлото си, но си каза, че е плод на въображението му.

Брюдер предпазливо стъпи на пътеката, като преценяваше накъде точно да тръгне. Все едно влизаха в лабиринта на Минотавъра. Пътеката бързо се разделяше на три, които на свой ред също се разделяха, образувайки висяща плетеница, увиснала над водата, виеща се между колоните и чезнеща в мрака.

„Сред мрачни дебри сам се озовах – помисли си Лангдън, спомняйки си зловещото начало на първата песен от шедьовъра на Данте, – че пътя прав загубих в тъмнината".

Погледна през парапета към водата. Беше дълбока около четири стъпки и изненадващо бистра. Виждаха се плочките по дъното, покрити с фин пласт тиня.

Брюдер хвърли бърз поглед надолу, изсумтя неопределено и отново се огледа.

– Виждате ли нещо, което да прилича на мястото от видеозаписа на Зобрист?

„Какво ли не" – помисли Лангдън, загледан в отвесните мокри стени до тях. Посочи най-отдалечения ъгъл на залата вдясно, далеч от платформата на оркестъра.

– Предполагам, че е някъде там.

Брюдер кимна.

– И аз мисля така.

Забързаха по пътеката и избраха дясното разклонение, което ги поведе в отдалечените кътчета на потъналия дворец.

Докато вървяха, Лангдън си даде сметка колко лесно може да се скрие човек на това място и да прекара нощта, без никой да го забележи. Зобрист може би бе направил точно това, за да запише видеото си. Разбира се, ако той бе щедрият спонсор на концертите, би могъл просто да помоли да остане известно време сам в цистерната.

„Не че това има някакво значение“.

Брюдер закрачи по-бързо, сякаш подсъзнателно следваше темпото на симфонията, което се засилваше в преливаща серия полутонове.

„Данте и Вергилий се спускат в ада“.

Лангдън напрегнато оглеждаше покритите с мъх стени от дясната им страна, като се мъчеше да ги сравни с видяното на видеозаписа. На всяко следващо разклонение завиваха надясно и се отдалечаваха още повече от тълпата, в посока към най-отдалечения ъгъл на залата. Лангдън погледна назад и остана поразен от разстоянието, което бяха изминали.

Вече почти тичаха, като подминаваха отделни мотаещи се туристи, но когато стигнаха най-дълбоките части на цистерната, вече нямаше никакви посетители.

Бяха сами.

– Всичко ми изглежда еднакво – отчаяно каза Брюдер. – Откъде да започнем?

Лангдън споделяше отчаянието му. Много добре си спомняше видеото, но не виждаше нищо, което да му изглежда познато.

Заразглежда слабо осветените табели по пътеката. На една пишеше, че цистерната може да побере осемдесет хиляди кубически метра вода. Друга посочваше уникална колона, откраднатa от близка сграда по време на строежа. Трета пък показваше схема на древно изображение, което вече бе заличено – Окото на плачещата кокошка, оплакваща всички роби, загинали при строежа на цистерната.

Табела с една-единствена дума върху нея накара Лангдън да се закове на място.

Брюдер също спря и се обърна.

– Какво има?

Лангдън посочи.

На табелата имаше стрелка с името на една от страховитите горгони, прочутите чудовищни жени.

МЕДУЗА =>

Брюдер прочете надписа и сви рамене.

– И какво?

Сърцето на Лангдън биеше бясно. Той знаеше, че Медуза е не само страшното създание със змии вместо коса, чийто поглед превръща всеки, който я погледне, в камък, но и един от важните подземни духове в древногръцкия пантеон... специфична категория, известна като хтонични чудовища

В дворец потънал надълбоко влезте...
защото там, в тъмата, хтоничното чудовище очаква...

„Тя сочи пътя" – осъзна Лангдън и се втурна по пътеката. Брюдер едва смогваше да не изостава, докато Лангдън се движеше на зигзаг в тъмното, следвайки указателните знаци. Накрая се озова на малка наблюдателна площадка недалеч от дясната стена на цистерната.

Пред него се разкриваше невероятна гледка.

От водата се издигаше колосален изваян мраморен блок – главата на Медуза с гърчещи се змии вместо коси. А най-странното бе, че главата беше поставена наопаки.

„Обърната като прокълнатите" – помисли Лангдън, представяйки си „Карта на Ада" от Ботичели и грешниците в Злите оврази.

Брюдер стигна задъхан при парапета до Лангдън и зяпна потресено преобърнатата глава на чудовището.

Лангдън подозираше, че главата, която сега служеше за постамент на една от колоните, вероятно е била взета отнякъде и използвана тук като евтин строителен материал. Причината да е обърната несъмнено се дължеше на суеверието, че тази позиция ще я лиши от злите ѝ сили. Въпреки това Лангдън не можеше да се отърси от връхлетялата го буря от плашещи мисли.

„Дантевият „Ад“. Краят. Центърът на земята. Където гравитацията се обръща. Където горе става долу“.

Настръхнал от лоши предчувствия, Лангдън присви очи през червеникавата мъгла около главата на чудовището. Повечето змии в косата на Медуза се намираха под водата, но очите ѝ бяха над повърхността и бяха обърнати наляво, загледани над лагуната.

Лангдън боязливо се наведе над парапета и завъртя глава, за да проследи погледа на статуята към познатия пуст ъгъл на потъналия дворец.

И го позна моментално.

Това беше мястото.

Кота нула на Зобрист.

92.

Агент Брюдер се наведе, провря се под парапета и скочи в стигащата до гърдите му вода. Дъното на цистерната беше хлъзгаво, но солидно. Той остана за момент на място, гледаше как концентричните кръгове се отдалечават от тялото му като ударни вълни.

За момент не смееше дори да диша. „Движи се бавно – каза си. – Не вълнувай водата“.

Лангдън стоеше горе на пътеката и се оглеждаше.

– Всичко е наред – прошепна той. – Никой не ви видя.

Брюдер се обърна към огромната преобърната глава на Медуза, която бе ярко осветена от червен прожектор. Гледано от тази височина, чудовището изглеждаше още по-огромно.

– Проследете погледа на Медуза през лагуната – прошепна Лангдън. – Зобрист си е падал по символизма и драмата... няма да се изненадам, ако е поставил творението си пред смъртоносните очи на Медуза.

„Големите умове мислят сходно“. Брюдер изпитваше благодарност, че американският професор бе настоял да дойде с него – познанията на Лангдън ги бяха довели почти незабавно до тази затънтена част на цистерната.

Звуците на симфонията „Данте“ продължаваха да отекват в далечината. Брюдер извади водонепроницаемото си фенерче „Товатек“, потопи го и натисна копчето. Яркият халогенен лъч прониза водата и освети пода на цистерната.

„Леко – напомни си Брюдер. – Не раздвижвай водата“.

Без нито дума той тръгна внимателно през лагуната, като газеше бавно и движеше методично фенерчето като някакъв подводен търсач на мини.

Стоящият на пътеката Лангдън започна да усеща тревожно стягане в гърлото. Въпреки влажността си въздухът в цистерната му се струваше застоял и с малко кислород. Докато Брюдер газеше внимателно в лагуната, професорът се опитваше да увери сам себе си, че всичко ще е наред.

„Пристигнахме навреме.

Торбата е непокътната.

Хората на Брюдер могат да се справят с това".

Но въпреки това беше ужасно нервен. Открай време страдаше от клаустрофобия и знаеше, че ще се чувства неспокойно тук долу при каквито и да било обстоятелства. „Всички тези стотици тонове земя отгоре... поддържани само от рушащи се колони".

Пропъди тази мисъл от главата си и отново се огледа дали някой не проявява нездрав интерес към тях.

Нищо.

Единствените хора наблизо стояха на други пътеки и гледаха в обратната посока, към оркестъра. Като че ли никой не беше забелязал Брюдер, който бавно вървеше през водата.

Лангдън върна погледа си към водача на екипа от НБР, чието фенерче сияеше призрачно пред него и осветяваше пътя.

Внезапно периферното му зрение забеляза някакво движение отляво – зловеща черна фигура, която се надигна от водата пред Брюдер. Лангдън рязко се завъртя и впери поглед в мрака; почти очакваше да види някакъв левиатан, надигнал се над водната повърхност.

Брюдер беше замрял. Явно също бе забелязал фигурата.

Беше трептяща и черна и се издигаше на десетина метра нагоре по стената. Призрачен силует, почти идентичен с онзи на чумния лечител от видеозаписа на Зобрист.

„Сянка – осъзна Лангдън и издиша с облекчение. – Сянката на Брюдер".

Сянката се беше появила, когато Брюдер бе минал покрай поставен под водата прожектор – точно като сянката на Зобрист от посланието.

– Това е мястото – каза Лангдън. – Близо сте.

Брюдер кимна и внимателно продължи. Лангдън го последва по пътеката. Докато агентът се отдалечаваше все повече и повече, Лангдън се озърна назад към оркестъра, за да провери дали някой не ги е забелязал.

Нищо.

Когато Лангдън отново се обърна към Брюдер, някакъв блясък на отразена светлина в краката му привлече вниманието му.

Той погледна надолу и видя малка червена локвичка.

Кръв.

Странното бе, че бе стъпил в нея.

„Това моя кръв ли е?“

Не чувстваше болка, но въпреки това трескаво започна да се проверява за някаква рана или може би реакция на невидим токсин във въздуха. Докосна носа си, погледна ноктите, провери ушите си.

Озадачен откъде може да е дошла кръвта, Лангдън се огледа и за пореден път се увери, че е сам на пътеката.

Погледна отново локвата и този път забеляза малка струйка, която вървеше по пътеката и се събираше в краката му. Червената течност като че ли идваше някъде отпред и се стичаше по наклона.

„Там има ранен човек“ – помисли Лангдън, хвърли поглед към Брюдер и бързо закрачи по пътеката, следвайки струята. С приближаването към стената тя стана по-широка и течеше по-силно. „Какво е това, за бога?“ Струята вече се беше превърнала в малко поточе. Лангдън се затича, следвайки го чак до стената, където пътеката изведнъж свършваше.

Задънена улица.

В полумрака видя голяма локва, проблясваща в червено, сякаш някой току-що е бил заклан тук.

И докато гледаше как течността капе от пътеката в цистерната, осъзна, че първоначалната му преценка е грешна.

„Това не е кръв“.

Червените светлини в огромната зала, съчетани с червения цвят на пътеката, бяха причина за илюзията и придаваха на бистрите капки червеникавочерен оттенък.

„Това е просто вода“.

Вместо да му донесе облекчение, откритието го изпълни със страх. Лангдън впери поглед в локвата, но вече чуваше плясъка на водата в подпорите... и стъпки.

„Някой е излязъл от водата тук“.

Рязко се завъртя да предупреди Брюдер, но той бе твърде далеч, а музиката беше преминала във фортисимо на духови инструменти и тимпани. Беше оглушителна. Лангдън внезапно усети някакво присъствие до себе си.

„Не съм сам“.

Лангдън много бавно се обърна към стената, пред която свършваше пътеката. На три метра от него, скрита в тъмните сенки, имаше някаква заоблена форма, подобна на голям камък, покрит с черен плат, насред локва вода. Формата бе напълно неподвижна.

А после се раздвижи.

Издължи се, лишената от черти глава се вдигна нагоре.

„Човек в черна бурка“ – осъзна Лангдън.

Традиционното islamско облекло покриваше цялата кожа, но когато забулената глава се обърна към Лангдън, той видя две тъмни очи, които се взираха напрегнато в него през тясната цепка на дрехата.

Позна ги на мига.

Сиена Брукс изхвърча от скривалището си. Само с една крачка премина в спринт, блъсна Лангдън и го просна на пътеката, след което продължи да тича.

93.

Агент Брюдер стоеше неподвижно насред лагуната. Халогенният лъч на фенерчето му току-що се бе отразил в метал на дъното на цистерната.

Със затаен дъх Брюдер направи предпазлива крачка, като внимаваше да не раздвижва водата. Вече можеше да различи гладкия правоъгълник от титан на дъното.

„Табелата на Зобрист".

Водата бе толкова бистра, че той почти успяваше да разчете утрешната дата и текста:

НА ТОВА МЯСТО И НА ТОЗИ ДЕН
СВЕТЪТ СЕ ПРОМЕНИ ЗАВИНАГИ.

„Как ли пък не – помисли Брюдер. Увереността му се възвръщаше. – Разполагаме с няколко часа да спрем това".

Припомни си видеозаписа на Зобрист, бавно насочи фенерчето наляво от табелата и затърси завързаната торба от разтворим найлон. Лъчът освети тъмна вода и обърканият Брюдер напрегна очи.

„Няма никаква торба".

Премести лъча още наляво, точно към мястото, където беше видял торбата на записа.

Пак нищо.

„Но... тя трябва да е тук!"

Стиснал зъби, Брюдер направи още една предпазлива крачка напред, като бавно осветяваше целия район.

Нямаше никаква торба. Само табелата.

За един изпълнен с надежда миг си помисли, че може би тази заплаха, подобно на толкова други неща днес, е просто илюзия.

„Нима всичко това е било измама?

Нима Зобрист е искал само да ни уплаши?!“

И тогава го видя.

Отляво на табелата, едва различимо на дъното, имаше въже. Приличаше на някакъв умрял червей. В края му имаше малка пластмасова щипка, от която висяха няколко парчета разтворим найлон.

Впери поглед в разпокъсаните останки от прозрачната торба. Те висяха от края на въжето като останките от спукан детски балон.

Истината бавно изпълни съзнанието му.

„Закъснели сме!“

Представи си как торбата се разтваря и разлага... как смъртоносното ѝ съдържание се разнася във водата... и изплува на мехури на повърхността на лагуната.

С треперещ пръст изключи фенерчето и остана за момент в тъмното, като се опитваше да събере мислите си.

А те бързо преминаха в молитва.

„Бог да ни е на помощ!“

– Агент Брюдер, повторете! – извика Сински в радиостанцията, докато слизаше по стълбите, за да хване сигнала по-добре. – Не разбрах!

Топлият вятър духаше покрай нея нагоре към зейналия вход. Екипът от НБР беше пристигнал и членовете му се приготвяха зад сградата, като се опитваха да крият защитните си костюми и чакаха преценката на Брюдер.

– ... разкъсана торба... – изпращя гласът на Брюдер по радиостанцията – ... и ... изтекло.

„Какво?!“ Сински се замоли да е чула погрешно и се втурна надолу.

– Повторете! – нареди тя, докато наближаваше края на стълбището.

Този път гласът на Брюдер прозвуча много по-ясно.

– ... повтарям... заразата е разпръсната!

Сински залитна и едва не падна по стълбите. „Как е възможно?!“

– Торбата се е разтворила – рязко каза гласът на Брюдер. – Заразата е във водата!

Студена пот обля доктор Синскi, докато вдигаше очи и се опитваше да възприеме разкрилия се пред нея подземен свят. През червеникавата мъгла видя огромна водна шир, от която се издигаха стотици колони. Но най-вече видя хората.

Стотици хора.

Взираше се в нищо неподозиращата тълпа, затворена в подземния смъртен капан на Зобрист. Реагира по инстинкт.

– Агент Брюдер, незабавно елате тук. Започваме веднага да евакуираме хората.

Отговорът на Брюдер дойде моментално.

– Категорично не! Затворете вратите! Никой да не излиза!

Елизабет Сински бе директор на Световната здравна организация и беше свикнала заповедите ѝ да се изпълняват безпрекословно. За миг си помисли, че не е разбрала думите на агента от НБР.

– Доктор Сински! – извика Брюдер през музиката. – Разбрахте ли ме? Затворете проклетите врати!

Повтори нареждането, но това беше ненужно. Сински знаеше, че е прав. Пред лицето на възможна пандемия ограничаването на заразата беше единствената възможност.

Тя машинално посегна и докосна амулета си от лазурит. „Жертвай неколцина, за да спасиш много“. Решително доближи радиостанцията до устните си.

– Разбрано, агент Брюдер. Ще дам заповед за затваряне на вратата.

И тъкмо да обърне гръб на ужасната цистерна и да нареди да запечатат района, забеляза в тълпата внезапна суматоха.

Някаква жена с черна бурка тичаше към нея по пълната с хора пътека, като разблъскваше хората. Забулената фигура като че ли се носеше право към Сински и изхода.

„Гонят я“ – осъзна Сински, когато забеляза тичащия зад нея мъж.

И замръзна. „Това е Лангдън!“

Погледът ѝ отново се стрелна към жената с бурката, която тичаше бързо и викаше нещо на турски на хората на пътеката. Сински не знаеше турски, но ако се съдеше по паническата реакция на хората, думите на жената явно бяха еквивалент на вика „Пожар!“ в пълен театър.

Вълна на паника премина през тълпата и изведнъж не само забулената жена и Лангдън тичаха към стълбите. Всички се втурнаха към тях.

Сински обърна гръб на приближаващата човешка лавина и закрещя отчаяно нагоре:

– Заключете вратата! Запечатайте цистерната! ВЕДНАГА!

Когато Лангдън взе с пързаляне завоя за стълбите, Сински вече ги беше преполовила и продължаваше нагоре, като крещеше с всички сили да затворят вратите. Сиена Брукс я следваше по петите, но тежката ѝ мокра бурка я забавяше.

Лангдън тичаше след тях, следван от вълната ужасени хора.

– Запечатайте изхода! – отново извика Сински.

Дългите крака на Лангдън вземаха по три стъпала наведнъж и той бързо настигаше Сиена. Горе тежките двойни врати на цистерната започнаха да се затварят.

„Твърде бавно!“

Сиена настигна Сински, сграбчи рамото ѝ и го използва като опора, за да се оттласне и да продължи към изхода. Сински падна на колене, любимият ѝ амулет се удари в цимента и се строши на две.

Лангдън потисна инстинкта да спре и да помогне на падналата жена и профуча покрай нея.

Сиена вече беше съвсем близо, почти на ръка разстояние, но успя да стигне площадката, а вратите не се затваряха достатъчно бързо. Без да забавя крачка, Сиена завъртя стройното си тяло настрани и скочи през тесния отвор.

Беше минала наполовина през вратата, когато бурката ѝ се закачи на дръжката и я спря на самия праг, само на сантиметри от свободата. Докато тя се мъчеше да се освободи, ръката на Лангдън сграбчи края на бурката. Той държеше здраво, опитваше се да я изтегли обратно, но тя се загърчи трескаво – и изведнъж Лангдън се оказа само с мокър плат в ръката.

Вратата се затръшна, като едва не смаза пръстите му. Смачканият плат беше прещипан между вратите и мъжете отвън не можеха да ги затворят плътно.

През тесния процеп Лангдън видя как Сиена Брукс спринтира през оживената улица, голата ѝ глава лъщеше на светлината на лампите. Носеше същия пуловер и джинси, с които бе през целия ден. Лангдън внезапно беше залят от парещото, болезнено чувство, че е предаден.

Чувството продължи само миг. Неочаквана, смазваща тежест притисна Лангдън във вратата.

Човешката лавина го беше настигнала.

По стълбището ехтяха ужасени викове. Натискът на напиращите хора в гърба на Лангдън се засили. Гръдният му кош започна да се свива болезнено.

Изведнъж вратите се отвориха рязко навън и Лангдън излетя в нощта като тапа на шампанско. Залитна на тротоара и едва не падна. Зад него поток от хора заблика от земята, подобно на мравки, спасяващи се от разровен мравуняк.

Агентите от НБР, чули цялата суматоха и хаос, излизаха иззад сградата. Появата им в пълна защитна екипировка и с дихателни маски незабавно засили паниката.

Лангдън затърси с поглед Сиена. Виждаше единствено натоварен трафик, блясък на фарове и бъркотия.

И тогава за един кратък миг надолу по улицата лъсна бледа гола глава на жена, която се стрелна по оживения тротоар и изчезна зад един ъгъл.

Лангдън се огледа отчаяно назад в търсене на Сински, полицията или някой агент от НБР без тежък защитен костюм.

Нищо.

Разбра, че трябва да се оправя сам.

И без капка колебание се втурна след Сиена.

Далеч долу, в най-затънтения край на цистерната, агент Брюдер стоеше съвсем сам в дълбоката до кръста вода. Звуците на пандемониума отекваха в мрака, докато полудели туристи и музиканти се блъскаха към изхода и изчезваха нагоре по стълбите.

„Не са успели да затворят вратата – с ужас осъзна Брюдер. – Ограничаването на заразата се провали“.

94.

Робърт Лангдън не беше кой знае какъв бегач, но от годините плуване краката му бяха яки, а крачката – дълга. Той стигна до ъгъла за секунди и когато зави, се озова на по-широка улица. Очите му трескаво огледаха тротоарите.

„Трябва да е някъде тук!“

Дъждът бе спрял и цялата добре осветена улица се виждаше ясно. Нямаше места за криене.

И въпреки това Сиена беше изчезнала.

Единственото движение бе на петдесетина метра напред, където новичък истанбулски otobüs потегляше от спирката си.

„Да не би да се е качила в автобуса?“

Изглеждаше твърде рисковано. Би ли влязла сама в капан, щом знаеше, че всички ще я издирват? Но пък ако смяташе, че никой не я е видял, и ако автобусът тъкмо е тръгвал, предлагайки ѝ идеална възможност...

„Може би“.

На покрива на автобуса имаше електронна табела, на която светеше една-единствена дума: ГАЛАТА.

Лангдън се втурна към един възрастен мъж, който стоеше под навеса на малък ресторант. Човекът беше елегантно облечен в бродирана туника и носеше бял тюрбан.

– Извинете – задъхано каза Лангдън, когато стигна до него. – Говорите ли английски?

– Разбира се – отвърна мъжът, малко стреснат от напрегнатия му тон.

– *Галата?!* Това някакъв дворец ли е?

– Галата ли? – отвърна мъжът. – Мостът Галата? Или кулата? Или пристанището?

Лангдън посочи отдалечаващия се автобус.

– Галата! Където отива автобусът!

Мъжът с тюрбана погледна след автобуса и се замисли за момент. После каза:

– Мостът Галата. Излиза от стария град и пресича залива.

Лангдън изстена. Огледа отново улицата. Сиена не се виждаше никаква. Вече навсякъде ревяха сирени на коли за спешно реагиране, които се носеха към цистерната.

– Какво става? – попита мъжът разтревожено. – Някаква катастрофа ли?

Лангдън отново погледна след автобуса. Знаеше, че рискува, но нямаше друг избор.

– Да, господине – отвърна той. – Има извънредна ситуация и се нуждая от помощта ви. – Посочи към бордюра, където прислужник от ресторанта току-що беше докарал лъскаво сребристо бентли. – Тази кола ваша ли е?

– Да, но...

– Трябва да ме закарате – прекъсна го Лангдън. – Зная, че не се познаваме, но става нещо ужасно. Въпрос на живот и смърт е.

Мъжът с тюрбана го погледна внимателно в очите, сякаш гледаше в душата му. После кимна и каза:

– Качвайте се.

Бентлито потегли с рев и Лангдън се вкопчи в дръжката. Мъжът явно бе опитен шофьор и се наслаждаваше на предизвикателствата на натоварения трафик, докато се мъчеше да настигне автобуса.

След по-малко от три пресечки бентлито се намираше точно зад автобуса. Лангдън се наведе напред и погледна. Вътрешността на автобуса беше слабо осветена и той успя да различи единствено смътните силуети на пътниците.

– Следвайте автобуса, моля – каза Лангдън. – Имате ли телефон?

Мъжът извади от джоба си мобилен телефон и го подаде на Лангдън, който му благодари и със закъснение си даде сметка, че няма представа на кого да се обади. Не знаеше номерата на Сински и Брюдер, а едно обаждане до централата на СЗО в Швейцария щеше да отнеме цяла вечност. Не, имаше друго решение.

– Как мога да се свържа с местната полиция? – попита той.

– Едно пет пет – отвърна мъжът. – От територията на целия град.

Лангдън набра трите цифри и зачака. Чакането се проточи ужасно. Накрая отговори записан глас, който съобщи на турски и английски, че поради многото обаждания ще се наложи да изчака. Лангдън се запита дали причината за това не е кризата при цистерната.

В потъналия дворец в момента сигурно цареше пълен пандемониум. Лангдън си представи как Брюдер излиза от лагуната и се запита какво ли е открил. Имаше гадното чувство, че знае.

„Сиена ни изпревари".

Стоповете на автобуса светнаха и той спря на някаква спирка. Шофьорът на бентлито също спря на петнайсетина метра зад него, като осигури на Лангдън идеален изглед към пътниците, които слизаха и се качваха. Слязоха само трима – всичките мъже, но въпреки това Лангдън ги огледа внимателно. Много добре си даваше сметка за уменията на Сиена в дегизирането.

Погледът му отново се насочи към задния прозорец. Беше затъмнен, но сега светлините вътре светеха по-силно и Лангдън виждаше пътниците по-ясно. Той се наведе напред и проточи врат, почти долепил лице до прозореца на колата.

„Само дано не съм сгрешил!"

И тогава я видя.

В задната част на автобуса, с гръб към него – две слаби рамене, на които бе кацнала бръсната глава.

„Това може да е само Сиена".

Когато автобусът потегли, светлините отново намаляха. В секундата преди да изчезне в тъмното, главата се обърна назад и погледна през прозореца.

Лангдън се дръпна назад в сенките на бентлито. „Дали ме видя?" Шофьорът с тюрбана вече потегляше след автобуса.

Улицата се спускаше към вода и отпред Лангдън видя светлините на нисък мост над тесен залив. Изглеждаше задръстен. Всъщност целият район беше задръстен.

– Пазарът на подправките – каза мъжът. – Много популярно място през дъждовните вечери.

И посочи надолу към брега, където се виждаше невероятно дълга сграда, тънеща в сянката на една от най-забележителните джамии на Истанбул – Новата джамия, ако не се лъжеше Лангдън, доколкото можеше да се съди по височината на прочутите ѝ две минарета. Пазарът на подправките изглеждаше по-голям от повечето американски супермаркети и хората влизаха и излизаха на тълпи през огромния му засводен вход.

– Alo? – обади се тънък глас някъде в колата. – Acil Durum! Alo?!

Лангдън погледна телефона в ръката си. „Полицията!"

– Да, ало! – каза в микрофона. – Казвам се Робърт Лангдън. Работя със Световната здравна организация. Имате сериозна криза при градската цистерна и в момента преследвам виновника за нея. Жена. Намира се в автобус недалеч от Пазара на подправките и се движи към...

– Един момент, моля – операторът. – Ще ви свържа с дежурния.

– Не, чакайте! – Но отново го бяха сложили на изчакване.

Шофьорът на бентлито го погледна уплашено.

– Криза при цистерната ли?

Лангдън се канеше да обясни, но лицето на шофьора внезапно стана червено като на демон.

„Стопове!"

Шофьорът рязко завъртя глава и бентлито наби спирачки точно зад автобуса. Светлините вътре светнаха отново и Лангдън видя Сиена съвсем ясно. Тя стоеше при задната врата, дърпаше яростно аварийната спирачка и удряше вратата, за да слезе от автобуса.

„Видяла ме е" – осъзна Лангдън. Несъмнено беше видяла и задръстването на моста и знаеше, че не бива да попада в него.

Лангдън веднага отвори вратата, но Сиена вече беше изхвърчала от автобуса и бягаше в нощта. Лангдън метна телефона на собственика му и извика:

– Кажете на полицията какво стана! Кажете им да отцепят района!

Мъжът с тюрбана кимна уплашено.

– И благодаря! – извика Лангдън. – Teşkkürler!

И се втурна след Сиена, която тичаше право към тълпите около Пазара на подправките.

95.

Тристагодишният Пазар на подправките в Истанбул е един от най-големите покрити пазари на света. Построен е във формата на буквата Г и има осемдесет и осем помещения с куполи, разделени на стотици сергии, на които търговците гръмко предлагат зашеметяващо изобилие от всякакви вкусотии от цял свят – подправки, плодове, билки и вездесъщия турски деликатес – локум.

Входът на пазара, огромен каменен портал с готическа арка, се намира на ъгъла на Чичек Пазаръ и улица „Тахмиз“; твърди се, че през него минават по повече от триста хиляди души на ден.

Докато приближаваше оживения вход, Лангдън имаше чувството, че в момента тук са се събрали всички тези триста хиляди души. Все още тичаше с всички сили, без да откъсва поглед от Сиена. Тя бе само на двайсет метра пред него и се носеше право към входа на пазара, без изобщо да забавя крачка.

Сиена стигна портала и хвърли поглед назад. И Лангдън видя в очите ѝ уплашено малко момиче, което бяга... отчаяно и почти обезумяло.

– Сиена! – извика той.

Но тя се хвърли в морето от хора и изчезна.

Лангдън се втурна след нея, като блъскаше и буташе, проточил врат над тълпата. Сиена бягаше през западния коридор на пазара, от лявата му страна.

От двете страни бяха наредени препълнени съдове с екзотични подправки – индийско къри, ирански шафран, китайски чай – и зашеметяващите им цветове създаваха същински тунел от жълти, кафяви и златни нюанси. На всяка крачка Лангдън се сблъскваше с нов аромат – пикантна миризма на гъби, горчиви корени, мускус

– и всичко това се смесваше във въздуха с оглушителния хор на езици от целия свят. Резултатът беше замайващ порой от дразнители за сетивата... на фона на непрестанната глъчка на хора.

Хиляди хора.

Смазващ пристъп на клаустрофобия сграбчи Лангдън и той едва не спря, но се овладя и продължи. Виждаше как Сиена си пробива устремно път между хората. Явно смяташе да бяга до края... какъвто и да се окажеше той за нея.

За момент Лангдън се запита защо изобщо я гони.

За да си получи заслуженото? Като се имаше предвид какво беше направила, Лангдън изобщо не можеше да си представи що за наказание я чака.

Да предотврати пандемия? Стореното вече бе сторено и връщане нямаше.

Докато бързаше през океана от непознати, Лангдън внезапно осъзна защо иска така силно да спре Сиена Брукс.

„Искам отговори".

Само на десет метра пред него Сиена се насочваше към един изход в края на западната част на пазара. Отново погледна през рамо и на лицето ѝ се изписа тревога, когато видя, че Лангдън я настига. И докато се обръщаше напред, се препъна и падна.

Главата ѝ се блъсна в рамото на човека пред нея. Докато падаше, Сиена протегна ръка, за да се задържи за нещо. Намери единствено ръба на буре кестени, отчаяно се вкопчи в него и го преобърна, пръскайки цялото му съдържание по пода.

С три крачки Лангдън стигна мястото, където беше паднала, но видя само преобърнатото буре и кестените. Не и Сиена.

Продавачът крещеше като полудял.

„Къде се дяна?!"

Лангдън се огледа, но Сиена някак беше успяла да изчезне. Когато погледът му се спря на западния изход на петнайсетина метра от него, той разбра, че драматичното ѝ падане изобщо не е било случайно.

Втурна се към изхода и изскочи на огромен площад, също препълнен с хора. Спря и трескаво се заоглежда, но напразно.

Точно пред него, от другата страна на широката улица, мостът Галата се протягаше през широките води на Златния рог. Двете минарета на Новата джамия се издигаха отдясно на Лангдън и сияеха ярко над площада. Отляво имаше само открито пространство... пълно с хора.

Ревът на клаксони отново го накара да погледне към улицата, отделяща площада от водата. Сиена вече се беше отдалечила на сто метра и пресичаше тичешком натоварената улица, като едва не бе смазана между два камиона. Тичаше към морето.

Отляво на Лангдън, на брега на Златния рог, цареше оживление – фериботи, автобуси, таксита, туристически корабчета.

Лангдън се втурна към улицата, стигна загражденията, издебна удобен момент да ги прескочи и успешно пресече първото платно. За петнайсет секунди, почти ослепен от ярките фарове и оглушен от гневни клаксони, успя да стигне до отсрещната страна, като спираше, тръгваше и размахваше ръце, докато най-сетне прескочи парапета и се озова на тревистия бряг.

Сиена се бе отдалечила още повече и сега тичаше покрай такситата и автобусите към кейовете, където се виждаха всякакви съдове – туристически корабчета, водни таксита, рибарски гемии, скутери. Светлините на града примигваха по западния бряг на Златния рог и Лангдън не се съмняваше, че ако Сиена успее да стигне до отсрещната страна, сигурно никога няма да я открие.

Лангдън най-сетне стигна до водата, зави наляво и се втурна по алеята, следван от стреснатите погледи на туристите, които чакаха на опашки да се качат на флотилията от крещящо украсени плаващи ресторанти, покрити с куполи като джамии, апликации от фалшиво злато и мигащи неонови светлини.

„Лас Вегас на Босфора“ – мислено изстена Лангдън, докато тичаше покрай целия този кич.

Видя Сиена далеч напред. Тя вече не тичаше. Беше спряла на един кей за частни катери и се молеше на един от собствениците.

„Не я качвай!“

Когато наближи, Лангдън видя, че Сиена се моли на млад мъж, който стоеше зад кормилото на лъскав катер. Мъжът се усмихваше вежливо, но клатеше отрицателно глава. Сиена продължаваше да жестикулира, но собственикът на лодката явно ѝ отказа категорично и ѝ обърна гръб.

Докато Лангдън тичаше с все сили, Сиена се обърна към него. Лицето ѝ беше маска на отчаяние. Под нея двата двигателя изреваха, разпениха водата и катерът се отдели от кея.

Сиена изведнъж скочи, прелетя над водата и падна тежко на кърмата на катера. Усетил удара, мъжът зад кормилото се обърна и я зяпна изумено. Дръпна ръчката на газта и спря катера, който вече се намираше на двайсет метра от кея. Като викаше гневно, мъжът се надигна и пристъпи към нежеланата пътничка.

А Сиена приклекна, сграбчи го за китката и използва собствената му инерция, за да го метне през борда. Мъжът падна във водата с главата надолу. След секунди изплува, като плюеше и крещеше ругатни.

Сиена небрежно му хвърли спасителен пояс, отиде до кормилото и бутна двете ръчки напред.

Двигателите изреваха и катерът потегли.

Лангдън стоеше на кея и гледаше как лъскавият бял корпус се плъзга по водата и се превръща в призрачна сянка в нощта. Сиена вече можеше да стигне не само до отсрещния бряг, но и имаше достъп до почти безкрайната мрежа от канали, минаващи от Черно до Мраморно море.

„Изчезна“.

Собственикът на катера излезе от водата и забърза да се обади на полицията.

Докато гледаше как светлините на откраднатия катер изчезват в нощта, Лангдън се почувства ужасно сам. Воят на двата двигателя също затихваше.

А после те изведнъж замлъкнаха.

Лангдън впери поглед в далечината. „Да не би да е изключила двигателите?“

Светлините на лодката като че ли престанаха да се отдалечават и сега се поклащаха на малките вълни на Златния рог. Неизвестно защо Сиена Брукс бе спряла.

„Да не би да ѝ е свършило горивото?"

Той доближи ръка до ухото си, заслуша се и чу тихото пърпорене на двигателите.

„Щом има гориво, какво прави?"

Зачака.

Десет секунди. Петнайсет. Половин минута.

Накрая двигателите изреваха отново, отначало с неохота, но после по-решително. За изумление на Лангдън светлините на лодката започнаха да описват широка дъга и носът се обърна към него.

„Връща се!"

Катерът се приближи и Лангдън видя Сиена на кормилото. Тя се взираше с празен поглед напред. На трийсетина метра от него върна лодката до кея, от който беше тръгнала, и изключи двигателите.

Тишина.

Лангдън я гледаше изумено.

Сиена така и не погледна нагоре.

Вместо това скри лице в дланите си. Започна да трепери, раменете ѝ се отпуснаха и се разтресоха. Когато най-сетне погледна Лангдън, очите ѝ бяха пълни със сълзи.

– Робърт – изхлипа тя. – Вече не мога да бягам. Нямам къде да отида.

96.

„Изпуснахме го“.

Елизабет Сински стоеше на стълбището и се взираше в грамадната опустяла зала. Дишането ѝ бе затруднено от маската. Макар че най-вероятно вече бе заразена от патогена, изпитваше облекчение, че носи защитен костюм, когато слезе с екипа от НБР в цистерната. Всички бяха облечени в бели костюми с херметични шлемове и приличаха на астронавти, проникващи в извънземен космически кораб.

Сински знаеше, че стотици посетители и музиканти са се скупчили объркано горе. Много от тях бяха пострадали в навалицата и сега им оказваха помощ. Други бяха избягали. Самата тя се смяташе за щастливка, че се е отървала само с натъртено коляно и счупен амулет.

„Само една зараза се разпространява по-бързо от вирусите – помисли си Сински. – Страхът“.

Вратите горе вече бяха заключени, запечатани херметично и охранявани от местните власти. Сински бе очаквала сериозна разправия с пристигането на местните власти, но потенциално конфликтната атмосфера се разсея в мига, когато видяха защитните костюми на екипа и чуха предупрежденията на Сински за опасност от чума.

„Оставени сме да се оправяме сами – помисли си директорката на СЗО, докато се взираше в гората от колони, отразяващи се в лагуната. – Никой не иска да слиза тук“.

Зад нея двама агенти опъваха огромен полиуретанов лист през стълбището и го закрепваха за стената с духалка на горещ въздух. Други двама си бяха избрали място на пътеката и подготвяха електронната апаратура, сякаш им предстоеше оглед на местопрестъпление.

„Точно това е – помисли Сински. – Местопрестъпление“.

Отново си представи жената с мократа бурка, която беше избягала от цистерната. Сиена Брукс бе рискувала собствения си живот, за да саботира опитите на СЗО да овладее ситуацията и да изпълни извратената мисия на Зобрист. „Дошла е и е разкъсала торбата...“

Лангдън беше хукнал да гони Сиена в нощта и Сински нямаше представа какво се е случило.

„Дано професорът да е в безопасност“ – помисли си.

Агент Брюдер стоеше мокър на пътеката, взираше се в обърнатата глава на Медуза и се чудеше как да продължат.

Като агент от НБР, Брюдер бе обучен да мисли мащабно, като загърбва непосредствените етични или лични проблеми и се съсредоточава върху спасяването на колкото се може повече хора в дългосрочен план. До този момент почти не беше обръщал внимание на опасностите за собствения му живот. „Аз нагазих в това нещо – помисли си той, като се ругаеше за рискованото действие и в същото време си даваше сметка, че не е имал друг избор. – Трябваше незабавно да преценим ситуацията“.

Насили се да мисли за непосредствената задача – изпълняването на план Б. За съжаление при подобен вид кризи планът винаги беше един и същ – *разширяване на радиуса.* Борбата със заразна болест приличаше на борба с горски пожар – понякога се налага да отстъпиш и да изгубиш битка с надеждата да спечелиш войната.

Засега Брюдер все още не се беше отказал от идеята, че е възможно пълно овладяване на заразата. Най-вероятно Сиена Брукс бе разкъсала торбата само минути преди масовата истерия и евакуацията. Ако наистина беше така, стотиците избягали хора вероятно се бяха намирали достатъчно далеч от патогена, за да не се заразят.

„Всички с изключение на Лангдън и Сиена – осъзна Брюдер. – И двамата бяха тук, в центъра, а сега са някъде навън“.

Имаше и друга проблем – пропуск в логиката, който продължаваше да го тормози. Той така и не бе открил самата торба. Ако Сиена я беше разкъсала по един или друг начин, останките ѝ трябваше да се носят някъде наблизо в лагуната.

Но той не беше открил нищо. Парчетата от торбата сякаш бяха изчезнали. Брюдер сериозно се съмняваше, че Сиена ги е взела със себе си, тъй като на този етап те вече би трябвало да представляват пихтиеста разтваряща се маса.

„Тогава къде е тя?“

Имаше неприятното усещане, че пропуска нещо. Въпреки това се съсредоточи върху нова стратегия за овладяване, която изискваше отговор на един жизненоважен въпрос.

„Какъв е радиусът на заразяване в момента?“

Знаеше, че ще научи отговора след минути. Хората му бяха разположили преносими устройства за засичане на вируси по пътеките на различни разстояния от лагуната. Тези устройства използваха така наречената полимеразна верижна реакция за откриване на вирусно заразяване.

Агентът от НБР все още таеше надежда. Тъй като водата в лагуната бе неподвижна и изминалото време беше малко, той бе сигурен, че устройствата ще засекат сравнително малък район на замърсяване, който след това можеше да бъде третиран с химикали или изпомпан.

– Готови? – извика един техник с мегафон в ръка.

Разположените из цистерната агенти вдигнаха палци.

– Започнете тестовете – изпращя мегафонът.

Агентите наклякаха и включиха засичащите устройства. Всяко анализираше проба от мястото, на която се намираше операторът; самите оператори бяха разположени в разширяващи се дъги около табелата на Зобрист.

В цистерната се възцари тишина. Всички чакаха и се молеха да видят само зелени светлини.

И тогава се случи.

На най-близкия до Брюдер уред замига червена светлина. Мускулите на агента се напрегнаха и погледът му се премести към следващия уред.

Той също замига в червено.

„Не!“

Из цялата зала се надигна изумено мърморене. Брюдер с ужас гледаше как едно по едно устройствата светват в червено, чак до изхода от цистерната.

„Господи...“ – помисли си той. Морето от мигащи червени светлини рисуваше напълно ясна картина.

Радиусът на заразяването беше огромен.

Вирусът беше плъзнал из цялата цистерна.

97.

Робърт Лангдън гледаше безмълвно Сиена Брукс.

– Сигурна съм, че ме презираш – изхлипа тя и го погледна с насълзени очи.

– Да те презирам ли?! – възкликна Лангдън. – Та аз нямам никаква представа *коя* си ти! Досега само си ме лъгала!

– Знам – тихо каза тя. – Съжалявам. Опитвах се да направя онова, което е правилно.

– Като пуснеш чумата ли?

– Не, Робърт. Не разбираш.

– Напротив, *разбирам*! – отвърна Лангдън. – Разбирам, че си влязла във водата и си скъсала разтворимата торба! Искала си да освободиш вируса на Зобрист преди някой да успее да го неутрализира!

– Разтворима торба ли? – Сиена го погледна объркано. – Не зная за какво говориш. Робърт, отидох в цистерната да *спра* вируса на Бертран... да го *открадна* и да направя така, че да изчезне завинаги... за да не може никой да го изучи, в това число доктор Сински и СЗО.

– Да го откраднеш ли? Защо да го криеш от СЗО?

Сиена пое дълбоко дъх.

– Има много неща, които не знаеш, но вече всичко е без значение. Пристигнахме твърде късно, Робърт. Така и нямахме шанс.

– Разбира се, че имахме шанс! Вирусът щеше да се освободи чак *утре*! Утре е избраната от Зобрист дата и ако не беше влязла във водата...

– Робърт, *не съм* пускала вируса! – извика Сиена. – Влязох във водата и се опитах да го намеря, но беше късно. Там нямаше нищо.

– Не ти вярвам – каза Лангдън.

– Знам. И не те обвинявам. – Тя бръкна в джоба си и извади подгизнала брошура. – Но може би това ще помогне. – Подхвърли брошурата на Лангдън. – Намерих я точно преди да вляза в лагуната.

Лангдън улови брошурата и я отвори. Беше концертната програма за седемте изпълнения на симфонията „Данте" в цистерната.

– Погледни датите – каза тя.

Лангдън прочете датите и после ги прочете отново, озадачен от това, което виждаше. Беше останал с впечатлението, че тази вечер е първият концерт – първият от общо седем в рамките на една седмица, замислени да примамят хората в заразената с чума цистерна. В програмата обаче се казваше нещо съвсем различно.

– Значи днес е *последната* вечер? – попита той. – Оркестърът е свирил цяла седмица?

Сиена кимна.

– И аз се изненадах не по-малко от теб. – Гледаше го сериозно. – Вирусът е вече навън, Робърт. От цяла *седмица*.

– Не е възможно – възрази Лангдън. – Срокът е *утре*. Зобрист дори е оставил табела с датата.

– Да, видях табелата във водата.

– В такъв случай знаеш, че тя сочи *утрешния* ден.

Сиена въздъхна.

– Робърт, познавах добре Бертран. По-добре, отколкото съм признавала пред теб. Той беше учен, човек, търсещ резултати. Сега разбирам, че датата върху табелата не е датата на *пускане* на вируса. А нещо друго, нещо по-важно за целта му.

– И какво е то?

Сиена го гледаше сериозно от лодката.

– Това е датата на глобалното насищане – математическа проекция на датата, след която вирусът ще се е разпространил по целия свят... и ще е заразил всеки човек.

Думите ѝ накараха Лангдън да потръпне, но въпреки това той продължаваше да подозира, че тя го лъже. Версията ѝ имаше фатален недостатък, а Сиена Брукс вече беше доказала, че би излъгала за всичко.

– Има един проблем, Сиена – каза той. – Щом чумата вече се е разпространила по целия свят, тогава защо хората не боледуват от нея?

Сиена се извърна, неспособна да го погледне в очите.

– Щом чумата върлува от седмица – повтори Лангдън, – защо хората не умират?

Тя бавно се обърна към него.

– Защото... – Думите заседнаха в гърлото ѝ. – Бертран не създаде чума. – Очите ѝ отново се напълниха със сълзи. – А нещо много по-опасно.

98.

Въпреки постъпващия през маската кислород Елизабет Синскиi се чувстваше замаяна. Бяха минали пет минути, откакто засичащите устройства на Брюдер бяха разкрили ужасната истина.

„Възможността за ограничаване на вируса е отминала отдавна“.

Торбата явно се беше разтворила някъде преди седмица, най-вероятно при откриването на концертите; Синскиi вече знаеше, че те са били изнасяни седем поредни вечери. Малкото останали парчета по въжето не се бяха разтворили само заради лепилото, използвано за допълнителното закрепване на торбата.

„Заразата е била пусната преди седмица“.

Вече нямаше възможност да изолират патогена и агентите от НБР се бяха събрали около пробите в импровизираната лаборатория и се заемаха с обичайната процедура в тези случаи – анализ, класификация и преценяване на опасността. Засега засичащите устройства бяха разкрили само един неоспорим факт и откритието не изненадваше никого.

„Вирусът вече е във въздуха“.

Съдържанието на торбата явно беше стигнало до повърхността и вирусът се бе пръснал във въздуха. „Не е отнело много време – помисли Синскиi. – Особено в такова затворено пространство“.

За разлика от бактериите и химическите патогени, вирусите могат да се разпространяват с изумителна бързина. Паразити по поведение, те попадат в организма и атакуват клетката на гостоприемника чрез процес, известен като абсорбция. След това вкарват собствената си ДНК или РНК в клетката и я принуждават да произвежда множество копия на вируса. Накрая новосъздадените вируси убиват клетката и излизат през клетъчната стена, за да намерят нови клетки.

При издишане, кашляне и кихане заразеният човек изхвърля капчици, които остават във въздуха, докато не бъдат вдишани от други хора – и процесът започва отначало.

„Експоненциален растеж – помисли Сински, спомняйки си графиките на Зобрист, показващи експлозивния ръст на населението на планетата. – Зобрист използва експоненциалното разпространение на вирусите, за да се бори с експоненциалното увеличаване на броя на хората".

Изгарящият въпрос беше как ще се държи този вирус?

Или казано другояче – как ще атакува гостоприемника?

Вирусът ебола спира възможността на кръвта да се съсирва, което води до непрекъснато кървене. Хантавирусът поразява белия дроб. Цял куп вируси, известни като онковируси, причиняват рак. А ХИВ вирусът атакува имунната система, което води до развиване на болестта СПИН. В медицинската общност не е тайна, че ако ХИВ вирусът може да се разпространява по въздуха, ще унищожи човечеството.

„А какво точно прави вирусът на Зобрист?"

Каквото и да бе действието му, ефектите явно се проявяваха със закъснение – местните болници не бяха съобщавали за пациенти, показващи непознати или необичайни симптоми.

Жадна за отговори, Сински тръгна към лабораторията. Видя Брюдер да стои недалеч от стълбището, където беше намерил слаб сигнал за мобилния си телефон. Говореше тихо с някого.

Сински забърза към него и стигна точно когато той завършваше разговора.

– Добре, разбрах – каза Брюдер. На лицето му беше изписана смес от изумление и ужас. – Повтарям отново, тази информация е строго поверителна. Засега е само за *твое* ползване. Обади ми се, когато научиш нещо повече. Благодаря.

И затвори.

– Какво има? – настоятелно попита Сински.

Брюдер бавно издиша.

– Току-що разговарях със стар приятел, който е главен вирусолог в Центъра за превенция и контрол на болестите в Атланта.

Синскиj настръхна.

– Нима сте предупредили ЦПКБ без мое разрешение?

– Направих го по моя преценка – отвърна той. – Моят човек е дискретен, а и ще ни трябват много повече данни, отколкото можем да получим в тази импровизирана лаборатория.

Синскиj погледна шепата агенти, които вземаха проби от водата или работеха с електронните уреди. „Прав е“.

– Приятелят ми от ЦПКБ – продължи Брюдер – се намира в напълно оборудвана лаборатория и вече потвърди съществуването на изключително заразен и невиждан досега вирусен патоген.

– Момент! – прекъсна го Синскиj. – Как успяхте да му пратите проба толкова бързо?

– Не съм – отвърна Брюдер. – Взел е проба от собствената си кръв.

На Синскиj ѝ трябваше само миг, за да осъзнае чутото.

„Заразата вече е глобална!“

99.

Лангдън крачеше бавно. Чувстваше се странно, сякаш бе безтелесен и се движеше през някакъв особено жив кошмар. „Какво може да е по-опасно от една чума?“

Сиена не бе казала нищо повече, откакто слезе от лодката и направи знак на Лангдън да я последва по спокойната алея, далеч от водата и тълпите.

Макар че беше спряла да плаче, Лангдън усещаше бурята от емоции, която бушуваше в нея. В далечината се чуваха сирени, но Сиена като че ли не ги забелязваше. Беше забила поглед в земята, сякаш хипнотизирана от ритмичното хрущене на чакъла под подметките им.

Влязоха в малък парк и Сиена го поведе към гъста горичка, където можеха да се скрият от света. Седнаха на една пейка с изглед към Златния рог. На отсрещния бряг старата кула блестеше над притихналите жилища по склона. Оттук светът изглеждаше странно спокоен и нямаше нищо общо с онова, което вероятно ставаше в цистерната. Лангдън подозираше, че Сински и хората ѝ вече са разбрали, че са пристигнали твърде късно, за да спрат чумата.

Сиена се взираше в морето.

– Не ми остава много време, Робърт – рече тя. – Властите рано или късно ще разберат къде съм. Но преди това искам да чуеш истината... цялата истина.

Лангдън кимна мълчаливо.

Сиена избърса очи и се обърна към него.

– Бертран Зобрист... – започна тя. – Той беше първата ми любов. И стана мой ментор.

– Вече го знам, Сиена – каза Лангдън.

Тя го погледна изненадано, но продължи да говори, сякаш се страхуваше да не изгуби набраната инерция.

– Когато се запознах с него, бях във възраст, в която хората силно се впечатляват. Идеите и интелектът му ме омагьосаха. Също като мен, Бертран вярваше, че човечеството се намира на ръба на пропастта... че сме изправени пред ужасяващ край, който идва по-бързо, отколкото смеем да си помислим.

Лангдън мълчеше.

– През цялото си детство – каза Сиена – исках да спасявам света. И винаги са ми казвали: „Не можеш да спасиш света, така че не жертвай щастието си, докато се опитваш“. – Замълча. Лицето ѝ бе напрегнато, с мъка сдържаше сълзите си. – После срещнах Бертран – прекрасен, великолепен мъж, който ми каза, че спасяването на света не само е *възможно*... но и че спасяването му е морален императив. Той ме свърза с цял кръг съмишленици, хора със зашеметяващи способности и интелект... които наистина *биха могли* да променят бъдещето. За първи път през живота си вече не се чувствах сама, Робърт.

Лангдън меко ѝ се усмихна, долавяше болката в думите ѝ.

– Преживях някои ужасни неща – продължи Сиена, гласът ѝ ставаше все по-несигурен. – Неща, които ми беше трудно да преодолея... – Извърна се, прокара нервно длан по голата си глава, овладя се и отново се обърна към него. – И може би именно затова единственото, което ме кара да продължа напред, е вярата ми, че можем да сме по-добри, отколкото сме... че сме способни да действаме, за да избегнем катастрофалното бъдеще.

– И Бертран ли вярваше в това? – попита Лангдън.

– Абсолютно. Бертран имаше безгранична вяра в човечеството. Той бе трансхуманист, който вярваше, че живеем на прага на назряваща „постчовешка“ епоха, епоха на истинско преобразяване. Той имаше ума на футурист, можеше да вижда неща, които другите дори не могат да си представят. Разбираше изумителната мощ на технологиите и вярваше, че в рамките на няколко поколения нашият вид ще се промени напълно, че генетично ще се усъвършенстваме да бъдем по-здрави, по-умни, по-силни, дори по-състрадателни. – Замълча за момент. – С изключение на един проблем. Той не мислеше, че ще продължим да съществуваме като вид, за да реализираме тази възможност.

– Заради свръхнаселението... – рече Лангдън.

Тя кимна.

– Малтусианската катастрофа. Бертран често споделяше, че се чувства като свети Георги, опитващ се да победи хтоничното чудовище.

Лангдън не я разбра.

– Медуза ли?

– Метафорично, да. Медуза и целият клас хтонични божества живеят под земята, защото са свързани пряко с Майката Земя. Алегорично хтоничните същества са винаги символи на...

– Плодородието – довърши Лангдън, изненадан, че този паралел не му беше хрумнал по-рано. „Плодородие. Население".

– Да, с плодородието – каза Сиена. – Бертран използваше термина „хтонично чудовище", за да опише зловещата заплаха от собствената ни плодовитост. Той наричаше свръхраждаемостта чудовище, което се задава на хоризонта... и което трябва да усмирим незабавно, преди да е погълнало всички ни.

„Собствената ни плодовитост дебне да ни убие – осъзна Лангдън. – Хтоничното чудовище".

– И... как се е сражавал с чудовището Бертран?

– Моля те да разбереш, че това не са лесни за решаване въпроси – каза тя, сякаш защитаваше себе си или Зобрист. – Оценката винаги е свързана с бъркотии. Човек, който отрязва крака на тригодишно дете, е отвратителен престъпник... освен ако не е лекар, който по този начин спасява детето от гангрена. Понякога можеш да избираш само между по-малкото или по-голямото зло. – Очите ѝ отново се наляха със сълзи. – Вярвам, че Бертран си беше поставил благородна цел... но методите му... – Тя се извърна. Беше на ръба да рухне напълно.

– Сиена – нежно прошепна Лангдън. – Трябва да разбера всичко това. Трябва да ми обясниш какво е направил Бертран. *Какво* е пуснал в света?

Сиена отново се обърна към него. Меките ѝ кафяви очи излъчваха тъмен страх.

– Вирус – прошепна тя. – Много особен вид вирус.

Лангдън затаи дъх.

– Разкажи ми.

– Бертран създаде нещо, известно като вирусен *вектор*. Това е вирус, създаден специално да вкарва генетична информация в клетката, която атакува. – Замълча, за да може Лангдън да смели идеята. – Тези вируси... вместо да *убиват* клетката гостоприемник... вкарват в нея друга ДНК, като на практика *модифицират* генома ѝ.

Лангдън се мъчеше да схване чутото. „Значи вирусът променя нашата ДНК?"

– Коварното естество на вируса – продължи Сиена – е в това, че никой от нас не знае, че е заразен. Никой не се разболява. Заразяването не предизвиква външни симптоми, които да показват, че вирусът ни е променил генетично.

Лангдън усети как кръвта запулсира във вените му.

– И какви *промени* прави той?

Сиена затвори очи и прошепна:

– Робърт. Веднага щом вирусът е попаднал в лагуната, е започнала верижна реакция. Всеки човек, спуснал се в онази цистерна и дишал въздуха ѝ, е заразен. Те стават носители на вируса... неволни помощници, които го предават на други и предизвикват експоненциално разпространяване на болест, която вече е обхванала цялата планета като горски пожар. Вирусът вече е засегнал цялото население на Земята. Теб, мен... *всички*.

Лангдън стана от пейката и трескаво закрачи напред-назад.

– И какво ни *причинява* вирусът?

Сиена дълго не отговори.

– Вирусът има възможност да направи човешкото тяло... безплодно. – Тя се размърда смутено. – Бертран създаде чума, която ни прави стерилни.

Думите ѝ поразиха Лангдън. „Вирус, който ни прави безплодни?" Знаеше, че някои вируси могат да причинят стерилитет, но силно заразен, пренасян по въздуха патоген, способен да постигне същото чрез *генетични* промени, му се струваше като нещо от друг свят... като някакво ужасно бъдеще в стила на Оруел.

– Бертран често говореше за такъв вирус – тихо продължи Сиена. – Но никога не съм си помисляла, че ще се опита да го създаде... и още по-малко, че ще успее. Когато получих писмото му и разбрах какво е направил, изпаднах в шок. Отчаяно се опитвах да го открия, да го убедя да унищожи творението си. Но закъснях.

– Чакай малко – прекъсна я Лангдън, който най-сетне успя да си върне дар слово. – Щом вирусът прави *всички* хора безплодни, няма да има нови поколения и човешката раса ще започне да измира... незабавно.

– Точно така – едва чуто отвърна тя. – Само че целта на Бертран не беше изчезването на вида ни, а тъкмо обратното – поради което той създаде *случайно* активиращ се вирус. Въпреки че Ад вече е ендемичен за човешката ДНК и ще се предава на следващите поколения, той ще се „задейства“ само у определен процент хора. Иначе казано, вирусът вече се носи от всеки човек на земята, но ще причини стерилитет единствено в една случайна *част* от населението.

– Каква... *част*? – чу се да пита Лангдън, потресен, че изобщо задава подобен въпрос.

– Както знаеш, Бертран беше погълнат от идеята за Черната смърт – чумата, която избила една трета от населението на Европа. Той вярваше, че природата знае как да обуздава самата себе си. Когато направи изчисленията за безплодието, той с изумление и радост откри, че смъртността при чумата, *един от трима*, е точното отношение, необходимо за намаляването на човешкото население в поносими граници.

„Това е чудовищно“ – помисли си Лангдън.

– Черната смърт е смалила стадото и е проправила пътя на Ренесанса – каза тя. – Бертран създаде Ад като своеобразен съвременен катализатор на глобалното обновление – Черната смърт на трансхуманизма. Разликата е в това, че онези, които се разболяват, не умират, а просто стават безплодни. Ако се приеме, че вирусът на Бертран се е разпространил, една трета от световното население вече е стерилно... и занапред винаги една трета ще продължи да бъде стерилна. Резултатът ще е подобен на онзи на рецесивен ген... който се предава на поколението, но въпреки това въздейства само на малка част от него.

Ръцете на Сиена вече трепереха.

– В писмото си Бертран бе много горд и казваше, че смята Ад за много елегантно и хуманно решение на проблема. – В очите ѝ отново се появиха сълзи и тя ги избърса. – Признавам, че наистина намирам известно съчувствие в този подход, особено в сравнение с Черната смърт. Няма да има препълнени с болни и умиращи болници, по улиците няма да се търкалят разлагащи се трупове и няма да има обезумели от скръб оцелели, изгубили любимите си хора. Хората просто ще спрат да раждат толкова много бебета. Планетата ни ще претърпи постепенно намаляване на раждаемостта, след което кривата на населението ще тръгне надолу и общият ни брой ще започне да намалява. – Тя замълча. – Резултатът ще е много по-силен от чумата, която само за малко намалява числеността ни и създава временен спад в ръста на населението. С Ад Бертран създаде дългосрочно решение, окончателно решение... *трансхуманистично* решение. Той беше генен инженер. И решаваше проблемите на коренно ниво.

– Това е генетичен тероризъм... – прошепна Лангдън. – Решението му ни прави различни от онова, което сме, което винаги сме били... и то на фундаментално ниво.

– Бертран не гледаше на проблема по този начин. Той мечтаеше да поправи фаталния недостатък в човешката еволюция... факта, че нашият вид просто е прекалено плодовит. Ние сме същества, които въпреки безпрецедентния си интелект сякаш не сме в състояние да контролираме собствената си численост. Никакви безплатни противозачатъчни, образование и правителствени политики не вършат работа. Продължаваме да създаваме бебета... независимо дали го искаме, или не. Знаеш ли, че Центърът за превенция и контрол на болестите наскоро обяви, че почти *половината* бременности в Съединените щати са непланирани? А в послабо развитите страни техният брой е над седемдесет процента!

Лангдън беше чел тази статистика, но едва сега започваше да разбира какво означава тя. Като вид хората бяха като зайците, пуснати на някои тихоокеански острови и оставени да се размножат до степен да унищожат екосистемата си и в крайна сметка да измрат.

„Бертран Зобрист е променил нашия вид... в опит да ни спаси... като ни превърне в не толкова плодовити".

Лангдън пое дълбоко дъх и се загледа към Босфора. Чувстваше се без почва под краката, досущ като плавателните съдове в далечината. Воят на сирените се засилваше и идваше откъм пристанището. Лангдън усети, че времето им изтича.

– Най-плашещото – рече Сиена – е *не* това, че Ад причинява стерилитет, а че има *способността* да го направи. Разпространяван по въздуха вирусен вектор е епохално откритие, изпреварило времето си с години. Бертран буквално ни извади от тъмните векове на генното инженерство и ни запрати в бъдещето. Той отключи еволюционен процес и даде на човечеството възможността да се преобрази с широк, решителен замах. Кутията на Пандора е отворена и излязлото от нея няма как да бъде върнато обратно. Бертран създаде ключа за промяната на човешката раса... и ако този ключ попадне в неподходящи ръце, Бог да ни е на помощ. Тази технология *никога* не трябваше да бъде създавана. Веднага щом прочетох писмото на Бертран, в което ми обясняваше как е постигнал целта си, го изгорих. И се заклех да открия този вирус и да го залича напълно.

– Не разбирам – заяви Лангдън, започваше да се ядосва. – Щом си искала да унищожиш вируса, защо не се обърна към доктор Сински и СЗО? Трябваше да се обадиш на ЦПКБ или на *някого*.

– Не говориш сериозно! Правителствените агенции са *последните* на планетата, които трябва да имат достъп до тази технология! Помисли само, Робърт. През цялата човешка история всяко велико откритие на науката е било използвано като *оръжие*, като се започне от обикновения огън и се стигне до ядрената енергия. И почти *винаги* е попадало в ръцете на властимащите. Откъде според теб са се появили биологичните ни оръжия? От проучванията, проведени на места като СЗО и ЦПКБ. Технологията на Бертран, пандемичен вирус, използван като генетичен вектор, е най-страшното оръжие, създавано някога. Тя полага пътя към ужаси, които не можем дори да си представим, в това число *насочени* биологични оръжия. Представи си патоген, който атакува само онези, чийто генетичен код съдържа определени етнически маркери. Това може да постави началото на етнически прочиствания на генетично ниво!

– Разбирам тревогите ти, Сиена, но тази технология може да се използва и за *добро*, нали? Нима това откритие не е като божи дар за генната медицина? Например като нов начин за глобално ваксиниране?

– Може би, но за съжаление съм се научила да очаквам най-лошото от онези, които държат властта.

В далечината се чуваше бръмчене на хеликоптер. Лангдън погледна между дърветата към Пазара на подправките и видя светлините на машината да се появяват зад хълма и да се спускат към кейовете.

Сиена се напрегна.

– Трябва да тръгвам – рече тя, стана и погледна на запад към моста „Ататюрк". – Мисля да мина моста пеша и да стигна...

– Никъде няма да ходиш, Сиена – твърдо рече Лангдън.

– Робърт, върнах се, защото сметнах, че ти дължа обяснение. Вече го имаш.

– Не, Сиена – каза Лангдън. – Върна се, защото през целия си живот бягаш и накрая осъзна, че вече не можеш да продължаваш така.

Сиена сякаш се смали.

– Какъв избор имам? – каза тя, загледана в хеликоптера, който осветяваше водата. – Ще ме тикнат в затвора веднага щом ме намерят.

– Не си направила нищо лошо, Сиена. Не си създала този вирус... нито си го пуснала.

– Така е, но направих много да попреча на Световната здравна организация да се добере до него. Ако не вляза в турски затвор, ще бъда изправена пред някакъв международен трибунал по обвинения в биологически тероризъм.

Бръмченето се засили и Лангдън погледна към кейовете. Хеликоптерът беше увиснал на място, а прожекторът му осветяваше лодките.

Сиена изглеждаше готова да хукне.

– Моля те, чуй ме – с по-мек тон каза Лангдън. – Знам, че си преминала през много неща и че си уплашена, но трябва да видиш голямата картина. Бертран е създал вируса. *Ти* си се опитвала да го спреш.

– Но се провалих.

– Да, и след като вече вирусът е навън, учените и медиците трябва да го разберат напълно. Ти си *единственият* човек, който знае всичко за него. Може би има начин той да бъде неутрализиран... или да се направи нещо друго. – Погледът на Лангдън се впи в очите ѝ. – Сиена, светът *трябва* да научи онова, което знаеш. Не можеш просто да изчезнеш.

Стройното тяло на Сиена се тресеше, сякаш шлюзовете на мъката и несигурността вече не издържаха и всеки момент щяха да се отворят.

– Робърт, аз... не знам какво да правя. Вече не знам дори коя съм. Виж ме само. – Тя постави ръка върху голия си скалп. – Превърнах се в чудовище. Как бих могла да се изправя...

Лангдън пристъпи напред и я взе в прегръдката си. Усещаше как тялото ѝ трепери, колко крехка и уязвима е тя.

– Сиена – прошепна той в ухото ѝ. – Зная, че искаш да избягаш, но няма да ти позволя. Рано или късно ще трябва да започнеш да се доверяваш на *някого*.

– Не мога... – Тя вече хлипаше. – Не съм сигурна, че знам как.

Лангдън я притисна към себе си.

– Започваш постепенно. Със съвсем малки стъпки. Като за начало, довери се на *мен*.

100.

Отекна остро дрънчене на метал по метал и Ректора се сепна. Отвън някой удряше с дръжката на пистолет вратата на самолета и настояваше да го пуснат.

– Всички да останат по местата си – нареди пилотът и тръгна към вратата. – Това е турската полиция. Току-що пристигнаха.

Ректора и Ферис се спогледаха.

Ако се съдеше по паническата размяна на реплики между хората от СЗО, явно мисията по овладяването на заразата се беше провалила. „Зобрист е изпълнил плана си – помисли си Ректора. – И то благодарение на моята компания".

Отвън властно звучащи гласове започнаха да викат на турски.

– Не отваряйте вратата! – каза Ректора на пилота.

Той спря и го изгледа.

– Защо?

– СЗО е международна подпомагаща организация – отвърна Ректора. – И този самолет е суверенна територия!

Пилотът поклати глава.

– Господине, този самолет е кацнал на турско летище и докато не напусне турското въздушно пространство, е подчинен на законите на страната.

Отиде до вратата и я отвори.

Двама униформени мъже погледнаха вътре. В строгите им очи нямаше нито капка мекота.

– Кой е капитанът на самолета? – попита единият със силен акцент.

– Аз – отвърна пилотът.

Полицаят му подаде два листа.

– Заповеди за арест. Тези двама пътници трябва да дойдат с нас.

Пилотът прегледа листата и се обърна към Ректора и Ферис.

– Обадете се на доктор Сински – каза му Ректора. – Ние сме тук на извънредна международна мисия.

Един от полицаите изгледа Ректора насмешливо.

– Доктор *Елизабет* Сински ли? Директорката на Световната здравна организация? Именно *тя* нареди да бъдете арестувани.

– Това е невъзможно – отвърна Ректора. – Господин Ферис и аз сме в Турция, за да *помогнем* на доктор Сински.

– В такъв случай явно не си вършите добре работата – каза вторият полицай. – Доктор Сински се свърза с нас и ви посочи като участници в биотерористичен заговор на турска територия. – Извади белезници. – Идвате в управлението на разпит.

– Настоявам за адвокат! – извика Ректора.

След трийсет секунди той и Ферис бяха закопчани, свалени насила от самолета и грубо натикани на задната седалка на черен седан. Автомобилът потегли бързо по настилката до затънтен ъгъл на летището, където спря при телената ограда, която бе срязана и дръпната настрани, за да може да се мине. След като се озова от другата страна на оградата, колата продължи с друсане през прашно гробище за стари машинарии и спря пред стара сервизна постройка.

Двамата униформени слязоха, огледаха района, увериха се, че никой не ги е проследил, и съблякоха и захвърлиха полицейските си униформи. След това помогнаха на Ферис и Ректора да слязат от колата и махнаха белезниците им.

Ректора разтри китки и си помисли, че не би се чувствал добре в плен.

– Ключовете са под килимчето – каза единият агент и посочи паркирания наблизо бял микробус. – Отзад има чувал с всичко, което поискахте – пътни документи, пари в брой, предплатени телефони, дрехи, както и някои други неща, които решихме, че ще ви бъдат от полза.

– Благодаря – отвърна Ректора. – Много сте добри.

– Просто сме добре обучени, сър.

С тези думи двамата турци се качиха обратно в черния седан и потеглиха.

„Сински никога не би ме пуснала" – напомни си Ректора. След като усети това, докато летяха към Истанбул, той бе изпратил имейл до местния клон на Консорциума, за да предупреди, че може да се наложи да бъде измъкнат заедно с Ферис.

– Мислите ли, че ще тръгне да ни преследва? – попита Ферис.

– Сински ли? – Ректора кимна. – Убеден съм. Макар да подозирам, че в момента си има други грижи.

Качиха се в белия микробус и Ректора затършува в чувала за документите. Извади бейзболна шапка и си я нахлупи, но чак след като извади от нея малка бутилка малцово уиски „Хайланд Парк".

„Тези момчета наистина са добри".

Погледна кехлибарената течност и си каза, че е по-добре да изчака до утре. Но после си представи разтворимата торба на Зобрист и се запита какъв ли ще е утрешният ден.

„Наруших основно правило – помисли си. – Предадох клиент".

Чувстваше се странно отнесен – знаеше, че през следващите дни светът ще бъде затрупан с новини за катастрофа, в която той е изиграл много значителна роля. „Това нямаше да се случи без мен".

За първи път през живота си не гледаше на неведението като на морално превъзходство. Пръстите му отвинтиха капачката на бутилката.

„Поне си пийни – каза си той. – Така или иначе дните ти са преброени".

Отпи дълга глътка и се наслади на разлялата се по гърлото му топлина.

Внезапно тъмнината бе прорязана от лъчите на прожектори. От всички страни замигаха сините светлини на полицейски коли.

Ректора се заоглежда трескаво... и замръзна.

„Няма изход".

Докато въоръжените турски полицаи приближаваха автобуса с насочени напред автомати, Ректора отпи още глътка от чудесното уиски и покорно вдигна ръце над главата си.

Знаеше, че този път полицаите не са негови хора.

101.

Швейцарското консулство в Истанбул се намира на площад „Левент" № 1 в лъскав ултрамодерен небостъргач. Фасадата от синьо стъкло прилича на някакъв футуристичен монолит на фона на древния град.

Беше минал почти час, откакто Сински бе напуснала цистерната, за да установи временен команден щаб в офисите на консулството. Местните новинарски програми непрекъснато предаваха съобщения за паническото бягство от цистерната по време на последното изпълнение на симфонията „Данте" на Лист. Все още не се знаеха подробности, но появата на международен медицински екип в защитни костюми бе дала повод за всевъзможни спекулации.

Сински се взираше през прозореца към светлините на града и се чувстваше ужасно самичка. Инстинктивно посегна към шията си да докосне амулета, но него го нямаше. Счупеният талисман лежеше на бюрото ѝ на две половини.

Директорката на СЗО тъкмо бе приключила с координирането на серия спешни срещи, които трябваше да се проведат в Женева през следващите часове. Специалисти от различни агенции вече пътуваха; самата Сински смяташе да отлети след малко, за да ги запознае със ситуацията. За щастие някой от нощния екип беше донесъл чаша вряло турско кафе, което Сински бързо изпи.

Млад мъж от консулството надникна през отворената врата.

– Мадам? Робърт Лангдън е тук.

– Благодаря – отвърна тя. – Да влезе.

Преди двайсет минути Лангдън се беше свързал с нея по телефона и бе обяснил, че Сиена Брукс му се е изплъзнала, след като откраднала катер и избягала в морето. Сински вече бе чула новината от властите, които още претърсваха района, но без резултат.

Сега, когато високата фигура на Лангдън се материализира на прага, тя едва го позна. Костюмът му бе мръсен, тъмната му коса разрошена, а очите му изглеждаха уморени и хлътнали.

– Професоре, добре ли сте?

Лангдън се усмихна уморено.

– Имал съм и по-спокойни нощи.

– Моля – каза тя и посочи един стол. – Сядайте.

– Заразата на Зобрист – започна Лангдън без никакви предисловия, докато сядаше. – Мисля, че е била пусната преди седмица.

Сински кимна търпеливо.

– Да, ние стигнахме до същото заключение. Засега няма съобщения за някакви симптоми, но изолирахме образци и вече се подготвяме за усилени проучвания. За съжаление може да минат дни и дори седмици, преди да научим какво представлява този вирус... и какво може да прави.

– Това е векторен вирус – каза Лангдън.

Сински наклони глава настрани. Беше изненадана, че той изобщо знае този термин.

– Моля?

– Зобрист е създал разпространяван по въздуха векторен вирус, способен да променя човешката ДНК.

Сински рязко скочи, като преобърна стола си. „Абсолютно невъзможно!“

– Какво ви кара да твърдите подобно нещо?

– Сиена – тихо отвърна Лангдън. – Тя ми каза. Преди половин час.

Сински опря ръце на бюрото и впери поглед в Лангдън. Изведнъж беше престанала да му вярва.

– Значи не е избягала?

– Определено *избяга* – отвърна той. – Беше свободна, в катер в морето, и лесно можеше да изчезне завинаги. Но размисли. Върна се по собствена воля. Иска да ви помогне в решаването на кризата.

Сински рязко се изсмя.

– Простете, ако не съм склонна да се доверя на госпожица Брукс, особено след като изказва подобни изсмукани от пръстите твърдения.

– Аз ѝ вярвам – с непоколебим тон каза Лангдън. – И щом тя твърди, че това е векторен вирус, може би е по-добре да се вслушате в нея.

Синскиизведнъж се почувства ужасно изтощена. Умът ѝ се мъчеше да анализира думите на Лангдън. Тя отиде до прозореца и се загледа навън. „Вирусен вектор, променящ ДНК?“ Колкото невероятна и ужасяваща да изглеждаше подобна перспектива, тя трябваше да признае, че в нея имаше зловеща логика. В края на краищата Зобрист беше генен инженер и знаеше от личен опит, че и най-малката мутация в един-единствен ген може да има катастрофални последици върху тялото – тумори, увреждане на органи и болести на кръвта. Дори такава ужасна болест като циститната фиброза, която удавя жертвата в собствените ѝ храчки, се причиняваше от съвсем незначителна мутация в регулаторен ген в седмата хромозома.

Специалистите вече започваха да лекуват тези генетични заболявания с рудиментарни векторни вируси, които се инжектираха направо в пациента. Тези незаразни вируси бяха програмирани да пътуват в човешкото тяло и да инсталират ДНК заместител, който поправяше повредените участъци. Но подобно на всички науки, този нов дял от познанието също си имаше своите тъмни страни. Ефектите от векторните вируси можеха да бъдат както благоприятни, така и унищожителни... в зависимост от намеренията на създателя им. Ако вирусът бъде програмиран да вкара *повредена* ДНК в здрави клетки, резултатът можеше да е съсипващ. Нещо повече, ако подобен вирус бъде създаден да бъде силно заразен и да се пренася по въздуха...

Синскипотръпна при тази мисъл. „Що за генетичен ужас е измислил Зобрист? Как възнамерява да окастри човешкото стадо?“

Знаеше, че намирането на отговора може да отнеме седмици. Човешкият генетичен код съдържаше сякаш безкраен лабиринт от химични пермутации. Перспективата той да бъде претърсен изцяло с надеждата да бъде открита конкретната промяна на Зобрист бе като търсенето на прословутата игла в купа сено... без дори да знаеш на коя точно планета се намира купата.

– Елизабет? – Дълбокият глас на Лангдън я върна в реалността.

Сински се обърна от прозореца и го погледна.

– Чухте ли ме? – попита той, продължаваше да седи спокойно. – Сиена е искала да унищожи вируса не по-малко от вас.

– Искрено се съмнявам в това.

Лангдън въздъхна и стана.

– Мисля, че е по-добре да ме изслушате. Малко преди смъртта си Зобрист е написал на Сиена писмо, в което е обяснил какво е постигнал. Описал е точно какво ще направи вирусът... как ще ни атакува... и как ще постигне целта си.

Сински замръзна. „Значи има писмо?!“

– Когато го прочела, Сиена изпаднала в ужас. Поискала да спре Зобрист. Сметнала, че вирусът му е толкова опасен, че е по-добре *никой* да няма достъп до него, в това число и Световната здравна организация. Не разбирате ли? Сиена се е опитвала да *унищожи* вируса... а не да го пуска.

– Значи има писмо? – остро попита Сински, чиито мисли бяха насочени само в една посока. – С *подробности*?

– Това ми каза Сиена, да.

– *Трябва* да се доберем до това писмо! Ако знаем подробностите, това ще ни спести месеци опити да разберем какво представлява това нещо и как да се справим с него.

Лангдън поклати глава.

– Не разбирате. Повтарям: когато прочела писмото на Зобрист, Сиена *изпаднала в ужас*. И го изгорила. Искала е да е сигурна, че никой...

Сински стовари юмрук върху бюрото.

– Унищожила е единственото, което би могло да ни помогне да се подготвим за кризата? И вие искате да ѝ се доверя?

– Зная, че искам много, особено предвид постъпките ѝ, но вместо да я хулите, няма да е зле да си спомните, че Сиена има уникален интелект, както и невероятна възможност за запаметяване. – Той направи пауза. – Ами ако тя може да възпроизведе достатъчно от писмото на Зобрист, че информацията да ви бъде полезна?

Сински присви очи и леко кимна.

– Е, професоре, в такъв случай как ще ме посъветвате да постъпя?

Лангдън посочи празната ѝ чаша.

– Съветвам ви да поръчате още кафе... и да чуете единственото условие, което постави Сиена.

Пулсът на Сински се ускори и тя погледна към телефона.

– Знаете ли как да се свържете с нея?

– Да.

– Кажете ми какво е условието ѝ.

Лангдън ѝ каза и Сински замълча, обмисляйки предложението.

– Мисля, че така е правилно – добави Лангдън. – Пък и какво имате да губите?

– Ако всичко казано от вас е истина, имате думата ми. – Сински бутна телефона към него. – Моля, свържете се с нея.

За изненада на Сински Лангдън не обърна внимание на телефона. Вместо това стана и излезе, като каза, че се връща след малко. Озадачена, Сински излезе в коридора и го загледа как отива в чакалнята на консулството, отваря стъклената врата и излиза във фоайето с асансьорите. За момент ѝ хрумна, че си отива, но вместо да извика асансьор, Лангдън тихо се вмъкна в дамската тоалетна.

След няколко секунди се появи с жена, изглеждаща в началото на трийсетте. На Сински ѝ трябваше известно време да приеме факта, че това наистина е Сиена Брукс. Красивата жена с опашка, която бе видяла по-рано през деня, се беше преобразила до неузнаваемост. Бе напълно плешива, сякаш бе обръснала главата си.

Двамата влязоха в кабинета и мълчаливо седнаха срещу бюрото.

– Простете – бързо рече Сиена. – Зная, че имаме много за обсъждане, но ми позволете първо да кажа нещо, което наистина трябва да кажа.

Сиена забеляза тъгата в гласа ѝ.

– Разбира се.

– Мадам – несигурно започна Сиена, – вие сте директор на Световната здравна организация и най-добре от всички знаете, че видът ни е на ръба на пропаст... че числеността на населението е извън контрол. Години наред Бертран Зобрист се опитваше да накара интелигентни хора като вас да обсъдите наближаващата криза. Той се обръщаше към безброй организации, за които вярваше, че биха могли да помогнат за промяната – института Уърдуоч, Римския клуб, Попюлейшън Матърс, Съвета за международни отношения, – но така и не откри някой, който би се осмелил да започне сериозно разговори за *реално* решение. Всички отвърнахте с планове за по-добро образование и използване на противозачатъчни, данъчни поощрения за по-малки семейства, дори за колонизиране на Луната! Нищо чудно, че Бертран изгуби ума си.

Сински се взираше в нея, без да реагира по никакъв начин.

Сиена пое дълбоко дъх.

– Доктор Сински, Бертран дойде лично при вас. Умоляваше ви да признаете, че сме на ръба... да започнете някакъв диалог. Но вместо да изслушате идеите му, вие го нарекохте луд, вкарахте го в списъците си за наблюдение и го принудихте да мине в нелегалност. – Гласът на Сиена затрепери от напиращите емоции. – Бертран умря съвсем сам, защото хора като вас отказаха да отворят умовете си дори колкото да признаят, че катастрофалното положение, в което се намираме, изисква драстично решение. През цялото време той говореше само истината... и затова бе остракизиран. – Сиена избърса сълзите си и погледна през бюрото към Сински. – Повярвайте ми, знам какво е да се чувстваш съвсем сам... а найлошата самота на света е изолацията, която идва от неразбирането. Тя може да накара човек да изгуби представата си за реалността.

Сиена млъкна и в стаята се възцари напрегната тишина.

– Това е всичко, което исках да кажа – прошепна тя.

Сински дълго не откъсна поглед от нея. Накрая седна.

– Госпожице Брукс – колкото се може по-спокойно рече тя, – вие сте права. Може и да не съм се вслушала преди... – Сплете пръсти и погледна Сиена в очите. – Но сега ви слушам.

102.

Часовникът във фоайето на швейцарското консулство отдавна беше отброил един след полунощ.

Бележникът на бюрото на Сински беше изписан с бележки, въпроси и диаграми. Директорката на Световната здравна организация нито продумваше, нито помръдваше вече повече от пет минути. Стоеше до прозореца и се взираше в нощта.

Зад нея Лангдън и Сински чакаха мълчаливо и допиваха турското си кафе. Кабинетът беше изпълнен с тежкия аромат на стрити зърна и шамфъстък.

Единственият звук беше бръмченето на флуоресцентните лампи.

Сиена чувстваше как бясно бие сърцето ѝ и се запита какво ли си мисли Сински, след като бе чула истината в най-брутални подробности. „Вирусът на Бертран е чума, водеща до стерилитет. Една трета от човечеството ще стане безплодна".

По време на обяснението бе наблюдавала емоциите на Сински, които, макар и сдържани, се долавяха ясно. Първо беше смаяното приемане на факта, че Зобрист наистина е създал векторен вирус, разпространяван по въздуха. След това тя показа мимолетна надежда, когато научи, че вирусът не е замислен да *убива* хора. После дойде ред на нарастващия ужас, когато започна да проумява истината и осъзна, че огромна част от населението на Земята ще стане стерилна. Ясно си личеше, че откровението, че вирусът атакува *плодовитостта*, засегна Сински на дълбоко лично ниво.

За самата Сиена основната емоция бе облекчението. Беше споделила пълното съдържание на писмото на Бертран с директорката на СЗО. „Нямам повече тайни".

– Елизабет? – обади се Лангдън.

Синнски бавно се върна в реалността. Обърна се към тях. Лицето ѝ беше изпито.

– Сиена – с равен тон започна тя, – информацията, която ми дадохте, ще бъде много ценна за изработването на стратегия за справяне с кризата. Оценявам откровеността ви. Както знаете, пандемичните векторни вируси се обсъждат като *теоретична* възможност за ваксиниране на големи маси от населението, но всички смятаха, че до създаването на тази технология ще минат още много години.

Върна се при бюрото си и седна.

– Простете... – Тя поклати глава. – Но в момента всичко това ми звучи като научна фантастика.

„Нищо чудно" – помисли си Сиена. Всеки огромен скок в медицината винаги е изглеждал така – откриването на пеницилина, анестезията, рентгеновите лъчи, първият път, когато човекът е погледнал през микроскоп и е видял деленето на клетка.

Доктор Сински погледна бележника си.

– След няколко часа ще съм в Женева и ще бъда подложена на буря от въпроси. Не се съмнявам, че първият ще е дали има някакъв начин да се противодейства на вируса.

Сиена знаеше, че Сински е права.

– И – продължи директорката – вероятно първото предложено решение ще бъде да анализираме вируса на Бертран, да го разберем възможно най-добре и да се опитаме да създадем негов щам, който да *препрограмираме*, за да върнем нашата ДНК в първоначалното ѝ състояние. – Погледна Сиена и в очите ѝ нямаше оптимизъм. – Тепърва предстои да се види дали е възможно създаването на контравирус, но чисто хипотетично бих искала да чуя вашите мисли по този въпрос.

„Моите мисли ли?" Сиена инстинктивно погледна към Лангдън. Професорът ѝ кимна, сякаш ѝ казваше: „Стигна дотук. Кажи какво мислиш. Изложи истината такава, каквато я виждаш".

Сиена прочисти гърлото си, обърна се към Сински и заговори с ясен и уверен глас.

– Мадам, години живях с Бертран в света на генното инженерство. Както знаете, човешкият геном е изключително деликатна структура... като къщичка от карти. Колкото повече ровим в него, толкова по-голяма е вероятността да преместим погрешната карта и да съборим цялата къщичка. Лично аз смятам, че е изключително опасно да се опитваме да неутрализираме онова, което вече е направено. Бертран бе генен инженер с невероятни способности и поглед към бъдещето. Беше изпреварил колегите си с години. Не съм сигурна, че на този етап бих се доверила някой друг да бърника в човешкия геном с надеждата, че всичко ще бъде наред. Дори да създадете нещо, което си мислите, че работи, изпробването му ще означава *повторно инфектиране* на цялото население с нещо ново.

– Съвсем вярно – каза Сински, която като че ли не бе изненадана от чутото. – Но, разбира се, има и по-голям въпрос. Може дори да *не искаме* да му противодействаме.

Думите ѝ свариха Сиена неподготвена.

– Моля?

– Госпожице Брукс, може и да не съм съгласна с методите на Бертран, но неговото становище за състоянието на света е вярно. Планетата е изправена пред сериозна демографска криза. Ако успеем да неутрализираме вируса на Бертран без работещ алтернативен план... просто ще се върнем в изходна позиция.

Шокът на Сиена явно беше очевиден, защото Сински се засмя уморено и добави:

– Не очаквахте от мен подобно становище, нали?

Сиена поклати глава.

– Май вече не съм сигурна какво да очаквам.

– В такъв случай вероятно ще ви изненадам отново – продължи Сински. – Както вече споменах, след няколко часа в Женева ще се съберат лидерите на най-големите здравни агенции по света, за да обсъдят кризата и да изготвят план за действие. Не мога да си спомня по-важна среща от тази през всичките ми години в СЗО. – Тя погледна младата лекарка. – Сиена, бих искала *вие* също да седнете на масата за разговори.

– Аз? – Сиена се сви. – Но аз не съм генен инженер. Казах ви всичко, което знам. – Посочи бележника наСински. – Всичко вече е в бележките ви.

– Изобщо не е така – намеси се Лангдън. – Сиена, всеки смислен дебат относно вируса ще се нуждае от *контекст*. Доктор Сински и хората ѝ ще трябва да разработят етична рамка, в която да преценят реакцията си на тази криза. Тя явно смята, че ти си в уникалната позиция да допринесеш в диалога.

– Боя се, че моята етична рамка няма да се хареса на СЗО.

– Може би – отвърна Лангдън. – Което е още една причина да бъдеш там. Ти си представител на нова порода мислители. Предлагаш противна гледна точка. Помагаш им да разберат начина на мислене на мечтатели като Бертран – ярки индивиди, чиито убеждения са толкова силни, че те вземат нещата в собствените си ръце.

– Бертран едва ли може да се нарече първият.

– Да – каза Сински. – И няма да бъде последният. Всеки месец СЗО открива лаборатории, в които учени се занимават със сивите райони на науката, от манипулиране на стволови клетки до създаване на химери... на смесени видове, които не съществуват в природата. Това е смущаващо. Науката се развива толкова бързо, че вече никой не знае къде минават границите.

Сиена нямаше как да не се съгласи с това. Съвсем неотдавна двама много уважавани вирусолози, Фуше и Каваока, бяха създали силно патогенен мутант на вируса на птичия грип H5N1. Въпреки чисто академичните намерения на изследователите тяхното създание имаше способности, които бяха изправили на нокти специалистите по биологична защита и предизвикаха истинска буря по форумите.

– Боя се, че нещата ще стават все по-мрачни – каза Сински. – Намираме се на ръба на откриването на нови технологии, които дори не можем да си представим.

– Както и на нови философии – добави Сиена. – Трансхуманизмът всеки момент ще излезе от сянката и ще стане общоприет. Един от основните му принципи е, че ние като човешки същества сме морално задължени да *участваме* в собствения си еволюционен процес... да използваме технологиите, за да се усъвършенстваме като вид, да създаваме по-добри човешки същества – по-здрави, по-силни, с по-добре функциониращи мозъци. Всичко това скоро ще бъде възможно.

– А не мислите ли, че подобни схващания са в конфликт с процеса на еволюция?

– Не – без капка колебание отвърна Сиена. – Човешките същества са се развивали постепенно през хилядолетията, като наред с това са изобретявали нови технологии – използвали са огъня, за да се стоплят, създали са земеделието, за да се нахранят, открили са ваксини срещу болестите, а сега създават генетични инструменти, с които да променим собствените си тела, за да оцелеем в един променящ се свят. – Тя замълча за миг. – Смятам, че генното инженерство е просто поредната стъпка в дългото движение на човечеството напред.

Сински се замисли дълбоко.

– Значи смятате, че трябва да приемем с отворени обятия тези нови инструменти.

– Ако *не го* направим – отвърна Сиена, – няма да заслужаваме да живеем. Също като пещерен човек, който умира от студ, защото се страхува да запали огън.

Думите ѝ сякаш увиснаха в помещението. Мина много време преди някой да заговори.

Лангдън пръв наруши мълчанието.

– Не искам да звуча старомодно – започна той, – но съм възпитан с теорията на Дарвин и няма как да не се усъмня дали е мъдро да се опитваме да *ускорим* естествения процес на еволюцията.

– Робърт – съчувствено рече Сиена, – генното инженерство не е ускоряване на еволюционния процес. А естествено развитие на нещата. Забравяш, че именно *еволюцията* е създала Бертран Зобрист. Неговият интелект е продукт именно на процеса, описан от Дарвин... еволюция във времето. Редкият талант на Бертран в областта на генетиката не е някакво божествено откровение... а продукт на години интелектуално развитие на човечеството.

Лангдън се замисли върху думите ѝ.

– И като дарвинист – продължи тя, – ти знаеш, че природата винаги намира начин да регулира човешката популация – чуми, глад, наводнения. Но нека те попитам нещо – възможно ли е този път природата да е открила друг начин? Вместо да ни праща ужасни бедствия и нещастия... може би чрез процеса на еволюцията природата е създала учен, открил различен начин за намаляване на числеността ни във времето. Без чуми. Без смърт. Просто вид, който е в по-добра хармония с околната си среда...

– Сиена – прекъсна я Сински. – Късно е. Трябва да тръгваме. Но преди това искам да изясним още едно нещо. Тази нощ неведнъж казахте, че Бертран не е злодей... че е обичал човечеството и че просто е копнеел толкова силно да спаси нашия вид, че е предприел тази драстична мярка.

Сиена кимна.

– Целта оправдава средствата – каза тя, цитирайки прочутия флорентински политолог теоретик Макиавели.

– Кажете ми, вие самата вярвате ли, че целта оправдава средствата? Вярвате ли, че целта на Бертран да спаси света е толкова благородна, че оправдава пускането на този вирус?

Настъпи напрегната тишина.

Сиена се наведе напред. Изражението ѝ бе решително.

– Доктор Сински, както ви казах, според мен постъпката на Бертран беше *безразсъдна* и изключително опасна. Ако можех да го спра, щях да го направя на мига. *Трябва* да ми повярвате.

Елизабет Сински се пресегна и нежно хвана ръцете ѝ.

– Вярвам ти, Сиена. Вярвам на всяка твоя дума.

103.

В малките часове въздухът на летище „Ататюрк" бе студен и влажен. Лека мъгла се стелеше по настилката около частния терминал.

Лангдън, Сиена и Сински пристигнаха с автомобил и бяха посрещнати отпред от служител на СЗО.

– Готови сме за тръгване когато кажете, мадам – каза той, докато въвеждаше тримата в скромната сграда на терминала.

– А как стоят нещата с господин Лангдън? – попита Сински.

– Частен самолет до Флоренция. Временните му документи вече са на борда.

Сински кимна и попита:

– А другият въпрос, за който говорихме?

– Вече се работи по него. Пратката ще пристигне при първа възможност.

Сински благодари на мъжа. Той излезе и тръгна към самолета, а тя се обърна към Лангдън.

– Сигурен ли сте, че не искате да дойдете? – Усмихна му се уморено и приглади назад дългата си сребриста коса, като я прибра зад ушите.

– Предвид ситуацията – шеговито отвърна Лангдън, – едва ли един професор по история на изкуството има с какво толкова да помогне.

– Помогнахте предостатъчно – каза Сински. – Много повече, отколкото си давате сметка. Включително и... – Обърна се към Сиена, но младата жена се беше отдалечила. Стоеше на двайсетина метра от тях до големия прозорец и гледаше чакащия С-130. Изглеждаше потънала в мисли.

– Благодаря, че ѝ се доверихте – тихо каза Лангдън. – Имам чувството, че е преживяла много.

– Подозирам, че двете със Сиена Брукс имаме много да научим една от друга. – Сински му протегна ръка. – Всичко добро, професоре.

– И на *вас* – каза Лангдън, докато се ръкуваха. – Желая ви късмет в Женева.

– Ще ни е нужен – рече тя и кимна към Сиена. – Ще ви оставя насаме. Пратете я, когато приключите.

Докато вървеше през терминала, Сински бръкна разсеяно в джоба си, извади двете половини на счупения амулет и ги стисна.

– Не се отказвайте от жезъла на Асклепий! – извика Лангдън зад нея. – Може да се поправи.

– Благодаря – отвърна Сински и му махна. – Надявам се, че всичко може да се поправи.

Сиена Брукс стоеше сама до прозореца и гледаше светлините на пистата, които изглеждаха призрачни в разпълзялата се мъгла и събиращите се облаци. Върху контролната кула в далечината гордо се вееше турското знаме – червено, с древните символи на полумесеца и звездата – останки от Османската империя в модерния свят.

– Една турска лира за мислите ти? – обади се дълбок глас зад нея.

Сиена не се обърна.

– Иде буря.

– Знам – тихо отвърна Лангдън.

След дълго мълчание Сиена се обърна към него.

– И на мен ми се иска да дойдеш в Женева.

– Много мило от твоя страна – отвърна той. – Но ще си много заета да говориш за бъдещето. Последното, от което ще имаш нужда, е някакъв си старомоден професор да те забавя.

Тя го погледна озадачено.

– Мислиш, че си твърде стар за мен, така ли?

Лангдън се разсмя.

– Сиена, аз *определено* съм твърде стар за теб!

Тя се размърда смутено.

– Добре... но поне ще знаеш къде можеш да ме намериш. – Успя да свие рамене като малко момиче. – Така де... ако някога поискаш да ме видиш отново.

Той ѝ се усмихна.

– С най-голямо удоволствие.

Думите му донякъде повдигнаха духа ѝ, но въпреки това мълчанието помежду им се проточи. И двамата не знаеха как да се сбогуват.

Докато се взираше в американския професор, Сиена почувства приток на емоции, с които не беше свикнала. Най-неочаквано се надигна на пръсти и го целуна по устните. Когато се отдръпна, в очите ѝ блестяха сълзи.

– Ще ми липсваш – прошепна тя.

Лангдън се усмихна нежно и я прегърна.

– И ти на мен.

Останаха дълго така в прегръдките си, не искаха да се разделят. Накрая Лангдън наруши мълчанието.

– Има една стара поговорка... често приписвана на самия Данте... – Той замълча. – Запомни нощта... защото е начало на вечността.

– Благодаря, Робърт – каза тя и сълзите ѝ потекоха. – Най-сетне имам цел.

Лангдън я придърпа към себе си.

– Все казваш, че искаш да спасиш света, Сиена. Това може да е твоят шанс.

Сиена се усмихна и се извърна.

Докато вървеше сама към чакащия C-130, се замисли за всичко, което се бе случило... всичко, което все още можеше да се случи... и за всички възможни варианти на бъдещето.

„Запомни нощта – повтори наум, – защото е начало на вечността“.

Докато се качваше в самолета, се молеше Данте да е прав.

104.

Бледото следобедно слънце се бе спуснало над Пиаца дел Дуомо, лъчите му се отразяваха от белите плочки на камбанарията на Джото и хвърляха дълги сенки върху великолепната катедрала „Санта Мария дел Фиоре“.

Прощаването с Игнацио Бузони тъкмо започваше. Робърт Лангдън влезе тихо и си намери свободно място. Беше доволен, че животът на Игнацио се почита тук, в неподвластната на времето базилика, за която той се бе грижил толкова години.

Въпреки живописната си фасада отвътре катедралата на Флоренция бе строга, празна и сурова. Но днес в аскетичното светилище сякаш цареше празнична атмосфера. Представители на правителството, приятели и колеги от цяла Италия се бяха събрали в църквата, за да си спомнят жизнерадостния грамаден мъж, когото с такава обич бяха наричали il Duomino.

Медиите бяха съобщили, че Бузони починал по време на любимото си занимание – нощна разходка около Дуомо.

Тонът на прощаването беше изненадващо приповдигнат, с хумористични коментари от приятели и роднини; един колега отбеляза, че любовта на Бузони към ренесансовото изкуство по неговo собствено признание можела да се сравнява единствено със страстта му по спагети болонезе и *будино* с карамел.

След службата, докато опечалените се събираха на групички и си разказваха различни случки от живота на Игнацио, Лангдън се разходи из катедралата, като се наслаждаваше на произведенията на изкуството, които Бузони така бе обичал... „Страшният съд“ на Вазари под купола, витражите на Донатело и Гиберти, часовника на Учело и често оставащата незабелязана мозайка, украсяваща пода.

В един момент се озова пред познато лице – лицето на Данте Алигиери. Изобразен в легендарната фреска на Микелино, великият поет стоеше пред Чистилището с протегнати напред ръце, сякаш смирено поднасяше шедьовъра си „Божествена комедия".

Лангдън неволно се запита какво ли би си помислил Данте, ако научи какво въздействие има поемата му върху света векове по-късно, в едно бъдеще, което дори флорентинският поет не би могъл да си представи.

„Открил е вечен живот" – помисли си Лангдън, като си спомни възгледите на древногръцките философи за славата, че човек е жив, докато се споменава името му.

Беше ранна вечер, когато прекоси площад „Санта Елизабета" и се върна в елегантния хотел „Брунелески". Изпита облекчение, когато откри, че в стаята му го очаква обемист пакет.

Пратката най-сетне беше пристигнала.

„Пратката, за която помолих Сински".

Бързо сряза лентата на кутията и извади безценното ѝ съдържание, доволен, че то е грижливо опаковано и увито в защитен найлон с мехурчета.

За изненада на Лангдън, в кутията имаше и някои други неща. Явно Елизабет Сински беше използвала значителното си влияние, за да намери малко повече от онова, което бе поискал. Вътре Лангдън намери собствените си дрехи – риза, панталони в цвят каки и сакото си от туид, грижливо изпрани и изгладени. Дори мокасините му бяха там, при това лъснати. Със задоволство откри и портфейла си.

А последното нещо го накара да се засмее. Изпитваше отчасти облекчение, че си го е върнал... и донякъде срам, че толкова държи на него.

„Часовникът ми с Мики Маус".

Веднага си сложи предназначения за колекционери часовник. Допирът на стара кожа на китката му го изпълни със странно чувство за сигурност. Когато си облече дрехите и обу обувките си, се почувства едва ли не отново в собствената си кожа.

Излезе, понесъл крехката пратка в хотелска чанта, която бе заел от рецепционистката. Вечерта бе необичайно топла, което засилваше усещането, че сънува, докато вървеше по улицата към самотната кула на Палацо Векио.

Името му фигурираше в списъка за среща с Марта Алварес. Охраната го упъти към Залата на Петстотинте, която още бе пълна с туристи. Лангдън бе дошъл точно навреме и очакваше Марта да го посрещне на прага, но нея я нямаше никаква.

Той махна на една минаваща екскурзоводка.

– Scusi? Dove passo trovare Marta Alvarez?*

Екскурзоводката се усмихна широко.

– Signora Alvarez?! Тя не е тук! Има бебе! Каталина! Molto bella!

Лангдън се зарадва на добрата новина.

– Ahh... che bello – отвърна той. – Stupendo!**

Докато екскурзоводката се отдалечаваше, Лангдън се зачуди какво да прави с пакета, който носеше.

Бързо взе решение и прекоси препълнената Зала на Петстотинте, минавайки под стенописа на Вазари към музея на двореца, като внимаваше да стои по-надалеч от охраната.

Накрая се озова при тясното andito на музея. Проходът беше тъмен и преграден с въже и надпис CHIUSO/ЗАТВОРЕНО.

Лангдън се огледа и се пъхна под въжето в тъмния проход. Бръкна в торбата, внимателно извади ценния пакет и махна предпазната опаковка.

Посмъртната маска на Данте отново впери поглед в него. Крехкият гипс все още беше в оригиналната си найлонова торба, след като по молба на Лангдън маската беше взета от сейфа на гарата във Венеция. Изглеждаше в идеално състояние, с едно-единствено изключение – добавеното стихотворение, написано на елегантна спирала по вътрешната ѝ страна.

Лангдън погледна старата витрина. „Маската на Данте е изложена с лицето напред... никой няма да забележи“.

Той внимателно извади маската от плика и много старателно я

* Извинете? Къде мога да открия Марта Алварес? (ит.) – Б. пр.

** Ах, колко хубаво. Великолепно! (ит.) – Б. пр.

постави на стойката ѝ във витрината. Маската се намести в подложката си от червено кадифе.

Лангдън затвори витрината и остана за момент пред нея, загледан в бледото лице на Данте, което се рееше като призрак в тъмното. „Най-сетне у дома“.

Преди да излезе, Лангдън дискретно махна стълбчетата с въжето и надписа. Докато прекосяваше галерията, спря една млада екскурзоводка.

– Signorina? Трябва да включите лампите над посмъртната маска на Данте. Много е трудно да се види в тъмното.

– Съжалявам, но изложбата е затворена – отвърна младата жена. – Маската на Данте не е там.

– Странно – изненада се Лангдън. – Тъкмо ѝ се възхищавах.

Екскурзоводката се стресна.

И докато тя тичаше към andito, Лангдън тихомълком се измъкна от музея.

Епилог

Самолетът на „Алиталия“ за Бостън се носеше на десет хиляди метра над Бискайския залив.

Робърт Лангдън беше погълнат от евтиното томче на „Божествена комедия“. Ритъмът на мелодичната стъпка terza rima, в съчетание с мъркането на двигателите, почти го беше хипнотизирал. Думите на Данте се лееха от страницата и резонираха в сърцето му, сякаш бяха написани специално за него и точно за този момент.

Напомни си, че поемата на Данте не е посветена толкова на мъките в ада, колкото на силата на човешкия дух да издържа всякакви изпитания, независимо колко тежки са те.

Пълната луна беше изгряла и светеше ослепително ярко, скривайки всички други небесни тела. Лангдън се взираше в огромната шир, изгубен в мисли за случилото се през последните няколко дни.

„Най-мрачните места в ада са запазени за онези, които остават безразлични във време на духовна криза“. Лангдън никога не бе разбирал по-ясно значението на тези думи. „В опасни времена няма по-голям грях от бездействието“.

Знаеше, че самият той е виновен за това, наред с милиони други. Когато ставаше въпрос за положението на света, отрицанието се превръщаше в глобална пандемия. Лангдън си обеща никога да не забравя това.

Докато самолетът се носеше на запад, той си помисли за двете храбри жени, които в момента бяха в Женева, посрещаха открито бъдещето и търсеха път през предизвикателствата на един променен свят.

На хоризонта се появиха облаци, запълзяха бавно в небето и закриха луната и ярката ѝ светлина.

Робърт Лангдън се облегна. Време беше да поспи.

Докато изключваше лампата над седалката си, обърна за последен път очи към небето. Навън, в мрака, светът бе преобразен. Небето се бе превърнало в сияен гоблен от звезди.

ДАН БРАУН
АД
Американска, първо издание

Превод *Крум Бъчваров*
Елена Кодинова
Венцислав Божилов
Редактор *Иван Томанов*
Художествено оформление на корица „Megachrom“
Компютърна обработка ИК „БАРД“ ООД
Десислава Господинова
Печат „Полиграфюг“ АД – Хасково

Формат 60/90/16
Печатни коли 34

ИК „БАРД“ ООД – София 1124
жк „Яворов“, бл. 12А, вх. II
e-mail: office@bard.bg